Cecelia Ahern
Ein Moment fürs Leben

PIPER

Zu diesem Buch

»Mein Leben brauchte mich. Es machte gerade eine schwere Zeit durch, und ich hatte ihm nicht genügend Aufmerksamkeit geschenkt, war nachlässig geworden, hatte mich mit allerlei anderem Zeug abgelenkt – mit dem Leben meiner Freunde, Problemen bei der Arbeit, mit meinem immer klappriger werdenden Auto, all so was. Mein Leben dagegen hatte ich komplett ignoriert. Und jetzt hatte es mir geschrieben und mich zu einem Treffen bestellt. Es blieb mir im Grunde gar keine andere Wahl, als seiner Bitte nachzukommen und ihm von Angesicht zu Angesicht gegenüberzutreten.«

Cecelia Ahern ist eine der erfolgreichsten Autorinnen der Welt. Sie schreibt zeitgenössische Romane, Novellen, Storys, Jugendbücher, TV-Konzepte und Theaterstücke. Ihre Romane wurden fürs Kino oder fürs Fernsehen verfilmt. Cecelia Ahern hat Journalistik und Medienkommunikation studiert und lebt mit ihrer Familie in Dublin. Mehr über die Autorin:
Website: www.cecelia-ahern.de
Facebook: @ceceliaahernofficial

Cecelia Ahern

Ein Moment fürs Leben

Roman

Aus dem Englischen von
Christine Strüh

Mehr über unsere Autorinnen, Autoren und Bücher:
www.piper.de

Wenn Ihnen dieser Roman gefallen hat, schreiben Sie uns unter Nennung des
Titels »Ein Moment fürs Leben« an *empfehlungen@piper.de*, und wir empfehlen
Ihnen gerne vergleichbare Bücher.

Von Cecelia Ahern liegen im Piper Verlag vor:

Alle Farben meines Lebens	Hundert Namen
Zeit deines Lebens	Funken in der Dunkelheit
Ich hab dich im Gefühl	Die Liebe deines Lebens
Ein Moment fürs Leben	P.S. Ich liebe dich
Ich schreib dir morgen wieder	Dem Sturm entgegen

Wir behalten uns eine Nutzung des Werks für Text und Data Mining
im Sinne von § 44b UrhG vor.

Ungekürzte Taschenbuchausgabe
ISBN 978-3-492-31393-3
1. Auflage Mai 2023
3. Auflage August 2024
© Greenlight Go Limited Company 2011
Titel der englischen Originalausgabe:
»The Time of My Life«, Harper Collins, London 2011
© der deutschsprachigen Ausgabe:
Piper Verlag GmbH, München 2023
© für die deutsche Übersetzung von Christine Strüh:
S. Fischer Verlag GmbH, Frankfurt am Main 2011
Die Übersetzung erschien erstmals 2011 im Krüger Verlag,
einem Verlag der S. Fischer Verlag GmbH.
Umschlaggestaltung: FAVORITBUERO, München
Umschlagabbildung: © Claire Desjardins
Satz: psb, Berlin
Gesetzt aus der Adobe Devanagari
Gedruckt von ScandBook in Litauen
Printed in the EU

Für mein kostbares Mädchen Robin

»Früher warst du mehr ... mehrer.
Du hast dein Mehr-Sein verloren.«

Der verrückte Hutmacher zu Alice in Tim
Burtons *Alice im Wunderland*-Film

Kapitel 1

Liebe Lucy Silchester,
ich möchte Sie am Montag, dem 30. Mai 2011,
zu einem Treffen bitten.

Den Rest las ich gar nicht mehr. Das war auch nicht nötig, denn ich wusste genau, wer mir diesen Brief geschickt hatte. Es war mir sofort klar, als ich von der Arbeit in mein Studioapartment zurückkam und ihn auf halbem Weg zwischen Tür und Küche auf dem Boden liegen sah, auf dem angekokelten Stück Teppich – vor zwei Jahren war der Weihnachtsbaum umgekippt und hatte mit seinen Lichtern den Teppichflor versengt. Der Teppich war ein altes billiges Ding, das mein knauseriger Vermieter ausgesucht hatte. Er war aus schäbigem grauem Synthetikmaterial, das aussah, als wären schon mehr Füße darübergelaufen als über die angeblich Glück bringenden Hoden des Stiers auf dem Mosaik in der Mailänder Galleria Vittorio Emanuele II. In dem Bürogebäude, in dem ich arbeitete, lag ein ähnliches Material aus – aber dort passte es besser hin, denn dieser Teppich war nie zum Barfußlaufen gedacht, sondern für den stetigen Strom glänzender Lederschuhe, die sich vom Schreibtisch zum Kopierer bewegten, vom Kopierer zur Kaffeemaschine, von der Kaffeemaschine zum Notausgang und von dort ins Treppenhaus, denn paradoxerweise war hier der einzige Ort, wo der Feueralarm nicht ausgelöst wurde und man in Ruhe ein heimliches Zigarettenpäuschen machen konnte. Ich selbst war an der Suche nach diesem Rauchereck beteiligt gewesen – wenn der Feind uns wieder einmal aufspürte, machten wir uns stets unverzüglich auf die Suche nach einem neuen Versteck, und auch dieses hier war leicht an den Hunderten am Boden aufgehäufter Kippen zu erkennen. In panischer Hektik saugten die Raucher den Zigaretten das Leben aus und entledigten sich achtlos der äußeren Hülle, während die Seelen noch in ihren Lungen schwebten. Keinem anderen Ort des Bürogebäudes wurde so intensiv gehuldigt wie diesem – mehr als der Kaffeemaschine, mehr als den Ausgangstüren abends um sechs, mehr als dem Stuhl vor dem Schreibtisch von Edna Larson, unserer Chefin, die die guten Absichten ihrer Angestellten in sich aufsaugte wie ein kaputter Automat, der die Münzen schluckt und sich dann weigert, den Schokoriegel auszuspucken.

Der Brief lag also auf dem schmutzigen, angesengten Teppichboden. Ein cremefarbener Leinenumschlag, auf dem in gewichtigen George-Street-Lettern und eindeutiger schwarzer Tinte mein Name stand, neben einem goldenen Stempel in Form von drei sich berührenden Spiralen.

Die Dreifachspirale des Lebens. Ich kannte sie, denn ich hatte bereits zwei Briefe dieser Art erhalten und das Symbol gegoogelt. Aber ich hatte den Termin beide Male nicht wahrgenommen und auch nicht die angegebene Nummer angerufen, um ihn zu verlegen oder abzusagen. Ich hatte die Briefe einfach ignoriert, sie sozusagen unter den Teppich gekehrt – jedenfalls hätte ich das gern getan, aber dank der Weihnachtslichter war er ja leider hinüber – und vergessen.

Nein, nicht wirklich vergessen. Dinge, die man getan hat, obwohl man sie nicht hätte tun sollen, vergisst man ja nie, sie bleiben einem im Kopf, lungern dort herum wie Einbrecher, die ein neues Ziel ausbaldowern. Man sieht sie gelegentlich, wie sie sich unauffällig irgendwo rumdrücken, aber sobald man sie anvisiert und zur Rede stellen will, sind sie blitzschnell hinter dem nächsten Briefkasten verschwunden. Oder es ist, als sieht man in der Menge ein bekanntes Gesicht auftauchen, das man gleich wieder aus den Augen verliert. Ein irritierendes Wimmelbild, für immer ins Gedächtnis eingeprägt und in jedem Gedanken versteckt, der durchs Gewissen zieht. Immer ist es da, die Erinnerung an das, was man nicht hätte tun sollen, sie lässt einen einfach nicht in Frieden.

Einen Monat nach dem zweiten von mir ignorierten Brief war dieser hier mit einem erneut verlegten Termin eingetrudelt, ohne den kleinsten Hinweis darauf, dass ich auf die ersten beiden Einladungen nicht reagiert hatte. Und genau wie früher bei meiner Mutter führte die Tatsache, dass meine Unzulänglichkeit höflich übergangen wurde, dazu, dass ich mich umso schlechter fühlte.

Ich hielt das schicke Papier zwischen Daumen und Zeigefinger in die Höhe und legte den Kopf schief, um es zu lesen, weil es zur Seite klappte. Anscheinend hatte der Kater mal wieder daraufgepisst. Ironie des Schicksals. Ich machte ihm keinen Vorwurf, denn da ich mitten in der Stadt in einem Hochhaus wohnte, in dem Haustierhaltung verboten war, und außerdem einem Vollzeitjob nachging, hatte das arme Tier ja keine Gelegenheit, seine Notdurft draußen zu verrichten. In dem Versuch, mein schlechtes Gewissen zu beruhigen, hatte ich überall in der Wohnung gerahmte Fotos von der Welt draußen aufgehängt: Wiesen, Meer, ein Briefkasten, Kieselsteine, Autos, ein Park, eine Auswahl anderer Katzen und ein paarmal Gene Kelly. Letzterer natürlich eher meinetwegen, aber ich hoffte, die anderen Bilder würden dazu führen, dass der Kater irgendwann gar nicht mehr den Wunsch verspürte, nach draußen zu gehen. Oder frische Luft zu atmen, Freunde zu finden, sich zu verlieben. Oder zu singen und zu tanzen.

Da ich fünf Tage die Woche morgens um acht die Wohnung verließ und oft erst abends um acht oder gar nicht zurückkam, hatte ich den Kater darauf dressiert, sich auf Papier zu »erleichtern«, wie die Katzentrainerin immer gesagt hatte, damit er sich allmählich daran gewöhnte, sein Katzenklo zu benutzen. Und dieser Brief, das einzige Papier, das noch auf dem Boden lag, hatte ihn sicher verwirrt. Ich beobachtete ihn, wie er sich verlegen in der Zimmerecke herumdrückte. Er wusste, dass er etwas Falsches getan hatte. In seinem Gedächtnis lauerte die Erinnerung an das, was er nicht hätte tun dürfen.

Ich hasse Katzen, aber diesen Kater mochte ich. Ich hatte ihn Mr Pan getauft, nach Peter Pan, dem allseits bekannten fliegenden Jungen. Mr Pan ist zwar weder ein Junge, der nicht älter wird, noch kann er fliegen, aber es besteht trotzdem eine seltsame Ähnlichkeit, und mir erschien der Name damals passend. Ich hatte Mr Pan eines Abends in einem Müllcontainer auf einem Hinterhof gefunden, laut schnurrend, als wäre er völlig verzweifelt. Oder war ich verzweifelt? Was ich auf dem Hinterhof zu suchen hatte, ist meine Privatangelegenheit und soll es auch bleiben. Jedenfalls regnete es in Strömen, und ich trug einen beigefarbenen Trenchcoat. Ich hatte gerade bei einer Überdosis Tequila einem perfekten Freund nachgetrauert und gab nun mein Bestes, wie eine aus *Frühstück bei Tiffany* wiedergeborene Audrey Hepburn diesem Tier nachzujagen und mit klarer, einzigartiger und völlig verzweifelter Stimme »Katze!« zu rufen.

Wie sich herausstellte, war das Kätzchen gerade mal einen Tag alt und als Zwitter geboren. Offensichtlich hatten seine Mutter oder sein Besitzer oder beide es ausgesetzt. Als ich dem Tier dann einen Namen gab, hatte ich das Gefühl, ganz allein entscheiden zu müssen, welchem Geschlecht es von nun an angehören würde, auch wenn der Tierarzt mir ausführlich erklärt hatte, dass es eine eher männliche Anatomie besaß. Aber ich dachte an mein gebrochenes Herz und daran, dass ich bei der letzten Beförderung übergangen worden war, weil meine Chefin meinte, ich wäre schwanger – dabei war nur gerade Weihnachten gewesen, und ich hatte mich wie jedes Jahr vollgestopft wie bei einem mittelalterlichen Bankett, den wilden Eber ausgenommen. Als mir dann noch einfiel, dass ich letzten Monat während meiner Tage furchtbare Bauchschmerzen gehabt hatte, eines Nachts in der U-Bahn von einem Penner angegrapscht worden war und mich meine männlichen Kollegen als Zicke bezeichnet hatten, nur weil ich deutlich meine professionelle Meinung vertreten hatte, kam ich zu dem Schluss, dass das Leben für die Katze als Kater vermutlich einfacher sein würde. Inzwischen glaube ich allerdings, dass es die falsche Entscheidung war, denn wenn ich das Tier aus Versehen Samantha oder Mary rufe, was gelegentlich vorkommt, schaut es mich mit einem Ausdruck an, den ich nur als Dankbarkeit bezeichnen kann. Meistens lässt es sich dann in einem meiner Schuhe nieder und starrt wehmütig auf den Pfennigabsatz, als symbolisiere er die Welt, die ihm geraubt worden ist. Aber ich schweife ab. Zurück zu dem Brief.

Diesmal würde ich den Termin wohl oder übel wahrnehmen müssen. Es gab keinen Weg daran vorbei. Ich konnte ihn nicht erneut ignorieren und den Absender weiter verärgern.

Aber wer war denn der Absender?

Vorsichtig hielt ich das langsam trocknende Papier mit spitzen Fingern an einer Ecke fest, neigte erneut den Kopf und versuchte, das umgeklappte Blatt zu lesen.

Liebe Lucy Silchester,
ich möchte Sie am Montag, dem 30. Mai 2011,
zu einem Treffen bitten.
Mit freundlichen Grüßen,
Ihr Leben

Mein Leben. Na klar.

Mein Leben brauchte mich. Es machte gerade eine schwere Zeit durch, und ich hatte ihm nicht genügend Aufmerksamkeit geschenkt, war nachlässig geworden, hatte mich mit allerlei anderem Zeug abgelenkt – mit dem Leben meiner Freunde, Problemen bei der Arbeit, mit meinem immer klappriger werdenden Auto, all so was. Mein Leben dagegen hatte ich komplett ignoriert. Und jetzt hatte es mir geschrieben und mich zu einem Treffen bestellt. Es blieb mir im Grunde gar keine andere Wahl, als seiner Bitte nachzukommen und ihm von Angesicht zu Angesicht gegenüberzutreten.

Kapitel 2

Mir waren ähnliche Vorkommnisse schon zu Ohren gekommen, deshalb regte ich mich auch nicht besonders auf. Ich rege mich ohnehin nicht so leicht auf, dafür bin ich einfach nicht der Typ. Mich wundert eigentlich so schnell nichts. Vermutlich, weil ich so ziemlich alles für möglich halte. Vielleicht klingt das jetzt, als wäre ich gläubig oder so, aber das stimmt eigentlich nicht. Ich versuche es mal anders auszudrücken: Ich akzeptiere, was passiert, ganz egal, was es ist. Deshalb fand ich es zwar ungewöhnlich, aber nicht wirklich überraschend, dass mein Leben mir Briefe schrieb. Es war mir hauptsächlich lästig. Denn ich wusste ja, dass mein Leben eigentlich sehr viel von meiner Aufmerksamkeit brauchte, aber wenn es einfach für mich gewesen wäre, diesen Anspruch zu erfüllen, dann hätte ich den Brief ja gar nicht erst bekommen.

Ich schlug das Eis vom Gefrierfach des Kühlschranks mit einem Messer ab und befreite mit blauer Hand einen Cottage Pie. Während ich darauf wartete, dass die Mikrowelle piepte, aß ich eine Scheibe Toast. Und einen Joghurt. Weil mein Essen immer noch nicht fertig war, leckte ich den Deckel ab und beschloss, dass das Eintreffen des Briefs eine gute Entschuldigung dafür war, eine Flasche Pinot Grigio für 3,99 Euro zu öffnen. Dann kratzte ich das restliche Eis vom Gefrierfach. Mr Pan rannte entsetzt davon und versuchte, sich in einem rosa, mit Herzen verzierten Gummistiefel zu verstecken, an dem noch reichlich Schlamm von einem Musikfestival im Sommer vor drei Jahren klebte. Ich ersetzte eine Weinflasche, die ich im Gefrierfach vergessen hatte und die zu einem eisigen Alkoholklotz erstarrt war, mit einer frischen Flasche. Diesmal würde ich den Wein nicht vergessen. Auf gar keinen Fall. Immerhin war es die letzte Flasche aus dem Weinkeller Schrägstrich Eckschrank-unter-der-Keksdose. Was mich an die Kekse erinnerte. Also verdrückte ich noch schnell einen Doppelschokokeks. Dann piepte die Mikrowelle endlich. Ich kippte den Cottage Pie aus der Packung auf den Teller – ein großer unappetitlicher Pampe-Berg, der in der Mitte noch kalt war. Aber ich hatte nicht die Geduld, das Zeug noch mal in die Mikrowelle zu schieben und weitere dreißig Sekunden zu warten, sondern stellte mich zum Essen an die Küchentheke und stocherte in den warmen Teilen am Rand der Pampe herum.

Früher habe ich richtig gekocht. Fast jeden Abend. Wenn ich mal nicht kochte, dann kochte Blake, mein Freund. Und es machte uns Spaß. Wir hatten eine große Wohnung in einer umgebauten Brotfabrik gekauft, mit deckenhohen Metallsprossenfenstern, unverputzten Originalbacksteinwänden und einem offenen Koch-Ess-Bereich. Beinahe jedes Wochenende kamen Freunde zum Essen. Blake kochte wahnsinnig gern, fand Besuch wunderbar und versammelte am liebsten sämtliche Freunde und dazu noch unsere Familien um sich. Er liebte den Trubel, wenn viele Leute gemeinsam lachten, redeten, aßen, diskutierten. Er liebte die Gerüche, den Dampf, die genüsslichen Ohs und Ahs. Dann stand Blake an der Kücheninsel und erzählte wortgewandt spannende

Geschichten, während er eine Zwiebel klein schnitt, Rotwein in ein Bœuf Bourguignon kippte oder ein Omelette Surprise flambierte. Er maß nie etwas ab, und trotzdem traf er immer die richtige Mischung. Er bekam überhaupt immer die perfekte Balance hin. Blake arbeitete als Reise- und Food-Journalist, und er liebte es, überall hinzureisen und alle möglichen neuen Gerichte zu probieren. Er war extrem unternehmungslustig. An den Wochenenden waren wir immer unterwegs, bestiegen alle möglichen Berge, und im Sommer bereisten wir Länder, von denen ich davor noch nie etwas gehört hatte. Wir machten Fallschirmspringen und Bungee-Jumping. Blake war perfekt.

Und dann ist er gestorben.

Nein, das war ein Witz. Er ist gesund und munter. Der Witz war ziemlich daneben, ich weiß, aber ich habe trotzdem gelacht. Nein, Blake ist nicht tot, er ist quicklebendig. Und immer noch perfekt.

Aber ich habe ihn verlassen.

Inzwischen hat er eine eigene Fernsehsendung. Als er den Vertrag unterschrieben hat, waren wir noch zusammen. Er arbeitet bei einem Reisesender, den wir früher oft zusammen geschaut haben. Hin und wieder schalte ich seine Sendung ein und sehe mir an, wie er auf der Chinesischen Mauer herumspaziert oder in Thailand in einem Boot sitzt und Pad Thai isst. Nach jedem Bericht – natürlich stets perfekt formuliert – wendet er sich, mit seinem perfekten Gesicht und selbst nach einer Woche Bergsteigen ohne Klo und ohne Dusche makellos gekleidet, der Kamera zu und sagt: »Ich wollte, du wärst hier.« Das ist auch der Name der Sendung. In den Wochen und Monaten, die auf unsere traumatische Trennung folgten, weinte er oft, wenn wir telefonierten, und erzählte mir, dass er die Sendung nur meinetwegen so genannt hätte und dass er, wenn er diesen Satz sagte, immer nur mit mir spräche, mit niemandem sonst. Er wollte mich wiederhaben. Jeden Tag rief er mich an. Irgendwann jeden zweiten Tag, dann nur noch einmal die Woche. Aber ich wusste, dass er sich die Tage davor zusammenreißen musste, um nicht schon früher zum Hörer zu greifen. Schließlich hörten die Anrufe auf, und er schrieb mir stattdessen E-Mails. Lange, ausführliche Mails, in denen er mir erzählte, wo er gewesen war, wie es ihm ging, wie traurig und einsam er ohne mich war – bis ich es irgendwann nicht mehr lesen wollte und ihm einfach nicht mehr antwortete. Daraufhin wurden seine Mails kürzer, weniger emotional, weniger detailliert. Aber immer wieder wollte er sich mit mir treffen, wollte immer noch, dass wir wieder zusammenkämen. Versteht mich nicht falsch, manchmal war ich durchaus in Versuchung, es zu tun. Blake ist ein perfekter Mann, und wenn ein perfekter, attraktiver Mann einen haben will, reicht das ja manchmal schon. Aber das war nur in den schwachen Momenten, wenn ich mich selbst einsam fühlte. Denn ich wollte ja nicht mit ihm zusammen sein. Es lag nicht etwa daran, dass ich einen anderen kennengelernt hatte, das beteuerte ich ihm immer wieder. Obwohl es für ihn vielleicht leichter gewesen wäre, denn dann hätte er vielleicht loslassen können. Aber ich wollte keinen anderen, ich wollte überhaupt niemanden. Ich wollte einfach eine Weile aufhören – aufhören, Dinge zu tun, aufhören, mich zu bewegen. Ich wollte einfach nur allein sein.

Ich kündigte meine Stelle und nahm einen Job bei einer Firma an, die Haushaltsgeräte herstellte und bei der ich halb so viel verdiente wie vorher. Wir verkauften die Wohnung, und ich mietete das Studio, etwa ein Viertel der Wohnfläche meiner bisherigen Wohnungen. Ich fand einen Kater. Wahrscheinlich würden manche Leute sagen, ich hätte ihn gestohlen, aber jetzt gehört er/sie trotzdem mir. Ich besuche nach wie vor meine Familie, wenn es sich nicht vermeiden lässt, ich gehe mit den gleichen Freunden aus wie früher, jedenfalls wenn er nicht dabei ist – mein Ex-Freund, nicht der Kater –, und das ist häufig der Fall, weil er ja so viel reisen muss. Ich vermisse ihn nicht, und wenn er mir doch mal fehlt, stelle ich den Fernseher an und schaue mir seine Sendung an, bis ich genug von ihm aufgetankt habe. Meinen Job vermisse ich auch nicht. Manchmal das Geld ein bisschen – zum Beispiel wenn ich in einem Laden oder in einer Zeitschrift etwas sehe, was ich gerne hätte, aber dann gehe ich schnell weiter oder schlage die nächste Seite auf, und schon bin ich drüber weg. Ich vermisse weder unsere Reisen noch unsere Essenseinladungen.

Und ich bin nicht unglücklich.

Wirklich.

Okay, ich hab gelogen.

Er hat mich verlassen.

Kapitel 3

Die Weinflasche war halb leer, bis ich genug Courage aufgebracht hatte – nein, es lag nicht an der Courage, die brauchte ich nicht, ich hatte ja keine Angst. Erst nach der halben Flasche Wein war es mir *wichtig* genug, meinem Leben zu antworten, und erst da konnte ich mich aufraffen, die Nummer auf dem Brief zu wählen. Während ich auf die Verbindung wartete, holte ich mir einen Schokoriegel und biss hinein. Schon nach dem ersten Klingeln ging jemand dran, und mir blieb keine Zeit mehr zu kauen, geschweige denn zu schlucken.

»Oh, sorry«, sagte ich mit vollem Mund. »Ich hab Schokolade im Mund.«

»Kein Problem, Liebes«, antwortete eine muntere ältere Frauenstimme mit einem weichen amerikanischen Südstaatenakzent. Ich kaute hastig, schluckte und spülte mit einem großen Schluck Wein nach. Und musste erst mal würgen.

Dann räusperte ich mich. »Fertig.«

»Welche Sorte war es denn?«

»Galaxy.«

»Karamell oder Bubble?«

»Bubble.«

»Mmm, die ess ich am liebsten. Wie kann ich Ihnen helfen?«

»Ich habe einen Brief bekommen wegen einem Termin am Montag. Lucy Silchester ist mein Name.«

»Ja, Ms Silchester, ich hab Sie hier im System. Passt Ihnen 9 Uhr früh?«

»Hm, na ja, genau deswegen rufe ich an. Ich kann an dem Tag nicht, ich muss arbeiten.«

Ich wartete darauf, dass die Frau sagen würde: *Ach, wie dumm von uns, Sie an einem ganz normalen Arbeitstag einzuladen. Dann blasen wir die Sache doch lieber ab.* Aber nichts dergleichen.

»Aha. Nun, ich denke, wir kriegen das schon irgendwie hin. Wann haben Sie denn Feierabend?«

»Um sechs.«

»Wie wäre es dann mit 19 Uhr?«

»Das geht leider nicht. Meine Freundin hat Geburtstag, und wir gehen mit ihr essen.«

»Und in der Mittagspause? Ginge ein Treffen zum Lunch?«

»Da muss ich mein Auto in die Werkstatt bringen.«

»Zusammenfassend könnte man also sagen, dass Sie keinen Termin machen können, weil Sie tagsüber arbeiten, Ihr Auto in der Mittagspause in die Werkstatt bringen und abends mit Freunden essen gehen.«

»Ja, genau.« Ich runzelte die Stirn. »Schreiben Sie das auf?«, fragte ich dann, weil ich ziemlich sicher war, im Hintergrund Tippgeräusche zu hören. Das störte mich – schließlich hatten *sie* mich einbestellt, ich hatte nicht um ein Treffen gebeten. Es war *ihre* Aufgabe, einen Termin zu finden.

»Wissen Sie, Schätzchen«, sagte die Frau in ihrem gedehnten Südstaatensingsang – ich konnte fast vor mir sehen, wie der warme Apple Pie von ihren Lippen rutschte und zischend auf der Tastatur landete, die Feuer fing, sodass meine Vorladung ein für alle Mal aus dem System gelöscht war, »Sie sind offenbar nicht mit diesem Verfahren vertraut.« Die Frau holte tief Luft, und ich nutzte die Gelegenheit, ehe die heißen Äpfel das nächste Mal tropften, um zu fragen: »Sind das sonst alle?«

Anscheinend hatte ich ihren Gedankengang unterbrochen. »Wie bitte?«

»Wenn Sie mit jemandem Kontakt aufnehmen, also *wenn das Leben jemanden auffordert, sich mit ihm zu treffen*«, erläuterte ich, »sind die Betreffenden dann normalerweise mit dem Verfahren vertraut?«

»Naaa jaaa«, erwiderte sie gedehnt. »Teils, teils. Kommt darauf an. Aber für die, die nicht Bescheid wissen, bin ich ja da. Würde es Ihnen die Sache denn erleichtern, wenn wir es so arrangieren, dass er zu Ihnen kommt? Wenn ich ihn darum bitte, ist er bestimmt bereit dazu.«

Ich ließ mir die Frage durch den Kopf gehen, dann fiel mir plötzlich etwas auf. »Er?«

Die Frau lachte leise. »Das überrascht die Leute auch meistens.«

»Ist es denn immer ein *Er*?«

»Nein, nicht immer, manchmal ist es auch eine Sie.«

»Und wann sind es Männer? Nach welchen Kriterien richtet sich das?«

»Oh, reiner Zufall, Schätzchen, da gibt es keine Kriterien. Wie bei der Geburt. Ist das ein Problem für Sie?«

Ich dachte nach, konnte aber nicht erkennen, warum es das sein sollte. »Nein.«

»Wann würde es Ihnen denn passen, dass er Sie besucht?« Sie tippte wieder auf ihrer Tastatur herum.

»Mich besuchen? Nein!«, schrie ich ins Telefon. Mr Pan zuckte zusammen, öffnete die Augen, sah sich irritiert um und schloss die Augen wieder. »Entschuldigung, ich wollte nicht schreien.« Ich beruhigte mich wieder. »Er kann nicht hierherkommen.«

»Aber ich dachte, es wäre kein Problem für Sie.«

»Ich meinte, es ist kein Problem für mich, dass es ein Mann ist. Ich hab gedacht, das hätten Sie mich gefragt.«

Sie lachte. »Aber warum sollte ich denn so was fragen?«

»Keine Ahnung. Bei der Wellness wird man das manchmal gefragt, wissen Sie, wenn man zum Beispiel nicht von einem Mann massiert werden möchte ...«

»Also, ich garantiere Ihnen, dass er keinen einzigen Körperteil von Ihnen massieren wird«, kicherte die Frau.

Aus ihrem Mund klang *Körperteil* irgendwie schmutzig. Ich schauderte.

»Na ja, sagen Sie ihm einfach, es tut mir leid, aber er kann nicht zu mir kommen.« Ich sah mich in meinem jämmerlichen Studio um, in dem ich mich immer recht wohlgefühlt hatte. Es war ein Platz für mich ganz allein, mein persönlicher Rückzugsort. Nicht für Gäste, Liebhaber, Nachbarn, Familienangehörige oder auch nur die Feuerwehr – ich dachte daran, wie der Teppich Feuer gefangen hatte –, sondern nur für mich. Und Mr Pan. Ich kauerte in der Couchecke, ein paar Schritte hinter mir begann bereits mein Doppelbett. Rechts befand sich die Küchentheke mit der Arbeitsplatte, links waren die Fenster, und neben dem Bett ging es ins Badezimmer. Das war so ziemlich alles. Nicht, dass es mir zu klein war und ich mich deswegen schämte. Nein, es war eher der Zustand meiner Wohnung, der mir etwas ausmachte. Der Boden war mein Schrank geworden. Ich stellte mir meine überall verstreuten Habseligkeiten gern als Trittsteine vor, mein gelber Ziegelstein-Zauberweg, etwas in dieser Art. Der Inhalt des Kleiderschranks meiner schnieken Penthousewohnung von damals brauchte mehr Platz, als das ganze neue Studioapartment zu bieten hatte, und deshalb hatten meine Schuhe, von denen ich ohnehin zu viele besaß, nun eine Heimat auf dem Fensterbrett gefunden, meine Mäntel und längeren Kleider hingen auf Bügeln rechts und links an der Vorhangstange, und ich schob sie, je nach dem Stand von Sonne oder Mond, hin und her wie richtige Vorhänge. Den Teppich habe ich bereits beschrieben, die Couch beanspruchte den gesamten Wohnbereich vom Fensterbrett bis zur Küchenarbeitsplatte, sodass man von hinten über die Lehne klettern musste, weil man nicht um sie herumgehen konnte. In diesem Chaos konnte mir mein Leben unmöglich einen Besuch abstatten. Die Absurdität dieser Situation war mir allerdings durchaus bewusst.

»Mein Teppich wird gerade gereinigt«, sagte ich und seufzte, als wären die damit verbundenen Unannehmlichkeiten kaum zu ertragen. Eigentlich war es nicht mal eine richtige Lüge. Mein Teppich musste wirklich gereinigt werden, dringend sogar.

»Also, da kann ich Ihnen die Magic Carpet Cleaners empfehlen«, sagte die Frau vergnügt, als hätte sie flugs zur Werbepause umgeschaltet. »Mein Mann hat die Angewohnheit, seine Stiefel im Wohnzimmer zu putzen, und die Magic Carpet Cleaners kriegen die schwarze Schuhcreme immer problemlos wieder raus. Unglaublich! Mein Mann schnarcht, und wenn ich nicht vor ihm einschlafe, dann kann ich es ganz vergessen, und dann schaue ich mir immer diese Werbesendungen an, und eines Nachts habe ich einen Spot gesehen, in dem ein Mann seine Schuhe auf einem weißen Teppich putzt, genau wie meiner, und so bin ich auf die Magic Carpet Cleaners gekommen. Wie für mich gemacht. Sofort war der Fleck weg, und ich hab sie gleich beauftragt. Und die arbeiten einwandfrei. Magic Carpet Cleaners, schreiben Sie es sich auf.«

Sie erzählte das so eindringlich, dass ich auf einmal den Wunsch verspürte, schwarze Schuhcreme zu kaufen, um diese magischen Teppichreiniger aus der Werbung zu testen, und ich kramte tatsächlich nach einem Stift, der allerdings gemäß dem Stiftgesetz von anno dazumal nirgends in Sichtweite war, wie immer, wenn ich ihn brauchte. Immerhin lag ein Edding da, und ich schaute mich nach einem Zettel um, aber da ich keinen finden konnte, schrieb ich auf den Teppich, was mir ganz angemessen erschien.

»Warum sagen Sie mir nicht einfach, wann Sie Zeit für ein Treffen haben, dann können wir uns das ganze Hin und Her sparen.«

Meine Mutter hatte für Samstag ein Familientreffen anberaumt.

»Schauen Sie, ich weiß, wie wichtig es ist, dass ich von meinem Leben eingeladen worden bin, deshalb würde ich mich sehr gern am Samstag mit ihm verabreden, obwohl ich eigentlich zu einem Familientreffen muss.«

»O Schätzchen, ich mache mir sofort eine Notiz, dass Sie bereit waren, auf einen Tag mit Ihren Lieben zu verzichten, nur um sich mit Ihrem Leben treffen zu können, aber ich denke, Sie sollten sich die Zeit für Ihre Familie unbedingt nehmen, denn wer weiß, wie lange Sie alle noch vollzählig zusammen sein werden. Wir machen dann einfach einen Termin für den nächsten Tag. Sonntag. Ist das nicht eine gute Lösung?«

Ich stöhnte. Aber nicht laut, nur innerlich – ein lang gezogener gequälter Laut, der von einem gequälten Ort tief in meinem Innern ausging. Und so wurde der Termin vereinbart. Am Sonntag würden wir uns treffen, unsere Wege würden sich kreuzen und die Dinge sich von Grund auf ändern. Jedenfalls hatte ich in einem Zeitschrifteninterview mit einer

Frau, die ihrem Leben begegnet war, gelesen, dass man mit so etwas rechnen musste. Für ungebildete Leserinnen, die sich so etwas nicht vorstellen konnten, gab es zur Veranschaulichung Vorher-Nachher-Fotos. Interessanterweise hatte die Frau, bevor sie ihrem Leben begegnet war, die Haare nicht gestylt, danach aber schon; vorher hatte sie weder Make-up noch Selbstbräuner aufgelegt, aber danach. Vorher hatte sie sich in Leggins und einem Mickymaus-T-Shirt unter grellem Licht fotografieren lassen, danach präsentierte sie sich in einem weich fallenden asymmetrischen Kleid in einer perfekt ausgeleuchteten Studio-Küche, wo eine große Schale kunstvoll arrangierter Zitronen und Limetten darauf hinwies, dass das Leben ihre Vorliebe für Zitrusfrüchte unterstützte. Vor ihrem Treffen mit dem Leben hatte die Frau eine Brille getragen, danach trug sie Kontaktlinsen. Ich fragte mich, was sie mehr verändert hatte – die Zeitschrift oder das Leben.

Nicht mal eine Woche, bis ich mein Leben treffen würde. Und mein Leben war ein Mann. Aber warum ich? Mein Leben war doch ganz in Ordnung. Es ging mir gut. Alles lief prima.

Dann streckte ich mich auf der Couch aus und studierte die Vorhangstange, um zu entscheiden, was ich anziehen sollte.

Kapitel 4

An dem verhängnisvollen Samstag, vor dem mir schon gegraut hatte, bevor ich von ihm erfahren hatte, hielt ich in meinem 1984er VW Käfer – der den ganzen Weg zu der exklusiven Wohnsiedlung Fehlzündungen gehabt und einige tadelnde Blicke von den sensiblen reichen Leuten auf sich gezogen hatte – am elektrischen Tor vor dem Haus meiner Eltern. Da ich nicht in dem Haus aufgewachsen war, vor dem ich jetzt wartete, hatte ich auch nicht das Gefühl, nach Hause zu kommen. Es fühlte sich nicht mal wie das Zuhause meiner Eltern an. Es war lediglich das Haus, in dem sie wohnten, wenn sie gerade nicht in ihrem Feriendomizil weilten, und ihr Feriendomizil war das Haus, in dem sie wohnten, wenn sie sich gerade nicht in ihrem Haupthaus aufhielten. Die Tatsache, dass ich draußen warten musste, bis mir Einlass gewährt wurde, sorgte zusätzlich für Distanz. Manche meiner Freunde fuhren einfach in die Auffahrt, kannten Passwörter und Alarmcodes oder benutzten sogar ihren eigenen Schlüssel, wenn sie ihre Eltern besuchten. Aber ich wusste nicht mal, wo die Kaffeetassen standen. Das große Tor erfüllte seinen Zweck, denn es war ja dafür gemacht, Landstreicher und unerwünschtes Gesindel – und Töchter – abzuhalten. Für mich allerdings war das Abschreckendste die Vorstellung, da drinnen eingesperrt zu sein. Ein Einbrecher hätte über das Tor klettern wollen, um reinzukommen, ich dagegen wollte drüberklettern, um rauszukommen. Als würde es meine Stimmung aufgreifen, hatte mein Auto – das ich, nebenbei bemerkt, Sebastian getauft hatte, nach meinem Großvater, den man nie ohne Zigarre sah und der schließlich an seinem Raucherhusten starb – angefangen zu schwächeln, sobald es merkte, wohin es ging. Der Weg zum Haus meiner Eltern führte durch ein verzwicktes Labyrinth kurviger Sträßchen quer durch Glendalough, auf und ab, hin und her, vorbei an einer endlosen Abfolge gigantischer Villen. Stotternd blieb Sebastian stehen. Ich kurbelte mein Fenster herunter und drückte auf die Gegensprechanlage.

»Hallo, hier ist das Silchester-Heim für Perverslinge, wie kann ich Ihnen helfen?«, ertönte eine heisere Männerstimme aus dem Lautsprecher.

»Hör auf mit dem Quatsch, Riley.«

Aus dem Lautsprecher erscholl explosives Gelächter, was zur Folge hatte, dass zwei botoxgespritzte Blondinen in Walkingausrüstung ihr intimes Geplauder unterbrachen, zu mir herumwirbelten, dass die Pferdeschwänze flogen, und mich interessiert anstarrten. Ich lächelte ihnen zu, aber als sie erkannten, dass es sich bei mir lediglich um ein unwichtiges braunes Ding in einer rostigen Blechkiste handelte, wandten sie sich wieder ab und setzten ihre von keiner sichtbaren Sliplinie verunzierten, stramm in Lycra verpackten kleinen Rosinenpopos wieder in Bewegung.

Das Tor bebte, geriet in Bewegung und öffnete sich von der Mitte aus.

»Okay, Sebastian, dann wollen wir mal.« Der VW ruckelte los. Er wusste, was vor ihm lag: zwei Stunden Warterei zwischen lauter protzigen Angeberkarossen, mit denen er nichts gemeinsam hatte. Für mich würde es nicht anders sein. Über den langen Kiesweg gelangten wir auf den Parkplatz. Mittendrin stand ein Brunnen in Form eines Löwen, der mit aufgerissenem Maul trübes Wasser in die Höhe spuckte. Ich parkte ein Stück entfernt von Vaters flaschengrünem Jaguar XJ und seinem 1960er Morgan +4, den er gern als sein Wochenendauto bezeichnete, weil er ihn in seiner Freizeitaufmachung mit klassischen Lederhandschuhen und Schutzbrille fuhr – als wäre er Dick Van Dyke in *Tschitti Tschitti Bäng Bäng*. Natürlich war er ansonsten vollständig bekleidet – es lag keineswegs in seiner Absicht, seine Mitmenschen zu belästigen. Neben Vaters Autos stand der schwarze Geländewagen meiner Mum. Sie hatte sich eigens einen Wagen gewünscht, der ein Minimum an Fahrkünsten von ihr verlangte, und aus diesem Grund besaß dieses Gefährt Parksensoren, die so viele Perspektiven abdeckten, dass sie piepten, wenn auf der Autobahn jemand drei Fahrspuren neben ihm vorbeifuhr. Auf der anderen Seite des gekiesten Bereichs parkten der Aston Martin meines ältesten Bruders Riley und der familientaugliche Range Rover meines mittleren Bruders Philip, aufgemotzt mit sämtlichen Upgrades, unter anderem mit Fernsehbildschirmen hinten in den Kopfstützen, damit den Kindern während der zehn Minuten Fahrt vom Ballett zum Basketballtraining nicht langweilig wurde.

»Lass ruhig den Motor laufen, ich bin in höchstens zwei Stunden wieder da«, sagte ich und tätschelte Sebastian.

Dann sah ich zum Haus empor. Ich weiß nicht, aus welcher Ära es stammte, auf jeden Fall nicht aus der »georgwardischen«, wie ich auf der Weihnachtsparty der Schuberts gewitzelt hatte, sehr zum Amüsement meines Bruders, zum Missfallen meines Vaters und zum Stolz meiner Mutter. Es war auf jeden Fall eindrucksvoll und von einem Lord

Soundso als Landsitz erbaut worden. Später hatte der Lord sein Vermögen verspielt, und das Haus wurde an einen Mann verkauft, der ein berühmtes Buch schrieb, weshalb wir gesetzlich verpflichtet waren, eine Messingplakette mit seinem Namen am Tor anzubringen. Vorgeblich war sie zur Information für Literaturfans, aber in erster Linie wurde sie von den vorübereilenden Rosinenpopo-Walkerinnen wahrgenommen, die sie voller Neid anglotzten und sich ärgerten, dass an ihrem eigenen Haus nichts dergleichen zu bewundern war. Der berühmte Schriftsteller hatte eine verbotene Beziehung mit einem depressiven Dichter, der einen Ostflügel an die Villa anbauen ließ, um dort ungestört sein zu können. Im Haus gab es eine beeindruckende Bibliothek, die unter anderem die Korrespondenz von Lord Soundso mit Lady Wieauchimmer enthielt, dazu Liebesbriefe von Lord Soundso an Lady Heimlich, die er verfasst hatte, während er mit Lady Wieauchimmer verheiratet war, außerdem hingen Originalmanuskripte des berühmten Schriftstellers gerahmt an der Wand. Die Werke des depressiven Dichters dagegen standen ungeschützt neben einem Weltatlas und der Biografie von Coco Chanel auf dem Regal. Er hatte sich nie gut verkauft, nicht einmal nach seinem Tod. Nach einer gut dokumentierten turbulenten Affäre vertrank der berühmte Schriftsteller sein ganzes Geld, und das Haus wurde an eine wohlhabende deutsche Familie verkauft, die in Bayern Bier braute und das Haus als Ferienwohnung benutzte. Die Deutschen fügten einen Westflügel und obendrein einen Tennisplatz hinzu, von dem ihr Sohn Bernhard – nach den verblassten Schwarz-Weiß-Fotos zu urteilen ein übergewichtiger und anscheinend unglücklicher, in zu enge Matrosenanzüge gequetschter Junge – jedoch allem Anschein nach wenig Gebrauch machte. In einem Walnussholzschränkchen der heutigen Silchester-

Bar befindet sich übrigens noch eine Originalflasche des deutschen Familienbiers. Überall in dem Anwesen stieß man auf Erinnerungen und Spuren all dieser anderen Leben, und ich fragte mich oft, was meine Eltern hier – abgesehen von Ralph Laurens aktuellster Innenausstattung – wohl hinterlassen würden.

Am Fuße der Steintreppe zur Eingangstür empfingen mich zwei grimmige Tiere, die ich noch immer nicht identifizieren konnte. Zwar sahen sie auf den ersten Blick aus wie Löwen, hatten aber Hörner, und zwei ihrer Beine waren eng ineinander verschlungen, was extrem unbequem aussah und mir immer vorkam, als ob sie, nachdem sie jahrhundertelang auf den Brunnen da draußen gestarrt hatten, dringend zur Toilette müssten. Vorausgesetzt, dass Ralph Lauren nicht gerade eine sehr finstere Phase durchmachte, hätte ich darauf gewettet, dass der berühmte betrunkene Schriftsteller oder der depressive Dichter diese Kreaturen ausgewählt hatten.

Die Tür öffnete sich, und mein Bruder Riley erschien, grinsend wie die leibhaftige Grinsekatze.

»Du bist aber spät dran.«

»Und du bist ekelhaft«, erwiderte ich und meinte damit den Empfang vorhin am Tor.

Er lachte nur.

Ich trottete die Treppe hinauf und überquerte die Schwelle zur Eingangshalle mit ihrem schwarz-weißen Marmorboden und doppelt hoher Decke, von der ein Kronleuchter von der Größe meiner Wohnung herabbaumelte.

»Was denn – kein Geschenk?«, fragte mein Bruder und umarmte mich länger, als ich wollte, nur um mich zu ärgern.

Ich stöhnte. Er klang witzig, aber ich wusste, dass er es ernst meinte, denn meine Familie gehörte einer sehr ernsten Glaubensrichtung an – der Kirche der sozialen Etikette.

Die Vorsitzenden dieser Kirche waren »die Leute«. Alles, was gesagt oder getan wurde, wurde daran gemessen, was »die Leute« dazu sagen und denken würden. Wichtiger Bestandteil der Etikette war, dass man ein Geschenk mitbrachte, wenn man jemanden besuchte, selbst wenn dieser Jemand zur Familie gehörte und man einfach nur so vorbeikam. Aber wir Silchesters kamen ja auch nicht einfach so bei jemandem vorbei. Wir arrangierten Besuche sorgfältig und von langer Hand, wir vereinbarten Termine und verbrachten oft Wochen, ja Monate damit, alle Gäste unter einen Hut zu bekommen.

»Was hast *du* denn mitgebracht?«, fragte ich ihn.

»Eine Flasche von Vaters Lieblingsrotwein.«

»Schleimer.«

»Nur weil ich ihn selbst trinken möchte.«

»Er wird ihn aber nicht aufmachen. Eher würde er warten, bis alle, die er liebt, tot und begraben sind, bevor er überhaupt auf die Idee kommt, ihn für sich allein in einem abgeschlossenen Zimmer zu öffnen. Ich wette zehn, nein, zwanzig Euro, dass er ihn nicht aufmacht.« Ich brauchte dringend Benzingeld.

»Dein Einfühlungsvermögen ist ja geradezu rührend, aber ich glaube an unseren Vater. Die Wette gilt«, antwortete er und streckte die Hand aus.

»Und für Mum?« Ich schaute mich in der Halle um, ob ich vielleicht etwas entdecken konnte, was sich als Geschenk eignete und nicht auffiel, wenn es weg war.

»Eine Kerze und Badeöl. Aber bevor du deshalb auf die Palme gehst – ich hab das Zeug in meiner Wohnung gefunden.«

»Ja, weil ich die Sachen für Wie-hieß-sie-doch-gleich gekauft habe, für dieses Mädchen, das du abserviert hast und das gelacht hat wie ein Delfin.«

»Du hast ein Geschenk für Vanessa gekauft?«

Inzwischen wanderten wir durch die endlosen Räume der Villa, ein Zimmer nach dem anderen, mit Sitzecken und offenen Kaminen, mit Sofas, auf denen wir nicht sitzen, und Kaffeetischchen, auf denen wir keine Getränke abstellen durften.

»Als Trostpreis, weil sie mit dir ausgegangen ist.«

»Anscheinend wusste sie es aber nicht zu schätzen.«

»Blöde Tusse.«

»Ja, blöde Delfin-Tusse«, stimmte er zu, und wir grinsten beide.

Schließlich erreichten wir das letzte Zimmer, ganz im hinteren Teil des Hauses. Früher einmal war es Lady Soundsos Salon gewesen, dann das Reimzimmer des depressiven Dichters, und jetzt war es Mr und Mrs Silchesters Freizeitraum: eine eingebaute Bar aus Walnussholz samt Zapfanlage und auf alt gemachtem Spiegel an der Rückwand. In dem Glasschränkchen hinter dem Tresen stand das original deutsche Bier von 1880, zusammen mit einem Schwarz-Weiß-Foto der Familie Altenhofen auf der Treppe vor dem Haus. Das Zimmer war ausgelegt mit einem dicken lachsroten Teppich, in dem die Füße versanken, es gab eine Cocktailbar mit großen Ledersesseln, und auch um ein paar Walnusstische waren kleinere Sessel arrangiert. Die Hauptattraktion jedoch war das große Erkerfenster, durch das man den Blick über das Tal und die sanften Hügel dahinter schweifen lassen konnte. Das Grundstück besaß über einen Hektar Rosengärten, einen Mauergarten und einen Swimmingpool mit stets frischem Wasser. Die Flügeltüren nach draußen standen offen, und große Kalksteinstufen führten zu einem Brunnen mitten auf dem Rasen. Neben dem Brunnen, direkt an dem plätschernden Bächlein, war ein mit weißem Leinen, Kristall und Silberbesteck gedeckter Tisch aufgebaut. In meiner Familie gab es so etwas wie Ungezwungenheit nicht, alles wurde gestaltet wie ein schönes Bild. Schade nur, dass ich es kaputtmachen würde.

In einem weißen knielangen Tweedkostümchen von Chanel und schlichten flachen Schuhen flatterte meine Mutter um den Tisch und schlug nach den Wespen, die in ihre Gartenparty einzudringen drohten. Ihre blonden Haare waren perfekt frisiert, nie verschwand das leichte Lächeln von ihren rosenfarbenen Lippen, ganz gleich, was in der Welt oder in ihrem Leben oder im Raum um sie herum passierte. Mein Bruder Philip – Besitzer des aufgemotzten Range Rovers, Facharzt für rekonstruktive plastische Chirurgie beziehungsweise für heimliche Brustvergrößerungen – saß bereits am Tisch und unterhielt sich mit meiner Großmutter, die wie üblich mit kerzengeradem Rücken auf ihrem Stuhl thronte, in einem geblümten Gartenpartykleid mit Perlenkette, die Haare zu einem strengen Knoten zurückgekämmt, Wangen und Lippen dezent rot geschminkt, die Hände auf dem Schoß gefaltet und die Beine sittsam an den Knöcheln überkreuzt, wie sie es unter Garantie im Mädchenpensionat gelernt hatte. Reglos saß sie da, ohne Philip anzusehen und wahrscheinlich auch, ohne ihm zuzuhören, während sie die Bemühungen meiner Mutter mit den typischen missbilligenden Blicken überwachte.

Ich schaute an mir herunter und strich mein Kleid glatt.

»Du siehst toll aus«, sagte Riley, schaute weg und versuchte, mir nicht das Gefühl zu geben, dass er mich nur aufbauen wollte. »Ich glaube, Mum möchte uns etwas mitteilen.«

»Sie ist nicht unsere richtige Mutter.«

»Ach, das meinst du doch nicht ernst«, hörte ich eine Stimme hinter mir.

»Edith!«, rief ich, noch ehe ich mich umdrehte. Edith

arbeitete seit dreißig Jahren als Haushälterin bei Mum und Vater. Sie war bei uns, seit ich denken kann, und hatte weit mehr mit unserer Erziehung zu tun als irgendeine der vierzehn Nannys, die unsere Eltern für uns anheuerten. Jetzt hielt sie eine Vase in der einen und einen riesigen Blumenstrauß in der anderen Hand, stellte die Vase ab und streckte mir die Arme entgegen.

»Oh, Edith, das sind aber schöne Blumen.«

»Ja, nicht wahr? Ich hab sie heute frisch gekauft, auf diesem neuen Markt unten bei – ...« Sie unterbrach sich und sah mich argwöhnisch an. »O nein. Kommt nicht infrage.« Hastig hielt sie die Hand mit den Blumen von mir weg. »Nein, Lucy. Die kannst du nicht haben. Letztes Mal hast du mir schon den Kuchen weggenommen, den ich eigentlich zum Nachtisch gebacken hatte.«

»Ich weiß, das war falsch, und ich mach es auch bestimmt nie wieder«, erklärte ich ernst und fügte hinzu: »Sie bettelt nämlich ständig, dass ich ihn noch mal mache. Ach komm, Edith, lass sie mich wenigstens anschauen. Sie sind echt wunderschön.« Ich zwinkerte ihr zu.

Da ergab Edith sich endlich ihrem Schicksal, und ich nahm ihr den Strauß ab.

»Mum wird sich bestimmt freuen«, sagte ich und grinste.

Edith musste sich das Lächeln verkneifen. Auch als wir klein waren, war es ihr immer schwergefallen, uns auszuschimpfen. »Du hast verdient, was jetzt auf dich zukommt, mehr kann ich dazu nicht sagen.« Dann verschwand sie in Richtung Küche, und ich war plötzlich so von Grauen erfüllt, dass ich das Gefühl hatte zu platzen. Riley ging voraus nach draußen, und ich stolperte mit meinem Strauß hinter ihm die breiten Stufen hinunter, auf denen ich immer zwei Schritte machen musste, er aber nur einen. Natürlich war er vor mir unten, und Mum strahlte wie ein Feuerwerk, als sie sah, dass ihr kostbarer Sohn auf sie zueilte.

»Lucy, Schätzchen, die sind ja wunderschön, das wäre doch nicht nötig gewesen«, rief sie dann so total übertrieben, als hätte man ihr soeben den Titel der Ms World überreicht, und nahm mir die Blumen ab.

Ich küsste meine Großmutter auf die Wange. Sie nahm es mit einem leichten Kopfnicken zur Kenntnis, rührte sich ansonsten jedoch nicht.

»Hallo, Lucy.« Philip stand auf und küsste mich auf die Wange.

»Wir dürfen uns nicht mehr auf diese Weise treffen«, sagte ich leise zu ihm, und er lachte.

Ich wollte ihn nach den Kindern fragen, hätte ihn fragen *müssen*, aber Philip geht auf solche höflichen Fragen immer viel zu ausführlich ein und lässt sich dann über sämtliche Details aus, die die Kinder gesagt und getan haben, seit ich sie zuletzt gesehen habe. Ich liebte sie wirklich sehr, aber es war mir einfach nicht besonders wichtig, was sie heute Morgen gefrühstückt hatten, auch wenn das ziemlich sicher etwas mit Biomangos und getrockneten Datteln gewesen war.

»Ich sollte sie ins Wasser stellen«, sagte Mum, die um meinetwillen immer noch – inzwischen übertrieben lang – die Blumen bewunderte.

»Ich mach das«, rief ich, denn ich erkannte meine Chance, mich eine Weile offiziell zu verdrücken. »Ich hab drinnen die perfekte Vase für den Strauß gesehen.«

Hinter Mums Rücken schüttelte Riley ungläubig den Kopf.

»Danke«, sagte Mum, als hätte ich ihr angeboten, ihr bis zu ihrem Lebensende sämtliche Rechnungen zu bezahlen. Dann sah sie mich bewundernd an. »Du siehst anders aus. Hast du was mit deinen Haaren gemacht?«

Sofort fuhr meine Hand zu meiner kastanienbraunen Mähne. »Äh – ich hab mit nassen Haaren geschlafen.«

Riley lachte.

»Oh. Sieht wunderbar aus«, sagte Mum.

»Davon kriegst du eine Erkältung«, warf meine Groß-mutter ein.

»Hab ich aber nicht.«

»Hätte leicht passieren können.«

»Ist es aber nicht.«

Schweigen.

Ich drehte mich um und wankte auf meinen hohen Ab-sätzen durchs Gras zu den Steinstufen. Mittendrin gab ich auf, kickte die Schuhe weg, und unter meinen bloßen Füßen fühlte sich der Stein wunderbar sonnenwarm an. Inzwischen hatte Edith die Vase von der Bar geräumt, aber ich war froh darüber, denn nun hatte ich eine Aufgabe, mit der ich die Zeit totschlagen konnte. Im Kopf rechnete ich kurz nach, dass von meiner verspäteten Ankunft bis zu der jetzigen Blu-men- beziehungsweise Vasenunternehmung immerhin schon zwanzig Minuten der gefürchteten zwei Stunden verstrichen waren.

»Edith«, rief ich halbherzig, denn nur ich selbst konnte mich hören, während ich von einem Zimmer zum nächsten eilte und mich immer weiter von der Küche entfernte, obwohl ich wusste, dass ich sie dort bestimmt finden würde. Es gab fünf große Zimmer, die auf den Garten hinausgingen – eines stammte aus der Zeit des berühmten betrunkenen Schrift-stellers, zwei vom ursprünglichen Haus und noch mal zwei von der deutschen Bierfamilie. Als ich all diese Räume, die mit großen Flügeltüren verbunden waren, durchquert hatte, trat ich auf den Korridor hinaus und machte kehrt. Auf der anderen Seite des Gangs sah ich die großen Walnussholztüren zum Arbeitszimmer meines Vaters weit offen stehen. Hier hatte der berühmte Schriftsteller seinen berühmten Roman geschrieben. Hier wühlte sich mein Vater durch endlose Papierberge. Manchmal fragte ich mich, ob das Papier nicht vielleicht leer war und er einfach das Gefühl von Papier liebte. Vielleicht hatte er ein Nervenleiden, das durch den Kontakt mit Papieren gelindert wurde, und deshalb musste er sie ständig anschauen, berühren und umblättern.

Mein Vater und ich stehen uns sehr nah. Manchmal sind unsere Gedanken so ähnlich, dass wir fast der gleiche Mensch sein könnten. Wenn Leute uns zusammen sehen, staunen sie über unsere Verbundenheit, über seinen Respekt vor mir und meine Bewunderung für ihn. Oft nimmt er sich einen Tag frei, holt mich in meiner Wohnung ab und nimmt mich mit auf ein Abenteuer. Schon als Kind hat er mich nach Strich und Faden verwöhnt, ich war ja seine einzige Tochter. Daddys Liebling, so nannten mich alle. Manchmal ruft er mich tagsüber an, nur um zu fragen, wie es mir geht, und zum Valentinstag schickt er mir Blumen und Karten, damit ich mich nicht einsam fühle. Er ist wirklich ein besonderer Mann. Wir haben wirklich eine ganz besondere Verbindung. Manchmal nimmt er mich an einem windigen Tag mit zu einem Gerstenfeld, ich ziehe mir ein Flatterkleid an, und dann rennen wir zusammen wie in Zeitlupe herum, oder er spielt das Kitzelmonster und versucht, mich zu fangen, jagt mich im Kreis herum, bis ich ins Kornfeld falle, dessen Halme mich umwogen und sich in der Brise hin und her wiegen. Wir haben so viel Spaß!

Okay, das war gelogen.

Wahrscheinlich hat man das spätestens an dem Bild mit dem Gerstenfeld in Zeitlupe gemerkt. Da hab ich wohl ein bisschen übertrieben. In Wirklichkeit kann mein Vater mich nicht ausstehen, und mir geht es umgekehrt genauso. Aber wir geben uns Mühe, einander zu ertragen, gerade genug, dass es irgendwie funktioniert, und auf diesem schmalen Grat balancieren wir, so gut es eben geht, dem Weltfrieden zuliebe.

Er musste gemerkt haben, dass ich an seinem Büro vorbeikam, aber er blickte nicht auf, sondern blätterte die nächste rätselhafte Seite um. Unser Leben lang hatte er akribisch dafür gesorgt, dass sich diese Papiere nie in unserer Reichweite befanden, und ich war besessen davon herauszufinden, was darauf zu sehen war. Als ich zehn Jahre alt war, schaffte ich es endlich, mich eines Abends, als er vergessen hatte, die Tür abzuschließen, in sein Büro zu schleichen. Aber als ich die Papiere dann endlich mit wild klopfendem Herzen betrachten konnte, verstand ich kein Wort von dem, was daraufstand. Nichts als juristischer Fachjargon. Mein Vater war Richter am Obersten Gerichtshof, und als ich älter wurde, begriff ich, dass er einen hervorragenden Ruf hatte und einer der führenden irischen Strafrechtsexperten war. Seit seiner Berufung an den Obersten Gerichtshof vor zwanzig Jahren führte er bei Mord- und Vergewaltigungsprozessen den Vorsitz. Ein völlig humorloser Typ, dessen konservative Ansichten oft kontrovers diskutiert wurden. Wenn er nicht mein Vater gewesen wäre, hätte ich womöglich manchmal auf der Straße gegen ihn demonstriert. Oder vielleicht auch gerade deshalb. Sein Vater war Universitätsprofessor, und seine Mutter – die alte Frau, die jetzt in ihrem Blumenkleid im Garten saß – war ebenfalls Wissenschaftlerin. Allerdings weiß ich nicht genau, was sie machte, außer dass sie überall, wo sie auftauchte, für Spannungen sorgte. Ich glaube, sie forschte irgendetwas über Maden im Boden bestimmter Klimazonen. Vater ist European Universities Debating Champion, Absolvent des Trinity

College Dublin und der Honorable Society of King's Inns, deren Motto *Nolumus Mutari* nichts anderes bedeutet als *Wir lassen uns nicht ändern*. Das sagt schon eine Menge über ihn aus. Eigentlich weiß ich über meinen Vater nur das, was die Urkunden an der Wand seines Büros der Welt kundtun. Früher dachte ich, alles andere wäre ein großes Geheimnis, das ich eines Tages lüften würde, und dann würde plötzlich alles einen Sinn ergeben. Am Ende seiner Tage, wenn er ein alter Mann war und ich eine verantwortungsbewusste, attraktive und sehr erfolgreiche Karrierefrau mit extrem langen Beinen und einem umwerfenden Ehemann, würden wir versuchen, die verlorene Zeit nachzuholen. Aber inzwischen ist mir klar, dass mein Vater keineswegs ein Mysterium ist. Er ist, wie er ist, und wir mögen uns nicht, weil wir nicht mal ansatzweise verstehen können, wie der andere tickt, nicht das geringste bisschen.

So stand ich nun unter der Tür seines holzvertäfelten Büros und beobachtete, wie er, die Brille auf der Nasenspitze, in seinen Papieren las, umgeben von Bücherregalen, die Luft wie immer erfüllt von einem Geruch nach Staub, Leder und Zigarrenrauch, obwohl er schon vor zehn Jahren mit dem Rauchen aufgehört hatte. Auf einmal spürte ich ein warmes Gefühl in mir – er sah so alt aus. Oder zumindest älter. Und ältere Menschen waren wie Babys – etwas an ihrem Verhalten brachte einen dazu, sie trotz ihrer ignoranten, egoistischen Persönlichkeit zu lieben. Nachdem ich eine Weile so dagestanden, ihn angeschaut und über das unerwartete warme Gefühl nachgedacht hatte, fand ich es unangemessen, einfach wortlos wegzugehen, also räusperte ich mich und beschloss dann spontan, an seine offene Tür zu klopfen, wobei die Folie, in die mein Strauß eingewickelt war, laut knisterte. Aber er blickte nicht auf. Ich ging hinein.

Und wartete. Erst geduldig. Dann ungeduldig. Dann wollte ich ihm die Blumen an den Kopf werfen. Dann wollte ich jede Blume Blatt für Blatt zerpflücken und ihm ins Gesicht schleudern. Dann verwandelte sich das, was als sanfte natürliche Freude am Wiedersehen mit meinem Vater begonnen hatte, endgültig in die bekannten Gefühle von Frustration und Wut. Warum machte er es einem immer so schwer? Immer war diese Mauer zwischen uns, immer fühlte ich mich unbehaglich. »Hi«, sagte ich und klang, als wäre ich wieder sieben Jahre alt.

Doch auch jetzt blickte er nicht auf, sondern las seine Seite fertig, blätterte weiter und las auch diese Seite bis zum Ende. Vielleicht dauerte es in Wirklichkeit nur eine Minute, aber es fühlte sich an wie mindestens fünf. Und dann hob er schließlich den Kopf, nahm seine Brille ab und schaute auf meine nackten Füße herunter.

»Ich hab Blumen für Mum und dich mitgebracht, und jetzt suche ich eine Vase.« Wahrscheinlich war das ungefähr so ein Verlegenheitssatz wie das *Ich hab eine Wassermelone getragen* in *Dirty Dancing*.

Schweigen. »Hier drin findest du bestimmt keine.« In meinem Kopf hörte ich: *Du dämliche Kuh!* Solche Ausdrücke würde er allerdings nie benutzen, höchstens so etwas wie »Verflixt«, was mich unendlich nervte.

»Ich weiß, aber ich dachte, ich sage mal kurz Hallo.«

»Bleibst du zum Essen?«

Ich versuchte herauszufinden, was genau er damit meinte. Entweder wollte er, dass ich zum Essen blieb, oder er wollte es nicht. Irgendetwas musste es bedeuten, denn alle Sätze meines Vaters waren codiert, und für gewöhnlich hatten sie den Unterton, dass ich schwachsinnig war. Doch sosehr ich mir auch den Kopf zerbrach, ich kam zu keiner Lösung. Also sagte ich einfach: »Ja.«

»Dann sehen wir uns beim Essen.«

Was bedeutete: Warum stehst du barfuß in meinem Büro herum und gehst mir mit deinem blöden »Hi« auf die Nerven, wenn wir uns sowieso gleich beim Essen sehen, *verflixt*. Er setzte die Brille wieder auf, griff nach seinen Papieren und las weiter. Wieder wollte ich ihm die Blumen an den Kopf werfen, sie eine nach der anderen von seiner Stirn abprallen lassen, aber aus Respekt vor Ediths Strauß drehte ich mich um und ging, wobei ich mit meinen nackten Füßen, die auf dem Boden klebten, ein lautes Quietschgeräusch erzeugte. In der Küche lud ich die Blumen in der Spüle ab, schaute, was an Essbarem herumstand, naschte ein bisschen und ging schließlich wieder in den Garten hinaus. Vater war schon draußen und begrüßte seine Söhne mit kernigem Händedruck und tiefer Stimme, gefolgt von einer dreifachen Demonstration der Männlichkeit, bei der sie herzhaft in Fasanenschenkel bissen, klirrend ihre Zinnkrüge aneinanderstießen, die eine oder andere Brust befummelten, sich schließlich den Sabber vom Mund wischten und zufrieden rülpsten. Zumindest in meiner Fantasie. Dann nahmen sie Platz.

»Du hast Lucy noch gar nicht begrüßt, Schatz! Sie hat eine Vase für die wunderschönen Blumen gesucht, die sie uns mitgebracht hat.« Mum lächelte mich wieder an, als wäre ich für alles Gute in der Welt verantwortlich. Im Lächeln war sie wirklich eine große Meisterin.

»Ich hab sie schon im Haus gesehen.«

»Oh, das ist ja schön«, zwitscherte Mum und studierte mich. »Hast du eine Vase gefunden?«

Ich sah zu Edith hinüber, die gerade die Brötchen auf den Tisch stellte. »Ja, die in der Küche neben dem Mülleimer«, antwortete ich lächelnd, damit sie denken musste, dass ich die Blumen in den Müll geworfen hatte. Was ich natürlich nicht gemacht hatte, aber ich nahm sie gern ein bisschen auf den Arm.

»Ah, genau dahin, wo dein Essen schon gelandet ist«, gab Edith süßlich lächelnd zurück. Mum schaute verständnislos drein. »Wein?«, fragte Edith die anderen und sah absichtlich durch mich hindurch.

»Nein, ich muss fahren«, antwortete ich trotzdem, »aber Riley möchte gern ein Glas von dem Rotwein, den er Vater mitgebracht hat.«

»Riley muss auch fahren«, sagte Vater in die Runde.

»Ein Gläschen könnte er schon vertragen.«

»Angetrunkene Fahrer gehören ins Gefängnis«, blaffte Vater.

»Letzte Woche hat es dich nicht gestört, dass er etwas getrunken hat«, sagte ich und versuchte dabei, nicht aggressiv zu klingen, was mir nicht gelang.

»Letzte Woche war auch dieser kleine Junge noch nicht durch die Windschutzscheibe geflogen, weil der verflixte Fahrer betrunken war.«

»Nein, Riley, das hast du nicht wirklich gemacht?«

Geschmacklos von mir, ich weiß, aber irgendwie sollte es das wohl sein, ich wollte Vater provozieren, der nun ein Gespräch mit seiner Mutter begann, als wäre ich gar nicht da. Riley schüttelte ungläubig den Kopf, aber ich war nicht sicher, ob wegen meines unangebrachten Witzes oder weil er sich nicht an Vaters kostbarem Wein laben konnte, aber auf jeden Fall hatte er die Wette verloren. Riley griff in die Hosentasche und gab mir einen Zwanzigeuroschein. Das brachte unseren Vater dazu, sein Zwiegespräch mit seinem besten Freund, der Distanz, endlich doch zu unterbrechen und unsere Transaktion missbilligend zu beobachten.

»Ich hatte Schulden bei ihr«, erklärte Riley.

Da niemand am Tisch glaubte, dass ich in der Lage war, jemandem Geld zu leihen, änderte das aber nichts daran, dass ich wieder einmal als die Dumme dastand.

»Nun«, setzte Mum an, als Edith fertig aufgetragen hatte und wir alle saßen. Sie sah mich an. »Aoife McMorrow hat letzte Woche geheiratet. Will Wilson.«

»Oh, da freue ich mich aber für sie!«, sagte ich enthusiastisch und stopfte mir ein Brötchen in den Mund. »Wer ist Aoife McMorrow?«

Riley lachte.

»Sie war mit dir im Stepptanzunterricht.« Mum sah mich an; sie schien völlig überrascht davon, dass ich meine Stepptanzbekannte aus der Zeit, als ich sechs war, vergessen hatte. »Und Laura McDonald hat letzte Woche ein kleines Mädchen bekommen.«

»Ia-ia-ho«, sang ich.

Riley und Philip lachten. Sonst niemand. Mum hätte gerne mitgelacht, aber sie verstand den Witz nicht.

»Ich bin ihrer Mutter gestern auf dem Biomarkt begegnet, und sie hat mir ein Foto von der Kleinen gezeigt. Ein süüüüßes Baby. Einfach zum Anbeißen. Jetzt ist Laura verheiratet und Mutter, alles in einem Jahr, stell dir das mal vor.«

Ich lächelte verkniffen und spürte Rileys angestrengten Blick auf mir ruhen, der mich dringend ersuchte, den Mund zu halten.

»Das Baby hat viereinhalb Kilo gewogen, Lucy, ist das nicht unglaublich?«

»Jackson hatte auch über vier Kilo«, warf Philip ein. »Luke drei Komma acht und Jemima drei Komma neun.«

Alle sahen ihn an und taten so, als wäre diese Information brennend interessant.

Er wandte sich wieder seinem Brötchen zu.

»Ist doch wirklich wunderschön ...«, sagte Mum, wobei sie mich mit Knautschgesicht und hochgezogenen Schultern anstarrte – viel zu lange.»... Mutter zu werden.«

»Ich war mit zwanzig verheiratet«, verkündete meine Großmutter, als wäre das eine Heldentat. Dann unterbrach sie sogar das Buttern ihres Brötchens und sah mir tief in die Augen. »Mit vierundzwanzig hatte ich mein Studium fertig und mit siebenundzwanzig drei Kinder.«

Ich nickte mit gespielter Ehrfurcht. Ich hörte das alles ja nicht zum ersten Mal. »Hoffentlich haben sie dir eine Medaille verliehen.«

»Eine Medaille?«

»Das ist nur so ein Ausdruck. Wenn jemand etwas ... etwas Erstaunliches leistet.« Ich bemühte mich, den Sarkasmus zurückzuhalten, der darauf brannte, endlich in Aktion treten zu dürfen. Er stand an der Seitenlinie, wärmte sich auf und war absolut erpicht darauf, als Ersatzspieler für Höflichkeit und Toleranz eingewechselt zu werden.

»Das ist keine Leistung, sondern schlicht das Richtige, Lucy.«

Jetzt kam Mum mir tatsächlich zu Hilfe. »Heutzutage bekommen manche Mädchen eben erst mit Ende zwanzig ein Kind.«

»Aber Lucy ist dreißig.«

»Erst in ein paar Wochen«, entgegnete ich und setzte ein Lächeln auf. Der Sarkasmus zog die Trainingsjacke aus und machte sich bereit, aufs Spielfeld zu laufen.

»Na ja, wenn du meinst, du kannst in vierzehn Tagen ein Baby kriegen, hast du noch viel zu lernen«, sagte Großmutter und biss in ihr Brötchen.

»Manchmal sind sie heutzutage sogar noch älter«, sagte Mum.

Meine Großmutter gab tadelnde Schmatzgeräusche von sich.

»Sie machen Karriere, weißt du?«, fuhr Mum fort.

»Aber Lucy macht keine Karriere. Und was meinst du eigentlich, womit ich mich im Labor beschäftigt habe? Mit Brotbacken?«

Jetzt war Mum ernsthaft pikiert, denn sie hatte das Brot und die Brötchen auf dem Tisch selbst gebacken. Das tat sie immer, und alle wussten es, natürlich auch meine Großmutter.

»Jedenfalls nicht damit, dein Baby zu stillen«, murmelte ich leise, aber alle hörten mich und sahen mich an, und die Blicke waren nicht freundlich. Ich konnte nichts machen, der Ersatzspieler war auf dem Platz, und ich fühlte mich genötigt, meinen Kommentar zu erläutern. »Vater kommt mir nicht vor wie ein Mensch, der gestillt worden ist.« Wenn Riley die Augen noch weiter aufgerissen hätte, wären sie ihm glatt aus dem Kopf gesprungen, und sosehr er sich auch bemühte, er konnte das Lachen nicht zurückhalten. Mit einem skurrilen Geräusch platzte es aus ihm heraus, ein Schwall fröhlicher Luft. Wortlos griff Vater nach der Zeitung, schlug sie mit einer entschlossenen Schüttelbewegung auf – einer Art Schauder, der ihm sicherlich über den Rücken lief – und verschanzte sich dahinter. Wir hatten ihn verloren. Er war weg, wieder einmal verschwunden hinter einer Wand von Papier.

»Ich schau mal nach der Vorspeise«, sagte Mum leise und erhob sich anmutig.

Von Mums Grazie hatte ich nichts geerbt, Riley aber schon. Weltmännisch und kultiviert verströmte er seinen Charme, und obwohl er mein Bruder war, war mir völlig klar, dass er mit seinen fünfunddreißig ein echt guter Fang war. Er war in Vaters juristische Fußstapfen getreten und anscheinend einer unserer besten Strafverteidiger. Das hatte ich schon öfter gehört; am eigenen Leib hatte ich sein Talent bisher noch nicht erlebt, aber das war für die Zukunft bei mir nicht völlig auszuschließen. Für mich war es ein angenehmer, prickelnder Gedanke, dass mein Bruder immer eine »Du kommst aus dem Gefängnis frei«-Karte für mich in der Hinterhand bereithielt. Immer wieder sah ich in den Nachrichten, wie er gerade das Gerichtsgebäude verließ oder betrat, meist in Begleitung von Männern, die sich die Jacke über den Kopf gezogen hatten und mit Handschellen an einen Polizisten gefesselt waren. Es war mir ein bisschen peinlich, wie oft ich an öffentlichen Orten schon alle damit zum Schweigen gebracht hatte, dass ich stolz auf den Fernseher zeigte und verkündete: »Das ist mein Bruder!« Wenn ich dann böse Blicke erntete, musste ich natürlich klarstellen, dass ich nicht den Jackenvermummten meinte, dem man irgendein unmenschliches Verbrechen zur Last legte, sondern den hochattraktiven jungen Mann in dem schicken Anzug daneben, aber meistens interessierte das niemanden mehr. Ich bin überzeugt, dass Riley die Welt zu Füßen liegt; er steht nicht unter Druck zu heiraten, zum einen, weil er ein Mann ist und bei mir zu Hause eine geradezu bizarre Doppelmoral herrscht, zum anderen, weil meine Mutter ihn abgöttisch liebt und ihr keine Frau gut genug für ihren Sohn ist. Zwar nörgelte sie nicht an seinen Freundinnen herum, aber sie hatte eine sehr klare Art, deren Schwächen auf den Punkt zu bringen, in der Hoffnung, in Rileys Kopf damit für immer die Saat des Zweifels zu säen. Mehr Erfolg hätte sie wahrscheinlich, wenn sie Riley als kleinem Jungen immer wieder ein Bild von einer Vagina gezeigt und dabei jedes Mal den Kopf geschüttelt oder abschätzig mit der Zunge geschnalzt hätte. Mum fand es toll, dass ihr ältester Sohn in einer eleganten Junggesellenbude in der City hauste, und sie besuchte ihn gelegentlich am Wochenende, was für sie sonderbarerweise ein kolossal prickelndes Erlebnis zu sein schien. Wenn Riley schwul wäre, würde sie ihn vielleicht noch mehr lieben, denn dann hätte sie keine Konkurrentinnen – und außerdem sind Schwule heutzutage so cool. Das hatte ich sie mal sagen hören.

Mit einem Tablett Hummercocktails kam Mum jetzt zum Tisch zurück. Einer davon, für mich, war aber nur mit Melone – nachdem es mal bei einem Lunch bei den Horgans einen Meerestiervorfall gegeben hatte, an dem ein Langostino, ein Notarzt und ich beteiligt gewesen waren.

Ich schaute verstohlen auf die Uhr, aber Riley merkte es.

»Spann uns doch bitte nicht so auf die Folter, Mum – was hast du uns mitzuteilen?«, sagte er auf seine formvollendete Art, die alle aus ihren Grübeleien riss und in die Gegenwart zurückholte. Riley konnte einfach gut mit Menschen umgehen.

»Ich möchte nichts, ich mag keinen Hummer«, verkündete Großmutter und schubste ihren Teller von sich, noch ehe er ganz auf dem Tisch gelandet war.

Mum schaute ein bisschen verzagt drein, erinnerte sich dann aber daran, warum wir alle hier versammelt waren, und blickte zu unserem Vater hinüber, der jedoch immer noch in seine Zeitung vertieft war und gar nicht merkte, dass vor ihm ein Hummer erschienen war. Mum setzte sich, offensichtlich war sie ziemlich aufgeregt. »Okay, dann sag ich es ihnen«, erklärte sie, als hätte sie gerade mit meinem Vater diskutiert. »Also – wie ihr ja alle wisst, haben wir im Juli unseren fünfunddreißigsten Hochzeitstag«, begann sie und sah uns alle mit einem Blick an, der fragte: *Wo ist nur die Zeit geblieben?* »Und zur Feier dieses Ereignisses haben euer Vater und ich ...« – mit strahlenden Augen sah sie in die Runde –

»… uns entschlossen, unser Gelübde zu erneuern!« Bei den letzten drei Worten überschlug sich ihre Stimme vor Aufregung, und der Satz endete mit einem hysterischen Quietschen. Sogar Vater senkte die Zeitung, sah seine Frau fragend an, bemerkte den Hummer, faltete die Zeitung zusammen und begann kommentarlos zu essen.

»Wow«, sagte ich.

In den letzten zwei Jahren hatten sehr viele meiner Freunde geheiratet. Es war wie eine Epidemie – sobald ein Paar heiratete, verlobten sich gleich eine Menge anderer und zockelten ebenfalls zum Altar wie aufgeplusterte Pfauen. Ich kannte vernünftige, moderne Frauen, die sich in zwanghafte Fanatikerinnen verwandelt hatten, wild entschlossen, genau den Traditionen und Klischees zu entsprechen, die sie ihr ganzes bisheriges Erwachsenenleben bekämpft hatten. Ich hatte in unvorteilhaften, farblich unmöglichen Kleidchen an vielen solchen Ritualen teilgenommen, doch das hier war etwas anderes. Hier ging es um meine Mutter, und das bedeutete, es war erheblich schlimmer. Es war geradezu katastrophal.

»Philip, mein Schatz, Daddy hätte dich gern als Trauzeugen.«

Philip wurde rot und schien auf seinem Stuhl dreißig Zentimeter zu wachsen. Schweigend senkte er den Kopf – die Ehre war so groß, dass er kein Wort herausbrachte.

»Riley, mein Schatz, würdest du mich zum Altar führen und weggeben?«

»Ich versuche ja schon seit Jahren, dich endlich loszuwerden«, grinste Riley.

Alle lachten, auch meine Großmutter, die jeden Witz liebte, der auf Kosten meiner Mutter ging. Ich schluckte, denn ich wusste, was nun kommen würde. Ich wusste es genau. Prompt schaute Mum mich an, und ich konnte nur einen Mund sehen, einen großen lächelnden Mund, der das ganze Gesicht einnahm, weil er Augen und Nase aufgefressen hatte. »Schätzchen, wärst du bereit, meine Brautjungfer zu sein? Vielleicht könnten wir deine Haare wieder genauso frisieren, das ist so hübsch.«

»Dann kriegt sie eine Erkältung«, meinte meine Großmutter.

»Gestern hat sie auch keine gekriegt.«

»Möchtest du unbedingt das Risiko eingehen?«

»Wir könnten aus dem gleichen Stoff wie ihr Kleid hübsche Taschentücher machen lassen. Nur für den Fall des Falles.«

»Nicht, wenn der Stoff so ähnlich ist wie bei deinem letzten Brautkleid.«

Da war es also: das Ende meines bisherigen Lebens.

Ich schaute wieder auf die Uhr.

»Es ist so schade, dass du schon gehen musst, wir haben noch so viel zu planen. Kannst du vielleicht morgen noch mal vorbeischauen? Dann können wir alles durchgehen«, fragte Mum, gleichzeitig erwartungsvoll und verzweifelt.

Aber genau das war ja mein Dilemma. Mein Leben oder meine Familie. Eins so schlimm wie das andere.

»Das geht leider nicht«, antwortete ich, wofür ich ein langes, betretenes Schweigen erntete. Mitglieder der Familie Silchester lehnten keine Einladungen ab, das war unhöflich. Man verschob Termine und riss sich sämtliche Beine aus, um nur keine Veranstaltung zu verpassen, zu der man eingeladen war, man heuerte Doppelgänger an und unternahm Zeitreisen – jedes Mittel war recht, um ganz sicher jede einzelne Zusage einzuhalten, die man selbst gegeben hatte oder die von anderen für einen gemacht worden war, auch wenn man nichts davon wusste.

»Warum denn nicht, Liebes?«, fragte Mum, und sosehr

ihre Augen sich auch bemühten, besorgt dreinzublicken, sie kreischten laut und deutlich: *Das ist Verrat!*

»Na ja, vielleicht kann ich kurz vorbeikommen, aber um zwölf hab ich einen Termin, und ich weiß nicht, wie lange er dauert.«

»Einen Termin? Mit wem denn?«, fragte Mum.

Tja, irgendwann musste ich es ihnen wohl erzählen.

»Mit meinem Leben«, antwortete ich sachlich und ging fest davon aus, dass sie keine Ahnung haben würden, was ich damit meinte. Ich wartete, dass sie Fragen stellen und Meinungen verkünden würden, und nahm mir vor, ihnen zu erklären, dass es nur so ein zufälliges Ding war, das einem zugeteilt wurde wie Schöffendienst, und dass sie sich keine Sorgen machen mussten, denn mein Leben war ja in Ordnung, vollkommen in Ordnung.

»Oh«, rief Mum, aber es klang ein bisschen wie ein Jaulen. »Ach du meine Güte, das ist ja nicht zu glauben!« Sie sah die anderen an. »Also, das ist wirklich eine Überraschung, stimmt's? Wir sind alle *völlig* überrascht. Meine Güte, was für eine *Überraschung*!«

Als Ersten schaute ich Riley an. Er machte ein Gesicht, als wäre er peinlich berührt, und sah auf seine Fingerspitzen hinunter, die damit beschäftigt waren, sich sanft an den Gabelzinken zu piken. Dann blickte ich zu Philip hinüber, dessen Wangen sich etwas gerötet hatten. Meine Großmutter sah weg, als läge ein unangenehmer Geruch in der Luft, den selbstverständlich meine Mutter zu verantworten hatte, aber das war ja nichts Neues. Meinen Vater konnte ich nicht anschauen.

»Du weißt es also schon?«

Mum wurde knallrot. »*Was* weiß ich?«

»Ihr wisst es alle!«

Völlig fertig sackte Mum auf ihrem Stuhl zusammen.

»Woher wisst ihr es?«, fragte ich laut, obwohl Silchesters niemals ihre Stimme erheben.

Keiner antwortete.

»Riley?«

Endlich blickte Riley auf und sah mich mit einem kleinen Lächeln an. »Wir mussten es absegnen, Lucy, weiter nichts. Bloß unsere persönliche Zustimmung geben, dass die Sache läuft.«

»Wie bitte? Und ihr wusstet, worum es geht?«

»Es ist nicht seine Schuld, Liebes, er hatte nichts damit zu tun, ich hab ihn darum gebeten. Die wollten mindestens zwei Unterschriften.«

»Wer hat denn sonst noch unterschrieben?« Ich sah sie an, einen nach dem anderen. »Etwa ihr alle?«

»Du brauchst gar nicht so herumzuschreien, junge Dame«, sagte meine Großmutter.

Am liebsten hätte ich ihr Mums selbst gebackene Brötchen ins Gesicht geschleudert oder ihr den Hummercocktail in den Rachen gestopft. Vielleicht merkte man mir das an, denn Philip appellierte hastig an alle, sich zu beruhigen. Allerdings hörte ich nicht, wie das Gespräch zu Ende ging, denn ich rannte weg – nein, ich durchquerte raschen Schrittes den Garten, ich rannte nicht, Silchesters rennen nicht weg –, um so schnell und so weit wie möglich fort von diesen Leuten zu kommen. Natürlich hatte ich den Tisch nicht verlassen, ohne mich zuvor zu entschuldigen, aber ich weiß nicht mehr genau, was ich sagte. Vermutlich murmelte ich irgendetwas davon, dass ich irgendwohin zu spät kommen würde, um dann höflich einen Abgang zu machen. Erst als ich die Haustür hinter mir zugezogen hatte, die Treppe runtergesaust war und auf dem Kies landete, merkte ich, dass ich meine Schuhe auf dem Rassen vergessen hatte. So hinkte ich mühsam über die Steine, biss mir auf die Wangen, um nicht laut zu schreien, und jagte Sebastian dann in Höchstgeschwindigkeit die Auffahrt hinunter zum Tor. Den ganzen Weg produzierte das arme Auto Fehlzündungen, als wollte es sagen: *Ein Glück, dass wir die los sind!* Aber meine großartige Flucht kam jäh zu einem Ende, als das elektrische Tor die wilde Jagd aufhielt. Widerwillig ließ ich das Fenster herunter und drückte auf den Knopf.

»Lucy«, sagte Riley. »Komm schon, sei nicht sauer.«

»Lass mich raus«, sagte ich nur und weigerte mich, der Gegensprechanlage in die Augen zu sehen.

»Sie hat es für dich getan.«

»Erzähl mir doch nicht, dass du nichts damit zu tun hattest.«

»Na gut. Dann eben wir. Wir haben es für dich getan.«

»Warum? Mir geht's gut. Alles ist gut.«

»Das sagst du dauernd.«

»Weil ich das auch dauernd meine«, fauchte ich. »Jetzt mach das Tor auf.«

Kapitel 5

Sonntag. Wie der Riesengorilla über dem Hochhaus in dem Film hatte der Termin das ganze Wochenende bedrohlich über mir aufgeragt und mich nun schließlich mit seinen fiesen Krallen gepackt. Die ganze Nacht hatte ich mich mit allen möglichen »Ich treffe mein Leben«-Szenarien herumgeschlagen. Manche Geschichten waren gut ausgegangen, andere nicht so, in einer wurde ausschließlich gesungen und getanzt. Ich hatte jedes erdenkliche Gespräch mit meinem Leben geführt – auf die sonderbare Traumart, die beim Aufwachen überhaupt keinen Sinn mehr ergab –, und jetzt war ich wach und total erschöpft. Ich schloss die Augen, kniff sie fest zusammen und wollte mich zwingen, von dem süßen Typen im Zug zu träumen, irgendwas Schmutziges. Aber es funktionierte nicht. Jedes Mal platzte das Leben herein wie ein vorwurfsvoller Elternteil, der einen Teenager bei etwas Verbotenem erwischt. Der Schlaf wollte sich einfach nicht einstellen, mein Kopf war hellwach und plante – kluge Dinge, die ich sagen wollte, schlagfertige Erwiderungen, witzige Retourkutschen, intelligente Einsichten, Absagen, die nicht beleidigend wirkten. Aber hauptsächlich überlegte ich, was ich anziehen sollte. In diesem Zustand öffnete ich schließlich die Augen und setzte mich auf. Mr Pan rekelte sich in seinem Körbchen und beobachtete mich.

»Morgen, Hilary«, sagte ich, und er schnurrte dankbar.

Was wollte ich meinem Leben über mich erzählen? Zum Beispiel, dass ich eine intelligente, witzige, charmante, begehrenswerte, elegante Frau mit einem hervorragenden Stilgefühl war. Ich wollte von vornherein klarstellen, dass ich alles auf der Reihe und unter Kontrolle hatte. Nachdenklich betrachtete ich meine Kleider auf der Vorhangstange, die ich gegen die Morgensonne vorgezogen hatte. Ich betrachtete meine Schuhe auf dem Fensterbrett. Dann schaute ich aus dem Fenster nach dem Wetter, wieder auf die Schuhe, zurück zu den Kleidern. Aber keines sprach mich an, also musste der Wandschrank herhalten. Ich beugte mich hinüber und öffnete die Tür, aber bevor sie ganz offen war, stieß sie gegen das Bett. Egal, ich konnte genug sehen. Die Glühbirne war schon vor etwa einem Jahr kaputtgegangen, also griff ich nach der Taschenlampe neben meinem Bett und leuchtete damit hinein. Hosenanzug, dachte ich, schmal geschnitten, schwarzes Jackett, Schulterpolster für eine Prise Achtzigerjahre, schwarze Weste, Absätze achteinhalb Zentimeter. Ich selbst dachte bei dieser Optik an Jennifer Aniston auf einem neueren Cover von *Grazia*, aber meinem Leben würde es hoffentlich den Eindruck vermitteln, dass ich das Leben ernst nahm, hosenanzugernst, aber dennoch locker und entspannt blieb. Außerdem vielleicht noch, dass jemand gestorben war und ich zur Beerdigung ging – aber ich hoffte einfach, dass das Leben nicht an den Tod dachte. Ich ließ Mr Pan in einem offenen Pumps mit Plattformsohle zurück, in dem er sich niedergelassen hatte und Gene Kelly im Matrosenanzug betrachtete – ein Bild aus dem Film *Heut gehen wir bummeln* –, und versprach ihm, dass ich ihn in ein paar Tagen mit nach draußen nehmen würde. Als ich gerade in den Aufzug gestiegen war, hörte ich, wie die Tür meiner Nachbarin aufging, und so heftig ich auch auf den Knopf drückte – ich saß in der Falle. Im Spalt zwischen den sich schließenden Türen erschien ein Turnschuh, und da war sie auch schon.

»Das war knapp«, lächelte sie. Dann glitt die Tür wieder auf, und der Buggy kam zum Vorschein. Die Frau manövrierte ihn in die enge Kabine, und ich wurde von der riesigen, völlig überladenen Babytasche, die sie über der Schulter trug, beinahe wieder auf den Korridor hinausgedrängt. »Also echt, ich brauche jeden Tag länger, um aus der Wohnung zu kommen«, sagte sie und wischte sich den Schweiß von der Stirn.

Ich lächelte – etwas verwirrt, weil sie mit mir redete, denn das taten wir sonst nie –, dann beobachtete ich die Leuchtziffern im Hinunterfahren.

»Hat er Sie letzte Nacht gestört?«

Ich schaute in den Buggy. »Nein.«

Die Frau machte ein erstauntes Gesicht. »Ich war die halbe Nacht auf den Beinen, weil er geschrien hat wie am Spieß. Ich dachte, gleich klopft das ganze Haus an meine Tür. Er kriegt grade Zähne, der arme Kleine, seine Backen sind knallrot.«

Wieder schaute ich auf den Buggy hinunter. Aber ich sagte nichts.

Die Frau gähnte. »Aber wenigstens ist das Wetter diesen Sommer ganz schön. Es gibt nichts Schlimmeres, als den ganzen Tag mit einem Baby eingesperrt zu sein.«

»Ja«, sagte ich, als die Tür endlich wieder aufging. »Schönen Tag«, fügte ich hinzu und rannte schnell hinaus, ehe sie das Gespräch noch bis nach draußen verlängerte.

Wahrscheinlich hätte ich zu Fuß zu dem Bürogebäude gehen können, wo ich mit meinem Leben verabredet war, aber ich nahm ein Taxi, weil der süße Typ um diese Zeit nicht in der Bahn sein würde und ich mich nach dem gestrigen Ausflug in die Hügel nicht auf Sebastian verlassen konnte. Außerdem war ich nicht ganz sicher, wo ich hinmusste, und es gibt kaum etwas Schlimmeres, als wenn man seinem Leben mit Blasen an den Füßen und verschwitzten Achselhöhlen begegnet. Das Gebäude war schon aus einer Meile Entfernung zu sehen, ein bedrückender brauner Hochhausklotz mit Stahlfenstern, dessen Architektur nur allzu deutlich verriet, dass er aus den Sechzigern stammte, einer Zeit, in der Lego-Konstruktionen noch akzeptabel waren. Heute, am Sonntag, war es verlassen, und auch der Parkplatz daneben war leer bis auf ein einziges Auto mit einem platten Reifen, das deshalb nicht mehr wegfahren konnte. Auch das Wachhäuschen war unbesetzt, die Schranke offen. Niemanden hätte es gekümmert, wenn das ganze Ding in die Luft gehoben und auf einen anderen Planeten gebracht worden wäre, bestimmt hätte keiner es vermisst, hässlich und trostlos, wie es war. Drinnen roch es feucht und nach Vanille-Raumspray. Die kleine Lobby wurde von einer Empfangstheke beherrscht, die so hoch war, dass ich nur die Spitze eines mit reichlich Spray hochtoupierten Haarturms sehen konnte. Als ich näher kam, wurde mir klar, dass das, was ich für Raumspray gehalten hatte, in Wirklichkeit Parfüm war. Die Frau, die zu dem Haarturm gehörte, lackierte sich gerade die Fingernägel, wobei sie den blutroten Lack so dick auftrug, dass sich die zähflüssige Masse kaum mehr verteilen ließ. Dabei sah sie sich auf einem kleinen Fernseher, der auf ihrem Schreibtisch stand, *Columbo* an.

»Eine Frage hätte ich noch«, hörte ich Columbo sagen.

»Ach ja«, kicherte die Frau, sah mich zwar nicht an, nahm aber meine Anwesenheit durchaus zur Kenntnis. »Er weiß längst, dass der es gewesen ist, das merkt man doch.« Es war die American-Pie-Frau, mit der ich telefoniert hatte. Während Columbo den Mörder um ein Autogramm für seine

Frau bat, wandte sie sich endlich mir zu. »Was kann ich für Sie tun?«

»Wir haben vor ein paar Tagen telefoniert. Mein Name ist Lucy Silchester, ich habe einen Termin mit meinem Leben.« Ich stieß ein zu hohes Lachen aus.

»O ja, jetzt erinnere ich mich. Lucy Silchester. Haben Sie schon die Teppichreinigung angerufen?«

»Oh … nein, noch nicht.«

»Na, dann aber mal los! Ich kann es Ihnen wirklich nur empfehlen«, sagte sie und schob mir eine Visitenkarte über den Tisch zu. Ich war nicht sicher, ob sie die Karte eigens für mich mitgebracht hatte oder ob sie so begeistert von der Firma war, dass sie ständig einen Koffer voller Karten mit sich rumschleppte und an Passanten verteilte. »Versprechen Sie mir, dass Sie es bald machen, ja?«

Amüsiert von ihrer Hartnäckigkeit, stimmte ich zu.

»Ich sage ihm nur kurz Bescheid, dass Sie da sind.« Sie griff zum Telefon. »Lucy ist da, zu ihrem Termin.« Ich spitzte die Ohren, konnte von der Antwort aber leider nichts hören. »Ja, dann schicke ich sie gleich hoch.« Sie wandte sich wieder mir zu: »Fahren Sie mit dem Aufzug in den zehnten Stock, und gehen Sie erst rechts, dann links, und dann sehen Sie ihn schon.«

Ich wandte mich zum Gehen, hielt aber noch einmal inne. »Wie ist er denn so?«

»Ach, keine Sorge – Sie haben doch nicht etwa Angst?«

»Nein«, winkte ich ab. »Warum sollte ich?« Wieder stieß ich das Lachen aus, damit bestimmt jeder im Umkreis von fünf Meilen hören konnte, dass ich Angst hatte, und ging zum Aufzug.

Zehn Stockwerke blieben mir noch, um meinen großen Auftritt vorzubereiten. Ich zupfte meine Haare zurecht und nahm Haltung an – gespitzte Lippen, sexy, aber so, als hätte ich davon keine Ahnung, perfekte Pose mit ein paar Fingern in der Hosentasche. Genau der Eindruck, den ich machen wollte. Aber dann öffneten sich die Aufzugtüren, und ich stand vor einem ramponierten Ledersessel, auf dem eine zerfledderte Frauenzeitschrift ohne Cover lag, und einer Holztür in einer Glaswand mit windschiefen Jalousien. Als ich durch die Tür ging, kam ich in einen Raum so groß wie ein Fußballfeld, ausgefüllt mit einem Labyrinth zahlloser, mit grauen Stellwänden voneinander getrennter Kabinen. Winzige Schreibtische, alte Computer, ramponierte Stühle, über den Schreibtischen an die Wand gepinnte Kinder-, Hunde- und Katzenfotos, personalisierte Mousepads, Stifte mit rosa Flauschpuscheln, Urlaubsbilder als Bildschirmschoner, Geburtstagskarten, ein paar Kuscheltiere und bunte Becher, auf denen Sprüche standen, die nicht witzig waren. Lauter Dinge, mit denen Leute sich ihre armseligen paar Quadratmeter gemütlich zu machen versuchen. Es sah genauso aus wie bei mir im Büro, und ich hatte sofort den Impuls, so zu tun, als hätte ich etwas zu fotokopieren, um ein bisschen Zeit totzuschlagen.

Ich schlängelte mich durch das Schreibtischlabyrinth, schaute mich nach links und rechts um und fragte mich, was ich wohl hier vorfinden würde, bemühte mich aber, meinen entspannten, freundlichen Gesichtsausdruck beizubehalten, obwohl ich innerlich frustriert war, dass mein großes Treffen mit dem Leben in diesem Loch stattfinden sollte. Und dann war er plötzlich da. Mein Leben. Hinter einem schäbigen Schreibtisch saß er, mit gesenktem Kopf, und kritzelte mit einem Stift, der – nach dem Ergebnis des Gekritzels zu urteilen – nicht funktionierte, auf einem ollen Notizblock herum. Er trug einen zerknitterten grauen Anzug, ein graues Hemd und eine graue Krawatte mit der Dreifachspirale darauf. Seine Haare waren zerzaust, schwarz mit ein paar grauen Strähnen, sein Kinn stopplig mit einem Dreitagebart. Als er aufblickte und mich sah, legte er den Stift weg, stand auf und wischte die Hände an seinem Anzug ab, wobei er feuchte Knitterspuren hinterließ. Er hatte rot geränderte Augen mit dunklen Ringen, schniefte und sah aus, als hätte er seit Jahren nicht mehr ordentlich geschlafen.

»Sind Sie …?« Ich versuchte, spielerisch zu lächeln.

»Ja«, antwortete er ausdruckslos. »Sie sind also Lucy.« Er streckte mir die Hand entgegen. »Hi.«

Mit großen Schritten stürmte ich auf ihn zu, als wäre ich ach so aufgeregt und begeistert über unser Treffen, schüttelte seine Hand und setzte das strahlendste Lächeln auf, das ich zustande brachte. Ich wollte ihm unbedingt gefallen, wollte ihm beweisen, dass es mir gut ging, dass alles absolut in Ordnung war. Sein Händedruck war lasch. Seine Haut kühl und feucht. Seine Hand entglitt mir wie eine Schlange.

»So«, rief ich überenthusiastisch und nahm Platz. »Endlich sehen wir uns mal«, fügte ich geheimnisvoll hinzu und versuchte, seinen Blick zu erhaschen. »Wie geht es Ihnen denn?« Selbst in meinen eigenen Ohren hörte ich mich total überspannt an. Der Raum war viel zu groß, zu leer, zu nichtssagend, zu deprimierend für meinen exaltierten Ton, aber ich schaffte es einfach nicht, einen Gang zurückzuschalten.

Er schaute mich an. »Wie soll es mir wohl gehen?«

Er sagte das ziemlich unhöflich. Sehr unhöflich sogar. Ich war so überrascht, dass ich nicht wusste, was ich sagen sollte. So redete man doch nicht miteinander! Normalerweise tat man doch wenigstens so, als fände man den anderen sympathisch, oder nicht? Man heuchelte ein bisschen Freude, dass man sich endlich kennenlernte oder endlich wiedersah – oder nicht? Besorgt schaute ich mich um. Hoffentlich belauschte uns keiner.

»Hier ist niemand«, erklärte er sofort. »Am Sonntag arbeitet keiner. Die haben alle ein Leben.«

Ich verkniff mir eine bissige Erwiderung. »Aber arbeiten in dem Gebäude nicht auch die Leben von anderen Leuten?«

»Nein.« Er sah mich an, als wäre ich beschränkt. »Ich habe den Büroplatz nur gemietet. Was die hier sonst machen, weiß ich nicht«, meinte er mit einem Blick über die leeren Schreibtische.

Wieder war ich einen Moment sprachlos. So hatte ich mir das überhaupt nicht vorgestellt.

Er rieb sich müde das Gesicht. »Ich wollte nicht unhöflich wirken.«

»Tja, das haben Sie aber.«

»Tut mir leid«, sagte er ohne eine Spur von Ehrlichkeit.

»Stimmt doch gar nicht.«

Schweigen.

»Hören Sie«, begann er und beugte sich über den Tisch. Sein Mundgeruch schlug mir so heftig entgegen, dass ich unwillkürlich zurückwich – was mir im nächsten Moment peinlich war. Er seufzte und fuhr fort: »Stellen Sie sich vor, Sie hätten eine gute Freundin, die immer für Sie da ist, und Sie umgekehrt auch, aber dann kümmert sie sich auf einmal nicht mehr so viel um Sie, was Sie zum Teil verstehen können, weil sie viel zu tun hat, aber die Freundin lässt sich immer weniger blicken, obwohl Sie alles Mögliche versuchen, um den Kontakt wiederzubeleben. Und eines Tages ist sie plötzlich ganz verschwunden, unerreichbar, einfach so. Sie schreiben ihr – keine Reaktion. Sie schreiben ihr noch einmal, werden wieder ignoriert, schreiben ein drittes Mal, aber Ihre Freundin will sich nicht mal mehr mit Ihnen verabreden, weil sie so beschäftigt ist mit ihrem Job und ihren Freunden und ihrem Auto. Wie würden Sie sich da fühlen?«

»Vermutlich spielen Sie in Ihrer kleinen Geschichte auf mich an, aber das ist absolut lächerlich.« Ich lachte demonstrativ. »Das ist doch etwas ganz anderes. So würde ich eine Freundin niemals behandeln.«

Er lächelte sarkastisch. »Aber Ihr Leben schon.«

Ich machte den Mund auf, brachte aber keinen Ton heraus.

»Dann fangen wir doch mal an«, sagte er und drückte auf den On-Knopf an seinem Computer.

Nichts passierte. Unbehaglich und angespannt beobachtete ich, wie er immer frustrierter auf den Knopf drückte, schließlich aufsprang, die Steckdose überprüfte, den Stecker herauszog und wieder einsteckte. Alles ohne Erfolg.

»Kontrollieren Sie doch mal ...«

»Auf Ihre Hilfe kann ich verzichten, danke. Bitte nehmen Sie die Hand von ...«

»Ich will doch nur ...«

»Nehmen Sie die Hand da weg.«

»... nach dem Kontakt hier schauen.«

»Ich wäre Ihnen dankbar, wenn Sie einfach ...«

»Na bitte.«

Ich lehnte mich zurück. Der Computer brummte fröhlich.

Er holte tief Luft. »Danke.«

Natürlich meinte er es nicht ehrlich.

»Wann haben Sie denn diesen Computer gekauft? 1980?«

»Ja, ungefähr zur gleichen Zeit wie Sie Ihr Jackett«, erwiderte er, ohne die Augen vom Bildschirm zu nehmen.

»Das ist doch kindisch.« Ich zog besagtes Jackett enger um mich, verschränkte die Arme, schlug die Beine übereinander, sah in die andere Richtung. Dieses Treffen war ein Albtraum, noch schlimmer, als ich es mir vorgestellt hatte. Mein Leben war ein Mistkerl, der sich ständig angegriffen fühlte.

»Wie haben Sie es sich denn vorgestellt?«, fragte er in die Stille hinein.

»Keine Ahnung«, antwortete ich, immer noch verärgert.

»Aber Sie müssen sich doch irgendwas gedacht haben.«

Ich zuckte die Achseln. Dann fiel mir eins der Bilder ein, die ich von mir und meinem Leben zusammenfantasiert hatte, in einem Boot, an irgendeinem malerischen Ort, er ruderte, ich las Gedichte, hatte einen hübschen Sonnenhut auf dem Kopf und ein Kleid von Cavalli an, das ich in einer Zeitschrift gesehen hatte, mir aber nicht leisten konnte – weder die Zeitschrift noch das Kleid. Mir fiel wieder ein, dass ich mir vorgestellt hatte, wie ich mit frisch gestylten Haaren mein Interview über mein Leben gab, gut geschminkt, mit Kontaktlinsen, einem gerafften asymmetrischen Kleid, perfekt ausgeleuchtet. Vielleicht eine Schale mit Zitronen und Limetten neben mir. Ich seufzte und schaute ihn schließlich doch wieder an. »Ich dachte, es wäre wie in einer Therapiesitzung. Sie würden mich nach meinem Job und nach meiner Familie fragen, ob ich glücklich bin und solche Sachen.«

»Haben Sie schon mal eine Therapie gemacht?«

»Nein.«

Er musterte mich eindringlich.

»Doch, einmal«, räumte ich seufzend ein. »Als ich meinen Job gekündigt habe. Um die gleiche Zeit, als ich meinen Freund verlassen und eine neue Wohnung gekauft habe.«

Er verzog keine Miene. »Sie sind gefeuert worden. Ihr Freund hat Sie verlassen, und Sie haben ein winziges Einzimmerapartment gemietet.«

»Ich wollte Sie bloß testen«, behauptete ich mit einem schwachen Lächeln.

»Es wäre hilfreich, wenn Sie mich nicht anlügen würden.«

»Wenn unterm Strich das Gleiche rauskommt, ist es keine Lüge.«

Sein Gesicht hellte sich etwas auf, soweit ihm das möglich war. Eigentlich sah er bestenfalls etwas weniger trostlos aus.

»Erklären Sie mir mal, wie das geht.«

»Okay, wenn ich zum Beispiel sagen würde, ich hab im Lotto gewonnen, dann wäre das eine glatte Lüge, weil ich offensichtlich überhaupt kein Geld habe, aber wie ein Millionär leben müsste, was kompliziert wäre, um es mal vorsichtig auszudrücken. Aber wenn ich sage, ich hab meinen Job gekündigt, ist es egal, weil ich ja wirklich nicht mehr dort arbeite und auch nicht jeden Tag hingehe, um den Schein aufrechtzuerhalten. Wenn ich sage, ich hab eine neue Wohnung gekauft, ist das keine Lüge, weil ich ja tatsächlich nicht mehr in der alten Wohnung wohne, sondern in einer neuen.«

»Und das, was Sie vorhin gesagt haben?«

»Was hab ich vorhin gesagt?«

»Na, über Ihren Freund.«

»Das ist das Gleiche.« Zu meiner eigenen Überraschung fiel mir die Antwort schwer, weil ich ja wusste, was er von mir erwartete. »Wenn ich sage, dass … dass ich ihn abserviert habe, ist es das Gleiche, wie wenn … na ja, Sie wissen schon … das Gleiche, wie wenn es umgekehrt gewesen wäre, also dass …«

»… dass er Sie verlassen hat.«

»Hm, ja.«

»Weil …«

»… weil das Ergebnis das gleiche ist.«

»Und zwar …«

»… dass wir nicht mehr zusammen sind.« Auf einmal hatte ich Tränen in den Augen. Ich hasste meine Augen, diese verräterischen Fieslinge. Gedemütigt ist gar kein Ausdruck für das, wie ich mich fühlte. Ich konnte mich nicht erinnern, wann ich das letzte Mal wegen Blake geweint hatte, ich war so über ihn hinweg, dass ich mir diesen Ausrutscher nicht mal annähernd erklären konnte. Es war eine ähnliche Situation, wie wenn man immer wieder gefragt wird, was denn los ist: Oft bekommt man dann plötzlich das Gefühl, dass wirklich etwas los ist, und dann ärgert man sich und möchte den Frager am liebsten ohrfeigen. Genau das passierte mir jetzt auch: Ich war sauer, weil er mir die ganzen Würmer aus der Nase zog. Weil er mich dazu brachte, diese Dinge laut auszusprechen, womit er natürlich nichts anderes bezweckte, als mich reinzulegen und mir das Geständnis abzuluchsen, dass ich mich mit ihnen nicht genügend auseinandergesetzt hatte. Leider sah es ganz danach aus, als wäre seine Strategie erfolgreich, und die Person, für die er mich hielt, deprimierte mich. Aber so war ich nicht. Mir ging es gut. Alles war bestens.

Hastig, ehe die Tränen überquollen, wischte ich mir die Augen trocken. »Ich bin nicht traurig«, verkündete ich wütend.

»Okay.«

»Überhaupt nicht.«

»Okay«, wiederholte er achselzuckend. »Dann erzählen Sie mir doch mal von Ihrem Job.«

»Ich liebe meine Arbeit«, begann ich. »Sie ist ungeheuer befriedigend. Ich arbeite gern mit Menschen, ich liebe die Kommunikation mit den Kunden, die innovative Geschäftsumgebung. Ich spüre, dass ich etwas Wichtiges tue, dass ich Menschen helfe, mit ihnen in Verbindung trete, sie auf den richtigen Weg bringen und ihnen Unterstützung geben kann. Natürlich hat meine Arbeit ein großes Plus ...«

»Entschuldigen Sie, dass ich Sie unterbreche. Können wir bitte kurz klarstellen, was genau Sie machen?«

»Ja.«

Er schaute auf seine Papiere und las vor: »Sie übersetzen Gebrauchsanweisungen für Ihre Firma?«

»Ja.«

»Und Ihre Firma stellt Kühlschränke, Herde, Backöfen und solche Sachen her?«

»Ja, es ist die größte Haushaltsgerätefirma Europas.«

»Okay, fahren Sie fort.«

»Danke. Wo war ich? Natürlich hat meine Arbeit ein großes Plus durch die Kollegen, mit denen ich zusammenarbeite. Sie sind für mich eine ständige Inspiration und Motivation, nicht nur in professioneller, sondern vor allem auch in persönlicher Hinsicht, für mein ganzes Leben.«

»Okay«, er rieb sich die Stirn. Die Haut war schuppig. »Diese Leute, mit denen Sie arbeiten, nennen Sie privat Checker-Graham, Zwinker-Quentin, Louise die Ausquetsch-Tuss, Mary-Maus, Steve die Wurst und Edna Fischgesicht.«

Ich zuckte nicht mit der Wimper, denn ich war selbst ziemlich beeindruckt von meinen fantasievollen Spitznamen. »Ja.«

Er seufzte. »Lucy, Sie lügen schon wieder, stimmt's?«

»Eigentlich nicht. Diese Leute wollen mich wirklich zu einem besseren Menschen machen – besser als sie selbst. Ihretwegen verspüre ich wirklich den Wunsch, in meinem Büro höher hinaus und weiterzukommen. Damit ich von ihnen wegkann. Sehen Sie? Keine Lüge. Gleiches Ergebnis.«

Er lehnte sich zurück, musterte mich durchdringend und fuhr sich dabei mit der Hand über die Bartstoppeln, was ein leises Kratzgeräusch verursachte.

»Okay, wollen Sie die absolute Wahrheit über meine Arbeit wissen? Über Arbeit an sich?«, fragte ich. »Gut, dann mal los. Ich gehöre nicht zu den Menschen, die mit ihrem Job verheiratet sind und nichts anderes kennen als ihre Arbeit, ich nehme meine Arbeit nicht so ernst, dass ich länger im Büro bleiben will, als ich bezahlt werde, oder dass ich mir persönlichen Kontakt zu den Menschen wünsche, mit denen ich meine Arbeitszeit verbringe und mit denen ich freiwillig nie mehr als zwei Worte wechseln würde. Ich mache diesen Job seit zweieinhalb Jahren, weil es mir gefällt, dass ich eine Mitgliedschaft im Fitnessstudio gratis dazukriege, auch wenn die Geräte dort Mist sind und der Raum nach verschwitzten Klamotten stinkt, aber ich spare dadurch das Geld, mich anderswo anzumelden. Es gefällt mir, dass ich die Sprachen anwenden kann, die ich jahrelang gelernt habe. Ich habe nun mal nicht so viele Freunde, die Deutsch, Italienisch, Französisch, Holländisch oder Spanisch mit mir sprechen.« Den letzten Satz sagte ich hauptsächlich, um ihn zu beeindrucken.

»Sie können gar kein Spanisch.«

»Ja, ich weiß, Sie Spielverderber, aber mein Arbeitgeber weiß es nicht«, fauchte ich.

»Und was passiert, wenn die es rausfinden? Werden Sie dann wieder einmal spektakulär gefeuert?«

Ich ignorierte ihn und setzte meinen Vortrag fort. »Ich könnte kotzen, wenn ich höre, wie viele Leute behaupten, dass sie aus Leidenschaft arbeiten, als würde allein ihr Job das Leben lebenswert machen. Ich arbeite, weil ich dafür bezahlt werde. Ich bin kein Workaholic.«

»Sie haben nicht die nötige Hingabe.«

»Empfehlen Sie mir jetzt etwa, ich soll Workaholic werden?«

»Ich sage nur, dass man ein gewisses Maß an Beständigkeit braucht, wissen Sie, die Fähigkeit, sich hundertprozentig für etwas einzusetzen.«

»Und was ist mit den Alkoholikern? Bewundern Sie die auch? Wie wäre es, wenn ich Alkoholikerin würde? Wären Sie dann stolz auf mein Durchhaltevermögen?«

»Wir sollten diese Analogie wirklich lassen«, meinte er irritiert. »Wie wäre es, wenn wir einfach direkt feststellen, dass es Ihnen an Konzentration, Beständigkeit und Engagement mangelt?«

Das tat weh. »Geben Sie mir ein Beispiel«, verlangte ich und verschränkte die Arme.

Er tippte kurz etwas auf der Tastatur, starrte auf den Bildschirm und las eine Weile.

»Einer Ihrer Arbeitskollegen hatte einen Anfall, und Sie haben sich bei den Sanitätern als seine nächste Verwandte ausgegeben, um ihn im Krankenwagen begleiten und früher von der Arbeit wegzukönnen.«

»Es sah aus, als hätte er einen Herzinfarkt, da hab ich mir Sorgen gemacht.«

»Aber Sie haben dem Fahrer gesagt, er soll Sie an der nächsten Kreuzung absetzen.«

»Der Mann hatte ja auch nur eine Panikattacke. Nach fünf Minuten ging es ihm wieder gut.«

»Sie sind halbherzig, Sie verschwenden Zeit, Sie bringen nichts zu Ende, außer einer Flasche Wein oder einer Tafel Schokolade. Ständig ändern Sie Ihre Meinung. Sie haben Angst vor einer Bindung.«

Okay, das ging mir jetzt doch zu weit. Teils, weil es einfach unhöflich war, aber hauptsächlich, weil er total danebenlag. »Ich war fünf Jahre in einer Beziehung, wie kann ich da ein Problem damit haben, mich zu binden?«

»Er hat Sie vor drei Jahren verlassen.«

»Ich nehme mir Zeit für mich selbst. Um mich besser kennenzulernen und diesen ganzen Quatsch.«

»Und – kennen Sie sich schon?«

»Selbstverständlich. Ich mag mich selbst so sehr, dass ich den Rest meines Lebens mit mir verbringen möchte.«

Er lächelte. »Oder wenigstens noch fünfzehn Minuten.«

Ich schaute zur Uhr. »Wir haben aber noch fünfundvierzig Minuten.«

»Sie werden früher gehen. Das machen Sie immer.«

Ich schluckte. »Und?«

»Und gar nichts. Ich wollte das nur erwähnen. Hätten Sie gern ein paar Beispiele?« Bevor ich antworten konnte, hüpften seine Finger schon wieder über die Tastatur. »Weihnachtsessen im Haus Ihrer Eltern. Da sind Sie vor der Nachspeise verschwunden. Im Jahr davor haben Sie nicht mal den Hauptgang geschafft, ein neuer Rekord.«

»Ich war zu einer Party eingeladen.«

»Von der Sie auch früher weggegangen sind.«

Mir blieb der Mund offen stehen. »Das hat aber niemand gemerkt.«

»Na ja, da irren Sie sich. Wieder einmal. Denn es wurde sehr wohl bemerkt.«

»Wer denn?«

»Von wem denn«, korrigierte er, während er unablässig auf die untere Pfeiltaste drückte. Am liebsten wäre ich auf die Stuhlkante vorgerutscht, um etwas zu sehen, aber diese Genugtuung wollte ich ihm nicht geben, also blieb ich still sitzen, schaute mich im Büro um und tat so, als wäre mir alles vollkommen gleichgültig. Und dass ich so tat, als wäre es mir gleichgültig, machte mir klar, dass es mir das eigentlich nicht war.

Endlich hörte er auf, die Pfeiltaste zu bearbeiten.

Ich fuhr herum und sah ihn an.

Er lächelte. Dann drückte er wieder auf die Pfeiltaste.

»Das ist doch albern.«

»Entschuldigung – langweile ich Sie?«

»Ehrlich gesagt, ja.«

»Na, dann wissen Sie jetzt wenigstens, wie ich mich fühle.«
Er hielt wieder mit dem Getippe inne. »Melanie.«

Meine beste Freundin. »Was ist mit ihr?«

»Sie war verschnupft, weil Sie früher gegangen sind.«

»›Verschnupft‹ sagt heutzutage kein Mensch mehr.«

»Ich zitiere: ›Ich wollte, sie würde ein einziges Mal bis zum Schluss bleiben.‹ Zitat Ende.«

Jetzt ärgerte ich mich ein bisschen, denn ich war sicher, dass mir jede Menge Partys einfallen würden, bei denen ich bis zum Ende geblieben war.

»Melanies einundzwanzigster Geburtstag«, sagte er.

»Was ist damit?«

»Das war das letzte Mal, dass Sie bei einer von Melanies Partys bis zum Schluss geblieben sind. Genau genommen hat man Sie nicht losgekriegt. Sie haben dort übernachtet.«

Tipp, tipp, tipp.

»Mit ihrem Cousin.«

Tipp.

»Bobby.«

Ich ächzte. »Das war Melanie aber egal.«

Tipp, tipp, tipp.

»Zitat: ›Wie konnte sie mir das an meinem Geburtstag antun? Meine Großeltern sind hier, alle wissen Bescheid. Es ist mir unglaublich peinlich.‹ Zitat Ende.«

»Das hat sie mir nie gesagt.«

Er zuckte nur die Achseln.

»Warum ist das denn so wichtig? Warum sprechen wir überhaupt darüber?«

»Weil es wichtig *ist*.«

Tipp, tipp, tipp.

»›Tut mir leid, dass sie weg ist, Mum. Soll ich mal mit ihr reden?‹ Das ist Riley, Ihr Bruder.«

»Ja, ich hab's kapiert.«

»›Nein, mein Schatz, sie hatte bestimmt was Dringendes zu tun.‹ Zitat Ende. Sie sind gestern zweiunddreißig Minuten zu früh vom Familienlunch aufgebrochen, ein ziemlich dramatischer Abgang.«

»Das war etwas anderes.«

»Wieso?«

»Weil sie mich hinters Licht geführt haben.«

»Wie denn?«

»Indem sie unterschrieben haben, dass ich zu dieser Bilanzprüfung hier erscheinen soll.«

»Na, das ist mal ein guter Vergleich«, lächelte er. »Wenn Ihre Familie das nicht getan hätte, wären Sie heute nicht hier bei mir.«

»Ja, und jetzt sehen Sie, wie toll es mit uns läuft.«

Schweigen.

»Dann kommen wir doch mal zum Punkt. Bei diesem Treffen geht es also darum, dass ich bei Essenseinladungen und Partys früher verschwinde.« Das war nicht so schlimm, damit konnte ich umgehen, ich würde einfach erklären, warum ich gegangen war und was ich danach vorgehabt hatte. Vielleicht war die Sache ja doch schneller erledigt, als ich gedacht hatte.

Er fing an zu lachen. »Himmel, nein. Ich hab mich nur ablenken lassen.« Er warf einen Blick auf seine Uhr. »Wir haben nicht genug Zeit, um alles zu besprechen. Sollen wir noch einen Termin vereinbaren?«

»Wir haben doch noch eine halbe Stunde.«

»Höchstens fünf Minuten, nach Ihrer üblichen Strategie.«

»Kommen Sie zur Sache«, sagte ich.

»Na gut.« Er beugte sich vor. »Was machen Sie?«

»Wie meinen Sie das – was ich mache? Ich sitze hier und

verschwende meine Zeit mit diesem albernen Gespräch, das mache ich.«

Von nun an brauchte er anscheinend keine Unterlagen mehr, denn er starrte mich nur durchdringend an. »Sie stehen jeden Morgen um 7 Uhr auf, abgesehen samstags und sonntags, da kommen Sie für gewöhnlich nicht vor 1 Uhr mittags aus den Federn.«

»Und?«

»Dann essen Sie einen Energieriegel aus Ihrem Eckschränkchen, holen sich einen Cappuccino vom *Starbucks* an der Ecke, kaufen die Zeitung, fahren manchmal mit dem Auto zur Arbeit und manchmal mit dem Zug, ist Letzteres der Fall, lösen Sie unterwegs das Kreuzworträtsel. Zwischen neun und halb zehn sind Sie im Büro, fangen aber erst um zehn an. Um elf machen Sie eine Zigaretten- und Kaffeepause. Eigentlich rauchen Sie gar nicht, aber Sie finden es unfair, dass die Raucher Extrapausen kriegen. Um 1 Uhr mittags machen Sie eine Stunde Mittagspause. Sie sitzen allein am Tisch, wieder mit dem Kreuzworträtsel, und kommen jeden Tag ein bisschen zu spät an Ihren Schreibtisch zurück. Dann brauchen Sie bis halb drei, um wieder mit der Arbeit zu beginnen, aber ansonsten sind Sie den Nachmittag über gewissenhaft und bringen Ihre Arbeit zu Ende. Um sechs machen Sie Feierabend.«

»Warum erzählen Sie mir lauter Dinge, die ich längst weiß?« Ich bemühte mich, so zu klingen, als wäre es mir gleichgültig, aber in Wahrheit fand ich es beunruhigend, ihm zuzuhören. Beunruhigend zu wissen, dass all die kleinen Dinge, die ich heimlich machte, von jemandem beobachtet und in einen Computer eingegeben worden waren, wo ein gestresster Büro-Fuzzi mit ihnen herumspielen konnte, als wäre ich eine Art Patience.

»Jeden Tag nach der Arbeit gehen Sie ins Fitnessstudio. Dort sollen Sie eigentlich zwanzig Minuten joggen, aber Sie hören immer schon nach siebzehn auf, und dann machen Sie dreißig Minuten Krafttraining. Manchmal treffen Sie sich zum Essen mit Freunden, wären aber lieber zu Hause und gehen deshalb möglichst früh wieder. Im Bett lösen Sie noch ein Kreuzworträtsel. Und am nächsten Morgen stehen Sie wieder um sieben auf.«

Er schwieg einen Moment.

»Können Sie ein Muster erkennen?«

»Dass ich eine Vorliebe für Kreuzworträtsel habe? Na und? Worauf wollen Sie denn hinaus?«

Wieder lehnte er sich zurück und betrachtete mich mit seinen müden, starren Augen.

»Nein, die Kreuzworträtsel sind es nicht. Und worauf wollen Sie hinaus?«

Ich schluckte den großen Kloß herunter, der sich in meinem Hals gebildet hatte. »Tja, das ist ja sehr umfassend.«

»Eigentlich nicht. Es ist lediglich eine naheliegende Frage. Okay, ich will es mal so sagen, dass Sie es verstehen. Folgendes wird passieren: In dreißig Minuten werden Sie gehen, genau pünktlich am Ende unseres Termins, und dann werden Sie versuchen, alles zu vergessen, worüber wir gesprochen haben. Und es wird Ihnen gelingen. Aus mir wird ein nerviger frustrierender kleiner Mann, wegen dem Sie ein paar Stunden von Ihrem Sonntag vergeudet haben, und Sie werden Ihr Leben wieder genauso leben wie vorher.«

Er brach ab. Ich wartete, dass er weitersprechen würde, aber es kam nichts. Ich war verwirrt. Das konnte er doch unmöglich so meinen. Dann kapierte ich endlich. »Das ist eine Lüge.«

»Wenn das Ergebnis das gleiche ist, ist es keine Lüge.«

Ich wollte nicht fragen, aber ich musste. »Und was ist das Ergebnis?«

»Sie werden genauso allein und gelangweilt und unglücklich sein wie vor unserem Treffen, aber diesmal wird es schlimmer sein, weil Sie es jetzt wissen. Jede Sekunde, jeden Tag werden Sie es wissen.«

Das war zu viel. Ich schnappte mir meine Tasche und ging. Dreißig Minuten zu früh. Genau wie er es prophezeit hatte.

Kapitel 6

Silchesters weinen nicht. Das hatte mein Vater mir beigebracht, als ich mit fünf zum ersten Mal ohne Stütz-
räder zu fahren versuchte und vom Fahrrad fiel. Mein Vater
lief neben mir her die Auffahrt vor unserem Haus entlang,
weiter von mir entfernt, als mir lieb gewesen wäre, aber ich
wollte ihm das nicht sagen, weil ich wusste, dass er dann enttäuscht von mir gewesen wäre. Schon mit fünf Jahren war
mir das klar. Zum Glück verletzte ich mich nicht ernsthaft,
ich war hauptsächlich schockiert, wie es sich anfühlte, als
mein Knie auf den harten Boden knallte und das Fahrrad
mein Bein einquetschte. Hilfe suchend streckte ich die Arme
nach meinem Vater aus, aber er kam nicht, sondern gab mir
Anweisungen, und schließlich stand ich alleine auf. Ich erinnere mich noch genau an seine Stimme. *Schieb das Fahrrad
von deinem Bein. Und dann steh auf. Lass das Geheule, Lucy,
steh einfach auf.* Als ich mich zusammenkrümmte, als müsste
mein Bein amputiert werden, bekam ich zu hören, ich sollte
mich gefälligst gerade hinstellen. Dabei wollte ich doch nur
in den Arm genommen werden. Aber ich sagte ihm auch das
nicht, denn ich wusste, dass es in seinen Augen nicht nur
falsch war, darum zu bitten, sondern auch, es überhaupt zu
wollen. Tief in meinem Herzen wusste ich, dass er unrecht

hatte – doch so war mein Vater eben. Auch das hatte ich mit meinen fünf Jahren schon verstanden. In meinem späteren Leben weinte ich so gut wie nie und hatte auch kaum das Bedürfnis – abgesehen von der Zeit, als Blake mich verlassen hatte. Und in dem Moment, als mein Leben mich daran erinnert hatte.

Am Ende ging alles so schnell. Fünf Jahre waren wir zusammen, wir führten zusammen ein geselliges, fröhliches, erfülltes Leben. Manchmal unterhielten wir uns übers Heiraten und solche Dinge, und obwohl wir noch weit davon entfernt waren, etwas davon in die Tat umzusetzen, herrschte zwischen uns das stillschweigende Einvernehmen, dass wir es irgendwann tun würden. Irgendwann würden wir einander heiraten. Wenn wir erwachsen waren. Aber im Lauf des Erwachsenwerdens verlor ich ihn. Irgendwo unterwegs. Nicht von einem Tag auf den anderen, nein, es passierte nach und nach, und jeden Tag verschwand er ein bisschen mehr. Nicht körperlich, wir waren ja immer zusammen, aber ich hatte das Gefühl, dass er sich zurückzog, dass er irgendwo anders war, selbst wenn wir uns im gleichen Zimmer aufhielten. Dann sagte er mir eines Tages, wir müssten uns unterhalten. Also setzten wir uns zusammen und unterhielten uns. Und das war's. Na ja, die Unterhaltung kam nach einem wichtigen Gespräch.

Er hatte gerade den Vertrag für seine Reisesendung unterschrieben und begonnen, alleine herumzureisen, vermutlich als eine Art Training. Jedenfalls dachte ich das damals, aber vielleicht war es ja auch viel mehr. Vielleicht suchte er etwas, was er in unserem umgebauten Brotfabrikloft nicht finden konnte. Inzwischen geht mir manchmal der Gedanke durch den Kopf, dass er sich vielleicht mit einer anderen Frau traf, aber außer meiner Paranoia gab es dafür keine Anhaltspunkte. Er war in Finnland gewesen, und als er zurückkam, hätte man denken können, er wäre gerade auf dem Mond gewesen oder hätte ein religiöses Erweckungserlebnis gehabt. Unaufhörlich redete er über die Stille, die Ruhe, den Frieden, wie sehr er eins war mit was auch immer bei vierzig Grad minus überleben konnte. Immer wieder sagte er mir, ich hätte keine Ahnung, ich würde einfach nicht verstehen, was er meinte. Ich sagte, doch, ich verstünde es. Denn ich verstand die Ruhe, die Klarheit, die zeitlose Zufriedenheit, die man verspürt, wenn man einen perfekten Augenblick erlebt. Ja, das konnte ich alles nachvollziehen. Vielleicht benutzte ich nicht die gleichen Worte wie er, wenn er es beschrieb, vielleicht erstrahlten meine Augen nicht in reinem Eisblau, als würde ich das Himmelstor erblicken. Aber trotzdem verstand ich diese Gefühle.

»Nein, Lucy, du verstehst das nicht, glaub mir, *du* verstehst das nicht.«

»Was meinst du denn damit? Was ist an mir so anders, wieso sollte ich unfähig sein zu verstehen, wie es ist, wenn man einen Moment unendlicher Zufriedenheit erlebt? Man muss nicht nach Katmandu pilgern, um inneren Frieden zu finden, manche finden ihn hier, mitten in der Stadt. In der Badewanne. In einem Buch. Und einem Glas Wein.«

Darauf folgte die Unterhaltung. Nicht sofort, vielleicht lagen ein paar Tage, vielleicht ein paar Wochen dazwischen. Aber wie auch immer, sie kam danach. Ich hatte genügend Zeit, um zu verdauen, dass er mich für eine andere Art Mensch hielt, für jemanden, der seine Tiefen nicht verstand. Das hatte ich noch nie zuvor gefühlt. Natürlich hatte ich schon immer gewusst, dass wir unterschiedlich waren, aber nicht, dass er es wusste. Es klang wie ein Detail, aber wenn man richtig darüber nachdachte, wurde es grundlegend. Wenn ich reiste, dann reiste ich, um neue Orte zu sehen, wenn er reiste, reiste er, um ein neues Stück von sich selbst zu entdecken. Wenn man selbst damit beschäftigt ist, alle neuen Teile von sich zu finden, ist es vermutlich schwierig, mit jemandem zusammen zu sein, der schon vollständig ist.

Und an dieser Stelle begingen wir eine Dummheit, und Blake verwickelte mich in ein Szenario, das ich jeden Tag meines Lebens bereue und verändern möchte. Natürlich war ich durcheinander. Ich war fix und fertig, so sehr, dass ich Zuflucht in der Religion suchte – in der Silchester-Religion, sich darüber Gedanken zu machen, was »die Leute« sagen werden. Und da schlug Blake mir vor, wenn ich mich dadurch besser fühlen würde, könnten wir den anderen erzählen, dass ich ihn verlassen hätte. Jetzt, da ich mich in einer mehr oder weniger vernünftigen Verfassung befinde, kann ich nicht mehr nachvollziehen, warum ich mich darauf eingelassen habe. Aber ich habe es getan, und unmittelbar nach der Trennung half es mir tatsächlich, es gab mir in den Gesprächen mit Freunden und Familie die Kraft zu sagen: »Es hat einfach nicht funktioniert. Da bin ich lieber gegangen.« Denn so gab es viel weniger Fragen. Wenn ich gesagt hätte, dass *er* mich verlassen hatte, wäre ich mit Mitgefühl überschüttet worden, man hätte versucht zu analysieren, was ich womöglich falsch gemacht hatte, in welcher Hinsicht ich mitschuldig war, und alle hätten Angst gehabt, mir davon zu erzählen, wenn sie ihm begegneten oder ihn mit einer neuen Freundin sahen. Zu behaupten, dass ich ihn abserviert hatte, machte alles einfacher. Nur war es nicht wirklich einfacher, weil er in Wirklichkeit mich verlassen hatte und ich mir alles anhören musste, was sie über ihn sagten, und so tun, als würde es nicht wehtun. Ich musste mir seine Fernsehsendung anschauen und so tun, als würde es nicht wehtun, und wenn ich wütend auf ihn war, dann bekam ich zu hören, ich hätte doch keinen Grund, wütend zu sein, und sollte lieber daran denken, wie tief verletzt er war, der Arme. Ich saß in der Falle, gefangen in dieser dicken fetten Lüge.

Denn von nun an schleppte ich dieses große Geheimnis mit mir herum, dieses Konglomerat aus Schmerz, der sich in Wut verwandelt hatte, dieser Wut, aus der Selbstmitleid wurde und dann Einsamkeit, denn weil ich nie die Gespräche geführt hatte, die mir geholfen hätten, darüber hinwegzukommen, fühlte ich mich in meiner heimlichen Realität einsam und allein. In der ersten Zeit trug ich den Schmerz, die Wut und das Selbstmitleid mit mir herum, und aufgrund von Umständen, auf die ich vielleicht später noch näher eingehen werde, wurde ich aus meinem respektablen, gut bezahlten Job gefeuert. Aber um jemandem erzählen zu können, dass ich gefeuert worden war, hätte ich den Betreffenden erzählen müssen, *warum* ich gefeuert worden war, und das konnte ich nicht, weil es nach so langer Zeit einfach nur bizarr gewesen wäre, eine Lüge dieser Größenordnung zu beichten, also behauptete ich, dass ich selbst gekündigt hätte. Und so arrangierte sich mein Leben immer mehr um diesen Haufen dicker fetter Lügen. Und es waren dicke fette Lügen, auch wenn das Ergebnis noch so sehr das gleiche war.

Mehr möchte ich nicht zugeben, denn wie sich herausstellte, war ich glücklich damit, wie mein Leben sich entwickelte. Wenn mein Leben sich vor zwei Jahren mit mir hätte treffen wollen, hätte ich die Motivation verstanden, denn damals hatte ich das Gefühl, am Abgrund zu stehen. Aber jetzt nicht mehr. Ich war aus großer Höhe abgestürzt und hatte mich an einer Stelle gefangen, die manche vielleicht als ziemlich bedenklich betrachtet hätten, weil sie nicht sonderlich stabil war, aber ich war sehr glücklich, ich fühlte mich wohl, alles war in Ordnung, vollkommen in Ordnung.

Als ich in die Lobby des deprimierenden Lego-Baus kam, war American Pie nicht mehr da. Ich legte den Schokoriegel, den ich ihr mitgebracht hatte, weil sie am Telefon von ihm geschwärmt hatte, auf ihren Schreibtisch, verließ das Gebäude und versuchte, den frustrierenden kleinen Mann zu vergessen, der mir mehrere kostbare Stunden meines Sonntags verdorben hatte. Aber es ging nicht. Der frustrierende kleine Mann verkörperte mein Leben, und ausnahmsweise konnte ich mein Leben nicht so einfach vergessen. In diesem Moment hatte ich nichts, womit ich mich ablenken konnte – kein Auto zu reparieren, keine E-Mail zu schreiben, kein Fax zu verschicken, kein Familienmitglied anzurufen, keine Probleme von Freunden zu lösen –, und ich wurde ein bisschen nervös. Mein Leben hatte mir gerade unmissverständlich mitgeteilt, dass ich einsam und unglücklich war und bleiben würde. Ich weiß nicht, was man mit so einer Information anfangen soll, ehrlich nicht. Er hatte mir nicht gesagt, was ich tun musste, um nicht mehr allein und unglücklich zu sein, und jetzt wollte ich nur die Wirklichkeit bekämpfen, wie ein Patient, der gerade von einer schlimmen Krankheit erfahren hat und sie um jeden Preis leugnet, weil er zwar die Diagnose hat, aber keine Symptome fühlt. An der nächsten Ecke sah ich ein Café. Das war die Lösung! Ich mag Kaffee, er macht mich auf die Art glücklich, wie einen kleine Dinge glücklich machen können. Wenn ich in einem Café saß, bedeutete das, dass ich in Gesellschaft anderer Menschen war, und der Kaffee bedeutete, dass ich glücklich war. Also war ich nicht mehr allein und unglücklich.

Drinnen war alles voll, nur noch ein kleines Tischchen war frei, und ich schlängelte mich zu ihm durch. Überall wurde geplaudert. Auch das freute mich, denn andere Stimmen lenkten mich von meinen eigenen Gedanken ab. Ich bestellte Kaffee und lehnte mich zurück, zufrieden, dass ich die Gespräche anderer Leute belauschen konnte. Ich musste aufhören, über diese Sache nachzudenken. Mein Leben war in Ordnung, vollkommen in Ordnung. Ich war eine Frau, die allein lebte, einen Job hatte, glücklich war und eine Ablenkung brauchte. Irgendeine. In diesem Moment öffnete sich die Tür des Cafés, das Glöckchen bimmelte, und die Hälfte der Gäste blickte unwillkürlich auf. Dann wandten sich die heterosexuellen Männer wieder ihren Gesprächen zu, und der Rest der Gäste glotzte weiter, denn hereingekommen war der schönste Mann, den ich jemals gesehen hatte. Er ließ den Blick durch das Café schweifen und machte sich dann auf den Weg in meine Richtung.

»Hi«, sagte er lächelnd und legte die Hände auf die Stuhllehne mir gegenüber. »Sind Sie allein?«

»Wie bitte?«

»Ist der Stuhl hier besetzt? Das Café ist voll, stört es Sie, wenn ich mich zu Ihnen setze?«

Hinter mir gab es noch einen freien Platz, aber ich hatte nicht vor, den Mann darauf aufmerksam zu machen. Er hatte ein wunderschönes Gesicht – Nase, Mund und Augen makellos und wohlproportioniert, eine Kieferpartie vom Feinsten. Ich dachte daran, dass meine Familie sich an mein Leben gewandt hatte, aber ich konnte es einfach nicht begreifen. Warum in aller Welt war mein Leben zu *mir* gekommen, es gab doch jede Menge Leute, die nach dem Ende einer Beziehung unglücklich waren, und ich war wirklich kein Notfall. Ich hatte die Trennung überwunden, ich lebte mein Leben, ich hatte keine Angst davor, neue Menschen kennenzulernen. Ich klammerte mich nicht an die Vergangenheit. Wie kamen sie denn auf die Idee, dass mit mir etwas nicht stimmte?

»Kein Problem«, sagte ich und trank meine Tasse aus, während er sich setzte. »Sie können den Tisch haben, ich wollte sowieso gerade gehen. Ich bin mit meinem Freund verabredet.«

Er sah enttäuscht aus, nickte mir aber dankend zu.

Okay, ich habe gelogen.

Aber in ein paar Stunden wäre das Ergebnis sowieso das gleiche gewesen.

Kapitel 7

Wir sind heute Morgen schon um halb fünf aufgestanden«, keuchte er, der Schweiß lief ihm übers Gesicht und verschwand zwischen den Bartstoppeln auf seinem sonnengebräunten Kinn. »Für den Weg von unserer Unterkunft zum Machu Picchu haben wir eineinhalb Stunden gebraucht. Man hat uns gesagt, wir sollen früh aufstehen, damit wir um halb sechs in Wiñay Wayna loskommen und vor Sonnenaufgang auf dem Machu Picchu sein können.« Er hatte ein marineblaues T-Shirt an, dessen Ärmel sich über dem Bizeps spannten; auf Brust, Rücken und unter den Achselhöhlen waren Schweißflecken zu sehen. Dazu trug er beige Armyshorts und Wanderstiefel, und seine Beine waren braun gebrannt und ebenso muskulös wie der Rest seines Körpers. In der Totale sah man ihn auf dem Pfad entlanggehen, und ich drückte den Pausenknopf auf der Fernbedienung.

Mr Pan sprang neben mich auf die Couch. »Hi, Mary«, begrüßte ich ihn.

Sofort begann er begeistert zu schnurren.

»Heute macht er den Inka-Trail. Eigentlich wollten wir den zusammen gehen. Sehen wir doch mal, wen er jetzt so dabeihat ...« Ich betrachtete die Frauen in der Totalaufnahme. Die, die ich suchte, war nicht dabei. Ich drückte wieder auf Play.

»Wie ihr seht, führt der Weg am Abhang entlang und dann bergab in den Nebelwald, ehe er zu einer fast senkrechten Treppe kommt, die uns zum letzten Pass in Inti Punku bringt, was so viel heißt wie Sonnentor.« Nun sah man mehrere Einstellungen von ihm, wie er den Berg emporschnaufte, herrliche Landschaftsaufnahmen, dann wieder Nahaufnahmen von ihm, von seinen Wanderschuhen, seinem Rucksack, seinem Hinterkopf, von dem Ausblick, den er vor sich hatte, den Spiegelungen in seiner Sonnenbrille. Seine komplette Ausrüstung war neu, nichts mehr von den Sachen, die ich ihm gekauft hatte. »Und da sind wir nun«, sagte er und lächelte in die Kamera, so dass seine weißen Zähne blitzten. Sein Blick schweifte in die Ferne, er nahm die Brille ab, sodass man seine wunderschönen Augen sah, und sein Gesichtsausdruck veränderte sich. »Wow«, sagte er nur.

Ich drückte wieder auf Pause, um ihn genauer anzusehen, und musste unwillkürlich lächeln, denn ich wusste, dass das nicht gespielt war, dass er sich für solche Gefühlsregungen nicht schon zwanzigmal vorher hatte abfilmen lassen, um dann die beste Aufnahme auszusuchen. Ich wusste auch, dass er sich tatsächlich wie im Himmel fühlte – an diesem Ort, in diesem Moment –, und auf eine seltsame Art kam es mir vor, als würde ich es mit ihm erleben. Gemeinsam mit ihm, wie wir es vor Jahren getan hatten. Dann schwenkte die Kamera, und ich sah, was er sah: den Machu Picchu, in voller Größe vor unseren Augen ausgebreitet.

»Hier ist er also, der Machu Picchu, in seiner ganzen Pracht. Ein fantastischer Anblick. Wunderschön«, sagte er, während er den Anblick in sich aufnahm, dann zeigte eine etwas weitere Einstellung, wie er die Aussicht genoss. Schnell drückte ich auf die Pausentaste und studierte wieder die Frauen um ihn herum. Nein, die Gesuchte war nicht dabei. Ich drückte wieder auf Play. Ein Schnitt: Es war jetzt etwas später, er hatte sich den Schweiß von der Stirn gewischt, ein frisches T-Shirt – der gleichen Sorte – übergezogen, sich hingesetzt und sah ausgeruht aus, als hätte er für die Abschlussszene eine Pause zum Luftholen eingelegt. Es folgte eine kleine Zusammenfassung der Reise und dann der Satz: »Denkt immer daran, dass das Glück eine Reise ist, kein Ziel.« Dann lächelte er – diese Zähne, diese Augen, diese Haare, diese Arme und Hände! All das, woran ich mich so gut erinnerte, wie er neben mir geschlafen, mit mir geduscht, für mich gekocht, mich berührt, mich geküsst und mich verlassen hatte. »Ich wünschte, du wärst hier«, sagte er mit einem kleinen Augenzwinkern. Dann war er verschwunden, und der Nachspann nahm den Platz auf dem Bildschirm ein, wo vorher sein Gesicht gewesen war.

»Ich auch«, flüsterte ich und schluckte schwer an dem harten, dicken Kloß Nichts, der sich in meinem Hals festgesetzt hatte. Mir war flau im Magen, und in meinem Herzen spürte ich den Schmerz, der immer dann kam, wenn der Nachspann vorbei war und mir schlagartig bewusst wurde, dass er nicht mehr da war. Ich wartete, bis es nicht mehr so wehtat, dann hielt ich den Nachspann an und suchte. Ihr Name war noch da, also stellte ich den Laptop an und loggte mich bei Facebook ein, um ihren Status zu checken. Single.

Ich wusste, dass ich irre war, aber ich wusste auch, dass meine Paranoia in vielen Fällen berechtigt und genau genommen also keine Paranoia war, sondern ein Bauchgefühl, Intuition, Instinkt und meistens korrekt. Aber unsere Trennung war inzwischen fast drei Jahre her, und wie es aussah, waren die beiden immer noch nicht zusammengekommen. Ich wusste ja nicht mal, wie präsent sie als Produktionsassistentin in seinem Leben war, ich hatte keine Ahnung, wie der Arbeitsablauf bei Fernsehsendungen funktionierte. Aber als Blake die Stelle gerade angenommen hatte, war ich einmal bei einem Teamtreffen dabei. Da war ich natürlich auch ihr begegnet und hatte gleich so ein Gefühl. Das war alles – nur so ein Gefühl, wie man es als feste Freundin manchmal kriegt, wenn man andere Mädchen kennenlernt. Als Blake und ich uns dann trennten, wurde dieses Gefühl sehr stark und ballte sich zu etwas zusammen, das so übermächtig war, dass man es schon fast als Besessenheit bezeichnen konnte. Aber ich konnte es nicht abstellen. Sie hieß Jenna. Jenna war eine Schlampe. Und jedes Mal, wenn ich irgendwo den Namen Jenna hörte, dachte ich an sie und hasste die arme Person, obwohl sie doch nur den Namen mit Jenna gemeinsam hatte. Jenna war Australierin, und schon hasste ich sämtliche Australier. Ein höchst seltsamer Mechanismus, der mich da überfallen hatte – ich kannte Jenna ja nicht wirklich und hatte Australien vorher immer gemocht, aber ich hatte dieses Bild von Jenna, diese Abneigung gegen sie und ihre Heimat und überhaupt alles, was ich von ihr wusste, ganz gleich, wie bedeutungslos es sein mochte.

Nur um mich zu quälen, stellte ich mir vor, dass Blake und sie auf dem Berggipfel Sex hatten, sobald die Kamera nicht mehr lief, und ich überlegte ständig, mit wem er überhaupt all die Nächte in seinem winzig kleinen Zelt oder in den überfüllten primitiven Unterkünften verbrachte. Die Orte, an denen er sich aufhielt, waren doch viel zu eng, um sie mit einer anderen Frau zu teilen, schon gar nicht mit Jenna und vor allem nicht mit der Schlampe, zu der sie in meiner Fantasie geworden war. Bestimmt schlich sie sich mitten in der Nacht zu ihm in sein Zelt, um ihm ihr nacktes Selbst zu offenbaren. Zwar würde er versuchen, seine Triebe zu beherrschen, aber er würde es nicht schaffen, weil er ja ein Mann war und total ausgepumpt vom Bergsteigen. Außerdem hatte dieser enge Kontakt mit der Natur immer eine zusätzlich erotisierende Wirkung auf ihn. Jedes Mal, wenn ich eine Folge seiner Sendung anschaute, stellte ich mir die beiden zusammen vor. Weil ich nicht wusste, was eine Produktionsassistentin zu tun hatte, googelte ich das Berufsbild. Ich wusste nicht mal, ob sie im Büro oder am Set arbeitete (das gab es beides, wie ich herausfand), was ja einen großen Unterschied machte, denn im einen Fall war sie dann die ganze Zeit mit ihm zusammen, im anderen kreuzten sich ihre Wege nur selten. Gelegentlich sah ich mir die anderen Namen im Nachspann an, um sicherzugehen, dass sich nicht noch eine weitere verdächtige Frau hineingemogelt hatte, die auch mit ihm am Drehort schlafen konnte, aber dank Google konnte ich auch hierzu Nachforschungen anstellen und schloss daraus, dass Jenna, die Schlampe aus Australien, die einzige Frau war, die für ihn infrage kam.

Mein Handy klingelte und holte mich aus meiner Tagträumerei. Schon wieder Riley. Seit dem Lunch gestern hatte ich neun entgangene Anrufe von Riley und zwei von Mum. Silchesters ignorierten andere Menschen nicht, sie stellten sich nicht an und machten keine Szenen, deshalb hatte ich ihnen beiden eine SMS geschickt, dass ich gerade keine Zeit hatte, sie aber so bald wie möglich zurückrufen würde. Das war keine Lüge. Ich wusste einfach nur nicht, wie ich mich verhalten sollte. Da sie als besorgte Familienangehörige ja nur zu helfen versuchten, durfte ich nicht sauer auf sie sein, aber ich brachte es auch nicht fertig, einfach nur Small Talk zu machen, denn ich war ehrlich verletzt. Eigentlich sogar entsetzt. Hielten sie mich wirklich für so hilfsbedürftig und verzweifelt, dass sie meinten, sie könnten nicht mit mir darüber reden? Dabei hatte ich mir doch immer solche Mühe gegeben, meiner Familie gegenüber nichts preiszugeben, nicht einmal Riley hatte ich ins Vertrauen gezogen. Obwohl er bei Familienfeiern immer mein Komplize war, war er ja trotzdem nicht meine beste Freundin – er war mein Bruder, und es gab Dinge, die Brüder nicht wissen mussten und auch nicht wissen wollten.

Ich ignorierte den Anruf, und sobald das Klingeln aufgehört hatte, schickte ich erneut eine höfliche SMS, in der ich behauptete, dass ich gerade mit Freunden ausgegangen war. Riley antwortete umgehend.

Dann hast du den Fernseher angelassen, ich steh vor deiner Tür.

Ich sprang auf. Mr Pan hüpfte ebenfalls vom Sofa, aber er folgte mir nicht zur Wohnungstür. Wie immer verließ ihn schon am Badezimmer der Mut, und er flitzte hektisch hinein und hinter den Wäschekorb, um mich im Ernstfall von dort zu verteidigen.

»Riley?«, rief ich durch die Tür.

»Ja.«

Ich seufzte. »Du kannst nicht reinkommen.«

»Na gut. Kannst du rauskommen?«

Ich entriegelte die Tür und öffnete sie einen winzigen Spalt, damit er nicht reinsehen konnte, und quetschte mich nach draußen. Natürlich versuchte er trotzdem, einen Blick in meine Wohnung zu erhaschen, aber ich schloss schnell die Tür.

»Hast du Besuch?«

»Ja. Auf meinem Bett liegt ein echt heißer Typ mit einer großen Erektion und wartet auf mich.«

»Lucy«, sagte er mit gequältem Gesicht.

»War nur ein Witz.«

»Also ist niemand da?«

»Doch.« Keine Lüge. Mr Pan saß schließlich kampfbereit im Bad.

»Sorry. Ist es ... na, du weißt schon, wer?«

»Mein Leben? Nein. Ich hab mich heute Vormittag mit ihm in seinem Büro getroffen.«

»Ihm?«

»Ja.«

»Seltsam.«

»Ja.«

»Wie war es?«

»Gut. Er war nett. Wollte nur sehen, wie's mir so geht. Und ein bisschen quatschen. Bleibt wahrscheinlich bei dem einen Mal.«

»Echt?«

»Warum überrascht dich das so?«, blaffte ich.

»'tschuldigung.« Er trat verlegen von einem Fuß auf den anderen. »Dann ist alles okay?«

»Ja. Der wusste selbst nicht recht, wozu der Termin gut sein sollte.«

»Echt?«

»Ja. So ungefähr wie bei den Alkoholkontrollen, nur eben eine Lebenskontrolle. Da kommt man ja auch total per Zufall in die Stichprobe. Mein Pech.«

»Oh. Okay ...«

Ich ließ seine Bemerkung in der Luft hängen.

»Tja, ich wollte dir eigentlich nur die hier vorbeibringen«, sagte Riley schließlich und zog ein Paar Schuhe hinter dem Rücken hervor. »Ich frag schon überall im Königreich rum, wem sie passen.«

Ich grinste.

»Darf ich?« Er ging auf die Knie, hob meinen Fuß, sah, dass ich zwei verschiedenfarbige Socken anhatte, verkniff sich sichtlich einen Kommentar, zog mir die eine Socke aus und schob meinen Fuß in den Schuh. Dann schaute er mich mit gespieltem Erstaunen an.

»Und wenn wir nicht gestorben sind, leben wir noch heute fröhlich in Blutschande?«, witzelte ich.

Er runzelte die Stirn, lehnte sich an den Türrahmen und starrte mich an.

»Was ist?«

»Nichts.«

»Was ist denn los, Riley? Du stehst doch nicht nur deshalb hier, weil du mir meine Schuhe bringen willst.«

»Nein, es ist nichts«, wiederholte er. »Nur …« Er sah aus, als habe er etwas Ernstes auf dem Herzen. »Es ist nur, dass ich diesen Typen kennengelernt habe, der vor ein paar Jahren mit dir bei Quinn & Downing gearbeitet hat, und der hat mir ein paar Sachen erzählt …« Er musterte mich durchdringend, und ich versuchte, nicht so ängstlich auszusehen, wie ich mich fühlte, sondern verwirrt. Prompt änderte er den Kurs. »Wahrscheinlich irrt er sich ja sowieso«, meinte er und räusperte sich.

»Wie hieß denn der Typ?«, fragte ich kühl.

»Gavin Lisadel.« Wieder das Gemustere.

Ich verdrehte die Augen. »Oje. Der Melodramatiker schlechthin, wenn ich mich recht erinnere.« In Wahrheit war mein Ex-Kollege ein absolut anständiger Kerl. »Ich hab schon gehört, dass er alle möglichen sonderbaren Geschichten über mich in Umlauf bringt. Aber keine Sorge, was immer es ist – es ist gelogen. Angeblich hat Gavin seine Frau jahrelang mit einem Mann betrogen, also …«, fuhr ich fort, obwohl er, soweit ich wusste, glücklich verheiratet war. In weniger als einer Minute hatte ich den bislang makellosen Ruf dieses Mannes ruiniert. Aber es war mir vollkommen egal. Schließlich hatte er meinen doch auch zerstört – nicht, dass der jemals makellos gewesen wäre. Und er hatte vermutlich auch nicht gelogen. Schon fühlte ich mich schlecht und setzte hinzu: »Aber er war immer total beliebt und echt gut in seinem Job.«

Riley nickte, nicht wirklich überzeugt, aber er wechselte erneut das Thema. »Ich kann immer noch nicht glauben, dass du gesagt hast, Vater wäre nicht der Typ, der gestillt worden ist.« Er fing an zu lachen, warf den Kopf in den Nacken und lachte immer lauter.

Schließlich stimmte ich ein. »Stimmt doch, oder nicht? Mit so was hätte sich Schrumpeltitte doch niemals abgegeben.«

Er schüttelte den Kopf, als wäre ihm schon allein der Gedanke unangenehm.

In diesem Moment öffnete sich die Tür gegenüber, und ein freundliches Gesicht kam zum Vorschein. »Hi, Lucy, entschuldigen Sie bitte, aber würde es Ihnen was ausmachen, ein bisschen leiser zu sein? Ich hab gerade … oh, hallo«, unterbrach sie sich, als sie Riley bemerkte.

»Tut mir leid«, entschuldigte sich Riley sofort. »Ich wollte sowieso gerade gehen.«

»Nein, das war unhöflich von mir. Ich hab nur grade …« Sie deutete mit dem Daumen hinter sich in die Wohnung, sagte aber nichts. »Sie sehen sich so ähnlich – sind Sie Lucys Bruder?«, fragte sie und musterte uns aufmerksam.

»Ja. Ich bin Riley«, sagte er, und die beiden schüttelten sich die Hand, was mir unangenehm war, weil ich mir nicht mal den Namen meiner Nachbarin merken konnte. Ich hatte ihren Namen sofort wieder vergessen, nachdem sie ihn mir gesagt hatte. Die Zeit verging, und irgendwann wäre es mir unhöflich vorgekommen nachzufragen, also sprach ich sie einfach nicht an, sondern grüßte sie nur mit Hey und Hi und

Hallo. Irgendwie hatte ich den Verdacht, dass sie Ruth hieß, aber es fehlte mir der Mut, es einfach auszuprobieren.

»Ich bin Claire«, sagte sie jetzt.

Auch gut.

»Hi, Claire.«

Riley sah sie mit seinem besten »Ich bin echt nett und süß, aber auch stark und männlich, vertrau mir«-Flirtblick an, was mich total nervte, aber Claire war ja nicht völlig irre, wickelte sich aus seinem Netz an Verheißungen und verabschiedete sich schnell.

»Dein Charme scheint nicht mehr so zu funktionieren, Riley.«

Er schaute zu mir, jetzt wieder ernst.

»Mach dir nichts draus, das passiert uns allen.«

»Das ist es nicht.«

»Was denn dann, Riley?«

»Nichts«, sagte er, ließ den Gedanken in der Luft hängen und machte sich auf den Weg zum Aufzug.

»Danke für die Schuhe«, sagte ich etwas sanfter.

Er drehte sich nicht um, hob nur grüßend den Arm und verschwand in der Kabine.

Kurz bevor ich meine Tür schloss, hörte ich, wie meine Nachbarin – deren Namen ich schon wieder vergessen hatte – die Tür öffnete und rief: »Wenn Sie je Lust haben, mal auf einen Kaffee vorbeizukommen, würde ich mich freuen. Ich bin immer zu Hause.«

»Oh, okay.« Die Situation war mir wirklich unangenehm. Mal abgesehen von dem Geplauder neulich im Aufzug war das die längste Unterhaltung, die wir je gehabt hatten. Sonst hatte sie mich bisher nie angesprochen. Wahrscheinlich fiel ihr allmählich die Decke auf den Kopf, und sie war so verzweifelt, dass sie mit jedem zu reden versuchte, selbst mit mir.

»Danke. Äh … ebenfalls.« Dann fiel mir nichts mehr zu sagen ein, und ich schloss meine Tür.

In Wahrheit wollte ich überhaupt nicht, dass sie mich zum Kaffee besuchte, und ich wollte auch nicht, dass Riley zu mir in die Wohnung kam. Er war noch nie da gewesen, weder er noch sonst jemand aus meiner Familie. Meine Wohnung gehörte mir, mir allein. Aber jetzt störte es mich auf einmal, wie es hier drin aussah. Der Teppich musste dringend gereinigt werden. Ich nahm mir vor, mich darum zu kümmern, ohne meinen Vermieter zu informieren, denn ich wollte nicht, dass er vorbeikam, die Brandflecken sah und mich womöglich für den Schaden zur Rechenschaft zog. Also suchte ich den Zettel heraus, auf dem ich den Namen der Teppichreinigung aufgeschrieben hatte, und wählte schnell die Nummer der Auskunft, ehe ich es mir anders überlegen konnte. Ich wusste, dass etwas Gigantisches geschah, denn ich tat genau das, was notwendig war, und spürte die Anstrengung schwer auf meinen Schultern lasten. Als man mich verbunden hatte und das Telefon am anderen Ende der Leitung klingelte, spielte ich mit dem Gedanken aufzulegen. Was mir so zusetzte, war ja nicht der Anruf allein, nein, wenn ich mein Vorhaben zu Ende führen wollte, musste ich einen Tag von der Arbeit zu Hause bleiben und auf einen wildfremden Menschen warten, der garantiert erst Stunden nach dem vereinbarten Termin eintrudeln würde, und dann musste ich ihm auch noch all die persönlichen, ganz und gar nicht für die Öffentlichkeit bestimmten Flecken zeigen, die entfernt werden sollten. Wie demütigend! Es klingelte und klingelte, dann klang es, als würde jemand drangehen oder der Anrufbeantworter anspringen, aber nach einer kurzen Unterbrechung klingelte es einfach weiter. Gerade wollte ich auflegen, da hörte ich eine Männerstimme.

»Hallo?«

Es war laut. Ein Lärm wie in einem gut besuchten Pub. Ich musste das Telefon ein Stück vom Ohr weghalten.

»Moment mal bitte«, rief die Stimme, und ich wollte antworten, schon gut, ich hab mich verwählt – teils, weil ich es mir anders überlegt hatte und auf gar keinen Fall den Stress mit einem fremden Menschen in der Wohnung wollte, teils, weil ich den Verdacht hatte, dass ich tatsächlich falsch verbunden worden war. Ich suchte die Visitenkarte, die die American-Pie-Frau mir gegeben hatte, um nachzuschauen, ob die dort angegebene Nummer mit der auf meinem Display übereinstimmte. Aber mein Gesprächspartner hätte meine Erklärung nicht hören können, da er das Telefon nicht ans Ohr hielt, sondern irgendwo an seinen Körper drückte, während er sich zwischen Dutzenden anderer Körper hindurch einen Weg in eine ruhigere Ecke bahnte.

»Moment mal bitte«, rief er noch einmal.

»Hat sich erledigt«, brüllte ich, obwohl es bei mir ja ganz ruhig war. Aber der Mann hörte mich sowieso nicht.

Dann wurde es am anderen Ende auf einmal ganz still, ich hörte Schritte, fernes Lachen und schließlich: »Hallo? Sind Sie noch dran?«

Ich ließ mich auf die Couch fallen. »Ja. Hi.«

»Tut mir echt leid. Wer ist denn dran?«

»Äh, ich fürchte, das ist jetzt ein bisschen ärgerlich für Sie, nachdem Sie extra nach draußen gegangen sind. Ich habe mich nämlich verwählt.«

»Nach all den Strapazen!«, lachte der Mann.

»Ja, sorry.« Ich kletterte über die Rückenlehne der Couch, landete in der Küche und schaute in den Kühlschrank. Wie üblich war nichts zu essen da.

Der Mann schwieg einen Moment, ich hörte, wie ein

Streichholz angerissen wurde und wie er inhalierte. »Sorry, schlechte Angewohnheit. Meine Schwester hat behauptet, wenn man raucht, lernt man leichter Frauen kennen.«

»Ich tu bei der Arbeit immer so, als würde ich rauchen, damit ich öfter Pause machen kann«, gestand ich zu meiner eigenen Überraschung.

»Und wenn die rausfinden, dass Sie in Wirklichkeit gar nicht rauchen?«

»Wenn jemand dabei ist, dann rauche ich immer.«

Er lachte. »Ganz schön viel Mühe für ein Päuschen.«

»Für ein Päuschen tu ich alles.«

»Beispielsweise mit falschen Verbindungen plaudern?«

»Käme durchaus infrage«, antwortete ich.

»Wollen Sie mir Ihren Namen sagen oder ist das gegen die Verwähletikette?«

»Aber nein, ich teile wildfremden Menschen sehr gern meinen Namen mit. Ich heiße Gertrude.«

»Das ist aber ein sehr schöner Name, Gertrude.« Ich hörte das Grinsen aus seiner Stimme heraus.

»Danke sehr.«

»Ich bin Giuseppe.«

»Freut mich, Sie kennenzulernen, Giuseppe. Wie geht es Pinocchio?«

»Ach, wissen Sie, er erzählt Lügengeschichten und gibt damit an, dass er immer noch Single ist.«

»Ja, davon kann er gar nicht genug kriegen.« Ich lächelte. Mir fiel plötzlich auf, dass mir dieses Telefongespräch wesentlich angenehmer war als eines mit meinem Vater. Aber sonderbar war es trotzdem. »Na, dann lass ich Sie jetzt mal wieder in den Pub zurückgehen.«

»Ich bin auf einem Konzert von Aslan.«

»Ich liebe Aslan.«

»Wir sind in der Vicar Street – Sie könnten einfach herkommen.«

»Wer ist ›wir‹?«, erkundigte ich mich.

»Ich und Tom.«

»Hm, ich würde ja gern, aber Tom und ich haben uns gestritten, und es wäre unangenehm, wenn ich auftauche.«

»Auch wenn er sich entschuldigt?«

»Glauben Sie mir, der wird sich nie entschuldigen.«

»Ach was, Tom tritt doch in jedes Fettnäpfchen, ignorieren Sie ihn einfach. Ich hab eine Karte übrig, die kann ich für Sie an der Kasse hinterlegen.«

Seine Vertraulichkeit machte mich neugierig. »Woher wissen Sie denn, dass ich keine zahnlose verheiratete Frau mit zehn Kindern und einer Augenklappe bin?«

»Um Gottes willen – Sie sind eine Frau?«

Ich lachte.

»Dann nehmen Sie mein Angebot also an?«

»Verschenken Sie immer Tickets an Leute, die sich verwählt haben?«

»Manchmal schon.«

»Hat schon mal jemand angenommen?«

»Ja, einmal, und danach hatte ich eine zahnlose verheiratete Frau mit zehn Kindern am Hals.«

»Haben sie schon *Down on Me* gespielt?«

»Die haben noch gar nicht angefangen. Aber Spaß beiseite – ist das Ihr Lieblingssong?«

»Ja.« Ich öffnete das Gefrierfach. Chicken Curry und Cottage Pie. Das Chicken Curry war seit einer Woche abgelaufen, der Cottage Pie würde morgen das Verfallsdatum erreichen. Ich griff nach dem Chicken Curry und stieß mit einer Gabel durch die Plastikfolie.

»Haben Sie Aslan schon mal live gehört?«

»Nein, aber es steht auf meiner To-do-Liste.«

»Und was sonst noch?«

»Was zu Abend essen.«

»Sie setzen sich ehrgeizige Ziele. Das gefällt mir. Wollen Sie mir nicht vielleicht doch Ihren richtigen Namen verraten?«

»Nein. Sie mir Ihren?«

»Don.«

»Und weiter?«

»Lockwood.«

Mein Herz reagierte sehr seltsam. Ich erstarrte. Mr Pan bemerkte meinen Stimmungswechsel sofort, sprang auf und sah sich um, ob er mich verteidigen oder vielleicht besser die Flucht ergreifen sollte.

»Hallo? Sind Sie noch dran?«

»Haben Sie grade wirklich Don Lockwood gesagt?«, fragte ich langsam.

»Ja. Warum?«

Mir blieb fast die Luft weg. »Kein Witz?«

»Nein. Das ist mein Name, von Geburt an. Na ja, eigentlich ist das gelogen, zuerst hat man mich Jacinta getauft, aber dann wurde klar, dass ich ein Junge bin. Jetzt ist der Unterschied schon etwas deutlicher zu erkennen als damals, das können Sie mir glauben. Warum – haben Sie sich vielleicht doch nicht verwählt?«

Mein Interesse an Chicken Curry war wie weggeblasen, ich wanderte in der Küche auf und ab. Eigentlich glaubte ich nicht an Zeichen, weil ich sie nie richtig deuten konnte. Aber das war nun wirklich ein unglaublich aufregender Zufall. »Don Lockwood … warten Sie mal … das ist der Name von Gene Kelly in *Singin' in the Rain*.«

»Aha.«

»Ja.«

»Und Sie sind entweder ein Fan von Gene Kelly und/oder von seinem Film, deshalb ist das eine sehr aufregende Information für Sie.«

»Absolut«, lachte ich. »Erzählen Sie mir jetzt aber nicht, dass Sie noch nie jemand darauf aufmerksam gemacht hat.«

»Ich kann Ihnen mit gutem Gewissen versichern, dass mich kein Mensch unter fünfundachtzig jemals darauf hingewiesen hat.«

»Nicht mal eine Ihrer falschen Verbindungen?«

»Nicht mal eine von denen, nein.«

»Wie alt sind Sie denn?«, fragte ich, denn auf einmal hatte ich Angst, dass ich mit einem Fünfzehnjährigen plauderte und dass die Polizei schon unterwegs zu mir war.

»Fünfunddreißig drei Viertel.«

»Ich kann nicht glauben, dass Ihnen das in Ihren ganzen fünfunddreißig drei Viertel Lebensjahren niemand gesagt hat.«

»Im Gegensatz zu Ihnen sind die meisten eben noch nicht hundert.«

»Bei mir dauert es auch noch ein paar Wochen.«

»Ah, verstehe. Dann werden Sie dreißig? Vierzig? Fünfzig?«

»Dreißig.«

»Von da ab geht es nur noch bergab, glauben Sie mir.«

Dann schwieg er, und ich schwieg auch, und auf einmal war nichts mehr locker und natürlich, und wir waren nur noch zwei Fremde mit einer falschen Verbindung und wollten nur auflegen.

Ich fand als Erste die Sprache wieder. »War nett, mit Ihnen zu plaudern, Don. Danke für das Ticketangebot.«

»Tschüss, zahnlose verheiratete Frau«, erwiderte er, und wir lachten beide. Als ich auflegte, sah ich mich kurz im Badezimmerspiegel an und fand, dass ich aussah wie meine

Mutter: Mein Gesicht war ein einziges Lächeln. Allerdings verblasste es, als mir klar wurde, dass ich gerade mit einem wildfremden Mann telefoniert hatte. Vielleicht war ich ja tatsächlich dabei, verrückt zu werden. Ich ging früh schlafen, aber um halb eins riss mich mein Telefon aus dem Schlaf. Erschrocken fuhr ich hoch, sah nach der Nummer auf dem Display, aber da ich sie nicht erkannte, ignorierte ich sie und wartete, dass das Klingeln endlich aufhörte und ich weiterschlafen konnte. Aber schon wenige Sekunden später klingelte es erneut, und in der Hoffnung, dass es nichts allzu Schlimmes war, ging ich dran. Zuerst hörte ich nur Lärm, laute Stimmen, Geschrei und hielt das Telefon ein Stück vom Ohr weg, aber dann erkannte ich Musik, Gesang und einen Song. Don Lockwood hatte mich angerufen, damit ich meinen Lieblingssong hören konnte.

If you think your life's a waste of time, if you think your time's a waste of life, come over to this land, take a look around. Is it a tragic situation, or a massive demonstration, where do we hide?

Wenn du denkst, dein Leben ist verschwendete Zeit, wenn du denkst, deine Zeit ist verschwendetes Leben, dann schau dich mal um. Ist die Situation tragisch oder wird uns nur was vorgeführt? Wo sollen wir uns verstecken?

Ich legte mich zurück auf mein Kissen und lauschte dem Song. Als er fertig war, wartete ich, denn ich hätte gern mit Don gesprochen. Aber sobald der nächste Song begann, legte er auf.

Ich lächelte. Dann schrieb ich ihm eine SMS:

Danke.

Ein Posten weniger auf deiner Liste. Gute Nacht.

Ich starrte lange auf die Worte und speicherte die Nummer schließlich bei meinen Kontakten. Don Lockwood. Wenn ich nur den Namen anschaute, musste ich schon lächeln.

Kapitel 8

Eine Woche später wachte ich früh um sieben auf und hatte eine Scheißlaune – ich glaube wirklich, dass das der Fachausdruck für mein Befinden war. Seit einer Woche hatte ich nicht mehr richtig geschlafen, genau die Zeit, bis wieder etwas Interessantes in meinem Leben passierte. Als ich die Augen aufschlug und bemerkte, dass die Wohnung nach dem Krabbencocktail roch, den ich auf der Anrichte hatte stehen lassen, war mir sofort klar, dass ich schlechte Laune hatte. Tief in meinem Innern spürte ich die Irritation wie eine feuchte Kälte, die einem durch Mark und Bein geht und sich nicht abschütteln lässt. Und ich glaube, irgendwo in meinem Körper spürte ich, noch bevor ich ihn entdeckte, dass wieder ein Brief auf dem verbrannten Teppich gelandet war. Da er noch unbepinkelt war, konnte er noch nicht lange dort gelegen haben, außerdem verdeckte er ein paar von den kleinen rosaroten Fußspuren, die Mr Pan hinterlassen hatte, als er den Krabbencocktail umgeschmissen und auf dem Teppich verteilt hatte.

Seit ich mich am vorigen Sonntag mit meinem Leben getroffen hatte, war jeden Tag ein Brief bei mir eingetroffen. Ich hatte sie allesamt ignoriert, und am heutigen Montag würde sich daran auch nichts ändern. Wie ein Kind, dessen einzige Macht darin bestand, über seine Puppe zu bestimmen, stieg ich hocherhobenen Hauptes über den Umschlag hinweg. Mr Pan wusste anscheinend genau, was er getan hatte, und spürte meine Stimmung, denn er ging mir aus dem Weg. Ich duschte, zerrte ein Kleid von der Vorhangstange und war innerhalb weniger Minuten angezogen. Dann fütterte ich Mr Pan, ignorierte den Brief – die zweite Woche in Folge – und verließ die Wohnung.

»Guten Morgen, Lucy«, rief meine Nachbarin, die gerade die Tür aufmachte, als ich auf den Flur trat. Ihr Timing kam mir suspekt vor. Wenn es nicht so unwahrscheinlich gewesen wäre, hätte man glatt auf die Idee kommen können, dass sie hinter ihrer Tür auf mich gewartet hatte.

»Morgen«, antwortete ich und durchforschte mein irritiertes Gehirn nach ihrem Namen. Aber da war kein Platz für Information, nur Frust. Also wandte ich meiner Nachbarin erst mal den Rücken zu und schloss meine Tür ab.

»Dürfte ich Sie vielleicht um einen Gefallen bitten?« Ihre Stimme klang zittrig, und ich drehte mich schnell um. Ihre Augen waren rot und geschwollen, als hätte sie die ganze Nacht geweint. Zum Glück machte meine schlechte Laune für einen Moment Pause, und ich entspannte mich etwas. »Wären Sie so nett, das für mich beim Portier abzugeben? Ich habe einen Kurier bestellt, der holt es später ab, hat aber gleich gesagt, er kommt nicht die ganzen Treppen hoch. Und der Kleine schläft gerade, ich kann ihn nicht alleine lassen …«

»Na klar, kein Problem.« Ich nahm ihr die Sporttasche ab.

Sie wischte sich die Augen und bedankte sich, aber ihre Stimme hatte inzwischen ganz den Geist aufgegeben und brachte nicht mehr als ein Flüstern zustande.

»Alles in Ordnung mit Ihnen?«

»Ja, danke, ich bin nur, äh …« Wieder die zittrige Stimme, während sie sich bemühte, die Fassung zu bewahren. Schließlich richtete sie sich auf, räusperte sich und versuchte, stark zu sein, aber sosehr sie auch dagegen ankämpfte, ihre Augen füllten sich sofort wieder mit Tränen. »Meine Mutter ist seit gestern im Krankenhaus. Es sieht nicht sehr gut aus.«

»Das tut mir aber leid.«

Sie winkte ab, um ihre Verlegenheit zu überspielen. »Ich hab ein paar Sachen eingepackt, die sie in der Klinik vielleicht braucht. Ich meine, was braucht denn eine Frau, die …« Sie vollendete den Satz nur im Kopf.

»Dürfen Sie Ihre Mutter denn nicht besuchen?«

»O doch, schon. Aber ich kann nicht wegen …« Sie warf einen Blick zurück in ihre Wohnung, wo das Baby schlief.

»Oh.« Zwar wusste ich genau, was ich als Nächstes sagen sollte, aber ich war nicht sicher, ob ich das wollte, ob es richtig war. Zögernd meinte ich schließlich: »Ich könnte für Sie babysitten, wenn Sie möchten. Bei …« Ich wusste nicht, ob ich »ihm« oder »ihr« sagen sollte. »Bei Ihrem Baby.«

»Ja, bei Conor.« Sie räusperte sich wieder. »Das ist ein sehr nettes Angebot, aber ich lasse ihn so ungern alleine …«

»Das verstehe ich vollkommen«, pflichtete ich ihr erleichtert bei. »Dann gebe ich die Tasche unten für Sie ab.«

Noch einmal bedankte sie sich flüsternd. Als ich am Aufzug angekommen war, fand sie ihre Stimme wieder. »Lucy, wenn ich es mir anders überlege, also wenn ich Sie brauche, im, na ja, im Notfall – wie kann ich Sie da erreichen?«

»Oh. Hm. Sie könnten warten, bis ich zurückkomme, so gegen sechs oder …« Ich wollte ihr meine Handynummer nicht geben, weil ich wusste, dass das bestimmt am Ende nur Ärger bedeuten würde. »Sie könnten mir auch eine Mail schicken …« Ich sah in ihr verzweifeltes, aber hoffnungsvolles Gesicht. Wahrscheinlich lag ihre Mutter im Sterben, und ich schlug ihr vor, mir im Notfall eine Mail zu schreiben. »Sie könnten mich auch anrufen.« Auf einmal entspannten sich ihre Schultern, ich gab ihr meine Nummer und machte, dass ich wegkam. Bei *Starbucks* an der Ecke holte ich mir einen Cappuccino, kaufte die Zeitung, musste aber leider auf den süßen Typen in der Bahn verzichten, da ich mit Sebastian schon wieder einen Termin in der Werkstatt hatte. Mir graute jetzt schon vor der Rechnung. In meinem Bürogebäude ging ich mit meiner Ausweiskarte durch die Drehkreuze. Meine Firma, Mantic, lag außerhalb der City, in einem neuen Gewerbegebiet mit einer Architektur, als wäre hier ein Raumschiff mit Aliens gelandet. Vor zehn Jahren hatte man die Produktion nach Irland verlagert und die Büros zusammengelegt, um das Ergebnis zu steigern, doch seit dem Umzug und dank der Wuchermiete, die das Unternehmen hier bezahlen musste, waren die Profite eingebrochen und hundert der zwölfhundert Mitarbeiter waren entlassen worden. Mantic kam von dem altgriechischen Begriff für den Besitz prophetischer und göttlicher Kräfte, ziemlich ironisch angesichts des Ärgers, den die Firma jetzt am Hals hatte – aber keiner konnte darüber lachen. Zwar sah es im Moment aus, als wäre ein bisschen Ruhe eingekehrt, und man versicherte uns, dass unsere Arbeitsplätze sicher waren, aber den meisten von uns saß der Schock über die vielen Entlassungen noch in den Knochen. Noch immer waren wir von den leeren Schreibtischen und Stühlen unserer entlassenen Kollegen umgeben, und obwohl wir mit ihnen fühlten, hatten wir es uns andererseits auch gern an den besser positionierten Tischen und auf den komfortableren Stühlen bequem gemacht.

Mich hatte es überrascht, dass ich nicht von der ersten Entlassungswelle erfasst worden war. Ich arbeitete in einer

Abteilung, die aus einem Team von sechs Leuten bestand, und mein Job war es, die Bedienungsanleitungen für die Geräte der Firma ins Deutsche, Französische, Spanische, Niederländische und Italienische zu übersetzen, sicher nicht die anspruchsvollste Aufgabe. Mein einziges Problem dabei war, dass ich kein Spanisch konnte, jedenfalls nicht wirklich fließend, und deshalb hatte ich diesen Teil meiner Arbeit outgesourct, und zwar an eine Bekannte, die über sehr gute, um nicht zu sagen perfekte Spanischkenntnisse verfügte, da sie aus Madrid stammte. Sie erledigte die Übersetzungen gern für mich, bekam für ihre Gefälligkeit zu Weihnachten eine Flasche Poitín, und so war die Sache geregelt. Bisher hatte dieses Arrangement ganz gut geklappt, wenn man davon absah, dass ich gelegentlich auf glühenden Kohlen saß, weil meine Bekannte ein bisschen langsam war und die Übersetzungen erst in allerletzter Sekunde ablieferte. Ich selbst hatte ein hervorragendes Examen in Betriebswirtschaft und Sprachen und einen Master in International Business gemacht, ein Jahr in Mailand und ein Jahr in Deutschland gearbeitet, und mein Master stammte von einer Business School in Paris. Außerdem hatte ich sozusagen als persönliches Hobby in Abendkursen Niederländisch gelernt. Aber die Frau, die mein spanisches Alibi geworden war, hatte ich bei der Junggesellinnenparty einer Freundin in Madrid kennengelernt. Obwohl ich nicht Jura wie mein Vater und Riley oder Medizin wie Philip studiert hatte, glaube ich, dass mein Vater auf meine akademischen Leistungen und meine Sprachkenntnisse zumindest ansatzweise stolz gewesen war, bis ich diesen Job hier annahm und das bisschen Freude, das er an mir hatte, endgültig den Bach runterging.

Die erste Person, die ich jeden Morgen im Büro traf, war die Ausquetsch-Tuss, die von ihren Eltern Louise getauft worden war. Dem guten Geschmack zuliebe werde ich sie lediglich Quetschi nennen. Sie war unsere Teamleiterin, wollte in einem Jahr heiraten, und diesen großen Tag plante sie schon seit Tag eins im Mutterleib. Wenn Fischgesicht, unsere Chefin, nicht da war, blätterte Quetschi meistens in irgendwelchen Zeitschriften, aus denen sie Bilder herausriss, um Moodboards ihres perfekten Tages zusammenzustellen. Nicht, dass ich selbst so besonders tiefgründig gewesen wäre, aber ich bildete mir gerne ein, wenigstens nicht *nur* oberflächlich zu sein, und ich hatte von dem ständigen Geplapper über Kosmetik und so weiter die Nase gestrichen voll. Ihre Themen wären die gleichen gewesen, egal, welchen Mann sie geheiratet hätte. Ihr Wissensdurst, was den »schönsten Tag« anderer Menschen anging, war unstillbar. Sie benahm sich weniger wie eine diebische Elster, wenn es um Informationen ging, sondern eher wie ein Piranha, der jedes Wort sofort verschlang, kaum dass es ausgesprochen war. Gespräche mit Quetschi waren wie Interviews, bei denen sie ausschließlich Fragen stellte, die ihr halfen, Lösungen für ihre eigenen Probleme zu finden, denn für das Leben ihres Gegenübers interessierte sie sich nicht im Geringsten. Wenn ihr die so gewonnenen Informationen nicht gefielen, rümpfte sie die Nase, aber wenn sie etwas erfuhr, was ihr in den Kram passte, wartete sie kaum noch das Ende des Satzes ab, ehe sie zu ihrem Schreibtisch flitzte, um sich Notizen über ihre neuesten Erkenntnisse zu machen. Meine Abneigung gegen sie war ziemlich intensiv, und die Tatsache, dass sie enge T-Shirts mit lächerlichen Aufdrucken trug, die obendrein so kurz waren, dass jeder ihre Speckfalten sah, machte die Sache nicht besser und nervte mich von Tag zu Tag mehr. Es waren bei mir immer solche Details, die mir andere Menschen unsympathisch machten – obwohl ich seltsamerweise die Dinge, die ich an Blake am meisten gehasst hatte, beispielsweise dass er im Schlaf mit den Zähnen knirschte, am meisten vermisste. Ich fragte mich, ob das Knirschen auch Jenna die Schlampe störte.

Heute trug Quetschi einen Blazer über einem schwarzen T-Shirt, auf dem ein Bild von Shakespeare zu sehen war. Darunter stand:

Make love not Macbeth.

Manchmal fragte ich mich, ob sie die Sprüche, die sie mit sich herumtrug, eigentlich verstand.

»Guten Morgen, Lucy.«

»Morgen, Louise.« Ich lächelte ihr zu und wartete auf die erste Interviewfrage.

»Warst du eigentlich schon mal in Ägypten?«

Mit Blake war ich auch in Ägypten gewesen, mit vollem Programm: auf dem Kamel durch die Sahara, Besuch bei den Pharaonen, Baden im Roten Meer, Kreuzfahrt auf dem Nil. Doch Quetschi fragte bekanntlich aus rein egoistischen Gründen und nicht, um mit mir in schönen Erinnerungen zu schwelgen. »Nein, leider nicht«, antwortete ich deshalb, und eine gewisse Enttäuschung breitete sich auf ihrem Gesicht aus. Ich ging zu meinem Schreibtisch, warf den Cappuccinobecher in den Mülleimer, hängte meine Jacke auf und machte mich auf den Weg, um eine frische Kanne Kaffee zu kochen. Der Rest des Teams drängelte sich bereits in der winzigen Küche.

»Was ist denn hier los? Gibt es ein Geheimtreffen?«

»Guten Morgen, Prinzessin«, begrüßte mich Checker-Graham. »Kaffee?«

»Schon okay, ich mach welchen«, sagte ich und quetschte mich an ihm vorbei zum Wasserkocher. Sofort beugte er sich von der Anrichte ein bisschen nach vorn, sodass ich mit seinen Genitalien in Berührung kam. Einen Moment überlegte ich, ihm das Knie in die Eier zu rammen. Graham war der Checker vom Dienst, der zu viele Folgen von *Mad Men* gesehen hatte und ständig nach einer Büroaffäre Ausschau hielt. Natürlich hatte er Frau und Kinder. In dem Bemühen, seinen Vorbildern von der Madison Avenue nachzueifern, trug er die Haare in einer pomadigen Tolle nach hinten gekämmt und legte so viel Aftershave auf, dass man dank des süßen Gestanks, der dann in der Luft hing, immer wusste, wenn er sich in der Nähe aufhielt. Von seinen schmierigen Avancen fühlte ich mich nicht im Mindesten geschmeichelt – vielleicht hätte es mir gefallen, wenn ich scharf darauf gewesen wäre, eine Nacht mit Pepé dem Stinktier zu verbringen, und wenn er seine Schmeicheleien nicht völlig wahllos jeder Frau hätte angedeihen lassen, die sich im Umkreis von einer Meile seiner Duftwolke befand. Doch eins musste man ihm zugutehalten: Vielleicht war er früher einmal attraktiv gewesen, in einer Zeit, bevor sein innerer Funke erloschen war, weil er sich fürs Leben an einen Menschen gebunden hatte, der alles mit ihm teilen wollte, inklusive seiner Seele.

Ich füllte Wasser in den Kocher.

»Hast du schon gehört?«, sagte Mary-Maus mit ihrem Stimmchen, das sich immer ein Dezibel unter normaler Sprechlautstärke zu befinden schien. Marys Augen waren fast doppelt so groß wie ihr Kopf, ein erstaunliches Wunder der Natur. Ihre Nase und ihr Mund waren wie zwei Pünktchen auf ihrem Gesicht, daher der Spitzname Maus.

»Was gehört?«

»Na, na, wir wollen Lucy doch nicht erschrecken, sie ist gerade erst zur Tür reingekommen.« Das war Zwinker-Quentin, so genannt wegen seiner Angewohnheit, mit beiden Augen im Zwanzigsekundenintervall zweimal heftig zu zwinkern, wobei sich das Intervall bei Meetings oder wenn er vor vielen Menschen sprechen musste deutlich verkürzte. Er war ein netter Mann, vielleicht ein bisschen langweilig, und ich hatte kein Problem mit ihm. Er war zuständig für die Schaubilder in den Bedienungsanleitungen, deshalb arbeiteten wir eng zusammen.

»Wir haben heute Vormittag ein Meeting in Ednas Büro«, sagte Mary-Maus, und ihr kleines Gesicht war ganz starr, nur die großen Augen wanderten angstvoll hin und her.

»Wer sagt das?«

»Louise hat es von Brian im Marketing gehört. Alle Abteilungen haben so ein Meeting.«

»Brian Murphy oder Bryan Kelly?«, wollte Steve die Wurst wissen.

Die Erklärung für Steves Spitznamen war einfach. Der Gute sah nämlich aus wie eine Wurst.

»Wo ist der Unterschied?«, fragte Mary-Maus, und ihre Augen wurden noch größer.

»Brian Murphy schreibt seinen Vornamen mit einem *i* und Bryan Kelly mit *y*«, antwortete ich, obwohl ich genau wusste, dass sie das nicht meinte. Ich spürte Checkers Atem im Nacken – er lachte, was mich freute. Ich war eine Lach-Nutte, jeder Lacher war mir recht.

»Nein, ich meine, warum spielt es eine Rolle, wer es uns gesagt hat?«, erläuterte Mary-Maus ihre Frage.

»Weil Brian Murphy gern Scheiß erzählt, Bryan Kelly aber nicht«, erklärte Checker.

»Ich fand beide Brians eigentlich immer ziemlich seriös«, warf Zwinker-Quentin respektvoll ein.

Mary-Maus zog die Tür auf. »Louise?«

Quetschi drängelte sich zu uns in die bereits enge Küche. »Was ist los?«

»War es Brian Murphy oder Bryan Kelly, der dir von dem Meeting erzählt hat?«

»Was spielt das denn für eine Rolle?«

»Bryan Kelly erzählt gern Scheiß«, verkündete ich und verwechselte die beiden Namen absichtlich.

Wieder grinste Checker, wieder war er der Einzige, der merkte, dass ich einen Witz gemacht hatte.

»Und Brian Murphy anscheinend nicht«, ergänzte Mary-Maus. »Wer war es nun?«

»Welcher ist denn überhaupt Brian Murphy?«, fragte Quetschi. »Der Rothaarige oder der mit der Halbglatze?«

Ich verdrehte die Augen, machte, so schnell ich konnte, meinen Kaffee und bahnte mir einen Weg durch das Gedränge. »Egal, wer das gesagt hat, es heißt doch, dass es wieder Entlassungen gibt, oder nicht?«, sagte ich, ohne jemanden direkt anzusprechen. Und es antwortete auch keiner direkt, alle starrten ins Leere, machten sich ihre eigenen Gedanken und versuchten, ihr eigenes Risiko einzuschätzen.

»Alles wird gut, ganz bestimmt«, sagte Zwinker-Quentin. »Wir sollten uns keine Sorgen machen.«

Aber alle waren bereits schwer damit beschäftigt, also ging ich zu meinem Schreibtisch, um mein Kreuzworträtsel zu lösen, und überließ die anderen ihren Spekulationen.

Abgedroschen, ohne Originalität oder Witz.

Ich schaute mich um.

Banal.

Als ich die Bürotür aufgehen hörte, versteckte ich das Kreuzworträtsel schnell unter meiner Arbeit und tat so, als konzentrierte ich mich voll und ganz auf die neuen Anleitungen, während Fischgesicht an mir vorbeiwackelte, gefolgt von einer Geruchswolke, in der sich Leder und Parfüm mischten. Edna Larson war die Chefin unserer Abteilung und sah einem Fisch wirklich sehr ähnlich. Sie hatte eine hohe Stirn mit entsprechend hohem Haaransatz, hervorquellende Augen, ihre Wangen wirkten wie eingesogen, und ihr Bronzing-Puder betonte noch die hohen Backenknochen. Fischgesicht ging in ihr Büro, und ich rechnete fest damit, dass gleich die Jalousien zu unserem Großraumbüro hochgehen würden. Aber sie blieben unten, und als ich mich umschaute, merkte ich, dass die anderen in die gleiche Richtung starrten wie ich. Nachdem wir eine ganze Weile vergeblich auf unser Meeting gewartet hatten, begriffen wir endlich, dass heute nichts Besonderes geschehen würde und das Gerücht lediglich ein Gerücht gewesen war, auch wenn es eine kleine Debatte über die Zuverlässigkeit von Bryan Kelly und Brian Murphy ausgelöst hatte.

Also begannen wir mit der üblichen Morgenroutine. Ich machte ein Zigarettenpäuschen im Treppenhaus beim Notausgang, weil ich nicht ganz nach unten vor die Tür wollte, und obwohl ich Nichtraucherin war, musste ich rauchen, weil Graham mich begleitete. Er lud mich erst zum Lunch und dann zum Dinner ein, was ich beides ablehnte, und als hätte er verstanden, dass diese beiden Aktivitäten für mich viel zu verbindlich waren, schloss er noch ein Gegenangebot an, nämlich zu unverbindlichem Sex, was ich ebenfalls von mir wies. Dann brütete ich mit Zwinker-Quentin eine Stunde über der Anleitung für den neuen supertollen Dampfgarer, den sich keiner von uns beiden leisten konnte, selbst wenn wir dafür alle unsere anderen Haushaltsgeräte verpfändet hätten. Edna hatte die Jalousien immer noch nicht hochgezogen, und Louise hatte ihre Tür selbst beim Telefonieren keine Sekunde aus den Augen gelassen.

»Es muss was Persönliches sein«, sagte Louise plötzlich, ohne einen von uns anzusehen.

»Was?«

»Edna. Sie hat bestimmt ein persönliches Problem.«

»Oder sie tanzt nackt und singt Play-back zu *Footloose* auf ihrem iPod«, schlug ich vor. Graham starrte hoffnungsvoll auf die heruntergelassenen Jalousien und plante in Gedanken sicher neue Angebote.

Dann klingelte Louises Telefon, und ihre Stimme, die gerade noch eher monoton gewesen war, wurde zu ihrer munteren Telefonstimme, verlor aber bald wieder ihren Elan, und uns wurde schnell klar, dass irgendetwas nicht stimmte. Wir hörten alle auf zu arbeiten und starrten Louise an. Ganz langsam legte sie auf und sah mit großen Augen in die Runde. »Die anderen Abteilungen sind gerade fertig mit den Meetings. Bryan Kelly ist weg.«

Ein langes Schweigen trat ein.

»Das kommt davon, wenn man so viel Scheiß erzählt«, sagte ich leise.

Natürlich war Graham wieder der Einzige, der den Scherz kapierte. Obwohl ich nicht vorhatte, mit ihm ins Bett zu gehen, wusste ich es durchaus zu schätzen, dass er sich immer noch die Zeit nahm, über meine Witze zu lachen – das nötigte mir eine gewisse Hochachtung ab.

»Es ist aber Brian Murphy, der Scheiß erzählt«, korrigierte er dann. »Das hab ich euch doch vorhin erklärt.«

Ich spitzte die Lippen.

»Wer war denn das am Telefon?«, erkundigte sich Steve die Wurst.

»Brian Murphy«, antwortete Louise.

Das war zu viel – wir prusteten los, und zum ersten Mal in dieser unangenehmen Zeit ihres Lebens verband uns etwas, nämlich unser Lachen. Ich sage ganz bewusst *ihres* Lebens, denn ich hatte dieses Gefühl nicht. Ich machte mir keine

Sorgen, ich war nicht nervös, ich hatte keine Angst, denn ich hatte ohnehin nichts zu verlieren. Eine Abfindung wäre schön gewesen – nach meiner letzten Entlassung sogar ein echtes Bonbon. Doch dann ging Ednas Tür endlich doch auf, und sie schaute uns mit rot geränderten Augen an, mit einem Gesicht, das man nur als zaghaft und verloren bezeichnen konnte. Einen Moment lang forschte ich in meinem Innern, was ich fühlte, aber da war nur Gleichgültigkeit. Edna räusperte sich.

»Steve, kann ich Sie bitte kurz sprechen?«, sagte sie dann.

Voller Entsetzen sahen wir zu, wie Steve in ihrem Büro verschwand. Jetzt lachte niemand mehr. Steve zuzuschauen, wie er uns verließ, kam uns später vor, als hätten wir einem langjährigen Partner beim Auszug zugesehen. Wortlos und mit Tränen in den Augen packte er seine Sachen zusammen, seine Familienfotos, seinen Minibasketball samt Korb, seinen Becher, auf dem stand *Steve trinkt seinen Kaffee schwarz mit einem Stück Zucker*, und seine Tupperdose mit der Lasagne, die seine Frau ihm zum Lunch eingepackt hatte. Nachdem er Zwinker-Quentin und mir die Hand geschüttelt hatte, nachdem Graham ihm die Schulter geklopft, Mary ihn umarmt und Louise ihm einen Kuss auf die Wange gegeben hatte, war er weg. Zurück blieb ein leerer Schreibtisch, als wäre Steve nie da gewesen. Danach arbeiteten wir schweigend. Edna zog die Jalousien auch den Rest des Tages nicht hoch, und ich machte auch keine Zigarettenpause mehr, teils aus Respekt vor Steve, aber hauptsächlich, weil ich sonst immer seine Zigaretten geraucht hatte. Obwohl ich mich auch fragte, wie lange es dauern würde, bis einer auf die Idee kam, dass an Steves Schreibtisch die Lichtverhältnisse viel besser waren als an seinem eigenen.

Mittags ging ich wie immer allein in die Pause und brachte mein Auto in die Werkstatt, die zweite Woche in Folge. Nachdem man mir dort einen weiteren Brief von meinem Leben ausgehändigt hatte, kehrte ich noch schlechter gelaunt ins Büro zurück.

Ich setzte mich und sprang sofort mit einem lauten Fluch wieder auf.

»Was ist?«, fragte Graham mit amüsiertem Gesicht.

»Wer hat den hierhergelegt?« Ich hob den Umschlag hoch und wedelte damit in der Luft herum. »Wie kommt dieser Brief auf meinen Tisch?«

Schweigen. Ich sah Louise an. Sie zuckte die Achseln. »Wir waren alle zum Lunch in der Kantine, niemand hat etwas gesehen. Aber ich hab auch einen. Mit deiner Adresse.« Sie kam mit dem Umschlag auf mich zu.

»Ich auch«, sagte Mary und gab ihren Brief an Louise weiter.

»Auf meinem Schreibtisch lag auch einer«, rief Zwinker-Quentin.

»Ich wollte dir meinen eigentlich später geben«, säuselte Graham vielsagend und zog aus seiner Innentasche ebenfalls einen Brief.

»Was sind denn das für Briefe?«, fragte Louise, sammelte die Umschläge ein und überreichte sie mir.

»Das ist privat.«

»Was für ein Papier ist das denn? Sieht hübsch aus.«

»Jedenfalls bestimmt zu teuer für deine Hochzeitseinladungen«, blaffte ich.

Sofort verlor sie das Interesse.

Mit dem Brief, den ich heute Morgen in meiner Wohnung vorgefunden hatte, und dem, den er mir in die Werkstatt geschickt hatte, hatte mir mein Leben an einem einzigen Tag siebenmal geschrieben. Ich wartete, bis sich alle wieder richtig in ihre Arbeit vertieft hatten, dann wählte ich die Nummer auf dem Brief, in der sicheren Annahme, dass ich gleich die fröhliche Stimme von American Pie hören würde. Aber nichts dergleichen. Mein Leben war am Apparat.

Er wartete nicht mal, bis ich Hallo gesagt hatte, sondern begann sofort:»Hab ich jetzt endlich Ihre Aufmerksamkeit?«

»Ja, bitte sehr«, antwortete ich und versuchte, mich zu beherrschen.

»Ich warte seit einer Woche«, sagte er. »Und habe keinen Piep von Ihnen gehört.«

»Ich hatte viel zu tun.«

»Was denn?«

»Sachen erledigen. Mein Gott, muss ich mich jetzt wegen jeder Kleinigkeit rechtfertigen?«

Er schwieg.

»Na gut.« Mein Plan war, ihn so zu langweilen, dass er aufgab. »Am Montag bin ich aufgestanden, zur Arbeit gefahren und hab mein Auto in die Werkstatt gebracht. Abends bin ich mit einer Freundin essen gegangen und dann ins Bett. Am Dienstag bin ich zur Arbeit, hab mein Auto abgeholt, bin nach Hause gefahren und ins Bett gegangen. Am Mittwoch bin ich zur Arbeit, wieder nach Hause und ins Bett. Am Donnerstag bin ich zur Arbeit gefahren, hab was eingekauft, bin nach Hause gefahren, zu einer Beerdigung gegangen und dann ins Bett. Am Freitag war ich erst arbeiten, dann bin ich zu meinem Bruder gefahren und hab übers Wochenende seine Kinder gehütet. Am Sonntag bin ich wieder heimgekommen, hab mir *Ein Amerikaner in Paris* angeschaut und mich zum hundertsten Mal gefragt, ob ich wohl die Einzige bin, die sich wünscht, dass Milo Roberts und Jerry Mulligan zusammenkommen. Diese kleine Französin hat ihn doch ganz schön zum Narren gehalten. Heute Morgen bin ich aufgewacht und zur Arbeit gekommen. Und – sind Sie jetzt zufrieden?«

»Wie aufregend! Glauben Sie, dass Sie mich loskriegen, wenn Sie weiter ein Roboterleben führen?«

»Ich glaube nicht, dass ich ein Roboterleben führe, aber egal – Sie haben offensichtlich nicht vor, mich in Ruhe zu lassen. Als ich heute mein Auto in die Werkstatt gebracht habe, hat mir Keith, der Mechaniker, einen Brief von Ihnen überreicht, den er bereits geöffnet hatte, und er hat mir unmissverständlich den Vorschlag gemacht, dass ich wieder auf die Reihe kommen würde, wenn ich Sex mit ihm hätte. Herzlichen Dank auch dafür.«

»Wenigstens helfe ich Ihnen dabei, Männer kennenzulernen.«

»Ich brauche aber keine Hilfe, um Männer kennenzulernen.«

»Aber vielleicht dabei, sie zu halten.« Das war unter der Gürtellinie, und ich glaube, das wusste er sogar selbst. »Wann können wir uns das nächste Mal treffen?«

Ich seufzte schwer. »Schauen Sie, ich glaube nicht, dass es mit Ihnen und mir hinhaut. Vielleicht ist so was für andere Leute gut, aber nicht für mich. Ich brauche wirklich meinen Freiraum, und ich mag es überhaupt nicht, wenn mir jemand dauernd auf der Pelle sitzt, deshalb finde ich, wir sollten das Problem lösen wie zwei erwachsene Menschen: Sie gehen Ihren Weg und ich meinen.« Ich war selbst beeindruckt von meinem Ton, meiner Überzeugungskraft. Wenn ich mich so hörte, wollte ich mich selbst sofort von mir trennen, was, so seltsam es klingen mag, im Grunde genau das war, was ich zu tun versuchte. Ich wollte mich von mir selbst trennen.

Mein Leben schwieg wieder.

»Man kann ja auch wirklich nicht behaupten, dass wir jeden gemeinsamen Moment genießen. Wir sind nicht mal gern zusammen. Ich meine, wir sollten wirklich getrennte Wege gehen.«

Er sagte immer noch nichts.

»Hallo, sind Sie noch da?«

»Mehr oder weniger.«

»Ich darf eigentlich keine privaten Telefongespräche führen, also lege ich jetzt lieber auf.«

»Mögen Sie Baseball, Lucy?«

Ich verdrehte die Augen. »Ich hab keine Ahnung von Baseball.«

»Haben Sie schon mal was von einem Curveball gehört?«

»Ja, so was werfen die Jungs mit dem Ball manchmal den Jungs mit den Schlägern zu.«

»Prägnant wie immer. Genauer gesagt ist es ein Wurf, bei dem der Pitcher den Ball so in Rotation versetzt, dass seine Flugbahn einen Bogen beschreibt.«

»Klingt knifflig«, sagte ich in dem Versuch, ihn bei Laune zu halten.

»Ist es auch. Das ist ja der Sinn der Sache. Mit so einem Curveball will man den Batsman überraschen.«

»Ach, das ist schon okay, Robin rettet ihn ja immer. Ich glaube, die haben was miteinander am Laufen.«

»Sie nehmen mich nicht ernst.«

»Weil Sie über eine amerikanische Sportart reden, von der ich rein gar nichts verstehe, und ich bin mitten in der Arbeit und mache mir ehrlich Sorgen um Ihre geistige Gesundheit.«

»Ich werde Ihnen einen zuwerfen«, sagte er schlicht, und auf einmal klang seine Stimme richtig verspielt.

»Sie werden mir ...« Ich schaute mich um. »Sind Sie etwa im Büro? Hier sind Ballspiele aber nicht erlaubt, das wissen Sie hoffentlich.«

Schweigen.

»Hallo? Hallo?«

Mein Leben hatte einfach aufgelegt.

Wenige Augenblicke später öffnete sich Ednas Tür erneut. Ihre Augen sahen wieder einigermaßen normal aus, aber sie wirkte müde. »Ah, Lucy, da sind Sie ja. Könnte ich Sie bitte einen Moment sprechen?«

Mary-Maus machte wieder große Augen, und Checker warf mir einen traurigen Blick zu. Womöglich hatte er bald keinen mehr, den er belästigen konnte.

»Ja, klar.«

Als ich in ihr Büro ging, spürte ich alle Blicke auf mir ruhen.

»Setzen Sie sich. Sie brauchen sich keine Sorgen zu machen.«

»Danke.« Ich nahm auf der Stuhlkante Platz.

»Ehe ich beginne – das hier ist für Sie angekommen.« Sie überreichte mir noch einen Umschlag.

Ich verdrehte die Augen und nahm ihn entgegen.

»Meine Schwester hat auch mal so einen gekriegt«, sagte sie und musterte mich.

»Echt?«

»Ja. Inzwischen hat sie ihren Mann verlassen und lebt in New York.« Ednas Gesicht veränderte sich völlig, als sie von ihrer Familie sprach, obwohl sie immer noch aussah wie ein Fisch. »Ihr Mann war ein Mistkerl. Jetzt ist sie glücklich.«

»Freut mich für sie. Hat sie mal ein Interview mit einer Zeitschrift gemacht?«

Edna runzelte die Stirn. »Ich glaube nicht. Warum?«

»Ach, war nur so eine Frage. Vergessen Sie's.«

»Wenn es etwas gibt, was ich tun kann, damit Sie sich hier … wohler fühlen, sagen Sie es mir bitte, in Ordnung?«

Jetzt runzelte ich die Stirn. »Ja, selbstverständlich. Mir geht es gut, danke, Edna. Vermutlich war der Brief bloß ein Computerirrtum oder so.«

»Na gut.« Sie wechselte das Thema. »Nun, warum ich Sie sprechen wollte – Augusto Fernández, der Oberboss unseres deutschen Büros, wird uns morgen besuchen, und ich wollte fragen, ob Sie das vielleicht in die Hand nehmen und ihn unserem Team hier vorstellen könnten. Ich fände es schön, wenn wir dafür sorgen könnten, dass er sich hier willkommen fühlt und merkt, wie hart wir hier alle arbeiten.«

Verwirrt sah ich sie an.

»Er spricht nicht besonders gut Englisch«, erklärte sie.

»Oh. Ich dachte schon, ich soll mit ihm schlafen.«

Es hätte auch anders ausgehen können, aber sie warf den Kopf zurück und lachte herzlich. »Ach Lucy, Ihr Humor ist genau das, was ich im Moment brauche. Danke. Ich weiß ja, dass Sie in der Mittagspause gern für sich sind, aber ich bitte Sie, morgen erreichbar zu sein, für den Fall, dass er vorbeikommt. Natürlich führt Michael O'Connor ihn im Haus herum, aber es wäre doch nett, ihn mit unserer kleinen Gruppe bekannt zu machen. Ihm zu erklären, was hier jeder so macht und wie wir uns alle bemühen. Verstehen Sie?« Sie starrte mich beschwörend an. *Helfen Sie mir, dass nicht noch jemand gefeuert wird!* Mir gefiel es, dass ihr das wichtig war.

»Ja, ich hab verstanden, kein Problem.«

»Wie geht es denn den anderen da draußen?«

»Als hätten sie grade einen Freund verloren.«

Edna seufzte tief, und ich hörte in diesem Seufzer den ganzen Stress, unter dem sie stand. Als ich wieder aus dem Büro trat, standen alle um Mary-Maus' Schreibtisch wie Pinguine, die sich gegen die Kälte zusammenkuscheln und Angst haben, ihre Eier abzulegen. In gespannter Erwartung starrten mich alle an, blass vor Sorge, dass ich womöglich gefeuert worden war.

»Kann jemand eine Pappschachtel entbehren?«

Ein Chor entsetzter Stimmen antwortete.

»War nur ein Witz – ich freue mich, dass es euch nicht egal ist.« Ich lächelte, und die anderen entspannten sich, waren aber auch ein bisschen verärgert. Aber dann fiel mir plötzlich etwas ein, und ich wurde nervös. Hastig klopfte ich noch einmal an Ednas Tür und ging wieder hinein. »Edna«, sagte ich mit dringlicher Stimme.

Sie blickte von ihrem Papierkram auf.

»Augusto, ist er ...«

»Vom Hauptbüro, in Deutschland. Erzählen Sie den anderen aber nichts davon, ich möchte nicht, dass sie sich noch mehr Sorgen machen.«

Erleichterung. »Ach so. Nur weil Augusto ja eigentlich kein typisch deutscher Name ist ...« Ich lächelte, ging und wollte schon ihre Tür hinter mir schließen.

»Sorry, Lucy, jetzt verstehe ich endlich, was Sie meinen«, rief sie. »Augusto ist Spanier.«

Ich erwiderte ihr Lächeln, aber innerlich weinte ich. Ich machte mir Sorgen, ich machte mir große Sorgen, denn ich konnte zwar genug Spanisch, um eine Runde Slippery Nipples zu bestellen und nach der nächsten Limbo-Bar zu fragen, aber ansonsten war mein Wortschatz mehr als dürftig, und auch wenn die anderen noch nichts davon wussten, war unser Team darauf angewiesen, dass ich sie mit irgendwelchem Geschleime vor der nächsten Entlassungswelle bewahrte. Erst als ich mich setzte und die Briefe sah, die immer noch auf meinem Schreibtisch lagen, ergab die Sache einen Sinn.

Mein Leben und seine Metaphern – er hatte mir einen Curveball zugeworfen.

Kapitel 9

L etzte Woche war er auf dem Inka-Trail, habt ihr den Bericht gesehen?«, fragte mein Freund Jamie in die Runde.

Wir saßen im *Wine Bistro* in der City, wo wir uns regelmäßig trafen, und wurden vom üblichen schwulen Kellner mit dem falschen französischen Akzent bedient. Sieben der üblichen Verdächtigen hatten sich zu Lisas Geburtstag hier eingefunden. Bevor Blake so viel unterwegs gewesen war, waren wir meistens zu acht versammelt, aber heute Abend hätte man meinen können, er würde mir leibhaftig an seinem Stammplatz an der Spitze der Tafel gegenübersitzen. Seit vor zwanzig Minuten der Hauptgang serviert worden war, gab es kein anderes Gesprächsthema, und da ich ahnte, dass es gut und gerne noch einmal zwanzig Minuten in diesem Stil weitergehen konnte, stopfte ich mir so viel Salat in den Mund, wie ich nur konnte. Silchesters redeten nämlich nicht mit vollem Mund, also brauchte ich mich, abgesehen von einem gelegentlichen interessierten Nicken und einer angemessen hochgezogenen Augenbraue, nicht zu beteiligen. Die anderen unterhielten sich über die Sendung von gestern Abend, in der Blake durch Indien gereist war. Ich hatte sie auch gesehen und gehofft, dass Jenna den Delhi-Bauch gekriegt hatte und nicht mehr vom Klo runtergekommen war. Unaufhörlich redeten sie von den Dingen, die er gesagt, die er gesehen, die er angehabt hatte, und dann regten sie sich liebevoll über seine gefühlsduselige Schlussbemerkung und über den kitschigen Blick in die Kamera auf und natürlich auch über das charakteristische Zwinkern, das unweigerlich darauf folgte und mein absoluter Lieblingsmoment war. Aber davon wussten die anderen natürlich nichts.

»Wie fandest du es denn, Lucy?«, fragte Adam, womit er das gesamte Gespräch zum Stillstand brachte und mich plötzlich in den Mittelpunkt der Aufmerksamkeit rückte.

Ich brauchte eine Weile, um meine Salatblätter zu kauen und zu schlucken. »Ich hab die Sendung nicht gesehen«, log ich und stopfte mir schnell frischen Salat in den Mund.

»Ooooh«, witzelte Chantelle. »Sie ist so kalt.«

Ich zuckte die Achseln.

»Schaust du dir seine Sendung überhaupt manchmal an?«, wollte Lisa wissen.

Ich schüttelte den Kopf. »Ich weiß nicht, ob ich den Sender reinkriege. Ich hab's noch nie probiert.«

»Ach, den hat doch jeder«, meinte Adam.

»Ach so?« Ich grinste.

»Ihr wolltet die Reise eigentlich zusammen machen, stimmt's?«, bohrte Adam weiter, beugte sich über den Tisch und konzentrierte all seine Energie auf mich.

Zwar tat Adam immer so, als würde er Witze machen, aber selbst nach fast drei Jahren war er immer noch gekränkt, dass ich seinen besten Freund verlassen hatte. Wenn ich nicht das Ziel seiner Aggression gewesen wäre, hätte ich seine Loyalität wesentlich mehr bewundert. Keine Ahnung, wie Blake es geschafft hatte, in Adam eine so unerschütterliche Hingabe zu erzeugen, aber was immer er gesagt, welche Krokodilstränen er vor ihm vergossen haben mochte, es hatte gewirkt, und ich war Staatsfeind Nummer eins geworden. Ich wusste es, und Adam wollte es mich insgeheim auch wissen lassen, aber anscheinend merkte es sonst niemand. Da war sie wieder, meine Paranoia, aber in diesem Fall war ich sicher, dass meine Einschätzung stimmte.

»Ja«, nickte ich Adam zu. »Wir wollten damit seinen dreißigsten Geburtstag feiern.«

»Und jetzt hast du ihn allein fahren lassen, du grausames Biest«, stellte Lisa trocken fest, und alle lachten.

»Mit einer Filmcrew«, fügte Melanie hinzu, sozusagen zu meiner Verteidigung.

»Und Bräunungsspray, wie es aussieht«, fügte Jamie hinzu, und wieder lachten alle.

Und mit Jenna. Der australischen Schlampe.

Aber ich zuckte wieder nur die Achseln. »Das hat man davon, wenn man mir zum Frühstück Spiegeleier statt pochierte Eier ans Bett bringt. Falsches Frühstück im Bett, das geht überhaupt nicht.«

Gelächter überall am Tisch, nur nicht von Adam. Er schaute mich zur Verteidigung seines Freundes wütend an. Ich schaufelte mir noch mehr Salat in den Mund und schaute auf Melanies Teller, ob ich da etwas stibitzen konnte. Wie üblich hatte sie ein reichhaltiges Angebot, und ich spießte schnell eine Cocktailtomate auf, an der ich mindestens zwanzig Sekunden kauen konnte. Aber sie platzte in meinem Mund auf, die Kerne spritzten mir in den Hals, und ich musste würgen. Keine besonders coole Reaktion. Melanie reichte mir ein Glas Wasser.

»Na ja, er hat es nicht allzu schlimm getroffen, immerhin sind wir an seinem Dreißigsten in Vegas gelandet«, verkündete Adam und warf mir einen vielsagenden Blick zu, der mich schlicht umbrachte. Die Jungs tauschten freche Blicke, mit denen sie wie auf Knopfdruck ihre gemeinsame Erinnerung an ein verrücktes Wochenende wachriefen, von dem nie jemand Einzelheiten erfahren würde. Mein Herz zog sich schmerzhaft zusammen, wenn ich mir Blake in einer Bar vorstellte, wie eine Stripperin ihm den Pernod vom Bauch leckte und Oliven aus seinem Bauchnabel naschte. Das war keineswegs ein typischer Partytrick von ihm, sondern nur ein Gedankentrick von mir.

In diesem Moment piepte mein Handy, und Don Lockwoods Name erschien auf dem Display. Ich lächelte. Über eine Woche war seit unserem Gespräch vergangen, und vor ein paar Tagen hatte ich versucht, mir irgendeine Art Gegenleistung für den Aslan-Song auszudenken, aber es war mir nichts Gescheites eingefallen. Als ich jetzt seine SMS öffnete, tauchte ein Foto von einer Porzellanfigur auf – eine verhärmte alte Frau mit einer Augenklappe – und darunter der Text: *Hab das hier gesehen und an dich gedacht.*

Ich stieg aus der Vegas-Diskussion aus und simste sofort zurück.

> Es ist unhöflich, mich ohne Erlaubnis zu fotografieren.
> Hätte für dich mein schönstes Lächeln aufgesetzt.

> Aber du hast keine Zähne. Schon vergessen?

Ich setzte ein breites Grinsen auf, fotografierte meine Zähne und drückte gleich auf Senden.

Melanie sah mich mit einem neugierigen Lächeln an.

»Wem simst du denn da?«

»Niemandem, ich hab nur nachgeschaut, ob ich Salat zwischen den Zähnen habe«, erwiderte ich locker. Zu locker. Es fiel mir ganz leicht.

»Da hättest du auch mich fragen können. Im Ernst – wer ist es?«

»Bloß verwählt.« Das war keine Lüge. Ich holte zwanzig Euro aus meiner Tasche und legte sie auf den Tisch. »Leute, es war sehr nett mit euch, aber ich muss jetzt los.«

»Aber wir sind kaum zum Reden gekommen«, beschwerte sich Melanie.

»Wir haben doch nichts anderes getan als reden«, lachte ich und stand auf.

»Aber nicht über dich.«

»Was möchtest du denn wissen?« Der schwule Kellner mit dem falschen französischen Akzent reichte mir meine Jacke, nachdem er auf die Garderobe gedeutet und gefragt hatte: »*Diese 'ier?*«

Ich ließ mir in die Jacke helfen und sagte dabei zu ihm: »*Il y avait une explosion grande. Téléphonez aux pompiers et sortez du bâtiment, s'il vous plait*«, was so viel hieß wie: Es hat eine große Explosion gegeben, rufen Sie die Feuerwehr und lassen Sie das Gebäude umgehend räumen. Der Kellner sah mich konsterniert an, lächelte und eilte dann weg, ehe ich ihm wie Scooby-Doo seine Maske herunterreißen konnte. »Na ja, wir müssen nicht lange über mich reden, denn bei mir passiert nichts Interessantes. Glaub mir. Aber irgendwann treffen wir uns mal wieder unter vier Augen, dann können wir in Ruhe quatschen. Wie wär's, wenn ich nächste Woche einfach zu einem deiner Gigs komme und wir uns ein bisschen in eine Nische verdrücken?«

Melanie war eine gefragte und in der Clubszene absolut angesagte DJane. Sie arbeitete unter dem Namen DJ *Dark*, wobei der Name mehr darauf anspielte, dass sie eigentlich nie das Tageslicht sah, als auf ihr umwerfendes armenisches Äußeres.

Sie lächelte, umarmte mich und rieb mir liebevoll über den Rücken. »Klingt großartig, auch wenn wir dann von den Lippen ablesen müssen. Ach«, sie drückte mich fester, »ich mach mir doch nur Sorgen um dich, Lucy.«

Ich erstarrte. Anscheinend merkte sie es, denn sie ließ mich schnell wieder los. »Was meinst du damit?«, fragte ich argwöhnisch.

Sie sah mich an, als hätte sie Angst, ins Fettnäpfchen getreten zu sein. »Ich wollte dich nicht verletzen. Bist du beleidigt?«

»Na ja, das kann ich noch nicht sagen, weil ich nicht weiß, was es bedeutet, wenn meine Freundin sich meinetwegen Sorgen macht.«

Jetzt spitzten auch die anderen die Ohren. Ich bemühte mich, möglichst locker zu klingen, aber ich wollte der Sache trotzdem auf den Grund gehen. So etwas hatte Melanie noch nie gesagt, warum also ausgerechnet jetzt? Was hatte ich plötzlich an mir, das die Leute dazu brachte, sich Sorgen um mich zu machen? Auf einmal fiel mir Melanies Bemerkung ein, von der mein Leben mir erzählt hatte – dass ich so früh von ihrer Party weggegangen war. Vielleicht machte sich meine Freundin noch mehr Gedanken über mich, von denen ich nichts wusste, und ich fragte mich, ob vielleicht alle unter einer Decke steckten, ob meine Freunde womöglich auch so ein Formular unterschrieben hatten wie meine Familie. Ich schaute sie an. Sie sahen wirklich besorgt aus.

»Was ist?«, fragte ich und strahlte in die Runde. »Warum starrt ihr mich alle so an?«

»Ich weiß nicht, wie es den anderen geht, aber ich hab auf einen kleinen Faustkampf gehofft«, meldete sich David zu Wort. »Oder eher einen Cat Fight – kneif sie, kratz sie, stich ihr die Augen aus.«

»Reiß ihr die Kleider runter, zwick sie in die Brustwarzen«, witzelte Jamie, und alle lachten.

»Die Kleider vom Leib reißen bringt's nicht«, lächelte ich und legte den Arm um Melanie. »Sie hat ja sowieso fast nichts an.«

Wieder Gelächter.

»Ich wollte nur wissen, warum sie sich Sorgen um mich macht, weiter nichts«, sagte ich fröhlich. »Macht sich sonst noch einer der Anwesenden Sorgen um mich?«

Einer nach dem anderen beantwortete meine Frage, und ich hatte mich in meinem ganzen Leben noch nie so geliebt gefühlt.

»Ja, weil du dich jeden Tag ans Steuer von dieser Schrottkiste setzt«, sagte Lisa.

»Weil du mich unter den Tisch trinken kannst«, sagte David.

»Ich mach mir Gedanken um deine Zurechnungsfähigkeit«, sagte Jamie.

»Ich hab ein ungutes Gefühl, dass du diese Jacke zu diesem Kleid anziehst«, sagte Chantelle.

»Na toll, hat sonst noch jemand was an mir zu bemäkeln?«, lachte ich.

»Nein, ich mach mir überhaupt keine Sorgen um dich«, antwortete Adam.

Bestimmt verstand das keiner so wie ich.

»Und in dieser freudigen Stimmung verlasse ich euch nun, denn ich muss morgen früh raus. Alles Gute zum Geburtstag noch mal, Lisa. Bye-bye, Bäuchlein.« Ich küsste sie auf den Bauch.

Und machte mich aus dem Staub.

Ich nahm den Bus nach Hause. Sebastian hing am Tropf, bekam starke Medikamente und musste über Nacht in der Werkstatt bleiben.

Mein Handy piepte.

Eindrucksvolles Gebiss. Schick bitte noch ein paar Fotos, dann kann ich dich zusammensetzen. Wenn dein Freund nichts dagegen hat.

Clever.

Das ist keine Antwort.

Doch. Nur nicht die, die du erwartet hast.

Was machst du morgen?

Arbeiten. Gefeuert werden.

Freund ... Job ... Keine gute Woche für dich. Würde gern bei einem der Themen helfen! Kannst du Spanisch?

Voraussetzung für deinen Freund?

Schon wieder clever. Egal. Voraussetzung für meinen Job. Mir droht Entlarvung als nicht Spanisch sprechende Spanischübersetzerin.

Blöde Sache. Estoy buscando a Tom. Das heißt: Ich suche Tom. War ganz praktisch in Spanien. Mehr werde ich nie sagen dürfen.

Als ich später im Bett lag und meine Spanisch-Sprachkassette hörte, kam wieder eine SMS.

> Bin dabei, dein Pseudonym zu knacken.
> Keinesfalls zahnlos, nicht verheiratet, vielleicht
> Augenklappe und zehn Kinder. Morgen werde
> ich recherchieren.

Ich stellte den Blitz an meiner Handykamera aus, hielt sie mir vors Gesicht und fotografierte meine Augen. Nach ein paar Versuchen klappte es, und ich verschickte das Bild. Mit dem Telefon in der Hand wartete ich auf Dons Antwort. Nichts. Vielleicht war ich zu weit gegangen. Später in der Nacht piepte das Handy, und ich stürzte hin.

> Du hast mir deins gezeigt ...

Ich scrollte weiter nach unten und starrte auf ein perfekt geformtes, ungepierctes Ohr.

Lächelnd schloss ich die Augen und schlief ein.

Kapitel 10

Ich belud meine Gabel mit einem Bissen von dem Drei-Bohnen-Salat, der allerdings nur zwei Bohnensorten enthielt und den ich zum ersten Mal seit zweieinhalb Jahren an meinem Schreibtisch verzehrte. Louise hatte irgendwo einen großen Lederchefsessel entwendet – nach den ganzen Entlassungen waren unbenutzte Ledersessel an der Tagesordnung –, und das Team führte eine Büroversion von *Mastermind* auf. Zwinker-Quentin war im Hot Seat, und sein Thema war *Coronation Street – wichtige Ereignisse 1960–2010*. Mary-Maus war Quizmaster und feuerte Fragen aus dem Internet auf ihn ab, Louise stoppte die Zeit, und bisher machte Quentin sich mit dreimal Passen und fünfzehn Treffern ziemlich gut. Graham hatte den Kopf in die Hände gestützt, starrte auf sein aufgeklapptes Baguette hinunter und bewegte gelegentlich eine Hand vom Kopf weg, um ein Stück Gurke herauszuklauben.

»Ich weiß nicht, warum du denen nicht sagst, sie sollen keine Gurken drauf machen. Jeden Tag pickst du sie runter«, sagte Louise, die ihn beobachtete.

»Konzentrier dich auf die Zeit«, warf Mary-Maus ein und stellte ihre nächste Frage noch schneller. »Wie schied Valerie Barlow 1971 aus der Sendung aus?«

Ebenso schnell feuerte Zwinker-Quentin zurück: »Strom-schlag mit einem kaputten Föhn.«

Jeden Moment konnte Mr Fernández zur Tür herein-marschieren, und nach zweieinhalb Jahren in diesem Job würde ich offenbaren müssen, dass ich kein Spanisch sprach. Schon jetzt wäre ich vor Scham am liebsten im Boden ver-sunken, aber zu meiner Überraschung musste ich fest-stellen, dass am schrecklichsten das Gefühl war, die anderen im Stich zu lassen, eine Regung, die mir bislang fremd ge-wesen war. Je kleiner unser Team wurde, desto mehr fühlte es sich wie eine dysfunktionale Familie an, und obwohl ich immer in der Beobachterposition blieb, begriff ich, dass wir uns zwar immer noch nicht sonderlich nah waren, unsere Gruppe jedoch spürbar zusammenrückte. Vielleicht hegten wir keine große Sympathie füreinander, aber wir schützten unser Team, und in gewisser Hinsicht hatte ich sie alle hinters Licht geführt. Heute Morgen hatte ich überlegt, mich krank-zumelden oder zu Fischgesicht zu gehen und ihr zu beich-ten, dass ich kein Spanisch konnte. Damit hätte ich zwar die öffentliche Blamage vor dem Team vermieden, aber privat wäre es demütigend gewesen. Schließlich hatte ich mich gegen beides entschieden, weil ein Teil in mir glaubte, dass ich meinem Leben ein Schnippchen schlagen und vielleicht über Nacht eine komplette Fremdsprache lernen könnte. Nachdem ich also Don Lockwoods perfektes Ohr genügend bewundert hatte, hatte ich mich hinter meine Spanischlehr-bücher geklemmt. Um 3 Uhr morgens war ich jedoch zu der Erkenntnis gelangt, dass es unmöglich war, eine komplette Sprache über Nacht zu lernen.

Inzwischen hatte Graham das Gurkenpicken aufgegeben und biss in sein Baguette, während er müde das *Mastermind*-Spiel beobachtete. In solchen Momenten fand ich ihn richtig attraktiv – dann nämlich, wenn er nicht vorgab, jemand anderes zu sein. Er sah zu mir herüber, und wir tauschten einen Blick liebevoller Genervtheit, aber dann zwinkerte er, und ich verabscheute ihn wieder.

»Okay, ich bin dran.« Louise schubste Zwinker-Quentin vom Stuhl und nahm selbst Platz.

Verwirrt stand Zwinker-Quentin auf und rückte seine Brille zurecht.

»Gut gemacht, Quentin«, sagte ich.

»Danke.« Er zog die Hose hoch, sodass sein Bauch über und unter der Gürtellinie zum Vorschein kam, und machte ein stolzes Gesicht.

»Was ist dein Spezialgebiet?«, erkundigte Mary-Maus sich bei Louise.

»Die Werke von Shakespeare«, antwortete Louise todernst. Graham, der gerade wieder in sein Baguette beißen wollte, erstarrte. Wir alle glotzten Louise an. »War nur ein Witz. ›Leben und Wirken von Kim Kardashian.‹«

Alle lachten.

»Du hast zwei Minuten, fangen wir an. Wessen Anwalt war Kim Kardashians Vater, Robert Kardashian, bei einem umstrittenen Fall in den Neunzigern?«

»O. J. Simpson«, antwortete Louise so schnell, dass man sie kaum verstand.

Zwinker-Quentin setzte sich zum Zuschauen neben mich. »Was isst du da?«, fragte er.

»Drei-Bohnen-Salat, aber schau, da sind nur zwei Sorten drin.«

Zwinker-Quentin beugte sich näher, um das Bohnen-angebot zu studieren. »Kidneybohnen, Kichererbsen … hast du die anderen vielleicht schon gegessen?«

»Nein, ganz sicher nicht, das hätte ich gemerkt.«

»An deiner Stelle würde ich den Salat zurückgeben.«

»Aber ich hab ihn ja schon halb auf, die denken garantiert, ich hätte die dritte Sorte gegessen.«

»Ein Versuch lohnt sich immer. Wie viel hat das Zeug denn gekostet?«

»Drei fünfzig.«

Fassungslos schüttelte er den Kopf. »Also, ich würde es zurückbringen.«

Ich hörte auf zu essen, und wir wandten uns wieder *Mastermind* zu.

»In welchem Spin-off ist Kim Kardashian in eine andere Stadt gezogen, um dort mit ihrer Schwester einen neuen Klamottenladen aufzumachen?«

»*Kourtney and Kim Take New York*«, kreischte Louise. »Der Laden heißt *D-A-S-H*.«

»Du kriegst aber keine Zusatzpunkte für Zusatzinformation«, beschwerte sich Graham.

»Kscht«, brachte sie ihn zum Schweigen, ohne die Uhr aus den Augen zu lassen.

In diesem Moment hörte ich Michael O'Connors Stimme auf dem Korridor: Laut, selbstbewusst und informativ wies er auf die unbedeutenden Fakten des Stockwerks hin, auf dem ich Tag für Tag mein Leben fristete. Anscheinend hatte Edna ihn auch gehört, denn sie öffnete ihre Bürotür und nickte mir zu. Ich stand auf, strich mein Kleid glatt und hoffte, das knitterfreie, mit Kolibris bedruckte Material würde mir beim Spanischsprechen helfen. Michael O'Connor begrüßte Edna an der Tür, und nun lag es an mir, Augusto ins Büro zu holen.

Ich räusperte mich und ging mit ausgestreckter Hand auf ihn zu.

»*Señor Fernández, bienvenido.*«

Wir schüttelten einander die Hand. Der Spanier sah extrem gut aus, was mich zusätzlich durcheinanderbrachte. Wir sahen uns lange schweigend an.

»Ähm ... ähm.« Mein Kopf war vollkommen leer. Alle Sätze, die ich mir heute Nacht noch schnell eingetrichtert hatte, verließen in einem Sabotageakt geschlossen mein Gedächtnis.

»*¿Habla español?*«, fragte er.

»Mhmm.«

Er lächelte.

Endlich fiel mir etwas ein. »*¿Cómo está usted?*« Wie geht es Ihnen?

»*Bien, gracias. ¿Y usted?*« Er sprach schnell, und seine Worte klangen nicht so wie auf meiner Kassette, aber ich erkannte trotzdem ein paar von ihnen wieder. Also versuchte ich einfach mitzumachen und noch schneller zu sprechen als er.

»Äääh. *Me llamo* ... Lucy Silchester. *Mucho gusto encantado.*« Es freut mich sehr, sehr erfreut.

Er antwortete etwas Langes, Schnelles und Kompliziertes, lächelte, wurde ernst, gestikulierte präsidial. Ich nickte, lächelte, wenn er auch lächelte, und setzte ein ernstes Gesicht auf, wenn er ernst wurde. Dann war er still und wartete offensichtlich auf eine Erwiderung.

»Okay. *¿Quisiera bailar conmigo?*« Möchten Sie mit mir tanzen?

Er runzelte die Stirn. Hinter Mr Fernández' Kopf konnte ich Graham sehen, der panisch sein Baguette in eine Schublade zu stopfen versuchte, als würde es ihn den Job kosten, wenn er seinen Lunch am Schreibtisch aß. Gürkchen flogen durch die Gegend, deshalb ging ich lieber zuerst zu Zwinker-Quentins Tisch. Das brachte mich allerdings vom Kurs ab, denn im Kopf hatte ich geplant, meinen kleinen Rundgang bei Graham zu beginnen, und jetzt musste ich beim zweiten Absatz meines auswendig gelernten Textes beginnen. Zwinker-Quentin stand auf und schob die Brille zurecht, stolz wie ein Pfau.

»Ich bin Quentin Wright, freut mich, Sie kennenzulernen.« Zwinker, zwinker.

Quentin sah mich an. Ich sah Augusto an. In meinem Kopf herrschte gähnende Leere.

»Quentin Wright«, sagte ich mit einem spanischen Akzent, und die beiden schüttelten sich die Hände.

Augusto sagte etwas. Ich sah Quentin an und schluckte schwer. »Er möchte wissen, was du hier so machst.«

Quentin runzelte die Stirn. »Bist du sicher, dass er das gefragt hat?«

»Äh, ja.«

Zwar sah er immer noch verwirrt aus, begann aber loszuschwafeln, erzählte von seinen Erfahrungen und welche Ehre es für ihn war, hier zu arbeiten. Wenn ich ihn nicht nach jedem einzelnen Satz hätte zum Schweigen bringen wollen, wäre es rührend gewesen. Ich sah Augusto an, lächelte und stieß hervor: »Äh, er hat gesagt, *un momento por favor.*« Einen Moment bitte. »*España es un país maravilloso.*« Spanien ist ein wunderschönes Land. »*Me gusta el español.*« Ich mag Spanisch.

Augusto sah Quentin an. Quentin sah mich an.

»Lucy«, sagte Quentin dann vorwurfsvoll.

Ich schwitzte, ich spürte, wie eine Hitzewelle durch meinen Körper rollte. Nie in meinem ganzen Leben war mir etwas so ... so peinlich gewesen. »Ähm ...« Ich schaute mich um und zerbrach mir den Kopf nach einer Entschuldigung, mich aus dem Staub zu machen, und dann rettete mich wieder einmal Gene Kelly. Genauer gesagt Don Lockwoods SMS. *»Estoy buscando a Tom.«* Ich suche Tom.

Die beiden Männer sahen mich stirnrunzelnd an.

»Lucy, wer ist Tom?«, fragte Quentin ziemlich nervös und zwinkerte noch öfter, als ich es je miterlebt hatte.

»Du kennst doch Tom«, erwiderte ich lächelnd. »Ich muss ihn suchen, denn es ist sehr wichtig, ihn mit Mr Fernández bekannt zu machen.« Ich sah Augusto an und wiederholte: *»Estoy buscando a Tom.«*

Als ich mich zum Gehen wandte, fing der Raum an, sich zu drehen. Doch dann hörte ich plötzlich Geschrei auf dem Gang und blieb wie angewurzelt stehen. Ich war so froh über die Ablenkung, dass ich mich einen Moment fragte, ob ich mir den Lärm womöglich nur einbildete, doch an der Reaktion der anderen erkannte ich, dass er real war. Michael O'Connor und Edna unterbrachen ihr Gespräch, und er streckte den Kopf aus der Tür, um zu sehen, was los war. Wieder Geschrei, Männerstimmen, laut und wütend, schnelle Schritte, gefolgt von lautem Atmen und Keuchen, als gäbe es eine Schlägerei. Dann passierten mehrere Dinge gleichzeitig. Edna sagte etwas zu Michael O'Connor, und er schloss hastig die Tür, als wolle er uns alle vor dem in Sicherheit bringen, was da draußen passierte. Mary-Maus und Quetschi schmiegten sich aneinander, Checker ging zu ihnen, um sie zu beschützen. Edna machte ein Gesicht, als hätte sie einen Geist gesehen, und ich rechnete mit dem Schlimmsten. Mit schnellen, entschlossenen Schritten ging Michael O'Connor zu Augusto, packte ihn am Ellbogen, führte ihn in Ednas Büro, schloss die Tür und ließ uns auf dem Präsentierteller sitzen, dem ausgeliefert, was immer sich vor unserer Tür abspielen mochte.

»Edna, was ist denn hier los?«

Ihr Gesicht war kreideweiß, sie wirkte konfus und wusste nicht, was sie tun sollte. Die Stimmen draußen näherten sich und wurden lauter, ein Krachen ertönte, als würde ein Körper an die Wand geschleudert, dann hörten wir einen Schmerzensschrei, und alle sprangen erschrocken auf. Doch nun legte Edna endlich einen anderen Gang ein, erinnerte sich, dass sie hier die Chefin war, und ordnete mit fester Stimme an: »Ich möchte, dass ihr alle unter euren Schreibtischen in Deckung geht. Augenblicklich!«

»Edna, was ist denn …«

»Unter den Tisch, sofort, Lucy!«, schrie sie, und wir warfen uns alle auf den Boden und krochen unter unsere Schreibtische.

Von meinem Versteck aus konnte ich Mary unter ihrem Tisch kauern sehen, sie wiegte sich vor und zurück und weinte leise. Graham, der ganz in ihrer Nähe war, streckte die Hand aus, um sie zu trösten und zum Schweigen zu bringen. Louise konnte ich nicht sehen, sie war auf der anderen Seite des Raums, während Quentin mucksmäuschenstill auf dem Boden hockte und ein Foto von einem Familienpicknick anstarrte, auf dem er seinen Sohn auf den Schultern trug, seine Frau die Tochter auf dem Arm hielt und er noch den Großteil seiner Haare hatte. Unwillkürlich überlegte ich, ob er damals wohl glücklicher gewesen war, und wenn ja, ob es den Haaren zu verdanken war. Wenn ich den Hals ein bisschen reckte, konnte ich auch Edna sehen, wie sie dastand, tief ein- und ausatmete, an ihrem Jackett zupfte, atmete, wieder am Jackett zupfte. Alle paar Sekunden sah sie mit entschlossenem Gesicht zur Tür, als würde sie es mit jedem Eindringling aufnehmen, aber dann wurde sie wieder unsicher, atmete tief ein und aus und zupfte am Jackettsaum. Und ich? Ich konnte nur auf meinen Bohnensalat starren, der mir in dem ganzen

Tumult auf den Boden gefallen war, und auf der Suche nach der dritten Bohnensorte eine Bohne nach der anderen durchgehen. Kidneybohne, Tomate, Mais, Paprika, Kichererbse, Kidneybohne, rote Zwiebel, Salat, Kichererbse, Tomate. Nur so konnte ich mich davon abhalten, das zu tun, was sowohl mein Körper als auch mein Geist tun wollten, nämlich auszuflippen.

Das Geschrei und Gepolter wurde immer lauter. Wir sahen Leute an unserem Fenster vorbeirennen, Frauen mit ihren Schuhen in der Hand, Männer ohne Jackett, alle liefen, so schnell sie konnten. Warum ergriffen wir nicht auch einfach die Flucht? Meine Frage wurde umgehend beantwortet. Ich sah nämlich jemanden in die entgegengesetzte Richtung rennen wie die Flüchtigen. Eine vertraute Gestalt, die direkt auf unsere Tür zuhielt, verfolgt von einer Gruppe von Sicherheitsleuten. Dann wurde unsere Tür aufgerissen.

Es war Steve. Steve die Wurst.

Er hatte seine Aktentasche in der Hand, sein Jackett war am Ärmel zerrissen, Blut strömte aus einer Wunde auf seiner Stirn. Ich war so schockiert, dass ich keinen Ton herausbrachte, und ich schaute zu Quentin hinüber, um mich zu vergewissern, dass er das Gleiche sah wie ich, aber er hatte die Hände vors Gesicht geschlagen, seine Schultern zuckten, und er weinte lautlos. Zuerst war ich erleichtert – es war ja nur Steve! Ich wollte schon unter dem Tisch hervorkommen und ihm entgegeneilen, da schleuderte er seine Tasche zu Boden, schleifte den nächstbesten Schreibtisch zur Tür und verrammelte sie. Völlig außer Atem hob er dann seine Tasche wieder auf und schleppte sich keuchend zu seinem Schreibtisch.

»Mein Name ist Steve Roberts«, brüllte er. »Ich arbeite hier! Mein Name ist Steve Roberts, und ich arbeite hier! Ihr könnt mich nicht einfach rausschmeißen.«

Als die anderen begriffen, wer hereingekommen war, krochen sie langsam aus ihrer Deckung.

Graham war als Erster auf den Beinen. »Steve, Mann, was hast du ...«

»Komm mir nicht zu nahe, Graham«, rief Steve, noch immer atemlos. Das Blut tropfte von seiner Nase, rann über sein Kinn, hinunter auf sein Hemd. »Die können mir meinen Job nicht wegnehmen. Ich möchte mich nur an meinen Schreibtisch setzen und arbeiten. Sonst nichts. Jetzt geht bitte zurück. Du auch, Mary, du auch, Louise.«

Quentin war immer noch unter dem Schreibtisch. Ich stand auf.

»Steve, bitte hör auf«, sagte ich mit zitternder Stimme. »Damit handelst du dir nur Schwierigkeiten ein. Denk doch an deine Frau und deine Kinder.«

»Denk an Teresa«, fügte Graham als persönliche Note hinzu. »Komm, du willst sie doch nicht im Stich lassen«, sagte er sanft zu ihm.

Offensichtlich drang er damit zu Steve durch, denn seine Schultern entspannten sich, seine Augen verloren etwas von ihrer Härte, aber sie waren immer noch so schwarz, so dunkel und wild. Wie ein gehetztes Tier blickte er um sich, haltlos, unberechenbar, wie unter Drogen.

»Steve, bitte machen Sie Ihre Lage nicht noch schlimmer«, sagte Edna. »Jetzt können Sie noch umkehren.«

Aber auf einmal war es, als hätte jemand einen Schalter umgelegt, und Steve verhärtete sich wieder. Voller Wut starrte er Edna an, und einen Moment glaubte ich, er würde ihr seine Aktentasche an den Kopf schleudern. Mein Herz pochte wie verrückt. »Es kann nicht mehr schlimmer werden, Edna, Sie haben ja keine Ahnung, wie schlimm es ist. Keine Ahnung. Ich bin fünfzig Jahre alt, und heute hat mir ein zwanzigjähriges Mädchen erklärt, dass ich nicht mehr vermittelbar bin und keine Arbeit mehr bekommen werde. Mit fünfzig Jahren? Abgesehen von dem Tag, an dem meine Tochter geboren ist, hab ich in meinem ganzen Leben nie gefehlt!« Seine Stimme war voller Bitterkeit, und seine ganze Wut richtete sich nun auf Edna. »Ich hab Ihnen immer mein Bestes gegeben, immer.«

»Das weiß ich. Glauben Sie mir …«

»Sie sind eine Lügnerin!«, brüllte er zornig, sein Gesicht war knallrot, die Schlagader am Hals dick geschwollen. »Mein Name ist Steve Roberts, und ich arbeite hier!«

Er legte seine Tasche ab, zog seinen Stuhl heraus und setzte sich an seinen Schreibtisch. Mit zitternden Händen versuchte er, die Mappe zu öffnen. Als es nicht klappte, stieß er einen Schrei aus, so laut, dass wir alle zusammenzuckten, und schlug mit der Faust auf den Tisch. »Graham, mach sie auf!«, befahl er. Sofort war Graham zur Stelle, öffnete die ramponierte Tasche, mit der Steve, seit ich hier war, jeden Tag zur Arbeit gekommen war, und trat dann sicherheitshalber ein paar Schritte zurück. Tatsächlich beruhigte Steve sich ein bisschen und begann auszupacken. Als Erstes stellte er den Becher mit der Aufschrift *Steve trinkt seinen Kaffee schwarz mit einem Stück Zucker* auf seinen Schreibtisch, allerdings so fest, dass unten ein Stück absprang, dann folgten der Basketball mit Korb und das Foto seiner Kinder. Ein Lunchpaket gab es heute nicht – wahrscheinlich hatte seine Frau nicht gewusst, dass er zur Arbeit gehen würde. Aber alles wirkte seltsam unordentlich, nicht so wie früher. Nichts war mehr so wie früher.

»Wo ist mein Computer?«, fragte er leise.

Niemand antwortete.

»Wo ist mein Computer?«, brüllte er.

»Ich weiß es nicht«, antwortete Edna, und auch ihre Stimme zitterte ein wenig. »Heute früh hat jemand ihn abgeholt.«

»Abgeholt? Wer hat ihn abgeholt?«

Draußen hämmerten die Sicherheitsleute laut an unsere Bürotür, aber die rührte sich nicht, denn Steve hatte ganz raffiniert – wenn auch sicher unabsichtlich – einen der Stühle so unter die Klinke gestellt, dass sie sich nicht bewegen ließ. Man hörte Stimmen, die hektisch diskutierten, was zu tun war. Sie machten sich Sorgen, vermutlich nicht so sehr unseretwegen als wegen der beiden Chefs, die mit uns hier festsaßen, und auch ich hoffte, dass Steve ihre Anwesenheit nicht so bald herausfinden würde. Die Unruhe vor der Tür brachte ihn nur noch mehr in Rage, und das ständige Klappern der Möbel, mit denen er sie versperrt hatte, war wie ein langsames Köcheln, das irgendwann zu einer großen Explosion führen würde. Allmählich geriet Steve in Panik.

»Na, dann geben Sie mir eben Ihren Computer«, sagte er zu Edna.

»Was?« Edna war konsterniert.

»Gehen Sie in Ihr Büro und holen Sie mir Ihren Computer. Oder noch besser – ich übernehme auch Ihren Schreibtisch, wie wäre das?«, rief er. »Dann bin ich hier der Boss, und die können mich nicht mehr rausschmeißen. Vielleicht feure ich Sie stattdessen«, krakeelte er. »Edna! Sie sind gefeuert, verdammt! Na, wie gefällt Ihnen das?«

Es war mehr als beunruhigend, einen Kollegen in diesem Zustand zu sehen. Edna starrte ihn wortlos an, schluckte und wusste nicht, was sie tun sollte. Ihre beiden Chefs, die sozusagen ihr Leben in der Hand hielten, versteckten sich in ihrem Büro.

»Da können Sie nicht rein«, stotterte sie. »Ich hab in der Mittagspause abgeschlossen und den Schlüssel verlegt.«

Natürlich wussten alle, einschließlich Steve, dass es nicht stimmte.

»Warum lügen Sie mich an?«

»Ich lüge nicht, Steve«, entgegnete sie ein wenig überzeugter. »Sie können da wirklich nicht rein.«

»Aber es ist mein Büro«, beharrte er, ging auf Edna zu und brüllte ihr ins Gesicht, sodass sie bei jedem Wort zusammenzuckte: »Es ist mein Büro, und Sie müssen mich reinlassen. Das ist das Letzte, was Sie hier tun, dann können Sie sofort Ihre Sachen packen und verschwinden!« Sein Verhalten war einschüchternd, und obwohl wir zu sechst waren und noch zwei weitere Männer in Ednas Büro saßen, waren wir wie gelähmt, starr vor Angst vor einem Mann, den wir doch zu kennen glaubten, obwohl wir ihn gemeinsam sicher hätten überwältigen können.

»Steve, geh da nicht rein«, sagte Graham.

Verwirrt sah Steve ihn an. »Warum? Wer ist denn da drin?«

»Lass es einfach, okay?«

»Jemand ist da drin, stimmt's? Wer?«

Graham schüttelte stumm den Kopf.

»Quentin, wer ist da drin?«

Jetzt erst merkte ich, dass auch Quentin unter dem Schreibtisch hervorgekommen war.

»Sagen Sie denen da drin, sie sollen rauskommen«, befahl er Edna.

Sie rang die Hände. »Das kann ich nicht«, sagte sie nur. Sie hatte aufgegeben, ihr Selbstbewusstsein war wie weggeblasen.

»Quentin, mach mir die Tür auf.«

Quentin sah mich an. Was sollte ich tun?

»Mach die verdammte Tür auf!«, schrie Steve, und Quentin sauste los, machte langsam die Tür auf und rannte, ohne hineinzusehen, sofort wieder zu seinem Schreibtisch zurück, um nicht zwischen die Fronten zu geraten.

Steve ging zur Tür und spähte in Ednas Büro. Dann fing er laut an zu lachen. Aber es war kein fröhliches Lachen, sondern verrückt und beunruhigend.

»Raus!«, sagte er zu den Männern, die sich dort versteckt hatten.

»Schauen Sie, Mr ...« Michael O'Connor schaute Edna hilfesuchend an.

»Roberts«, flüsterte sie.

»Sie kennen nicht mal meinen Namen«, kreischte Steve mit hochrotem Kopf. Seine Nase war blutig, der Fleck auf seinem Hemd breitete sich immer mehr aus. »Er weiß nicht mal meinen Namen«, rief er uns zu. »Gestern haben Sie mein Leben zerstört, und heute kennen Sie nicht mal mehr meinen Namen«, schrie er O'Connor an. »Mein Name ist Steve Roberts, und ich arbeite hier!«

»Wir sollten uns alle beruhigen. Vielleicht können wir die Tür aufmachen und denen draußen sagen, dass hier alles in Ordnung ist. Dann besprechen wir in Ruhe, was passiert ist und was wir jetzt tun können.«

»Und wer ist das?«, fragte Steve und sah Augusto an.

»Das ist ... er spricht kein Englisch, Mr Roberts.«

»Mein Name ist Steve«, rief er. »Lucy!«, brüllte er dann, und mein Herz hörte einen Moment auf zu schlagen. »Komm her. Du kannst doch alle möglichen Sprachen, also frag ihn, wer er ist.«

Ich rührte mich nicht. Quentin sah mich beklommen an, und auf einmal war mir klar, dass er Bescheid wusste.

»Das ist Augusto Fernández von unserem Büro in Deutschland, er besucht uns heute«, erklärte ich mit ersterbender Stimme.

»Augusto … von Ihnen hab ich schon gehört. Sie sind der Typ, der mich gefeuert hat«, sagte Steve, und man hörte, wie sich seine Aufregung wieder steigerte. »Sie sind der Scheißkerl, der mich gefeuert hat. Hm, ich weiß, was ich mit Ihnen mache.«

Mit raschen Schritten ging Steve auf den Spanier zu, und es sah aus, als wollte er ihn schlagen.

Im letzten Moment wollte Michael O'Connor Steve packen, aber der war schneller, versetzte O'Connor einen Fausthieb in den Magen, sodass er in Ednas Büro zurücktaumelte, mit dem Kopf gegen den Schreibtisch knallte und zu Boden stürzte. Doch das bemerkte Steve wahrscheinlich gar nicht. Er war dicht vor Augusto stehen geblieben, und wir warteten auf einen Kopfstoß, einen Kinnhaken, irgendetwas, was dieses perfekte sonnenverwöhnte spanische Gesicht übel zurichten würde, aber nichts dergleichen geschah.

»Bitte geben Sie mir meinen Job zurück«, sagte Steve stattdessen so sanft, dass es mir fast das Herz brach. Inzwischen war ihm auch ein wenig von dem Blut in den Mund gelaufen, und es spritzte, wenn er sprach. »Bitte.«

»Das kann er nicht, Mr Roberts«, sagte Michael O'Connor von drinnen, und man hörte seiner Stimme an, dass er Schmerzen hatte.

»O doch, das kann er. Geben Sie mir meinen Job zurück, Augusto. Lucy, sag ihm, er soll mir meinen Job zurückgeben.«

Ich schluckte. »Äh …« Doch sosehr ich auch nach Worten suchte, nach alldem, was ich gelernt hatte – es war alles verschwunden.

»Lucy!«, brüllte Steve ungeduldig und griff in seine Tasche. Ich dachte, er suchte ein Taschentuch, denn es wäre ja durchaus normal gewesen, wenn er sich das Blut hätte abwischen wollen, das aus der Stirnwunde quoll, seine Nase bedeckte und nun auch an seiner Hand klebte, mit der er sich den Mund abgewischt hatte. Ich wartete also auf das Taschentuch, aber stattdessen zog er eine Pistole aus der Tasche. Alle kreischten auf und warfen sich auf den Boden, nur ich nicht, denn die Waffe war direkt auf mich gerichtet, und ich war erstarrt.

»Sag ihm, er soll mir meinen Job zurückgeben.«

Langsam ging Steve auf mich zu, und ich sah nur das schwarze Ding, das er auf mich richtete und das nervös in seiner Hand zuckte. Ich sah Steves Finger auf dem Abzug, und er zitterte so, dass ich befürchtete, der Revolver könnte jede Sekunde losgehen. Meine Beine schlotterten, und ich spürte, dass meine Knie gleich nachgeben würden. »Wenn er mir meinen Job zurückgibt, dann lass ich ihn gehen. Sag ihm das.«

Ich brachte kein Wort heraus, die Pistole war ganz dicht vor meinem Gesicht. »Sag es ihm!«, brüllte Steve.

»Nimm die Waffe runter, Steve, verdammt noch mal!«, hörte ich Graham brüllen.

Dann begannen auch die anderen, sich einzumischen, und auf einmal hielt ich es nicht mehr aus. Ich hatte Angst, dass all diese Stimmen, diese erschrockenen, entsetzten Stimmen, für noch mehr Chaos sorgen und Steve das letzte bisschen Fassung rauben würden.

Meine Lippen zitterten, meine Augen waren voller Tränen. »Bitte, Steve, tu das nicht. Bitte tu das nicht.«

Er richtete sich auf. »Jetzt wein doch nicht, Lucy. Tu einfach, wofür man dich bezahlt, und sag diesem Mann, dass ich meinen Job zurückhaben will.«

Inzwischen zitterten meine Lippen so, dass ich kaum noch ein Wort zustande brachte. »Ich kann nicht.«

»O doch, du kannst.«

»Nein, Steve, ich kann nicht.«

»Tu es, Lucy!«, rief Graham ermutigend. »Sag einfach, was du sagen sollst.«

Auf einmal verstummte das Hämmern an der Tür, und ich fühlte mich verloren. Verlorener denn je, denn ich dachte, man hätte uns endgültig im Stich gelassen. Wir waren allein.

»Ich kann nicht.«

»Tu es!«, schrie Steve. »Tu es, Lucy!« Wieder fuchtelte er mit der Pistole vor meiner Nase herum.

»Himmel, Steve, ich kann das nicht, okay? Ich kann kein Spanisch. Kapierst du das denn nicht?«, schrie ich zurück.

Auf einmal wurde es ganz still. Alle starrten mich schockiert an, und einen Moment kam es mir so vor, als wäre mein Geständnis überraschender als das Gefuchtel mit der Waffe, aber dann fiel es auch den anderen wieder ein, und sie sahen schnell zu Steve.

Der glotzte mich genauso verdutzt an wie alle anderen, aber dann verdunkelten sich seine Augen erneut, seine Hand und sein Arm wurden fester. »Aber mich haben sie gefeuert.«

»Ich weiß. Es tut mir leid, Steve. Es tut mir wirklich leid.«

»Ich hab es nicht verdient.«

»Ich weiß«, flüsterte ich.

Mitten in dem betretenen Schweigen, in dem Michael O'Connor sich langsam auf die Seite rollte, um sich auf die Füße zu hieven, und die anderen sich furchtsam aneinanderdrängten, stand Quentin auf. Sofort wirbelte Steve mit dem Revolver zu ihm herum.

»Herrgott, Quentin, runter mit dir«, rief Graham.

Aber Quentin rührte sich nicht, sondern wandte sich Mr Fernández zu, der verängstigt am Boden kauerte, und begann, mit fester Stimme in einwandfreiem Spanisch auf ihn einzureden. Augusto erhob sich langsam und antwortete ebenso gefasst mit klarer, bestimmter Stimme, auch wenn keiner von uns die geringste Ahnung hatte, was er sagte. Mitten in dem ganzen Chaos führten die beiden ein vollkommen ruhiges, sachliches Gespräch. Aber dann hörten wir auf einmal von draußen das Geräusch eines Bohrers. Endlich kam Bewegung in die Sache, die Türklinke begann zu scheppern, Steve blickte zur Tür, und er sah aus, als würde zumindest ein Teil von ihm aufgeben.

»Was hat er gesagt?«, fragte er Quentin. Seine Stimme war so leise, dass wir sie im Lärm des Bohrers kaum hören konnten.

Zuckend und zwinkernd gab Quentin Augustos Antwort wieder. »Er hat gesagt, der Irrtum, der dazu geführt hat, dass du deinen Job verloren hast, tut ihm furchtbar leid. Er ist sicher, dass die Kündigung auf einen Fehler im System zurückzuführen ist, und sobald er kann, wird er im Hauptbüro anrufen, damit du deinen Arbeitsplatz wieder besetzen kannst. Er entschuldigt sich für die Unannehmlichkeiten, die für dich und deine Familie entstanden sind, und er wird dafür sorgen, dass du so schnell wie möglich wieder arbeiten kannst. Nach deinem heutigen Verhalten zu urteilen bist du ein guter, engagierter Mitarbeiter, auf den er und das Unternehmen sehr stolz sein können.«

Selbstbewusst reckte Steve das Kinn in die Höhe. Dann nickte er. »Danke«, sagte er, nahm den Revolver in die andere Hand, ging zu Augusto und streckte ihm die blutige Rechte entgegen, die dieser ohne Zögern ergriff. »Vielen Dank«, wiederholte Steve. »Es ist mir eine Ehre, für Ihre Firma zu arbeiten.«

Augusto nickte, wachsam und erschöpft zugleich.

Dann fiel die Türklinke zu Boden, die Tür sprang auf, der Schreibtisch wurde schwungvoll zur Seite geschoben, und drei Männer stürzten sich auf Steve.

Sobald ich an diesem Tag Gelegenheit fand, griff ich zum Telefon.

Er meldete sich.

»Okay«, sagte ich, und meine Stimme zitterte immer noch von dem Schock. »Ich treffe mich noch mal mit Ihnen.«

Kapitel 11

Wir vereinbarten, uns am nächsten Tag bei meinem *Starbucks* an der Ecke zu treffen. Am Tag des Vorfalls im Büro war ich dazu nicht mehr in der Lage, ich wollte nichts und niemanden mehr sehen außer Mr Pan und meinem Bett, aber meine Mutter hatte irgendwo in den Nachrichten von der Sache gehört und war außer sich vor Sorge. Mein Vater tobte. Mum hatte ihn im Gericht benachrichtigen lassen, dass im Büro seiner Tochter jemand mit einer Pistole herumfuchtelte, und Vater hatte mitten in der Verhandlung eines kontroversen prominenten Falls eine Pause beantragt. Auf der Heimfahrt hatte er zum ersten Mal in seinem Leben die Geschwindigkeitsbegrenzung überschritten, um möglichst schnell zu Mum zu kommen, und dann hatten sie zusammen am Küchentisch gesessen, Apple Pie gegessen und Tee getrunken, hatten geweint und sich im Arm gehalten, während sie in Lucy-Anekdoten schwelgten und meiner Seele gedachten, als wäre ich im Büro erschossen worden.

Okay, ich hab gelogen.

Wie mein Vater darüber dachte, weiß ich nicht genau – vermutlich war die Grundlage, dass ich es nicht besser verdient hatte, weil ich mir einen derart belanglosen Job bei dermaßen ordinären Menschen zugelegt hatte –, aber ich war auch nicht in der Stimmung, seine Meinung zu erfahren. Ich hatte mich geweigert, meinen Eltern einen Besuch abzustatten, hatte darauf beharrt, dass es mir gut ging, obwohl mir diesmal bewusst war, dass ich log, und so war Riley unangemeldet vor meiner Tür gelandet.

»Eure Kutsche steht bereit«, sagte er, als ich zur Tür kam.

»Riley, mir geht's gut«, sagte ich, obwohl ich wusste, dass das alles andere als glaubwürdig klang.

»Nein, es geht dir nicht gut«, entgegnete mein Bruder. »Du siehst beschissen aus.«

»Danke.«

»Hol deine Sachen und komm mit. Wir fahren zu mir. Mum ist auch da.«

Ich stöhnte laut. »Bitte, ich hab sowieso schon einen schweren Tag hinter mir.«

»Red doch nicht so über sie«, sagte er, ausnahmsweise sehr ernst, und sofort fühlte ich mich schlecht. »Sie macht sich Sorgen deinetwegen. Es kam den ganzen Tag in den Nachrichten.«

»Na gut«, gab ich nach. »Warte hier.«

Damit schloss ich die Tür und fing an, meine Sachen zusammenzusuchen, aber ich konnte nicht denken, ich war wie betäubt. Schließlich sammelte ich nur mich selbst und holte meinen Mantel. Als ich auf den Korridor trat, unterhielt sich Riley mit meiner Nachbarin, deren Namen ich vergessen hatte. Er neigte sich zu ihr, ohne mich wahrzunehmen, und erst als ich mich so lange, laut und verschleimt räusperte, dass es im ganzen Flur widerhallte, geriet ich wieder in seinen Fokus. Verärgert über die Unterbrechung sah er mich an.

»Hi, Lucy«, sagte meine Nachbarin.

»Wie geht es Ihrer Mutter?«

»Nicht so gut«, antwortete sie, und zwischen ihren Augenbrauen erschienen tiefe Sorgenfalten.

»Waren Sie schon bei ihr?«

»Nein.«

»Oh. Wenn Sie hinwollen … Sie wissen ja, dass ich hier bin.«

»Deine Nachbarin scheint sehr nett zu sein«, sagte Riley, als wir in seinem Auto saßen.

»Sie ist nicht dein Typ.«

»Was soll das denn heißen? Ich hab keinen Typ.«

»O doch. Hirnlose Blondinen.«

»Stimmt überhaupt nicht«, sagte er, »ich nehme auch hirnlose Braunhaarige.«

Wir lachten.

»Hat sie dir von ihrem Baby erzählt?«

»Nein.«

»Interessant.«

»Versuchst du, sie schlechtzumachen? Wenn du mir erzählst, dass sie ein Baby hat, wird das wohl kaum funktionieren, schließlich hatte ich mal eine Beziehung zu einer Frau mit zwei Kindern.«

»Aha. Du interessierst dich also tatsächlich für sie.«

»Vielleicht ein bisschen.«

Mir kam das seltsam vor. Schweigend saßen wir nebeneinander, und mir fiel wieder ein, wie Steve mir die Pistole an den Kopf gehalten hatte. Woran Riley dachte, wollte ich lieber nicht wissen.

»Wo ist ihre Mutter denn?«

»Im Krankenhaus. Ich weiß nicht, in welchem, und ich weiß auch nicht, was sie hat. Aber es ist was Ernstes.«

»Warum war sie dann noch nicht bei ihr?«

»Weil sie sagt, sie will ihr Baby nicht allein lassen.«

»Hast du ihr angeboten, auf es aufzupassen?«

»Ja.«

»Nett von dir.«

»Ich bin kein durch und durch schlechter Mensch.«

»Ich glaube nicht mal, dass du teilweise schlecht bist«, entgegnete er und sah mich an. Da ich seinen Blick nicht erwiderte, konzentrierte er sich schließlich wieder auf die Straße. »Warum nimmt sie das Baby denn nicht mit ins Krankenhaus? Das verstehe ich nicht.«

Ich zuckte die Achseln.

»Du weißt es. Komm schon, sag es mir.«

»Nein, keine Ahnung«, sagte ich und starrte aus dem Fenster.

»Wie alt ist das Baby denn?«

»Weiß ich nicht.«

»Ach komm, Lucy.«

»Ich weiß es ehrlich nicht. Sie fährt es im Buggy rum.«

Er sah mich an. »Es?«

»Na, das Baby. Bis Kinder ungefähr zehn sind, kann ich nicht unterscheiden, ob sie Jungs oder Mädchen sind.«

Riley lachte. »Akzeptiert ihre Mutter nicht, dass sie das Kind allein erzieht? Ist das das Problem?«

»Irgendwas in der Art«, antwortete ich und versuchte, mich auf die Welt zu konzentrieren, die vor dem Fenster vorüberzog, und nicht auf die Pistole, die ich ständig auf mich zielen sah.

Riley wohnte zwei Kilometer östlich vom Zentrum in Ringsend, einem Stadtteil am Wasser, in einem Penthouse mit Blick über Bolands Mills am Grand Canal Dock.

»Lucy«, sagte meine Mum, als ich zur Tür hereinkam, musterte mich mit großen, besorgten Augen und drückte mich an sich. Aber ich erwiderte ihre Umarmung nicht.

»Keine Sorge, Mum, ich war ja nicht mal im Büro«, sagte ich zu meiner eigenen Überraschung. »Ich hatte was zu erledigen und hab den ganzen Spaß verpasst.«

»Wirklich?«, fragte sie, und Erleichterung breitete sich in ihrem Gesicht aus.

Riley starrte mich an, was bei mir ein unbehagliches Gefühl auslöste. Überhaupt hatte er sich in den letzten Tagen sehr seltsam benommen, nicht mehr wie mein Bruder, den ich kannte und liebte, sondern eher wie jemand, der wusste, dass ich log.

»Na, egal, jedenfalls hab ich dir das hier mitgebracht«, sagte ich und holte hinter meinem Rücken den Fußabstreifer hervor, den ich vor der Tür von Rileys Nachbarn hatte mitgehen lassen.

Ich bin echt gut in Matte! stand darauf, und er sah so gut wie neu aus.

Mum lachte. »Ach Lucy, du bist so lustig, herzlichen Dank.«

»Lucy«, sagte Riley nur tadelnd.

»Ach reg dich nicht auf, Riley, das war doch nur eine Kleinigkeit.« Ich klopfte ihm beschwichtigend auf den Rücken und ging weiter in die Wohnung. »Ist Ray da?« Ray, Rileys Mitbewohner, war Arzt und nie gleichzeitig mit meinem Bruder zu Hause, weil sie beide zu entgegengesetzten Zeiten arbeiteten. Wenn Ray doch einmal auftauchte, flirtete Mum hemmungslos mit ihm. Einmal hatte sie mich allerdings auch schon gefragt, ob er Rileys Partner war. Aber das war Wunschdenken ihrerseits – ein trendig schwuler Sohn würde sie nie mit einer anderen Frau ersetzen.

»Ray ist bei der Arbeit«, erklärte Riley.

»Also ehrlich, habt ihr beiden denn nie ein bisschen Zeit füreinander?«, fragte ich und musste mir das Lachen verkneifen, denn Riley machte ein Gesicht, als wollte er mich mit einem Double Leg Takedown zu Boden werfen, wie er das gern gemacht hatte, als wir jünger gewesen waren. Ich wechselte schnell das Thema. »Wonach riecht es denn hier?«

»Pakistanisches Essen«, antwortete Mum nervös. »Wir wussten nicht, was du möchtest, also haben wir die halbe Speisekarte bestellt.« Wie immer war Mum total aufgeregt, weil sie sich in der Wohnung ihres gut aussehenden, unverheirateten Sohns befand, wo sie lauter exotische Dinge tun konnte, beispielsweise pakistanisches Essen bestellen, *Top Gear* anschauen oder per Fernbedienung die Farbe des elektrischen Kaminfeuers verändern. In der Nähe meiner Eltern gab es keine pakistanischen Restaurants, und Vater hatte ohnehin kein Interesse, sie zu begleiten, und auch keine Lust, im Fernsehen etwas anderes als CNN anzuschauen. Wir öffneten eine Flasche Wein und setzten uns an einen Glastisch, von dem aus man durch die bodentiefen Fenster den Fluss überblicken konnte. Die ganze Umgebung glänzte, schimmerte und funkelte im Mondlicht.

»Also«, sagte Mum, und ihrem Ton entnahm ich, dass sie einen ganzen Vorrat bohrender Fragen auf Lager hatte.

»Was machen die Pläne für eure Feier?«, fragte ich schnell, um sie abzulenken.

»Oh.« Sofort hatte meine Mutter alles andere vergessen. »Ich hab so viel mit dir zu besprechen. Ich suche gerade einen guten Veranstaltungsort.« Dann hörte ich ihr zu, während sie die nächsten zwanzig Minuten über Probleme redete, die ungefähr so absurd waren wie die Überlegung, ob ein unbedachter Raum mit drei Wänden eine verlockende Alternative zu einem Raum mit Dach und vier Wänden sein könnte.

»Wie viele Gäste kommen denn?«, fragte ich, als sie ein paar Orte aufzählte, die in Betracht kamen.

»Vierhundertzwanzig bisher.«

»Wie bitte?« Um ein Haar wäre ich an meinem Wein erstickt.

»Oh, das sind größtenteils Kollegen deines Vaters«, erklärte sie. »In seiner Position ist es schwierig, einige einzuladen und andere nicht. Diese Leute sind sehr schnell gekränkt.« Und als hätte sie das Gefühl, eine unpassende Bemerkung gemacht zu haben, fügte sie rasch hinzu: »Und das völlig zu Recht.«

»Dann ladet einfach keinen von denen ein«, sagte ich.

»Ach Lucy«, entgegnete meine Mutter lächelnd. »Das kann ich nicht machen.«

Mein Handy begann zu klingeln, und Don Lockwoods Name erschien auf dem Display. Ehe ich Gelegenheit hatte, meine Gesichtsmuskeln unter Kontrolle zu bringen, verwandelte ich mich in ein hibbeliges kleines Mädchen.

Mum warf Riley einen vielsagenden Blick zu und zog eine Augenbraue hoch.

»Entschuldigt bitte, ich geh draußen dran«, sagte ich und trat auf den Balkon. Es war eine umlaufende Terrasse, und ich ging so weit weg, dass ich außer Sicht- und Hörweite war.

»Hallo?«

»Und – bist du heute gefeuert worden?«

»Nein. Noch nicht jedenfalls. Der Typ wusste nicht, wer Tom ist. Aber trotzdem danke für den Tipp.«

Er lachte leise. »Das ist mir in Spanien auch passiert. Tom ist ein Mysterium. Aber keine Sorge, es hätte schlimmer kommen können. Zum Beispiel, wenn du in dem Büro gewesen wärst, wo heute dieser arme Kerl ausgerastet ist.«

Ich zögerte. Mein erster Gedanke war, dass er mir eine Falle stellte, aber dann gewann meine Vernunft die Oberhand. Er kannte ja nicht mal meinen richtigen Namen, wie in aller Welt hätte er da herausfinden sollen, wo ich arbeitete?

»Hallo?«, fragte er besorgt. »Bist du noch da?«

»Ja«, antwortete ich leise.

»Oh, gut. Ich dachte schon, ich hätte was Falsches gesagt.«

»Nein, nein. Es ist nur … na ja, das war in meinem Büro.«

»Ist das dein Ernst?«

»Ja, leider.«

»O Gott. Geht es dir gut?«

»Jedenfalls besser als diesem Typen.«

»Hast du ihn gesehen?«

»Es war die Wurst«, antwortete ich und starrte über den Fluss zu den Bolands Mills.

»Wie bitte?«

»Ich hatte ihm den Spitznamen ›die Wurst‹ verpasst. Er war der friedlichste Mann in der ganzen Firma, und er hat mir eine Pistole an den Kopf gehalten.«

»Scheiße«, sagte er. »Bist du in Ordnung? Hat er dich verletzt?«

»Nein, mir geht's gut.« Aber es ging mir überhaupt nicht gut, und das wusste Don Lockwood, aber er war nicht da, und ich kannte ihn nicht, also spielte es keine Rolle, und ich redete weiter. »Es war bloß eine Wasserpistole, weißt du, das haben wir hinterher entdeckt, als sie … als sie ihn überwältigt und zu Boden geworfen hatten. Sie gehört seinem Sohn. Er hat sie heute Morgen eingesteckt und seiner Frau gesagt, dass er sich seinen Job zurückholen will. O Mann, wegen einer verdammten Wasserpistole habe ich mein ganzes Leben infrage gestellt.«

»Natürlich. Ich meine, das ist verständlich – du hast ja nicht gewusst, dass es bloß eine Wasserpistole ist, richtig?«, meinte er sanft. »Und wenn er abgedrückt hätte, hättest du womöglich total krisselige Haare gekriegt.«

Ich lachte. Warf den Kopf in den Nacken und lachte.

»O Gott. Da war ich und hab mir gewünscht, dass ich gefeuert werde, und er hat sein Leben riskiert, um seinen Job wiederzukriegen.«

»Na ja, sein Leben vielleicht nicht direkt, es war ja keine tödliche Waffe. Obwohl ich dich natürlich noch nie mit krisseligen Haaren gesehen habe. Ich hab dich überhaupt noch nie gesehen. Hast du überhaupt Haare?«

»Ja, braune«, antwortete ich lachend.

»Hm, noch ein Puzzleteilchen.«

»Erzähl mir von *deinem* Tag, Don.«

»Deinen kann ich sowieso nicht mehr toppen, so viel ist sicher. Ich würde dich gern auf einen Drink einladen, ich wette, den hast du nötig«, meinte er. »Dann kann ich dir von Angesicht zu Angesicht von meinem Tag erzählen.«

Ich schwieg.

»Wir können uns irgendwo treffen, wo es voll ist, wo du oft bist, wie du willst, bring meinetwegen zehn Freunde mit, zehn große Muskelmänner. Große Männer sind übrigens nicht mein Ding, Männer sind an sich nicht mein Ding, mir wäre es lieber, du bringst keine mit, aber wenn ich dir das als Erstes gesagt hätte, hättest du bestimmt gedacht, ich will dich entführen. Was ich nicht vorhabe.« Er seufzte. »Mein Redetalent ist umwerfend, oder nicht?«

Ich lächelte. »Danke, aber ich kann nicht. Mein Bruder und meine Mutter halten mich als Geisel.«

»Das passt ja zum Rest deines Tages. Dann ein andermal? Am Wochenende vielleicht? Du wirst sehen, an mir ist mehr dran als nur ein hübsches linkes Ohr.«

Schon wieder musste ich lachen. »Don, du hörst dich echt nett an …«

»Oh-oh.«

»Aber ich stehe im Moment ehrlich gesagt völlig neben mir.«

»Na klar, das würde jedem so gehen nach dem, was du heute erlebt hast.«

»Nein, nicht nur deswegen. Sondern im Allgemeinen.« Müde rieb ich mir das Gesicht, und mir wurde klar, dass es mir entgegen meiner eigenen landläufigen Überzeugung wirklich schlecht ging. »Ich erzähle einer falschen Verbindung mehr über mich als meiner Familie.«

Er lachte leise, und einen Moment glaubte ich, seinen Atem an meinem Ohr zu spüren. Ich schauderte. Es fühlte sich an, als würde er direkt neben mir stehen.

»Das ist doch bestimmt ein gutes Zeichen, oder nicht?«, meinte er zuversichtlich. »Ach komm schon, wenn sich herausstellt, dass ich ein hässliches Ekelpaket bin, das du nie wiedersehen möchtest, dann kannst du einfach gehen, und ich belästige dich auch bestimmt nie wieder. Oder wenn sich herausstellt, dass du ein hässliches Ekelpaket bist, dann musst du dir auch keine Sorgen machen, denn dann will *ich* dich sowieso nie wiedersehen. Falls du allerdings auf der Suche nach einem hässlichen Ekelpaket bist, wäre es sinnlos, dass du dich mit mir triffst, denn das bin ich nicht.«

»Ich kann nicht, Don. Tut mir leid.«

»Aber du kannst doch jetzt nicht einfach mit mir Schluss machen, ich weiß ja nicht mal deinen Namen.«

»Ich hab doch gesagt, ich heiße Gertrude.«

»Gertrude«, wiederholte er ein bisschen niedergeschlagen. »Na gut, aber vergiss nicht, dass du mich zuerst angerufen hast.«

»Da hab ich mich verwählt«, lachte ich.

»Okay, okay«, meinte er abschließend. »Ich lass dich in Ruhe. Und bin froh, dass dir nichts passiert ist.«

»Danke, Don. Tschüss.«

Wir legten auf. Ich lehnte mich ans Geländer und schaute

hinunter auf das dunkle Wasser, in dem sich die Lichter des Gebäudes spiegelten. Dann piepte mein Telefon.

Ein Abschiedsgeschenk.

Ich scrollte weiter nach unten.

Zwei wunderschöne blaue Augen blickten mich an. Ich sah sie so lange an, bis ich mir fast einbildete, sie würden mir zuzwinkern.

Als ich wieder zu Mum und Riley hineinging, waren sie wenigstens so anständig, mir keine Fragen zu stellen, aber während Riley seine Autoschlüssel holte, um mich heimzufahren, ergriff Mum die Chance zu einem kleinen Vieraugengespräch.

»Lucy, ich hatte keine Gelegenheit, mit dir zu reden, nachdem du letzte Woche vom Lunch weggegangen bist.«

»Ich weiß. Tut mir leid, dass ich so überstürzt los bin«, sagte ich. »Das Essen war lecker, mir ist nur plötzlich eingefallen, dass ich eine Verabredung hatte.«

Mum runzelte die Stirn. »Wirklich? Ich hatte nämlich das Gefühl, dass du gegangen bist, weil ich die Formulare für das Treffen mit deinem Leben unterschrieben habe.«

»Nein, nein, das war es nicht«, unterbrach ich sie. »Echt nicht. Ich kann mich nicht mehr genau erinnern, aber es war irgendwas Wichtiges. Dummerweise hatte ich beide Termine zugesagt, du weißt ja, wie vergesslich ich manchmal bin.«

»Oh. Ich war sicher, dass du sauer auf mich bist.« Sie musterte mich wieder. »Es ist okay, wenn du mir sagst, dass du sauer auf mich warst.«

Worauf wollte sie denn jetzt wieder hinaus? Solche Dinge gaben Silchesters niemals preis.

»Nein, ich war nicht sauer. Du hast es doch nur gut gemeint.«

»Ja«, antwortete sie erleichtert. »Das stimmt. Ich habe endlos darüber gegrübelt, was das Beste wäre. Wochenlang lagen die Formulare bei mir herum, bis ich sie endlich unterschrieben habe. Ich dachte immer, wenn irgendwas mit dir los ist, kannst du doch zu mir kommen und mit mir darüber reden. Auch wenn ich weiß, dass Edith dir so gut helfen kann, dass du es deiner Mummy vielleicht lieber nicht erzählen magst.« Sie lächelte schüchtern und räusperte sich. Was für ein peinlicher, schrecklicher Moment! Vermutlich wartete Mum darauf, dass ich ihr widersprach, aber ich war nicht sicher und sagte deshalb lieber nichts. Wo war mein Lügentalent, wenn ich es mal brauchte? »Schließlich hab ich es dann mit deinem Vater besprochen und beschlossen zu unterschreiben.«

»Er hat dir gesagt, du sollst unterschreiben?«, fragte ich, so ruhig ich konnte, aber ich spürte, wie die Wut in mir hochstieg. Was wusste mein Vater denn schon über mein Leben? Er hatte mir nie eine persönliche Frage gestellt, nie das geringste Interesse gezeigt …

»Nein, eigentlich nicht«, unterbrach Mum meine Gedanken. »Er hat gesagt, das wäre alles ein Haufen Unsinn, aber da ist mir klar geworden, dass ich anderer Meinung bin als er. Ich glaube nicht, dass es ein Haufen Unsinn ist. Jedenfalls kann es ganz sicher nicht schaden. Verstehst du? Wenn mein Leben sich mit mir treffen wollte, würde ich das ziemlich spannend finden, glaube ich.« Sie lächelte. »Wenn so etwas Aufregendes passiert, das muss doch wunderbar sein.«

Ich war beeindruckt, dass sie gegen die Anweisungen meines Vaters gehandelt hatte, und es überraschte mich, dass sie sich gern mit ihrem Leben getroffen hätte. Ich hätte gewettet, dass das so ziemlich das Letzte war, was sie sich wünschte. Was würden denn *die Leute* dazu sagen?

»Aber hauptsächlich habe ich mir Sorgen gemacht, dass ich auch irgendwie daran schuld bin, wenn es dir schlecht geht. Ich bin deine Mutter, und wenn mit dir etwas nicht in Ordnung ist, na ja, dann …«

»Mit mir ist alles in Ordnung, Mum.«

»Na ja, vielleicht hab ich mich falsch ausgedrückt, entschuldige. Ich meinte …«

»Ich weiß, was du gemeint hast«, unterbrach ich sie ruhig. »Und es ist nicht deine Schuld. Wenn etwas nicht mit mir in Ordnung wäre, wärst du nicht schuld daran, meine ich. Du hast nichts falsch gemacht.«

»Danke, Lucy.« Auf einmal sah sie zehn Jahre jünger aus. Bis zu diesem Moment war es mir nie in den Sinn gekommen, dass sie sich für den Zustand meines Lebens verantwortlich fühlen könnte. Ich hatte immer gedacht, das wäre ganz und gar meine Sache.

»Und – hast du dich mit deinem Leben getroffen? Wie ist es denn so?«, fragte sie, wesentlich entspannter.

»Mein Leben ist ein Mann, und ja, wir haben uns letzte Woche getroffen.«

»Dein Leben ist ein Mann?«

»Ja, ich war auch überrascht.«

»Ist er attraktiv?« Mum kicherte.

»Mum, das ist ja eklig – er ist mein Leben!«

»Ja, natürlich«, räumte sie ein und versuchte, ein Lächeln zu unterdrücken, aber ich konnte genau sehen, dass sie insgeheim auf Hochzeitsglocken hoffte. Jeder Mann wäre ihr als Schwiegersohn recht gewesen. Vielleicht hoffte sie aber auch auf einen Partner für Riley.

»Er ist überhaupt nicht attraktiv, genau genommen ist er

sogar hässlich«, antwortete ich trotzdem und stellte ihn mir vor, mit seiner klammen Haut, seinem Mundgeruch, seiner Schniefnase und seinem zerknitterten Anzug. »Aber egal, es ist alles in Ordnung, alles wunderbar. Ich glaube nicht, dass er sich noch mal mit mir treffen möchte.«

Wieder runzelte Mum die Stirn. »Bist du sicher?« Dann ging sie kurz nach draußen und kam mit einem Beutel voller Umschläge zurück, mit der Lebensspirale und meinem Namen darauf, verschickt an die Adresse meiner Eltern. »Wir haben letzte Woche jeden Tag einen davon gekriegt. Und gestern früh schon wieder.«

»Oh«, sagte ich. »Dann hat er bestimmt meine Adresse verlegt.« Lachend schüttelte ich den Kopf. »Vielleicht ist das große Problem meines Lebens sein mangelndes Organisationstalent.«

Mum lächelte mich ziemlich traurig an.

Im gleichen Augenblick kam Riley wieder aus seinem Schlafzimmer, die Autoschlüssel in der Hand. Als er den Umschlag sah, fragte er: »Oh, sind wir jetzt bei diesem Thema?« Dann öffnete er eine Schublade in der Flurkommode, kam mit einem Packen Briefe zurück, knallte sie auf den Tisch, steckte sich noch ein Papadam in den Mund und zermalmte es. »Tu mir bitte einen Gefallen, Schwester, ja? Hör auf, dein Leben zu ignorieren. Dieses Zeug hat den ganzen Briefkasten verstopft.«

Zuerst war mir mein Leben egal gewesen, aber nach dem Tag heute war ich schon wütend, und diese ganzen Briefe an meine Familie machten mich stinksauer. Morgen war der Termin bei *Starbucks*, den ich mit ihm abgesprochen hatte. Ich hatte darauf bestanden, dass wir uns nicht in meiner Wohnung treffen konnten. Edna hatte mich angerufen und gesagt, wir hätten den Tag frei, und ich war froh darüber, nicht nur wegen der Arbeitspause, sondern weil es mir echt peinlich war, wie spektakulär meine mangelnden Spanischkenntnisse ans Tageslicht gekommen waren. Mich absichtlich in so eine Situation zu bringen, damit ich bereit war, mich mit ihm zu treffen, war mehr als perfide. Er hatte nicht nur meine Sicherheit, sondern die aller Anwesenden aufs Spiel gesetzt. Inzwischen war ich so wütend, dass ich das zweite Treffen mit meinem Leben kaum erwarten konnte.

Am nächsten Abend war ich noch damit beschäftigt, mir intelligente Bosheiten auszudenken, die ich ihm an den Kopf werfen konnte, als mein Handy klingelte. Da ich die Nummer nicht kannte, ignorierte ich das Klingeln zunächst, aber es ging nach einer kurzen Pause sofort wieder los. Und darauf gleich noch einmal. Dann klopfte es an die Tür. Ich rannte hin und machte auf. Es war meine Nachbarin, deren Namen ich mir nicht merken konnte, vollkommen aufgelöst.

»Es tut mir total leid, dass ich Sie stören muss. Es ist wegen meiner Mutter. Mein Bruder hat gerade angerufen, ich soll sofort in die Klinik kommen.«

»Kein Problem.« Ich schnappte mir meine Schlüssel und zog die Tür hinter mir zu. Meine Nachbarin zitterte heftig.

»Kein Problem, gehen Sie zu ihr«, wiederholte ich sanft.

Sie nickte. »Es ist nur ... ich hab ihn noch nie allein gelassen ...«

»Alles klar. Vertrauen Sie mir, alles wird gut.«

Sie führte mich in ihre Wohnung, zeigte mir alles und ratterte zittrige Anweisungen herunter. »Das Fläschchen hab ich schon gemacht, Sie müssen es aber aufwärmen, bevor Sie ihn füttern, er trinkt sie nämlich nur, wenn sie warm ist, so um halb acht, und er schaut sich gern *In the Night Garden* an, bevor er ins Bett geht. Drücken Sie einfach auf Play hier am DVD-Player. Dann schläft er problemlos ein. Aber nicht ohne Ben. Das ist der Piraten-Teddy da drüben. Wenn er aufwacht und heult, können Sie ihm was vorsingen, das beruhigt ihn immer.« Sie zeigte mir alles: Beißringe, Kuscheltiere, den Sterilisator, falls ich die Flasche fallen ließ und eine neue zubereiten musste. Dann schaute sie auf die Uhr. »Also, dann geh ich jetzt mal«, meinte sie zögernd. »Oder soll ich doch lieber dableiben?«

»Gehen Sie. Ich mach das schon.«

»Ja, Sie haben recht.« Sie schlüpfte in ihren Mantel und öffnete die Tür. »Okay. Ich erwarte nicht, dass jemand vorbeikommt, und Sie bekommen ja sicher auch keinen Besuch von Freunden oder so, nicht wahr?«

»Nein, natürlich nicht,«

»Und Sie haben meine Handynummer, ja?«

»Hier drin.« Ich schwenkte mein Telefon in der Luft.

»Okay. Danke.« Sie beugte sich über den Laufstall. »Byebye, Conor. Mummy ist bald wieder da«, sagte sie mit Tränen in den Augen. Und dann war sie weg.

Und ich war in Schwierigkeiten. Ich rief das Büro an, in dem ich mich mit meinem Leben getroffen hatte, aber niemand antwortete, was bedeutete, dass die Sekretärin schon Feierabend gemacht hatte und er bereits unterwegs zu *Starbucks* war. Also wartete ich bis zu der Uhrzeit, die wir abgemacht hatten, und rief dann bei *Starbucks* an.

»Hallo«, antwortete eine gestresste Männerstimme.

»Hi, ich bin bei euch mit jemandem verabredet, und ich muss ihm sagen …«

»Wie heißt er denn?«, fiel er mir ins Wort.

»Oh, hm, das weiß ich nicht, aber er trägt einen Anzug, sieht wahrscheinlich ziemlich müde und gestresst aus und …«

»Hey, da ist jemand für Sie am Telefon«, brüllte der Mann mir ins Ohr, dann war er weg. Ich hörte, wie das Telefon weitergereicht wurde.

»Hallo?«

»Hi«, sagte ich, so freundlich ich konnte. »Sie werden nicht glauben, was mir passiert ist.«

»Hoffentlich rufen Sie nicht an, um abzusagen«, sagte er sofort. »Ich hoffe wirklich, dass Sie sich nur verspätet haben, was ehrlich gesagt schon unhöflich genug wäre, aber nicht ganz so schlimm wie eine Absage.«

»Ich muss absagen, aber der Grund ist nicht das, was Sie denken.«

»Was denken Sie denn, was ich denke?«

»Dass ich mich nicht für Sie interessiere, aber das stimmt nicht, na ja, irgendwie schon, aber ich verstehe ja inzwischen, dass ich daran was ändern muss. Trotzdem ist das alles nicht der Grund, weshalb ich absage, sondern eine Nachbarin hat mich gebeten, auf ihr Baby aufzupassen. Ihre Mutter ist schwer krank, und sie musste ganz schnell ins Krankenhaus.«

Schweigend ließ er sich meine Ausführungen durch den Kopf gehen. »Das ist als Ausrede ungefähr so überzeugend wie die mit dem Hund, der die Hausaufgaben gefressen hat.«

»Nein, überhaupt nicht. Nicht mal annähernd.«

»Wie heißt denn Ihre Nachbarin?«

»Ich kann mir ihren Namen leider nicht merken.«

»Das ist die schlechteste Lüge, die Sie sich jemals ausgedacht haben.«

»Weil es keine Lüge ist. Wenn ich lügen würde, dann würde ich mir einen Namen ausdenken wie … beispielsweise Claire. Wobei mir einfällt – ich glaube, so heißt sie. Claire«, sagte ich. »Sie heißt Claire.«

»Sind Sie betrunken?«

»Nein. Ich passe auf das Baby auf.«

»Wo?«

»In Claires Wohnung. Gegenüber von meiner. Aber Sie können nicht herkommen, falls Sie das vorhaben. Claire hat unmissverständlich gesagt, dass ich keine Fremden reinlassen soll.«

»Ich wäre ja auch kein Fremder, wenn Sie Ihre Verabredungen mit mir einhalten würden.«

»Na ja, wir sollten Claire aber nicht für meine Fehler büßen lassen, oder?«

Er beendete das Telefonat weniger wütend, als er es begonnen hatte, und ich hoffte, dass er mir glaubte. Aber als ich es mir im Schaukelstuhl bequem gemacht hatte, mir anschaute, wie Makka Pakka im *Night Garden* auf dem Pinky Ponk ihren Pinky-Ponk-Saft trank, dabei aber an die Ereignisse des vergangenen Tages dachte, hörte ich zum zweiten Mal an diesem Abend ein Klopfen an meiner Wohnungstür. Ich öffnete Claires Tür und sah mein Leben vor meiner Tür stehen, mit dem Rücken zu mir.

»Kontrollieren Sie mich etwa?«, fragte ich.

Er drehte sich um.

»Sie haben sich rasiert«, stellte ich überrascht fest. »Sie sehen gar nicht mehr so mies aus wie letztes Mal.«

Er versuchte, in Claires Wohnung zu sehen. »Und wo ist das Baby?«

»Sie können nicht reinkommen. Das ist nicht meine Wohnung, ich kann Sie nicht reinlassen.«

»Na gut, aber Sie können mir wenigstens das Baby zeigen. Nachher sind Sie hier eingebrochen, um mir zu entkommen. Und schauen Sie mich nicht so an, das würde doch genau in Ihr Verhaltensmuster passen.«

Ich seufzte. »Ich kann Ihnen das Baby nicht zeigen.«

»Bringen Sie es einfach zur Tür. Ich fass es nicht an.«

»Ich kann Ihnen das Baby nicht zeigen«, wiederholte ich.

»Zeigen Sie mir das Baby«, beharrte er. »Zeigen Sie mir das Baby, zeigen Sie mir das Baby.«

»Halten Sie den Mund«, zischte ich. »Es gibt kein Baby.«

»Wusste ich's doch.«

»Nein, Sie haben keine Ahnung«, flüsterte ich. »Claire *glaubt*, dass sie ein Baby hat, aber das stimmt nicht. Sie hatte ein Baby, aber es ist gestorben, und sie tut nur so, als wäre es noch da. In Wirklichkeit gibt es kein Baby.«

Er sah mich unsicher an und äugte wieder in die Diele. »Aber da liegen doch jede Menge Babysachen herum.«

»Ja. Sie geht auch mit dem leeren Buggy spazieren. Sie glaubt, dass das Baby Zähne kriegt und die ganze Nacht heult, aber ich höre keinen Ton. Hier ist kein Baby. Ich hab mir die Fotos angesehen, und das hier muss wohl eines der letzten sein. Ich denke, er war mindestens ein Jahr alt, als er gestorben ist. Hier.«

Ich nahm ein Foto vom Dielentischchen und gab es ihm.

»Wer ist der Mann?«

»Ich glaube, er ist Claires Mann, aber ich hab ihn seit über einem Jahr nicht mehr gesehen. Ich glaube, er ist nicht damit klargekommen, dass sie sich so verhält.«

»Also, das ist wirklich deprimierend.« Mein Leben gab mir das Foto zurück. »Dann sitzen Sie jetzt hier rum und passen auf ein Baby auf, das gar nicht da ist?«

»Ich kann ihr ja schlecht sagen, dass ich gegangen bin, weil sie ja gar kein Baby mehr hat. Das wäre grausam.«

»Also können Sie nicht raus, und ich kann nicht rein«, stellte er fest. »Ach, wie ironisch.« Er lächelte, und für den Bruchteil einer Sekunde fand ich ihn tatsächlich attraktiv. »Aber wir können uns auch hier unterhalten«, meinte er.

»Das tun wir ja schon.«

Er ließ sich am Türpfosten herunterrutschen, bis er auf dem Korridorboden saß. Ich folgte seinem Beispiel an der Tür gegenüber. Ein Nachbar kam aus dem Aufzug, sah uns an und ging zwischen uns hindurch. Stumm starrten wir uns an.

»Sie sind aber nicht unsichtbar, oder?«, fragte ich.

»Was glauben Sie denn – dass ich ein Gespenst bin oder was?« Er verdrehte die Augen. »Für Sie bin ich vielleicht unsichtbar, aber andere Menschen auf dieser Welt schenken mir reichlich Aufmerksamkeit. Andere Menschen interessieren sich tatsächlich für mich.«

»Okay, okay, scheint ja ein wunder Punkt zu sein.«

»Können wir uns unterhalten?«

»Ich bin wütend auf Sie«, platzte ich heraus, und auf einmal fiel mir alles wieder ein, was ich mir in Gedanken zurechtgelegt hatte.

»Warum?«

»Wegen dem, was Sie den Leuten gestern alles angetan haben.«

»*Ich?*«

»Ja, die haben es alle nicht verdient, Ihren … Ihren komischen Curveball abzukriegen oder wie Sie das genannt haben.«

»Moment, Sie glauben also, dass ich die Ereignisse von gestern manipuliert habe?«

»Na ja … stimmt das etwa nicht?«

»Nein!«, rief er mit Nachdruck. »Wofür halten Sie mich denn? Oder nein, antworten Sie nicht. Nur die Sache mit Augusto Fernández habe ich koordiniert. Aber ich habe nichts zu tun mit diesem – wie hieß Ihr Kollege doch gleich?«

»Steve«, antwortete ich fest. »Steve Roberts.«

Amüsiert sah er mich an. »Aha, höre ich da einen ganz

neuen Unterton? Eine gewisse Loyalität? Wie haben Sie den Mann noch letzte Woche genannt? Steve die Wurst?«

Beschämt schaute ich weg.

»Jedenfalls habe ich das nicht organisiert. Jeder Mensch ist für sein eigenes Leben verantwortlich und für das, was darin geschieht. Mit Steves Geschichte hatte Ihr Leben nichts zu tun. Sie haben ein schlechtes Gewissen«, stellte er fest, und da es keine Frage war, antwortete ich auch nicht.

Stattdessen stützte ich den Kopf in die Hände. »Ich habe Kopfweh.«

»Das kommt vor, wenn man über gewisse Dinge nachdenkt, und das haben Sie seit einer ganzen Weile nicht mehr getan.«

»Aber Sie haben gesagt, dass Sie die Sache mit Fernández geplant haben. Also haben Sie sich doch in sein Leben eingemischt.«

»Nein, nicht eingemischt. Ich habe nur sein Leben mit Ihrem koordiniert. Ich habe dafür gesorgt, dass Ihre Wege sich kreuzen, um Ihnen beiden zu helfen.«

»Um uns zu helfen? Der arme Mann hatte eine Pistole am Kopf, das wäre nicht nötig gewesen.«

»Der arme Mann hatte eine Wasserpistole am Kopf, und ich glaube, dass es ihm seither deutlich besser geht.«

»Wie denn das?«

»Ich weiß es nicht. Das müssen wir im Auge behalten.«

»In dem Moment hat es aber keinen Unterschied gemacht, dass es eine Wasserpistole war«, knurrte ich.

»Nein, sicher nicht. Alles in Ordnung mit Ihnen?«
Ich schwieg.

»Hey.« Er streckte das Bein aus und tippte spielerisch über den Korridor hinweg mit seinem Fuß gegen meinen.

»Ja. Nein. Ich weiß nicht.«

»Ach Lucy«, seufzte er. Dann stand er auf, kam auf meine Seite des Flurs und nahm mich in den Arm. Zuerst wollte ich ihn wegschieben, aber er hielt mich einfach fester, und schließlich gab ich nach, drückte die Wange an sein billiges Jackett und atmete seinen muffigen Geruch ein. Nach einer Weile trennten wir uns wieder, und er wischte mir mit den Fingern zärtlich die nicht vorhandenen Tränen von der Wange. Seine Freundlichkeit machte ihn ein bisschen attraktiver. Dann reichte er mir ein Taschentuch, und ich putzte mir ausführlich die Nase.

»Vorsicht«, sagte er. »Sonst wacht das Baby auf.«

Wir lachten beide schuldbewusst.

»Ich bin erbärmlich, stimmt's?«

»Ich tendiere dazu, Ja zu sagen, aber zuerst sollte ich fragen: In welcher Hinsicht?«

»Zuerst werde ich mit einer Wasserpistole bedroht, dann passe ich auf ein Baby auf, das nicht existiert.«

»Und unterhältst dich mit deinem Leben.«

»Genau. Ich unterhalte mich mit meinem Leben, das ein Mann ist. Viel seltsamer geht es ja wohl kaum.«

»Wer weiß? Wir haben ja noch nicht mal richtig angefangen.«

»Warum läuft Claires Leben ihr eigentlich nicht nach? Wie traurig ist das denn?«, fragte ich und deutete auf die Spielsachen, die überall auf dem Boden herumlagen.

Er zuckte die Achseln. »Ich mische mich da nicht ein. Mich gehst nur du was an.«

»Claires Leben scheint gut verdrängen zu können«, sagte ich. »Von ihm solltest du dir eine Scheibe abschneiden.«

»Oder von dir.«

Ich seufzte. »Bist du wirklich so unglücklich?«

Er nickte und sah schnell weg. Seine Kiefermuskeln arbeiteten heftig, während er die Fassung wiederzugewinnen versuchte.

»Aber ich verstehe nicht, warum es so schlimm für dich ist. Mir geht es doch gut.«

»Dir geht es gar nicht gut«, entgegnete er kopfschüttelnd.

»Ich wache vielleicht nicht jeden Morgen mit einem Lied auf den Lippen auf«, räumte ich ein und senkte die Stimme, »aber ich tue auch nicht so, als wären Dinge da, die in Wirklichkeit gar nicht da sind.«

»Ach nein?« Er machte ein amüsiertes Gesicht. »Es ist doch so: Wenn du stürzt und dir ein Bein brichst, dann hast du Schmerzen und gehst zum Arzt. Der macht ein Röntgenbild, und wenn du das ans Licht hältst, kann jeder den gebrochenen Knochen erkennen. Richtig?«

Ich nickte.

»Oder du hast einen kaputten Zahn, und der tut weh, also gehst du zum Zahnarzt, der steckt dir eine Kamera in den Mund, diagnostiziert das Problem und verordnet dir eine Wurzelbehandlung oder so. Richtig?«

Wieder nickte ich.

»Solche Dinge werden in unserer modernen Gesellschaft ohne Weiteres akzeptiert. Du bist krank, du gehst zum Arzt, du kriegst Antibiotika. Du bist deprimiert, du redest mit einem Therapeuten, der verschreibt dir vielleicht Antidepressiva. Du kriegst graue Haare, gehst zum Friseur und lässt sie färben. Aber mit deinem Leben triffst du ein paar falsche Entscheidungen, hast vielleicht ein bisschen Pech, was auch immer, aber du musst trotzdem weitermachen, stimmt's? Niemand kann die Unterseite dessen sehen, was du bist, und wenn man in unserer modernen Welt etwas nicht sehen kann – wenn man weder mit einem Röntgenapparat noch mit einer Kamera ein Bild davon machen kann –, dann existiert es einfach nicht. Aber ich *bin* da. Ich bin der andere Teil von dir. Das Röntgenbild deines Lebens. Ich bin das Bild im Spiegel, ich zeige dir, wenn dir etwas wehtut, wenn du unglücklich bist. Das alles spiegelt sich in mir. War das verständlich?«

Das erklärte jedenfalls den Mundgeruch, die feuchten Hände und den schlechten Haarschnitt. Ich ließ es mir durch den Kopf gehen. »Ja, aber das ist doch ziemlich unfair dir gegenüber.«

»Aber genau das ist meine Aufgabe. Es liegt an mir selbst, dafür zu sorgen, dass ich glücklich werde. Du siehst also, dass es hier genauso um mich geht wie um dich. Je mehr du dein Leben lebst, umso glücklicher bin ich, je zufriedener du bist, desto gesünder bin ich.«

»Also hängt deine Zufriedenheit von mir ab.«

»Ich betrachte uns lieber als ein Team. Du bist die Lois Lane für meinen Superman. Der Pinky für meinen Brain.«

»Das Röntgenbild für mein gebrochenes Bein«, fügte ich hinzu, wir lächelten, und ich hatte das Gefühl, dass wir Frieden geschlossen hatten.

»Hast du deiner Familie erzählt, was passiert ist? Ich wette, die haben sich Sorgen gemacht.«

»Du weißt doch genau, was ich denen erzählt habe.«

»Ich glaube, es ist besser, wenn wir beide unsere Gespräche so behandeln, als wüsste ich gar nichts.«

»Keine Sorge, das mache ich. Gestern hab ich mich mit meiner Mum und mit Riley getroffen. In Rileys Apartment. Wir haben was vom Pakistaner gegessen, und Mum hat es sich nicht nehmen lassen, mir eine heiße Schokolade zu machen, wie früher, wenn ich hingefallen bin und mir wehgetan habe«, berichtete ich lachend.

»Klingt nett.«

»War es auch.«

»Hast du mit ihnen auch über gestern gesprochen?«

»Ich hab ihnen gesagt, dass ich in einem anderen Büro war. Dass ich irgendwas erledigen musste und die ganze Aufregung nicht mitgekriegt habe.«

»Warum hast du das gesagt?«

»Ich weiß auch nicht. Damit sie sich meinetwegen keine Sorgen machen.«

»Was bist du doch rücksichtsvoll«, meinte er sarkastisch. »Du hast es nicht gesagt, um sie zu schützen, sondern um *dich* zu schützen. Damit du nicht darüber reden musst, damit du nicht zugeben musst, dass du etwas *fühlst*. Dieses komische Wort, das du gar nicht leiden kannst.«

»Keine Ahnung. Vielleicht. Was du sagst, klingt alles sehr kompliziert, und so denke ich nicht.«

»Möchtest du meine Theorie hören?«

»Schieß los«, sagte ich und stützte mein Kinn in die Hand.

»Vor ein paar Jahren, als Blake ...«, er zögerte, »... als Blake von dir verlassen wurde ...«

Ich grinste.

»... da hast du angefangen, andere Leute anzulügen, und weil du sie angelogen hast, war es auch leichter, dich selbst anzulügen.«

»Das ist eine interessante Theorie, aber ich habe keine Ahnung, ob sie stimmt.«

»Tja, das werden wir überprüfen. Bald musst du mit dem Lügen aufhören – was übrigens schwerer sein wird, als du denkst –, und dann wirst du Stück für Stück die Wahrheit über dich erfahren, was auch schwerer sein wird, als du denkst.«

Ich rieb mir die schmerzenden Schläfen und wünschte mir, ich wäre nicht in diesen Schlamassel geraten. »Und wie soll das gehen?«

»Indem du Zeit mit mir verbringst.«

»Klar. Einmal die Woche?«

»Nein, ich meine, ich gehe mit dir zur Arbeit, ich treffe zusammen mit dir deine Freunde, all so was.«

»Das geht nicht.«

»Warum?«

»Ich kann dich nicht einfach mit zu meinen Eltern nehmen. Oder wenn ich mit meinen Freunden ausgehe. Die denken ja, ich bin verrückt.«

»Du hast Angst, was sie dann über dich erfahren könnten.«

»Wenn mein Leben – also du – neben mir am Tisch sitzt, dann werden sie so ziemlich alles über mich erfahren.«

»Warum macht dir das solche Angst?«

»Weil es meine Privatangelegenheit ist. Du bist meine Privatangelegenheit. Niemand nimmt sein Leben mit zu einer Dinnerparty.«

»Ich denke, du wirst merken, dass die meisten Menschen, die du liebst, genau das tun. Aber darum geht es nicht, es geht darum, dass wir anfangen, mehr zusammen zu machen.«

»Das ist okay, aber nicht auch noch mit meinen Freunden und meiner Familie. Die möchte ich lieber getrennt halten.«

»Aber das tust du doch die ganze Zeit. Keiner von denen weiß wirklich etwas über dich.«

»Auf gar keinen Fall«, beharrte ich.

Er schwieg.

»Du wirst trotzdem mitkommen, stimmt's?«, fragte ich.

Er nickte.

»Ich lüge nicht alle Leute an«, seufzte ich.

»Ich weiß. Die falsche Verbindung.«

»Siehst du? Auch ganz schön seltsam.«

»Eigentlich nicht. Manchmal sind die falschen Verbindungen genau die richtigen«, grinste er.

Kapitel 12

Mein Leben wollte unsere gemeinsame Reise damit beginnen, dass er sich anschaute, wo ich wohnte – er hatte wohl das Gefühl, dass ihm das die Tür zu all meinen Geheimnissen öffnen würde. Ich dagegen fand, dass sich damit nur die Tür zu einer ungepflegten Einzimmerwohnung und einem ekligen Schwall Fischgeruch ins Gesicht öffnen würde. Und bei solchen Metaphern fingen unsere Meinungsverschiedenheiten erst an. Wir debattierten gerade darüber, als Claire aus dem Krankenhaus zurückkam. Mit besorgtem Gesicht musterte sie den Fremden und mich auf dem Flur vor ihrer Wohnung. Ich stand sofort auf.

»Ich hab ihn nicht in die Wohnung gelassen«, beteuerte ich.

Daraufhin entspannte sich ihr Gesicht etwas. »Sie halten mich bestimmt für unhöflich«, sagte sie zu meinem Leben.

»Nein, ich finde, Sie haben vollkommen recht«, entgegnete er. »Aber ich bin überrascht, dass Sie Lucy reingelassen haben.«

Claire lächelte. »Ich bin sehr dankbar, dass sie mir hilft.«

»Wie geht es Ihrer Mutter?«, fragte er.

Mir war klar, dass er immer noch dabei war, mein Alibi zu überprüfen, aber ich bestand den Test, denn Claires Gesicht sprach Bände. So verzweifelt konnte nur jemand aussehen, der wirklich verzweifelt war.

»Ihr Zustand ist stabil – momentan jedenfalls«, antwortete sie. »Wie geht es Conor?«

»Äh – er schläft.«

»Hat er sein Fläschchen getrunken?«

»Ja.« Ich hatte es in die Spüle geschüttet.

Sie schien sich zu freuen, fummelte in ihrer Tasche nach ihrem Portemonnaie und zog einen Geldschein heraus. »Für Ihre Zeit und noch mal herzlichen Dank«, sagte sie und streckte ihn mir hin. Ich hätte das Geld gern genommen. Wirklich. Sebastian brauchte so viele Reparaturen, der Teppich war immer noch nicht gereinigt, meine Haare hatten einen Friseurbesuch dringend nötig, ich hätte auch gern einmal wieder etwas anderes als die ewigen Mikrowellengerichte gegessen – aber nein, mein Leben beobachtete mich, also tat ich das Richtige.

»Das kann ich echt nicht annehmen«, stieß ich mit zusammengebissenen Zähnen hervor. »Es war mir ein Vergnügen, ehrlich.«

Dann war der Moment gekommen. Ich steckte den Schlüssel ins Schloss, drehte ihn um und hielt die Tür auf, um mein Leben vorgehen zu lassen. Er sah ganz begeistert aus, was so ungefähr das Gegenteil von dem war, was ich empfand. Ich folgte ihm, schloss die Tür und hatte sofort wieder den abscheulichen Geruch in der Nase. Hoffentlich war er wenigstens so höflich, ihn nicht zu erwähnen. Mr Pan wachte auf, streckte sich und kam dann gemächlich, mit schwingenden Hüften, auf den Gast zugeschlendert, als wäre er die coolste Katze der Welt. Nachdem er mein Leben betrachtet hatte, strich er ihm mit hoch aufgestelltem Schwanz genüsslich um die Beine.

»Du hast eine Katze«, stellte mein Leben fest, ging auf die Knie und streichelte Mr Pan. Der sonnte sich im Glorienschein seiner Zuwendung.

»Das ist Mr Pan. Mr Pan, das ist … wie soll ich dich denn vorstellen?«

»Als dein Leben.«

»Ich kann dich den Leuten doch nicht als mein Leben vorstellen. Nein, wir müssen uns einen Namen für dich ausdenken.«

»Mir egal«, erwiderte er achselzuckend.

»Okay – wie wäre es mit Engelbert?«

»Nein, Engelbert geht gar nicht.« Er sah sich im Zimmer um, bemerkte die zahlreichen gerahmten Gene-Kelly-Fotos und das Poster von *Singin' in the Rain* an der Badezimmertür. »Nenn mich Gene.«

»Nein, das geht auch nicht.« Mit zwei Genes konnte ich nicht umgehen. Einer reichte. Und dazu ein Don Lockwood, dem ich gesagt hatte, er sollte mich nie wieder anrufen.

»Wie heißt denn der andere hier?«, fragte mein Leben.

»Donald O'Connor, er spielt Cosmo Brown.«

»Na gut, dann nenn mich eben Cosmo Brown«, schlug er mit einem aufgesetzten amerikanischen Fünfzigerjahreakzent vor.

»Unmöglich – ich stelle dich niemandem als Cosmo Brown vor.«

»Cosmo oder Leben, Puppe.«

»Na schön. Dann zeig ich dir jetzt mal die Wohnung.« Ich stellte mich wie eine Flugbegleiterin an die Tür und schwenkte die Arme, als erklärte ich die Sicherheitshinweise. »Links ist das Bad. Wenn du es benutzen möchtest, musst du das Licht an der Dunstabzugshaube in der Küche anmachen, weil die Birne nicht mehr funktioniert. Rechts ist die Küche.

Weiter links ist das Schlafzimmer, weiter rechts das Wohnzimmer. Ende der Tour.« Ich verbeugte mich. Er konnte alles
von dort sehen, wo er stand, und brauchte nur die Augen zu
bewegen.

Er schaute sich prüfend um.

»Und, was hältst du davon?«

»Es stinkt nach Fisch. Und was ist das da auf dem Teppich?«

Ich seufzte. Anscheinend war es ihm unmöglich, auch
nur mal eine Minute höflich zu sein, und Höflichkeit war die
Grundlage meines Lebens. »Das ist Krabbencocktail. Mr Pan
hat ihn umgeworfen und mit den Pfoten über den Teppich
verteilt. Alles klar?«

»Alles klar. Aber eigentlich hab ich das da drüben gemeint«,
sagte er und deutete zu der Stelle, wo ich mir die Notiz auf
den Teppich gemacht hatte.

»Oh, das ist nur der Name einer Teppichreinigung.«

»Was sollte es auch anderes sein!«, rief er und sah mich
grinsend an. »Ich frag jetzt auch nicht, warum der auf dem
Teppich steht. Ruf sie an«, fügte er hinzu, ging zu meinem
Eckschrank und wühlte meine Süßigkeiten durch. Mr Pan,
der Verräter, folgte ihm auf dem Fuß. Mein Leben setzte sich
an die Theke und mampfte ein paar Kekse, was mich ärgerte,
weil ich sie für mich zum Abendessen eingeplant hatte. »Der
Teppich ist eklig, du musst wirklich die Reinigung anrufen.«

»Ich hab aber keine Zeit, mir freizunehmen, um sie rein-
zulassen. Solche Aktionen sind immer so aufwendig.«

»Dann frag doch, ob sie am Wochenende kommen können, und falls das nicht geht, besteht ja immer noch die reelle
Chance, dass du morgen gefeuert wirst.«

»Ich dachte, du sollst dafür sorgen, dass ich mich besser
fühle.«

»Ich dachte, du willst gefeuert werden.«

»Stimmt ja auch. Aber ich wollte gern eine gute Abfindung – nicht einfach so gefeuert werden, weil ich kein Spanisch kann.«

»Du bist in deiner Firma die Sprachspezialistin, da ist so was echt keine Kleinigkeit.«

»Ich spreche immerhin noch fünf andere Sprachen«, blaffte ich.

»Aber du sprichst nicht die Wahrheit«, lachte er und stopfte sich noch einen Keks in den Mund.

Ich musterte ihn angewidert. »Und du hast Moobs.«

»Was ist das denn?«

»Schau doch in deinem kleinen Computer nach, wenn du das nicht weißt.«

»Das werde ich«, sagte er und zog sein iPhone heraus. »Jetzt ruf endlich an, der Teppich ist eklig. Er ist kein einziges Mal richtig sauber gemacht worden, seit du hier wohnst, womöglich noch länger, da sind wahrscheinlich nicht nur deine Hautschuppen, Haare und Zehennägel drin, sondern auch noch die von einem Wildfremden, und Katzenhaare und sämtliche Bazillen und Bakterien, die auf dem Kater wohnen, und jedes Mal, wenn du Luft holst, inhalierst du das ganze Zeug.«

Jetzt hatte ich wirklich die Nase voll und versuchte, ihm das Telefon aus der Hand zu reißen, aber er hielt es fest. »Das ist mein Telefon, benutz gefälligst dein eigenes! Ich bin grade dabei, *Moobs* zu googeln.«

Ich hielt mir die Nase zu und wählte die Nummer der Auskunft, um mich verbinden zu lassen. Kurz bevor jemand dranging, merkte ich, dass ich hoffte, gleich Dons Stimme zu hören. Aber stattdessen antwortete ein älterer Mann namens Roger, und in zwei Minuten hatte ich mit ihm vereinbart, dass er am Sonntag vorbeikommen würde. Ziemlich stolz beendete ich das Gespräch. Ich hatte etwas erledigt. Aber mein Leben beglückwünschte mich keineswegs, sondern funkelte mich wütend an.

»Was denn?«

»*Male boobs* – Männerbrüste.«

Ich lachte. »Tja, du hast dich wohl ein bisschen gehen lassen, was?«

»Nicht durch meine Schuld.«

»Ich mache fünfmal die Woche Sport«, verteidigte ich mich.

»Was vermutlich der einzige Grund ist, dass wir beide noch aufrecht stehen«, gab er zurück, hüpfte von der Theke, kletterte über die Rückenlehne der Couch und setzte sich.

»Ich kann mir einfach den Kommentar über dein Äußeres nicht verkneifen. Du siehst so ... so gammelig aus. So, als könntest du eine gründliche Veränderung brauchen. Hast du denn nichts anderes im Kleiderschrank?« Ich stockte. »Hast du überhaupt einen Kleiderschrank?«

»Wir sind hier nicht bei *Clueless*, ich bin kein Projekt. Du kannst nicht dadurch alles wieder hinbiegen, dass du den ganzen Tag meine Nägel polierst und mir eine Dauerwelle verpasst.«

»Wie wär's mit einer Komplettenthaarung?«

»Du bist abscheulich, und ich schäme mich, dass ich dein Leben bin.« Er biss in den nächsten Keks und nickte in Richtung meines Betts. »Besuch da drüben?«

»Darüber möchte ich nicht mit dir sprechen.«

»Weil ich ein Mann bin?«

»Weil ... weil ich es nicht wichtig finde. Und ja, weil du ein Mann bist. Aber ich bin nicht prüde«, verkündete ich, hob das Kinn, kletterte über die Rückenlehne und setzte mich zu meinem Leben auf die Couch. »Die Antwort lautet Nein, es war noch nie jemand hier, was allerdings nicht heißen soll, dass es keine entsprechenden Aktivitäten gab.«

»Das ist abstoßend«, sagte er und rümpfte die Nase.

»Ich meine nicht in diesem Bett«, stellte ich richtig und verdrehte die Augen. »Ich meine in meinem Leben.«

»Warte.« Er lächelte, griff in seinen Rucksack und holte ein iPad heraus. »Das wäre dann wohl Alex Buckley«, las er vor. »Börsenmakler, du hast ihn in einer Bar kennengelernt, dir hat seine Krawatte gefallen, er fand deine Titten toll, aber das hat er nicht laut ausgesprochen. Jedenfalls nicht dir gegenüber. Bei seinem Kollegen Tony schon, der darauf antwortete: ›Spricht ja nix gegen.‹ Charmant. Aber er hat zu dir gesagt – ich zitiere –: ›Irgendwas stimmt nicht mit meinen Augen, ich kann sie nicht von dir lassen.‹ Zitat Ende.« Er brüllte vor Lachen. »Und *so was* zieht bei dir?«

»Nein.« Ich zog eine heraushängende Feder aus einem Sofakissen. Mr Pan beobachtete mich aufmerksam und kam näher, um mit der Feder zu spielen. »Es waren eher die Drinks, die er mir ausgegeben hat. Außerdem war er nett.«

»Du bist mitgegangen zu ihm nach Hause«, las mein Leben weiter. Dann machte er wieder ein angeekeltes Gesicht. »Ich glaube, das muss ich jetzt nicht alles vorlesen. Bla, bla, bla, und dann bist du vor dem Frühstück abgehauen. Das ist inzwischen zehn Monate her.«

»Nein, nicht zehn Monate, höchstens …« Ich versuchte, im Kopf zurückzurechnen. »Na ja, jedenfalls waren es bestimmt keine zehn Monate.«

»Es war das letzte Mal, dass es im besagten Bereich irgendwelche Aktivitäten gab«, sagte er gespielt missbilligend. »Jedenfalls außerhalb dieser Wohnung.«

»Ach halt den Mund. Dann bin ich eben wählerisch, wenn

es um Männer geht. Ich kann einfach nicht mit jedem x-Beliebigen ins Bett gehen.«

»Klar, denn Alex Buckley, der Börsenmakler, der deine Titten toll fand, war schon etwas ganz Besonderes.«

»Du weißt doch, was ich meine«, lachte ich.

»Wählerisch ist die Untertreibung des Monats«, meinte er und wurde ernst. »Du bist nicht bereit für eine Beziehung mit einem Mann. Du hängst noch viel zu sehr an Blake.«

»Ach sei nicht albern, über Blake bin ich schon *lange* hinweg«, sagte ich und hörte selbst, dass ich klang wie ein bockiger Teenager.

»Keineswegs. Wenn du das wärst, dann hättest du nicht bei jedem Mann, den du kennengelernt hast, so viel Alkohol gebraucht. Wenn du über ihn hinweg wärst, dann wärst du in der Lage, dich von ihm zu lösen und jemand anderen kennenzulernen.«

»Darf ich dich daran erinnern, dass man sich nicht nur dann vollständig fühlt, wenn man einen Mann kennenlernt? Es geht doch darum, dass man mit sich selbst zufrieden ist.« Ich musste mir das Lachen verkneifen, als ich das sagte.

»Bleib dir selbst treu«, nickte er. »Daran glaube ich auch. Aber wenn du unfähig bist, jemanden kennenzulernen, weil du in der Vergangenheit feststeckst, dann gibt es ein Problem.«

»Und wer behauptet, dass das mein Problem ist? Ich bin immer offen für neue Kontakte.« Ich entriss ihm die Kekse.

»Was ist dann mit dem Typen im Café, an dem Sonntag, nachdem wir uns getroffen haben? Den hab ich dir praktisch auf dem Silbertablett serviert, und du hast ihn kaum eines Blickes gewürdigt. Zitat: ›Ich wollte sowieso gerade gehen. Ich bin mit meinem Freund verabredet‹«, äffte er mich nach. »Zitat Ende.«

Ich schnappte nach Luft. »Das hast du arrangiert?«

»Ich musste sehen, wie es um dich steht.«

»Ich wusste es! Ich wusste, dass er für einen normalen Menschen viel zu attraktiv war. Bestimmt ein Schauspieler.«

»Nein, er war kein Schauspieler. Du kapierst einfach nicht. Ich habe eure Leben koordiniert, ich habe dafür gesorgt, dass eure Wege sich kreuzen, damit etwas passiert.«

»Aber es ist nichts passiert, also hast du versagt«, blaffte ich.

»O doch, es ist etwas passiert. Du hast ihn abblitzen lassen, und er ist zu seiner Freundin zurückgegangen, die er furchtbar vermisst hat. Deine Reaktion hat ihm klargemacht, wie sehr er die Trennung bereut.«

»Wie kannst du es wagen, mich einfach so zu benutzen?«

»Wie hab ich dich denn benutzt? Was glaubst du, wie das Leben abläuft? Auch Ereignisse und Zufälle müssen irgendwie ins Rollen kommen. Unsere Leben stoßen zusammen und prallen aufeinander. Meinst du, dass da kein Sinn dahintersteckt? Wenn es keinen Sinn für das alles gäbe, was sollte es dann überhaupt? Was glaubst du, warum überhaupt etwas geschieht? Bei jeder Begegnung gibt es ein Ergebnis, es gibt Auswirkungen und Rückwirkungen, alles, was du sagst, zieht irgendetwas anderes nach sich. Ehrlich, Lucy.« Kopfschüttelnd biss er in den nächsten Keks.

»Aber das ist doch der Punkt – ich hab nie geglaubt, dass es das gibt.«

»Dass es was gibt?«

»Einen Punkt!«

Er runzelte die Stirn und sah verwirrt aus. Dann begriff er. »Lucy, es gibt immer einen Punkt.«

Aber ich war mir ganz und gar nicht sicher, ob das stimmte. »Mit wem hast du mein Leben denn sonst noch koordiniert?«

»In letzter Zeit? Wahrscheinlich ist dir das meiste gar nicht aufgefallen. Doch, vielleicht die nette Amerikanerin an der Rezeption. Ja, da guckst du, was? Übrigens kannst du dich bei ihr bedanken, dass ich heute hier bin, denn sie war es, die mich überredet hat, dir nach unserem letzten Treffen noch eine Chance zu geben.«

»Ach, als wärst du nicht selbst ganz erpicht darauf gewesen, mich noch mal zu sehen.«

»Glaub mir, ich hatte überhaupt keine Lust dazu. Aber als du ihr den Schokoriegel auf den Schreibtisch gelegt hast, da hatte ich einen Willy-Wonka-Moment.«

»Ist das ein privater Geheimcode?«

»Nein. Du kennst doch die Stelle in *Charlie und die Schokoladenfabrik*, wo Slugworth zu Charlie sagt, wenn er den Dauerlutscher klaut, wird er sich immer um seine Familie kümmern, aber Charlie tut es nicht und legt den Lutscher zurück auf Wonkas Schreibtisch, und am Ende des Films erkennt Wonka daran Charlies wahren Wert?«

»Du hast mich gerade total gespoilert.«

»Ach Quatsch, du hast den Film doch sechsundzwanzigmal gesehen. Du hast Mrs Morgan diesen Schokoriegel auf den Schreibtisch gelegt, und das war sehr nett von dir.«

»Na ja, sie hatte mir gesagt, dass sie den gerne mag.«

»Jedenfalls hat mir das ins Gedächtnis gerufen, dass du ja doch ein Herz hast, dass Menschen dir wichtig sind und dass das nie das Problem war. Ich muss dich nur dazu kriegen, dass du dich auch um mich kümmerst.«

Das brach mir fast das Herz. So etwas hatte noch nie jemand zu mir gesagt. Da saß nun dieser müde junge Mann mit Mundgeruch und einem zerknitterten Anzug neben mir und wollte einfach nur gemocht werden.

»War das der Grund dafür, dass du sie eingestellt hast? Damit ich noch eine Chance mit dir bekomme?«

Er machte ein überrachtes Gesicht. »Daran hab ich noch gar nicht gedacht.« Dann gähnte er plötzlich. »Wo kann ich eigentlich schlafen?«

»Wo du sonst auch schläfst.«

»Ich glaube, ich sollte hierbleiben, Lucy.«

»Kein Problem«, erwiderte ich ruhig. »Dann geh ich zu meiner Freundin Melanie. Da findest du mich, wenn du mich brauchst.«

»Ach ja, Melanie, die sich darüber geärgert hat, dass du immer so früh von den Partys verschwindest.« Er fuchtelte wieder mit seinem iPad herum. »Die gleiche Melanie, die, nachdem du neulich aus dem Restaurant weggegangen bist, gesagt hat – ich zitiere: ›Irgendwas ist los mit ihr, ich muss sie unbedingt mal allein erwischen und rauskriegen, was es ist.‹ Zitat Ende.« Er sah sehr zufrieden aus. Ich war entsetzt. Ein Vieraugengespräch mit Melanie war überhaupt nicht das, was ich zurzeit brauchte, und ich legte auch keinen Wert darauf, bei Riley und Mum in Rileys Wohnung zu übernachten.

»Na gut, du kannst auf der Couch schlafen«, kapitulierte ich schließlich und kletterte über die Rückenlehne, um in mein Bett zu kommen.

Er schlief neben Mr Pan auf der Couch, zugedeckt mit einer alten staubigen Wolldecke, die ich nach langem Wühlen ganz oben im Schrank gefunden hatte, während er mit der Taschenlampe leuchtete und die ganze Zeit missbilligende Schnalzgeräusche von sich gab. Zumindest hörte ich das in meinem Kopf – ein unablässiges rhythmisches tzz-tzz-tzz, wie die Großvateruhr, die bei uns früher, als ich klein war, im Flur stand. Ich hatte Angst vor ihr und konnte nachts nicht schlafen, bis ich schließlich auf die Idee kam, mein Kissen zwischen Pendel und Gehäuse zu klemmen und Riley die Schuld dafür in die Schuhe zu schieben. Mein Leben schnarchte so laut, dass es mich fast die ganze Nacht wach hielt, was mir schon ewig nicht mehr passiert war. Als mir so gegen zwei die Sache mit der Uhr einfiel, warf ich mein Kopfkissen nach ihm, aber ich traf daneben und erreichte nur, dass Mr Pan ausrastete. Um 4:11 Uhr sah ich das letzte Mal auf die Uhr, dann schlief ich endlich ein und wurde um sechs wieder wach, weil mein Leben duschte. Danach schlich er sich aus der Wohnung, kam allerdings schon kurz darauf wieder, ließ den Schlüssel klappernd auf die Anrichte fallen und machte überhaupt einen Heidenkrach, als wollte er das ganze Gebäude aufwecken. Ich wusste, dass er mich absichtlich störte, deshalb hielt ich die Augen mindestens zehn Minuten länger geschlossen, als ich eigentlich wollte. Schließlich aber konnte ich dem Duft nicht mehr widerstehen. Er saß an der Küchentheke und aß ein Omelett, die Hemdsärmel bis zu den Ellbogen hochgekrempelt, die Haare nass und nach hinten gekämmt. Er sah anders aus. Sauber.

»Guten Morgen«, sagte er.

»Wow! Wo ist dein Mundgeruch geblieben?«

Er sah beleidigt aus. »Na, egal«, sagte er und steckte die Nase wieder in die Zeitung. »Deine Worte können mir nichts. Ich hab dir Kaffee und das Kreuzworträtsel mitgebracht.«

Ich war verblüfft und ehrlich gerührt. »Danke.«

»Und ich hab eine Birne für die Badezimmerlampe gekauft. Aber reindrehen kannst du sie selbst.«

»Danke.«

»Und das Omelett ist noch warm.«

Auf der Theke stand ein Omelett mit Schinken, Käse und roter Paprika.

»Herzlichen Dank«, lächelte ich. »Das ist echt total nett von dir.«

»Kein Problem.«

Schweigend saßen wir da, aßen und hörten einem Mann und einer Frau zu, die im Frühstücksfernsehen von irgendwelchem Tratsch zu den Tagesnachrichten und von dort zu einer neuen Studie über Pubertätsakne hüpften. Die Glühbirne ersetzte ich allerdings nicht, denn das hätte zu viel Mühe und Zeit gekostet an einem Morgen, an dem ich mich ohnehin beeilen musste, weil ich mich ja hingesetzt und normal gefrühstückt hatte. Deshalb ließ ich beim Duschen die Tür offen, behielt sie jedoch im Auge, um sicherzugehen, dass mein Leben kein Spanner war. Dann zog ich mich im Bad an. Als ich herauskam, war mein Leben mit Rucksack und Knitteranzug bereits startbereit. Bisher hatte ich mich erstaunlich wohl mit ihm gefühlt, aber jetzt schöpfte ich auf einmal Verdacht. Es gab doch immer einen Haken.

»Tja, dann müssen wir uns jetzt wohl für heute verabschieden«, sagte ich hoffnungsvoll.

»Ich komme mit ins Büro«, erwiderte er.

Ich war sehr nervös, als wir meine Arbeitsstelle erreichten, zum einen natürlich, weil ich den anderen zum ersten Mal seit dem Vorfall am Dienstag wieder gegenübertrat, aber vor allem, weil mein Leben mich begleitete. Ich hoffte inständig, dass die Sicherheitskontrolle mir mindestens eins der beiden Probleme abnehmen würde. Ich zog meine ID-Karte durch, das Drehkreuz bewegte sich, um mich durchzulassen. Direkt hinter mir knallte mein Leben gegen die nächste Stange, und ich hörte, wie er ein Geräusch von sich gab, als wäre ihm die Luft weggeblieben. Es gelang mir nicht, ein schadenfrohes Grinsen zu unterdrücken.

»Hey!«, rief der Sicherheitsmann. Die Leute hier waren

schon unter Normalbedingungen sehr wachsam und nach dem Vorfall mit Steve natürlich ganz besonders.

Ich drehte mich um und sah mein Leben entschuldigend an. »Ich muss mich beeilen. Wir sehen uns dann in der Mittagspause, okay?«

Ihm blieb der Mund offen stehen, aber ich drehte mich um, eilte zum Aufzug und versuchte, mich in der Menge unsichtbar zu machen, als würde ich verfolgt. Während ich wartete, sah ich, wie ein Sicherheitsmann, der ungefähr zweimal so breit war wie mein Leben, sich bedrohlich vor ihm aufbaute. Doch mein Leben griff in den Rucksack und zog ein paar Papiere heraus, die der Security-Mann mit spitzen Fingern entgegennahm, als wäre es ein Stück vergammelter Fisch, und durchlas. Dann sah der Mann zu mir herüber, schaute wieder auf die Papiere, musterte erneut mein Leben, gab ihm schließlich die Papiere zurück und ging zu seinem Tisch. Dort drückte er auf den Knopf, und die Barriere öffnete sich.

»Danke!«, rief mein Leben und grinste mich selbstzufrieden an, als der Sicherheitsmann ihn durchwinkte. Schweigend fuhren wir in dem voll besetzten Aufzug nach oben. Als ich ins Büro trat, waren die üblichen Verdächtigen bereits anwesend, steckten die Köpfe zusammen und unterhielten sich offensichtlich über mich, denn sobald sie mich entdeckten, verstummten sie und schauten auf. Sofort richteten sich alle Blicke auf mein Leben. Und wanderten dann zurück zu mir.

»Hi, Lucy«, sagte Quetschi. »Ist das dein Anwalt?«

»Warum, brauchst du einen für deine Hochzeit?«, fragte ich gehässig.

Dass Graham nicht lachte, irritierte mich ein wenig, denn sonst lachte er ja immer über meine blöden Witze. Ich fragte mich, ob das bedeutete, dass er mich auch nicht mehr mit seinen sexuellen Avancen belästigen würde, und auch das beunruhigte mich. Meine Antwort war eine billige Retourkutsche gewesen, aber in Wirklichkeit verschleierte sie nur die Tatsache, dass ich nicht wusste, was ich sagen sollte. Ich hatte eine Menge Zeit gehabt, darüber nachzugrübeln, wie ich den Leuten mein Leben vorstellen konnte, aber abgesehen davon, ihn Cosmo zu nennen – was vermutlich mehr Fragen als Antworten hervorgerufen hätte –, war mir noch keine Geschichte eingefallen. Nur eine einwandfreie Lüge. Genau genommen fielen mir jede Menge einwandfreie Lügen ein: Er war ein todkranker Patient, dessen letzter Wunsch es war, noch ein bisschen Zeit mit mir zu verbringen, er war ein Cousin von außerhalb, er war ein College-Student, der ein bisschen Erfahrung suchte, er war ein psychisch kranker Freund, der einen Tag Ausgang hatte, er war ein Journalist, der einen Artikel über moderne berufstätige Frauen schrieb und mich als Versuchsperson ausgesucht hatte. Bestimmt hätten all diese Lügen funktioniert, aber mein Leben hätte sie nicht gebilligt. Aber sosehr ich mir auch den Kopf zerbrach, ich musste mir eingestehen, dass es wahrscheinlich in der gesamten Menschheitsgeschichte nie eine Lüge gegeben hatte und auch nie eine geben würde, die mein Leben akzeptiert hätte. Schließlich rettete Edna mich aus der Belagerung der Blicke, unausgesprochenen Fragen und Vorwürfe, indem sie mich in ihr Büro rief, wo mir vermutlich das Gleiche blühte, aber immerhin nicht in zahlenmäßiger Überlegenheit, und mit ihr allein konnte ich es aufnehmen. Als ich mich auf den Weg machte, lächelte ich den anderen zu, freundlich und entschuldigend, weil ich sie verlassen musste. An der Tür wandte ich mich noch einmal zu meinem Leben um und fragte leise: »Wartest du hier draußen?«

»Nein, ich komme mit«, entgegnete er in normaler Lautstärke, was mich von weiteren Wortmeldungen abhielt.

Ich betrat also Ednas Büro und setzte mich an den runden Tisch am Fenster. In einer großen schlanken Vase stand eine künstliche weiße Rose, und hinter dem Schreibtisch prangte unübersehbar ein Exemplar von *Ulysses* auf dem Regal – zwei Punkte auf meiner Liste der Dinge, die mich an ihr nervten: Zum einen verabscheute ich künstliche Blumen, zum anderen vermutete ich, dass sie *Ulysses* nie gelesen hatte und mit dem Buch nur Eindruck schinden wollte. Fragend blickte sie mein Leben an.

»Hallo«, sagte sie auf eine Art, die bedeutete: *Wer sind Sie denn?*

»Ms Larson, mein Name ist …« Er schaute mich an, und ich sah, wie seine Lippen zuckten, weil er sein Lächeln kaum unterdrücken konnte. »… Cosmo Brown. Ich habe hier einige Papiere, denen Sie entnehmen können, dass ich berechtigt bin, Lucy Silchester ständig zu begleiten. Unter anderem liegt auch ein von mir und einem Notar unterzeichnetes Vertraulichkeitsabkommen bei. Sie können sich darauf verlassen, dass nichts von dem, was ich im Lauf des Gesprächs über die Firma erfahre, jemals diese vier Wände verlassen wird, dass ich jedoch bei allem, was Lucys Privatleben angeht, jederzeit mitreden kann.«

Edna nahm die Papiere entgegen, und während sie las, sah man ihr an, dass sie Stück für Stück begriff, worum es hier ging. »Okay, Mr Brown, nehmen Sie doch bitte Platz.«

»Bitte nennen Sie mich Cosmo«, sagte er lächelnd, und mir war klar, dass das ein Seitenhieb auf mich sein sollte.

Sie sah ihn an. »Bei unserem Treffen geht es um die Ereignisse von Dienstag. Sicher ist Ihnen der Vorfall mit Steven Roberts bekannt.«

Mein Leben nickte.

»Entschuldigung, aber müssen Sie mit ihm sprechen, wenn es um mich geht?«, fragte ich. Dann schaute ich mein Leben an. »Muss sie mit dir sprechen?«

»Sie kann beim Sprechen ansehen, wen sie möchte, Lucy.«

»Aber nicht unbedingt dich.«

»Nein, nicht unbedingt.«

»Okay.« Ich sah wieder zu Edna. »Sie müssen ihn nicht ansprechen.«

»Danke, Lucy. Also, wo war ich stehen geblieben?« Sie sah mein Leben wieder an. »Wir wollen hier nicht über das reden, was mit Steve passiert ist, es sei denn, Lucy macht sich Sorgen persönlicher Natur – was mich offen gestanden nicht wundern würde. In diesem Fall bin ich als ihre direkte Vorgesetzte die Person, mit der sie über alles sprechen kann, was mit dem Vorfall zusammenhängt ...«

»Äh, Entschuldigung, aber ich bin hier! Sie brauchen nicht so zu tun, als wäre ich nicht da.«

Edna sah mich an, fixierte mich mit stählernem Blick, und auf einmal wäre es mir lieber gewesen, wenn sie doch weiter mein Leben angeschaut hätte. »Dieses Meeting hat mit dem zu tun, was diese Vorkommnisse ans Tageslicht gebracht haben, nämlich dass Sie kein Spanisch sprechen.«

»Ich kann Spanisch, aber der Druck war einfach zu groß. Mit der Pistole am Kopf konnte ich keinen klaren Gedanken fassen.«

Edna sah erleichtert aus und fuhr etwas sanfter fort: »Lucy, *ich* habe so etwas vermutet, ich meine, liebe Güte, ich konnte mich unter den Bedingungen kaum an meinen eigenen Namen erinnern und habe gehofft, dass Sie mir meine Vermutung bestätigen. Aber sicher verstehen Sie, dass ich offiziell ...«

»Entschuldigen Sie, darf ich Sie kurz unterbrechen?«, fiel mein Leben ihr ins Wort.

Ich starrte ihn mit aufgerissenen Augen an. »Ich glaube, das ist nicht erlaubt.« Dann sah ich zu Edna. »Darf er das? Ich dachte, er soll nur beobachten und sich nicht beteiligen an Dingen …«

»Doch, doch, ich darf mich beteiligen«, korrigierte er. Dann sah er Edna an. »Ich möchte bestätigen, dass Lucy kein Spanisch spricht.«

Mir fiel die Kinnlade herunter. Ednas Fischaugen wurden riesig.

»Entschuldigung – haben Sie gesagt, sie spricht Spanisch oder sie spricht kein Spanisch?«

»Ich bestätige, dass ich gesagt habe, dass sie *kein* Spanisch sprechen kann«, sagte er langsam und betont. »Sie«, fuhr er fort und deutete mit dem Finger auf mich, damit uns allen klar war, dass er nicht etwa die künstliche Rose auf dem Tisch meinte, »sie kann kein Spanisch. Da man davon ausgehen muss, dass sie andere Menschen erneut in die Irre führen würde, scheint es mir nur recht und billig, wenn ich mich einmische und darauf aufmerksam mache.« Dann sah er mich an, als wollte er sagen: *War das okay? Habe ich das gut gemacht?*

Ich war sprachlos. Mein Leben war mir in den Rücken gefallen. Auch Edna brachte für einen Moment kein Wort heraus, aber sie fand ihre Stimme rascher wieder als ich und redete an meiner Stelle weiter.

»Cosmo, Ihnen ist doch bestimmt klar, dass die Lage sehr ernst ist.«

Ich spürte, wie mir der Schweiß auf die Stirn trat.

»Aber selbstverständlich«, beteuerte mein Leben.

»Da Lucy ja seit zweieinhalb Jahre unsere Sprachenspezialistin ist und alle Gebrauchsanleitungen übersetzt hat, muss ich mir Sorgen machen, dass sie mit ihren mangelhaften Spanischkenntnissen unsere Kunden einem großen Risiko ausgesetzt und auch die Firma in Gefahr gebracht hat. Ich meine, wer in aller Welt hat denn die spanischen Übersetzungen gemacht? Waren sie überhaupt korrekt? Oder aus dem Wörterbuch abgeschrieben?«

»Die Übersetzungen hat eine seriöse spanische Muttersprachlerin gemacht, und sie sind garantiert einwandfrei«, erklärte ich rasch.

»Woher willst du das so genau wissen?«, wandte mein Leben ein.

»Es gab nie Beschwerden«, warf ich ein, genervt, dass er mich nicht unterstützte.

»Soweit wir wissen«, gab Edna zu bedenken, und mein Leben stimmte ihr sofort zu.

»Wer ist denn diese Person, die Ihre Arbeit gemacht hat?«, fragte Edna, und man hörte ihr an, wie schockiert sie war.

»Eine seriöse …«

»Hast du schon gesagt«, fiel mein Leben mir ins Wort.

»… spanische Geschäftsfrau«, fuhr ich trotzdem fort. »Es waren Außenaufträge, nicht wirklich Schummelei. Ja, ich weiß, bisher hat niemand das Wort in den Mund genommen, aber man gibt mir das Gefühl, dass ich geschummelt habe.« Ich setzte mich aufs hohe Ross. »In allen anderen Sprachen bin ich perfekt, das ist keine Lüge, sag ihr das.«

Ich sah zu meinem Leben hinüber, damit er mir endlich einmal den Rücken stärkte, aber er hob nur die Hände und meinte: »Ich glaube nicht, dass das meine Aufgabe ist.«

Ich schluckte und senkte die Stimme. »Hören Sie, wenn Sie mich bitte meinen Job behalten lassen würden, dann könnte doch vielleicht Quentin die Spanischübersetzungen machen.

Auf diese Weise bleibt alles im Haus und ist absolut legal, und Sie brauchen sich überhaupt keine Sorgen mehr zu machen. Ich entschuldige mich in aller Form dafür, dass ich Ihnen nicht die ganze Wahrheit gesagt habe ...«

»Dass du gelogen hast«, verbesserte mein Leben sofort.

»Dafür, dass ich nicht die ganze Wahrheit gesagt habe«, beharrte ich.

»Dass du gelogen hast«, wiederholte er und sah mich an. »Du hast gelogen.«

»Hör mal, wer lügt denn nicht ein bisschen bei einer Bewerbung?«, fauchte ich. »Da schwindelt doch jeder. Frag doch die Leute hier, die werden dir alle sagen, dass sie die Wahrheit ein bisschen zurechtgebogen haben. Ich wette, du auch.« Ich fixierte Edna. »Und Sie haben angegeben, dass Sie vier Jahre bei Global Maximum gearbeitet haben, und alle wissen, dass es nur zwei Jahre waren und die Hälfte davon im Junior- und nicht im Senior-Management, wie Sie behauptet haben.«

Edna starrte mich an. Als ich begriff, was ich gerade gesagt hatte, wurden auch meine Augen ziemlich groß.

»Aber das heißt nicht, dass Sie gelogen haben, ich meine nur, wir alle biegen die Wahrheit ein bisschen hin, damit unsere Leistungen noch ein bisschen toller wirken ...«

»Okay, ich glaube, ich habe genug gehört«, sagte Edna und massierte sich die Schläfen. »Ich werde die Sache an eine höhere Ebene verweisen müssen.«

»Nein, bitte, tun Sie das nicht«, rief ich und ergriff über den Tisch hinweg ihren Arm. »Bitte nicht. Schauen Sie, es gibt wirklich keinen Grund zur Sorge. Sie wissen doch, dass die Rechtsabteilung keine Gebrauchsanweisung hätte durchgehen lassen, wenn sie nicht hundertprozentig korrekt gewesen wäre. Es wird doch dauernd alles überprüft, ich bin ganz sicher nicht diejenige, die hier das letzte Wort hat. Also können Sie auch keinen Ärger bekommen, und falls es meinetwegen mal Schwierigkeiten gibt, brauchen Sie keine Angst zu haben, weil Sie ja von nichts wussten. Niemand hat etwas geahnt.«

»Quentin auch nicht?«, fragte sie und kniff die Augen zusammen.

»Warum wollen Sie das wissen?«, erkundigte ich mich stirnrunzelnd.

»Sagen Sie mir einfach die Wahrheit. Quentin wusste doch Bescheid, oder nicht?«

Ich war völlig verdattert. »Nein, niemand wusste etwas.«

»Aber als Steve Sie am Dienstag gebeten hat zu dolmetschen, da muss Quentin doch etwas gewusst haben. Sonst wäre er doch nicht sofort unter dem Tisch hervorgekrochen.«

»Ich glaube, in diesem Moment haben es alle gewusst, es war ganz offensichtlich, dass ich kein einziges spanisches Wort im Kopf hatte.«

»Ich glaube, Sie lügen schon wieder«, sagte sie.

»Nein, ich lüge nicht. Okay, ich lüge nicht wirklich. Ich glaube, Quentin hat es ein bisschen vorher herausgefunden, als ...«

Edna schüttelte den Kopf. »Was muss ich Ihnen denn sonst noch alles aus der Nase ziehen, Lucy? Ich meine ...«

»Nein, nein, hören Sie«, fiel ich ihr ins Wort. »Er hat es ein paar Minuten früher gewusst als die anderen, und zwar seit dem Moment, als ich versucht habe, mit Augusto Fernández zu reden.«

Aber sie hörte mir gar nicht mehr richtig zu. Sie hatte resigniert. »Ich weiß nicht«, sagte sie, ordnete ihren Papierkram und stand auf. »Ich weiß nicht mehr, was ich denken soll. Offen gesagt hätte ich das nicht von Ihnen erwartet, Lucy. Ich habe wirklich geglaubt, Sie würden zu den seltenen Ausnahmen gehören, die alles im Griff haben ...« Sie warf einen vielsagenden Blick über die anderen Schreibtische. »Na, wie dem auch sei, ich hätte das einfach nicht von Ihnen gedacht. Andererseits«, fügte sie hinzu und sah mein Leben an, »andererseits hab ich es auch nicht von meiner Schwester gedacht, und dann steckte sie auf einmal im gleichen …«, sie suchte nach dem passenden Wort, »… Dilemma.«

Mein Leben nickte, als hätte Edna ihn bereits in dieses Geheimnis eingeweiht.

Sie seufzte. »Wusste Quentin Bescheid, wusste Quentin nicht Bescheid – in diesem Punkt ist Ihre Aussage weder klar noch überzeugend.«

»Nein, nein, ich bin sicher, bitte …«

»Ich glaube, wir haben schon genug Zeit verschwendet«, unterbrach sie mich. »Am besten, Sie gehen jetzt zurück zu den anderen und lassen mich in Ruhe über alles nachdenken. Danke, Lucy. Danke, Cosmo.«

Sie schüttelte uns die Hände und komplimentierte uns aus ihrem Büro. Wie unter Schock ging ich zu meinem Schreibtisch. Mein Leben folgte mir, setzte sich an den leeren Schreibtisch mir direkt gegenüber und trommelte mit den Fingern auf die Tischplatte.

»Und was machst du jetzt?«, fragte er. »Soll ich irgendwas fotokopieren?«

»Ich glaub's einfach nicht, was du da gerade gemacht hast!«, sagte ich. »Ich kann nicht glauben, dass du den Nerv hattest, mir das anzutun. Was ist denn aus dem Grundsatz *Wir sind ein Team* geworden? Du hast mich eingelullt, damit du mich später umso besser zum Deppen machen kannst!« Ich hatte unwillkürlich die Stimme erhoben, und die anderen glotzten schon herüber. »Ich geh eine rauchen«, sagte ich, stand auf und verließ unter den aufmerksamen Blicken meiner Kollegen hocherhobenen Hauptes den Raum.

Das Letzte, was ich hörte, ehe sich die Tür hinter mir schloss, war die laute, klare Stimme meines Lebens, die verkündete: »Sie raucht überhaupt nicht. Sie tut nur so, damit sie Extrapausen kriegt.«

Wütend knallte ich die Tür hinter mir zu.

Kapitel 13

Ich stand am Notausgang im Treppenhaus, der dritten geheimen Raucherecke des Jahres nach der Behinderten- toilette im zweiten Stock und dem Abstellraum der Putz- kolonne. Außer mir waren noch zwei andere Raucher da, ein Mann und eine Frau, die aber nicht zusammen hergekommen waren, und so sprach keiner von uns ein Wort. Es war nicht wie im Raucherbereich vor einem Pub oder einem Club, wo jeder mit jedem redet, vereint durch das angenehme Freizeit- gefühl. Hier jedoch waren wir auf der Arbeit, und abgesehen davon, dass man eine Nikotindosis brauchte, kam man nur her, um eine Weile nicht reden zu müssen und sich erholen zu können von der pausenlosen Interaktion mit Idioten – be- ziehungsweise mit Menschen, die man für Idioten hielt, weil sie keine Gedanken lesen konnten und man ihnen geduldig und höflich erklären musste, was man dachte, obwohl man innerlich gegen den Impuls ankämpfen musste, sie zu ohr- feigen. Hier im Raucherversteck verlangte niemand diese Art von Höflichkeit, beim Rauchen stellte man das Gehirn ein- fach ab, ignorierte einander ohne Skrupel und konzentrierte sich ausschließlich darauf, den Rauch ein- und wieder aus- zuatmen. Nur dass ich das in diesem Moment nicht tat. Ich hatte nicht aufgehört zu denken, und ich rauchte auch nicht.

Als ich hinter mir eine Tür aufgehen hörte, machte ich mir nicht die Mühe, mich umzudrehen, denn es war mir gleichgültig, ob Raucherexil Nummer drei aufgespürt und wir alle entdeckt worden waren. Was bedeutete schon ein weiteres Vergehen auf meinem Vorstrafenregister? Die anderen beiden jedoch witterten Gefahr, versteckten ihre Zigaretten in der sich unverzüglich gelb färbenden hohlen Hand, vergaßen den aufsteigenden Rauch, der sie ohnehin verraten würde, und wandten die Köpfe, um zu sehen, wer da zufällig über ihr Versteck gestolpert war. Anscheinend war die Person, die sie entdeckten, nicht allzu bedrohlich, denn sie entspannten sich ein wenig, blieben aber auf der Hut, was bedeutete, dass es nicht der Chef war, aber auch nicht jemand, den sie kannten. Der Mann zog noch einmal ausgiebig an seiner Zigarette und verschwand dann hastig – der Schreck hatte ihm wohl den Nikotinrausch ruiniert. Die Frau blieb, wo sie war, beäugte den neuen Gast aber von oben bis unten, wie sie es vorhin auch bei mir gemacht hatte. Ich drehte mich immer noch nicht um, teils, weil es mir gleichgültig war, aber hauptsächlich, weil ich es ohnehin schon wusste.

»Hi«, sagte er und stellte sich so dicht neben mich, dass unsere Schultern sich berührten.

»Ich spreche nicht mit dir«, erwiderte ich und starrte stur geradeaus. Nun ahnte die Frau eine pikante Situation und machte es sich mit dem Rest ihrer Zigarette gemütlich.

»Ich hab dir doch gesagt, es wird schwerer, als du denkst«, sagte er leise. »Aber keine Sorge, wir schaffen das.«

»Na klar«, sagte ich und wandte mich dann an die Raucherin. »Entschuldigen Sie bitte, dürfte ich mir eine Zigarette von Ihnen borgen?«

»Ich glaube, sie wollte fragen, ob Sie ihr eine schenken. Sie kann die Zigarette ja nicht zurückgeben, wenn sie sie geraucht hat«, fügte mein Leben für mich hinzu.

Die Frau sah mich an, als würde sie lieber ihre Lieblingsgroßmutter verkaufen, gab mir aber trotzdem eine Zigarette, weil man das als höflicher Mensch so machte, und die meisten Leute hier waren höflich, auch wenn sie sich innerlich unhöflich fühlten.

Ich inhalierte. Und fing an zu husten.

»Du rauchst eigentlich gar nicht«, sagte er.

Ich inhalierte noch einmal direkt vor seiner Nase und versuchte, das unvermeidliche Husten zu unterdrücken.

»Warum sagst du mir nicht einfach, warum du so wütend bist?«

»Warum?«, fragte ich und wandte mich ihm nun doch zu. »Bist du bescheuert? Du weißt ganz genau, warum ich wütend bin. Du stellst mich hin als eine … eine …«

»Eine Lügnerin vielleicht?«

»Hör mal, ich hatte einen Plan. Ich hatte alles im Griff. Du solltest einfach nur dasitzen und zuschauen, genau wie du es versprochen hast.«

»Das hab ich nie versprochen.«

»Irgendjemand hat das aber gesagt.«

»Nein, das hast du nur angenommen.«

Ich kochte innerlich, schwieg aber.

»Dann sag mir doch mal – was war das denn für ein Plan? Wolltest du wieder lügen und plötzlich – Genie, das du bist – über Nacht perfekt Spanisch lernen?«

»Ich bin sehr sprachbegabt, das hat mein Französischlehrer schon immer gesagt«, schnaubte ich.

»Und dein Gemeinschaftskundelehrer hat gesagt, wenn du dich anstrengen würdest, hättest du bessere Noten«, konterte mein Leben und sah weg. »Ich hab das Richtige getan.«

Schweigen. Die Raucherin schnaufte.

»Okay, ich hätte also die Wahrheit sagen sollen, aber es gibt doch wohl bessere Möglichkeiten als deine Bulldozermethode, um meine kleinen Lügen richtigzustellen. Was hast du denn vor, wenn du meine Eltern kennenlernst? Willst du ihnen jede kleine Flunkerei auf die Nase binden, damit sie eine Herzattacke kriegen? Willst du ihnen erzählen, dass ich in der Nacht, als sie beim vierzigsten Geburtstag meiner Tante Julie waren, keineswegs eine Lerngruppe organisiert hatte, sondern eine Party, bei der ihr Lieblingsneffe Colin in ihrem Ehebett mit einem Mädchen Sex hatte und Fiona nach dem letzten bisschen Hasch nackt über den Rasen gerannt ist? Und, o ja, sorry, das auf dem Boden war auch leider keine Gemüsesuppe, sondern Melanies Kotze, also hätte ich vielleicht doch lieber nicht zulassen sollen, dass der Hund es aufschlabbert. Und außerdem kann Lucy kein Spanisch.« Ich schnappte nach Luft.

Er sah mich verdutzt an. »Sogar deine Eltern glauben, dass du Spanisch kannst?«

»Sie haben mir einen Sommerkurs in Spanien bezahlt, was hätte ich ihnen denn sonst sagen sollen?«, blaffte ich.

»Die Wahrheit vielleicht? Kommt dir das jemals in den Sinn?«

»Ich hätte ihnen sagen sollen, dass ich in einem Club als Go-go-Tänzerin gearbeitet habe, statt den Job an der Hotelrezeption zu machen, den sie für mich arrangiert hatten?«

»Na ja, dann vielleicht doch lieber nicht.«

»Ich meine, wo sollen die ganzen großen Offenbarungen hinführen? Gerade noch kaufst du Glühbirnen für mein Bad, und im nächsten Moment erzählst du meinem Vater, dass ich ihn für einen arroganten kleinen Scheißer halte, der gefälligst von seinem hohen Ross runtersteigen soll? Du musst da mit mehr Feingefühl rangehen. Du sollst mir helfen, mich zu bessern, aber mich nicht in die Arbeitslosigkeit treiben und das bisschen Kontakt, das ich zu meiner Familie habe, auch noch kaputtmachen. Wir brauchen einen Plan.«

Eine Weile schwieg er. Ich sah, dass er sich meine Argumente durch den Kopf gehen ließ, und erwartete schon eine seiner Metaphern, aber ich irrte mich. Stattdessen sagte er schlicht: »Du hast recht. Es tut mir leid.«

Ich tat so, als würde ich übers Geländer kippen, und er und die Raucherin zogen mich so entschlossen zurück, als würde ich es ernst meinen.

»Danke«, sagte ich ein bisschen verlegen zu der Frau, und sie ergriff klugerweise die Gelegenheit, sich aus dem Staub zu machen.

»Aber was ich getan habe, tut mir nicht leid, nur meine Methode. Für die Zukunft sollten wir uns eine andere Strategie ausdenken.«

Ich empfand Respekt vor seiner Fairness und vor seiner Bereitschaft zuzugeben, dass er im Unrecht war. Also zog ich noch einmal an der Zigarette und drückte sie dann als Zeichen meiner Hochachtung aus. Aber er war noch nicht fertig, und ich musterte die zerquetschte, noch glimmende Zigarette und überlegte, ob ich sie nicht doch lieber aufheben und weiterrauchen wollte.

»Ich konnte nicht dasitzen und zuhören, wie du weiterlügst, Lucy, und dazu werde ich nie in der Lage sein, ganz gleich, welche Strategie wir ausarbeiten. Sie muss beinhalten, dass du nicht lügst. Ich bekomme Sodbrennen davon.«

»Wenn ich lüge, kriegst du Sodbrennen?«

»Ja, genau hier.« Er rieb sich den Oberbauch.

»Oh. Also, das tut mir echt leid.«

Er zuckte zusammen und rubbelte über die gleiche Stelle.

»Deine Nase ist gerade schon wieder ein Stück gewachsen, Pinocchio.«

Ich schubste ihn. »Warum lässt du nicht *mich* den Leuten die Wahrheit sagen? Wenn ich so weit bin, meine ich.«

»Dann können wir warten bis zum Sankt Nimmerleinstag.«

»Na ja, ich kann unmöglich alles auf einmal zugeben, aber ich werde es schaffen, Stück für Stück. Zum richtigen Zeitpunkt. Wie wäre es, wenn wir abmachen, dass ich von jetzt ab keine Lügen mehr erzähle, und du machst einfach dein kleines Begleit- und Beobachtungsspielchen.«

»Wie willst du denn verhindern, dass du lügst?«

»Ich denke, ich weiß, wie das geht«, entgegnete ich ein bisschen beleidigt. »Ich bin ja nicht dämlich.«

»Was hat der falsch verbundene Typ eigentlich an sich, dass du ihm die Wahrheit sagst?«

»Wer?«

»Du weißt genau, wen ich meine. Siehst du, schon wieder«, stellte er amüsiert fest. »Deine erste Reaktion war, einfach so zu tun, als hättest du keine Ahnung.«

Ich ignorierte seine Bemerkung. »Ich hab ihm gesagt, er soll mich nicht mehr anrufen.«

»Warum? Ist er besetzt?«

Obwohl er mit seinem Witz sehr zufrieden war, ging ich nicht darauf ein. »Nein, es war einfach nur komisch.«

»Schade.«

»Ja«, sagte ich unverbindlich, denn ich war nicht sicher, ob ich es wirklich schade fand. Dann streckte ich meinem Leben die Hand hin. »Also, abgemacht? Ich lüge nicht, und du schaust zu?«

Er dachte nach. »Ich möchte gern noch etwas hinzufügen.«

Ich ließ die Hand wieder sinken. »Hätte ich mir denken können.«

»Jedes Mal, wenn du lügst, gebe ich eine Wahrheit preis.«
Jetzt streckte er die Hand aus. »Abgemacht?«

Ich dachte nach. Es gefiel mir nicht. Ich konnte nicht versprechen, nie wieder zu lügen, ich konnte es nur versuchen, und ich konnte auch nicht riskieren, dass er alle möglichen Wahrheiten aufdeckte. Aber wenn ich der Abmachung zustimmte, war ich wenigstens am Zug, und er konnte nicht einfach in meinem Leben rumtrampeln wie der Elefant im Porzellanladen. »Na schön. Abgemacht.« Wir schüttelten uns die Hände.

Als ich ins Büro zurückkam, war die Stimmung angespannt. Den anderen fiel es offensichtlich schwer zu entscheiden, ob sie wütend auf mich sein sollten oder nicht, ähnlich wie vor Kurzem bei Steve. Daher arbeiteten wir schweigend und sammelten alle offenen Fragen erst mal in der neu geschaffenen Rubrik »Wenn alles wieder normal ist« neben Posteingang und Postausgang. Mein Leben saß mir direkt gegenüber, was ganz akzeptabel war, denn an den Namen des Mannes, der da gearbeitet hatte, erinnerte sich außer Edna garantiert niemand mehr. Er war schon bei der ersten Entlassungswelle Anfang letzten Jahres aussortiert worden, und ich hatte sowieso nichts mit ihm zu tun gehabt, weil ich in der Ecke direkt neben der Lüftung saß und meine einzige Aufgabe darin bestand, mich einigermaßen warm zu halten und mir von Graham so wenig wie möglich auf die Nippel starren zu lassen. Wahrscheinlich brauche ich nicht eigens zu erwähnen, dass Augusto Fernández' Versprechen, Steve seinen Job zurückzugeben, hohles Geschwätz gewesen war und Steves Schreibtisch leer dastand. Hätte mein Leben sich dort niedergelassen, wäre das sicher nicht gut angekommen, es hätte grob und verletzend gewirkt. Aber so saß er den ganzen Tag mir gegenüber am Computer, tipp-tapp-tippte, machte sich Notizen, beobachtete mich und hörte zu, wenn ich mit den anderen redete, was aber kaum vorkam, weil ja keiner Lust hatte zu kommunizieren.

Irgendwann fing ich an, über das nachzudenken, was er gesagt hatte. Über die falsche Verbindung, über Don Lockwood, darüber, dass ich ihn nicht anlog. Ich hatte keine Ahnung, warum ich bei ihm nicht lügen konnte, aber die einleuchtendste Erklärung war, dass ich nicht log, weil ich ihn nicht kannte – er war ein Wildfremder, bei dem die Wahrheit keine Rolle spielte.

Die Wahrheit spielte keine Rolle. Warum war sie dann bei allen anderen wichtig?

Ich nahm mein Handy und sah mir meine Fotos an. Bei dem von Dons Augen hielt ich inne, studierte sie, zoomte sie ran und wieder weg, erst das eine, dann das andere, wie eine Besessene, sah die türkisen, fast grünen Flecken in ihrem Blau und speicherte sie schließlich als Bildschirmschoner. Es sah ziemlich beeindruckend aus, als das Handy neben mir auf dem Schreibtisch lag und sie zu mir emporstarrten.

»Was lächelst du denn so?«, fragte mein Leben so plötzlich, dass ich heftig zusammenzuckte.

»Was? Mann, hast du mich erschreckt! Du kannst dich doch nicht einfach so an mich ranschleichen.«

»Ich *sitze* hier. Was hast du gerade gemacht?«

»Oh«, begann ich und wollte gerade sagen: »Nichts«, aber dann sah ich auf meinen Bildschirmschoner hinunter und wollte nicht mehr lügen. »Ich hab mir nur ein paar Fotos angesehen.«

Zufrieden, dass ich die Wahrheit sagte, beschloss mein Leben, eine Pause zu machen und in die Küche zu gehen. Graham sah sich um, vergewisserte sich, dass wir anderen an unseren Schreibtischen sitzen blieben, und folgte meinem Leben. Ich behielt die Tür im Auge und wartete, dass einer von beiden wieder herauskam, aber als fünf Minuten verstrichen waren und immer noch nichts passierte, begann ich mir Sorgen zu machen. Mein Leben war entschieden zu lange mit Checker in der Küche. Hoffentlich war er nicht einem von dessen Flirtangeboten zum Opfer gefallen – ein Gedanke, der nicht wahr sein konnte, bei mir aber trotzdem ein flaues Gefühl im Magen auslöste. Schließlich ging ich zu dem Aktenschrank, den Louise lauschstrategisch günstig direkt neben die Küchentür gestellt hatte, zog eine Schublade auf und tat so, als suchte ich etwas.

»Dann hat sie also gelogen, was Spanisch angeht«, sagte Graham.

»Japp«, bestätigte mein Leben. Es klang, als würde er etwas essen, und ein scharrendes Geräusch war zu hören. Bestimmt kratzte er einen Joghurtbecher aus. Der Joghurt gehörte sicher Louise, sie machte das Weight-Watchers-Programm und zog sich den ganzen Tag Joghurt rein, der mehr Zucker enthielt als jeder Donut.

»Hm. Und wegen dem Rauchen auch.«

»Japp«, sagte mein Leben wieder. Kratz, kratz, kratz.

»Sie wissen bestimmt, dass ich rauche«, sagte Graham.

»Nein, das wusste ich nicht.« Mein Leben klang nicht besonders interessiert.

»Manchmal gehen wir nämlich zusammen eine rauchen, ich und Lucy«, berichtete Graham mit gedämpfter Stimme. Natürlich redete er nicht deshalb so leise, weil es um unsere geheime Raucherecke ging, sondern weil Männer über sexuelle Dinge, die sie getan hatten oder – noch häufiger – die sie sich wünschten, einfach immer so leise redeten.

»Zur Treppe beim Notausgang«, sagte mein Leben in normaler Lautstärke, was jedem, der nicht Graham war, klargemacht hätte, dass er keine Lust hatte, leise zu reden, und dass ihm außerdem das Thema nicht gefiel.

»Ich dachte, dass sie vielleicht was für mich übrighat. Dass sie vielleicht so tut, als würde sie rauchen, weil sie gern in meiner Nähe ist.« Jetzt brachte Graham auch noch ein anzügliches Kichern hervor. Anscheinend hatte er völlig vergessen, dass er es war, der mir folgte, wenn wir rauchen gingen.

»Meinen Sie?« Kratz, kratz.

»Na ja, bei der Besetzung hier ist es schwierig, sich näherzukommen. Aber was glauben Sie? Hat Lucy schon mal irgendwas über mich erzählt? Sie müsste es ja nicht mal aussprechen, Sie würden es bestimmt auch so wissen, oder nicht? Kommen Sie, Sie können es mir ruhig verraten.«

»Ja, ich weiß so ziemlich alles«, sagte mein Leben. Es ärgerte mich, dass Checker über mein Leben Bescheid wusste – es reichte doch wirklich, dass er sich ständig an mich ranschmiss, da musste er sich doch nicht auch noch bei meinem Leben einschleimen.

»Was glauben Sie? Will sie es?«

»Will sie was?« Abrupt verstummte das Kratzen. Der Joghurt war vertilgt, die Hemmschwelle übertreten.

»Sie hat mich ein paarmal abblitzen lassen, da will ich Ihnen gar nichts vormachen, aber das Problem ist, ich bin verheiratet, und so was ist wohl nicht Lucys Ding. Trotzdem hab ich immer noch das Gefühl, als wäre da was … Hat sie denn irgendwas in dieser Richtung gesagt?«

Jetzt war ein Quietschen zu hören – der Mülleimerdeckel wurde angehoben. Dann ein Rascheln – der Müllbeutel – und ein leiser Aufprall – der Joghurtbecher landete im Mülleimer. Kurz darauf ein Klirren in der Spüle – der Löffel. Und ein langer Seufzer – mein Leben.

»Graham, ich kann Ihnen versichern, dass Lucy Sie gerne

mögen würde und dass sie gelegentlich Spuren von einem netten Kerl in Ihnen entdeckt, aber tief drinnen, tief, tief in ihrem Innern findet sie, dass Sie ein absolutes Arschloch sind.«

Ich grinste, schob die Schublade wieder zu und kehrte eilig an meinen Schreibtisch zurück. Zwar war mir mein Leben heute Morgen in den Rücken gefallen, aber heute Nachmittag hatte er eindeutig Stellung für mich bezogen. Das Büro – und insbesondere Graham – wurde noch stiller, und ich wurde nicht gefeuert.

Als ich abends im Bett lag, wusste ich, dass mein Leben noch wach war, weil er nicht schnarchte. Ich ließ mir noch einmal alles durch den Kopf gehen, was an diesem Tag geschehen und was zwischen mir, meinem Leben und allen anderen Beteiligten gesprochen worden war. Endlich kam ich zu einem Schluss.

»Du hast das alles geplant, stimmt's?«, fragte ich in die leere Dunkelheit hinein.

»Was hab ich geplant?«

»Du bist absichtlich reingegangen und hast Edna die Wahrheit auf eine Art und Weise gesagt, die mich auf die Idee bringen sollte, die Wahrheit lieber selbst zu sagen.«

»Ich glaube, du analysierst alles ein bisschen zu viel, Lucy.«

»Aber hab ich recht?«

Schweigen.

Dann: »Ja.«

»Was hast du sonst noch vor?«

Er antwortete nicht. Aber das machte auch keinen Unterschied.

Kapitel 14

Ich bereute es, dass ich mich für den folgenden Abend mit Melanie verabredet hatte. Nicht nur, weil mein Leben mich mit seinem Schnarchen die ganze Nacht wach gehalten hatte, sondern weil der Abend mit Melanie wie eine Kanonenkugel war, der ich schon die ganze Zeit auszuweichen versuchte. Um wettzumachen, dass ich letzte Woche vorzeitig aus dem Restaurant verschwunden war, hatte ich ihr versprochen, zu ihrem nächsten Auftritt in Dublin zu kommen. Und der war am Freitag im – zumindest für diesen Monat – coolsten Club der Stadt angesetzt. Der Club war so cool, dass er nicht mal einen Namen hatte, sodass alle ihn den »Club ohne Namen in der Henrietta Street« nannten, was an sich schon wieder absurd war. Es war ein Privatclub, zumindest war er mit dieser Absicht renoviert und vermarktet worden. Aber wegen der horrenden Eintrittspreise – vermutlich sollte so der Energieverbrauch der Hunderte Heizpilze bezahlt werden, die den Gästen vorgaukelten, dass sie sich nicht in Dublin, sondern in West Hollywood aufhielten – und der angespannten wirtschaftlichen Lage wurde so gut wie jeder eingelassen. Am Wochenende jeder, den die Türsteher schön und glamourös genug fanden, und unter der Woche einfach nur jeder, der reinwollte, denn die Angestellten mussten ja irgendwie bezahlt werden. Heute war Freitag, was bedeutete, dass sie nach schön und glamourös Ausschau hielten, was wiederum bedeutete, dass mein Leben keine besonders guten Karten hatte. Allerdings hatte ich läuten hören, dass der Club nicht mehr ganz so voll war wie früher – hundert Besucher weniger an einem Freitag –, was in der Gerüchteküche als Zeichen der Zeit ausgelegt wurde. Ich fand das ziemlich unsinnig, weil es eher ein Zeichen der Zeit war, wenn ein Club ohne Namen in einer Gegend eröffnete, die früher einer der schlimmsten Slums Europas gewesen war. In den georgianischen Häusern, die von den Reichen verlassen worden waren, weil sie das Leben in den Vororten angenehmer fanden, hatten teilweise bis zu hundert Menschen gewohnt, fünfzehn Personen zusammengepfercht in einem Zimmer, heimgesucht von allen möglichen Krankheiten, mit einer Gemeinschaftstoilette auf dem Hinterhof, wo außerdem noch Nutztiere gehalten wurden.

Ich drückte auf den Klingelknopf neben der großen roten Tür und erwartete halb, dass ein Teil davon aufging und ein Zwerg herauskam. Das passierte aber nicht – die ganze Tür wurde von einem kahlköpfigen, schwarz gekleideten Mann geöffnet, der mich an eine Bowlingkugel erinnerte. Er empfing die Leute, als wäre er der Märchenprinz und könnte sich unter den weiblichen Gästen eine als Traumprinzessin aussuchen, bevor ihr böser Vater sie mit einem Ungeheuer verheiratete. Mit meinem Äußeren schien der Türsteher ganz zufrieden zu sein, aber mein Leben gefiel ihm leider gar nicht. Man hätte die Natur der Clubszene kaum besser auf den Punkt bringen können – man sollte auf gar keinen Fall das eigene Leben mitbringen, das musste brav zu Hause bleiben, irgendwo im Badezimmerchaos zwischen dem Haarspray und dem Selbstbräuner und all den anderen Utensilien, mit denen man zu erreichen versuchte, dass man sich wie ein anderer Mensch fühlte.

Die Bowlingkugel starrte mein Leben so voller Abscheu an, als hätte sie einen schlechten Geschmack im Mund. Wieder einmal griff mein Leben in die Innentasche seiner Jacke und zog das Papier heraus, das ihm bisher zu allen Bereichen meines Lebens Zugang verschafft hatte.

»Lass stecken«, sagte ich und hob die Hand.

»Warum?«

»Das passt hier nicht.« Ich sah den Türsteher an. »Könnten Sie bitte Melanie Sahakyan holen?«

»Wen?«

»DJ Dark. Wir sind ihre Gäste.«

»Wie heißen Sie denn?«

»Lucy Silchester.«

»Und er?«

»Cosmo Brown«, verkündete mein Leben lauthals, und ich brauchte ihn nicht anzuschauen, um zu wissen, dass er die Situation unglaublich amüsant fand.

»Sein Name ist nicht auf der Liste. Aber bei mir müsste ›in Begleitung‹ stehen.«

»Hier steht aber nichts von Begleitung«, sagte der Türsteher in einem Ton, als enthielte allein sein Klemmbrett die Lösung für alle Geheimnisse der Welt. Der Mann musterte mein Leben. Mein Leben kümmerte das nicht besonders, er hatte sich gemütlich an das glänzend schwarze Geländer gelehnt, an dem früher einmal ärmliche Kinder mit schmutzigen Gesichtern herumgeturnt waren, und schien die Szene zu genießen.

»Das muss ein Missverständnis sein. Könnten Sie bitte Melanie herholen?«

»Dann muss ich aber die Tür zumachen. Sie können meinetwegen hier drin warten, aber er muss draußen bleiben.«

Ich seufzte. »Ich warte lieber auch hier draußen.«

Mit meinem Äußeren durfte ich in den Club, mit meinem Leben nicht. Grausame Welt. Gruppen junger Leute zogen an uns vorbei, ich hörte Bruchstücke ihrer Unterhaltung und fragte mich, ob der Club wohl ganz leer bleiben würde, wenn alle auf diese Art beurteilt würden. Das wäre dann wirklich ein Zeichen der Zeit. Fünf Minuten später flog die Tür auf, und Melanie stand vor uns, in ihrem schwarzen Flatterkleid, die sonnenbraunen Arme bis zu den Ellbogen mit Armreifen geschmückt, die Haare zu einem Pferdeschwanz hochgebunden, die Wangenknochen dunkel und glänzend, als wäre sie eine ägyptische Prinzessin.

»Lucy!«, rief sie und breitete die Arme aus. Ich drehte mich so, dass sie, als wir uns umarmten, zur Seite und nicht über meine Schulter hinweg auf mein Leben schaute. »Wen hast du denn mitgebracht?« Ich drängte mich an ihr vorbei zum Eingang und zeigte ihr mein Leben. Er folgte mir, Melanie musterte ihn kurz, so rasch, dass nur ich merkte, wie ihre dichten Wimpern sich bewegten. Meinem Leben fiel nichts auf, er war ganz damit beschäftigt, sein zerknittertes Jackett an der Garderobe – die aus einer Reihe muskulöser goldener Arme bestand, die aus der Wand ragten – abzugeben. Die Garderobenfrau hängte das Jackett über den Mittelfinger eines der Arme. Was für ein Statement! Mein Leben rollte die Ärmel bis zu den Ellbogen auf – er sah inzwischen zwar wesentlich besser aus, aber an die goldenen Muskelpakete reichte sein Bizeps natürlich nicht heran.

»Da hast du mir ja was verheimlicht, Süße«, sagte Melanie zu mir.

»Es ist nicht so, wie du denkst, ganz und gar nicht«, entgegnete ich und schauderte unwillkürlich.

»Oh«, sagte sie deutlich enttäuscht. »Hallo, ich bin Melanie«, wandte sie sich dann an mein Leben und streckte ihm den bereiften Arm entgegen.

Mein Leben erwiderte ihren Gruß mit einem Megawatt-lächeln. »Hi, Melanie, freut mich, dich endlich persönlich kennenzulernen, nachdem ich schon so viel von dir gehört habe. Ich bin Cosmo Brown.«

»Cooler Name«, lachte sie. »Ist das nicht ...?«

»Ja, der Typ aus dem Film. Er war noch nie hier und ist schon total gespannt, also los, führ uns ein bisschen herum!« Ich tat so, als wäre ich ganz aufgeregt, und steckte Melanie damit an, und so zogen wir eilig los. Überall, wo wir auf-tauchten, blieben die Männer stehen und starrten Melanie an – Pech, denn bei ihr waren sie an der falschen Adresse. Für mich war das ein Segen gewesen, denn seit Melanie sich mit sechzehn als lesbisch geoutet hatte und die Männer merk-ten, dass sie nicht nur kein Interesse hatte, sondern auch nicht offen für Verhandlungen war, wandten sie sich an mich, und mir war das nur recht, weil ich als Teenager noch weniger Stolz besaß als heute.

Die Räume, die wir bisher gesehen hatten, waren nach dem Thema der vier Elemente gestaltet. Nun standen wir vor einer Tür mit der Nummer fünf. Mein Leben sah mich fragend an.

»Das fünfte Element«, erklärte ich.

»Und das ist ... die Liebe?«

»Wie romantisch«, sagte Melanie. »Leider nein.« Sie stieß die Tür auf und zwinkerte ihm zu. »Das fünfte Element ist der Alkohol.«

In einem riesigen Champagnerglas posierte eine Go-go-Tänzerin mit Nippelquasten und ansonsten – soweit ich sehen konnte – ohne Klamotten, es sei denn, sie waren in der Poritze verschwunden. Ich hatte fest damit gerechnet, dass Melanie gleich mit ihrer DJ-Arbeit beginnen würde und das

Gespräch sich bestenfalls auf belanglose, mühsam von den Lippen abgelesene Ein-Wort-Sätze reduzieren würde, aber es war noch früh, und ihr Set begann erst nach zwölf. Also setzten wir uns an einen Tisch, und Melanie nahm mein Leben ins Verhör.

»Woher kennt ihr zwei euch denn?«

»Wir arbeiten zusammen«, antwortete ich.

Er sah mich an, und in Gedanken hörte ich ihn sagen: *Denk an unsere Abmachung!*

»Na ja, mehr oder weniger.«

»Du arbeitest auch bei Mantic?«, wandte sich Melanie direkt an mein Leben.

»Nein.« Er starrte mich an. *Für jede Lüge eine Wahrheit.*

»Nein«, lachte ich. »Er arbeitet da nicht. Er … er ist … äh … er ist … von außerhalb«, sagte ich und sah mein Leben an, ob er diese Version billigte, denn es war ja eigentlich nicht gelogen. Ich sah, wie er es sich durch den Kopf gehen ließ.

Dann nickte er mir zu, sah mich aber mit einem Blick an, der bedeutete: *Du stehst auf dünnem Eis.*

»Cool«, sagte Melanie und sah ihn an. »Aber woher kennt ihr euch denn nun?«

»Er ist mein Cousin«, platzte ich heraus. »Er ist krank. Todkrank. Er verbringt den Tag mit mir, weil er einen Artikel über moderne Frauen schreiben will. Das ist sein letzter Wunsch.« Ich konnte einfach nicht anders.

»Ihr seid verwandt?«, fragte Melanie überrascht.

Mein Leben begann zu lachen. »Von dem ganzen Zeug, das sie da erzählt hat, überrascht es dich am meisten, dass wir verwandt sind?«

»Na ja, ich dachte, ich würde ihre ganze Verwandtschaft kennen.« Leiser fügte sie hinzu: »Aber das ist ja schrecklich – du bist Journalist! Sonst alles einigermaßen klar?« Mein

Leben und Melanie lachten. »Ach komm, ich bin schon mein ganzes Leben lang mit Lucy befreundet, ich merke, wenn sie lügt.«

Leider irrte sie sich da gründlich.

»Du kannst es einfach nicht lassen, stimmt's?«, sagte mein Leben zu mir. »Okay, jetzt bin ich dran.« Er beugte sich zu Melanie, und ich machte mich auf alles gefasst. Sie lächelte und wandte sich ihm kokett zu. »Lucy mag deine Musik nicht«, sagte er und lehnte sich wieder zurück.

Melanies Lächeln verblasste langsam, und sie lehnte sich ebenfalls zurück. Ich vergrub den Kopf in den Händen.

Mein Leben sah mich an. »Ich glaube, ich hole uns mal was zu trinken. Lucy?«

»Mojito«, sagte ich durch meine Finger.

»Für mich auch«, kam es von Melanie.

»Gut.«

»Sag ihnen, sie sollen es auf meine Rechnung setzen«, sagte Melanie, ohne ihn anzusehen.

»Schon okay, ich kann es als Spesen abrechnen«, sagte er und wanderte davon.

»Wer ist denn dieser fiese kleine Mann?«, fragte Melanie.

Ich wand mich. Wie sollte ich ihr das jetzt erklären? »Melanie, ich hab nie gesagt, dass ich deine Musik nicht mag, ich hab nur gesagt, dass ich sie nicht verstehe. Was nicht das Gleiche ist. Sie hat manchmal Beats, also so rhythmische Sachen, die ich einfach nicht erkenne.«

Sie sah mich an, blinzelte einmal und fragte dann erneut: »Lucy, wer ist dieser Mann?«

Ich versteckte wieder mein Gesicht in den Händen. Das war meine neue Methode. Wenn ich nichts sehen konnte, dann konnte ich auch nicht gesehen werden. Schließlich kam ich aber doch wieder aus meinem Versteck hervor, weil ich

Luft holen musste, legte mein Telefon neben mich auf den Tisch und sah zur Rückenstärkung in Dons Augen. »Na gut, hier kommt die Wahrheit. Dieser Mann ist mein Leben.«

Sie riss die Augen auf. »Das ist aber romantisch!«

»Nein, ich meine, er ist wirklich mein *Leben*. Ich hab vor einer Weile von der Lebensagentur einen Brief gekriegt, dass ich mich mit ihm treffen soll. Und das ist er nun, mein Leben.«

Melanie sperrte Mund und Nase auf. »Du verarschst mich! *Das* ist dein Leben?«

Instinktiv drehten wir uns beide zu ihm um. Er stand auf Zehenspitzen an der Bar und versuchte zu bestellen. Ich wand mich erneut.

»Er ist ... wow, na ja, er ist ...«

»... erbärmlich«, beendete ich den Satz für sie. »Du hast mein Leben selbst einen fiesen kleinen Mann genannt.«

Ihre Bambiaugen waren voller Mitgefühl. »Fühlst du dich denn erbärmlich, Lucy?«, fragte sie.

»Ich? Nein. Ich fühle mich nicht erbärmlich.« Das war keine Lüge. Ich *fühlte* mich nicht erbärmlich, nur ein bisschen unglücklich, seit mich mein Leben mit sich selbst und mit meinen Fehlern bekannt gemacht hatte. »*Er* ist erbärmlich.«

»Erklär mir, wie das funktioniert.«

»Er ist wie Pinky und ich wie Brain«, sagte ich. »Oder ich das Röntgenbild und er der gebrochene Fuß«, versuchte ich zu erklären, kam aber schnell ins Schwimmen. »Er ist die Nase und ich Pinocchio. Ja, das klingt richtig«, fügte ich lächelnd hinzu.

»Was redest du denn da?«

Ich seufzte. »Er begleitet mich. Überallhin.«

»Warum?«

»Um mich zu beobachten und mir zu helfen, dass alles besser wird.«

»Für wen? Für dich?«

»Und für ihn.«

»Was denn zum Beispiel? Was muss besser werden?«

Ich durchforschte mein Hirn nach einer Antwort, die nicht gelogen war. Leider waren in meinem Kopf nur sehr wenige Gedanken verfügbar. Aber Melanie las nie die Zeitung und hörte auch nie Nachrichten, also hatte sie bestimmt noch nichts von dem Vorfall in der Firma erfahren. »Beispielsweise hatten wir da vor ein paar Tagen diese Sache im Büro. Ein Mann, mit dem ich zusammenarbeite, ist entlassen worden und am nächsten Tag mit einer Pistole aufgekreuzt – keine Angst, es war bloß eine Wasserpistole, obwohl wir das nicht wussten. Jedenfalls hat er alle ziemlich aufgemischt, und dann ist alles Mögliche passiert, und jetzt ist mein Leben eine Weile hier.« Ich drückte es möglichst vage aus.

In diesem Moment hörte ich ein Sirenengeheul und dachte, es wäre der Feueralarm. Meine erste Reaktion war Dankbarkeit, dass wir jetzt sicher evakuiert wurden und ich das Thema fallen lassen konnte, aber dann begriff ich, dass es das Sirenengeheul eines amerikanischen Streifenwagens war, und als ich mich umsah, entdeckte ich die Kellnerin mit einem Tablett, auf dem neben unseren Drinks ein blinkendes Blaulicht stand.

»Oh, wie unauffällig«, sagte ich.

»Hi, Leute«, säuselte die Kellnerin. »Der Mann hat gesagt, er bleibt erst mal an der Bar.«

»Danke.« Melanie musterte sie von oben bis unten und lächelte sie verführerisch an. Als das Mädchen wieder gegangen war, wandte sie sich wieder mir zu. »Sie ist neu. Und sehr süß.«

Ich sah ihr nach. »Hübsche Beine.«

Wir waren noch Teenager gewesen, als Melanie mir erzählt hatte, dass sie lesbisch war. Mich verunsicherte ihr Geständnis, aber ich bemühte mich, mir nichts anmerken zu lassen. Ich war nicht schwulenfeindlich oder so, aber wir waren uns immer sehr nahe gewesen und hatten alles Mögliche miteinander geteilt – die Umkleidekabine, die Dusche, beim Ausgehen auch mal die Toilette, lauter solche Dinge eben. Jetzt, da ich wusste, dass sie Frauen mochte, war ich nicht sicher, was nun aus diesen Gewohnheiten werden würde. Als ich mich dann eines Abends allein in einer Toilettenkabine verbarrikadierte, informierte sie mich – und den Rest der Schlange – klipp und klar, dass sie sich nicht im Geringsten für mich interessierte und sich auch nie für mich interessieren würde. Daraufhin fühlte ich mich noch schlechter als zuvor, vor allem durch ihre Bekräftigung, dass ihr Desinteresse auch für die Zukunft galt. Sie zog mich also nicht mal in Betracht? Es war doch gut möglich, dass ich mich veränderte, und es störte mich, dass sie so engstirnig war.

Nun saßen wir in ihrem Club, nippten an unseren Drinks, und ich hoffte gegen besseres Wissen, wir könnten endlich das Thema wechseln. Aber nichts dergleichen.

»Was ist denn alles passiert?«, hakte sie genau dort ein, wo wir aufgehört hatten.

»Ach nichts, ich hatte nur ein bisschen Ärger.«

Ihre Augen wurden groß. »Was denn für Ärger?«

»Ich hab auf meinem Lebenslauf ein bisschen geschwindelt«, erklärte ich mit einer wegwerfenden Handbewegung.

Melanie warf den Kopf in den Nacken und lachte laut. »Was hast du geschrieben?« Sie amüsierte sich köstlich, aber ich wusste, dass das nicht lange anhalten würde, denn dieses Gespräch entwickelte sich in keine angenehme Richtung.

Gerade setzte ich an, ihr eine saftige Lüge aufzutischen, als mein Leben zu unserem Tisch zurückkam. Vermutlich hatte er mein Vorhaben geahnt.

Melanie betrachtete ihn mit neuer Bewunderung. »Lucy hat mir erklärt, dass du ihr Leben bist.«

Mein Leben sah mich an, ganz glücklich, dass ich die Wahrheit gesagt hatte. »Wunderbar, Lucy«, lobte er mich.

»Das ist so cool! Darf ich dich mal in den Arm nehmen?« Ohne die Antwort abzuwarten, stürzte Melanie sich auf ihn, schlang ihre langen Gliedmaßen um ihn und drückte ihn an sich. Mein Leben schien unter ihrer Zuwendung dahinzuschmelzen und schloss andächtig die Augen. »Moment mal«, sagte Melanie und rückte wieder weg. »Ich muss unbedingt ein Foto machen.« Sie kramte in ihrer Tasche nach ihrem Handy, schmiegte sich erneut an mein Leben und drückte ab. Mein Leben lächelte, und seine senfgelben Zähne fielen neben Melanies leuchtend weißem Gebiss besonders auf. »Für Facebook. Also – Lucy hat gerade erzählt, dass sie auf ihrem Lebenslauf geschwindelt hat«, grinste sie und machte sich bereit für ein bisschen Klatsch und Tratsch, den Strohhalm fest zwischen den vollen, glänzenden Lippen.

»Echt?« Mein Leben sah mich an. Schon wieder beeindruckt. Ich erntete einen Pluspunkt nach dem anderen.

»Ja«, sagte ich und kratzte mich am Kopf. »Ich hab behauptet, ich könnte eine Sprache, die ich gar nicht kann«, stieß ich dann hervor und hoffte, dass wir darüber lachen und es dann vergessen könnten. Aber ich wusste, dass ich nicht so viel Glück haben würde.

Melanie warf wieder den Kopf in den Nacken und lachte. »Was denn für eine Sprache? Swahili oder so?«

»Nein.« Ich lachte gezwungen.

»Welche Sprache war es denn? Ehrlich, Cosmo, ich muss ihr jeden Wurm einzeln aus der Nase ziehen.«

»Spanisch.«

Jetzt verdunkelten sich ihre dunklen Augen ein bisschen mehr, aber sie lächelte immer noch, wenn auch weniger begeistert. »Du bist noch schlechter in Spanisch als ich?«

»Ja«, grinste ich und wünschte mir, ich könnte das Thema wechseln, aber es fiel mir nichts zu sagen ein, was nicht entweder an den Haaren herbeigezogen oder unpassend war.

»Aber was wäre gewesen, wenn du etwas auf Spanisch hättest machen müssen?«, fragte sie, und ich war sicher, dass sie mich nur auf die Probe stellen wollte.

»Musste ich ja.« Ich nahm einen Schluck von meinem Drink. »Die ganze Zeit. Unsere Gebrauchsanweisungen sind hauptsächlich auf Deutsch, Französisch, Niederländisch und Italienisch.«

»Und auf Spanisch«, fügte Melanie hinzu und musterte mich.

»Und auf Spanisch«, bestätigte ich.

Sie saugte an ihrem Strohhalm, sah mir dabei aber unverwandt in die Augen. »Und was hast du gemacht?« Allmählich dämmerte es ihr – vielleicht hatte sie aber auch längst begriffen. Oder ich war paranoid. Andererseits wusste ich ja schon, dass meine Paranoia meist auf Intuition beruhte, also war ich auf jeden Fall in Schwierigkeiten.

»Ich hab mir Hilfe geholt.«

Mein Leben sah zwischen uns hin und her, ahnte wohl, dass etwas im Busch war, wusste aber nicht, was. Ich hätte mich nicht gewundert, wenn er sein iPhone herausgeholt hätte, um dort die Antwort nachzuschauen, aber er tat es nicht, sondern saß die Sache höflich aus.

»Von wem?«, fragte Melanie. Ganz ruhig. Angespannt.

Als würde sie nur noch auf die Bestätigung ihres Verdachts warten.

»Melanie, es tut mir leid.«

»Es braucht dir nicht leidzutun, beantworte einfach meine Frage«, sagte sie kühl.

»Die Antwort ist, ich habe mir Hilfe geholt, und es tut mir leid.«

»Du hast Mariza gefragt.«

»Ja.«

Völlig geschockt starrte sie mich an. Obwohl sie es geahnt hatte, wollte sie es nicht wahrhaben. Ich rechnete fast damit, dass sie mir ihren Drink ins Gesicht schütten würde, aber dann ließ die Wut nach, und sie sah einfach nur zutiefst gekränkt aus. »Du hattest Kontakt mit Mariza?«

Mariza war die Liebe ihres Lebens, die ihr das Herz gebrochen hatte, und wir hatten alle den Auftrag, sie bis ans Ende unserer Tage zu hassen. Ich hatte das auch getan, bis sie mir eines Tages eine E-Mail geschickt und sich nach Melanie erkundigt hatte. Zuerst hatte ich mich so verhalten, wie man es von einer guten Freundin erwartet, war kühl distanziert und distanziert kühl geblieben und hatte ihr vorgelogen, dass es Melanie hervorragend ging. Aber als ich Mariza dann brauchte, hatte sich alles geändert.

»Es war nur ein ganz oberflächlicher Kontakt. Nur wegen der Übersetzungen, nichts Persönliches.«

»Nichts Persönliches?«

»Okay, vielleicht ein bisschen, sie hat mich immer nach dir gefragt. Ich hab ihr erzählt, dass du um die Welt reist, wahnsinnig erfolgreich bist und ständig interessante neue Leute kennenlernst. Aber ich hab nie etwas erzählt, was du nicht gewollt hättest, das schwöre ich. Sie hat sich Sorgen um dich gemacht.«

»Na klar.« Dann kam ihr ein anderer Gedanke. »Wie lange machst du deinen Job jetzt eigentlich schon?«

»Zweieinhalb Jahre«, murmelte ich. Mir war das alles unendlich peinlich – nicht nur, weil mein Leben anwesend war, sondern hauptsächlich, weil es überhaupt passierte.

»Dann hast du also seit zweieinhalb Jahren Kontakt mit ihr, Lucy, das ist unglaublich.« Melanie stand auf, machte ein paar ziellose Schritte, kam dann zum Tisch zurück, setzte sich aber nicht wieder. »Wie würdest du dich fühlen, wenn ich die letzten zweieinhalb Jahre ohne dein Wissen Kontakt mit einem deiner Ex-Freunde gehabt hätte, während du selbst seit der Trennung nichts mehr von ihm gehört hast? So oft hab ich mir überlegt, was Mariza wohl gerade macht oder wo sie ist, und du hast es die ganze Zeit gewusst und mir nichts davon gesagt. Wie würdest du dich fühlen, wenn ich dich so behandeln würde?«

Mein Leben sah mich an. Ich fühlte, dass er mich drängte, etwas zu sagen, etwas über Blake. Ich konnte auf keinen Fall riskieren, dass er irgendeine Wahrheit verkündete, nicht jetzt, nicht zu diesem Zeitpunkt. Aber ich konnte auch nicht lügen.

»Ich wäre auch total verletzt.« Ich schluckte. »Aber du sprichst auch die ganze Zeit mit Blake«, fügte ich zu meiner Verteidigung hinzu.

Sie sah mich an, als wäre ich beschränkt. »Blake ist doch was ganz anderes. Blake hat nicht einfach eines Tages entschieden, dein Herz mit Füßen zu treten und es in tausend kleine Einzelteile zu zerlegen. *Du* hast Blake verlassen. Also hast du keine Ahnung, wie ich mich fühle.«

Mein Leben durchbohrte mich mit Blicken. Sprich jetzt oder schweig für immer. Ich schwieg.

Melanie hielt inne, als wollte sie lieber nicht zu viel sagen. Aber das hatte sie längst. »Ich muss mal eine Minute raus zum Luftschnappen«, sagte sie, griff nach ihren Zigaretten, die auf dem Tisch lagen, und verschwand.

Ich sah mein Leben an. »Und – bist du jetzt glücklich?«

»Ein bisschen besser fühle ich mich jedenfalls, ja.«

»Je besser ich es für dich mache, desto mehr stoße ich andere Menschen vor den Kopf. Was hab ich davon?«

»Momentan nicht viel, aber auf lange Sicht wird es sich lohnen. Die anderen müssen dich ja erst mal kennenlernen.«

»Die kennen mich doch.«

»Du kennst dich ja nicht mal selbst, wie kannst du es dann von anderen erwarten?«

»Sehr philosophisch.« Ich griff nach meiner Handtasche.

»Wo willst du hin?«

»Nach Hause.«

»Aber wir sind doch grade erst gekommen.«

»Sie will mich hier nicht mehr sehen.«

»Das hat sie nicht gesagt.«

»Das braucht sie auch nicht.«

»Dann mach es wieder gut.«

»Wie denn?«

»Indem du bleibst. Das hast du noch nie getan.«

»Und was soll ich tun?«

Er zog die Augenbrauen hoch. »Tanzen.«

»Ich tanze nicht mit dir.«

»Ach komm schon.« Er stand auf, packte meine Hand und zog mich von der Bank. Ich wehrte mich, aber er war stark.

»Ich tanze nicht«, protestierte ich noch einmal und versuchte, mich loszureißen.

»Früher hast du getanzt. Mit Blake hast du zwei Jahre in Folge den Dirty-Dancing-Wettbewerb gewonnen.«

»Na ja, jetzt tanze ich aber nicht mehr. Und es tanzt hier doch auch sonst niemand, wir würden uns nur zum Affen machen. Und mit dir werde ich ganz bestimmt kein Dirty Dancing versuchen.«

»Tanz einfach, als würde keiner zuschauen.«

Natürlich glotzten alle, einschließlich Melanie, die wieder hereingekommen war, im Schatten stand und uns nicht aus den Augen ließ. Aber obwohl sie sauer auf mich war, spürte ich, wie sich eine Last, von deren Existenz ich nichts gewusst hatte, von meinen Schultern löste, nur weil ich die Wahrheit gesagt hatte. Mein Leben tanzte wie John Travolta in *Pulp Fiction*, wie ein betrunkener Onkel bei einer zweifelhaften Hochzeit, aber er war glücklich, und ich konnte mir ein Lächeln nicht verkneifen. Also legte ich die passende Uma-Thurman-Imitation hin und tanzte mit meinem Leben, als würde uns niemand zuschauen. Am Ende des Abends waren wir die Letzten auf der Tanzfläche, und wir verließen den Club ebenfalls als Letzte. Mein Leben konnte sehr überzeugend sein, denn wenn das Leben wirklich weiß, was es will, dann bekommt es das auch.

Kapitel 15

Erzähl mir doch mal was über deinen Dad«, sagte mein Leben am nächsten Morgen. Wir saßen auf einer Parkbank, tranken Kaffee aus Pappbechern und sahen Mr Pan zu, der einen Schmetterling jagte. Der Gedanke, dass er das letzte Mal Gras unter den Füßen gehabt hatte, als ich welches an den Schuhen in die Wohnung geschleppt hatte, tat mir richtig weh.

»Erstens ist er nicht ›Dad‹«, korrigierte ich ihn, »sondern ›Vater‹. Sobald unsere Lippen das Wort formen konnten, hat er uns das unmissverständlich klargemacht. Und zweitens gibt es da nicht viel zu erzählen.«

»Wirklich?«

»Ja, wirklich.«

Mein Leben wandte sich der alten Frau zu, die neben ihm saß. »Entschuldigen Sie, die junge Frau neben mir ist von ihrem Freund verlassen worden, aber vorher haben die beiden sich ausgedacht, dass sie alle Leute anlügen und sagen, es war andersherum.«

»Oh«, sagte die Frau verwirrt, weil sie dachte, sie müsste wissen, wovon er redete, es aber nicht verstand.

»Ich glaub's nicht«, grummelte ich.

»Du erzählst eine Lüge, ich erzähle eine Wahrheit«, wiederholte er sein Mantra.

»Ich hab nicht gelogen, über meinen Vater gibt es wirklich nicht viel zu erzählen.«

»Lucy, ist dir schon mal in den Sinn gekommen, dass ich aus einem bestimmten Grund hier sein könnte? Sobald ich alle Bereiche untersucht habe und weiß, wo das Problem liegt, bin ich weg, aus deinem Leben verschwunden. Du musst mich nie wiedersehen, und stell dir nur mal vor, wie glücklich du dann bist. Deshalb liegt es in deinem eigenen Interesse, zu kooperieren, auch wenn du meinst, das Thema, das ich anspreche, ist total unergiebig.«

»Was gibt es denn an mir in Ordnung zu bringen?«

»Das weiß ich nicht, die Diagnose steht noch aus. Aber ich überprüfe alle Bereiche, um zu sehen, wo das Problem liegen könnte.«

»Dann bist du also das Endoskop für meinen After.«

Er zuckte zusammen. »Wieder dieses Metaphernthema.«

Wir grinsten beide.

»Du hast mir mal gesagt, dass dein Vater ein aufgeblasener kleiner Mann ist, der von seinem hohen Ross herabsteigen soll. Das lässt durchblicken, dass es bei diesem Thema Material zum Reden gibt.«

»So hab ich mich nicht ausgedrückt, ich hab ihn als *arroganten* kleinen *Scheißer* bezeichnet.«

»Ich hab deine Aussage ja auch nur sinngemäß wiedergegeben.«

»Mein Vater und ich kommen einfach nicht miteinander aus. Früher ging es bis zu einem gewissen Grad, da waren wir einigermaßen höflich zueinander, aber inzwischen gibt es keinen Raum für Höflichkeit mehr.« Ich sah mein Leben an. »Bist du hier, um meinen Vaterkomplex zu analysieren? Sollte das nämlich so sein, dann können wir die Sache gleich abblasen. Wenn ich einen Vaterkomplex hätte, würde ich doch den ganzen Tag versuchen, es ihm recht zu machen, was dazu führen würde, dass ich supererfolgreich wäre, und davon bin ich im Moment himmelweit entfernt. Er kann mich nicht mal genug nerven, dass ich erfolgreich werde. Unsere Probleme zu besprechen ist reine Zeitverschwendung.«

»Ja, du hast recht, du bist ein Versager, also hast du keinen Vaterkomplex.«

Wir lachten.

»Er mag mich nicht«, erklärte ich schlicht. »Tiefer braucht man nicht zu bohren, es gibt nichts zu reparieren, nichts zu erforschen. Er hat mich einfach nie gemocht.«

»Wie kommst du auf diese Idee?«

»Er hat es mir gesagt.«

»Das glaube ich nicht.«

»Du weißt, dass er das gesagt hat. Als ich bei meinem letzten Job gefeuert wurde, war das für ihn der Tropfen, der das Fass zum Überlaufen gebracht hat. Was absurd ist, denn bis zu diesem Zeitpunkt war ich tatsächlich erfolgreich, deshalb hätte es eigentlich der erste Tropfen sein müssen. Oder überhaupt kein Tropfen, weil ich ihm ja nicht gesagt habe, dass ich gefeuert worden bin, sondern dass ich selbst gekündigt habe, weil ich nicht einverstanden war mit der umweltpolitischen Einstellung der Firma. Wir hatten Streit, und ich habe ihm gesagt, ich weiß, dass er mich hasst, und er hat geantwortet – ich zitiere: ›Lucy, ich hasse dich nicht, ich mag dich einfach nicht besonders.‹ Zitat Ende.« Ich sah mein Leben an. »Also bitte, es liegt nicht an meiner Paranoia. Nimm deinen kleinen Computer und schau selber nach.«

»Bestimmt hat er es nur in diesem einen Moment so gemeint.«

»Er hat es in diesem Moment ganz bestimmt so gemeint,

die Sache ist nur, dass dieser Moment nie zu Ende gegangen ist, wir stecken immer noch mittendrin.«

»Warum hat man dich gefeuert?«

Endlich waren wir bei dieser Frage angekommen.

Ich seufzte. »Weißt du, was CSR ist?«

Mein Leben runzelte die Stirn und schüttelte den Kopf.

»CSR heißt Corporate Social Responsibility oder Unternehmerische Sozialverantwortung und umschreibt den freiwilligen Beitrag der Wirtschaft zu einer nachhaltigen Entwicklung, die über die gesetzlichen Forderungen hinausgeht. CSR steht für verantwortliches unternehmerisches Handeln in der Geschäftstätigkeit, über ökologisch relevante Aspekte bis hin zu den Beziehungen mit Mitarbeitern und dem Austausch mit den relevanten Anspruchs- bzw. Interessengruppen. Es ist sozusagen das Firmengewissen, das das öffentliche Interesse in die Entscheidungen der Firma integrieren soll. Die Idee dahinter ist, dass ein Unternehmen auf lange Sicht einen größeren Profit macht, wenn es nach diesen Gesichtspunkten handelt, obwohl manche Kritiker dagegenhalten, dass es von der ökonomischen Rolle einer Firma ablenkt.« Ich trank einen Schluck Kaffee. »Meiner Meinung nach stimmt übrigens das Erste. Ich habe in einem großen internationalen Unternehmen gearbeitet, das seine Prinzipien hätte ernster nehmen sollen, und ich war mit den Praktiken nicht einverstanden.«

»Was ist denn passiert? Hast du Papier im Plastikmüll gefunden?«

»Nein.« Ich verdrehte die Augen. »Ich werde nicht auf die Details eingehen, aber ich habe dem Chef meine Meinung gesagt, und er hat mich umgehend entlassen.«

Mein Leben nickte und ließ sich meine Geschichte durch den Kopf gehen. Dann warf er den Kopf in den Nacken und lachte, lachte so laut, dass die alte Frau neben ihm erschrocken aufsprang. Er lachte im Namen unseres ganzen Landes. Als er endlich aufhörte, war er völlig außer Atem.

»Also der war echt gut«, sagte er. »Danke.«

»Gern geschehen.« Ich trank meinen Kaffee und machte mich auf seine Rache gefasst.

»Du wirst feststellen, dass es sich gelohnt hat.« Er wandte sich an die alte Frau. »Manchmal wäscht sie ihre BHs eine ganze Woche nicht.«

Ich schnappte nach Luft. Jetzt hatte die Frau endlich genug, stand auf und ging.

»Wo hast du denn diese Geschichte her?«, fragte mein Leben.

»Wikipedia. Als ich mal nachts nicht schlafen konnte, hab ich mich nach einer guten Erklärung umgeschaut.«

»Hübsch. Und die hast du dann allen erzählt?«

»Japp. Keiner hat je nachgefragt, mit welchen Praktiken genau ich eigentlich nicht einverstanden war. Ursprünglich hatte ich mir was mit illegaler Müllentsorgung ausgedacht, aber das kam mir dann zu offensichtlich und zu sehr nach Achtzigerjahre vor.«

Er lachte wieder, hielt dann aber inne. »Aber deinem Dad hast du das nicht erzählt, oder?«

»Doch, hab ich.« Als ich mich an den Moment erinnerte, zuckte ich innerlich zusammen. »Wie sich herausstellte, kannte er die Wahrheit bereits, aber er hat sich meine Geschichte in aller Ruhe erzählen lassen und mir dann erst gesagt, dass er Bescheid wusste. Er ist der Einzige, der die Wahrheit hinter dieser Lüge kennt. Daher auch der Streit.«

»Woher hat er es gewusst?«

»Er ist Richter, und die Juristenwelt ist klein.«

»Ah. Hast du vielleicht Lust, auch mir die Wahrheit zu sagen?«

Ich trank meinen Kaffee aus und warf den Pappbecher in den nächsten Mülleimer. Leider traf ich nicht, und der Becher fiel auf den Boden. Ich seufzte müde und spürte die Last der ganzen Welt auf meinen Schultern, aber dann stand ich doch auf, stopfte den Becher in den Eimer und kehrte zur Bank zurück.

»Ich sollte einen Klienten vom Flughafen abholen, aber weil ich betrunken war, hab ich mich verfahren, wir sind eine Stunde herumgeirrt, und er hat sein Meeting verpasst. Dann hab ich ihn auch noch vor dem falschen Hotel abgesetzt und dort stehen lassen.« Ich blickte auf. »Man hat mich gefeuert, ich hatte ein Jahr keinen Führerschein, also hab ich mein Auto verkauft und mir eine Wohnung in der Stadt gesucht, von der aus ich alles mit dem Fahrrad erreichen konnte.«

»Was gut zu deiner Geschichte mit der ökologischen Verantwortung passte.«

Ich nickte.

»Clever.«

»Danke.«

»Eigentlich hast du also deinen Vater angelogen, er hat dich dabei erwischt, und jetzt bist du sauer auf ihn, weil er sauer auf dich ist?«

Ich dachte darüber nach, wollte protestieren, mich rechtfertigen und darauf hinweisen, dass ich jahrelang seine herablassenden, aggressiven Bemerkungen hatte ertragen müssen. Sie hatten viel zur Vergiftung unserer Beziehung beigetragen, dieser eine Streit war ja nicht der einzige Faktor gewesen. Aber es gab so viel zu erklären, ich wusste gar nicht, wo ich anfangen sollte, und ich hatte auch weder Zeit noch

Energie noch Lust, in die zahllosen Details zu gehen. Also wählte ich letztlich den Weg des geringsten Widerstands und nickte.

»Das Problem ist nur, dass deine Lügen auf anderen Lügen aufbauen, richtig? Wenn du eine erzählst, musst du gleich die nächste draufpacken, und wenn du auch nur das kleinste bisschen Wahrheit rauslässt, dann fällt alles in sich zusammen. Also baust du immer weiter – und so hängt natürlich auch die Lüge mit dem Spanisch auf der Arbeit mit Melanie und ihrer Ex-Freundin zusammen.«

Ich nickte wieder.

»Wenn du den Leuten sagst, dass du gefeuert worden bist, wollen sie natürlich den Grund wissen«, fuhr er fort, »und wenn du ihnen erklärst, dass du betrunken warst, und sie fragen wieder nach dem Warum, dann musst du sagen, dass Blake dich an dem Tag verlassen hat, dass du deshalb nicht klar denken konntest und dir eine Flasche Wein hinter die Binde gegossen hast, dass dann deine Firma angerufen hat, obwohl du eigentlich freihattest, und man dir gesagt hat, du musst unbedingt Robert Smyth vom Flughafen abholen und zu einem wichtigen Meeting bringen. Für dich stand in diesem Moment eine Menge auf dem Spiel – du hattest gerade deinen Freund verloren und wolltest nicht auch noch deinen Job aufs Spiel setzen, also bist du ins Auto gesprungen, zwar schon angesäuselt, aber noch nicht richtig blau, das kam erst später, als der Alkohol richtig zugeschlagen hat. So wurde der Tag eine Katastrophe, und am Abend warst du nicht nur deinen Freund, sondern auch deinen Job, deinen Führerschein und dein Auto los.«

Das klang so traurig – mein ganzes Leben als eine Kette lächerlicher Lügen, die mich vom Regen in die Traufe gebracht hatten.

»Wenn du das alles längst weißt, warum fragst du mich dann überhaupt?«

»Ich möchte etwas erfahren, was so nicht im Computer gespeichert ist.«

»Und – hast du etwas erfahren?«

»Ja.«

Ich sah ihn erwartungsvoll an.

»Dass du nicht rücksichtslos bist, sondern einfach traurig.«

Silchesters weinten nicht, aber das hieß noch lange nicht, dass sie es nicht manchmal wollten. Jetzt zum Beispiel wollte ich, tat es aber trotzdem nicht. Ein langes, aber nicht unbehagliches Schweigen folgte, mindestens fünf Minuten, in denen keiner von uns ein Wort sagte. Es war ein schöner Tag, der Park war voll, kein Lüftchen ging, alles war still und träge, die Leute lagen auf der frisch gemähten Wiese, lasen oder aßen oder plauderten oder taten, was wir auch taten – wir ließen uns die Dinge durch den Kopf gehen. Schließlich brach mein Leben das Schweigen.

»Aber ich habe stark das Gefühl, dass du dich den ganzen Tag bemühst, ihm *nicht* zu gefallen. Was ja auch etwas heißt«, sagte er.

Seine Bemerkung kam völlig unerwartet aus dem Nichts, ein willkürlicher Kommentar, und ich tat so, als wüsste ich nicht, wovon er sprach. Dabei wusste ich es genau.

Am folgenden Abend wurde Chantelles Geburtstag gefeiert, was bedeutete, dass wir uns alle im *Wine Bistro* einfanden. Wir kauften einander nämlich nie Geschenke, sondern hatten abgemacht, dass wir dem jeweiligen Geburtstagskind gemeinsam das Essen ausgaben. Früher hatten wir uns einmal die Woche in Blakes und meiner Wohnung getroffen, aber nach unserer Trennung waren wir in dieses Restaurant ausgewichen, wo man gut, aber erschwinglich essen konnte. An der Ecke traf sich mein Leben mit mir, und zu meiner großen Überraschung trug er Jeans und ein frisches weißes Leinenhemd unter dem zerknitterten Anzugjackett. Frischer Atem und bessere Klamotten, das bedeutete doch bestimmt, dass es mit mir aufwärts ging. Allerdings konnte ich nicht aufhören zu gähnen, denn mein Leben hatte sich immer noch keine Nasenstöpsel besorgt. Aber das Gähnen war auch nicht nur vor Müdigkeit, ich war enorm nervös, und er merkte das auch sofort.

»Keine Sorge, alles wird gut.«

»Aber ich *mache* mir Sorgen, weil ich nicht die geringste Ahnung habe, was du meinen Freunden alles sagen wirst.«

»Ich werde schweigen und beobachten. Nur wenn du lügst, dann erzähle ich eine Wahrheit.«

Genau deswegen war ich ja so nervös: Meine Freundschaften basierten auf Lügen. Ich gähnte erneut. »Nimm dich vor Adam in Acht. Er ist Blakes bester Freund und hasst mich.«

»Er hasst dich ganz bestimmt nicht.«

»Sei einfach vorsichtig.«

»Okay.«

In forciertem Tempo ging ich die Straße hinauf, was mit Extremplateauschuhen nicht ganz leicht war, und ich hatte dieses seltsame Traumgefühl, zu rennen, aber nirgendwo hinzukommen. Etwas atemlos bemühte ich mich, meinem Leben wenigstens einen kurzen Überblick über meinen Freundeskreis zu geben. »Lisa ist schwanger, sie hat noch etwa einen Monat, bis es so weit ist, und sie hat eine Menge Wasser im Gesicht und in den Händen eingelagert, also starr sie lieber nicht an und hab bitte Nachsicht mit ihr. Ihr Mann heißt

David, und er muss zurzeit auch eine wahre Engelsgeduld aufbringen. Vor ein paar Jahren war Lisa mit Jamie zusammen, und David ist mit Jamie befreundet, was manchmal ein bisschen komisch ist, im Großen und Ganzen aber funktioniert. Keiner hat gelogen oder betrogen oder so, Lisa ist einfach ein paar Jahre später mit David zusammengekommen, also mach dir deshalb keine Gedanken.«

»Okay, ich werde alles versuchen, mir wegen Jamie und David keine Gedanken zu machen. Wenn du irgendwann meinst, ich interessierte mich zu sehr für ihr aufregendes Leben, dann halte mich bitte zurück.«

»Du weißt, dass Sarkasmus die primitivste Art von Witz ist, oder?«

»Aber extrem lustig.«

»Chantelle wird wahrscheinlich versuchen, sich an dich ranzumachen; wenn sie was getrunken hat, will sie nur noch flirten. Wenn du also eine Hand unter dem Tisch spürst, dann weißt du, wem sie gehört. Adams Freundin Mary ist Fotografin, trägt immer nur Schwarz, und ich traue ihr nicht über den Weg.«

»Weil sie Schwarz trägt?«

»Ach sei nicht albern. Weil sie Fotografin ist natürlich.«

»Na, da bin ich aber froh, dass nur ich albern bin.«

»Sie versucht die Dinge immer aus unterschiedlichen Blickwinkeln zu betrachten. Alles. Selbst ganz einfache Dinge, zum Beispiel wenn man sagt: ›Ich war heute im Supermarkt‹, dann legt sie sofort los: ›Warum? Welcher Supermarkt war es? Hast du Angst vor Supermärkten? Ist deine Kindheit daran schuld? Wie war das Licht dort?‹« Mein Leben lachte, und ich schaltete wieder auf normal, keuchte und lief, lief und keuchte. »Sie macht alles kompliziert. Fehlt nur noch …« Ich ging alle im Kopf durch. »Ich. Und ich hab jede Menge Ärger am Hals.« Vor dem Restaurant blieb ich stehen. »Bitte bring meine Freunde nicht dazu, mich zu hassen.«

»Lucy, gib mir deine Hand.« Ich wollte nicht, also versuchte er, sie in der Luft zu fangen.

»Nein, deine Hände sind immer so feucht.« Ich spähte ins Restaurant und sah sie alle dort sitzen. Wie üblich war ich die Letzte. »Na toll, wir kommen zu spät.«

»Falls das ein Trost ist – du wirst bestimmt als Erste wieder gehen.«

»Bist du etwa auch noch hellseherisch veranlagt?«

»Nein, aber du bleibst doch nirgends bis zum Ende. Und meine Hände sind überhaupt nicht feucht«, sagte er mehr zu sich selbst und befummelte seine Hände. Dann packte er meine. »Siehst du?«

Tatsächlich waren seine Hände warm und trocken. Das musste doch ein gutes Zeichen sein. Nur fühlte ich mich in diesem Moment ganz und gar nicht so.

»Lucy, schau mich an. Entspann dich. Ich werde deine Freunde nicht dazu bringen, dich mehr zu hassen, als sie dich sowieso schon hassen. Das war ein Witz, mach nicht so ein ängstliches Gesicht. Im Ernst, ich werde deine Freunde ganz bestimmt nicht dazu bringen, dich zu hassen. Versprochen. Jetzt kannst du wieder Luft holen.« Wir gingen weiter, und er hielt immer noch meine Hand. Einen Moment war ich ganz ruhig, aber dann sah ich, dass Adam uns durchs Fenster beobachtete, ließ hastig die Hand meines Lebens los und verfiel wieder in Panik. Als wir hereinkamen, entdeckte mich der Kellner mit dem falschen französischen Akzent sofort und versuchte nicht mal, das Grauen in seinen Augen zu verhehlen.

»*Bonjour*«, sagte ich zu ihm und zog meine Jacke aus. »*D'accord, tu peux rester près de moi tant que tu ne parles pas de la chaleur qu'il fait ici.*« Okay, du kannst neben mir stehen bleiben, solange du nicht darüber redest, wie heiß es hier drin ist.

Er lächelte mich an, woraus ich entnahm, dass er genug von mir hatte, und holte die Speisekarten. »'ier entlang, bittä«, murmelte er.

»Was war das denn?«, fragte mein Leben.

Ich antwortete nicht, denn ich war ganz darauf konzentriert, dem falschen Franzosen zu folgen und mir ein breites falsches Grinsen aufzusetzen, obwohl meine Freunde mich überhaupt nicht ansahen, sondern nur Augen für mein Leben hatten. Alle saßen auf ihren Lieblingsplätzen, nur Melanies Platz war leer, weil sie heute Morgen nach Ibiza geflogen war, um bei einer Party von P Diddy aufzulegen. Ich setzte mich wie üblich ans Kopfende des Tischs und starrte hinunter zu dem Platz, auf dem Blake hätte sitzen sollen. Mein Leben setzte sich neben mich auf Melanies Platz. Alle glotzten uns an.

»Darf ich vorstellen …«, begann ich und zögerte, hoffte aber, dass niemand es merkte.

»Cosmo Brown«, beendete mein Leben den Satz für mich. »Ich bin ein Freund von Lucy und ein paar Wochen in der Stadt.«

Überrascht sah ich erst ihn und dann die anderen an. Ob sie die Erklärung wohl schluckten? Aber warum eigentlich nicht? Sie nickten, gaben freundlich zustimmende Geräusche von sich, einer nach dem anderen stellte sich vor, und die Männer schüttelten sich über den Tisch hinweg die Hände. Adam beäugte mein Leben etwas argwöhnisch, und Mary checkte unter Garantie das Licht auf seinem Gesicht nach Spuren eines Kindheitstraumas.

»Cosmo«, sagte Lisa, sah ihren Mann an und rieb sich ihren Babybauch. »Der Name gefällt mir.«

»Ja«, stimmte David zu, in dem Versuch, sowohl zu Lisa als auch zu meinem Leben höflich zu sein, obwohl er den Namen offensichtlich furchtbar fand.

»Dann wird es also ein Junge?«, fragte Chantelle schlagfertig.

»Nein«, antwortete Lisa.

Alles jubelte, und Lisa versuchte, den Lärm zu übertönen.

»Ich hab euch doch gesagt, dass wir es nicht wissen, aber *wenn* es ein Junge wird, wäre Cosmo ein hübscher Name für ihn. Mein Gott, bei euch muss man wirklich jedes Wort auf die Goldwaage legen.« Sie vergrub die Nase in der Speisekarte.

»Wie lange kennt ihr euch denn schon, Cosmo?«, wollte Adam wissen.

Interessante erste Frage, die ich in Gedanken übersetzte als: *Wie lange schläfst du schon hinter Blakes Rücken mit Lucy?*

Nervös schaute ich zu meinem Leben, denn ich hatte Angst, dass er alles herausposaunen würde, aber er hielt sein Versprechen.

»Oh«, sagte er und lachte. »Schon ewig.«

»Schon ewig?«, wiederholte Adam mit misstrauisch hochgezogenen Augenbrauen. »Für wie lange bist du denn in Dublin?«

»Das weiß ich noch nicht genau«, antwortete mein Leben, zog sein hässliches Jackett aus und krempelte seine neuen leinenen Hemdsärmel auf. »Mal sehen, wie es so läuft.«

»Arbeitest du?«

»Überhaupt oder im Moment?«

»Hier in Dublin«, erklärte Adam.

»Das ist teils Arbeit, teils Vergnügen«, sagte mein Leben mit einem so breiten Lächeln, dass der Mangel an konkreter Information gar nicht grob erschien. Anscheinend konnte ich von ihm noch etwas lernen. Kleine Informationshäppchen waren besser als Lügen. Obwohl die Taktik bei Adam nicht zu wirken schien, denn er bestürmte mein Leben weiter mit Fragen.

»In welcher Branche arbeitest du?«, fragte er.

»Keine Sorge, nichts Bedrohliches«, antwortete mein Leben und hob abwehrend die Hände, als wollte er sich gegen Adams Verhör verteidigen. Alle lachten, außer Adam, der sich offensichtlich ärgerte. Mary nahm seine Hand und drückte sie beruhigend. *Nur die Ruhe*, hieß das. Sie hasste mich auch. Nach meiner Trennung von Blake hatte sie mich nie mehr allein kontaktiert, ein klares Zeichen, dass wir nur befreundet waren, weil unsere Freunde sich kannten. Obwohl es mich ein bisschen kränkte, war ich auch froh, nie wieder zu bizarren Fotoausstellungen gehen zu müssen, die Titel hatten wie »Zeit der Herbstzeitlosen: Ein zeitloser Blick auf die Natur«.

»Ich mach nur Witze«, wandte mein Leben sich direkt an Adam. »Ich bin Bilanzprüfer.«

Ich konnte mir bei der Anspielung auf unser erstes Gespräch damals ein Lächeln kaum verbeißen. Dann legte er den Arm auf meine Stuhllehne, sicher eine unbewusste Beschützergeste, die man aber natürlich auch anders auslegen konnte. Offenbar tat Adam genau das, denn er sah mich an, als sei ich das ekelhafteste Miststück, das ihm je untergekommen war.

»Oh, dabei fällt mir ein, dass wir noch Papierkram zu erledigen haben«, rief Lisa und sah wieder David an, die Hand wie immer auf dem Bauch. »Hast du die Formulare unterschrieben?«

»Nein, das hab ich ganz vergessen.«

»Ich hab sie doch extra auf die Küchentheke gelegt, damit du sie siehst.«

»Ich hab sie auch gesehen, aber einfach vergessen, sie zu unterschreiben.«

Lisas Gesicht lief rot an.

»Wir erledigen das gleich, wenn wir heimkommen«, versprach David ruhig. »Heute ist sowieso Samstag, da können wir nicht viel machen.«

»Aber als ich dir gestern gesagt hab, dass du unterschreiben sollst, war Freitag, verdammt!«, fauchte sie.

David warf Jamie einen matten Blick zu.

»Blake ist übrigens wieder zurück«, lenkte Jamie ab, und sofort hob sich die Stimmung.

Ich spitzte die Ohren wie immer, wenn jemand auf ihn zu sprechen kam, versteckte mich aber sicherheitshalber hinter der Speisekarte, weil ich meinen Reaktionen nicht traute, und tat so, als würde ich sie aufmerksam studieren. Aber ich las nur dreizehn Mal das Gleiche, nämlich: *Tagessuppe.*

»Cosmo, kennst du Blake eigentlich?«, fragte Jamie.

»Blake«, wiederholte mein Leben, sah zu mir herüber, und mein Herz klopfte.

»Ja, Blake – der arme unschuldige Mann, den Lucy so gnadenlos abserviert hat, wie es sich für eine Femme fatale gehört«, scherzte Chantelle. »Und wir reiben es ihr auch immer wieder gern unter die Nase.«

Ich zuckte nonchalant mit den Schultern.

»Ehrlich, ich finde, alle Frauen sollten mit einer Trennung so umgehen wie du, Lucy«, sagte Lisa. »Mein Gott, erinnert ihr euch daran, in welchem Zustand ich war?«

Alle stöhnten im Chor und erinnerten sich an das Drama, an Lisas nächtliche Weinkrämpfe am Telefon, an ihre panische Angst vor dem Alleinsein, an unsere endlosen Bemühungen, ihr klarzumachen, dass sie *keine* Herzattacke hatte, sondern dass ihr einfach nur das Herz vor Kummer wehtat. Jamie lächelte zärtlich, vermutlich, weil er an die gemeinsame Zeit mit ihr dachte und nicht an die schmerzliche Trennung, mit der sie zu Ende gegangen war. Er und Lisa warfen sich einen Blick zu, und David rutschte unbehaglich auf seinem Stuhl herum.

»Tja, man muss eben immer das Positive sehen, richtig?«, sagte ich und versuchte, ein selbstbewusstes Lächeln aufzusetzen, obwohl ich spürte, wie meine Lippen zitterten. »Wenigstens haben wir uns getrennt, bevor der Immobilienmarkt zusammengebrochen ist, und einen guten Gewinn gemacht.« Den ich längst verbraucht hatte. »Jetzt würden wir die Wohnung gar nicht mehr loskriegen.«

Alle schauten mich an.

»Ich fand eure Wohnung toll«, sagte Chantelle traurig.

Ich auch. »Ach, es war immer so heiß da drin«, winkte ich ab. Dann dachte ich daran, wie Blake nackt durch die Zimmer gelaufen war, nachdem ich absichtlich alle Heizungen bis zum Anschlag aufgedreht hatte. Ihm war oft zu warm, und im Bett ersetzte er jede Heizdecke. Ich starrte in die Speisekarte. *Tagessuppe, heiß. Heiß, heiß, heiß.*

»Nein, ich habe Blake nie kennengelernt«, beantwortete mein Leben Adams Frage.

»Er ist ein cooler Typ«, sagte Adam.

»Na klar. Du bist ja auch sein bester Freund.«

»Was meinst du denn damit?«

»Darf ich Ihre Bestellung aufnehmen?« Der Kellner war genau im richtigen Moment erschienen. Natürlich klang das »Darf ich« wie »Darfisch«, als hätte seine ganze Kellnerausbildung aus einer Folge von »’Allo, ’Allo!« bestanden.

Im Lauf des Essens erfuhr ich eine ganze Menge über Blake, zum Beispiel, dass diese Woche seine letzte Sendung ausgestrahlt wurde, dass er für den Rest des Sommers in Irland sein würde und dass er im County Wexford in einem Ort, der ausgerechnet *Bastards*town hieß, ein Adventure-Center für Outdoorsport aufgemacht hatte – ein Projekt, das wir immer zusammen geplant hatten. Wieder starrte ich in die Speisekarte und blinzelte. *Tagessuppe, Tagessuppe, Tagessuppe.*

»Ihr wolltet das ursprünglich zusammen machen, stimmt's?«, fragte Adam.

»Äh, ja«, antwortete ich blasiert, ohne die Augen von der Speisekarte zu nehmen. »Vielleicht sollte ich ihn wegen Ideenklau anzeigen.« Die anderen lächelten, natürlich außer Adam, und dann begann Lisa in ihrem neuen gebieterischen Ton mit ihrer Bestellung, wobei sie jedes Gericht abgeändert haben wollte, um es ihrem Ernährungsplan anzupassen. Schließlich entschuldigte sich der Kellner etwas nervös und schlug vor, den Koch zu fragen, inwieweit er Lisas Wünsche erfüllen konnte. Kurz darauf erschien der Koch persönlich an unserem Tisch. Er war ein echter Franzose und informierte Lisa sehr höflich, dass er die Ziegenkäsepastete leider nicht ohne Ziegenkäse herstellen konnte, weil dann nur die Pastete übrig blieb und er sie außerdem bereits mit dem Ziegenkäse gefüllt hatte.

»Na gut«, fauchte Lisa und wurde wieder rot im Gesicht. »Dann esse ich eben Brot.« Mit einem Knall klappte sie die Speisekarte zu. »Also bitte nur einen Teller mit Brot, sonst kann ich hier nichts essen, nur dass im Brot leider Nüsse sind, und Nüsse vertrage ich auch nicht.«

»Tut mir leid«, mischte sich David ein, ebenfalls mit hochrotem Gesicht, »sie ist einfach sehr müde.«

»Du brauchst dich überhaupt nicht für mich zu entschuldigen, danke sehr.« Lisa rutschte unbehaglich auf ihrem Stuhl herum. »Das hat weniger mit meiner Müdigkeit zu tun als mit diesen Scheißstühlen, die sind so unbequem.« Auf einmal brach sie in Tränen aus. »Mist«, schluchzte sie. »Tut mir leid, ich hab was im Auge.« Ihre Stimme lag etwa eine Oktave höher als bei einem Streifenhörnchen.

»Lisa«, sagte Jamie sanft und deutete auf seine Speisekarte. »Schau doch mal, es gibt Backofen-Paprika als Beilage. Die magst du doch so. Warum bestellst du die nicht einfach?«

David sah Jamie leicht genervt an.

»O mein Gott«, strahlte Lisa und lächelte Jamie an. »Daran erinnerst du dich noch?«

»Na klar«, lachte Jamie. »Deshalb bin ich ja drauf gekommen.«

Ich war sicher, dass David sich die beiden in diesem Moment beim Sex auf einem Bett aus roter Backofen-Paprika vorstellte, obwohl sie wahrscheinlich einfach nur eines Tages ganz sittsam in einem Restaurant jede Menge Paprika gegessen hatten.

»Okay«, seufzte Lisa und schlug ihre Speisekarte wieder auf.

Wir wandten uns alle ab, während der Koch in die Hocke ging, mit Lisa die Karte durchforschte und ihr mit wahrer Engelsgeduld erklärte, was er für sie arrangieren konnte und was nicht.

»Und wo wohnst du zurzeit?«, fragte Chantelle mein Leben. Noch hatte sie sich ihm nicht an den Hals geworfen, zum Teil, weil sie erst beim zweiten Glas Wein war, zum Teil, weil sie nicht sicher wusste, ob wir zusammen waren.

»Ich wohne bei Lucy«, antwortete er, und ich vermied es tunlichst, Adam anzuschauen.

»Wow«, sagte Chantelle. »Uns lässt sie nie in ihre Wohnung, als würde sie da ein großes Geheimnis verstecken oder so. Du hast also alles gesehen – wie ist es denn so? Erzähl mal, was sie uns vorenthält.«

Ich lachte. »Ach komm, ich hab überhaupt nichts zu verbergen.«

»Pornos?«, fragte Jamie, als der Küchenchef wieder verschwunden war. »Bestimmt Pornos, stimmt's? Ich glaube, Lucy steht auf Nacktmagazine und lässt sie überall rumliegen.«

»Nein, es muss was Spannenderes sein«, meinte Chantelle. »Die ganzen letzten drei Jahre hab ich mir immer vorgestellt, dass sie jemanden in ihrer Wohnung angekettet gefangen hält.«

Ich lachte. Jamie zwinkerte.

»Einen hat sie auf jeden Fall versteckt«, sagte Adam und griff nach einem Stück Brot. Wieder ignorierten sie ihn alle, obwohl sie den Kommentar bestimmt gehört hatten. Warum sie ihn nicht so hörten wie ich, war mir unbegreiflich. Aber vielleicht hatte wenigstens mein Leben das Gleiche verstanden wie ich.

»Was war das denn?«, fragte er, und da wünschte ich mir, er hätte es nicht bemerkt, denn sein Ton gefiel mir überhaupt nicht. Es war der gleiche Ton, den Blake benutzt hatte, bevor wir in einer Bar in einen lächerlichen Streit mit einem Kerl geraten waren, der mich falsch angeschaut hatte. Und genau darauf hatte Adam es ja abgesehen, er wartete wahrscheinlich auf eine solche Gelegenheit, seit Blake und ich uns getrennt hatten.

»Ach komm schon, wie lange kennt ihr beiden euch schon? Ewig? Ich würde sagen, seit ein paar Jahren bestimmt schon, richtig? Und soweit ich mich erinnere, war Lucy vor ein paar Jahren noch mit Blake zusammen.« Sein Ton war leicht, und er lächelte, aber man sah die Wut förmlich unter der Oberfläche brodeln.

»Adam«, rief Lisa erschrocken.

»Ach was, ich hab genug davon, dass wir das Thema immer aussparen, als wäre sie der Allmächtige.«

»Weil es dich nichts angeht«, sagte Chantelle und sah Adam warnend an.

»Blake ist unser Freund«, entgegnete Adam.

»Und Lucy unsere Freundin«, gab Lisa zurück.

»Ja, aber ihretwegen ist Blake nicht hier, und deshalb geht es uns sehr wohl etwas an.«

»Er ist nicht hier, weil er den Job hat, den er sich immer gewünscht hat und der von ihm verlangt, dass er herumreist. Finde dich endlich damit ab«, stärkte Jamie mir den Rücken, und ich sah, dass die Adern an seinem Hals pochten. Offensichtlich war auch er wütend. Am liebsten hätte ich ihm einen dicken Kuss gegeben, aber ich war zu sehr damit beschäftigt, mir den Kopf nach einer Entschuldigung dafür zu zerbrechen, wie ich augenblicklich aufspringen und den Tisch verlassen konnte. Auf einmal befanden wir uns auf einem Gesprächsniveau, das mir zutiefst unbehaglich war.

»Ich finde, wir sollten alle das Thema wechseln«, meinte David.

Der Kellner ging um den Tisch herum und blieb neben mir stehen. Offenbar spürte er, dass die Situation mir unangenehm war, und genoss das in vollen Zügen. Alle schauten mich an und warteten darauf, dass ich etwas sagte, was die Spannung abbauen und die Luft klären würde.

»Die Tagessuppe«, sagte ich. »Bitte.«

Adam verdrehte die Augen. »Da geht es schon wieder los – sie antwortet einfach nicht und hüllt sich mal wieder in Geheimnisse.«

»Ich weiß eben nicht, was für eine Suppe es heute gibt«, versuchte ich es mit einem müden Scherz.

»Butternusskürbis-Mais«, erklärte der Kellner.

Adam murmelte leise etwas vor sich hin, was ich nicht verstand – zum Glück, denn mir zitterten schon die Knie, so oft hatte dieser angebliche Freund mich heute Abend direkt beleidigt. Zwar war ich Adams Feindseligkeit gewohnt, aber jetzt versteckte er sie nicht mehr, alle bekamen seinen angriffslustigen Ton mit, nicht nur ich mit meinen paranoiden Ohren.

»Hey, Mann, red doch nicht so über sie«, sagte Jamie sehr ernst. Plötzlich war alles sehr ernst.

»Ich weiß nicht mal, warum wir darüber reden. Es ist doch schon, wie lange?, ich glaube, drei Jahre her«, meinte David.

»Zwei«, verbesserte ich leise. »Zwei Jahre und elf Monate.« Und achtzehn Tage.

Jamie sah mich an.

»Ja, also ist es ewig her, sie waren zusammen, sie haben sich getrennt, sie sind drüber weg, sie werden neue Partner kennenlernen. Nur weil zwei Leute zusammen waren, heißt das doch nicht, dass wir alle ewig darauf herumreiten müssen«, ereiferte sich David. Alle starrten ihn an, weil sie wussten, dass er eigentlich über sein eigenes Leben sprach, über Jamie und Lisa. Hastig trank er einen Schluck Wasser. Jamie starrte stumm auf seinen Teller. Lisa nahm ein Stück Brot und begann, die Nüsse herauszupicken.

»Ich spreche doch nur aus, was wir alle denken«, sagte Adam.

Ich schluckte schwer. »Ihr denkt also alle, dass ich Blake betrogen habe?« Das war wirklich neu für mich. Fragend blickte ich in die Runde.

Chantelle machte ein verlegenes Gesicht. »Es ging alles so schnell, und dann warst du plötzlich so geheimnisvoll …«

»Ich halte mich da raus«, verkündete David, mied aber meinen Blick, was genug sagte.

»Ich hab das Thema *einmal* angesprochen«, sagte Lisa. »Ich werde nicht lügen, aber ich bin nicht wie Cagney and Lacey da drüben und verbringe jede Sekunde damit, es aufzudecken.«

»Cagney and Lacey sind *zwei* Leute«, sagte David, ohne nachzudenken, und Lisa funkelte ihn böse an.

Jamie ignorierte die beiden und sah mir offen in die Augen. »Ich glaube nicht, dass du Blake betrogen hast. Du hast absolut das Recht, dich von jedem zu trennen, wenn du das willst – nichts für ungut, Mann«, fügte er mit einem Blick zu meinem Leben hinzu, »und zwar ohne die Verpflichtung, uns darüber informieren zu müssen. Das ist allein deine Angelegenheit. Adam hat zu viel getrunken und redet Mist.«

»Hey«, rief Mary beleidigt. »Er ist nicht betrunken.«

»Gut, dann redet er eben nur Mist«, witzelte Jamie, aber niemand lachte, nicht mal er selbst, weil es im Grunde ja kein Witz war.

»Mary? Wie denkst du darüber?«, fragte ich und sah sie an.

»Dein Verhalten hat sich drastisch verändert, Lucy. Von außen hatte es den Anschein, dass zwischen euch alles in Ordnung war, und dann hast du Blake einfach abserviert, genau wie Chantelle vorhin gesagt hat, und warst plötzlich, na ja, total verschlossen.« Sie sah mein Leben an. »Ich meine, von dir hab ich noch nie was gehört – das meine ich jetzt echt nicht böse. Es überrascht mich eigentlich, dass sie dich überhaupt mitgebracht hat.«

»Wir sind bloß Freunde«, verkündete ich und fühlte mich schrecklich unbehaglich.

»Jetzt sollen wir ihr also abnehmen, dass dieser Typ einfach nur ein Freund ist?«, sagte Adam zu Jamie.

»Wen kümmert das denn? Warum interessiert dich das dermaßen?«, fragte Jamie zurück.

»Es interessiert ihn so, weil Blake sein bester Freund ist, und Adam ist loyal, und der arme Blake hat bis heute keine Ahnung, was er eigentlich verbrochen hat …«, begann Mary, aber ich unterbrach ihren Vortrag gleich wieder. Ich konnte und wollte nichts mehr hören, sonst würde ich alle Silchester-Regeln innerhalb weniger als einer Minute übertreten.

»Ja, der arme Blake«, rief ich und stand auf. Ich hörte das Beben in meiner Stimme. Silchesters weinten nicht, und sie wurden auch ganz bestimmt nicht wütend, aber ich war kurz davor zu explodieren. »Der arme kleine Blake, der um die Welt reist und so ein jämmerliches Leben führt, während ich hier mächtig einen draufmache mit meinem tollen Job, in meinem tollen mysteriösen Apartment, mit meinem heimlichen Liebhaber.« Ich griff nach meiner Tasche, mein Leben folgte meinem Beispiel und stand ebenfalls auf. »Und du hast recht, Adam, er ist nicht bloß ein Freund. Er ist viel mehr als das, denn er war viel mehr für mich da, als du es jemals gewesen bist, obwohl du doch angeblich mein Freund bist.«

Und dann ging ich. Wie immer vor allen anderen. Draußen lief ich, bis ich außer Hör- und Sichtweite war. Als ich in einem einsamen Hauseingang den geeigneten Platz entdeckte, holte ich ein Taschentuch aus der Tasche und dachte darüber nach, die Regeln zu brechen. Ich wartete und wartete. Irgendwo mussten die Tränen ja sein, im Lauf der Jahre hatte sich sicher einiges angestaut. Doch nichts kam. Schließlich knüllte ich das Taschentuch zusammen und stopfte es zurück in die Tasche. Nicht jetzt, nicht ihretwegen; meine Tränen hatten auch ihren Stolz.

Nach einer Weile tauchte mein Leben mit besorgtem Gesicht neben mir auf. Als er sah, dass mit mir alles in Ordnung war, sagte er: »Okay, vielleicht hast du recht.«

»Er hasst mich.«

»Nein.« Er sah verwirrt aus. »Zwischen Jamie und David funktioniert nach der ganzen Lisa-Geschichte alles ganz gut.« Er sagte das in einem so ulkigen Pseudo-Tratsch-Ton, dass ich unwillkürlich lächeln musste.

Ich fröstelte, denn der Nachtwind war stärker geworden.

»Komm«, sagte mein Leben leise, zog seine Jacke aus und legte sie mir um die Schultern. Dann schlang er schützend den Arm um mich, und unter dem orangen Licht der Straßenlaternen gingen wir zusammen nach Hause.

Kapitel 16

»Was möchtest du heute machen?«, fragte ich mein Leben.

Wir fläzten faul auf der Couch, umgeben von den verstreuten Blättern der Sonntagszeitung, aus der sich jeder die Teile geklaubt hatte, die ihn am meisten interessierten und die wir dann schweigend gelesen oder uns laut vorgelesen und lachend kommentiert hatten. Ich fühlte mich wohl und entspannt in der Gesellschaft meines Lebens, und wie es schien, ging es ihm genauso. Meine Kleidervorhänge waren offen, um die Sonne hereinzulassen, durch die Fenster strömten frische Luft und sonntägliche Stille zu uns herein. Die ganze Wohnung duftete nach Pfannkuchen mit Ahornsirup, die mein Leben zubereitet hatte, und nach frischem Kaffee, der noch heiß auf der Theke stand. Mr Pan hatte es sich auf einem Schuh meines Lebens gemütlich gemacht und sah so zufrieden aus wie die sprichwörtliche Katze, die von der Sahne genascht hat, was er übrigens wirklich getan hatte. Zu der Sahne hatte es frische Blaubeeren aus meinem Biogarten gegeben, den ich auf dem Dach angelegt hatte, als mein Leben in meine Welt gekommen war. Ich hatte die Beeren heute früh gepflückt, einen weiß bebänderten Strohhut auf dem Kopf, in einem weißen durchsichtigen Leinenkleid, das hypnotisch in der sanften Brise flatterte, sehr zur Freude der männlichen Nachbarn, die sich sorgfältig eingeölt auf ihren Liegestühlen in der Sonne präsentierten wie Autos im Showroom.

Okay, ich hab gelogen.

Die Heidelbeeren hatte mein Leben mitgebracht. Wir hatten keinen Dachgarten. Das Kleid hatte ich in einer Zeitschrift gesehen, und in meinem Tagtraum hatte ich mich auf wundersame Weise in eine Blondine verwandelt.

»Ich jedenfalls hätte Lust, heute einfach im Bett zu bleiben«, beantwortete ich meine Frage selbst und schloss wohlig die Augen.

»Du solltest deine Mutter anrufen.«

Sofort gingen meine Augen wieder auf. »Warum?«

»Weil sie versucht, eine Hochzeit zu planen, und du hilfst ihr nicht dabei.«

»Das ist ja wohl auch das Lächerlichste, was ich je gehört habe. Die beiden sind längst verheiratet, dieses Fest ist doch bloß eine Entschuldigung, damit sie was zu tun hat. Da wäre ja selbst ein Töpferkurs noch besser. Außerdem helfen weder Philip noch Riley, und heute kann ich auch gar nicht weg, weil die Teppichleute kommen. Wahrscheinlich zu spät. Solche Leute kommen doch immer zu spät. Ich glaube, ich sage lieber ab.« Schon griff ich nach dem Telefon.

»Auf gar keinen Fall! Ich hab heute ein graues Haar auf meiner Socke gefunden, und das war garantiert kein Kopfhaar und auch garantiert nicht von mir.«

Ich legte das Telefon wieder weg.

»Und du solltest Jamie anrufen.«

»Warum?«

»Wann hat er dich das letzte Mal angerufen?«

»Er hat überhaupt noch nie angerufen.«

»Also muss es was Wichtiges sein.«

»Oder er war betrunken, ist aufs das Telefon gefallen und hat aus Versehen meine Nummer erwischt.«

Mein Leben machte ein unzufriedenes Gesicht.

»Na gut, vielleicht will er sich für die Szene gestern Abend entschuldigen, aber das muss er nicht, er hat ja nichts falsch gemacht. Er war auf meiner Seite.«

»Dann ruf ihn zurück und sag ihm das.«

»Ich möchte aber mit niemandem darüber reden.«

»Gut, dann kehrst du eben noch mehr Mist unter den Teppich, und eines Tages ist der Teppich so uneben, dass du stolperst und auf die Nase fällst.«

»Du meinst also, diese Telefonate sind wichtiger als die Zeit, die ich mit meinem Leben verbringe?«, fragte ich und rechnete fest damit, dass ihm das den Wind aus den Segeln nehmen würde.

Aber er verdrehte bloß die Augen. »Lucy, ich glaube, du verstehst da irgendwas ganz falsch. Ich wollte nicht, dass du nur noch rumsitzt und dich mit dir und deinem Leben beschäftigst. Du musst die richtige Balance finden, du musst lernen, dich um dich selbst, aber auch um die Menschen zu kümmern, denen du wichtig bist.«

»Aber das ist so schwierig«, jammerte ich und steckte schnell den Kopf unter ein Kissen.

»So ist das Leben eben«, grinste er. »Warum wollte ich dich treffen?«

»Weil ich dich ignoriert habe«, antwortete ich brav. »Weil ich mich nicht mit meinem Leben befasst habe.«

»Und was tust du jetzt?«

»Ich befasse mich mit meinem Leben. Ich verbringe jede Sekunde mit meinem Leben, ich kann kaum noch alleine pinkeln gehen.«

»Du könntest aber ganz ungestört pinkeln, wenn du die Glühbirne im Bad auswechseln würdest.«

»Das ist so kompliziert«, seufzte ich.

»Kompliziert?«

»Erstens komm ich nicht dran.«

»Dann nimm eine Leiter.«

»Ich hab keine.«

»Dann stell dich auf die Toilette.«

»Die hat einen billigen Plastikdeckel, da krach ich garantiert durch.«

»Dann stell dich auf den Badewannenrand.«

»Das ist gefährlich.«

»Soso.« Mein Leben erhob sich. »Steh auf.«

Ich stöhnte.

»Steh auf«, wiederholte er.

Widerwillig wie ein muffeliger Teenager hievte ich mich von der Couch.

»Jetzt geh zu deiner Nachbarin und frag sie, ob sie dir eine Trittleiter leiht.«

Ich ließ mich auf die Couch zurückfallen.

»Tu es«, sagte er streng.

Beleidigt stand ich wieder auf und ging zur Tür, überquerte den Korridor zu Claires Wohnung, klopfte und kehrte wenig später mit einer Trittleiter zurück.

»Siehst du, war doch gar nicht so schlimm.«

»Wir haben über das Wetter geredet, also war es wohl schlimm. Ich hasse sinnloses Gequatsche.«

Er schnaubte. »Jetzt bring die Leiter ins Bad.«

Ich tat, was er sagte.

»Kletter rauf.«

Ich folgte seinen Anweisungen.

»Jetzt dreh die Birne raus.«

Er leuchtete mir mit der Taschenlampe, damit ich sehen konnte, was ich tat. Ich drehte die alte Birne heraus, wimmernd wie ein Kind, das man zwingt, Gemüse zu essen. Endlich löste sich die Birne, und ich hörte auf zu jammern, um mich besser konzentrieren zu können. Ich reichte ihm die alte Birne.

»Tu so, als wär ich gar nicht da.«

Ich schnalzte missbilligend mit der Zunge und fing an, »Ich hasse mein Leben, ich hasse mein Leben« zu trällern, immer wieder, während ich von der Trittleiter heruntersteig, die alte Birne ins Waschbecken legte, meinem Leben einen bösen Blick zuwarf, die neue Birne aus der Schachtel nahm, die Leiter wieder hochkletterte und die Birne in die Fassung zu drehen versuchte. Schließlich war sie drin. Ich stieg die Leiter hinunter, drückte auf den Schalter, und der Raum erstrahlte in hellem Licht.

»Yay, ich hab's geschafft!«, rief ich und hob die Hand, um mein Leben abzuklatschen.

Er sah mich an, als wäre ich die traurigste Kreatur, die ihm je über den Weg gelaufen war.

»Ich klatsch nicht mit dir ab, nur weil du eine Glühbirne ausgewechselt hast.«

Ein bisschen beleidigt zog ich die Hand zurück, lebte aber gleich wieder auf. »Und jetzt? Noch ein paar Pfannkuchen?«

»Du könntest das Bad endlich mal putzen – jetzt, wo du Licht hast.«

»Neeeeein«, ächzte ich. »Siehst du, deshalb fang ich mit so was erst gar nicht an, denn es führt immer eins zum anderen.« Ich klappte die Trittleiter zusammen und stellte sie auf den Flur unter die Garderobe. Neben die Schlammstiefel vom Musikfestival – dem letzten Festival, auf dem ich mit Blake gewesen war und von meinem Aussichtspunkt auf seinen Schultern sogar einen kurzen Blick auf Iggy Pop erhascht hatte.

»Die lässt du da nicht stehen.«

»Warum nicht?«

»Weil sie sonst die nächsten zwanzig Jahre auf diesem Fleck stehen bleibt und verstaubt, genau wie deine verdreckten Gummistiefel. Bring Claire die Leiter zurück.«

Resigniert befolgte ich den Befehl und schleifte die Leiter über den Flur zu meiner Nachbarin zurück. »Komm, jetzt kuscheln wir aber wieder auf der Couch«, sagte ich, als ich zurückkam, und griff nach seiner Hand.

»Nein«, entgegnete er und machte sich los. »Ich habe keine Lust, hier stundenlang rumzuliegen, ich nehme mir den Rest des Tages frei.«

»Wie meinst du das? Wo willst du denn hin?«

Er grinste. »Ich brauch auch mal eine Pause.«

»Aber wo gehst du hin? Wo wohnst du eigentlich?« Ich schaute zum Himmel hinauf. »Da oben?«

»In der Etage über dir?«

»Nein! Im … du weißt schon«, ich zuckte wieder mit dem Kopf.

»Im Himmel?« Er sperrte den Mund so weit auf, dass er sich fast die Kinnlade ausrenkte, und fing dann laut an zu lachen. »Ach Lucy, du bist echt lustig.«

Ich lachte mit, als hätte ich wirklich einen Witz gemacht, was keineswegs der Fall war.

»Wenn du möchtest, kann ich dir Hausaufgaben aufgeben. Nur damit du mich nicht so vermisst.«

Ich rümpfte die Nase. Er machte sich auf den Weg zur Tür.

»Okay, gut, setz dich wieder hin.« Ich klopfte aufs Sofa. Auf einmal wollte ich überhaupt nicht allein sein.

»Wovon träumst du, Lucy?«

»Cool, ich liebe Traumgespräche.« Das war gemütlich. »Letzte Nacht hatte ich im Traum mal wieder Sex mit dem süßen Typen im Zug.«

»Ich bin ziemlich sicher, dass das illegal ist.«

»Wir haben es ja nicht im Zug gemacht.«

»Nein, nicht deswegen, aber der Knabe ist doch noch so jung, und du wirst demnächst dreißig«, neckte er mich. »Aber das hab ich auch nicht gemeint. Sondern: Was sind deine Wünsche und Hoffnungen?«

»Oh«, machte ich gelangweilt. Dann dachte ich darüber nach und sagte: »Ich verstehe die Frage nicht.«

Mein Leben seufzte und erklärte mir dann geduldig wie einem Kind: »Was würdest du wirklich gerne tun? Was würdest du gerne machen, was wäre zum Beispiel dein Traumjob?«

Wieder musste ich eine Weile nachdenken. »Jurymitglied bei *X-Factor*, dann könnte ich die Teilnehmer richtig runterputzen, wenn sie schlecht sind. Oder eine Falltür öffnen, damit sie in eine Wanne voller Baked Beans plumpsen oder so. Das wäre cool. Und ich würde gern jede Woche den Fashion Contest gewinnen, dann würden Cheryl und Danni sagen: ›Oh, Lucy, woher hast du bloß dieses Kleid?‹, und ich würde antworten: ›Ach, das? Das hab ich bloß zufällig an der Vorhangstange gefunden.‹ Und Simon würde sagen: ›Hey, ihr beiden Mädels solltet euch von Lucy mal ein paar Tipps geben lassen, sie ist …‹«

»Okay, okay, okay«, winkte mein Leben ab, legte die Finger an die Schläfen und massierte sich den Kopf. »Hast du auch ein paar *bessere* Träume?«

Allmählich geriet ich etwas unter Druck beim Nachdenken. »Ich würde total gern im Lotto gewinnen, damit ich nie mehr arbeiten muss und mir all die Sachen kaufen kann, die ich gerne hätte.«

»Das ist kein richtiger Traum«, sagte er.

»Warum denn nicht? So was passiert. Erinnerst du dich nicht an diese Frau aus Limerick? Sie hat dreißig Millionen gewonnen und lebt jetzt auf einer einsamen Insel oder so.«

»Dann träumst du also von einer einsamen Insel?«

»Nein«, winkte ich ab. »Das wäre bestimmt stinklangweilig, und ich hasse Kokosnüsse. Aber das Geld würde ich schon nehmen.«

»Das ist ein echt schwacher Traum, Lucy. Wenn man einen Traum hat, dann möchte man zumindest versuchen, ihn in die Tat umzusetzen, auch wenn er auf den ersten Blick unerreichbar scheint. Man strengt sich an, weil man glaubt, dass man es schaffen könnte, auch wenn es schwer wird. Zum Zeitschriftenladen an der Ecke gehen und sich einen Lottoschein kaufen, das ist doch langweilig. Bei einem richtigen Traum denkt man: DAS *würde ich machen, wenn ich den Mut hätte und mir egal wäre, was andere davon halten.*« Er sah mich erwartungsvoll an.

»Was willst du denn von mir – ich bin ein ganz normaler Mensch! Soll ich davon träumen, dass ich die Sixtinische Kapelle sehen möchte? Wenn ich mir den Hals verrenken muss, um gute Malerei zu sehen, dann lass ich es lieber bleiben. So was ist für mich kein Traum, sondern das Pflichtprogramm für einen Rom-Urlaub. Wo ich nebenbei bemerkt schon war, auf meinem ersten Wochenendtrip mit Blake.« Inzwischen war ich aufgesprungen und redete mit lauter Stimme, ich konnte einfach nicht anders, so brachte mich dieses alberne Thema in Rage. »Wovon träumen andere Menschen denn so? Vielleicht von einem Fallschirmsprung? Hab ich schon gemacht, ich hab sogar den Trainerschein, ich könnte dich also jederzeit aus einem Flugzeug schubsen, wenn ich wollte. Oder die Pyramiden sehen? Schon erledigt. An meinem fünfundzwanzigsten Geburtstag, mit Blake. Es war heiß, die Pyramiden sind genauso groß und majestätisch, wie man sie sich immer vorstellt, aber ob ich sie mir noch mal anschauen würde? Die Antwort lautet Nein. Ein seltsamer Mann hat versucht, mich in sein Auto zu zerren, als Blake gerade bei *McDonald's* nebenan auf der Toilette war. Mit Delfinen schwimmen? Auch abgehakt. Will ich es noch mal machen? Nein, danke. Niemand sagt einem vorher, dass die Viecher aus der Nähe furchtbar stinken. Bungee-Jumping? Na klar, hab ich auch schon hinter mir, mit Blake, in Sydney. Sogar Haikäfig-Tauchen hab ich probiert, in Kapstadt, nicht zu vergessen den Ballonflug, den Blake mir mal zum Valentinstag geschenkt hat. Ich hab die meisten Sachen gemacht, von denen andere Leute träumen, und nichts davon war wirklich mein Traum, es waren bloß Sachen, die ich gemacht habe. Was stand heute in der Zeitung?« Ich hob eine der Seiten, die ich vorhin gelesen hatte, vom Boden auf und deutete auf den Artikel. »Ein siebzigjähriger Mann möchte sich in einem dieser Raumflugzeuge in den Weltraum schießen lassen, damit er sich die Erde von dort oben ansehen kann. Na ja, ich lebe auf der Erde, und von hier aus gesehen ist sie schon ziemlich beschissen, warum sollte ich sie mir auch noch aus einer anderen Perspektive anschauen? Was soll das bringen? Solche Träume sind für mich reine Zeitverschwendung, und das war die blödeste Frage, die du mir jemals gestellt hast. Früher hab ich die ganze Zeit irgendwas unternommen, wie kannst du es da wagen, mir das Gefühl zu geben, dass ich ohne einen Traum nichts wert bin? Reicht es nicht, dass du mein Leben ungenügend findest, müssen es jetzt auch noch meine Träume sein?«

Nach dieser Tirade musste ich erst mal tief Luft holen.

»Okay.« Mein Leben stand auf und nahm seine Jacke. »Es war eine dumme Frage.«

Argwöhnisch kniff ich die Augen zusammen. »Warum hast du sie dann gestellt?«

»Lucy, wenn du dich nicht für dieses Gespräch interessierst, dann brauchen wir es auch nicht zu führen.«

»Ja, dieses ganze Traumzeug interessiert mich nicht, aber ich möchte wissen, warum du mir diese Frage gestellt hast.«

»Du hast vollkommen recht, du hast dein Leben ausgekostet bis zur Neige, es gibt nichts mehr für dich zu tun. Zeit aufzuhören. Du könntest dich genauso gut hinlegen und sterben.«

Ich schnappte nach Luft.

»Ich sage damit nicht, dass du demnächst sterben wirst, Lucy«, fuhr er fort, ganz offensichtlich frustriert von mir. »Aber irgendwann schon.«

Ich schnappte erneut nach Luft. »Jeder stirbt irgendwann.«

»Ja, stimmt.«

An der Tür drehte er sich noch einmal zu mir um. »Der Grund, warum ich dich gefragt habe, ist folgender: Ganz egal, was du sagst oder wie viele Lügen du erzählst, Tatsache bleibt, dass du mit deiner momentanen Situation nicht glücklich bist, aber wenn ich dich frage, was du willst, was du dir mehr als alles andere auf der Welt wünschst, einfach so, ohne Einschränkung, dann fällt dir nichts anderes ein als ›im Lotto gewinnen und Sachen kaufen‹.« Seine Stimme klang scharf, und ich schämte mich.

»Aber bestimmt würden die meisten Leute sagen, dass sie im Lotto gewinnen möchten.«

Er warf mir einen Blick zu und wandte sich wieder zur Tür.

»Du bist sauer auf mich. Ich verstehe nicht, warum du sauer auf mich bist, nur weil mein Traum dir nicht gefällt, ich meine, das ist doch lächerlich.«

Er antwortete ganz sanft und freundlich, was mich noch

mehr nervte: »Ich bin sauer, weil du nicht nur nicht glücklich bist, sondern weil dir nicht das Geringste einfällt, wie du etwas daran ändern könntest. Und ich finde, das ist ...« Er suchte nach dem richtigen Wort. »... einfach nur traurig. Kein Wunder, dass du so festgefahren bist.«

Obwohl ich noch einmal in mich ging, obwohl ich noch einmal angestrengt nachdachte über meine Träume, meine Wünsche, meine Ziele, was ich gern ändern, was ich erreichen wollte – mir fiel nichts ein.

»Dachte ich mir«, sagte mein Leben schließlich. »Dann bis morgen.« Er nahm seine Jacke und seinen Rucksack und verließ meine Wohnung, und so endete der Tag, der so schön angefangen hatte, auf die schlimmstmögliche Art.

Was er gesagt hatte, ließ mir keine Ruhe. Seine Argumente gaben mir immer zu denken. Es war, als würde er in einem bestimmten Ton mit mir sprechen, der mein Hirn ganz direkt erreichte, wie eine Trillerpfeife, die für das menschliche Ohr unhörbar ist, für einen Hund. Ich zermarterte mir den Kopf. Was wollte ich wirklich? Wahrscheinlich muss man, um zu wissen, was man will, erst einmal wissen, was man nicht will, aber da kam ich lediglich zu der Erkenntnis, dass ich mir wünschte, mein Leben hätte mich nicht kontaktiert und ich hätte so weitermachen können wie bisher. Sein Erscheinen hatte alles unendlich verkompliziert, weil er versuchte, Dinge zu verändern, mit denen ich absolut zufrieden war. Vielleicht sah es für ihn so aus, als wäre ich festgefahren, aber er hatte mich ja schon aus meinem Trott herausgeholt, und allein dadurch, dass er mich darauf aufmerksam gemacht hatte, würde ich nie mehr dorthin zurückkehren können. Dabei mochte ich meinen Trott, ich vermisste meinen Trott, ich würde meinem Trott ewig nachtrauern.

Um die Mittagszeit hatte ich Kopfschmerzen, aber eine

saubere, aufgeräumte Wohnung, und erwartungsgemäß war die Reinigungsfirma unpünktlich. Es wurde Viertel nach zwölf, und es war immer noch niemand da. Um halb eins begann ich mich zu freuen, dass man mich vergessen hatte, und überlegte, was ich mit meiner Freiheit anfangen wollte. Aber es wollte mir nichts Rechtes einfallen. Melanie war nicht da, aber wir hatten seit unserer letzten Begegnung auch keinen Kontakt mehr gehabt, und ich stand im Augenblick sicher nicht ganz oben auf der Liste der Menschen, mit denen sie sich am liebsten unterhalten wollte. Und nach dem Essen gestern Abend hatte ich auch keine Lust, mich mit einem meiner anderen Freunde zu treffen. Sie glaubten, dass ich Blake betrogen hatte, und seit ich gestern erfahren hatte, dass sie meine abrupte Veränderung sehr wohl wahrgenommen und ihre eigenen Schlüsse daraus gezogen hatten, verstand ich auch, wie sie darauf kamen. Aber es tat trotzdem weh.

Ein Klopfen an der Tür unterbrach mich in meiner Grübelei. Es war Claire mit nassem, verweintem Gesicht.

»Lucy«, schniefte sie. »Es tut mir so leid, Sie am Sonntag zu stören, aber ich habe den Fernseher gehört, und … na ja, ich wollte fragen, ob Sie wohl so nett wären, noch mal auf Conor aufzupassen. Ich würde Sie lieber nicht darum bitten, aber das Krankenhaus hat wieder angerufen, und sie sagen, es ist ein Notfall, und …« Sie brach ab.

»Selbstverständlich. Würde es Ihnen etwas ausmachen, ihn zu mir rüberzubringen? Ich muss nämlich hierbleiben, weil ich Leute zum Teppichreinigen bestellt habe.«

Einen Moment geriet sie ins Schwanken, obwohl eigentlich klar war, dass sie gar keine andere Wahl hatte, und sie ging in ihre Wohnung zurück. Ich fragte mich, ob sie sich einfach hinsetzte und bis zehn zählte, ehe sie zurückkam, oder ob sie tatsächlich so tat, als würde sie ein Baby hochnehmen und in den Buggy setzen. Auf einmal spürte ich eine tiefe Traurigkeit für sie. Dann ging die Tür wieder auf, und der leere Buggy wurde heraus- und zu mir herübergeschoben.

»Er schläft seit fünf Minuten«, flüsterte Claire. »Normalerweise macht er tagsüber ungefähr zwei Stunden Mittagsschlaf, also müsste ich eigentlich wieder da sein, bis er aufwacht. Aber es ging ihm irgendwie nicht gut in letzter Zeit, ich weiß nicht, was er hat.« Mit gerunzelter Stirn machte sie sich an dem leeren Buggy zu schaffen. »Vielleicht schläft er deshalb auch ein bisschen länger als sonst.«

»Okay.«

»Vielen Dank.« Nach einem letzten Blick in den leeren Kinderwagen wandte sie sich zum Gehen. Als sie in den Korridor hinausschaute, stand ein Mann vor ihrer Tür.

»Nigel«, sagte sie erschrocken.

Er wandte sich um. »Claire.« Ich erkannte den Mann von den Fotos in ihrer Wohnung, ihren Mann, Conors Vater. Er schaute auf die Nummer über ihrer und dann auf die Nummer über meiner Tür. »Ist das die falsche Wohnung?«

»Nein, das ist Lucy, unsere … meine Nachbarin. Sie passt auf Conor auf.«

Er warf mir einen Blick zu, dass ich am liebsten im Erdboden versunken wäre. Bestimmt dachte er jetzt, ich würde Claire ausnutzen – aber was sollte ich denn tun? Ihr sagen, dass es kein Kind mehr gab? Das wusste sie doch bestimmt tief in ihrem Herzen.

»Ich nehm auch kein Geld dafür«, platzte ich heraus, denn ich wollte unbedingt verhindern, dass er schlecht von mir dachte. »Aber sonst will sie nicht weggehen.«

Er nickte kurz und verständnisvoll, dann sah er wieder zu Claire. »Ich fahr dich, okay?«, sagte er sanft.

Schnell schloss ich die Tür.

»Hallo«, sagte ich zu dem leeren Buggy. »Mummy und Daddy sind bald wieder da.«

Dann legte ich den Kopf in die Hände und saß eine Weile zusammengesunken an der Küchentheke. Mr Pan sprang herauf, und ich spürte seine kalte Nase an meinem Ohr. Schließlich stellte ich meinen Laptop an und googelte die Träume und Ziele, die Menschen so hatten, aber das langweilte mich so, dass ich den Computer schnell wieder zuklappte. Es wurde Viertel vor eins, und dann hatte ich eine Idee. Ich fotografierte Gene Kellys Gesicht auf dem Poster an meiner Badezimmertür und schickte es als MMS an Don Lockwood.

Hab das hier gesehen und an dich gedacht.

Dann wartete ich. Und wartete. Erst gespannt. Dann hoffnungsvoll. Dann enttäuscht. Dann zutiefst verletzt. Nicht, dass ich ihm einen Vorwurf machte – ich hatte ihm ja gesagt, dass er nie wieder anrufen sollte, aber ich hoffte trotzdem darauf. Dann verblasste die Hoffnung, und ich war nur noch deprimiert. Allein, leer, verloren. Dabei war nicht mal eine Minute vergangen.

Ich öffnete die Kühlschranktür und starrte in die leeren Fächer. Nichts Essbares tauchte auf. Dann piepte mein Handy, ich knallte die Tür zu und stürzte hin. Typischerweise klingelte es im gleichen Moment an der Wohnungstür. Ich beschloss, mir für die SMS Zeit zu lassen, und ging erst zur Tür. Ein roter fliegender Teppich starrte mich an. Bei genauerem Hinsehen schmückte er die Brust des Mannes, der mir gegenüberstand. Ich blickte an ihm hoch: Er trug eine blaue Kappe, ebenfalls mit einem Teppichemblem, tief in die Stirn gezogen. Ich spähte hinter ihn, doch da war niemand, auch keine Werkzeuge oder Geräte.

»Roger?«, fragte ich und trat zur Seite, um den Mann in die Wohnung zu lassen.

»Roger ist mein Dad«, erklärte er und ging hinein. »Er arbeitet am Wochenende nicht.«

»Okay.«

Er sah sich um. Dann sah er mich an.

»Kenne ich Sie irgendwoher?«, fragte er.

»Äh, ich weiß nicht. Mein Name ist Lucy Silchester.«

»Ja, das steht auf dem ...« Er hob das Klemmbrett in die Luft, vollendete seinen Satz aber nicht. Stattdessen starrte er mich weiter an, direkt in die Augen. Forschend und neugierig. Allmählich wurde ich nervös. Ich schaute weg, ging ein paar Schritte in die Küche und suchte Schutz hinter der Theke. Er bemerkte es und machte selbst ein paar Schritte zurück, wofür ich ihm dankbar war.

»Wo sind denn die anderen?«, fragte ich.

»Welche anderen?«

»Na, die anderen Reinigungsleute«, antwortete ich. »Arbeiten Sie nicht als Team?«

»Nein, nur ich und mein Dad. Wie gesagt arbeitet er nicht am Wochenende, deshalb ...« Er sah sich um. »Ist es okay, dass nur ich hier bin?«

Dass er das fragte, machte die Sache für mich wesentlich leichter.

»Ja, klar.«

»Meine Geräte sind noch unten im Wagen. Ich wollte nur kurz hochkommen und mich umschauen, ehe ich das ganze Zeug die Treppe hochschleppe.«

»Oh. Okay. Soll ich Ihnen bei irgendwas helfen?«

»Nein, danke. Sie können das Baby doch bestimmt nicht allein lassen ...« Er lächelte, bekam kleine Grübchen und war auf einmal der schönste Mann, den ich jemals gesehen hatte.

Dann dachte ich an Blake, und schon war der Teppichtyp nicht mehr so attraktiv. Das passierte immer.

Ich folgte seinem Blick zu Claires Buggy. »Oh, das. Es gehört nicht mir. Ich meine, er – er gehört meiner Nachbarin. Ich passe nur auf ihn auf.«

»Wie alt ist er denn?« Wieder lächelte er und reckte das Kinn, um in den Wagen sehen zu können.

Schnell zog ich das Dach ein Stück weiter herunter. »Oh, ungefähr ein Jahr. Er schläft gerade.« Als würde das alles erklären.

»Dann werde ich so leise wie möglich arbeiten. Gibt es denn irgendwelche Stellen, auf die ich besonders achten soll?«

»Nein, nur den Boden.« Eigentlich meinte ich das vollkommen ernst, aber es kam ziemlich komisch heraus, und der Mann lachte.

»Den ganzen Boden?«

»Nur die schmutzigen Stellen.«

Jetzt grinsten wir beide. Ich fand ihn immer noch süß, selbst wenn ich das Blake-Barometer anlegte.

»Also wahrscheinlich alles«, fügte ich hinzu.

Er musterte den Boden, und auf einmal wurde mir klar, dass ein ziemlich attraktiver Mann in meiner armseligen Wohnung stand. Ich schämte mich. Plötzlich ging er auf die Knie, untersuchte eine Stelle genauer und rubbelte mit der Hand darüber.

»Ist das …?«

»O ja, ich musste da was aufschreiben und hatte gerade keinen Zettel zur Hand.«

Mit einem breiten Grinsen blickte er zu mir auf. »Mit Permanentmarker?«

»Äh …« Ich wühlte in der Küchenschublade nach dem Edding. »Dieser hier.«

Er sah ihn sich an. »Ja, der ist permanent.«

»Oh. Kriegen Sie's trotzdem raus? Sonst wickelt mich mein Vermieter nämlich in den Teppich und schmeißt mich raus.«

»Ich werd's versuchen«, antwortete er und sah mich amüsiert an. »Jetzt hol ich erst mal meine Ausrüstung.«

Ich setzte mich wieder auf den Küchenhocker und vertrieb mir die Zeit mit Don Lockwoods Antwort.

> Oh, sie taucht wieder auf!
> Wie war denn die letzte Woche?

> Hatte seit Dienstag keine Wasserpistole mehr am Kopf. Wie geht's Tom?

Ich hörte auf dem Flur draußen ein Handy piepen und vermutete, dass der Reinigungsmann zurück war. Aber er tauchte nicht auf. Als ich den Kopf aus der Tür streckte, entdeckte ich ihn. Er hatte sein Telefon in der Hand. »Sorry«, rief er und steckte das Handy schnell in die Tasche. Dann packte er ein Gerät, das aussah wie ein überdimensionierter Staubsauger, und schleppte es in die Wohnung. Dabei schwollen die Muskeln an seinen Armen zum dreifachen Umfang meines Kopfes an. Ich gab mir Mühe, nicht zu glotzen, scheiterte aber.

»Ich setz mich einfach hierher. Wenn Sie irgendwas brauchen, wenn Sie sich verirren oder so, sagen Sie einfach Bescheid.«

Er lachte und beäugte mein riesiges Sofa.

»Das stand ursprünglich in einer größeren Wohnung«, erklärte ich.

»Schöne Couch.« Er hatte die Hände in die Hüften gestützt und betrachtete sie immer noch. »Könnte aber ein Problem werden, sie von der Stelle zu kriegen.«

»Sie geht auseinander.« Wie alles andere hier drin.

Er sah sich um. »Ist es okay, wenn ich ein paar Teile davon aufs Bett lege und ein paar im Bad abstelle?«

»Klar. Nur wenn Sie Geld darunter finden, gehört es mir. Alles andere können Sie behalten.«

Er hob die Couch an, und ich starrte wieder auf seine Muskeln, die kurzfristig alle anderen Gedanken aus meinem Kopf verdrängten. »Dafür hab ich wahrscheinlich selten Verwendung«, lachte er und sah auf einen verstaubten kirschrosa BH, der unter der Couch zum Vorschein gekommen war. Ich zerbrach mir den Kopf nach einer witzigen Antwort, aber dann rannte ich doch lieber schnell hin, um den BH aufzuheben, stieß aber mit dem Zeh an die Ecke der Küchentheke und landete auf der Couch.

»Sch ... eiße!«

»Alles klar?«

»Ja«, quiekte ich, packte meinen BH, versuchte, ihn zu einem Ball zusammenzuknüllen, und hielt dann meinen Zeh fest, bis der Schmerz langsam nachließ. »Bestimmt haben Sie noch nie einen BH gesehen, gut, dass ich mich so unauffällig draufgestürzt habe«, scherzte ich mit zusammengebissenen Zähnen.

Er lachte. »Was ist das eigentlich mit diesem Kerl hier?«, fragte er dann, als er an Gene Kelly auf der Badezimmertür vorbeikam und drinnen einen Teil der Couch deponierte. »Anscheinend lieben ihn die Mädels.«

»Er war ein Mann aus dem Volk«, erklärte ich, während ich mir weiter den Zeh massierte. »Nicht so ein hochtrabender Zylinder-Smoking-Typ wie Fred Astaire. Gene war, na ja, Gene war eben ein richtiger Mann.«

Der Teppichmann machte einen interessierten Eindruck, ging dann aber wieder an die Arbeit und sagte nichts weiter dazu. Kurz darauf bekam ich aus dem Augenwinkel mit, dass sich nichts mehr bewegte, und blickte auf. Mein Teppichmann stand mit einem Stück Couch auf dem Arm mitten im Zimmer und sah sich ratlos um. Auf dem Bett türmten sich die Couchteile, das Badezimmer war voll, inklusive der Badewanne, und sonst war nirgends Platz.

»Wir könnten was nach draußen auf den Korridor stellen«, schlug ich vor.

»Aber dann kommt man nicht mehr durch.«

»Wie wäre es mit der Küche?«

Dort, wo der Buggy stand, war noch ein bisschen freier Raum auf dem Boden. Ich schob den Wagen zur Seite, und der Teppichmann stapfte mit seiner Last auf mich zu. Ich weiß nicht, was dann genau passierte, jedenfalls geriet er ins Stolpern – wahrscheinlich blieb er mit dem Schuh an der Küchentheke hängen –, das Couchstück flog ihm aus den Armen und landete auf dem Buggy.

»Um Gottes willen«, rief er. »Um Gottes willen!«

»Alles okay«, sagte ich schnell und setzte an, ihm die Lage zu erklären. »Alles okay, es ist nichts …«

»Ach du Scheiße! O mein Gott!« Ohne auf mich zu achten, versuchte er, das Couchteil von dem Kinderwagen zu heben.

»Entspannen Sie sich, alles ist okay. Da ist kein Baby drin«, sagte ich laut. Er hielt inne und sah mich verwundert an.

»Was – da ist kein Baby drin?«

»Nein, schauen Sie.« Ich half ihm, das Couchstück anzuheben und auf die Küchentheke zu wuchten. »Sehen Sie, der Wagen ist leer.«

»Aber Sie haben doch gesagt …«

»Ja, ich weiß. Das ist eine lange Geschichte.«

Er schloss die Augen und schluckte, Schweißperlen standen ihm auf der Stirn. »O Mann.«

»Ich weiß, tut mir leid, aber es ist alles okay.«

»Warum haben Sie dann …?«

»Bitte fragen Sie mich nicht.«

»Aber Sie …«

»Ehrlich, es ist wirklich das Beste, wenn Sie nicht fragen.«
Er sah mich noch einmal forschend an, aber ich schüttelte entschieden den Kopf.

»Scheiße«, flüsterte er und schöpfte tief Luft. Dann inspizierte er den Buggy noch einmal, um sich zu vergewissern, dass er es sich nicht eingebildet hatte, holte abermals tief Luft und widmete sich dann seinem riesigen Staubsauger. Auf einmal aber zog er sein Handy aus der Tasche und begann zu tippen. Tipp, tipp, tipp. Ich sah Mr Pan an und verdrehte die Augen. Wenn der Typ so weitermachte, saßen wir den ganzen Rest des Tages hier fest.

»So.« Endlich wandte er sich wieder mir zu. »Zuerst einmal werde ich Ihren Teppich mit der Heißwasser-Extraktions-Methode reinigen, dann wird er mit einem schützenden Pflegemittel besprüht und deodoriert.«

»Okay. Haben Sie zufällig mal in einem Werbespot mitgemacht?«

»Nein, nein«, antwortete er und stöhnte. »Das war mein Dad. Er glaubt nämlich, er hat schauspielerisches Talent, und möchte immer, dass ich mitmache, aber ich glaube, ich würde lieber …« Er dachte nach. »Japp, ich würde lieber sterben.«

Ich lachte. »Aber so was könnte doch ganz lustig sein.«

Er sah mich an und riss erstaunt die Augen auf. »Echt? Sie würden das machen?«

»Wenn man mich ordentlich bezahlt, würde ich fast alles machen.« Ich runzelte die Stirn. »Aber nicht das, wonach sich das jetzt angehört hat. *Das* würde ich nicht machen.«

»Keine Sorge, ich würde Sie nicht drum bitten. Nicht für

Geld, meine ich.« Er wurde rot. »Können wir bitte das Thema wechseln?«

»Ja, unbedingt.«

Mein Handy piepte wieder, und wir nahmen es beide als willkommenen Anlass, unser Gespräch abrupt zu beenden.

> Dieser Tom! Er hat eine Frau kennengelernt und beschlossen, erwachsen zu werden. Nächste Woche ziehen sie zusammen. Jetzt fehlt mir ein Mitbewohner, also … fünfunddreißigdreivierteljähriger, großer, dunkler, gut aussehender Mann sucht jemanden, der die Miete bezahlen kann.

Ich schrieb zurück:

> Du bist also auch auf der Suche? Ich werde die Nachricht weitergeben. Persönliche Frage: Was ist dein Traum? Etwas, was du wirklich willst?

Das Handy des Teppichreinigers piepte. Ich gab ein missbilligendes Geräusch von mir, aber die Reinigungsmaschine war so laut, dass man es nicht hörte. Er stellte das Gerät ab und holte sein Handy aus der Tasche.

»Sie sind ganz schön gefragt heute.«

»Ja, tut mir leid.« Er las die SMS. Dann schrieb er zurück. Mein Handy piepte.

> Momentan hab ich nur einen Wunsch: Kaffee.

Ich sah den Teppichmann an, der tief in Gedanken den Schmutz aus meinem Teppich extrahierte, und stieg von meinem Hocker.

»Möchten Sie einen Kaffee?«

Er reagierte nicht.

»Entschuldigung – möchten Sie einen Kaffee?«, sagte ich lauter.

Jetzt blickte er auf. »Können Sie Gedanken lesen? Ein Kaffee wäre toll, danke.«

Er trank einen Schluck, stellte die Tasse auf die Theke und machte weiter mit seiner Arbeit. Ich setzte mich wieder auf den Hocker und las meine SMS durch, suchte zwischen den Zeilen nach Informationen, die mir bisher vielleicht entgangen waren, und wartete auf eine weitere Antwort. Der Teppichmann holte schon wieder sein Handy aus der Tasche. Eigentlich wollte ich etwas sagen, aber ich hielt den Mund und beobachtete ihn, wie er mit einem kleinen Lächeln seine Botschaft eintippte, und auf einmal begann ich die Person am anderen Ende der Leitung zu hassen. Bestimmt schrieb er einer Frau. Ich hasste sie.

»Dauert das noch lange?«, fragte ich schließlich nicht besonders freundlich.

»Wie bitte?« Er blickte von seinem Telefon auf.

»Der Teppich. Dauert die Reinigung noch lange?«

»Etwa zwei Stunden.«

»Dann gehe ich mit dem Baby ein bisschen spazieren.«

Er sah mich verwirrt an. Gut. Ich war es auch. Im Aufzug traf Dons Antwort ein.

Mein Traum ist es, im Lotto zu gewinnen, damit ich meinen Job aufgeben kann und nie wieder arbeiten muss. Aber was ich mir wirklich, wirklich wünsche? Dich zu treffen.

Mit offenem Mund starrte ich die Nachricht an. Inzwischen war der Aufzug im Erdgeschoss angekommen, und die Türen hatten sich geöffnet, aber ich war so verdutzt, dass ich ganz vergaß auszusteigen, zum einen, weil wir den gleichen faulen Traum hatten, aber vor allem, weil er so etwas wunderschön Kitschiges gesagt hatte. Ich war hingerissen, bekam aber auch ein bisschen Angst. Die Türen gingen zu, und ehe ich auf den Knopf drücken konnte, fuhr der Aufzug wieder nach oben. Ich seufzte und lehnte mich an die Wand. Auf meinem Stockwerk blieb er stehen. Der Teppichmann stieg ein.

»Hallo.«

»Ich hab vergessen auszusteigen.«

Er lachte und schaute auf den Buggy. »Wie heißt er denn?«

»Conor.«

»Er ist süß.«

Wir lachten.

»Sind Sie sicher, dass wir uns nicht kennen?«

»Waren Sie früher Börsenmakler?«

»Nein«, lachte er.

»Haben Sie sich jemals als einer ausgegeben?«

»Nein.«

»Tja, dann kennen wir uns nicht.« Ich war überzeugt, dass ich mich an ihn erinnern würde, wenn wir uns schon einmal begegnet wären – er hatte den bisher höchsten Wert auf dem Blake-Barometer erreicht, höher als jedes andere menschliche Wesen, lebendig oder tot. Irgendwie war er mir vertraut, aber vielleicht kam das daher, dass ich ihn den ganzen Nachmittag angestarrt hatte. Stirnrunzelnd schüttelte ich den Kopf. »Tut mir leid, ich weiß ja nicht mal Ihren Namen.«

Er deutete auf seine Brust, auf der sich ein gesticktes Etikett befand. *Donal* stand darauf. »Meine Mutter hat das gemacht, sie war fest davon überzeugt, dass die Firma dadurch moderner wirkt. Der Werbespot war übrigens auch ihre Idee. Sie hat irgendein Marketingbuch über *Starbucks* gelesen, und jetzt denkt sie, sie ist Donald Trump.«

»Mit einer besseren Frisur hoffentlich.«

Er lachte. Als die Türen aufgingen, ließ er mir den Vortritt.

»Wow«, sagte ich, als wir ins Freie traten. Der Van war knallgelb und auf der Seite mit einem roten fliegenden Teppich bemalt, und auch auf dem Dach befand sich ein gigantischer roter Plastikteppich.

»Sehen Sie? Damit muss ich rumfahren. Wenn der Motor läuft, dreht sich der Teppich auch noch.«

»Das muss ja ein tolles Buch sein, das Ihre Mutter da gelesen hat. Aber der Wagen ist nur für die Arbeit, oder? Nicht Ihr Alltagsfahrzeug.« An der Art, wie er mich ansah, konnte ich erkennen, dass ich mich irrte. Schnell ein neuer Gedanke. »Wäre es nicht cool, wenn Sie das Geschoss hier immer fahren könnten?«

»Japp«, sagte er und lachte. »Ein echter Frauenmagnet, oder nicht?«

»Ein Superheldenauto«, sagte ich, während ich um den Van herumging, und ich merkte sofort, dass er seinen Wagen schon mit anderen Augen ansah.

»Eine ganz neue Perspektive.« Dann musterte er mich wieder, so, als wollte er etwas sagen, könnte es aber nicht. Ich bekam eine Gänsehaut. »In etwa einer Stunde bin ich fertig«, verkündete er stattdessen. »Der Teppich ist dann ziemlich feucht, deshalb würde ich Ihnen raten, ein paar Stunden nicht darauf herumzulaufen. Ich komme heute Abend noch mal vorbei, um Ihre Möbel wieder aufzubauen, wenn das okay ist, und um mich zu vergewissern, dass Sie mit der Arbeit zufrieden sind.«

Ich wollte ihm sagen, dass er sich nicht so viel Mühe machen sollte, dass ich bisher auch alles allein geschafft hatte, aber in letzter Sekunde biss ich mir auf die Zunge. Zum einen konnte ich die ganzen Möbel nicht allein zurückschleppen, aber vor allem wollte ich, dass er zurückkam. »Machen Sie sich keine Gedanken wegen dem Abschließen, ziehen Sie einfach die Tür hinter sich zu.«

»Okay, wunderbar. War nett, Sie kennenzulernen, Lucy.«

»Das fand ich auch, Donal. Bis später dann.«

»Zu unserem Date!«, rief er, und wir lachten wieder.

Dann saßen Conor und ich auf der Bank im Park, und als niemand hinschaute, setzte ich ihn auf die Schaukel. Ich wusste, dass er nicht wirklich da war, aber für Claire und die Erinnerung an ihr Baby blieb ich dort, bis die Sonne hinter den Parkbäumen verschwand, schaukelte Conor hin und her und hoffte, dass seine kleine Seele irgendwo da draußen *Huiiiii* rief, so fröhlich, wie meine es plötzlich auch tat.

An diesem Abend, als der Buggy wieder sicher in Claires Wohnung stand, zog ich die Schuhe aus, schleppte einen Hocker mitten ins Zimmer und setzte mich darauf, um mir Blakes Reisesendung anzuschauen. Sie hatte gerade angefangen, da hörte ich den Schlüssel in der Tür, und mein Leben kam herein. Er trug ein neues Jackett.

»Woher hast du denn den Schlüssel?«

»Den hab ich nachmachen lassen, als du geschlafen hast«, antwortete er, zog das Jackett aus und warf den Schlüssel auf die Theke, als wohnte er schon immer hier.

»Danke, dass du mich gefragt hast.«

»Das war nicht nötig, deine Familie hat schon das Formular unterschrieben.«

»Vorsicht!«, rief ich, als er auf den Teppich treten wollte. »Schuhe aus, er ist gerade gereinigt worden.«

»Was schaust du da?«, fragte er, während er tat, was ich gesagt hatte. Ich hatte auf Pause gedrückt, und auf dem Standbild sah man eine Schlange, die aus einem Korb emporstieg.

»Blakes Reisesendung.«

Er zog die Augenbrauen hoch und musterte mich. »Echt? Ich dachte, du guckst die Sendung nie.«

»Manchmal schon.«

»Wann denn?«

»Ach, nur sonntags.«

»Sie kommt doch auch nur sonntags.« Er holte sich einen Hocker und stellte ihn neben meinen. »Der Teppich sieht kein bisschen anders aus als vorher.«

»Weil er nass ist. Wenn er getrocknet ist, wird er sauberer aussehen.«

»Wie waren sie denn?«

»Wer?«

»Die Teppichleute.«

»Es war nur einer.«

»Und?«

»Und er war sehr nett und hat den Teppich sauber gemacht. Kannst du bitte eine Weile den Mund halten? Ich möchte mir die Sendung ansehen.«

»Was bist du denn so zickig?«

Mr Pan hüpfte auf seinen Schoß, und so saßen wir unbequem auf unseren Hockern und sahen uns an, wie Blake in einem felsigen Gebirge herumkletterte, in einem dunkelblauen ärmellosen Shirt voller Schweißflecken, unter dem seine Rückenmuskeln schwollen. Unwillkürlich musste ich an den Teppichmann denken. Es war ungewöhnlich, dass ich beim Anblick von Blake, dem allerperfektesten Mann des

Universums, an einen anderen Mann denken musste, und das auch noch mit einem positiven Unterton. Als ich mich einigermaßen von meinem Schock erholt hatte, verglich ich ihre Muskeln.

»Benutzt er Selbstbräuner?«

»Halt den Mund.«

»Macht er seine Stunts selber?«

»Halt den Mund.«

Ich drückte auf Pause und suchte nach Jenna, konnte sie aber nicht entdecken.

»Was machst du denn da?«

»Halt den Mund.«

»Warum bist du eigentlich so besessen von Blake?«

»Ich bin nicht besessen.«

»Gestern Abend beispielsweise. Ich weiß, du hast gesagt, du willst nicht darüber reden, aber ich glaube, das sollten wir. Ich meine, ihr habt euch vor drei Jahren getrennt. Was ist los mit deinen Freunden? Warum müssen sie so genau wissen, was mit dir und ihm passiert ist?«

»Weil Blake ihr Gravitationszentrum ist«, antwortete ich und sah zu, wie mein Ex-Freund ohne Handschuhe über die Klippen kraxelte. »Genau genommen wir beide, ob du es glaubst oder nicht. Wir haben alles organisiert, bei uns hat man sich versammelt. Jede Woche haben wir ein großes Essen gekocht, wir haben Partys veranstaltet, Urlaube geplant, Ausgehabende, Ausflüge, all so was.« Ich drückte wieder auf Pause, studierte die Szene, ließ die Sendung weiterlaufen. »Blake kann Leute begeistern, er macht süchtig, alle mögen ihn.«

»Ich nicht.«

»Wirklich?« Überrascht sah ich mein Leben an, dann wandte ich mich schnell wieder dem Fernseher zu. »Na ja, du bist voreingenommen, das zählt nicht.«

Wieder hielt ich an und ließ dann weiterlaufen.

»Was genau machst du da eigentlich?«

»Halt den Mund.«

»Hör auf damit.«

»Dann quatsch nicht dauernd dazwischen.«

Den Rest der Sendung sah er sich größtenteils schweigend an, nur ganz gelegentlich machte er eine spitze Bemerkung. Dann war Blake fertig mit dem Feilschen in den Souks und den Schlangenbeschwörungen – wozu mein Leben die sehr erwachsene Bemerkung machte, dass Blake selbst auch so eine beschwörende Schlange sei –, setzte sich in ein Café auf dem Djemaa el Fna, dem großen zentralen Platz in der Altstadt von Marrakesch, und sprach den Abschlusstext direkt in die Kamera.

»Ein kluger Mensch hat mal gesagt, die Welt ist ein Buch, und wer nicht reist, liest nur eine einzige Seite davon.«

Mein Leben stöhnte und steckte sich den Finger in den Mund, als wollte er sich übergeben. »Was für ein peinlicher Schwachsinn!«

Ich war überrascht, denn mir hatte der Spruch gefallen.

Dann das übliche Augenzwinkern, und ich genoss hingebungsvoll meine letzten Sekunden mit ihm in dieser Staffel. Nun war ich für eine Weile auf die Propaganda der Blake-Partei angewiesen, wenn ich etwas über ihn erfahren wollte – falls ich überhaupt jemals wieder etwas von meinen Freunden hörte.

»Vielleicht hat er dich verlassen, weil er schwul ist, schon mal erwogen?«, fragte mein Leben.

Ich knirschte mit den Zähnen und kämpfte gegen den Impuls, ihn vom Hocker zu schubsen. Aber das wäre sinnlos gewesen, ungefähr so, als würde ich mir die Nase abschneiden, um mein Gesicht zu ärgern, und gerade als ich darüber nachdachte, veränderte sich mein Leben für immer. Die nächste Einstellung war schnell, so schnell, dass ein ungeübtes Auge es vielleicht übersehen hätte, aber ganz sicher nicht meines. Nicht einmal mein schlechtes Auge, mit dem ich nicht mehr so gut sehe, weil Riley mir, als ich acht war, einmal eine Stiftbombe reingeschossen hat. Ich hoffte und betete, dass ich mir das, was nun kam, aufgrund meiner noch nicht diagnostizierten, aber vorhandenen psychotischen Tendenzen lediglich einbildete. Die Kamera zoomte weg, ich drückte auf Pause und suchte. Und da war sie. Jenna. Das Miststück. Aus Australien. Jedenfalls glaubte ich das. Die Reisegruppe, mindestens ein Duzend Leute, saß in einem vollen, lauten Café, an einem mit Essen beladenen Tisch. Es sah aus wie das letzte Abendmahl. Ich sprang von meinem Hocker und stellte mich direkt vor den Bildschirm. Wenn sie es war, dann würde ich dafür sorgen, dass es tatsächlich ihr letztes Abendmahl war.

»He, pass auf, der Teppich«, sagte mein Leben.

»Scheiß auf den Teppich«, entgegnete ich giftig.

»Wow!«

»Diese kleine …« Ich wanderte vor dem Fernseher auf und ab und beobachtete, wie Blake und Jenna sich im Standbild zuprosteten, ihre Gläser vielsagend nah beieinander, und sich dabei in die Augen schauten. Zumindest sah sie ihn an, und er starrte auf etwas hinter ihrer Schulter, aber trotzdem, die Richtung stimmte. »Schlampe«, stieß ich schließlich noch hervor. Dann ließ ich die Szene laufen, die ganze Zuprosterei, spulte zurück, betrachtete sie noch mal und richtete mein Augenmerk jetzt besonders auf den Blick der beiden. Ja, sie schauten sich eindeutig an, als ihre Gläser zusammenklimperten. Hatte das eine tiefere Bedeutung? War es ein Code? Sagten sie wortlos zueinander: *Komm, lass uns heute Abend zusammen anstoßen, wie wir es damals auf dem Gipfel des Everest getan haben?* Bei dem Gedanken drehte sich mir der Magen um. Dann analysierte ich die Körpersprache und das Essen auf ihren Tellern. Ein paar Gerichte teilten sie sich, ekelhaft. Mein Herz pochte schwer in meiner Brust, und ich hatte das Gefühl, als wollte mein Blut meine Venen sprengen. Ich musste durch den Fernseher in ihre Welt kriechen, damit ich sie auseinanderreißen und ihnen die marokkanischen Fleischbällchen um die Ohren hauen konnte.

»Was in aller Welt ist denn los mit dir?«, fragte mein Leben. »Du siehst aus, als wärst du besessen, und außerdem ruinierst du den Teppich.«

Ich drehte mich um und fixierte ihn mit dem entschlossensten Blick, den ich zustande brachte. Was nicht sehr schwer war, denn ich fühlte die Entschlossenheit überall in mir. »Ich weiß, warum du hier bist.«

»Warum denn?«, fragte er mit besorgtem Gesicht.

»Weil ich immer noch in Blake verliebt bin. Und jetzt weiß ich, was mein Traum ist, was ich wirklich, wirklich will, was ich tun würde, wenn ich den Mut hätte und es mir egal wäre, was die anderen denken. Er ist es! Blake! Ihn will ich. Ich muss ihn wiederhaben.«

Kapitel 17

Ich muss zu ihm«, verkündete ich und wanderte unruhig auf und ab.

»Nein, musst du nicht.«

»*Wir* müssen zu ihm.«

»Nein, ganz bestimmt nicht.«

»Doch, deshalb bist du hier.«

»Nein ...« Sehr langsam fügte er hinzu: »Ich bin hier, weil du spinnst.«

»Ich bin in ihn verliebt«, sagte ich, ohne stehen zu bleiben, und meine Gedanken rasten, während ich mir den Kopf zerbrach, wie ich Blake zurückgewinnen konnte.

»Du bist dabei, den Teppich zu ruinieren, das bist du.«

»Ich wusste, dass diese Schlampe hinter ihm her ist. Ich hab es gewusst, seit ich ihr begegnet bin und sie ihn gefragt hat, ob er Eis und Zitrone in seinem Drink möchte. Wie sie das gesagt hat – da wusste ich sofort Bescheid. ›*Eis*‹«, imitierte ich sie. »›Möchtest du ein bisschen *Eis* dazu?‹«

»Halt, halt, halt, von wem redest du denn jetzt?«

»Na, von ihr.« Endlich hörte ich auf herumzurennen und deutete mit der Fernbedienung wie mit einer Waffe auf die angehaltene Szene. »Von Jenna. Jenna Anderson.« Ich spie den Namen voller Verachtung aus.

»Und das ist …?«

»… die Produktionsassistentin. Ich hab nicht rausgekriegt, ob sie im Büro oder am Set arbeitet, aber jetzt weiß ich es. Jetzt weiß ich es mit Sicherheit.« Erneut begann ich meine Wanderung.

»Was weißt du mit Sicherheit?«

»Dass sie die Set-Assistentin ist, hörst du mir denn überhaupt nicht zu?«, fauchte ich. »Warte mal, wo ist mein Laptop?« Ich trampelte über den feuchten Teppich, riss das Eckschränkchen auf, schnappte mir meinen Laptop und einen Keks, den ich zermalmte, während der Computer hochfuhr. Mein Leben beobachtete mich von seinem hohen Hocker aus. Ich ging auf ihre Facebook-Seite und sah mir ihren Status an. Und schnappte nach Luft.

»Was ist jetzt schon wieder?«, fragte er gelangweilt.

»Ihr Status ist aktualisiert.«

»Und jetzt? Ist sie jetzt Ziegenhirtin?«, fragte er und sah zum Bildschirm, wo Jenna auf einem Standbild von Männern mit Umhängen umringt war.

»Nein.« Noch immer rasten meine Gedanken. Ich wusste es, ich wusste, dass meine Paranoia recht hatte.

»Steht da auch, auf wen sich ihr Status bezieht?«

»Nein.« Ich starrte auf ihr Facebook-Profil und versuchte mir vorzustellen, was hinter der Eingangsseite kam. »Ich wette, sie hat Fotos von sich und Blake eingestellt, alle möglichen Kommentare und Insiderinformationen. Wenn ich doch bloß reinkäme, dann könnte ich mir das ganze Zeug anschauen und wüsste Bescheid.«

»Fragt man auf den Dingern nicht nach, ob jemand mit einem befreundet sein will?«

»Glaubst du etwa, auf die Idee wäre ich noch nicht gekommen? Aber sie hat abgelehnt, dieses Miststück.«

Mein Leben sog die Luft durch die Zähne ein. »Du hättest vielleicht deinen Namen ändern sollen.«

»Hab ich doch.«

»Dann hättest du möglicherweise lieber deinen eigenen Namen benutzen sollen.«

»Bist du verrückt? Welcher Spion benutzt denn seine eigene Identität?«

»Oh, jetzt bist du also Spion. Okay, Null-Null-Lucy, ich glaube, du solltest dich jetzt erst mal ein bisschen beruhigen.«

»Ich kann mich nicht beruhigen. Bis jetzt sind sie als Paar ja noch ziemlich neu. Wann ist die Sendung aufgezeichnet worden? Bestimmt kann ich sie noch auseinanderbringen«, überlegte ich hoffnungsvoll. Dann rannte ich von der Küche zu meinem Bett, auf dem sich die Couchteile stapelten.

»He, pass auf mit dem Teppich!«, rief mein Leben.

»Ach, der kann mich mal, der Teppich«, gab ich theatralisch zurück. »Jetzt geht es um mein Leben.« Hektisch zerrte ich meinen Koffer vom Schrank herunter und fing an, Sachen hineinzuwerfen, völlig planlos, ich hätte mir aus dem Chaos niemals ein Outfit zusammenstellen können, aber allein der Aktionismus war in diesem Moment hilfreich.

»*Ich* bin dein Leben, und ich sage dir, hol tief Luft und denk nach.«

Ich gehorchte, aber nur, weil ich ihn brauchte. In meinem Kopf formte sich nämlich ein Plan, und mein Leben war darin ein zentraler Faktor.

»Du kannst nicht einfach deinen Koffer packen und ihm nachjagen bis ...« Er schaute auf den Fernseher. »... Marokko.«

»Ich will auch nicht nach Marokko. Ich will nach Wexford.«

»Oh, welch aufregendes Ziel! Bei Thelma und Louise wäre bestimmt auch alles ganz anders gelaufen, wenn sie nach Wexford gefahren wären.«

»Dort ist sein Adventure-Center. Wenn ich jetzt mit Sebastian losfahre, kann ich morgen früh dort sein.«

»Es ist sehr unwahrscheinlich, dass Sebastian bis dahin durchhält, und außerdem musst du morgen arbeiten.«

»Ich hasse meinen Job.«

»Ich dachte, du hast gesagt, du magst ihn.«

»Ich hab gelogen. Ich liebe Blake.«

»Ich dachte, du hast gesagt, dass du über ihn hinweg bist.«

»Ich hab gelogen. Ich hasse meinen Job, und ich liebe Blake.« Ich reckte die Faust in die Luft. Das zu sagen fühlte sich richtig an.

Mein Leben seufzte. »Ein Schritt vor, zwei Schritte zurück.«

»Ich muss zu ihm«, beharrte ich, wenn auch etwas ruhiger. »Deshalb bist du hier. Ich weiß es. Als du weg warst, hab ich gegoogelt, wovon andere Leute träumen. Weil du nämlich recht hattest, ich hab keinen Traum, und das ist ziemlich traurig. Ich *sollte* einen Traum haben.«

»Ich weiß nicht, was trauriger ist – keinen Traum zu haben oder zu googeln, wovon andere Leute träumen.«

»Ich wollte mich doch nur inspirieren lassen – und weißt du, was da jemand geschrieben hat?« Ich war ganz atemlos, weil mir jetzt so klar zu sein schien, dass es sich auf mich bezog. »Er hat erzählt, dass er irgendwann, irgendwie wieder zu seiner wahren Liebe zurückkehren möchte, die er verloren hat.« Meine Stimme steigerte sich zu einer Art Quietschen. »Wie romantisch ist das denn?«

»Nicht sehr, wenn die betreffende wahre Liebe eine egoistische Schlange mit Selbstbräuner ist.«

»Ach komm«, bettelte ich, »wenn du ihn kennenlernst, wirst du ihn mögen. Alle mögen ihn.«

»Aber er mag dich nicht«, entgegnete mein Leben unverblümt. »Er hat dich verlassen. Vor drei Jahren. Wie kommst du überhaupt auf den Gedanken, dass sich das ändern lässt?«

Ich schluckte. »Weil ich mich verändert habe. Du hast mich verändert. Jetzt würde er mich mögen.«

Mein Leben verdrehte die Augen, konnte aber nicht anders, als nachzugeben. »Na gut, ich komme mit.«

Ich jubelte und umarmte ihn. Er erwiderte die Umarmung nicht.

»Aber du musst versprechen, dass du morgen trotzdem zur Arbeit gehst. Du hast eine Menge Ärger am Hals, da wäre es nicht gut, wenn du jetzt blaumachst. Und du musst deine Mutter besuchen. Du kannst Blake ja am Dienstag nach der Arbeit besuchen, abends hin und zurück, damit du Mittwoch wieder ganz normal bei der Arbeit bist.«

»Ich dachte, du wolltest, dass ich mich um mein Leben kümmere«, jammerte ich. »Ich dachte, Arbeit ist nur eine Ablenkung von den Dingen, die zählen.«

»Manchmal schon. Aber im Moment nicht. Im Moment ist es umgekehrt.«

»Was soll das denn heißen?«

»Es soll heißen, dass Blake eine Ablenkung von den Dingen ist, die zählen.«

»Das hört sich ja so an, als würde ich mir dauernd irgendwelche cleveren Ablenkungsmanöver ausdenken.«

»Nein, nicht clever, sondern dumm. Wegen Blake hast du dir solche Scheuklappen zugelegt, dass du es nicht mal merken würdest, wenn der Mann deiner Träume direkt neben dir steht.«

Ich kniff die Augen zusammen, unsicher, ob er mir damit etwas Bestimmtes andeuten wollte.

»Nein, ich meine nicht mich, falls du das denkst.«

»Puh!«

»Er könnte sogar direkt vor der Tür stehen«, ergänzte mein Leben mysteriös.

Im gleichen Moment klingelte es, und ich erstarrte. Aber ich riss mich am Riemen – ich glaubte doch nicht an Zeichen, ich glaubte ja nicht mal einem Navi. Fragend sah ich mein Leben an.

Er lächelte und zuckte die Achseln. »Ich hab Schritte im Korridor gehört und gedacht, ich kann es ja mal versuchen.«

Ich verdrehte die Augen und ging zur Tür. Es war der Teppichmann, den ich total vergessen hatte.

»Entschuldigung, dass ich so spät komme, ich bin bei einem anderen Job aufgehalten worden und wollte anrufen, aber dann war mein Akku leer, das heißt, ich komme zu spät zu meinem nächsten Termin, und mein Dad kriegt garantiert einen Anfall. Könnte ich vielleicht Ihr Aufladegerät benutzen? Oder Ihr Telefon?« Er kam herein und entdeckte mein Leben. Ein wenig pikiert beendete er seine Geschichte und grüßte mit einem respektvollen Nicken. »Hallo.«

»Hi, ich bin bloß ein Freund von Lucy«, sagte mein Leben und baumelte auf dem hohen Hocker mit den Beinen. »Zwischen uns geht nichts Romantisches ab, falls Sie das vermuten.«

Donal lachte. »Okay.«

»Jetzt, wo Sie da sind und die Verrückte hier überwachen können, mache ich mich auf den Weg.« Er hüpfte von seinem Hocker. »Die Fußspuren auf dem Teppich sind übrigens alle von ihr. Sie ist nicht nur verrückt, sondern wandert auch noch ständig auf und ab und schwingt große Reden.«

Donal betrachtete den Boden. »Was haben Sie denn hier gemacht? Wrestling?«

»Metaphorisch gesehen könnte man es so ausdrücken, ja«, antwortete mein Leben.

»Du kannst jetzt doch nicht einfach gehen, wir haben eine Menge zu besprechen«, rief ich panisch.

»Was denn, bitte?«

»Na, wegen unserem *Ausflug*.« Ich sah ihn an und riss vielsagend die Augen auf.

Inzwischen hievte Donal meinen Koffer vom Mobiliar.

»Wexford«, erklärte mein Leben ihm gelangweilt.

»Zu einem Outdoor-Adventure-Center«, fügte ich zu meiner Verteidigung hinzu.

»In Bastardstown, stellen Sie sich vor«, sagte mein Leben zu Donal und zog spöttisch eine Augenbraue hoch.

»Ach ja, das gehört doch diesem Mann aus dem Fernsehen«, meinte Donal. »Ich hab neulich Werbung dafür gesehen. Blake Irgendwas.«

»Blake Jones«, ergänzte ich stolz.

»Ja, genau.« Donal machte ein Gesicht, und zwar kein besonders freundliches, was mich zu der Annahme brachte, dass auch er Blake nicht mochte. »Und denken Sie immer daran«, säuselte Donal mit einem aufgesetzten Akzent, »die einzig wirkliche Weisheit besteht darin zu wissen, dass man nichts weiß.«

Mein Leben lachte laut und klatschte Beifall. »Sehr gut getroffen. Stimmt doch, Lucy, oder nicht?«

Ich funkelte ihn wütend an.

»Der Mann ist ihr Ex-Freund«, erklärte mein Leben, worauf Donal sofort aufhörte zu lächeln und ein besorgtes Gesicht machte.

»Oh, tut mir leid, ich hätte lieber nichts sagen sollen.«

»Ach, keine Sorge«, beruhigte mein Leben ihn und winkte großzügig ab. »Oder wie Blake sagen würde: ›Nichts, was sich zu wissen lohnt, kann gelehrt werden‹.«

Donal fing an zu lachen, aber mir zuliebe unterdrückte er es und hustete stattdessen.

»Wir können uns ja morgen über unsere große Reise unterhalten. Aber jetzt gib dem armen Mann doch endlich dein Telefon, er muss seinen Vater anrufen.«

»Mein Akku ist fast leer«, entgegnete ich.

Mein Leben sah mich streng an und wiederholte warnend: »Lucy, gib dem Mann dein Telefon.«

»Ak-ku le-heer«, sagte ich bedeutungsvoll. Warum verstand er meine Andeutung denn nicht?

»Na gut, du zwingst mich dazu.« Er wandte sich an Donal. »Donal, ich bin kein Freund von Lucy. Ich bin Lucys Leben. Ich habe mit ihr Kontakt aufgenommen, weil ich ihr helfen wollte, das Chaos, das sie angerichtet hat, wieder auf die Reihe zu kriegen. Sie haben bei ihrem Teppich wunderbare Arbeit geleistet. Ich verbringe Zeit mit Lucy, weil sie mich braucht, obwohl ich in diesem Augenblick schwer überlege, ob eine medikamentöse Behandlung nicht doch der aussichtsreichste Weg wäre.«

Ich war sprachlos.

»Das mit dem Akku war gelogen«, rechtfertigte er sich.

Ich machte den Mund auf und zu, aber es kam kein Ton heraus. Schließlich griff ich in die Tasche und überreichte Donal widerwillig mein Handy.

»Ich bring dich zur Tür«, sagte ich dann zu meinem Leben, und als wir den kurzen Weg zurückgelegt hatten und Donal außer Hörweite war, fügte ich leise hinzu: »Ich dachte, du kannst das als Spesen abrechnen. Ich hab nicht mal genug Geld für meine eigene Rechnung, geschweige denn für die Telefonate von anderen Leuten.«

»Ich gebe dir die fünfzig Cent«, sagte mein Leben und grinste mich frech an, wobei er seine neuerdings leuchtend weißen Zähne entblößte. Dann ging er den Flur hinunter. Als ich mich umwandte, sah Donal mich so entsetzt an, als hätte er einen Geist gesehen.

»Was ist los?«, fragte ich. »Was ist denn passiert?«

»Woher haben Sie dieses Foto?« Er hielt mir das Telefon hin und zeigte mir Don Lockwoods Augen auf meinem Bildschirmschoner.

»Der Mann, dem die Augen gehören, hat es mir geschickt«, antwortete ich verwirrt. »Warum?«

Man sah förmlich, wie ihm ein Licht aufging. »Weil das meine Augen sind.«

Kapitel 18

Wie bitte?« Ich lehnte mich an die Tür, und verschiedene Erklärungsmöglichkeiten huschten mir durch den Kopf. Aber ein Gefühl zog sich durch alle Szenarios, nämlich Wut. Okay, ich kannte Don Lockwood nicht, er war eine falsche Verbindung, aber ich war immer ehrlich mit ihm gewesen, obwohl ich mit niemandem sonst ehrlich gewesen war – einschließlich mir selbst –, und das mindestens die letzten zwei Jahre, vielleicht mein ganzes Leben. Deshalb tat es besonders weh, dass er mich reingelegt hatte. »Warum sollte er ein Foto von Ihren Augen machen und es mir schicken?«

Er grinste breit und lachte über einen Witz, den ich nicht verstand. »Nein, *ich* hab das Foto gemacht. *Ich* hab es dir geschickt. Lucy, ich bin Don.«

»Nein, das sind Sie nicht, Sie sind Donal, das steht auf Ihrem Hemd.« Und ein Hemd konnte nicht lügen, es war ja nur ein Hemd.

»Das hat meine Mutter eingestickt. Sie ist die Einzige, die mich Donal nennt. Lucy ...« Er sprach meinen Namen sehr betont aus und lächelte immer noch. »*Natürlich*, du bist eine echte Lucy.«

Ich starrte ihn an, mit offenem Mund wie ein Fisch an Land, und während ich mich noch bemühte, mir einen Reim auf alles zu machen, nahm er seine Kappe ab, wuschelte sich leicht verlegen durch die Haare und sah mich an. Und da – peng – erkannte ich seine Augen. Die Erkenntnis traf mich körperlich, mein Kopf wurde nach hinten gerissen, als hätte mir jemand einen Kinnhaken verpasst. Das waren die Augen, die ich die ganze Woche angestarrt hatte, und jetzt waren sie im gleichen Raum wie ich, bewegten sich, blinzelten, und unter ihnen befanden sich auch noch eine perfekte Nase und süße Grübchen. Ich weiß nicht, ob das für einen Menschen wirklich möglich ist, aber ich schmolz dahin.

»Ich bin dein Bildschirmschoner«, stellte er mit einem stolzen Grinsen fest und schwenkte mein Handy durch die Luft.

»Ja, ich fand deine Augen so hübsch. Nicht ganz so hübsch wie dein Ohr, aber auch hübsch.«

Er drehte den Kopf zur Seite und präsentierte mir sein Ohr. Ich pfiff anerkennend, und er lachte.

»Ich wusste es«, sagte er und schüttelte den Kopf. »Ich hab dich angeschaut und wusste sofort, dass ich dich kenne. Dann hattest du dich also doch nicht verwählt«, stellte er fest.

»Manchmal sind die falschen Verbindungen eben die richtigen«, sagte ich hauptsächlich zu mir selbst und wiederholte damit den Gedanken, den mein Leben vor Kurzem geäußert hatte. Ich hatte geglaubt, er meinte das philosophisch, doch er hatte es ausnahmsweise wörtlich gemeint. »Aber die Auskunft hat mich mit der Firmennummer verbunden, nicht mit deinem Handy«, fragte ich, immer noch etwas begriffsstutzig.

»Du hast am Wochenende angerufen. Da arbeitet mein Dad nicht, deshalb werden die Anrufe von der Firmennummer an mein Handy weitergeleitet.«

»Ich bin so dumm! Ich hab Pub-Lärm gehört und angenommen …«

»Du bist doch nicht dumm«, unterbrach er mich sanft, »höchstens ein Idiot.«

Ich lachte.

»Dann haben wir also den ganzen Nachmittag praktisch nebeneinandergestanden und uns SMS geschickt.«

Darüber musste ich noch einmal nachdenken. Ich hatte die Person gehasst, der er geschrieben hatte, dabei war ich die ganze Zeit diese Person gewesen. Was für eine Ironie des Schicksals!

»Was nebenbei bemerkt ganz schön unprofessionell von dir war«, sagte ich.

»Ich konnte nicht anders. Aber du hast auf meine letzte Nachricht nicht geantwortet, was nebenbei bemerkt ganz schön unhöflich von dir war.« Er gab mir mein Handy zurück.

Ich scrollte meine Nachrichten durch und las den Schluss seiner letzten SMS.

> Aber was ich mir wirklich, wirklich wünsche? Dich zu treffen.

Er sah mich erwartungsvoll an, aber statt ihm direkt zu antworten, simste ich:

> Okay. Treffen wir uns in fünf Minuten zum Kaffee?

Dann legte ich das Handy weg, ging zum Küchenschrank, ohne auf ihn zu achten, und holte zwei Becher und das Kaffeepulver heraus.

»Was machst du denn da?«, fragte er.

Aber ich ignorierte ihn weiter. Dann piepte sein Handy. Ich beobachtete ihn aus dem Augenwinkel. Er las. Tippte.

Drückte auf Senden. Dann sah er mich an und machte sich wieder an die Arbeit. Erst holte er die Couchteile von meinem Bett und stellte sie wieder vor den Fernseher. Ich sah ihm zu, während ich darauf wartete, dass das Kaffeewasser kochte.

Dann piepte mein Handy.

> Muss noch schnell aufräumen.
> Seh dich in fünf Minuten.

Ich lächelte. Schweigend erledigten wir unsere restliche Arbeit, ich machte Kaffee, er setzte die Couch wieder zusammen. Als er fertig war, kam er zu mir in die Küche.

»Hi«, sagte er. »Don Lockwood.« Er streckte mir die Hand hin.

»Ich weiß«, antwortete ich und drückte ihm den Kaffeebecher in die Hand. »Wie war die Arbeit?«

Er sah in seinen Becher, als überlegte er, ob er trinken sollte oder nicht, stellte ihn schließlich auf der Theke ab, nahm mir auch meinen Becher aus der Hand und stellte ihn daneben. Dann kam er noch ein bisschen näher, umfasste mit der Hand mein Gesicht – seine Finger waren ganz zart –, beugte sich vor und küsste mich. Seit ich zwölf gewesen war und mit Gerard Looney im Freizeitzentrum bei der Halb-sieben-bis-halb-acht-Disco drei langsame Songs in Folge ununterbrochen geknutscht hatte, hatte ich niemanden mehr so lange geküsst. Aber ich konnte einfach nicht aufhören und wollte es auch gar nicht. Um ein bisschen Tapetenwechsel zu haben, arbeiteten wir uns schließlich vom Linoleum auf den frisch gereinigten und noch etwas feuchten Teppich vor, aber dann verließen unsere Füße den Boden, und wir fielen aufs Bett.

»Ich hab eine Idee für euren Werbespot«, sagte ich eine ganze Weile später, stützte mich auf den Ellbogen und flötete: »Wir reinigen Ihren Teppich und machen's auch für Sie in Ihrem Bett.«

Don lachte und spann die Idee weiter: »Lassen Sie vom Fachmann überprüfen, ob Ihre Vorhänge *wirklich* zu Ihrem Teppich passen.«

»Iiieh«, lachte ich und haute ihn. »Außerdem hab ich überhaupt keine Vorhänge.«

»Nein«, sagte er und betrachtete amüsiert meine Vorhangstange. »Dein Teppich ist ja auch nicht der tollste.«

»Stimmt«, grinste ich, und wir lachten.

»Also«, meinte er dann in ernsterem Ton und drehte sich ebenfalls auf die Seite, sodass wir uns gegenüberlagen. »Erzähl mir was von deinem Leben.«

Ich stöhnte. »Das ist aber ein sehr ernsthaftes Bettgesprächsthema.«

»Ach, ich meine doch bloß den Typen, der vorhin hier war. Du glaubst doch nicht etwa, dass ich mich für dich *interessiere*?«

»Ach was«, gab ich lachend zurück. »Ich bin sicher, dass es dir nur um meinen Körper geht.«

»Richtig.« Er rückte näher.

»Was weißt du denn über das Thema?«

»Nur dass man kontaktiert wird, und dann trifft man sich und muss was verändern. Ich hab ein Interview mit einer Frau gelesen, in einer Zeitschrift beim Zahnarzt.«

»Hatte die Frau eine total überstylte Föhnfrisur und stand neben einer Schale mit Zitronen und Limetten?«

Er lachte. »An die Details erinnere ich mich nicht mehr. Aber nach dem Treffen war sie jedenfalls glücklich, so viel weiß ich noch.« Er musterte mich aufmerksam, und ich wartete, dass er mich wie alle anderen auch fragen würde, ob ich unglücklich war. Aber er tat es nicht – vielleicht, weil er merkte, dass ich neben ihm steif wie ein Bügelbrett geworden war. »Ich bin noch nie jemandem begegnet, der sich tatsächlich mit seinem Leben getroffen hat. Du bist die Allererste.«

»Da bin ich aber stolz.«

»Na ja, stolz oder nicht, du solltest dich jedenfalls deswegen nicht schämen.«

Ich schwieg.

»Ist es dir peinlich?«

»Erzähl mir bitte einen Furzwitz oder so. Dieses Thema ist mir echt zu ernsthaft.«

»Ich setz sogar noch einen drauf.« Ich spürte, wie er sich neben mir bewegte, dann stieg mir ein ekelhafter Gestank in die Nase.

Trotzdem fing ich an zu kichern. »Danke sehr.«

»Für dich tu ich doch alles.« Er küsste mich auf die Stirn.

»Sehr aufmerksam von dir. Jetzt sind wir praktisch verheiratet.«

»Wenn wir verheiratet wären, hätte ich's dir rübergewedelt.«

Obwohl ich das ekelhaft fand, musste ich wieder lachen. Ich genoss seine Nähe, ich genoss die Behaglichkeit, aber ich machte mir auch Sorgen. Es war lange her, seit ich das letzte Mal mit einem attraktiven Mann im Bett gewesen war. Es war lange her, dass ich überhaupt mit einem Mann im Bett gewesen war – diesem Börsenmakler vor zehn Monaten, der meine Titten gut fand –, aber dass ich mich mit einem attraktiven Mann wohlgefühlt hatte, war noch viel länger her. Und ich hatte noch nie einen Mann in meine Wohnung gelassen. Don hatte meine Welt gesehen, er hatte mein Schneckenhaus betreten, das ich ausschließlich für mich gebaut hatte, und obwohl ich jede Sekunde mit ihm genossen und kein einziges

Mal an Blake gedacht hatte, wollte ich jetzt, da er mich so anschaute, mit diesen Augen, die viel besser auf mein Handydisplay passten, nur noch, dass er verschwand. Ich glaubte, dass ich einen Fehler gemacht hatte. Auf einmal wurde die Erkenntnis von vorhin wieder lebendig – es war ja nur ein paar Stunden her, dass ich meine wahren Gefühle für Blake wiederentdeckt hatte. Ich dachte an Jenna, die Schlampe aus Australien, und fragte mich, ob die beiden wohl auch so beieinanderlagen, nackt und zusammengekuschelt, und mein Herz zog sich schmerzhaft zusammen.

»Alles in Ordnung?«, fragte Don behutsam.

»Ja.« Widerwillig erwachte ich aus meiner Grübelei. Ich wollte allein sein, aber es war dunkel, 10 Uhr an einem Sonntagabend, und ich hatte keine Ahnung, ob Don vorhatte zu bleiben oder ob er gleich aus dem Bett springen und mir für den netten Abend danken würde.

»Hast du vorhin nicht gesagt, dass du zu spät dran bist für einen Termin?«, fragte ich.

»Nein, das ist okay, es war kein wichtiger Termin.«

»Ich würde es dir jedenfalls nicht übel nehmen«, beteuerte ich ihm. »Wenn du noch was zu erledigen hast, dann kannst du ruhig gehen.«

»Ich sollte zum Essen zu meinen Eltern kommen, aber du hast mir echt einen Gefallen getan. Sex mit einer Fremden ist natürlich viel wichtiger.«

Ich überlegte, wie ich ihn loswerden konnte, ohne grob zu werden. Sonst reichte es doch eigentlich immer, wenn man sich wünschte, dass ein Mann blieb.

»Worüber hast du vorhin nachgedacht?«

»Wann?«

»Du weißt doch, wann.«

Ich antwortete nicht.

»Ich hab dich verloren, du bist einfach weggedriftet«, sagte er zärtlich und strich mir mit hypnotisch langsamen, unglaublich entspannenden Bewegungen über die Haare. Ich musste mich anstrengen, die Augen offen zu halten. »Gerade noch warst du da, und dann warst du auf einmal weg.« Er redete so sanft, so melodiös, dass ich auf einmal wieder zu ihm zurückkam. Er rückte näher und küsste mich. »Ah, da bist du ja wieder«, murmelte er und küsste mich noch intensiver.

Und obwohl meine Gefühle protestierten und ich wegen meiner Liebe zu Blake innerlich mit mir haderte, reagierte mein Körper auf Don, ob ich wollte oder nicht, und ich verlor mich erneut in seiner Zärtlichkeit.

Er schnarchte nicht. Er schlief so ruhig, dass ich kaum merkte, dass er da war. Seine Haut war warm, nicht heiß wie die von Blake. Er blieb auf seiner Seite des Betts, kein Fuß, kein Knie mogelte sich über die Mittellinie. Seine Haut roch nach Marshmallows und schmeckte salzig vom Schweiß. Und obwohl ich dalag und überlegte, was ich noch in meinen halb vollen Koffer packen wollte, der zwischen unseren auf dem Boden verstreuten Kleidern stand, und mir ausmalte, was ich tun und sagen würde, wenn ich Blake wiedersah, tastete ich unter seinem warmen Laken nach seiner Hand, und er schloss sie um meine. So hielten wir uns an den Händen, und kurz darauf schlief ich ein. Irgendwann klopfte mein Leben an – das heißt, in meinem besonderen Fall öffnete es mit seinem eigenen Schlüssel die Wohnungstür.

Kapitel 19

Ich erwachte vom Scheppern des Schlüssels, der auf der Küchentheke landete. Neben mir zuckte Don heftig zusammen, erschrocken, wahrscheinlich desorientiert, setzte sich auf und machte sich zur Verteidigung bereit.

»Alles okay«, beruhigte ich ihn verschlafen. »Ist nur er.«

»Wer?«, fragte Don alarmiert, als hätte ich ihm einen Lover verheimlicht – was ja eigentlich auch stimmte –, nur würde der nicht mit seinem eigenen Schlüssel in meine Wohnung poltern und dabei den *Earth Song* von Michael Jackson trällern.

»Mein Leben«, erklärte ich und versuchte, mit geschlossenem Mund zu sprechen, weil ich ihm meinen Morgenatem nicht ins Gesicht hauchen wollte. Dann lächelte ich ihn entschuldigend an. Wobei sich die Entschuldigung auf mein Leben bezog, nicht auf meinen Atem.

»Um 6 Uhr früh?« Er schaute auf seine Uhr.

»Er ist rund um die Uhr aktiv.«

»Stimmt.« Er lächelte. »Natürlich. Meinst du, er hat etwas dagegen?«

Plötzlich hatte mein Leben aufgehört zu singen, und auch das Rascheln seiner Plastiktüten war verstummt.

»Höre ich da Stimmen?«, fragte mein Leben im Singsangton. »Höre ich die Stimme eines *Mannes* in Lucys Bett-chen?«

Ich verdrehte die Augen und versteckte mich schnell unter der Decke. Don kicherte und wahrte den Anstand, indem er das Laken über die Taille hochzog.

»Oh, Luuuucy«, säuselte mein Leben, und seine Stimme wurde lauter, weil er näher kam. »Warst du etwa ein un-gezogenes Mädchen? Hey, du bist das also«, stellte er fest, als er am Fußende des Betts angekommen war. »Jawohl!«

Ich musste lachen, denn es klang wie ein Jubelruf.

»Ich nehme das mal als Zustimmung«, sagte Don.

»Zustimmung? Aber selbstverständlich. Kriegt sie jetzt die Teppichreinigung womöglich umsonst? Denn wenn es so ist, dann ist dein Plan aufgegangen, Lucy. Sie hätten sehen sollen, was sie mit dem Fensterputzer angestellt hat.«

Ich kam unter der Decke hervor. »Ich hab nicht mit ihm geschlafen, um für den Teppich zu bezahlen«, rief ich be-leidigt und wandte mich dann Don zu. »Obwohl es eine echt nette Geste wäre, Don.«

Don lachte, und mein Leben setzte sich auf die Bettkante. Ich schubste ihn weg, und er machte sich ohne Gegenwehr davon, kam aber kurz darauf mit einem Tablett zurück, das er auf Dons Schoß ablud. »Ich wusste nicht, ob Sie Orangen-marmelade oder normale Marmelade oder Honig mögen, also hab ich alles drei mitgebracht.«

»Und ich?«

»Du kannst dir selbst was holen.«

Don lachte. »Das ist toll. Machen Sie das für alle Männer von Lucy?«

Mein Leben machte es sich auf dem Fußende des Betts bequem. »Don, es gibt nicht genug Brot auf der Welt, um alle Liebhaber von Lucy durchzufüttern.«

Wieder lachte Don.

»Es stört dich also nicht, dass er da ist?«, fragte ich ihn überrascht.

»Er ist ein Teil von dir, oder nicht?«, meinte Don und gab mir die Hälfte von seinem Toast ab.

Mein Leben sah mich an und zog die Augenbrauen hoch. Ich hätte ihn gern weggeschickt, und ich wollte auch, dass Don verschwand, ganz egal, wie süß und wundervoll er sein mochte. Schließlich musste ich zu Blake und ihm meine wiederentdeckte Liebe gestehen.

»Du siehst ganz schön zerknautscht aus«, sagte mein Leben zu mir und kaute auf seinem Toast herum. Dann warf er Don einen »Wir verstehen uns«-Blick zu. »Sie denken bestimmt, *beschissen* wäre zutreffender, stimmt's? Das ist okay, wir wissen Bescheid, Lucy ist einfach kein Morgenmensch. Sogar nach 1 Uhr mittags ist sie manchmal noch ein bisschen schwierig.«

Aber Don lachte nur. »Ich finde sie wunderschön«, sagte er und gab mir noch ein bisschen Toast.

Mir war das alles peinlich. Mein Leben erwiderte nichts auf Dons Bemerkung, sondern schaute mich nur aufmerksam an.

»Danke«, sagte ich leise und nahm den Toast, aber mir war der Appetit gründlich vergangen. Don machte alles richtig, aber genau zur falschen Zeit. Je netter er war, desto unbehaglicher fühlte ich mich.

»Bedeutet das denn nun, dass unser kleiner Ausflug abgesagt ist?«, fragte mein Leben. Offenbar hatte er meine Stimmung gespürt und legte den Finger prompt in die offene Wunde.

»Nein«, antwortete ich unbeholfen und ärgerlich, weil er das Thema in Dons Gegenwart ansprach. »Kannst du uns bitte wieder allein lassen?«, fragte ich.

»Nein«, antwortete er trotzig.

»Wenn du uns nicht allein lässt, wirst du es bereuen.«

»Drohst du mir etwa?«

»Ja.«

Er biss in seinen Toast, rührte sich aber nicht vom Fleck.

»Na gut«, sagte ich, warf die Decke weg und marschierte splitterfasernackt ins Bad, während mein Leben an seinem Toast halb erstickte und Don johlte wie ein Teenager.

Dann stand ich im hell erleuchteten Badezimmer unter der Dusche. Dass mein Leben und mein One-Night-Stand zusammen da draußen saßen, gefiel mir überhaupt nicht, und am liebsten wäre ich ewig unter dem Wasserstrahl geblieben. Meine Fingerspitzen waren schon ganz schrumpelig, und das Bad so voller Dampf, dass ich kaum die Tür sehen konnte, aber ich war unfähig, mich zu rühren. Ich konnte Don nicht gegenübertreten und wünschte mir, das Wasser würde mein schlechtes Gewissen wegwaschen, samt der Verwirrung über meine Gefühle für Blake, die das, was ich in der vergangenen Nacht empfunden hatte, auf einmal so unwichtig erscheinen ließen. Als ich mich zum dritten Mal einseifte, hatte ich einen Gedanken: Was machte mich denn so sicher, dass Don mehr von mir wollte? Womöglich war er mit dem One-Night-Stand ganz zufrieden. Das gab mir Hoffnung, und ich stellte mutig das Wasser ab. Draußen war es still. Ich kletterte aus der Badewanne. Jetzt hörte ich wieder Stimmen, ein gedämpftes Murmeln, aber ich konnte kein Wort verstehen. Ich wischte das Kondenswasser vom Spiegel und starrte in mein rotes, fleckiges Gesicht.

Und seufzte.

»Komm schon, Lucy«, flüsterte ich mir zu, »bring's hinter dich, du willst zu Blake.«

Aber selbst bei diesem Gedanken spürte ich ein leises Grauen. Wieder einmal gefiel mir mein momentaner Zustand nicht, aber ich hatte keine Ahnung, was ich stattdessen wollte, und mir fehlte jede Orientierung. Als ich – vollständig bekleidet – in die Küche trat, verstummten die beiden Männer, die nebeneinander an der Theke saßen, Kaffee tranken und ein Omelett vertilgten. Sie schauten mich an – Dons Augen wanderten zärtlich über mich hinweg, mein Leben musterte mich durchdringend vom Scheitel bis zur Sohle, schien aber nicht sonderlich beeindruckt. Mr Pan schaute von seinem Schuhlager am Fenster auf, und auch er starrte mich an, als wüsste er Bescheid über alle meine Missetaten, genau wie ich ihn anstarrte, wenn er auf die Post gepisst hatte.

»Hm, ihr habt offensichtlich über mich geredet«, sagte ich und ging zum Wasserkocher.

»Ich bin dein Leben, und er hat gerade mit dir geschlafen, worüber sollten wir denn wohl sonst reden? Er hat dir übrigens vier von zehn Punkten gegeben.«

»Hör nicht auf ihn.«

»Das mach ich nie.«

»In der Kanne ist noch Kaffee«, sagte mein Leben.

»Du lässt mir Kaffee übrig, aber du machst mir kein Frühstück?«, fragte ich mein Leben.

»Ich hab kein Frühstück gemacht.«

»Oh.« Ich sah Don an.

»Dein Omelett ist im Ofen«, sagte er. »Damit es warm bleibt.«

»Oh. Danke.« Wenn er mich wirklich nicht wiedersehen wollte, war das ein eher ungewöhnliches Verhalten. Aber ich hatte noch Hoffnung. Ziemlich unsicher öffnete ich die Backofentür.

»Vorsicht, heiß!«, warnte Don, aber bis mein Hirn seine

Botschaft entziffert hatte, war es leider schon zu spät. Meine Hand klebte am Teller. Ich kreischte, Don sprang von seinem Hocker und packte meine Hand.

»Lass mal sehen«, rief er mit besorgter Stimme und besorgtem Gesicht. Einen Moment lenkte mich sein Gesicht sogar von dem Schmerz ab, und ich merkte, wie schön es war, so betroffen und fürsorglich. Aber dann gewann der Schmerz die Oberhand. Don hielt meine Hand in seiner, führte mich zielstrebig durch die Küche zum Kaltwasserhahn und ließ mich auch nicht los, als das Wasser zu kalt wurde und ich die Hand eigentlich wegziehen wollte. »Du musst sie mindestens fünf Minuten drunterhalten, Lucy«, befahl er streng.

Ich machte den Mund auf, entschied mich aber dann, nicht zu widersprechen.

»Wie hast du das gemacht?«, fragte mein Leben beeindruckt.

»Was?«

»Dass sie nicht protestiert.«

Don lächelte kurz, konzentrierte sich dann wieder auf meine Hand.

»Ich denke, du musst sie amputieren lassen«, meinte mein Leben. Er saß immer noch an der Theke und schaufelte sich Omelett in den Mund.

»Danke für dein Mitgefühl. Das hier«, sagte ich mit einem Nicken zu Don, »ist die richtige Art.«

»Er hat gerade mit dir geschlafen, also muss er jetzt so tun, als würde er dich respektieren.«

Das sollte ein Witz sein, und ich wusste, dass mein Leben in Wirklichkeit sehr beeindruckt und glücklich war. Er trug einen neuen Anzug, marineblau, der das Blau seiner Augen, das vorher so nichtssagend und verwaschen gewirkt hatte, zum Leuchten brachte. Sogar seine Erkältung hatte sich gebessert, sodass seine Nase nicht mehr so groß wirkte, seine Zähne waren geputzt, sein Mundgeruch war verschwunden, und er sah insgesamt einfach gut und gesund aus. Seine Stimme klang fröhlich, er neckte mich zwar, aber sehr liebevoll. Eigentlich hätte das auch mich glücklich machen sollen, aber stattdessen verunsicherte es mich. Irgendetwas war im Busch.

»Warum bist du so schick?«, fragte ich ihn.

»Weil ich heute Abend deine Eltern besuche«, antwortete er.

Don sah mich mitfühlend an, wofür ich ihm sehr dankbar war.

»Genau genommen besuche nicht nur ich sie, sondern *wir*. Ich hab sie gestern angerufen und mit einer sehr netten Frau namens Edith gesprochen. Sie war ausnehmend freundlich und ganz aufgeregt, dass wir kommen – sie hat versprochen, deine Eltern sofort zu informieren und ein besonders leckeres Essen zuzubereiten.«

Ich verfiel in einen Zustand, den ich für eine Minipanikattacke hielt. »Hast du eine Ahnung, was du da angerichtet hast?«

»Ja. Ich habe auf die zahlreichen Anrufe deiner Mutter reagiert, wofür du dich bei mir bedanken solltest. Deine Mutter braucht dich, und du meldest dich nicht mal. Und dich braucht sie auch«, fügte er hinzu und sah Don an. »Auf dem Perserteppich im Salon ist nämlich ein Kaffeefleck.« Mein Leben verzog gespielt schockiert das Gesicht. »Also hab ich ihr deine Nummer gegeben.«

Dass er meiner Mum Dons Nummer gegeben hatte, machte mich noch wütender, als dass er das Essen arrangiert hatte. Da suchte ich verzweifelt nach Möglichkeiten, Don loszuwerden, und er war schon dabei, das Haus meiner Eltern zu infiltrieren. Bald würde nicht nur mein Leben, sondern auch noch Don sowohl meine als auch die Wohnung meiner Eltern kennen.

»Du kapierst einfach nicht, dass das absolut unnötig ist. Du hast doch keine Ahnung – meine Mutter braucht mich so was von überhaupt nicht! Sie würde es sogar schaffen, ihre eigene Beerdigung ohne fremde Hilfe zu organisieren. Und was meinen Vater angeht ... ach du Hölle! Du willst meinen Vater kennenlernen? Er wird dir nichts zu sagen haben, absolut nichts.« Ich stützte den Kopf in meine freie Hand, wobei mir plötzlich klar wurde, dass Don alles mithörte, also zog ich meine Hand wieder weg und tat so, als wäre nichts passiert. »Schönes Wetter heute, was?«

Mein Leben sah Don kopfschüttelnd an, aber Don, der immer noch meine Hand unters eiskalte Wasser hielt, bewegte sich keinen Millimeter, sagte auch kein Wort und übermittelte mir dennoch irgendwie aus seinem tiefsten Innern die Botschaft, dass er für mich da war, und zwar hundertprozentig.

Später traten wir in den frischen Morgen hinaus. Hier im Schatten des Apartmenthauses war es besonders kühl, denn im Gegensatz zum sonnigen Park auf der anderen Straßenseite drang hierher kein Sonnenstrahl. Der Wind zerrte an meinem Wickelkleid, und obwohl ich vor Don nichts mehr verstecken konnte, was er nicht längst gesehen hatte, hielt ich den Rock krampfhaft fest, denn irgendwie war jetzt alles anders.

»Soll ich dich in meinem Superheldenauto mitnehmen?«, fragte Don ganz beiläufig, aber ich merkte, dass auch er sich unbehaglich fühlte. Nicht nur sein Fahrzeug war ihm peinlich, es war der Morgen danach, aus der Nacht war Tag geworden, er hatte die gleichen Klamotten an wie gestern, und ich war die letzte halbe Stunde sehr distanziert gewesen und hatte ihm nichts gegeben, woran er sich festhalten konnte.

»Nein, danke, ich muss nach der Arbeit gleich zu meinen Eltern.«

Dann kam auch schon der nächste unangenehme Moment, nämlich die Frage, ob wir uns die Hand geben, uns kameradschaftlich abklatschen oder ein Abschiedsküsschen geben sollten. Mr Don Lockwood, ich danke Ihnen herzlich für den heißen spontanen Sex, es war wirklich ein Vergnügen, Sie und Ihre privaten Körperteile kennenzulernen, aber jetzt muss ich mich beeilen und meinem Ex-Freund sagen, dass ich ihn immer noch liebe. Uuund tschüss!

»Ich hab morgen frei, da könnten wir uns treffen, falls du Lust hast. Vielleicht zusammen zu Mittag essen. Oder einen Kaffee trinken. Oder abends ins Restaurant gehen. Oder was trinken.«

»Das sind ja eine Menge Möglichkeiten«, erwiderte ich plump, während ich mir den Kopf zerbrach, wie ich all seine Vorschläge möglichst höflich ablehnen konnte. »Ich hab nach der Arbeit noch was vor und komme erst …« Eigentlich wollte ich sagen »spät zurück«, aber vielleicht wollte Blake mich ja dabehalten, und dann musste ich sofort einen Umzugswagen bestellen, meine Wohnung ausräumen und nach Bastardstown ziehen. Die Vorstellung hätte sich aufregend anfühlen müssen, aber sie tat es nicht, denn ich mochte meine kleine Wohnung und wollte sie eigentlich niemals aufgeben. Würde Blake dann zu mir ziehen? Der Blake, den ich früher gekannt hatte, hätte sich nicht mal tot in einer solchen Wohnung sehen lassen. In meiner Küche gab es keinen Platz, seinen berühmten Pizzateig auszurollen, und wenn er ihn hochwarf, würde der Teig wahrscheinlich an der Neonröhre kleben bleiben. Außerdem würden wir uns um den

Vorhangstangenplatz streiten – Blake besaß mindestens so viele Klamotten wie ich –, und er würde auch nicht in meine schmale Wanne passen, schon gar nicht mit mir zusammen, wie wir das früher manchmal am Sonntagabend mit einer Flasche Wein gemacht hatten. Sofort stellte ich mir vor, wie Jenna in der Badewanne die Beine um ihn schlang, und mein Herz begann wieder heftig zu pochen. So verlor ich mich in Gedanken und Grübeleien über die Logistik meines zukünftigen neuen Lebens mit Blake, während Don mich aufmerksam musterte.

»Stimmt«, sagte er schließlich und studierte mich weiter, ein bisschen intensiv für meinen Geschmack. »Du willst ja deinen Ex besuchen.«

Weil mir darauf nichts zu sagen einfiel, schwieg ich lieber.

Don räusperte sich. »Es geht mich ja nichts an, aber …« Dann brach er ab und entschied sich offensichtlich, das, was er vorgehabt hatte, doch lieber nicht zu sagen – vielleicht, weil ich so schnell weggeschaut hatte. Sein neuer Ton überraschte mich, er klang distanziert, fast ein bisschen hart. »Okay, dann vielen Dank für die letzte Nacht«, sagte er, nickte mir zu und ging. Ehe er ins Auto stieg, winkte er meinem Leben zu, und mein Leben winkte zurück, dann stieg Don Lockwood in seinen Wagen und ließ den Motor an. Obwohl ich einiges dazu beigetragen hatte, wollte ich nicht, dass es so endete, aber ich brachte kein Wort heraus. Ich wollte kein anderes Ergebnis, nur wie es dazu gekommen war, gefiel mir nicht. Während ich ihm nachsah, fühlte ich mich wie die gemeinste Zicke der ganzen Welt. Langsam ging ich zu meinem Auto.

»Hey!« Mein Leben rannte mir nach. »Was ist denn passiert?«

»Gar nichts.«

»Er ist einfach weggegangen. Habt ihr euch gestritten?«

»Nein.«

»Hat er dich gefragt, ob ihr euch wieder treffen wollt?«

»Ja.«

»Und?«

»Ich kann nicht. Wir fahren morgen weg.«

Ich steckte den Schlüssel ins Schloss, aber die Autotür rührte sich nicht. Unter den interessierten Blicken meines Lebens mühte ich mich weiter.

»Wir fahren nach deiner Arbeit hin, und am späten Abend sind wir zurück.«

»Ja, vielleicht.«

»Was meinst du mit vielleicht?«

Auf einmal war ich so frustriert von Schlüssel und Leben, dass ich explodierte.

»Morgen fahre ich zu Blake und sage ihm, dass er die Liebe meines Lebens ist. Glaubst du denn auch nur für eine Minute, dass ich dann direkt wieder zurückkommen möchte, um mich mit einem Mann zu treffen, der in einem gelben Lieferwagen mit einem fliegenden Teppich durch die Gegend fährt?«

Einen Augenblick war mein Leben sprachlos, dann nahm er mir den Schlüssel aus der Hand, drehte ihn sanft im Schloss, und die Tür sprang sofort auf. »Fahren wir«, sagte er.

»Das war's?« Ich sah ihm zu, wie er um das Auto herum zur Beifahrertür ging, ein Bild der Gelassenheit.

Er zuckte die Achseln.

»Keine Vorträge, keine Küchenpsychologie, keine Metaphern? Das war's?«

»Keine Sorge, nichts spricht eine deutlichere Sprache als ein Leben voller Bedauern und Selbsthass.« Er stieg ein und stellte das Radio an.

Es kam *Someone Like You* von Adele. Er stellte es lauter.

Ich drehte es leise. Er stellte es wieder laut. Ich hörte eine Weile zu, wie sich die Liebe der Sängerin von ihr getrennt und jemand anderes gefunden hatte, aber schließlich hielt ich es nicht mehr aus und schaltete um auf die Nachrichten.

Mein Leben sah mich stirnrunzelnd an. »Magst du keine Musik?«

»Ich liebe Musik, ich höre nur keine mehr.«

»Seit wann?«

Ich tat so, als würde ich nachrechnen. »Seit ungefähr zwei Jahren.«

»Seit zwei Jahren, elf Monaten und zwanzig Tagen vielleicht?«

»Das ist ein bisschen zu genau, ich weiß nicht.«

»Doch, das weißt du.«

»Na schön. Stimmt.«

»Du kannst also keine Musik mehr hören.«

»Ich hab nicht gesagt, dass ich es nicht kann.«

Er wechselte wieder zu Adele.

Hastig stellte ich sie aus.

»Ha!« Er zeigte mit dem Finger auf mich. »Du *kannst* es nicht!«

»Na gut! Musik macht mich traurig. Warum freut dich das so?«

»Ich freue mich nicht darüber, dass du keine Musik hören kannst«, erwiderte er. »Ich freue mich nur, dass ich recht habe.«

Jetzt waren wir beide sauer und sahen weg. Ich hatte das Gefühl, dass heute einer von den Tagen war, an denen ich mein Leben nicht liebte.

In der Schlange an der Sicherheitskontrolle bei Mantic verlor ich ihn aus den Augen, und nachdem ich ihn überall gesucht hatte, gab ich schließlich auf und ging allein ins Büro hinauf. Aber er war schon vor mir angekommen, thronte auf dem schwarzen Ledersessel, und Mary-Maus stellte ihm in rasendem Tempo Fragen, die sie von einem Blatt ablas. Quetschi hielt Grahams Uhr in der Hand und stoppte die Zeit, Zwinker-Quentin stand daneben, strahlte übers ganze Gesicht und trank aus seinem Becher, auf dem *Bester Dad der Welt* stand. Ich stellte mich neben ihn und beobachtete mein Leben.

»In welchem Jahr hat Lucy sich so zugesoffen, dass sie in ein Tattoo-Studio gegangen ist und sich ein Herz tätowieren ließ?«

»2000«, antwortete mein Leben wie aus der Pistole geschossen.

Ich riss die Augen auf. *Ich* war sein Spezialgebiet!

»Und wo befindet sich besagtes Tattoo?«

»Auf ihrem Hintern.«

»Genauer?«

Mein Leben wedelte mit der Hand in der Luft herum und versuchte nachzudenken. »Ich hab es heute Morgen erst gesehen. Äh ... äh ... äh ... auf der linken Arschbacke.«

»Korrekt.«

Graham sah mich gierig an, und alle jubelten.

»Im zarten Alter von fünf Jahren bekam Lucy ihre erste Bühnenrolle im *Zauberer von Oz*. Wen hat sie gespielt?«

»Ein Munchkin.«

»Womit ist sie bei der Premiere aufgefallen?«

»Sie hat vor Aufregung in die Hose gepinkelt und musste von der Bühne getragen werden.«

»Korrekt!«, lachte Mary.

»Ach Lucy, da bist du ja«, rief Quentin. Endlich bemerkte mich jemand. »Ich hab heute Morgen den Leuten in der Cafeteria wegen deinem Drei-Bohnen-Salat die Meinung gesagt.«

Ich brauchte einen Moment, um mir den Vorfall wieder ins Gedächtnis zu rufen.

»Ich hab gesagt, dass eine Kollegin von mir den Salat gekauft hat und dass wir auch bei genauerer Überprüfung nur zwei Bohnensorten in dem Drei-Bohnen-Salat ausfindig machen konnten. Natürlich hat die Frau gleich gefragt, ob meine Kollegin die eine Sorte Bohnen vielleicht schon weggegessen hatte, aber da war ich so empört, dass ich verlangt habe, ihren Vorgesetzten zu sprechen. Jedenfalls, um die Sache kurz zu machen – es hat nämlich sehr lange gedauert, und ich musste immer wieder unterstreichen, dass man sich auf dein Wort hundertprozentig verlassen kann ...«

Die anderen jubelten schon wieder, weil mein Leben die nächste richtige Antwort gegeben hatte, aber ich war total gerührt, dass Quentin trotz der Spanisch-Geschichte immer noch an meine Ehrlichkeit glaubte, und konzentrierte mich lieber auf ihn.

»... und sie haben in meiner Anwesenheit die anderen Behälter überprüft, und du hattest recht, der ganze Vorrat an Drei-Bohnen-Salat bestand tatsächlich nur aus zwei Bohnensorten. Es fehlten die Cannellini-Bohnen, die ich, wenn ich ehrlich bin, auch nicht kenne.« Er war offensichtlich hin und weg von seiner Entdeckung. »Da hab ich zu dem Geschäftsführer gesagt: ›Wie gedenken Sie, meine Kollegin dafür zu entschädigen, dass sie nicht das bekommen hat, was sie hätte erwarten können? Das ist ja wie ein Shepherd's Pie ohne Lammfleisch oder ein Sherry Trifle ohne Sherry! Schlicht *inakzeptabel*!‹«

»Oh, Quentin.« Ich hielt mir die Hand vor den Mund und versuchte, nicht über sein todernstes Gesicht zu lachen. »Danke!«

»Keine Ursache.« Er griff in die unterste Schreibtischschublade und holte eine braune Papiertüte heraus. »Hier ist ein echter Drei-Bohnen-Salat als Entschädigung und dazu noch ein Lunch-Gutschein.«

»Quentin, ich danke dir!«, rief ich und schloss ihn in die Arme, was ihn ein bisschen in Verlegenheit brachte. »Danke, dass du meine Ehre verteidigt hast.«

In diesem Moment betrat Fischgesicht das Büro, beäugte uns alle und sah, dass Quentin und ich ein Stück abseits von den anderen standen.

»Ich halte dir immer gern den Rücken frei, Lucy, keine Sorge«, sagte Quentin, gerade als Edna an uns vorbeiging.

Sie musterte mich argwöhnisch, und ich wusste sofort, dass sie dachte, wir hätten darüber gesprochen, wie Quentin mich vor der Spanischen Inquisition gerettet hatte.

»Entschuldigung, aber könnten Sie die letzte Frage bitte noch mal wiederholen?«, sagte mein Leben laut, damit ich es auch bestimmt hörte.

»Welche Sprache«, begann Mary schüchtern, aber mit einem breiten Grinsen, »welche Sprache kann Lucy nicht, obwohl sie das in ihrem Lebenslauf behauptet hat?«

»Na ja, das wissen ja inzwischen wohl alle«, sagte mein Leben. »Also, auf drei. Eins, zwei, drei …«

»Spanisch!«, brüllten alle wie aus einem Munde, einschließlich Quentin, schauten mich an und lachten.

Ich konnte nicht anders, als mitzulachen. Denn ich hatte das Gefühl, dass man mir soeben verziehen hatte.

Kapitel 20

Sie sind also Lucys Leben.« Quetschi saß auf der Kante des Schreibtischs, den mein Leben sich selbst zugewiesen hatte und der ein ganzes Stück von mir entfernt stand. Sie hatte schon vor einer ganzen Weile hier ihren Wachposten bezogen.

»Japp«, antwortete mein Leben, ohne aufzublicken, und tippte emsig weiter.

»Und das ist Ihr Job?«

»Japp.«

»Sind Sie auch noch das Leben von jemand anderem?«

»Nein.«

»Also immer nur eine Person gleichzeitig.«

»Japp.«

»Und wenn sie stirbt, dann sterben Sie auch?«

Jetzt hörte er doch auf zu tippen, hob langsam den Kopf und funkelte sie an. Aber sie verstand den Wink nicht.

»Ja?«, hakte sie stattdessen nach. »Also, ich meine nicht, wenn Sie zusammen einen Autounfall haben oder so. Ich meine, wenn Lucy stirbt, während Sie ganz woanders sind. Fallen Sie dann sofort tot um?«

Er begann wieder zu tippen.

Quetschi kaute auf ihrem Kaugummi herum, produzierte

eine kleine Blase, die platzte und an ihren Lippen kleben blieb. Mit ihren falschen Fingernägeln kratzte sie sie wieder ab. »Haben Sie Familie?«

»Nein.«

Ich unterbrach meine Arbeit und sah zu ihm hinüber.

»Leben Sie allein?«, fuhr Quetschi unbeirrt fort.

»Ja.«

»Haben Sie eine Freundin?«

»Nein.«

»Dürfen Sie eine haben?«

»Ja.«

»Ich meine, können Sie eine haben? Also, ich meine, haben Sie ganz normale, na ja, Sie wissen schon …«

»Ja«, antwortete er. »Funktioniert alles einwandfrei.«

»Aber Sie haben keine?«

Er seufzte. »Freundin oder …?«

»Freundin«, fiel sie ihm hastig ins Wort.

»Nein.«

»Also leben Sie allein?«

»Japp.«

»Und Ihr Leben dreht sich nur um Lucy.«

»Ja.«

Auf einmal tat er mir leid, und ich bekam ein schlechtes Gewissen. Ich war alles, was er hatte, und ich gab ihm echt nicht viel. Als er unerwartet aufblickte, sah ich schnell weg und widmete mich wieder meinem Papierkram.

»Möchten Sie zu meiner Hochzeit kommen?«

»Nein.«

Nach dieser Absage rutschte Louise endlich von seiner Schreibtischkante herunter und machte sich auf den Weg, jemand anderem auf die Nerven zu fallen. Aber kaum war sie weg, verstummte das Tastengeklapper, und ich schielte aus dem Augenwinkel zu ihm hinüber. Er kaute auf der Unterlippe und starrte gedankenverloren auf seinen Bildschirm, aber dann passte ich einen Moment nicht auf, und er erwischte mich beim Starren.

»Hat er angerufen?«

»Wer?«

»Na, wer wohl? Meister Popper.«

Ich verdrehte die Augen. »Nein.«

»Hat er eine SMS geschickt?«

»Nein.«

»Der Arsch«, brummte mein Leben und schien beleidigt zu sein.

»Ist mir völlig egal«, meinte ich, amüsiert über seine Reaktion.

»Lucy.« Er schwang seinen Drehstuhl herum, sodass er mich direkt anschaute. »Glaub mir, wenn mir etwas wichtig ist, dann ist es auch für dich wichtig. Schau mal.« Er deutete auf sein Kinn.

»Igitt.«

»Ist er groß?«

Auf seinem Kinn war ein riesiger Pickel.

»Gigantisch«, antwortete ich. »Hast du den, weil der Teppichmann sich nicht gemeldet hat?«

»Nein, den habe ich, weil du nichts getan hast, um ihn dazu zu bringen, dass er sich meldet.«

»Na klar, es ist mal wieder meine Schuld.«

Graham hatte seine Arbeit unterbrochen und betrachtete unseren Austausch amüsiert, aber plötzlich öffnete sich Ednas Tür, und wir blickten alle auf. Sie starrte erst mich und dann Quentin an. »Quentin, könnte ich Sie bitte mal sprechen?«

»Selbstverständlich.« Quentin stand auf, zog seine braune Hose wie üblich über den Bierbauch hoch, schob die Brille auf die Nasenwurzel, strich die Krawatte glatt und machte sich auf den Weg in Ednas Büro. Dass er dabei keinen von uns ansah, machte die Sache noch schlimmer. Sobald die Tür sich hinter ihm geschlossen hatte, sprang ich auf. »O mein Gott, das glaube ich nicht!«, sagte ich zu den anderen.

»Was denn?« Mary sah mich besorgt an.

»Sie hat ihn zu sich reingerufen.« Ich schaute sie mit bedeutsam aufgerissenen Augen an und deutete fahrig auf die Tür, die sich gerade hinter Quentin geschlossen hatte.

»Ja, und?«, fragte Louise.

»Was? Ihr findet das normal?«, fragte ich verdutzt. Normalerweise war ich es doch, die immer so tat, als gäbe es keinen Grund zur Aufregung.

Achselzuckend sahen die anderen sich an.

»Und du?«, sprach ich mein Leben direkt an.

Er checkte gerade sein Handy. »Erinnerst du dich, ob ich ihm meine Nummer gegeben habe? Vielleicht ruft er mich an. Oder schickt mir sogar eine SMS. Eine SMS wäre echt nett nach gestern Nacht.«

»Quentin wird gefeuert, und ich bin schuld!«, rief ich verzweifelt.

Jetzt sprangen alle von den Stühlen und wollten mehr erfahren – alle außer meinem Leben. Er verdrehte lediglich die Augen, weil ich mich so theatralisch aufspielte, und wandte sich dann wieder seinem Handy zu.

»Ich kann es euch nicht genauer erklären.« Händeringend lief ich auf und ab. »Dafür haben wir keine Zeit. Ich muss mir etwas einfallen lassen, um zu verhindern, dass man ihn entlässt.« Ich sah die anderen an, und sie erwiderten meinen Blick mit ausdruckslosen, müden Gesichtern. Falls einer von ihnen eine Möglichkeit wusste, wie man Quentin retten konnte, dann hätten sie diese bestimmt schon bei den anderen Entlassungen angewandt. Oder sie behielten diesen Trumpf lieber vorsorglich in der Hand, für den Fall, dass sie selbst in die Schusslinie gerieten. Also musste ich wohl oder übel allein herumwandern und mir das Gehirn zermartern.

Ich sah mein Leben an. Er war noch immer auf der Suche nach einer SMS. »Vielleicht hab ich hier kein Netz«, murmelte er, streckte das Handy in die Luft und wedelte damit herum. »Ich geh mal auf den Flur und probier es da«, verkündete er schließlich, stand auf und verließ den Raum.

»Jetzt weiß ich, was ich tun muss«, sagte ich mit fester Stimme.

»Was?«, fragte Quetschi, aber ich konnte nicht antworten, weil ich bereits unterwegs zu Ednas Büro war, wild entschlossen, im Mund bereits die dafür ausgeformten Worte.

Ich riss die Tür auf und stürzte hinein. Edna und Quentin blickten auf.

»Feuern Sie mich!«, rief ich und stellte mich breitbeinig in die Mitte des Zimmers, bereit, es mit der ganzen Welt aufzunehmen.

»Wie bitte?«, fragte Edna.

»Feuern Sie mich«, wiederholte ich. »Ich habe es nicht verdient, hier zu arbeiten.« Ich sah Quentin an und hoffte, dass er es verstand. »Ich bin ein Zwei-Bohnen-Salat. Ich habe nicht gehalten, was ich versprochen habe, ich sollte nicht hier sein, ich habe diese Arbeit eigentlich nur die letzten zwei Wochen wirklich zu schätzen gewusst. Davor hab ich meinen Job und alle Leute in diesem Haus für selbstverständlich genommen.« Ich starrte Edna an. Bisher wirkte sie hauptsächlich schockiert, aber sie musste wütend werden, damit sie mich feuerte und Quentin bleiben konnte. Ich schluckte schwer. »Ich hab mir für alle Leute hier Spitznamen ausgedacht, die ich eigentlich lieber für mich behalten würde, aber wenn Sie es möchten, dann verrate ich sie Ihnen.« Ich kniff die Augen zusammen. »Ihrer hatte etwas mit einem Fisch zu tun.« Beschämt machte ich die Augen wieder auf. »Ich hab dauernd getrödelt und eine Menge Zeit verschwendet. Ich rauche im Gebäude, ich bringe alle in Gefahr.«

Hinter mir hörte ich Mary nach Luft schnappen, und auf einmal wurde mir bewusst, dass ich die Tür nicht zugemacht hatte und natürlich alle zuhörten. Ich drehte mich um. Inzwischen war auch mein Leben wieder ins Büro zurückgekommen und starrte mich mit offenem Mund an. Hoffentlich war er stolz auf mich, denn ich erzählte keine Lügen, nein, ich opferte mich, ich tat das Richtige, um einen unschuldigen Mann vor der Entlassung zu retten.

»Bis letzte Woche hab ich meinen Job nicht mal gemocht«, fuhr ich fort, angespornt vom Anblick meines Lebens. »Ich wollte mich am liebsten feuern lassen. Aber jetzt ist mir klar, dass das total unfair war – so viele gute Leute sind entlassen worden, und ich bin immer noch da, dabei hätte ich die Erste sein müssen. Es tut mir leid, Edna, und ich möchte mich entschuldigen bei allen denen, die gefeuert worden sind, und bei Louise und bei Graham und bei Mary und bei Quentin. Bitte feuern Sie Quentin nicht, er hat nichts Falsches getan. Bis zu diesem Morgen hatte er keine Ahnung, dass ich kein Spanisch kann. Bitte bestrafen Sie ihn nicht für meine Fehler. Feuern Sie mich!«, wiederholte ich zum guten Schluss noch einmal und senkte demütig den Kopf.

Nun trat Stille ein. Eine schockierte Stille.

Schließlich räusperte sich Edna und sagte: »Lucy, ich wollte Quentin nicht feuern.«

»Was?« Ich blickte zum Tisch hinüber, auf dem Papiere verstreut waren, Schaubilder, Anweisungen.

»Wir haben über die Anleitung für die neue Wärmeschublade gesprochen. Ich habe Quentin gebeten, die spanische Fassung zu übersetzen.«

Meine Lippen formten ein perfektes O.

Quentin schwitzte. »Aber vielen Dank, dass du mich verteidigt hast, Lucy«, sagte er und blinzelte hektischer denn je.

»Äh ... gern geschehen.« Weil ich nicht wusste, was ich jetzt machen sollte, hielt ich es für das Beste, den Rückzug anzutreten. »Soll ich einfach ...?« Ich deutete mit dem Daumen hinter mich zur offenen Tür.

»Ich glaube«, begann Edna und hob die Stimme, »angesichts all dessen, was Sie gesagt haben und was sich in letzter Zeit hier abgespielt hat, sollten Sie ...«

Sie überließ es mir, den Satz zu vollenden. »... gehen?«

Sie nickte. »Halten Sie das nicht auch für die beste Lösung?«

Einen Moment dachte ich nach. Die Situation war mir unendlich peinlich. Schließlich nickte ich und flüsterte: »Ja. Ähm, vielleicht. Ich hole dann mal meine Sachen.« Ich hielt inne. »Meinen Sie, jetzt sofort?«

»Ja, ich denke, das wäre eine gute Idee«, antwortete Edna leise. Offensichtlich schämte sie sich für mich, war aber wahrscheinlich auch froh, dass ich das Problem für sie gelöst hatte.

»Okay«, flüsterte ich. »Ähm ... tschüss, Quentin, es war sehr schön, mit dir zusammenzuarbeiten.« Ich trottete auf ihn zu und streckte ihm die Hand hin. Er nahm sie und sah ziemlich verwirrt zwischen Edna und mir hin und her. »Äh, danke, Edna. Ich habe gern für Sie gearbeitet«, log ich, nachdem ich ihr gerade die Sache mit dem Fisch offenbart hatte. »Vielleicht kann ich Sie ja gelegentlich mal anrufen wegen einem Zeugnis oder so.«

Sie sah unsicher aus, schüttelte mir aber trotzdem die Hand. »Viel Glück, Lucy.«

Jetzt wandte ich mich endlich zu meinen Kollegen um, die im Gang aufgereiht hintereinander standen und mich erwarteten. Mein Leben war nicht mehr im Büro.

»Er ist draußen«, erklärte Mary-Maus.

Ich schüttelte allen die Hand. Wieder einmal, genau genommen zum dritten Mal in zwei Wochen, waren sie nicht sicher, ob sie mich lieben oder hassen sollten. Ich packte meine Sachen – es war ja nicht viel, ich hatte meinen Schreibtisch nie mit persönlichen Dingen ausgestattet –, dann verließ ich verlegen den Raum, winkte, bedankte und entschuldigte mich. Als die Tür hinter mir ins Schloss fiel, holte ich tief Luft.

Auf dem Korridor erwartete mich mein Leben – wutschnaubend, um es vorsichtig auszudrücken. »Was zur Hölle sollte das denn?«

»Bitte nicht hier«, wehrte ich mit gedämpfter Stimme ab.

»Doch, hier. Was zum Teufel hat dir dieses Theater gebracht? Du hättest deinen Job behalten können, auch wenn ich es nicht für möglich gehalten hätte. Und was machst du? Schmeißt alles hin. Marschierst da rein und schmeißt absichtlich alles hin. Was ist bloß los mit dir? Warum sabotierst du alles Gute, was dir im Leben passiert?« Inzwischen brüllte er lauthals, und ich war nicht nur verlegen, ich bekam allmählich Angst. »Möchtest du um jeden Preis unglücklich sein?«

»Nein.«

»Das glaube ich dir nicht.«

»Natürlich will ich nicht unglücklich sein.«

»Würdest du bitte mal für einen Moment alle anderen beiseitelassen und dich ausschließlich auf mich konzentrieren?«, schrie er mich an. »Könntest du das zur Abwechslung mal versuchen?«

Natürlich ließ ich mir das nicht zweimal sagen, ich sah

ihn sofort an, hundertprozentig aufmerksam, genau wie alle anderen Leute, die sich zufällig in der Nähe aufhielten.

»Ich dachte, du wärst stolz auf mich«, jammerte ich. »Ich hab Zwinker-Quentin verteidigt, auch wenn sich herausgestellt hat, dass es nicht nötig gewesen wäre, trotzdem. Ich hab nicht an mich gedacht, sondern an Quentin, und jetzt haben wir genug Zeit, um zu Blake zu fahren, damit ich ihm sagen kann, dass ich ihn liebe. Es entwickelt sich doch alles … ähm … perfekt.«

Zwar senkte mein Leben jetzt immerhin die Stimme, aber man hörte ihm die Wut an, die unter der Oberfläche blubberte und die er nur mühsam unter Kontrolle halten konnte. »Dein Problem war nie, dass du nicht an andere gedacht hast, sondern im Gegenteil deine Unfähigkeit, an dich selbst zu denken. Aber sosehr du jetzt auch versuchst, das, was du grade getan hast, als selbstlosen Akt der Güte zu verbrämen, das nimmt dir keiner ab. Du bist nicht da reingegangen, weil du Quentin verteidigen wolltest, du bist da reingegangen, um wieder einmal aufzugeben, und ich traue dir durchaus zu, dass du das ganze Theater nur deshalb abgezogen hast, um früher bei Blake sein zu können.«

Wenn ich ehrlich war, konnte ich nicht abstreiten, dass mir das durch den Kopf gegangen war.

»Aber ich liebe ihn«, entgegnete ich lahm.

»Du liebst ihn. Bezahlt deine neu entdeckte Liebe die Rechnungen?«

»Jetzt klingst du schon wie mein Vater.«

»Nein, ich klinge wie ein verantwortungsbewusster Mensch. Weißt du, was das heißt?«

»Ja, es bedeutet, dass ich für alle Ewigkeit unglücklich bin«, versuchte ich mich zu verteidigen. »Während ich mir jetzt die Kontrolle über mein Leben zurückhole.«

»Du holst sie dir zurück? Wer hatte sie dir denn weggenommen?«

Ich machte den Mund auf und schloss ihn wieder. Schließlich sagte ich: »Versuch nicht, mir ein schlechtes Gewissen einzureden. Ich werde schon einen anderen Job finden.«

»Wo?«

»Das weiß ich noch nicht. Ich muss mich erst mal umschauen, es gibt bestimmt irgendwas Tolles für mich. Etwas, wofür ich eine *Leidenschaft* habe.«

Er stöhnte, als er das Wort hörte. »Lucy, du hast für nichts eine Leidenschaft.«

»Doch, für Blake.«

»Blake bezahlt aber nicht die Rechnungen.«

»Vielleicht schon, wenn wir heiraten und ich Kinder kriege und nicht mehr arbeite«, entgegnete ich. Natürlich war das nur ein Scherz. Glaubte ich jedenfalls.

»Lucy, du hattest einen guten Job und hast ihn weggeschmissen. Herzlichen Glückwunsch. Ich hab die Nase so voll von dir. Wann wirst du endlich erwachsen?« Er sah mich noch einmal an, total enttäuscht, dann drehte er sich um und ließ mich stehen.

»Hey, wo willst du hin?« Ich lief ihm nach, aber er beschleunigte seine Schritte. Am Aufzug holte ich ihn ein. Da wir nicht allein in der Kabine waren, konnten wir nicht weitersprechen; er schaute stur geradeaus, während ich ihn anstarrte und dazu bringen wollte, wenigstens meinen Blick zu erwidern. Dann gingen die Aufzugtüren auf, und er stürzte sofort hinaus. Schließlich waren wir draußen an der kalten Luft.

»Wo läufst du denn hin?«, rief ich. »Wir müssen nach Wexford! Hallo-hooo! Ich folge meinem Traum. Siehst du? Ich habe nämlich sehr wohl Träume«, triumphierte ich, während ich wie ein Hündchen neben ihm herhüpfte.

»Nein, Lucy, du musst zum Essen bei deiner Familie.«

»Du meinst, *wir* müssen zum Essen bei meiner Familie.«

Aber er schüttelte den Kopf. »Ich bin raus.«

Eilig ging er zur Bushaltestelle, im gleichen Augenblick kam ein Bus, mein Leben stieg ein, und weg war er. Ich blieb allein auf dem Parkplatz zurück.

Als ich in meine Wohnung zurückkam, versuchte ich, das zerwühlte Bett zu ignorieren, während ich meine Tasche für Wexford packte. Jetzt, da ich keinen Job mehr hatte, gab es keinen Grund, mit dem Besuch bei Blake bis morgen Abend zu warten. Hier gab es nun offiziell nichts mehr, was mich hielt, abgesehen von dem Essen bei meinen Eltern heute Abend … und einem Kater. Ich klopfte bei Claire, und während ich wartete, hörte ich von drinnen die Musik von *In the Night Garden*. Endlich machte sie auf. Sie sah fix und fertig aus.

»Hi, Lucy.«

»Alles klar?«

Sie nickte, aber dann füllten sich ihre Augen mit Tränen.

»Ist es wegen deiner Mutter?«

»Nein.« Eine Träne rollte über ihre Wange, und sie machte sich nicht die Mühe, sie abzuwischen. »Ihr geht es tatsächlich besser. Aber Conor macht mir Sorgen, es geht ihm gar nicht gut.«

»Oh.«

»Und ich hab nicht viel geschlafen. Aber egal.« Sie wischte sich energisch übers Gesicht. »Was kann ich für dich tun?«

»Ach weißt du was, du hast genug um die Ohren. Ist schon okay.« Ich ruderte schnell zurück.

»Nein, bitte, ich kann ein bisschen Abwechslung brauchen. Worum geht's?«

»Ich muss für ein paar Tage weg und wollte fragen, ob du dich vielleicht um meinen Kater kümmern könntest. Ich meine nicht, dass er bei dir wohnen soll oder so, aber es wäre toll, wenn du hin und wieder nach ihm schaust und ihn vielleicht mitnimmst in den Park, wenn du hingehst, und ihn fütterst?«

Sie sah mich an. Auf einmal wirkte sie verärgert.

»Was ist? Was hab ich denn gesagt?«

»Du hast doch gar keine Katze«, stieß sie hervor, und ihre Augen wurden dunkel.

»Oh, ich hab ganz vergessen, dass du das nicht weißt.« Ich senkte die Stimme. »Ich hab den Kater schon seit Jahren, aber wenn jemand es erfährt, dann schmeißt man mich raus, und das ist es dann doch nicht wert«, scherzte ich, wurde dann aber wieder ernst. »Es stört dich nicht, oder?«

»Ich hab hier nie einen Kater gesehen.«

»Direkt hinter mir.«

»Nein, da ist kein Kater. Lucy, was immer du vorhast, das ist nicht witzig.«

»Ich tu doch gar nichts. Wie meinst du das?«

»Hast du mit Nigel gesprochen?«

»Nigel? Wer ist denn Nigel? Hätte ich mit ihm sprechen sollen?«

»Mein Mann«, antwortete sie ärgerlich.

»Nein. Ich hab keine Ahnung, wovon du sprichst. Was ...?« Aber ich hatte keine Gelegenheit mehr, den Satz zu vollenden, denn Claire knallte mir die Tür vor der Nase zu. »Was zum ...?« Als ich mich umwandte, um Mr Pan zu fragen, was in aller Welt er Claire denn angetan hatte, kapierte ich endlich. Mr Pan war nicht da, er war den Korridor hinuntergelaufen, sodass Claire wahrscheinlich gedacht hatte, ich wollte sie bitten, auf eine unsichtbare Katze aufzupassen. Ich kam mir gemein vor, obwohl ich nichts dergleichen vorgehabt hatte, rannte ihm nach und fand Mr Pan zu Füßen eines mürrischen Nachbarn, der nie ein Wort mit mir wechselte.

»Ach du meine Güte«, sagte ich erschrocken. »Ist das eine streunende Katze? Wie ist die denn reingekommen? Oder ist es vielleicht ein Er? Wer weiß? Ich bring das Tier am besten gleich weg.« Dann nahm ich Mr Pan auf den Arm und eilte zurück in meine Wohnung, wobei ich immer wieder brummte: »Du dreckiger kleiner Streuner.« So laut, dass jeder es hören konnte.

Kapitel 21

Als ich abends am Esstisch meiner Eltern saß, war ich entsetzlich unruhig und konnte meine Nervosität kaum in Schach halten. Noch hatte ich nicht den Mut gehabt, den anderen mitzuteilen, dass ich mal wieder ohne Leben war, nicht weil ich es wie früher unter den Teppich gekehrt hatte, sondern weil meine Entscheidungen ihm nicht gepasst hatten und er mich verlassen hatte. Den ganzen Nachmittag hatte ich versucht, ihn auf dem Handy zu erreichen, unter dem Vorwand, mich entschuldigen zu wollen, in Wirklichkeit aber, um herauszufinden, ob wir das Essen bei meiner Familie nicht doch noch absagen konnten. Er war nicht drangegangen, und nach sechs vergeblichen Versuchen merkte ich, dass er das Handy ausgestellt hatte. Weil ich nicht die richtigen Worte fand, hinterließ ich auch keine Nachricht. Es tat mir bei Weitem nicht leid genug, als dass ich ihn hätte um Verzeihung bitten wollen, außerdem hätte er sofort durchschaut, dass ich es nicht ehrlich meinte. Mir war sehr unbehaglich zumute – das eigene Leben zu ignorieren war eine Sache, aber wenn man vom eigenen Leben ignoriert und dann auch noch im Stich gelassen wurde, war das ein ganz anderes Kaliber. Wenn mein Leben mich aufgab, hatte ich dann überhaupt noch eine Chance?

Der Abend war zu kühl, um draußen zu essen, deshalb hatte Edith im Speisezimmer gedeckt, dem feierlichsten Raum meiner Eltern, der eigentlich nur für besondere Anlässe benutzt wurde. Zuerst dachte ich, sie wollte sich dafür rächen, dass ich ihren Kuchen geklaut und ihn Mum als mein eigenes Werk geschenkt hatte, wie neulich bei den Blumen, aber ich beobachtete sie und merkte, dass sie sich ehrlich auf den Ehrengast freute und ihm den tollsten Empfang bereiten wollte, den man bei Silchesters kannte. Auch Mum hatte sich schwer ins Zeug gelegt: In jedem Zimmer, das von der Eingangshalle abzweigte, standen Kristallvasen mit frischen Blumen, auf dem Esstisch lag eine edle Leinentischdecke, sie hatte das beste Silberbesteck herausgeholt, ihre Haare waren frisch geföhnt, und sie trug ein rosa-türkis gemustertes Etuikleid von Chanel, mit passendem Jäckchen und den üblichen flachen Pumps. Für die meisten Leute war das Esszimmer einfach nur das Esszimmer, aber unseres trug den hochtrabenden Namen *Eichenzimmer*. Dank unseres großen Schriftstellers waren die Wände vom Boden bis zur Decke mit Eichenholz getäfelt, und die kristallenen Wandleuchter brachten unsere vielseitige Sammlung wertvoller Gemälde erst richtig zur Geltung – es gab abstrakte Bilder, aber auch sehr realistische von Männern, die mit tief ins Gesicht gezogenen Tweedkappen in den Sümpfen von Mayo schufteten.

»Kann ich dir helfen?«, fragte ich Mum, als sie zum dritten Mal mit einem Silbertablett ins Zimmer flatterte, diesmal mit einem Nachtrag zu den verschiedenen Würzen, die bereits auf dem Tisch standen und die kein Mensch in seinem ganzen Leben, geschweige denn in einer Mahlzeit hätte leer machen können. Es gab kleine Silberschalen mit Mintsoße, mit Senf – grobkörnigem und Dijon –, mit Olivenöl, mit Mayonnaise und mit Ketchup, und neben jedem Schälchen lag ein winziges Silberlöffelchen.

»Nein, Liebes, du bist unser Gast.« Sie ließ den Blick prüfend über den Tisch schweifen. »Balsamico?«

»Mum, das reicht, echt, es steht schon mehr als genug auf dem Tisch.«

»Vielleicht mag er aber ein bisschen Balsamico zu dem leckeren Zwei-Bohnen-Salat, den du Mum mitgebracht hast, Lucy«, meinte Riley frech.

»Ja«, rief Mum sofort und sah Riley an. »Du hast recht. Ich hole ihn sofort.«

»Mum isst gern Salat«, verteidigte ich mein Geschenk.

»Und dass er in einem Plastikbehälter aus deiner Kantine kommt, macht ihn zu etwas ganz Besonderem«, grinste er.

Ich hatte noch keinem verraten, dass mein Leben nicht zum Essen kommen würde, zum Teil, weil ich wirklich nicht wusste, ob er nicht doch noch auftauchen würde, aber hauptsächlich, weil ich in meiner Dummheit angenommen hatte, dass es keine große Rolle spielen würde, ob er kam oder nicht, und dass mir rechtzeitig eine höfliche Entschuldigung für ihn einfallen würde, wenn er wegblieb. Aber anscheinend hatte ich mich gründlich verschätzt. Nicht in meinen kühnsten Träumen hatte ich damit gerechnet, dass sie alle so darauf brannten, mein Leben kennenzulernen. Gespannte Erwartung lag in der Luft, aber auch Aufregung, Nervosität. Ja, das war es. Meine Mutter war nervös. Sie wuselte herum und überprüfte ständig, ob auch alles perfekt war – so viel lag ihr daran, meinem Leben zu gefallen. Und auch Edith kam mir angespannt vor. Genau genommen versuchten sie ja, *mir* zu gefallen, und ich fühlte mich geschmeichelt, aber in erster Linie ahnte ich, dass ich in Schwierigkeiten war. Die Eröffnung, dass er nicht kommen würde, würde bestimmt keine

Freude hervorrufen, und je länger ich es hinauszögerte, desto unangenehmer würde es werden.

Endlich klingelte es am Tor, und Mum sah sich um wie ein gehetztes Reh im Scheinwerferlicht. »Sind meine Haare in Ordnung?« Ich war so erstaunt über ihr Verhalten, dass ich kein Wort herausbrachte – Silchesters gerieten normalerweise nicht so aus der Fassung –, woraufhin sie zu dem goldgerahmten Spiegel über dem großen Marmorkamin hastete und sich auf die Zehenspitzen stellte, um mit angelecktem Finger ein Härchen am Oberkopf zur Räson zu bringen. Auf einmal fiel mir auf, dass für acht Leute gedeckt war. Jetzt wurde ich richtig nervös.

»Vielleicht ist das ja der Teppichmann«, sagte Edith beruhigend zu Mum.

»Teppichmann? Was denn für ein Teppichmann?«, fragte ich, und mein Herz schlug schneller.

»Dein Lebens-Freund hat mir die Nummer einer Teppichreinigungsfirma gegeben, die in deiner Wohnung angeblich wahre Wunder vollbracht hat. Obwohl ich mir gewünscht hätte, er würde erst nach dem Essen kommen.« Mit gerunzelter Stirn sah sie auf die Uhr. »Aber ich muss sagen, es war sehr angenehm, mit ihm zu telefonieren, ich freue mich richtig darauf, ihn persönlich kennenzulernen. Er ist bestimmt sehr nett.« Mum kniff das Gesicht zusammen, zog die Schultern hoch und sah mich voller Zuneigung an.

»Der Teppichmann?«

»Nein, dein Leben«, lachte sie.

»Was ist mit dem Teppich passiert, Sheila?«, fragte meine Großmutter.

»Kaffeeflecken auf dem Perser im Salon. Lange Geschichte, aber er muss unbedingt morgen wieder sauber sein, denn da kommt Florrie Flanagan zu Besuch.« Mum wandte sich an mich. »Erinnerst du dich an Florrie?« Ich schüttelte den Kopf. »Doch, bestimmt, ihre Tochter Elizabeth hat grade einen kleinen Sohn bekommen. Sie haben ihn Oscar getauft. Ist das nicht schön?«

Ich überlegte, warum sie Riley nie fragte, ob die Geburt eines Babys schön war. In diesem Moment hörten wir Schritte an der Tür. Ich beobachtete, wie Mum tief Luft holte und vorsorglich ein Lächeln aufsetzte, und versuchte, mir schnell etwas einfallen zu lassen, was ich tun könnte, wenn gleich entweder Don oder mein Leben auftauchte. Aber ich hätte mir gar keine Sorgen machen müssen, denn es war Philip, der den Kopf zur Tür hereinstreckte. Mum atmete hörbar aus.

»Ach, du bist es nur.«

»Oh, danke für die nette Begrüßung«, sagte Philip und kam, gefolgt von seiner siebenjährigen Tochter Jemima, ins Zimmer. Jemima wirkte so gelassen wie immer und schaute sich ruhig im Zimmer um. Erst als sie mich und Riley entdeckte, wurden ihre Augen ein bisschen größer und leuchteten auf.

»Jemima«, rief Mum und eilte auf sie zu, um sie in den Arm zu nehmen. »Was für eine wundervolle Überraschung!«

»Mum konnte heute nicht mitkommen, deshalb hat Daddy gesagt, ich darf ihn begleiten«, antwortete Jemima mit ihrer sanften Stimme.

Riley wölbte die Hände über der Brust und gab sich Mühe, nicht zu lachen. Philips Frau Majella hatte sich in den letzten zehn Jahren so vielen Schönheitsoperationen unterzogen, dass es an ihr kein Stück Haut mehr gab, das sich freiwillig bewegte. Philip war Schönheitschirurg, und obwohl er behauptete, dass es sich ausschließlich um Wiederherstellungschirurgie handelte, überlegten Riley und ich gelegentlich, ob das für seine Frau nicht zu einer Art Kosmetikbehandlung nebenbei geworden war. Jedenfalls hatte ich immer das Gefühl, dass Jemima als Reaktion auf die Operationen ihrer Mutter – sozusagen nach ihrem Vorbild – immer weniger Mimik zeigte. Genau wie bei ihrer botoxbehandelten Mutter war ihre Mimik kaum wahrnehmbar, sie grinste niemals breit und legte auch nie die Stirn in Falten. Auf dem Weg um den Tisch klatschte Jemima Riley ab. Meine Großmutter gab missbilligende Laute von sich.

»Hallo, Jemima Patschel-Watschel«, sagte ich, als die Kleine bei mir ankam, und schloss sie fest in die Arme.

»Darf ich neben dir sitzen?«, fragte sie.

Ich warf meiner Mutter einen kurzen Blick zu, die verwirrt aussah und anfing, Tischkärtchen auszuwechseln und laut darüber nachzudenken. Schließlich sagte sie Ja, Jemima setzte sich zu mir, und Mum ging wieder dazu über, Messer und Gabeln zurechtzurücken, obwohl sie längst perfekt positioniert waren. Sie machte einen fahrigen Eindruck. Dabei wurden Silchesters doch nie fahrig.

»Hat die Teppichreinigung dir gesagt, wen sie vorbeischicken?«

»Ich hab mit einem Mann namens Roger gesprochen. Er meinte, er arbeitet abends nicht, aber sein Sohn würde vorbeikommen.«

Mein Herz hüpfte, dann wurde es schwer, dann hüpfte es wieder, rauf und runter wie eine Boje auf hoher See. Seltsamerweise freute ich mich darauf, Don zu sehen – aber nicht hier!

Mum schob immer noch das Besteck über den Tisch.

»Wie laufen die Hochzeitsvorbereitungen, Mum?«, erkundigte sich Philip.

Als Mum aufblickte, sah sie einen Moment gequält aus, aber der Ausdruck verschwand so schnell wieder, dass ich mich fragte, ob ich ihn mir nur eingebildet hatte.

»Alles läuft prima, danke, Philip. Ich habe schon die Anzüge für dich und Riley bestellt. Sehr elegant. Und Lucy, Edith hat mir deine Maße für das Kleid gegeben, danke. Ich hab einen wunderschönen Stoff ausgesucht, aber ich wollte ihn nicht bestellen, bevor du ihn dir angeschaut hast.«

Da ich niemandem meine Maße mitgeteilt hatte, musste es wohl mein Leben getan haben, was mich ärgerte – jetzt verstand ich immerhin, warum ich einmal mit dem Maßband um den Brustkorb aufgewacht war –, aber ich war froh, dass Mum mir wenigstens ein Vetorecht einräumte. »Danke.«

»Aber die Schneiderin meinte, wenn ich nicht bis spätestens Montag bestelle, wird das Kleid womöglich nicht mehr rechtzeitig fertig, deshalb musste ich dann doch schon zusagen.« Sie sah mich besorgt an. »Ist das in Ordnung? Ich hab mehrmals versucht, dich anzurufen, aber du warst beschäftigt, wahrscheinlich mit … wie sollen wir ihn denn nennen, Liebes?«

»Das erübrigt sich«, winkte ich ab, fügte aber mit zusammengebissenen Zähnen hinzu: »Das Kleid wird bestimmt schön.«

Riley kicherte.

»Es wird abfärben«, sagte meine Großmutter und erwachte plötzlich zum Leben. »Du wirst sehen, es wird abfärben.« Dann wandte sie sich mir zu. »Lucy, wir können nicht mit einem Gast am Tisch sitzen, dessen Namen wir nicht kennen.«

»Du kannst Cosmo zu ihm sagen.«

»Und wie kann ich zu ihm sagen?«, fragte Riley.

Jemima lachte, ohne die Stirn zu verziehen. Ein erstaunliches Naturphänomen, denn sie hatte ja noch keinen Tropfen Rattengift unter der Haut.

»Was ist denn das für ein Name?«, fragte meine Großmutter angewidert.

»Ein Vorname. Sein voller Name ist Cosmo Brown.«

»Oh, so heißt doch der Mann aus dem Film.« Mum schnippte mit den Fingern und versuchte sich zu erinnern. Meine Großmutter betrachtete sie voller Abscheu. »Donald O'Connor hat ihn gespielt in …« Sie schnippte und schnippte. »*Singin' in the Rain!*«, rief sie endlich und lachte. Dann fügte sie besorgt hinzu: »Aber er hat keine Allergie gegen Nüsse, oder?«

»Donald O'Connor?«, fragte ich. »Ich weiß nicht, ich glaube, er ist vor ein paar Jahren gestorben.«

»An Nüssen?«, fragte Riley.

»Ich glaube, es war eine Herzinsuffizienz«, warf Philip ein.

»Nein, ich meine deinen Freund, Cosmo«, sagte Mum.

»O nein, der lebt noch.«

Riley und Philip lachten.

»Ich würde mir seinetwegen keine Gedanken machen«, sagte ich. »Ist es nicht schön, dass wir alle hier beisammen sind, ganz egal, ob er auch kommt?«

Riley bemerkte meinen Ton und beugte sich vor, um meinen Blick zu erhaschen. Aber ich sah ihn nicht an.

In diesem Augenblick stürzte Edith mit hochroten Wangen herein. »Lucy«, sagte sie leise. »Ich frage mich allmählich, wann dein Freund endlich eintrifft. Das Lammfleisch ist jetzt nämlich so durch, wie Mr Silchester es gerne isst, und er hat um acht ein wichtiges Telefongespräch.« Ich schaute auf die Uhr. Mein Leben war bereits zehn Minuten zu spät, und Vater hatte in seinem Terminplan nur eine halbe Stunde für das Essen eingeplant.

»Sagen Sie Mr Silchester bitte, dass er seinen Anruf verschieben soll«, sagte Mum so scharf, dass wir sie alle verwundert ansahen. »Und er kann sein Fleisch auch noch essen, wenn es ein bisschen mehr durch ist als normal.«

Alle schwiegen, einschließlich meiner Großmutter, ein beispielloses Vorkommnis.

»Es gibt wichtigere Dinge«, sagte Mum, richtete sich auf und begann wieder, das Besteck zu verrücken.

»Vielleicht kann Vater sich ja jetzt zu uns setzen. Es hat doch keinen Sinn, auf meinen Freund zu warten, wenn er sich so viel verspätet«, sagte ich zu Edith mit meinem Notfallblick, den sie hoffentlich richtig als *Er kommt nicht, Hilfe!* interpretierte.

Im gleichen Moment klingelte es am Tor.

»Da ist er ja!«, rief Mum aufgeregt.

Ich warf einen Blick aus dem Fenster und sah Dons grellgelben Lieferwagen mit dem flammend roten fliegenden Teppich, der sich langsam drehte. Ich sprang auf und zog hastig die Vorhänge an den großen Fenstern zu. »Bleibt sitzen, ich will ihn alleine begrüßen!«

Riley musterte mich argwöhnisch.

»Ich möchte, dass es eine richtige Überraschung wird«, erklärte ich, dann rannte ich aus dem Zimmer und schloss schnell die Tür hinter mir. Gerade als ich die Eingangshalle durchquerte, kam Edith aus der Küche.

»Was hast du vor?«

»Nichts«, antwortete ich und kaute nervös an den Fingernägeln.

»Lucy Silchester, ich kenne dich schon dein ganzes Leben, und ich weiß, wie du aussiehst, wenn du etwas im Schilde führst. In einer Minute muss ich deinen Vater holen, also muss ich Bescheid wissen.«

»Na gut«, zischte ich. »Mein Leben und ich haben uns gestritten, und er kommt heute Abend nicht.«

»Herr des Himmels!« Edith schlug die Hände über dem

Kopf zusammen. »Warum sagst du das den anderen nicht einfach?«

»Warum wohl?«, zischte ich.

»Wer ist das denn da draußen?« Wir hörten, wie der Lieferwagen hielt und der Motor abgestellt wurde.

»Der Teppichmann«, zischte ich.

»Und warum ist das so schlimm?«

»Weil ich letzte Nacht mit ihm geschlafen habe.«

Edith stöhnte leise.

»Aber ich liebe einen anderen.«

Sie ächzte.

»Das glaube ich jedenfalls.«

Sie seufzte abgrundtief.

»O Gott, was soll ich denn tun? Denk nach, Lucy, lass dir was einfallen.«

Auf einmal hatte ich eine Idee. Edith schien es an meinem Gesicht zu erkennen.

»Lucy«, sagte sie warnend.

»Keine Sorge.« Ich nahm ihre Hände, drückte sie fest und sah ihr in die Augen. »Du weißt von nichts, niemand hat dir was gesagt, du bist nicht verantwortlich, es hat nichts mit dir zu tun, es ist alles meine Entscheidung.«

»Wie oft habe ich das in meinem Leben schon gehört!«

»Und war es nicht immer okay?«

Ediths Augen wurden groß. »Lucy Silchester, ich fürchte, so schlimm wie heute war es noch nie.«

»Ich verspreche dir, niemand wird etwas merken«, sagte ich in dem Versuch, sie zu beruhigen.

Sie jammerte leise und schlurfte davon, um meinen Vater zu holen.

Ich ging hinaus und zog die Haustür hinter mir ins Schloss. Don stieg gerade aus dem Auto und sah mich überrascht an.

»Hi, willkommen auf meinem Landsitz«, sagte ich.

Er lächelte, wenn auch nicht ganz so strahlend wie sonst. Dann kam er die Treppe herauf, und ich spürte plötzlich den überwältigenden Impuls, ihn zu küssen. Ich wusste nicht, was ich sagen sollte, aber aus dem Innern des Hauses hörte ich, wie die Tür zum Arbeitszimmer meines Vaters aufging und er mit raschen Schritten den Korridor überquerte.

»Lucy ist gerade draußen und begrüßt ihn, Sir«, erklang dann Ediths Stimme, etwas atemlos, weil sie ihm nachlaufen musste.

»Gut. Dann bringen wir den ganzen Unsinn jetzt hinter uns, ja?«, sagte er.

Auch Don hatte den Wortwechsel gehört.

»Tut mir leid wegen heute Morgen«, sagte ich und meinte es ganz ehrlich.

Er musterte mich prüfend.

»Ich hab dir ja gesagt, dass ich verkorkst bin. Nicht, dass das irgendetwas besser macht, aber so ist es einfach. Ich weiß nicht, was ich will. Ich dachte, ich wüsste es. Aber mein Leben hat mir gezeigt, dass das nicht stimmt. Ich hab keine Ahnung, was ich machen soll, aber ich versuche, es rauszufinden.«

Er nickte, musterte mich aber unablässig weiter. »Bist du noch in deinen Ex verliebt?«

»Ich glaube schon. Aber hundertprozentig weiß ich es nicht.«

Einen Moment schwieg er. »Dein Leben hat mir gesagt, dass er eine neue Freundin haben könnte.«

»Mein Leben hat eine Freundin?«

»Nein, *Blake*. Das hat dein Leben mir gesagt, als du unter der Dusche warst.«

»Ja, das könnte wahrscheinlich sein.«

Er sah sich auf dem Grundstück um und dann wieder zu

mir. »Ich liebe dich nicht, Lucy.« Er hielt inne. »Aber ich weiß, dass ich dich gernhabe. Sehr gern sogar.«

Ich legte die Hand aufs Herz. »Das ist das Netteste, was jemals jemand zu mir gesagt hat.«

»Aber ich möchte ungern als Versuchskaninchen benutzt werden.«

»Du wirst nicht benutzt.«

»Und ich möchte auch keine zweite Wahl sein.«

»Das würdest du niemals sein. Ich habe nur das Gefühl, dass ich erst mal ein paar Probleme in meinem Leben lösen muss.«

Damit schien er zufrieden zu sein. Mir fiel auch sonst nichts zu sagen ein.

Er schaute zum Haus. »Bist du nervös?«

»Ja, total. Ich war seit drei Jahren nicht mehr in einer Beziehung, und ich mache jeden Fehler, den man sich nur vorstellen kann.«

Er lächelte. »Nein, ich meine, weil dein Leben sie kennenlernen wird?«

»Ach so. Nein. Das macht mich nicht nervös. Davon wird mir nur schlecht.«

»Es wird schon gut gehen, überlass ihm einfach das Reden.«

»Er ist nicht da, und ich glaube auch nicht, dass er noch kommt. Ich hab heute meinen Job verloren, und mein Leben spricht nicht mehr mit mir.«

Seine Augen wurden groß. »Kann ich irgendwie helfen?«

Als ich den Kopf wieder zur Tür hineinstreckte, saßen alle um den Tisch, mein Vater allerdings nicht wie sonst am Kopf der Tafel. Offenbar sollte dieser Ehrenplatz meinem Leben vorbehalten bleiben.

»Entschuldigt die Verspätung. Vater, ich weiß, dass du gleich ein wichtiges Telefonat führen musst, wir werden dich auch bestimmt nicht davon abhalten, aber ich möchte euch gern jemanden vorstellen ...« Ich machte die Tür ein Stück weiter auf und zog Don herein.

»Das ist meine Familie. Liebe Familie« – ich sah Don an –, »das ist mein Leben.«

Er lächelte, seine Grübchen erschienen, und er begann zu lachen. Auf einmal bezweifelte ich stark, dass er der Rolle gerecht werden würde, die ich ihm zugedacht hatte.

»Entschuldigung.« Er hörte auf zu lachen. »Es ist mir eine große Ehre, Sie alle kennenzulernen.«

Er streckte Jemima die Hand hin. »Hallo, du.«

»Ich bin Jemima«, sagte sie schüchtern und nahm seine Hand.

»Freut mich, dich kennenzulernen, Jemima.«

Don ging von einem zum anderen, und meine Mum sprang sofort von ihrem Stuhl auf, während meine Großmutter stocksteif sitzen blieb und ihm nur eine schlaffe Hand entgegenstreckte.

»Victoria«, sagte sie.

»Ich bin Lucys Leben«, sagte er.

»Ja.« Sie musterte ihn von oben bis unten.

»Ich bin Riley.« Riley stand auf und schüttelte Don die Hand. »Und ich hab genau das gleiche Jackett.«

»Na, so ein Zufall«, sagte ich und komplimentierte Don hastig weiter zu meiner Mum.

»Ja, ich hab es draußen ...« Riley schaute auf die geschlossene Tür zum Korridor. Während Don und Mum sich die Hände schüttelten, zog Riley die Vorhänge zurück, sah aus dem Fenster, und als er Dons Lieferwagen dort stehen sah, warf er mir einen vielsagenden Blick zu. Ich erwiderte ihn,

Riley sah von Don zu mir, schüttelte den Kopf und nahm wieder Platz. Die anderen waren alle so mit Don beschäftigt, dass sie unsere Pantomime gar nicht mitbekamen.

»Das ist Lucys Vater, Mr Silchester«, sagte Mum gerade zu Don.

Tapfer ging Don auf ihn zu und sah kurz zu mir herüber. Ich musste mich anstrengen, nicht loszuprusten, und ihm erging es anscheinend ebenso. Schließlich war die Begrüßungsrunde vollendet, und Don nahm am oberen Tischende Platz.

»Sie haben ein wunderschönes Haus«, sagte er und sah sich um. »Ist das Eichenholz?«

»Ja«, antwortete meine Mum. »Deshalb nennen wir den Raum auch das Eichenzimmer.«

»Wir sind eine sehr kreative Familie«, warf ich ein, und Don lachte.

»Sagen Sie uns doch – wie kommen Sie und Lucy denn miteinander aus?«, fragte Mum, die Hände nervös ineinander verschlungen.

»Lucy und ich«, begann Don, und mein Herz schlug schneller, »kommen sehr gut miteinander aus, danke. Sie hat eine unglaubliche Energie«, fuhr er fort, und Riley ließ sich auf seinem Stuhl ein Stückchen nach unten rutschen. »Deshalb muss man sich manchmal anstrengen, mit ihr Schritt zu halten. Aber ich bin verrückt nach ihr«, endete er, ohne mich aus den Augen zu lassen.

Und auch ich konnte meinen Blick nicht von ihm losreißen.

»Ist das nicht wunderbar?«, flüsterte Mum fast ehrfürchtig. »Verliebt ins Leben! Ich sehe es an ihrem Gesicht. Wie schön!«

Als ich endlich merkte, wie Mum mich anstarrte, erwachte ich aus meiner Trance.

»Ja, hm …« Ich räusperte mich und wurde rot, denn inzwischen starrte mich nicht nur Mum an, sondern alle hatten ihren Blick auf mich gerichtet. »Warum erzählen wir ihm nicht ein bisschen was von uns?«

»Nun, Mr Silchester und ich wollen unser Ehegelübde erneuern«, verkündete Mum aufgeregt. »Nicht wahr, Samuel?«

Mein Vater antwortete mit einem lang gezogenen, nicht sehr begeisterten Ja. Verständlicherweise hielt Don seine Reaktion für einen Witz und lachte, aber da seine Annahme nicht der Wirklichkeit entsprach, kam das Lachen eher schlecht an.

Ein wenig verlegen fuhr Mum fort: »Es ist unser fünfunddreißigster Hochzeitstag dieses Jahr, und wir fanden, dass das eine schöne Art wäre, ihn zu feiern.«

»Herzlichen Glückwunsch«, sagte Don höflich.

»Danke. Ich habe Lucy gebeten, meine Brautjungfer zu sein, und ich hoffe sehr, dass Sie auch kommen.«

Don sah mich amüsiert an. »Lucy freut sich bestimmt schon sehr darauf.«

»Entschuldigen Sie meine Unwissenheit, aber wie lange haben Sie denn vor zu bleiben?«, fragte Mum.

»Noch eine ganze Weile, wenn es nach mir geht«, antwortete Don, und wieder spürte ich seine Augen auf mir ruhen. »Aber das liegt natürlich in erster Linie an Lucy.«

Ich warf Riley einen Blick zu, den er mit einem Zwinkern erwiderte, und trotz meines Plans, Blake zurückzugewinnen, konnte ich ein Lächeln nicht unterdrücken.

In diesem Moment kam Edith mit einem Servierwagen voller Teller und einer riesigen Suppenschüssel herein. Sie verteilte die Teller und begann zu servieren. »Zucchini und Erbsen«, erklärte sie Don und warf dann einen warnenden Blick in meine Richtung, um noch einmal deutlich zu machen, dass sie mit meinen Machenschaften nichts zu tun haben wollte.

»Mmmm, meine Lieblingssuppe«, schwärmte ich etwas übertrieben. »Danke, Edith.«

Sie ignorierte mich völlig, füllte alle Suppenteller und ließ meinen bis zuletzt.

Es klingelte wieder.

»Das ist bestimmt der Teppichreiniger«, sagte Mum und sah Edith an. »Edith?«

»Ich führe ihn in den Salon«, sagte Edith und warf mir einen beunruhigten Blick zu.

Auch ich machte mir ein bisschen Sorgen. Wenn mein Leben nun doch beschlossen hatte, hier zu erscheinen, würde er bestimmt nicht begeistert reagieren, in ein Zimmer mit einem schmutzigen Teppich geführt zu werden und zu hören, dass er ihn reinigen sollte. Von meiner gewaltigen Lüge mal ganz zu schweigen. Vielleicht war ich jetzt echt zu weit gegangen. Aber er konnte es doch gar nicht sein, er hatte mich im Stich gelassen, um allein und ohne seine Hilfe mit meiner Familie fertigzuwerden. Nur ein faules, fieses Leben würde bei so einer wichtigen Lektion kneifen. Es sei denn, er hatte geahnt, dass ich lügen würde, denn dann war es natürlich der perfekte Zeitpunkt, um hereinzuplatzen, und die Lektion noch wesentlich drastischer.

»Waren Sie schon bei Lucys Arbeitsstelle?«, fragte Philip, und mir wurde flau im Magen.

»Ja«, rief ich, ehe Don den Mund aufmachen konnte. »Und da wir schon davon sprechen – es gibt berufliche Veränderungen bei mir.« Ich versuchte, meine schlechten Nachrichten positiv wirken zu lassen, indem ich sie sozusagen in hübsches Geschenkpapier einwickelte. Aber für den Fall, dass mein Leben plötzlich hereinstürmte, um meine gigantische Lüge zu quittieren, musste ich vorher wenigstens diese Information loswerden.

»Du bist befördert worden!«, rief Mum hoffnungsvoll, und ihre Stimme überschlug sich fast vor Freude.

»Nein, das nicht.« Nervös schaute ich zu Don, um mir moralische Unterstützung zu holen, dann wieder zu meiner Mutter. »Seit heute arbeite ich nicht mehr bei Mantic.«

Der Mund meiner Mutter bildete ein perfektes O.

»Wo arbeitest du jetzt stattdessen?«, fragte Riley, auch er offensichtlich in Erwartung guter Neuigkeiten.

»Äh … bis jetzt noch nirgends.«

»Oh, das tut mir leid. Aber Mantic macht ja seit Jahren Verluste, da musste man ja ständig mit Entlassungen rechnen.«

Ich war Philip sehr dankbar für diesen Kommentar.

»Zahlen sie dir wenigstens eine ordentliche Abfindung?«, erkundigte Riley sich besorgt.

»Nein. Ich hab selbst gekündigt.«

Mein Vater schlug mit der Faust auf den Tisch. Alle fuhren zusammen, Besteck und Geschirr klapperten auf dem weißen Leinen.

»Es ist alles okay, Schätzchen«, sagte Philip zu Jemima, die ein ängstliches Gesicht machte und ihn mit großen Augen ansah – zumindest vermutete ich, dass sie Angst hatte, denn außer den Augen veränderte sich in ihrem Gesicht nicht viel. Ich legte schützend den Arm um sie.

»Ist das Ihr Werk?«, fragte Vater, an Don gewandt.

»Vielleicht sollten wir jetzt nicht darüber reden«, sagte ich leise und hoffte, dass Vater auf meinen sanften Ton eingehen würde.

»Ich finde, es ist der perfekte Zeitpunkt, um darüber zu reden«, dröhnte er stattdessen noch lauter.

»Jemima, komm mit«, sagte Philip und führte seine Tochter aus dem Zimmer, begleitet vom tadelnden Zungenschnalzen meiner Großmutter. Als die Tür aufging, sah ich, wie Edith mein Leben ins Haus ließ. Unsere Blicke trafen sich, gerade als die Tür sich wieder schloss.

»Also, wollen Sie mir nicht antworten?«, fragte mein Vater Don verächtlich.

»Wir sind hier nicht im Gerichtssaal«, wandte ich leise ein.

»Wag es nicht, in meinem Haus so mit mir zu reden.«

Aber ich achtete nicht auf ihn, sondern löffelte weiter meine Suppe. Alle anderen saßen reglos und schweigend um den Tisch. Vater verlor nur sehr selten die Beherrschung, aber wenn es doch einmal passierte, war es immer sehr heftig. Und jetzt war so ein Fall, das hörte man an seiner Stimme: Die Wut gewann immer mehr die Oberhand, und obwohl ich mich bemühte, ruhig zu bleiben, nahm auch meine Anspannung zu.

»Er hatte nichts damit zu tun«, sagte ich leise.

»Und warum nicht? Ist er etwa nicht für deine Entscheidungen verantwortlich?«

»Nein, er ist eigentlich nicht mein …«

»Schon okay, Lucy«, fiel Don mir ins Wort. Ich wusste nicht, ob er es aus Angst tat, aber als ich ihn ansah, konnte ich in seinem Gesicht nichts dergleichen entdecken, nur ebenfalls Wut und einen ausgeprägten Beschützerinstinkt.

»Was für eine Rolle haben Sie denn überhaupt?«, fragte mein Vater.

»Meine Aufgabe ist es, Lucy glücklich zu machen«, antwortete Don und sah mich an.

»Unsinn.«

»Und wenn sie glücklich ist, dann wird sie den richtigen

Weg finden«, fuhr Don unbeirrt fort. »Ich würde mir um Lucy an Ihrer Stelle keine Sorgen machen.«

»So einen Quatsch hab ich ja noch nie gehört. Das ist doch ausgemachter Blödsinn. Wenn Sie ihr helfen sollen, den richtigen Weg zu finden, dann sind Sie schon dabei zu scheitern.«

»Und wie schätzen Sie Ihre Fähigkeiten ein, die Vaterrolle auszufüllen?«, fragte Don, und nun hörte man die Wut auch in seiner Stimme. Er wollte mich beschützen, aber er wusste nicht, worauf er sich da einließ. Er kannte mich erst seit Kurzem, auch wenn ich das Gefühl hatte, dass er mich besser kannte als alle anderen an diesem Tisch. Ich traute meinen Ohren nicht. Ich konnte keinem ins Gesicht sehen und hatte keine Ahnung, was sie alle dachten.

»Wie können Sie es wagen, so mit mir zu sprechen«, brüllte Vater und stand auf. Er war ein großer Mann, und jetzt wirkte er im Vergleich zu uns, die wir am Tisch saßen, wie ein Riese.

»Samuel«, mahnte Mum leise.

»Lucy hat ihren Job gekündigt, weil sie dort nicht glücklich war«, fuhr Don fort. »Ich kann darin absolut nichts Verwerfliches entdecken.«

»Lucy ist nie glücklich mit ihrer Arbeit. Lucy ist einfach faul. Lucy wird sich niemals wirklich für einen Job engagieren. Sie hat sich nie für irgendetwas eingesetzt. Sie hat alles sausen lassen, was in ihrem Leben jemals von Nutzen war, und es sich mit allen verdorben, die ihr helfen wollten. Wir haben ihr eine ausgezeichnete Schulbildung geboten, die sie nicht im Geringsten zu schätzen wusste, sie haust in einer Wohnung, die nicht größer ist als dieses Zimmer, kurz, sie ist eine Enttäuschung und eine Schande für unsere ganze Familie – und für Sie, ihr Leben, gilt ganz offensichtlich das Gleiche.«

Silchesters weinen nicht. Silchesters weinen nicht. Silchesters weinen nicht. Nach jedem hässlichen Wort, das mein Vater ausstieß, musste ich dieses Mantra wiederholen. Wieder einmal hatte ich mit meiner Paranoia recht gehabt, ich hatte gewusst, dass mein Vater so über mich dachte, und nun sprach er es aus. Vor mir und dem Menschen, den er für mein Leben hielt, der in Wirklichkeit aber ein Mann war, für den ich etwas empfand und der mir am Herzen lag. Das war mehr als verletzend – es war das Schlimmste, was ich je gehört und über mich hatte ergehen lassen müssen. Schlimmer als die Trennung von Blake, schlimmer als jede Entlassung.

»Ich habe genug von Lucys Verhalten, von ihrem Unvermögen, sich zu engagieren. Wir kommen aus einer seit Generationen erfolgreichen Familie. Hier in diesem Zimmer sind es Philip und Riley, die sich als kompetent und hart arbeitend bewährt haben, während Lucy jedes Mal, wenn es darum ging, ein entsprechendes Niveau zu erreichen, kläglich versagt hat, obgleich wir ihr alles ermöglicht haben, was in unserer Macht stand. Sheila, ich habe mich zurückgehalten und zugelassen, dass der Kurs, den du für richtig hältst, eingeschlagen wird, aber jetzt ist deutlich geworden, dass Lucy, wenn man sie sich selbst überlässt, unfähig ist, sich Ziele zu setzen. Deshalb werde ich das in Zukunft für sie erledigen.«

»Lucy ist kein Kind«, wandte Don ein. »Sie ist eine erwachsene Frau. Sie ist sehr wohl in der Lage, ihre eigenen Entscheidungen zu treffen.«

»Und Sie, Sir«, fuhr mein Vater ihn an, und seine Stimme wurde noch lauter, sodass sie wahrscheinlich durchs ganze Tal hallte, »Sie möchte ich in meinem Haus nicht mehr sehen!«

Stille. Ich konnte kaum atmen.

Als Don aufstand, schrammte sein Stuhl lautstark über den Holzboden. »Es war nett, Sie alle kennenzulernen«, sagte er leise. »Danke für die Gastfreundschaft. Kommst du, Lucy?«

Nur zu gern wäre ich ihm gefolgt, aber ich konnte mich nicht rühren, konnte ihn nicht anschauen, konnte mich mit nichts und niemandem mehr konfrontieren. Wenn ich mich einfach nicht mehr bewegte, vergaßen die anderen vielleicht, dass ich da war. Mir standen heiße Tränen in den Augen, aber ich durfte nicht zulassen, dass sie überliefen, nicht vor ihm, nicht vor sonst jemandem, nie, nie, niemals.

»Ich bringe Sie zur Tür«, sagte meine Mutter. Ihre Stimme war nur ein Flüstern, und auch ihr Stuhl glitt nahezu lautlos über den Boden, als sie aufstand und mit leisen Schritten das Zimmer verließ. Wieder sah ich durch die offene Tür kurz mein Leben auf dem Flur, und sein Gesicht war aschfahl. Ich hatte auch ihn im Stich gelassen.

»Lucy, in mein Büro! Wir müssen einen Plan für dich machen.«

Ich reagierte nicht.

»Dein Vater spricht mit dir«, sagte meine Großmutter.

»Vater, ich finde, du solltest Lucy wenigstens erlauben, fertig zu essen. Ihr könnt das ja nachher besprechen«, sagte Riley mit fester Stimme.

Erlauben? Was hatte er mir zu *erlauben*?

»Edith kann ihr Essen warm halten, das ist doch irrelevant.«

»Ich hab sowieso keinen Hunger«, sagte ich leise, ohne von meinem Teller aufzuschauen.

»Wir sind nicht enttäuscht von dir, Lucy«, fuhr Riley fort. »Vater macht sich nur Sorgen, er meint das nicht so.«

»Ich habe genau das gesagt, was ich meine«, beharrte Vater,

aber er hatte sich gesetzt, und seine Stimme dröhnte nicht mehr ganz so laut.

»Du bist für keinen von uns eine Schande. Lucy, schau mich an«, fuhr Riley fort.

Aber ich konnte ihm nicht ins Gesicht sehen. Inzwischen war Mum ins Zimmer zurückgekommen, aber sie setzte sich nicht wieder, sondern blieb an der Tür stehen und peilte die Lage wie jemand, der erst vorsichtig den Zeh ins Wasser hält, ehe er hineintaucht.

»Es tut mir leid«, sagte ich mit zitternder Stimme. »Es tut mir leid, wenn ich euch alle enttäuscht habe. Danke für das Essen, Edith. Jetzt muss ich leider gehen.« Ich stand auf.

»Setz dich!«, zischte mein Vater scharf wie eine Peitsche. »Setz dich sofort wieder hin!«

Ich zögerte, ging aber weiter in Richtung Tür. Ohne Mum anzusehen, ging ich an ihr vorbei und schloss leise die Tür hinter mir.

Mein Leben und Don standen nebeneinander auf dem Flur und starrten mich an.

»Tut mir leid, dass ich zu spät gekommen bin«, sagte mein Leben. »Das Taxi hat sich verfahren. Hab ich was verpasst?«

»Soll ich ihm sagen, wo der Perserteppich ist?«, fragte Don.

Beide hatten ein schelmisches Funkeln in den Augen, aber ihre Stimmen klangen sanft. Sie versuchten, mich aufzuheitern. Das zumindest brachte mich zum Lächeln.

Kapitel 22

D on, es tut mir so leid«, sagte ich schnell, ohne zunächst auf mein Leben zu achten. »Ich glaube, das war echt eine blöde Idee. Keine Ahnung, warum ich geglaubt habe, das könnte klappen«, fügte ich, immer noch völlig aufgewühlt, hinzu.

»Jetzt entspann dich erst mal«, sagte er, und ich spürte seine Hand, die mir beruhigend den Rücken rieb.

Nach einer Weile öffnete sich die Tür zum Eichenzimmer, und Mum erschien, die Hand an die Brust gedrückt, als würde ihr das das Atmen erleichtern oder als könnte sie so ihre Gefühle besser in Schach halten – ihr Herz in einen Käfig sperren, damit es sich nicht rührte, nichts fühlte, sondern nur pumpte, um sie am Leben zu erhalten, ausdruckslos, ohne inneren Tumult, immer angemessen. »Lucy, Schätzchen«, begann sie, bemerkte dann die beiden Männer und sagte – und das, nachdem sie sich so auf ihn vorbereitet hatte – zu meinem Leben: »Oh, hallo. Sie sind sicher der Teppichreiniger.« Es war absurd.

»Genau genommen bin *ich* der Mann von der Teppichreinigung«, mischte Don sich ein und zog schnell die Jacke aus, die das Teppichemblem auf seinem T-Shirt verdeckt hatte. »*Er* ist Lucys Leben.«

»Oh«, staunte meine Mutter, ohne die Hand von der Brust zu nehmen. Sie wirkte kein bisschen verlegen, obwohl es ihr doch unangenehm sein musste, dass sie mein Leben für den Teppichreiniger gehalten hatte.

»Mum, das ist Don«, sagte ich. »Don ist ein guter Freund, einer von der Sorte, die sich in letzter Minute entschließt einzuspringen, weil unser Gast es nicht geschafft hat und ich euch nicht alle im Stich lassen wollte. Es tut mir leid, Mum, ich hab es einfach nicht fertiggebracht, euch zu sagen, dass er nicht kommt, weil ihr euch alle so gefreut habt.«

»Mir tut es leid, was da drin passiert ist«, sagte Don bescheiden und zerknirscht.

»Es war meine Idee«, fügte ich entschuldigend hinzu, noch immer ein wenig zittrig. Am liebsten wäre ich einfach verschwunden, aber ich wusste nicht, wie.

»Wir sollten alle zusammen eine Tasse Tee trinken«, schlug Edith vor, die plötzlich auftauchte. Anscheinend hatte sie an der Küchentür gestanden und gelauscht.

»Ja, das ist eine gute Idee«, sagte Mum, aber ich war nicht sicher, ob sie den Tee mehr für sich oder für mich wollte. »Ich bin übrigens Sheila, Lucys Mum«, stellte sie sich vor und streckte meinem Leben die Hand hin. »Freut mich, Sie kennenzulernen. Und Don«, fügte sie mit einem warmen Lächeln hinzu, »es war wirklich schön, Sie bei uns zu haben. Tut mir leid, dass unsere Gastfreundlichkeit nicht so funktioniert hat, wie ich es mir gewünscht hätte, aber Sie sind trotzdem herzlich zu unserem Hochzeitstag eingeladen.«

Mir war das höfliche Geplauder nahezu unerträglich. Edith schüttelte meinem Leben und Don die Hand, bot ihnen Tee an und diskutierte mit ihnen über verschiedene Kekssorten. An der Art, wie Mum sich ins Gespräch einbrachte, erkannte ich, dass sie herauszufinden versuchte, ob es angemessen war,

Don den Teppich reinigen zu lassen, oder ob sie ihn lieber gehen lassen sollte. Dann redeten mein Leben und meine Mum über die Blumen für das Fest, und Don sah mich an. Das wusste ich nicht etwa, weil ich seinen Blick erwiderte, nein, ich bekam es nur aus dem Augenwinkel mit, und die ganze Zeit wurde die Unterhaltung in meinem Kopf von den Worten meines Vaters übertönt.

Schließlich trat mein Leben zu mir. »Du hast eine echt große Lüge erzählt.«

»Ich kann jetzt wirklich nicht mehr«, wehrte ich ab. »Und die Situation kann sowieso nicht mehr schlimmer werden, egal, was du sagst.«

»Ich will sie auch gar nicht schlimmer machen, sondern besser.« Mein Leben räusperte sich, und Mum, die spürte, dass etwas Wichtiges vor sich ging, unterbrach ihr Gespräch mit Don und Edith.

»Lucy hat das Gefühl, dass sie für ihre Eltern nie gut genug ist, egal, was sie tut.«

Ein unbehagliches Schweigen trat ein, ich spürte, wie ich rot wurde, aber ich wusste, dass ich es verdient hatte. Eine große Lüge verdiente eine große Wahrheit. »Ich muss gehen.«

»Ach Lucy.« Mum schaute mich traurig an, aber dann rastete irgendetwas in ihr ein, der Silchester-Hebel wurde umgelegt, und sie lächelte mich strahlend an. »Ich bringe euch zur Tür.«

»Das hast du wirklich nicht verdient, Lucy«, sagte mein Leben, als wir durch die Hügel von Wicklow zur Autobahn zurückfuhren. Ich saß am Steuer, er auf dem Beifahrersitz.

Es war der erste Satz seit fünfzehn Minuten, genau genommen der erste überhaupt, seit wir ins Auto gestiegen waren.

Mein Leben hatte nicht mal versucht, das Radio anzumachen, wofür ich ihm sehr dankbar war, denn der Lärm in meinem Kopf war schlimm genug. Hauptsächlich war es die Stimme meines Vaters, immer die gleichen Worte, und inzwischen machte ich mir keine Hoffnungen mehr, dass wir uns jemals versöhnen würden. Alles, was mein Vater heute über mich gesagt hatte, war ihm leicht und ohne jede gefühlsmäßige Beteiligung über die Lippen gekommen. Sicher, er war wütend gewesen, aber dahinter hatte ich keinen Schmerz gefühlt, keine Verletzung, die ihn dazu brachte, Dinge zu sagen, die er so nicht meinte. Nein, er hatte jedes Wort seiner Tirade ernst gemeint, und ich hätte gewettet, dass er bis zu seinem Tod dabei bleiben würde. Es gab kein Zurück. Eigentlich war es mir nicht recht gewesen, dass mein Leben mitfuhr, aber er hatte darauf bestanden, und mein Wunsch, so schnell wie möglich vom Haus meiner Eltern wegzukommen, war so überwältigend gewesen, dass ich wahrscheinlich auch einen bengalischen Tiger auf dem Rücksitz mitgenommen hätte.

»Ich hab bekommen, was ich verdiene. Ich hab gelogen.«

»Ja, das hast du schon verdient. Aber was dein Vater gesagt hat, das hast du nicht verdient.«

Ich antwortete nicht.

»Und jetzt?«

»Ich bin wirklich nicht in der Stimmung für eine tiefschürfende psychologische Diskussion.«

»Wie wäre es dann mit einer geografischen? Du hast die Auffahrt zur Autobahn verpasst.«

»Oh.«

»Dann fahren wir jetzt vermutlich nach Wexford?«

»Nein, wir fahren nach Hause.«

»Was ist mit deinem Plan, die Liebe deines Lebens zu besuchen?«

»Die Realität ist mir dazwischengekommen.«

»Und das heißt …?«

»Er hat die Vergangenheit hinter sich gelassen, und das muss ich auch.«

»Rufst du dann Don an?«

»Nein.«

»Oh, dann bist du jetzt für keinen mehr gut genug.«

Ich schwieg, aber in meinem Kopf schrie ich *Ja*.

»Was dein Vater gesagt hat, ist nicht wahr, weißt du?«

Ich sagte nichts.

»Okay, ich hab heute Vormittag die Beherrschung verloren und vielleicht ein paar unfaire Dinge gesagt.«

Ich sah ihn an.

»Okay, ich habe *bestimmt* ein paar unfaire Dinge gesagt, aber ich hab sie so gemeint.«

»Was für eine Entschuldigung ist das denn?«

»Gar keine. Ich sage nur, du hättest deinen Job nicht hinschmeißen sollen, bevor du dir einen anderen gesucht hast, aber das ist alles. Was dein Vater sonst noch von sich gegeben hat, ist alles Quatsch.«

»Ich kann die Miete nicht mehr bezahlen. Ich weiß nicht mal, ob ich genug Geld habe, um in dieser Schrottmühle nach Wexford zu kommen. Ich hab nicht genug Geld, um Don zu bezahlen, was ich definitiv will. Ich hätte den Job behalten sollen, und sei es nur für ein bisschen finanzielle Stabilität. Ich hätte mich nach einer anderen Arbeit umschauen sollen, während ich den Job noch hatte. Das wäre verantwortungsvoll gewesen.«

Er schwieg, was bedeutete, dass er mir recht gab. Aber im Eifer des Gefechts achtete ich nicht auf die Straße, bog ab, und plötzlich befanden wir uns auf einer Straße, die mir völlig unbekannt war. Ich wendete und nahm die nächste Abbiegung nach rechts, aber auch hier war mir alles fremd, also wendete ich in einer Auffahrt und nahm Kurs zurück zur Straße. Sah nach links und nach rechts. Und ließ den Kopf aufs Lenkrad sinken.

»Ich hab total die Orientierung verloren.«

Auf einmal spürte ich die Hand meines Lebens auf dem Kopf. »Keine Sorge, Lucy, du wirst den richtigen Weg finden, ich bin ja da, ich helfe dir.«

»Und, hast du eine Karte? Weil ich das nämlich geografisch meine – ich hab mich verfahren.«

Hastig zog er die Hand zurück und schaute sich um. »Oh.« Dann sah er mich an. »Du siehst müde aus.«

»Bin ich auch. Ich hab letzte Nacht kaum geschlafen.«

»So genau wollte ich es gar nicht wissen. Lass mich fahren.«

»Nein.«

»Doch, lass mich fahren. Dann kannst du dich auf den Rücksitz legen, und ich bring uns nach Hause.«

»Ich kann nicht mal den Arm ausstrecken auf dem Rücksitz, geschweige denn mich hinlegen.«

»Du weißt, was ich meine. Du kannst dich ein bisschen ausruhen.«

»Kannst du überhaupt fahren?«

Er griff in die Innentasche seiner Jacke, zog wieder einmal irgendwelche Papiere heraus und hielt sie mir unter die Nase. Ich nahm sie nicht, ich war viel zu müde zum Lesen.

»Das ist eine Genehmigung, jedes Fahrzeug zu fahren, solange es der Unterstützung und Entwicklung deines Lebens zuträglich ist.«

»Jedes Fahrzeug?«

»Ja, jedes.«

»Sogar ein Motorrad?«

»Sogar ein Motorrad.«

»Und einen Traktor?«

»Sogar einen Traktor.«

»Ein Quad?«

»Auch ein Quad.«

»Und was ist mit Schiffen? Kannst du auch ein Schiff steuern?«

Er sah mich erschöpft an, und ich gab auf. »Na gut. Sebastian gehört dir.« Ich stieg aus und versuchte, es mir auf dem Rücksitz einigermaßen bequem zu machen.

Und nun saß mein Leben am Steuer.

Ich erwachte mit einem Nackenkrampf, mein Kopf tat weh, weil er bei jeder Unebenheit ständig gegen die kalte Fensterscheibe rumste, mein Hals brannte, weil der Sicherheitsgurt auf der bloßen Haut scheuerte. Es dauerte einen Moment, bis ich begriff, wo ich war. Im Auto. Mein Leben saß am Steuer und sang mit einer Stimme wie ein Sechsjähriger, der gerade einen in die Eier bekommen hat, einen Justin-Bieber-Hit mit.

Draußen war es dunkel, was nicht weiter verwunderlich war, denn wir hatten Glendalough um acht verlassen, und obwohl ein normales Auto ohne psychische Probleme weniger als eine Stunde zu meiner Wohnung gebraucht hätte, benötigte mein komplexbeladener Sebastian wesentlich mehr Zeit. An einem sommerlichen Juniabend wurde es nicht vor 10 Uhr dunkel, also war ein gewisses Maß an Dunkelheit zu erwarten – aber nicht das. Es war stockfinster, demzufolge mussten wir wesentlich länger als eine Stunde unterwegs sein, und da außer einem gelegentlichen kleinen Oval in einer Veranda oder dem Viereck eines Fensters in der Ferne keine Lichter zu sehen waren, konnten wir nicht in Dublin sein. Auf einmal hielten wir an, mit laufendem Motor, mitten im Nirgendwo. Ich sah mein Leben an. Er hatte sein iPhone aufs Armaturenbrett gelegt und schaute auf das Navi. In meinem Kopf schrillten die Alarmglocken, aber mein Leben schien zufrieden und setzte, obwohl niemand in der Nähe war, der ihn hätte sehen können, den Blinker, und langsam nahmen wir wieder Fahrt auf. Ich beugte mich zu ihm nach vorn.

»Wo sind wir?«, fragte ich dicht an seinem Ohr.

»Wahhh!«, schrie er erschrocken und drehte sich instinktiv um. Dabei verlor er einen Moment die Kontrolle über das Steuer, das Auto scherte nach links aus, er riss das Lenkrad nach rechts, gerade rechtzeitig, dass wir nicht im Graben landeten, nur leider so heftig, dass wir auf die andere Straßenseite hinübergetragen wurden. Trotz meines Sicherheitsgurts flog ich wie eine Gliederpuppe erst nach links und wurde dann unsanft gegen den Vordersitz geschleudert. Wir waren im gegenüberliegenden Graben gelandet.

Nichts regte sich mehr, alles war still, abgesehen von Justin Bieber, der unbeirrt sein *Baby, Baby, Baby* trällerte.

»Oh-oh«, sagte mein Leben.

»Oh-oh«, wiederholte ich und zerrte den Sicherheitsgurt von meinem Körper, sodass er mich nicht länger zu amputieren drohte. »Oh-oh? Jetzt sitzen wir im Graben, irgendwo im Nirgendwo. Was zum Teufel denkst du dir dabei?«

»Du hast mich erschreckt«, erwiderte er mit verletztem Stolz. »Und außerdem sind wir nicht im Nirgendwo, sondern mitten in Wexford.« Er drehte sich zu mir um. »Überraschung! Ich helfe dir, deinem Traum zu folgen.«

»Aber wir sitzen in einem Graben fest.«

»Ja, ironisch, was?« Er fuchtelte mit seinem Handy herum.

Ich kämpfte immer noch mit dem Sicherheitsgurt, um mich aus meiner unbequemen Position zu befreien, aber er klemmte. »Willst du es nicht mal mit dem Rückwärtsgang probieren?«, fragte ich frustriert. Endlich klickte der Gurt, und ich rauschte unvorbereitet mit dem Gesicht in die Kopfstütze vor mir und rammte mir die Nase. Ich spähte aus dem Fenster. Der einzige Hinweis auf unseren Standort war ein Haus in der Ferne, von dem ich aus meiner Perspektive ein paar diagonale beleuchtete Fenster sehen konnte.

»Der Rückwärtsgang wird uns hier auch nicht rausbringen. Jedenfalls nicht mit diesem Auto. Ich glaube, das Problem ist, dass ich zu früh von der Autobahn abgefahren bin. Schauen wir mal …«, murmelte er vor sich hin und fummelte wieder an seinem iPhone-Navi herum.

Ich versuchte, die Tür aufzumachen. Sie ließ sich einen Spaltbreit öffnen, aber dann stieß sie gegen etwas auf der anderen Seite. Es war so dunkel, dass ich nicht aus dem Fenster sehen konnte, also kurbelte ich es nach unten und steckte den Kopf hinaus. Das Hindernis war ein Baum, der wahrscheinlich irgendwann bei einem Sturm umgestürzt war und mir jetzt als ein Haufen verschlungener Zweige und toter Blätter den Weg blockierte. Ich fasste mit der Hand ans Dach, zog meinen Oberkörper durchs Fenster und versuchte dann, eine Möglichkeit zu finden, wie ich auch den Rest meines Körpers ins Freie manövrieren konnte. Zuerst probierte ich, mich zu drehen und gleichzeitig das angewinkelte Bein aus dem Fenster zu schieben, aber das war kompliziert. Um nachzuhelfen, nahm ich die Hand vom Dach, aber das war keine gute Idee: Ich verlor den Halt und plumpste rückwärts aus dem Auto, direkt auf den Baumstamm, was schlimmer wehtat als alles, was ich in letzter Zeit an Schmerzen erlebt hatte. Bekanntlich weinten Silchesters nicht, aber sie waren durchaus in der Lage, zu schimpfen und zu fluchen wie die sprichwörtlichen Bierkutscher. Ich hörte eine Tür zuschlagen, und kurz darauf sah ich mein Leben vom Rand des Grabens auf mich herunterblicken. Er streckte mir die Hand entgegen.

»Alles in Ordnung?«

»Nein«, grummelte ich. »Wie bist du aus dem Auto gekommen?«

»Durch die andere Tür.«

Oh. Daran hatte ich nicht gedacht. Ich griff nach seiner Hand, und mein Leben zog mich aus dem Graben.

»Ist was gebrochen?«, fragte er, drehte mich um und überprüfte meinen Rücken. »Abgesehen von dem armen Baum natürlich.«

Ich ruckelte ein bisschen herum und testete meine Gelenke. »Nein, ich glaube nicht.«

»Wenn du so rumwackeln kannst, ist bestimmt nichts kaputt, glaub mir. Jedenfalls nicht körperlich.« Die Hand in die Hüfte gestützt, betrachtete er das Auto. »Wir sind nicht weit von dem Bed & Breakfast, das ich gebucht habe, wir könnten hinlaufen.«

»Laufen? In diesen Schuhen? Und wir können das Auto doch nicht einfach hier im Graben liegen lassen.«

»Ich rufe auf dem Weg zum Haus den Abschleppdienst an.«

»Ach was, das kriegen wir doch alleine hin. Du und ich. Los, komm.« Ich ließ nicht locker, bis er sich in Bewegung setzte, und kurz darauf saß ich am Steuer, während er Sebastian rauszuschieben versuchte. Als das nicht klappte, setzte er sich ans Steuer, und ich schob. Als auch das nichts brachte, holten wir schließlich doch unser Gepäck aus dem Kofferraum und trotteten nach den Anweisungen des iPhones die Straße hinunter. Wenn ich Straße sage, wende ich den Begriff ziemlich großzügig an – es war eher ein Trampelpfad für die Bauernhoftiere und Traktoren, völlig ungeeignet für Frauen in Wickelkleidern und Keilabsatzschuhen mit schmerzendem Rücken und Zweigen im Haar. Fünfundvierzig Minuten wanderten wir, bis wir das B & B endlich fanden, das, wie wir feststellten, direkt hinter einem nagelneuen Radisson Hotel lag. Mein Leben sah mich entschuldigend an. Das B & B war ein Bungalow mit altmodischen Teppichen und Tapeten und roch nach Raumspray, aber es war sauber. Da ich zum Lunch kein Mikrowellengericht zu mir genommen und bei meinen Eltern nur ein paar Löffel Zucchini-Erbsen-Suppe geschlürft hatte, die ich wegen der Beleidigungen meines Vaters nicht mal richtig geschmeckt hatte, war ich hungrig wie ein Wolf. Die Landlady bereitete im Handumdrehen ein paar Schinkensandwiches und eine Kanne Tee, was beides wunderbar schmeckte, und danach fuhr sie noch einen Teller mit Keksen auf – eine Sorte, die ich seit meinem zehnten Lebensjahr nicht mehr gesehen hatte. Dann saß ich mit Lockenwicklern im Haar auf dem Bett und lackierte mir die Fußnägel. Aber die Beschimpfungen meines Vaters gingen mir nicht aus dem Kopf, der sich hohl und leer anfühlte, sicher die ideale Einöde, in der solche Worte bis in alle Ewigkeit widerhallen konnten.

»Hör auf, ständig an deinen Vater zu denken«, sagte mein Leben.

»Kannst du Gedanken lesen?«, fragte ich.

»Nein.«

»Weil du manchmal genau das sagst, was ich gerade denke.« Ich sah ihn an. »Wie machst du das?«

»Vermutlich kriege ich irgendwie mit, was du fühlst. Aber es ist ja auch total naheliegend, dass du an deinen Dad denkst. Er hat dir ein paar ganz schön harte Dinge an den Kopf geworfen.«

»Er ist nicht mein Dad, sondern mein Vater«, korrigierte ich ihn.

»Möchtest du darüber reden?«

»Nein.«

»Deine Eltern sind also reich«, sagte mein Leben, den meine Antwort keineswegs dazu brachte, das Thema ruhen zu lassen.

»Wohlhabend«, sagte ich automatisch, ohne nachzudenken.

»Wie bitte?«

»Sie sind nicht reich, sondern wohlhabend.«

»Wer hat dir denn das schöne Wort beigebracht?«

»Mum. Mit acht war ich im Sommerlager, und die anderen Kinder haben dauernd davon geredet, wie reich ich bin, weil sie mich in einem BMW hatten vorfahren sehen – oder in irgendeinem anderen Wagen, den wir damals hatten. Ich hatte noch nie darüber nachgedacht, Geld war kein Thema, daran verschwendete man keinen Gedanken.«

»Weil ihr immer welches hattet.«

»Vielleicht. Aber irgendwann hab ich dann angefangen, das Wort selbst zu benutzen. Ich erinnere mich noch gut an eins unserer jährlichen Wintersonnwendfrühstücke mit den Maguires. Da hab ich aus irgendeinem Grund gesagt, wir wären reich, und meine Eltern haben mich so entsetzt angestarrt, dass ich wusste, ich würde dieses Wort nie wieder in den Mund nehmen. Es war, als hätte ich etwas Unanständiges gesagt. Als wäre reich ein ganz schlimmes Wort.«

»Was für Regeln hat man dir denn sonst noch eingebläut?«

»Oh, eine Menge.«

»Zum Beispiel …?«

»Ellbogen nicht auf den Tisch, nicht mit den Achseln zucken, nicht mit dem Kopf nicken … nicht mit neun Männern in einer Scheune Poitín trinken.« Er sah mich fragend an. »Lange Geschichte. Nicht weinen, überhaupt kein Gefühl zeigen, nicht das Gesicht oder sonst was verziehen. Du weißt schon, das Übliche.«

»Hast du immer alle Regeln befolgt?«

»Nein.«

»Hast du alle gebrochen?«

Ich dachte an die Nicht-weinen-Regel, die eigentlich keine Regel war, sondern eher eine Angewohnheit. Ich sah meine Eltern einfach nie weinen, nicht einmal beim Tod ihrer eigenen Eltern; sie benahmen sich so gefasst und ruhig und angemessen wie immer.

»Nur die wichtigen«, antwortete ich schließlich. »Mein gottgegebenes Recht, mit neun Männern in einer Scheune Poitín zu trinken, werde ich mir niemals nehmen lassen.«

Das Handy meines Lebens piepte.

Er las, lächelte und simste sofort zurück.

»Ich bin nervös wegen morgen«, gestand ich.

Wieder ein Piepen, und er sah sofort nach, ohne meine großartige Offenbarung zu beachten. Abermals lächelte er und schrieb umgehend zurück.

»Wem simst du denn da?«, fragte ich und spürte eine sonderbare Eifersucht, weil er mir ausnahmsweise mal nicht seine volle Aufmerksamkeit schenkte.

»Don«, antwortete er, ganz auf seine SMS konzentriert.

»Don? Meinem Don?«

»Wenn du gern ein psychotisches Besitzrecht auf andere Menschen anmelden möchtest, dann ja. Ich schreibe *deinem* Don.«

»Das ist überhaupt nicht psychotisch, schließlich hab *ich* ihn zuerst kennengelernt«, grollte ich. »Aber egal – was will er denn?« Ich versuchte, auf sein Telefon zu schielen, aber er hielt es schnell weg.

»Geht dich nichts an.«

»Warum schreibst du ihm überhaupt?«

»Weil wir gut miteinander auskommen und ich Zeit für ihn habe. Morgen Abend gehen wir zusammen einen trinken.«

»Morgen Abend? Das geht nicht, da sind wir noch weg, und überhaupt – was denkst du dir denn dabei? Ist das kein Interessenkonflikt für dich?«

»Falls sich das auf Blake bezieht, für ihn interessiere ich mich nicht. Also nein, kein Konflikt.«

Ich musterte ihn. Seine Körpersprache hatte sich verändert, er hatte sich abgewandt, und sein Rücken war ganz steif.

»Du magst ihn echt nicht, stimmt's?«

Er zuckte die Achseln.

»Was passiert denn, wenn er und ich, du weißt schon – wenn wir wieder zusammenkommen?« Allein der Gedanke versetzte meinen Magen in Aufruhr, und jede Menge Schmetterlinge begannen zu tanzen. Ich stellte mir vor, wie Blake mich mit seinen perfekten Lippen küsste, überallhin. »Wie würdest du damit umgehen?«

Er verzog den Mund und dachte nach. »Wenn du glücklich wärst, dann würde es mir wahrscheinlich nichts ausmachen.«

»Dann müsstest du doch auch glücklich sein, oder nicht? Denn wenn ich glücklich bin, dann bist du auch glücklich, nicht wahr? Aber wenn ich mit ihm zusammen wäre und du wärst nicht glücklich, tja, das würde dann wohl bedeuten, dass ich ihn nicht wirklich liebe, stimmt's?«

»Nein, es würde nicht bedeuten, dass *du* ihn nicht liebst. Es würde bedeuten, dass es auf irgendeine Art nicht richtig ist, nicht so, wie es sein soll.«

»Ich bin nervös. Zuerst war ich nervös, ihn wiederzusehen. Ich meine, es ist so lange her, und außer in der Fernsehsendung war ich nie in seiner Nähe. Ich hab ihn nie auf der Straße gesehen, ich bin ihm nie in einer Bar begegnet. Ich hab seine Stimme nicht gehört und auch – o mein Gott, was, wenn er mich hier nicht haben will? Was, wenn er einen einzigen Blick auf mich wirft und sich freut, dass er mich los ist? Was, wenn er dieses Mädchen wirklich liebt und den Rest seines Lebens mit ihr verbringen will?« Ich sah mein Leben an, entsetzt und verängstigt von all diesen neuen Gedanken. »Was, wenn ich nach all der Zeit immer noch nicht gut genug für ihn bin?« Tränen traten mir in die Augen, aber ich blinzelte sie schnell weg.

»Lucy«, sagte mein Leben ganz sanft. »Wenn es nicht funktioniert, heißt das nicht, dass du nicht gut genug bist.«

Aber es fiel mir schwer, das zu glauben.

Kapitel 23

In dieser Nacht schlief ich nicht sehr viel. Zwar schnarchte mein Leben nicht, aber es verfolgte mich trotzdem mit tausend Fragen und Ängsten und überhaupt nicht hilfreichen Gedanken. Als es Zeit war aufzustehen, war ich zu dem Schluss gekommen, dass wenn es heute nicht gut lief, alle Vorwürfe meines Vaters gerechtfertigt waren. Nur wenn ich Blake zurückbekam, hatte ich die Chance, mein Leben wieder in Ordnung zu bringen. Als ich ihn verloren hatte, war ich aus der Bahn geraten, folglich würde ich meinen Weg wiederfinden, wenn er zu mir zurückkam. Obwohl Blake keinem festen Job nachgegangen war, hatte mein Vater ihn immer gemocht, und so fremd mir diese Vorstellung jetzt war, hatte mein Vater tatsächlich an einigen Dinner-Partys in unserer umgebauten Brotfabrik teilgenommen. Ihm gefiel Blakes zupackende Art, seine Einstellung, seine Energie, er wusste, dass Blake sich immer für etwas interessierte und alles dafür tat, um erfolgreich zu sein. Es war ihm sympathisch, dass sich Blake Ziele setzte, dass er auf Berge stieg, Marathon lief, sich ständig persönliche körperliche Höchstleistungen abforderte. Und obwohl es ihm natürlich nicht passte, dass ich nicht Ärztin oder Anwältin oder Kernphysikerin geworden war, mochte er meine Einstellung früher auch. Aber dann hatte ich mich verändert, und die Dinge, die mein Vater an mir liebte, waren verschwunden, und so verschwand auch seine Liebe.

Obwohl ich den größten Teil der Nacht wach gewesen war, stand ich als Letzte auf, duschte und ging dann den Korridor hinunter zum Frühstücksraum, immer den Stimmen nach. Hinten im Haus, in einem hellen, luftigen Wintergarten saß mein Leben zusammen mit vier anderen Leuten an einem Tisch, vor sich einen reichlich beladenen Teller.

»Morgen«, sagte er und sah zu mir auf, ehe er sich eine Ladung Baked Beans in den Mund schaufelte.

»Hoppla«, sagte ich, als ich ihn sah, und blieb wie angewurzelt stehen.

Ehe er sich wieder über seine Riesenportion hermachte, sah er die anderen am Tisch etwas verlegen an.

Ich setzte mich neben ihn und wünschte den anderen einen guten Morgen. Es waren drei Jungs und ein Mädchen im College-Alter, bestimmt nicht älter als zwanzig und nicht jünger als siebzehn, die Surfer-Variante, die drei Jungs mit langen, das Mädchen mit kurzen Haaren. Sie quatschten in rasender Geschwindigkeit und nahmen sich ziemlich handfest auf den Arm. Wahrscheinlich lagen gerade mal zehn Jahre zwischen uns, aber ich fühlte mich, als lebte ich auf einem anderen Planeten.

Ich beugte mich dicht zu meinem Leben, damit sie mich nicht hören konnten. »Was zur Hölle ist denn mit deinem Gesicht los?«

Genervt sah er mich an und stopfte sich den nächsten Bissen in den Mund. »Es ist nicht nur mein Gesicht, es ist mein ganzer Körper.« Er zog den Kragen seines neuen T-Shirts ein Stück nach unten, und ich sah auch hier die roten Flecken. »Ausschlag«, sagte er lakonisch.

»Kann man wohl sagen.«

»Das ist der Stress. Du hast dich die ganze Nacht rumgewälzt und dir eingeredet, dass alles in deiner Welt von diesem Moment abhängt.«

»Wow!« Ich studierte sein Gesicht. Da war nicht nur der Ausschlag, sondern auch immer noch der Megapickel auf seinem Kinn, der entstanden war, als Don nicht angerufen hatte. »Ein paar von den roten Flecken sind schon fast lila.«

»Denkst du, das weiß ich nicht?«, zischte er. Einen Moment wurde sein Gesicht noch röter, als wäre er dabei zu ersticken.

»Und alles wegen Blake?«

»Blake, dein Job, dein Vater, deine ganze Familie ...«

»Don?«

»Don ist der einzige Mensch, der mich ein bisschen aufheitert, und weil du dich von ihm getrennt hast, fühle ich mich noch mieser.«

»Ich hab mich nicht von ihm getrennt.« Damit wollte ich darauf hinweisen, dass ich nie mit Don zusammen gewesen war, aber mein Leben verstand mich falsch.

»Nein, du hast ihn nur für eine Weile in die Warteschleife gelegt, damit du in Ruhe eine andere Leitung überprüfen kannst, als wärst du eine Fünfziger-Jahre-Telefonistin.«

Ich runzelte die Stirn. »Na gut, dann date *du* halt Don, wenn es dich glücklich macht.«

»Mach ich auch«, blaffte er. »Heute Abend. Also beeil dich mit Blake, denn ich bleib hier nicht noch eine Nacht.«

»Mach dir keine Sorgen, ich kann versuchen, den Ausschlag mit Puder abzudecken.«

»Es geht nicht um den Ausschlag«, zischte er erneut, und sein Gesicht wurde wieder dunkelrot.

Jetzt ähnelte er wieder mehr dem Leben, das ich am ersten Tag kennengelernt hatte – tragischerweise bewegten wir uns also rückwärts. In diesem Moment kam die Frau des Hauses und fragte mich, was ich frühstücken wollte. Ich beäugte den Teller meines Lebens. »Irgendwas Leichtes«, sagte ich dann kritisch. »Müsli, bitte.«

»Aus der Mikrowelle?«, fragte mein Leben laut.

»Ja, ja, ich werde irgendwann schon wieder anfangen zu kochen«, erwiderte ich defensiv.

Er schnaubte. »Alle paar Tage hab ich deinen Kühlschrank mit frischem Obst und Gemüse aufgefüllt, aber das ist alles vergammelt, und ich musste es wegwerfen.«

»Echt?«

»Dir wäre es nie aufgefallen, du öffnest ja immer nur den Gefrierteil.«

»Fahrt ihr auch zum Adventure-Center?«, fragte das Mädchen uns in diesem Moment.

Mein Leben ignorierte sie äußerst unhöflich. Offensichtlich hatte er keine Lust, mit jemandem zu reden, außer wenn er mich quälen konnte.

»Ja«, lächelte ich und freute mich für Blake. »Ihr auch?«

»Schon zum zweiten Mal diesen Monat, aber Harry ist zum ersten Mal dabei.«

Mir war sofort klar, welcher der Jungs Harry war, denn der Blonde neben mir wurde knallrot, während die anderen applaudierten, ihn schubsten, ihm durch die Haare wuschelten und dafür sorgten, dass er noch zerzauster aussah.

»Harry hat Höhenangst«, erklärte mir das Mädchen mit einem strahlenden Lächeln. »Wenn er es schafft zu springen, dann rasiert Declan sich die Augenbrauen.«

»Und die Eier«, verkündete der Rothaarige, und jetzt war es Declan, der ein bisschen verlegen dreinsah, während die anderen wieder grölten.

»Macht ihr einen Kurs?«, fragte ich, natürlich Harry.

»Nein, bisher hat seine Mum ihm immer die Eier rasiert, also weiß er genau, was er zu tun hat«, entgegnete der freche Rotschopf, und alle lachten, diesmal auch Harry.

»Wir machen Tandemspringen«, antwortete das Mädchen.

»Was ist das denn?«, fragte mein Leben und biss in ein Schokocroissant. Ich starrte ihn wütend an, aber er ließ sich nicht beeindrucken.

»Beim Tandemspringen hängt man mit einem erfahrenen Fallschirmspringer am gleichen Fallschirm«, erklärte ich. »Man braucht nur zwanzig Minuten Einweisung vorher, das reicht.«

Mein Leben verzog das Gesicht. »Welcher Mensch, der noch alle Tassen im Schrank hat, macht denn so was?«

Harry sah aus, als würde er sich insgeheim die gleiche Frage stellen, sagte aber nichts.

»Wir haben das die ganze Zeit gemacht.« Bei der Erinnerung daran, wie ich mit Blake zur Erde gerast war und wir bei der Landung schon dem nächsten Sprung entgegengefiebert hatten, lächelte ich unwillkürlich.

»Wie romantisch«, sagte mein Leben sarkastisch. »Schade, dass der Fallschirm nicht geklemmt hat.« Beherzt griff er in den Korb nach einem Schokoladenmuffin. Wieder war mein strafender Blick umsonst. »Na und? Ich bin deprimiert.«

»Tja, dann komm wieder besser drauf, denn du wirst jedes bisschen Energie brauchen, um mir zu helfen.«

»Wir können euch mitnehmen, wenn ihr wollt«, bot das Mädchen an. »Wir haben das Wohnmobil von Declans Mum. Da ist genug Platz.«

»Super, danke.« Sofort hellte sich meine Stimmung auf.

Die Fahrt vom B & B zum Adventure-Center dauerte fünf Minuten, und alle paar Sekunden drehte sich mein Magen um, und das nicht nur, weil ich auf einem Stapel Surfbretter thronte, der ständig umzufallen drohte, obwohl Declan äußerst vorsichtig fuhr – den Anfeuerungen der anderen zum Trotz. Ich fühlte mich einfach unbehaglich.

Harry kauerte mit bleichem Gesicht neben mir.

»Das wird schon klappen. Wenn irgendwas passiert, dann, dass die Höhenangst verschwindet.«

Er sah mich zweifelnd an, und während die anderen damit beschäftigt waren, auf Declan rumzuhacken, weil er fahren würde wie ein alter Mann, meinte er leise: »Was, wenn ich in der Luft bin und kotzen muss?«

»Das wird nicht passieren«, entgegnete ich zuversichtlich. »Beim Fallschirmspringen dreht sich einem nicht der Magen um. Es ist eine gleichmäßige Bewegung, überhaupt nicht zu vergleichen mit dem Gefühl, wenn man über eine Bodenwelle oder einen Hügel fährt.«

Er nickte, aber einen Augenblick später fragte er: »Was, wenn der Fallschirm nicht aufgeht?«

»Die gehen immer auf, und außerdem gibt es zwei davon, und beide werden von bestens ausgebildeten Leuten gewissenhaft kontrolliert. Ich kenne den Mann, der das Center leitet, und er ist perfekt, ich meine, er ist Perfektionist.«

Jetzt sah Harry ein kleines bisschen erleichtert aus, aber noch längst nicht völlig getröstet. »Wie gut kennen Sie ihn denn?«

Ich dachte kurz nach und antwortete dann mit fester Stimme: »Ich hab ihn drei Jahre nicht gesehen, aber ich liebe ihn.«

Harry sah mich an, als wäre ich irre, und murmelte: »Na ja, in drei Jahren kann ein Mensch sich ganz schön verändern.«

Dann wandte er sich den anderen beiden zu, die so taten, als würden sie schnarchen, während Declan vorsichtig die Kurven nahm, und ich konnte über seine Bemerkung nachdenken.

»Tja, das hat den Nagel auf den Kopf getroffen«, sagte mein Leben. Er saß mir gegenüber auf einem halb aufgeblasenen Bananaboat und sah trotz seiner schlechten Laune in seiner neuen Jeans, Turnschuhen und Polohemd ziemlich gut aus. Zwar war sein Gesicht immer noch nicht normal, aber der Puder hatte die roten Flecken zumindest ein bisschen abgedeckt. Er sah aus, als wollte er noch etwas sagen.

»Raus mit der Sprache. Was ist?«

»Ach nichts.«

»Sag es mir.«

»Na ja, der arme kleine Harry hat furchtbar Angst, ins Flugzeug zu steigen, und du hast ihm gerade dein Wort gegeben, dass Blake ›perfekt‹ ist.« Er verdrehte die Augen.

»Und? Blake achtet akribisch auf die Sicherheit seiner Kunden.«

»Und er ist ein Lügner. Schade, dass du das Harry nicht gesagt hast.«

Den Rest des Weges ignorierte ich ihn.

Das Adventure-Center war ein recht bescheidenes Gebäude.

»Das ist ja grade mal ein Dixi-Klo«, sagte mein Leben, als er ausstieg und sich zu mir gesellte.

»Von wegen Dixi-Klo«, entgegnete ich ärgerlich und betrachtete Blakes neues Geschäft. Es war eher ein Baucontainer. Genau genommen zwei. Einer für Registrierung und Einchecken, der andere für Toiletten und Umkleidekabinen.

»Sieht so dein Traum aus?«

Natürlich nicht. Aber ich achtete nicht auf mein Leben. Wenigstens hatte Blake im Gegensatz zu den meisten Leuten seinen Wunsch verwirklicht. Im Gegensatz zu mir. Ich war immer noch nervös, aber inzwischen hauptsächlich aufgeregt. Das angehaltene Bild von Blake und Jenna beim Anstoßen hatte sich in mein Gedächtnis eingebrannt, und nun trieb es mich vorwärts. Deshalb war ich hier, ich würde die beiden auseinanderbringen, ich würde Blake dazu bringen, mich wieder zu lieben. In den zwei Jahren, elf Monaten und einundzwanzig Tagen, die seit unserer Trennung vergangen waren, hatte ich mich verändert, und ich wollte, dass er das sah. So folgte ich den aufgeregten Phantastischen Vier – oder genauer gesagt den abenteuerlustigen Dreien und dem angstgelähmten Harry – in den Container. Es gab einen Automaten mit Chips und Süßigkeiten, einen für Tee und Kaffee, und an der Wand waren Stühle aufgereiht.

»Das ist gut, vielleicht kann ich einen Arzt nach meinem Ausschlag sehen lassen, wenn ich schon mal hier bin«, begann mein Leben wieder zu spotten.

An den Wänden hingen gerahmte Fotos von Blake, eins neben dem anderen, einige stark vergrößert. Sie stammten alle aus seiner Fernsehsendung, und auf den meisten sah er aus wie Ethan Hunt aus *Mission Impossible*, Standbilder von muskelschwellenden Actionsequenzen, Bizeps, Waschbrettbauch, knackige Pobacken, Blake beim Absprung aus dem Flugzeug, Blake beim Wildwasserkanufahren, Blake beim Klettern am Kilimandscharo, Blake beim Bergsteigen in den Rocky Mountains (mit deutlich zur Schau gestellten Muskelpaketen), Blake beim Duschen unter einem Wasserfall. Ich betrachtete den sensationellen Körper eingehend, und alle anderen jungen Frauen im Container taten das Gleiche. Erst jetzt fiel mir auf, dass hauptsächlich Frauen hier waren, junge Frauen, die meisten hübsch, braun gebrannt und sportlich. Einen Moment erwischte mich diese Erkenntnis auf dem falschen Fuß: All diese jungen Dinger waren hier, um Blake, den Fernsehstar, zu sehen. Wahrscheinlich bekam er diese Art von Aufmerksamkeit die ganze Zeit, in jeder Bar, in jeder Stadt, in jedem Land. Wahrscheinlich warfen sich ihm alle an den Hals, und er konnte sich eine aussuchen – oder gleich alle nehmen. Nur um mich zu foltern, stellte ich ihn mir mit diesen Mädchen vor, als Hahn im Korb, wie sie ihre nackten jungen Körper auf ihm rekelten. Na gut, vielleicht war ich zehn Jahre älter als die meisten, aber dafür hatte sich sein nackter Körper auf *mir* gerekelt, wann immer ich wollte, und bei dem Gedanken fühlte ich mich sofort besser.

Ich überflog noch die Wände mit Blakes Heldentaten, als ich sie entdeckte. Sie. Jenna die Schlampe. Sie saß hinter einem kleinen behelfsmäßigen Schreibtisch, blätterte Formulare und Ausweispapiere durch, nahm Geld in Empfang und managte alles.

Ich kam mir vor wie RoboCop, untersuchte sie automatisch und ging ihre Vitalstatistiken durch, ihre Stärken und Schwächen als Mensch, noch schlimmer, als Frau. Haare: naturblond, am Haaransatz hippie-leger geflochten. Körper: sportlich, gebräunt, lange Gliedmaßen – nicht so lang wie meine vielleicht, aber zierlicher. Augen: braun, groß und ehrlich, treuer Hundeblick – jeder Mann würde sie mit sich nach Hause nehmen wollen –, eine kleine Narbe zwischen den Augenbrauen. Klamotten: weißes Top, das ihre Bräune betonte und ihre Zähne zum Strahlen brachte, Jeans und Turnschuhe. Eigentlich waren wir gleich angezogen, nur dass ich ein hellblaues Top trug, weil ich Hellblau getragen hatte, als Blake und ich uns kennengelernt hatten und er eine Bemerkung gemacht hatte, wie das meine Augen hervortreten ließ – natürlich nur ihre Farbe, meine Augen traten nur vor, wenn ich Meeresfrüchte aß.

»Mach halt ein Foto«, sagte mein Leben neben mir und öffnete geräuschvoll eine Tüte Chips – Salt and Vinegar –, die er sich aus dem Automaten geholt hatte.

»Das ist sie«, sagte ich.

»Die Frau aus Marokko?«

»Ja«, flüsterte ich.

»Wirklich?« Er war überrascht. »Vielleicht ist ja doch was dran an deinen psychotisch paranoiden Tendenzen.«

»Das nennt man Instinkt«, entgegnete ich giftig, und jetzt war ich sicher, dass ich jedes Mal, wenn ich paranoid wurde, völlig richtig damit lag – einschließlich dessen, dass der Typ aus meinem Apartmenthaus im US-Zeugenschutzprogramm war.

»Trotzdem – vielleicht sind sie ja gar nicht zusammen«, sagte er und steckte sich die nächste Handvoll Chips in den Mund.

»Ach schau sie doch an«, entgegnete ich bitter. »Sie ist genau Blakes Typ.«

»Und was für ein Typ ist das?«

Ich beobachtete sie, wie sie mit der Gruppe verhandelte, wie sie ihr Grübchenlächeln lächelte, wie sie lachte, Witze machte, Interesse zeigte und diejenigen beruhigte, die sich Sorgen machten.

»Der nette Typ«, antwortete ich bitter. »Diese Schlampe.«

Mein Leben erstickte fast. »Na, das wird bestimmt lustig heute.«

In diesem Moment blickte Jenna auf, als hätte ihr inneres Radarsystem sie gewarnt, dass ein Feind in der Nähe war, und sah mich direkt an. Ihr Lächeln verblasste nicht, aber ihre Augen wurden hart, verloren für einen Moment ihr Strahlen, und mir war klar, dass sie wusste, weswegen ich hier war. Ich wusste, dass sie etwas für Blake empfand, das hatte ich von Anfang an gemerkt, schon bei unserer allerersten Begegnung in einer Bar in London, als Blake seinen Fernsehvertrag unterschrieben hatte und sie ihn gefragt hatte, ob er *Eis* in seinem Drink wollte. So etwas merkt eine Freundin, sie nimmt die Schwingungen auf, und nun war *sie* möglicherweise diese Freundin, und auch sie wusste Bescheid.

»Lucy?« Sie kam auf mich zu, aber als sie mein Leben neben mir stehen sah, entspannte sie sich etwas. Sie konnte ja nicht wissen, wie unnötig das war.

»Jenna, stimmt's?«

»Ja.« Sie machte einen überraschten Eindruck. »Unglaublich, dass du dich an mich erinnerst, wir sind uns doch nur dieses eine Mal begegnet.«

»Ja, in London.«

»Richtig. Wow!«

»Du hast dich auch an mich erinnert.«

»Ja, hm, weil ich die ganze Zeit von dir gehört habe.« Sie lächelte.

Gehört habe. Vergangenheit.

»Na, dann herzlich willkommen«, sagte sie und sah mein Leben schüchtern an. Sie war nett. Und ich würde sie vernichten.

»Das ist Cosmo, ein Freund von mir.«

»Cosmo, cooler Name. Freut mich, dich kennenzulernen.« Sie streckte ihm die Hand hin, und er wischte sich seine salzigen Finger an der Jeans ab, bevor er sie nahm.

»Ist Blake heute da?«, fragte ich und sah mich um.

»Ja. Weiß er denn nicht, dass du kommst?«

Übersetzung: *Ist das arrangiert? Wollt ihr wieder zusammen sein? Muss ich mir Sorgen machen?*

Ich lächelte süß. »Ich wollte ihn überraschen.«

»Wow! Toll! Na dann, er wird sich bestimmt freuen, dich zu sehen, aber momentan ist er total beschäftigt. Er macht sich gerade fertig für die erste Gruppe. Gehört ihr auch dazu?«

»Ja«, lächelte ich.

Mein Leben starrte mich an, als würde er um nichts in der Welt auch nur in Erwägung ziehen, mit mir aus einem Flugzeug zu springen, aber ich war ihm dankbar, dass er nichts sagte.

»Wie lange arbeitest du schon hier?«

»Den ganzen letzten Monat, seit der Eröffnung. Blake war so nett, mir den Job zu geben. Die Sendung war ja fertig, aber ich wollte einfach noch nicht wieder nach Hause, verstehst du? Es gefällt mir total gut hier.«

»Australien ist ganz schön weit weg.«

»Ja, stimmt«, räumte sie ein bisschen traurig ein. »Na ja, wir werden sehen.«

»Wir werden sehen?«

»Wir werden sehen, wie es läuft. So, dann mache ich jetzt erst mal die Gruppe fertig, und ich muss Blake noch schnell einen Kaffee bringen, den will er immer als Erstes.«

Was Blake als Erstes wollte – davon konnte ich auch ein Lied singen. Mit verkniffenem Lächeln beobachtete ich, wie sie in die Hände klatschte, um die Aufmerksamkeit der Gruppe auf sich zu ziehen, wie sie Anweisungen gab, eine witzige Bemerkung machte und dann, nachdem sie alles geregelt hatte und jeder wusste, was er zu tun hatte, mit einem dampfenden Pappbecher Kaffee aus dem Container lief.

»Ab hier bist du auf dich allein gestellt, Schätzchen«, sagte mein Leben und stopfte sich die nächsten Chips in den Mund.

»Hast du Angst zu springen?«

»Selbstverständlich«, antwortete er. »Vor allem, wenn sie deinen Fallschirm präpariert«, sagte er mit einem Grinsen und wanderte davon, um noch vor ein paar Fotos die Nase zu rümpfen.

Ich versicherte ihm, dass ich ihn nicht zwingen würde zu springen, dass ich aber dem Terminplan folgen musste, um

Blake zu treffen. Mein Leben hatte mich hergefahren, damit ich es versuchen konnte, also wusste er, dass seine Rolle darin bestand, mit dem Strom zu schwimmen. Auf keinen Fall wollte ich hier stundenlang rumhängen und wie eine Stalkerin auf Blake warten, denn schließlich war ich keine Stalkerin.

Nein, ganz bestimmt nicht.

Mein Leben und ich folgten der Gruppe nach draußen auf eine Grasfläche. Es war erst 10 Uhr vormittags, aber schon recht warm. Vor uns erstreckten sich zwei Meilen Rollbahn, rechts befand sich der Flugzeughangar. So schlicht die Einrichtung auch sein mochte, ich war trotzdem stolz auf Blake, weil er seinen Traum verwirklicht hatte. Dass es ohne mich geschehen war, dass nicht ich die Trainingsgruppen anleitete, dass nicht ich im Container saß, um Formulare zu ordnen und Besucher zu begrüßen, verlieh dem Ganzen eine seltsam bittersüße Note. Blake hatte sich meine Träume – *unsere* Träume – zu eigen gemacht und sie ohne mich in die Tat umgesetzt. Ich stand lediglich als Beobachterin inmitten einer Gruppe von Mädels, die auf ihn warteten wie auf einen Pin-up-Star. Und das war er jetzt ja auch – vorausgesetzt, man teilte die Meinung des *Love to Travel*-Magazins. Was ich ohne Vorbehalte tat. Insgesamt waren wir zu neunt. Die vier vom B&B, drei Fans von Blake, mein Leben und ich.

»Wo ist er denn?«, fragte eine Blondine ihre Freundin, worauf sich die beiden ansahen und kicherten.

»Willst du ihn um ein Autogramm bitten?«

»Nein«, antwortete sie. »Ich will ihn fragen, ob ich Kinder von ihm kriegen kann.« Wieder prusteten sie los.

Mein Leben sah mich an, und seine Augen tanzten, als würde er mich auslachen. Seit wir am »Dixi-Klo« angekommen waren, hatte er zu seinem alten Schwung zurückgefunden, aber ich wusste nicht, ob mir die Gründe dafür gefielen. Doch nun gab die Hangartür plötzlich ein lautes Dröhnen von sich, der Riegel wurde zurückgeschoben, und sie öffnete sich langsam. Im Innern der Halle kam das Flugzeug zum Vorschein, dann sah man Blake, der in einem orangefarbenen Overall davorstand, den Reißverschluss bis zur Taille offen. Darunter trug er ein eng anliegendes weißes Top, unter dem sich seine Muskeln abzeichneten. Sein Gesicht konnte ich nicht genau erkennen, aber seinen Körper, seine Figur hätte ich auch aus dem Weltraum erkannt, fit und durchtrainiert, voller Tatendrang. Lässig begann er, in unsere Richtung zu schlendern, und ich musste unwillkürlich an eine Szene aus *Armageddon* denken. Der Fallschirm, den er sich bereits um die Taille geschnallt hatte, schleifte hinter ihm her und war offensichtlich so schwer, dass es aussah, als müsste Blake gegen eine steife Brise ankämpfen. Immer wieder verfing sich der Wind im Fallschirmstoff, der sich hinter ihm in die Höhe hob, aufbauschte und dann wieder zu Boden sank.

»O. Mein. Gott«, sagte mein Leben und legte eine Chipspause ein.

Stolz durchströmte mich – auf Blake und dass mein Leben ihn so sehen konnte. Er war ein Mann, zu dem die Menschen sich hingezogen fühlten, er hatte eine unwiderstehliche Aura, dafür war dieser Auftritt ein perfektes Beispiel.

»Was für ein Angeber«, sagte mein Leben, warf den Kopf in den Nacken und lachte laut.

Verdutzt sah ich ihn an. Als auch die drei Jungs und das Mädchen aus dem Wohnmobil zu lachen anfingen, wurde ich wütend.

Harry sah mich ungläubig an. »Ist das der Typ?«

Ich ignorierte ihn. Die anderen Frauen aus der Gruppe

klatschten und jubelten, begeistert von dieser Ouvertüre. Ich stimmte in den Applaus mit ein, das Jubeln erledigte ich lieber leise in meinem Innern. Blake lächelte und senkte bescheiden die Augen, mit einem Blick, der sagte: *Ach, was soll das denn, also wirklich, Leute.* Dann machte er den Fallschirm los, doch der Gurt blieb dran, sodass er uns seine ansehnliche Männlichkeit den Rest des Wegs wie in Geschenkpapier präsentierte. Endlich stand er vor uns.

»Danke, Leute«, sagte er strahlend und hob die Hände, um den Applaus zu beenden. Die Geste hatte den gewünschten Erfolg, und es kehrte Stille ein.

Genau diesen Moment wählte mein Leben, um die letzten Chipskrümel zu verdrücken, die Tüte zusammenzuknüllen und mit lautem Geraschel in seine Jeanstasche zu stopfen. Blake wandte den Kopf und sah erst mein Leben und dann mich. Ein strahlendes Lächeln breitete sich auf seinem Gesicht aus, mein Magen machte einen Doppelaxel, die Menge toste, und ich trat auf dem Podium nach vorn. Dort nahm ich die Blumen entgegen, senkte den Kopf, um mir die Goldmedaille umlegen zu lassen, und lauschte der Nationalhymne, während Platz zwei und drei finster dreinblickten und sich überlegten, wie sie mir die Beine brechen könnten.

»Lucy Silchester«, lächelte Blake und wandte sich dann wieder der Gruppe zu, die vor Neugier schon fast platzte. »Ladys und Gentlemen, darf ich Ihnen Lucy vorstellen, die Liebe meines Lebens?«

Kapitel 24

Aus dem Augenwinkel sah ich Jenna in den Container zurückhuschen. Möglicherweise war dies der glücklichste Augenblick meines Lebens, und wenn es nicht so lächerlich traurig gewesen wäre, hätte ich am liebsten triumphierend die Faust in die Luft gereckt. Blake sagte den anderen, sie könnten noch einen Moment lang plaudern, dann kam er mit ausgebreiteten Armen auf mich zu. Ich ließ mich in seine Umarmung sinken, mein Kopf schmiegte sich wie selbstverständlich mit der rechten Wange an seine Brust, er drückte mich an sich und küsste mich zärtlich auf den Kopf. Es war genau wie früher, genau wie immer, wir passten zueinander wie zwei Puzzleteile. Zwei Jahre, elf Monate und einundzwanzig Tage waren vergangen, seit er mir gesagt hatte, dass er mich verlassen wollte – nachdem wir uns noch in der Nacht davor geliebt hatten.

Auf einmal wurde ich wütend, denn ich erinnerte mich daran, wie er mir das Frühstück ans Bett gebracht, sich ans Fußende gesetzt und mir sein ganzes kompliziertes, turbulentes Inneres erklärt hatte. So verlegen war er gewesen, hatte sich so offensichtlich unwohl gefühlt und mir nicht in die Augen schauen können, dass ich einen Moment dachte, er wollte mir einen Heiratsantrag machen. Ich *befürchtete*, dass er mir einen Antrag machen würde, aber als er dann fertig war, hätte ich alles darum gegeben, wenn es so gewesen wäre. Und während ich dann im Bett saß, das schwere Tablett mit Kaffee und Brötchen auf den Beinen, hatte er vor dem Schrank gestanden, sich am Kopf gekratzt und überlegt, welche Klamotten er für sein neues Leben als Single einpacken sollte. Wenn es denn wirklich ein Leben als Single war, das er anstrebte, und er sich nicht hinter meinem Rücken schon in den ersten Drehwochen der Reisesendung mit Jenna getroffen hatte. Später an dem Tag, an dem mein Freund mich verlassen hatte, trank ich zu viel Wein, verlor meine Arbeitsstelle, meinen Führerschein und kurz darauf, als wir die Wohnung verkauften, auch mein Zuhause.

Und nun, zwei Jahre, elf Monate und einundzwanzig Tage später, drückte er mich an sich, und plötzlich war all die Liebe, die ich seither an jedem einzelnen Tag für ihn empfunden hatte, mit einem Schlag verflogen, und an ihre Stelle trat eine große Wut. Ich schlug die Augen auf und sah, dass mein Leben mich beobachtete, lächelte und sich allem Anschein nach über unsere Umarmung freute. Verwirrt über meinen plötzlichen Gefühlsumschwung machte ich mich von Blake los.

»Ich kann noch gar nicht glauben, dass du wirklich hier bist«, sagte er und hielt mich an den Oberarmen fest. »Du siehst toll aus, schön, dass du gekommen bist.« Er lachte, meine Wut ließ nach, und ich entspannte mich etwas unter seinem Blick.

»Blake, ich möchte dir einen speziellen Freund von mir vorstellen.«

Langsam und offenbar etwas verdutzt wandte er sich von mir ab. »Ja, klar. Hey, wie geht's?« Er schüttelte meinem Leben eilig die Hand, als würde er es nur aus Gefälligkeit tun, und wandte sich dann rasch wieder mir zu. »Ich freue mich so, dass du da bist.«

»Ich auch«, lachte ich.

»Wie lange bleibst du denn?«

»Ich wollte nur kurz vorbeischauen und sehen, wie du den Traum verwirklicht hast.«

»Bleib doch und mach einen Absprung mit uns.«

»Okay, wir bleiben gern.«

Erneut verwirrte ihn das *Wir*, er schaute kurz zu meinem Leben, wieder zu mir und meinte: »Na klar, sicher.« Dann ging er zu seinem Platz zurück, stellte sich vor die Gruppe und begann, die Körperhaltung im freien Fall zu erklären. Wofür ich inzwischen Expertin war.

»Tut mir leid«, sagte ich zu meinem Leben, während ich ihm zuschaute, wie er die Positionen auf dem Boden nachmachte.

»Kein Problem«, erwiderte er. »Er scheint sich echt gefreut zu haben, dich zu sehen. Das ist doch großartig, Lucy.«

»Ja«, antwortete ich nervös. »Willst du wirklich springen?«

»Nein«, antwortete er und krümmte sich in die nächste Position. »Aber die Aussicht von hier gefällt mir.«

Erst jetzt bemerkte ich, dass direkt vor ihm die süße Blonde den Hintern in die Luft streckte, und verdrehte die Augen. »Komm doch wenigstens mit ins Flugzeug.«

»Auf gar keinen Fall.«

»Hast du auch Angst vorm Fliegen?«

»Nein, ich finde es nur schrecklich, mit astronomischer Geschwindigkeit auf die Erde herunterzurasen.«

»Du musst ja nicht springen. Ehrlich, komm mit uns rauf, ich möchte, dass du wenigstens mal zuschaust. Der Flug dauert nur zwanzig Minuten, die Aussicht ist toll, und dann kannst du auf traditionelle Weise zusammen mit dem Piloten wieder landen.«

Er blickte zum Himmel empor. »Na schön«, sagte er schließlich entschlossen.

Ich folgte Blake in die Flugzeughalle, um die Gerätschaften zu holen.

»Springt deine Freundin auch mit?«, fragte ich ihn und gab mir Mühe, möglichst locker und nicht neugierig zu klingen, obwohl in Wirklichkeit meine geistige Gesundheit und mein Lebensglück von der Antwort abhingen.

»Meine Freundin?« Er sah mich verwundert an. »Welche Freundin denn?«

Um ein Haar hätte ich einen Freudentanz aufgeführt. »Die Frau, die im anderen Container den Papierkram erledigt«, sagte ich. Ihren Namen wollte ich nicht aussprechen, weil ich Angst hatte, dass er mich für eine Stalkerin halten könnte – obwohl sie und ich uns gerade erst unterhalten hatten. »Die Frau, die mit dir arbeitet. Oh, da ist sie ja.«

Wir blickten auf und sahen, dass Jenna dabei war, die Gruppe an eine andere Stelle zu führen. Sie lächelte, sagte etwas, woraufhin alle, einschließlich meines Lebens, laut lachten. Irgendwie störte mich das.

»Ach sie. Das ist Jen.«

Jen, nicht Jenna. Jetzt hasste ich sie noch mehr.

»Warum hast du gedacht, sie wäre meine Freundin?«

»Keine Ahnung. Sie kam mir vor wie dein Typ.«

»Jen? Meinst du?« Nachdenklich musterte er sie, was mir gar nicht gefiel, und ich beschloss, seine Aufmerksamkeit lieber wieder auf mich zu ziehen. Leider fiel mir keine Methode ein, außer mit den Fingern zu schnippen, und das wollte ich nicht. Schließlich stellte ich mich so vor ihn, dass ich ihm die Sicht auf Jenna versperrte, was immerhin so weit funktionierte, dass er wegsah und sich wieder der Ausrüstung widmete. Wir schwiegen. Ich konnte nur hoffen, dass er nicht an

Jenna dachte, und zerbrach mir verzweifelt den Kopf, womit ich ihn auf andere Gedanken bringen könnte, aber er kam mir zuvor.

»Ist er dein Freund?«

»Er? Nein!« Ich lachte. »Aber es ist eine echt seltsame Geschichte.« Ich musste ihm die Wahrheit sagen, ich freute mich darauf, ihm die Wahrheit zu sagen. »Eine Geschichte genau nach deinem Geschmack, du wirst sie mögen. Vor ein paar Wochen hab ich einen Brief von der Lebensagentur bekommen. Hast du schon mal davon gehört?«

»Ja.« Er hielt in der Arbeit inne und sah mich an. »Beim Zahnarzt hab ich mal einen Artikel über eine Frau gelesen, die sich mit ihrem Leben getroffen hat.«

»War da ein Bild von ihr, wie sie neben einer Schale mit Zitronen und Limetten steht?«, fragte ich aufgeregt.

»Weiß ich nicht mehr.«

»Na, wie auch immer – er ist mein Leben. Ist das nicht cool?«

Ich rechnete fest damit, dass er beeindruckt sein würde, weil er sich immer so für derartige Dinge interessiert und ein Buch nach dem anderen gelesen hatte, das sich mit der persönlichen Entwicklung, mit Selbstverwirklichung und der Suche nach dem eigenen Ich beschäftigte. Ständig hatte er über verschiedene religiöse Theorien geredet, über Reinkarnation, über das Leben nach dem Tod und über alle möglichen Methoden, mit denen man der menschlichen Seele auf die Spur kommen wollte, und ich war sicher, das hier würde ihn ultimativ interessieren. Das eigene Leben in Fleisch und Blut zu treffen – garantiert hätte er mir ein solch einschneidendes Erlebnis nie zugetraut. Ich hatte mit Leidenschaft in der Stimme gesprochen, um ihm klarzumachen, dass sein größtes Interesse jetzt auch meines war, dass ich eine ungeahnte Gedankentiefe erreicht hatte und dass er mich jetzt lieben konnte.

»Er ist dein Leben?«

»Ja.«

»Und warum ist er hier?«

Seinen Fragen nach zu urteilen, hätte man denken können, dass er sich zumindest ansatzweise für meine Geschichte interessierte, aber glaubt mir, das stimmte nicht. Es hörte sich viel eher an wie: »*Dieser Kerl* ist dein Leben?« Und: »Dann erklär mir bitte noch mal genau, was er hier zu suchen hat.«

Ich schluckte und wollte sofort zurückrudern, aber es ging nicht, ich hätte es respektlos gefunden, mein Leben nicht angemessen zu verteidigen. Immerhin hatte mein Leben mich hierhergefahren und sich auf mein »Ich will zurück zu Blake«-Abenteuer eingelassen! »Die Idee ist, dass wir Zeit zusammen verbringen und uns besser kennenlernen«, begann ich zu erklären. »Wenn Leute mit ihrer Arbeit und ihren Freunden und anderen Ablenkungen zu beschäftigt sind, dann verlieren sie manchmal den Blick für die wichtigen Dinge. Anscheinend war das bei mir der Fall.« Ich zuckte die Achseln. »Aber jetzt nicht mehr. Er ist immer da, wenn ich mich umdrehe. Und er ist sehr lustig. Du wirst ihn mögen.«

Blake nickte kurz und wandte sich wieder der Ausrüstung zu. »Weißt du, dass ich ein Kochbuch rausbringen werde?«

Ein abrupter Themenwechsel, aber ich machte mit. »Echt? Das ist ja toll.«

»Ja«, strahlte er. »Das hat sich aus meiner Sendung ergeben – hast du sie eigentlich gesehen? Lucy, das ist der Wahnsinn, das Beste, was ich je gemacht habe. Wir haben so viel von der Welt gesehen, sind mit so vielen Kulturen in Kontakt gekommen, und allein die Geschmäcker und Gerüche und Geräusche waren so inspirierend, dass ich sie jedes Mal, wenn ich heimgekommen bin, sofort nachmachen wollte.«

»Großartig, du hast schon immer gern gekocht.«

»Ja, und ich koche sie nicht nur nach, ich gebe ihnen dazu noch meine ganz persönliche Note, und genau das ist die Idee des Kochbuchs. Die Blake-Note, der Blake-Geschmack, so was in der Art. Ich glaube, das wird der Titel. *Der Blake-Geschmack.* Der Verlag ist begeistert und meint, man könnte es vielleicht sogar fürs Fernsehen aufbereiten, dann hätte ich noch eine Sendung neben *Ich wollte, du wärst hier,* einfach auf der Grundlage dessen, was ich esse, wenn ich reise.« Sein Gesicht leuchtete, er redete wie ein Wasserfall, er war so begeistert, dass die Worte sich beinahe überstürzten. Ich beobachtete ihn und war hingerissen, dass ich ihn vor mir hatte, dass er sich kein bisschen verändert hatte, dass er noch genauso leidenschaftlich, dynamisch und schön war wie immer. »Ich würde mich wahnsinnig freuen, wenn du ein paar von meinen Rezepten ausprobieren würdest, Lucy.«

»Wow, danke, das würde ich natürlich gern«, strahlte ich.

»Ehrlich?«

»Na klar, Blake, und wie! Ich würde selbst gern wieder öfter kochen. Irgendwie hab ich damit aufgehört, hab's mir wohl abgewöhnt. Ich bin in eine kleinere Wohnung umgezogen, und da ist die Küche nicht so toll wie die, die wir …«

»O Mann, unsere Küche!« Er schüttelte den Kopf. »Die war nicht schlecht, aber du solltest mal die Küche sehen, die ich jetzt habe. Ich benutze diesen Superherd, mit Multifunktions-Edelstahl-PyroKlean-Ofen. Der hat vierzig verschiedene Programme für frische und tiefgefrorene Lebensmittel – man gibt einfach das Gewicht der Sachen ein, und der Herd wählt automatisch die beste Einstellung und kontrolliert dann …«

»... die Garzeit und stellt sich automatisch ab, wenn alles fertig ist, wobei er die Restwärme nutzt, um Energie zu sparen«, fiel ich ihm ins Wort.

Ihm blieb der Mund offen stehen. »Woher weißt du das?«

»Weil ich es geschrieben habe«, antwortete ich stolz.

»Das verstehe ich nicht – du hast es geschrieben?«

»Ja, die Gebrauchsanweisung. Ich hab einen Job bei Mantic, das heißt, bis gestern hab ich da gearbeitet und die Anweisungen übersetzt.«

Er starrte mich weiter an mit einem seltsamen Blick, den ich nicht von ihm kannte, und ich drehte mich sicherheitshalber um, weil ich mich vergewissern wollte, ob er nicht jemand ganz anderen ansah.

»Was ist los?«

»Was ist mit Quinn & Downing passiert?«

»Da arbeite ich schon seit ein paar Jahren nicht mehr«, antwortete ich lachend und fügte etwas ernster, aber möglichst locker hinzu: »Hat Adam dir denn nichts von mir erzählt?« Es war mein Ernst – ich war immer sicher gewesen, Blake würde alles erfahren, was ich machte. Die ganze Zeit hatte ich in dem Bewusstsein meine Entscheidungen getroffen und meine Lügen erfunden, dass sie irgendwie bei Blake landeten, und nun wusste er nicht mal das, was gleich am ersten Tag passiert war, an dem Tag, als er mich verlassen und ich meinen Job verloren hatte.

»Adam? Nein«, sagte er verwirrt, aber dann lächelte er, und sein Gesicht hellte sich auf. »Aber ich erzähl dir jetzt mal von dieser marokkanischen Pastete ...«

»Adam glaubt, dass ich dich betrogen habe«, unterbrach ich ihn. So kompliziert ich auch manchmal dachte und so detailliert ich alles plante – das zu sagen hatte ich ehrlich nicht vorgehabt, es kam einfach so aus meinem Mund.

»Was?« Er hatte über Safran reden wollen, und ich hatte ihm eine ganze Ladung Sand ins Getriebe gestreut.

»Das glauben alle.« Ich bemühte mich, das Zittern in meiner Stimme zu verscheuchen, kein nervöses Zittern, sondern ein wütendes, denn die Wut baute sich wieder auf, und ich musste mich anstrengen, sie zu unterdrücken.

»Blake«, ertönte in diesem Moment eine Stimme, und ein Mann streckte den Kopf zur Tür herein. »Wir müssen los.«

»Ich komme«, sagte Blake und packte rasch die Ausrüstung zusammen. »Gehen wir.« Er grinste, meine Wut verpuffte, und ich merkte, wie sich ein verstrahltes Lächeln auf meinem Gesicht breitmachte.

Im Flugzeug war Platz für sechs Personen, also drei Tandems. Harry war an Blake geschnallt und die fruchtbare junge Dame, die Babys von Blake bekommen wollte, an Jeremy, den zweiten Tandem-Master, dessen rechtzeitiges Auftauchen mich davor bewahrt hatte, Blake im Ausrüstungsraum an die Gurgel zu gehen. Sie starrte Harry eifersüchtig an, weil sie die Niete gezogen hatte. Mein Leben trug einen orangefarbenen Overall und eine Schutzbrille, saß mit dem Rücken zu mir zwischen meinen Beinen auf dem Boden, drehte ab und an den Kopf und warf mir so ärgerliche wie ängstliche Blicke zu.

Als wir starteten, zischte er: »Die Aussicht ist toll.«

»Ja, wunderschön«, gab ich mit einem ruhigen Lächeln zurück.

»Und du kannst mit dem Piloten landen«, zitierte er mich wütend weiter. »Du hast mich reingelegt. Du hast mich angelogen. Alles nur Lüge«, fügte er giftig hinzu.

»Du musst nicht abspringen«, wiederholte ich mein Versprechen und versuchte, ganz entspannt zu bleiben. Aber in

Wirklichkeit machte ich mir Sorgen. Ich konnte es mir nicht leisten, dass mein Leben jetzt irgendeine gigantische Wahrheit offenbarte. Nicht hier, nicht jetzt, nicht, solange Blake so nahe war, dass unsere Füße sich berührten.

»Warum bin ich dann mit einer Nabelschnur an dir festgebunden?«

»Du kannst nachher so tun, als hättest du eine Panikattacke. Dann bleiben wir einfach im Flugzeug. Ich wollte das hier doch nur so gern noch einmal mit ihm machen.«

»So tun, als hätte ich eine Panikattacke? Die krieg ich in echt«, entgegnete er, schaute wieder nach vorn und ignorierte mich den Rest des Flugs. Harry sah völlig verschreckt aus, er war grün im Gesicht und zitterte. Unsere Blicke begegneten sich.

»Es wird dir gefallen. Stell dir einfach Declan ohne Augenbrauen vor.« Er lächelte, schloss die Augen und atmete tief. Als wir starteten und uns in den Himmel emporschwangen, sahen Blake und ich uns an. Wir konnten das Lächeln nicht unterdrücken, und er schüttelte immer wieder den Kopf, fassungslos, dass ich wirklich da war. Wir gingen in den zwanzigminütigen Steigflug auf viertausend Meter, dann waren wir endlich bereit. Als Blake die Tür öffnete, fegte ein heftiger Windstoß herein, und auf einmal sahen wir wie einen Flickenteppich die Landschaft unter uns liegen.

Mein Leben stieß einen Schwall von Wörtern aus, die ich nicht wiederholen möchte.

»Ladys first«, rief Blake und trat zur Seite, um mein Leben und mich vorzulassen.

»Nein, nein, macht ruhig«, entgegnete ich fest. »Wir springen als Letzte.« Ich versuchte, Blake Zeichen zu geben, dass mein Leben Angst hatte, aber mein Leben hatte sich wieder zu mir umgedreht und ließ mich nicht aus den Augen.

»Nein, ich bestehe darauf«, sagte Blake. »Wie in alten Zeiten.«

»Ich würde ja gern, aber ... er ist ein bisschen nervös. Ich glaube, es wäre besser, wenn wir den anderen erst mal zuschauen. Okay?«

Mein Leben kochte vor Wut. »Ich bin überhaupt nicht nervös. Komm, lass uns springen.« Und schon rutschte er auf dem Hintern in Richtung Tür und zog mich mit sich. Ich war total entgeistert, wollte aber nicht mit ihm diskutieren, also kontrollierte ich kurz, ob Tandemgurt und Fallschirm ordentlich befestigt waren, und folgte ihm. Unglaublich, dass mein Leben auf einmal so entschlossen war; ich hatte fest damit gerechnet, dass wir im Flugzeug bleiben und mit dem Piloten landen würden. Ich war enttäuscht gewesen, aber jetzt war ich bereit zu springen, und das Adrenalin strömte durch meine Adern.

»Fertig?«, rief ich.

»Ich hasse dich!«, antwortete er mit schriller Stimme.

Ich machte den Countdown. Bei drei waren wir draußen, und dann stürzten wir im freien Fall durch die Luft, wobei wir in gerade mal zehn Sekunden eine Geschwindigkeit von zweihundert Stundenkilometern erreichten. Mein Leben schrie auf, ein langer lauter Schreckensschrei, aber ich fühlte mich auf einmal unglaublich lebendig, jauchzte und jubelte über ihm und hoffte, das würde ihm zeigen, dass alles nach Plan lief und dass es normal war, wenn wir hier herumwirbelten wie Schneeflocken, ohne zu wissen, wohin wir unterwegs waren. Dann kamen wir in die Position für den freien Fall und segelten und fielen insgesamt fünfundzwanzig Sekunden wie im Rausch, den Wind in den Ohren, in den Haaren, überall, laut und kalt und wunderbar angsterregend. Als wir eine Höhe von tausendfünfhundert Metern erreichten, löste ich den Hauptfallschirm, und als er sich geöffnet hatte, war plötzlich Schluss mit dem Wahnsinn und dem Sausen des Winds in den Ohren. Alles wurde still und war einfach nur noch herrlich und wunderbar.

»O mein Gott«, sagte mein Leben, atemlos und heiser nach seinem Geschrei.

»Alles okay bei dir?«

»Okay? Ich hätte fast eine Herzattacke gekriegt. Aber das jetzt« – er schaute sich um –, »das ist sensationell.«

»Siehst du«, sagte ich, überglücklich, diesen Augenblick mit meinem Leben teilen zu können. Ich war so glücklich, dass ich fast das Gefühl hatte zu platzen. Zu zweit schwebten wir durch die Luft, die freiesten Seelen des Universums.

»Ich hab es nicht ernst gemeint, dass ich dich hasse.«

»Gut. Weil ich dich nämlich liebe«, sagte ich, ohne zu wissen, woher diese Erkenntnis plötzlich kam.

Er drehte sich zu mir um. »Ich liebe dich auch, Lucy«, strahlte er. »Aber jetzt halt den Mund, du verdirbst mir sonst alles.«

Ich lachte. »Möchtest du steuern?«

Mein Leben übernahm die Kontrolle, lenkte den Fallschirm, und wir segelten über den Himmel wie Vögel, nahmen die Welt in uns auf, glücklich, lebendig, vereint und vollkommen. Ein perfekter Glücksmoment. Vier Minuten dauerte der Flug, und zum Schluss übernahm ich wieder das Steuer für die Landung. Wir nahmen unsere Position ein, Beine und Füße nach oben, Knie geschlossen. Ich bremste den Fallschirm, und schon landeten wir sanft auf der Erde.

Mein Leben ließ sich auf den Boden fallen und lachte laut vor Glück.

Als ich ihn vom Fallschirm und von mir befreit hatte,

sprang er auf und rannte im Kreis herum, als wäre er betrunken, noch immer jauchzend und lachend.

»Das war ja der absolute Wahnsinn! Ich will noch mal, lass uns gleich noch mal, können wir noch mal?«

Ich lachte. »Ich kann es kaum glauben, dass du gesprungen bist!«

»Hätte ich mich vor ihm vielleicht schwach zeigen sollen? Machst du Witze?«

»Wen meinst du denn?«

»Blake natürlich, wen denn sonst? Ich will nicht, dass dieser Idiot mitkriegt, wie ich vor irgendwas kneife. Er soll wissen, dass es mir egal ist, was er von mir hält, und dass ich härter bin, als er denkt.«

»Was? Ich versteh dich nicht. Warum versuchst du, mit ihm zu konkurrieren?«

»Ich konkurriere überhaupt nicht mit ihm, Lucy. Das ist sein Problem. War es schon immer.«

»Was redest du …?«

»Ach egal, vergiss es«, fiel er mir ins Wort, lächelte wieder und fing wieder an herumzutanzen. »Juhuuuuuuu!«

Natürlich freute ich mich, dass mein Leben so glücklich war, aber die Ursachen verwirrten mich so, dass ich ihn mit gemischten Gefühlen beobachtete. Mein Leben und ich sollten gefühlsmäßig doch auf der gleichen Wellenlänge liegen, damit meine wiederentdeckte Liebe zu Blake gut und richtig war. Ich wünschte mir, dass wir alle gut miteinander auskamen, nicht dass mein Leben sich damit beschäftigte, möglichst immer eine Nasenlänge voraus zu sein. War das womöglich der ganz normale Lauf der Dinge? Blake hatte mir wehgetan, er hatte mein Leben verletzt, und obwohl ich mich auf dem besten Weg befand, ihm zu verzeihen, und auch meine eigene Verantwortung für das Scheitern unserer Beziehung sah, brauchte mein Leben anscheinend noch mehr Zeit. Aber was hatte das zu bedeuten? Was hieß das für Blake und mich? Normalerweise war ich nach dem Fallschirmspringen immer in Hochstimmung, genau wie mein Leben jetzt, und alles schien sich zu klären, aber auf einmal waren meine Kopfschmerzen wieder da, die ich immer bekam, wenn ich mir den Kopf zerbrach über Themen, die ich eigentlich lieber unter den abgewetzten Teppich meiner Gedanken kehren wollte. In diesem Moment sahen wir einen Jeep über die Wiese auf uns zufahren. Am Steuer saß eine Frau, und als das Auto näher kam, erkannte ich Jenna. Mein Herz zog sich zusammen wie früher, wenn ich an sie gedacht hatte, obwohl ich inzwischen wusste, dass sie und Blake keine Beziehung hatten.

»Du siehst aus, als wolltest du jemanden umbringen«, sagte mein Leben atemlos vom vielen glücklichen Herumschreien.

»Tja, komisch«, sagte ich, während ich zusah, wie Jenna immer näher kam, beide Hände fest am Steuer, den Blick unverwandt auf mich gerichtet. Auf einmal fragte ich mich, ob sie rechtzeitig anhalten würde.

»Sachte, Lucy, sie ist ein nettes Mädchen. Außerdem hast du doch gesagt, dass sie nicht zusammen sind.«

»Sind sie auch nicht.«

»Warum hasst du sie dann immer noch so?«

»Aus Gewohnheit wahrscheinlich.«

»Genau wie du ihn liebst«, sagte mein Leben und blickte hinauf zum Himmel. Dann ließ er mich stehen, und ich beobachtete allein, wie Blake herabschwebte, ein Engel mit schwellenden Muskeln, während ich über die Bombe nachdachte, die mein Leben soeben abgeworfen hatte.

Kapitel 25

Später saß ich Blake im Jeep gegenüber. Mein Leben hatte darauf bestanden, vorn neben Jenna zu sitzen, und plapperte aufgeregt auf sie ein, während sie uns zu den Containern zurücksteuerte. Gelegentlich sah sie in den Rückspiegel, um zu kontrollieren, ob ich mich nicht danebenbenahm, und jedes Mal, wenn sie Taxi-Mum spielte, trafen sich unsere Blicke. Sie wusste Bescheid, ich wusste Bescheid, wir wussten beide, dass wir Bescheid wussten, eine Ex-Freundin und eine Möchtegernfreundin, die sich benahmen wie zwei Falken, die ihre Beute umkreisten und sich fragten, wer als Erster zuschlagen würde, auf der Hut voreinander, immer wachsam. Der nicht mehr grüngesichtige Harry und das Mädchen, das sich Babys von Blake gewünscht hatte, waren in einen kleinen Adrenalinliebesrausch versunken, erzählten einander in einem irren Tempo von ihren Erlebnissen, kauten jede Sekunde des Sprungs noch einmal durch und quittierten jede Einzelheit in der Beschreibung des anderen mit einem überdreht enthusiastischen »Ich auch!«. Ich hatte das Gefühl, dass Blake seine Chance auf eine Ersatzfreundin verspielt hatte – die er wahrscheinlich ohnehin nicht gebraucht hätte. Jeremy, der zweite Tandem-Master, starrte aus dem Fenster, cool und ohne das geringste Interesse für das, was im oder um den

Jeep herum passierte. Außer ihm jedoch waren alle high. Auch mein Herz. Zwar floss das Adrenalin bei mir aus anderen Gründen als bei den anderen – nämlich weil ich verliebt war –, aber statt es zu genießen, führte ich in Gedanken eine erhitzte Debatte, ob es nur eine Angewohnheit war oder nicht. Die Momente mit Blake waren kostbar und wichtig für mich, ich hatte lange darauf gewartet, ihm körperlich und emotional wieder so nahe zu sein, und jetzt machte ich alles kaputt, indem ich über Probleme nachgrübelte, für deren Lösung ich eigentlich mehr als genug Zeit gehabt hatte, als ich von ihm getrennt war. So viele Stunden hatte ich allein mit Mr Pan auf der Couch verbracht, in allen möglichen Clubs, Pubs, Restaurants und bei einer Menge Familienfeiern hätte ich Gelegenheit gehabt, um über die Grundfesten und die Echtheit meiner Liebe zu sinnieren, und trotzdem suchte ich mir für meine Gedankenkrise ausgerechnet diesen Moment aus. Verdammt! Es war so frustrierend. Ich war der frustrierendste Mensch auf dem ganzen Planeten.

Blake und ich sahen uns an, und das Lächeln auf seinem Gesicht war so hell wie die neue Glühbirne in meinem Badezimmer. Vielleicht klingt das wie ein lahmer und unromantischer Vergleich, aber wenn man ein Jahr lang nur im Stockfinstern auf die Toilette konnte, dann ist eine Glühbirne eine sehr freundliche, erhellende und obendrein sehr nützliche Errungenschaft. Gerade sagte Jenna etwas, worauf mein Leben vor Lachen brüllte, und obwohl Blake vor mir saß und sein Lächeln mir eine Million wundervoller Tage zu versprechen schien – oder zumindest einen netten Abend, den ich mit Freuden annehmen würde, ich war nicht wählerisch –, trieb mich die wachsende Vertrautheit zwischen ihnen allmählich in den Wahnsinn. Der hässliche Ausschlag war verschwunden, mein Leben strahlte vor Glück, und sosehr ich mich auch zu überzeugen versuchte, dass das alles Blakes Verdienst war, fühlte sich das meilenweit von der Realität entfernt an. Mein Leben kam mit Jenna weit besser klar als mit der Liebe meines Lebens, und es lag nicht daran, dass er sich nicht bemüht hätte. Bei unserem ersten Treffen hatte ich hautnah erlebt, wie unangenehm er sein konnte, und ich war sehr dankbar, dass Blake ihn nicht von seiner schlechten Seite kennengelernt hatte. Aber hatten Blake und ich überhaupt Zukunftschancen, wenn er mein Leben hasste? Und für wen würde ich mich im Zweifelsfall entscheiden? Noch ein neuer Gedanke, der mir Angst machte. Am liebsten hätte ich mich geohrfeigt. Hör auf zu denken, Lucy, zu viel Denken hat noch keinem was gebracht.

»Wie in alten Zeiten«, sagte Blake auf einmal.

Irgendetwas daran störte mich. Da mein Leben mich ja inzwischen so programmiert hatte, dass es mir schon zur Gewohnheit geworden war, alles zu analysieren, tat ich das auch jetzt. Nein, es lag nicht an Blake. Auch nicht an seinem Gesichtsausdruck oder an seinem Ton. Nein, es war das Gefühl als solches. Sicher, es war wie in alten Zeiten, aber all das Unausgesprochene, was immer unter den Teppich gekehrt worden war, trennte und türmte sich jetzt so hoch zwischen uns auf, dass ich kaum noch sein Gesicht sehen konnte. Ich wollte ihm den Teppich nicht unter den Füßen wegziehen, ich wollte nicht im Komposthaufen unserer alten Probleme wühlen. Nein, ich wollte lieber hier in diesem Jeep auf der Rollbahn sein und alles Unausgesprochene weiter unausgesprochen in der Luft hängen lassen, still und heimlig, als würden wir mit einem riesigen Fallschirm, der uns zusammenhielt, langsam zur Erde hinunterschweben.

»Bleibst du eine Weile hier?«

Ich war nicht sicher, ob das eine Bitte oder eine Frage war, und da das ein großer Unterschied für mich war, spielte ich auf Sicherheit.

»Ich muss heute noch zurück. Er trifft sich nachher noch mit jemandem.«

»Wer?«

»Mit einem Typen namens Don«, antwortete ich und wunderte mich, warum Blake die Pläne meines Lebens so genau wissen wollte. Aber dann begriff ich plötzlich, dass er nur fragte, weil er die Anwesenheit meines Lebens vergessen hatte. »Mein Leben hat eine Verabredung«, sagte ich mit fester Stimme, was ihn zu erschrecken schien. »Mein Leben trifft sich mit einem Freund namens Don.«

»Aber *du* kannst doch bleiben, oder?« Er schenkte mir ein schelmisches Lächeln, eins seiner besten, und nachdem ich mich einen Moment gar nicht danach gefühlt hatte, wurde mir doch wieder warm ums Herz. »Ach komm«, lachte er, beugte sich vor und umfasste meine Beine genau oberhalb der Knie, wo ich, wie er wusste, schrecklich kitzlig war.

Jenna schaute in den Rückspiegel. Unsere Blicke trafen sich. Ich musste lachen, natürlich nicht über sie, was sie vielleicht vermutete, sondern weil Blakes Finger mich dermaßen kitzelten, dass ich einfach nicht anders konnte.

»Jeremy feiert heute Abend im Pub.« Er kitzelte mich weiter, und ich wehrte mich lachend. »Er wird dreißig.«

»Herzlichen Glückwunsch zum Geburtstag«, sagte ich, aber Jeremy sah mich nicht an. Er gehörte zu den Leuten, die dir das Gefühl geben, sie wüssten entweder nicht, dass du im Raum bist, oder es wäre ihnen scheißegal – als würde es ihnen einen Zacken aus der Krone brechen, wenn sie auch nur deine Existenz zur Kenntnis nehmen. Zwanzig Jahre später erzählen sie dir dann, dass sie schon immer in dich verknallt waren, aber nie den Mut hatten, es dir zu sagen. *Was?*, fragst du sie dann. *Ich dachte immer, du kannst mich nicht leiden.* Und sie antworten: *Bist du verrückt? Ich wusste nur nie, wie ich es dir sagen soll!* Jedenfalls ist mir das mit Christian Byrne so gegangen, dem coolsten Jungen im Sommerlager, als ich fünfzehn war. Er hat praktisch mit jedem Mädchen im Schlafsaal geredet und jede Einzelne geküsst – außer mich. Aber als er es mir vor vier Monaten in einer Bar gestanden hat, konnte ich ihn trotzdem nicht küssen, da er ein Mädchen geschwängert hatte und sie heiraten wollte, weil er fand, das wäre das Richtige, auch wenn er deshalb in einem schäbigen Strip-Club in der Leeson Street gelandet war und um 4 Uhr morgens einer Frau gestand, dass er sie liebte, obwohl er sie fünfzehn Jahre nicht gesehen hatte. Übrigens war ich mit Melanie dort, falls irgendjemand das wissen möchte.

»Wir würden gerne kommen, wenn es dir recht ist«, sagte ich zu Jeremy.

Aber Jeremy reagierte nicht. Entweder hatte er nicht gemerkt, dass ich mit ihm redete, oder es kümmerte ihn nicht. Bald würde Jeremy erkennen, dass er mich heimlich liebte, aber dann war es zu spät, weil ich wieder mit Blake zusammen sein würde. Ihre Freundschaft würde darunter leiden, weil er es nicht ertragen konnte, seinen besten Freund mit der Frau zu sehen, die er liebte, deshalb würde er seinen Job aufgeben und umziehen, und er würde versuchen, eine andere zu finden, aber das wäre nicht seine wahre Liebe. Er würde sie trotzdem heiraten und mit ihr Kinder haben, und jedes Mal, wenn er mit ihr geschlafen hatte und sie einschlief, würde er bis spät in die Nacht wach liegen und an die Frau denken, die er in Bastardstown in County Wexford zurückgelassen hatte. Nämlich an mich.

»Klar ist ihm das recht«, beantwortete Blake meine Frage für ihn. »Wir treffen uns um sechs im *Bodhrán*. Sobald wir hier fertig sind, ziehen wir los. Also komm«, sagte er und pickte mich wieder in die Beine, ein Pick bei jedem Wort. »Komm, komm, komm.«

»Okay, okay«, lachte ich und setzte meine ganze Kraft ein, um seine Hände daran zu hindern, mich weiter zu kitzeln, aber er war stärker und verschränkte seine Finger in meine, und so saßen wir da, zueinander gebeugt, und starrten uns an. »Ja, ich komme«, sagte ich.

»Darauf wette ich«, scherzte er, und mein Herz bekam fast einen hysterischen Anfall.

»Wir können da nicht hin«, sagte mein Leben, als wir wieder auf dem Boden des Wohnmobils lagen und durch das Dachfenster in den knallblauen Himmel hinaufblickten, durch den wir vor wenigen Augenblicken noch geschwebt waren. Das Wohnmobil stand auf dem Parkplatz, und wir warteten auf die anderen, die noch abwarten wollten, bis auch Declan, Annie und Josh ihren Sprung absolviert hatten. Harry war irgendwo und versuchte, dem Mädchen, das Babys von Blake wollte, mithilfe von cleveren Wortspielen an die Wäsche zu gehen.

»Warum können wir nicht hin?«

»Wegen Don!«

»Ach, vergiss Don!«, rief ich, bekam zwar umgehend ein schlechtes Gewissen, war aber total frustriert, weil mein Leben anscheinend immer noch nicht kapierte, worum es hier ging.

»Das hast du doch längst.«

»Nein, aber Blake hat mich eingeladen, und er ist der einzige Grund, warum wir hier sind. Kannst du dich denn nicht wenigstens ein bisschen für mich freuen?«

Er dachte nach. »Du hast recht. Ich freue mich sehr für dich. Schon seit Sonntagabend wolltest du genau das, also bleib einfach hier und verkauf dich an Blake, den Mann, der dir das Herz gebrochen hat, aber ich fahr zurück nach Dublin und treffe mich mit Don, dem netten Kerl, mit dem du geschlafen hast und der *mich* zu einem Drink eingeladen hat.«

»Dann tut es doch endlich, dann habt ihr es hinter euch«, fauchte ich.

»Eine sehr reife Reaktion«, entgegnete mein Leben ruhig. »Aber andererseits hast du das ja auch schon erledigt. Ich bin nur an seiner Freundschaft interessiert. Wir treffen uns um acht heute Abend im *Barge*, für den Fall, dass unser Guru hier dich hängen lässt und sich doch lieber wieder auf die Suche nach grüneren Weiden macht.«

»Du glaubst also nicht an uns«, stellte ich traurig fest.

»Das stimmt nicht, nein. Ich glaube nicht an ihn, aber wer bin ich, um euch aufzuhalten?« Nachdenklich hielt er inne. »Ach ja, ich bin dein *Leben*. Glaubst du, dass die meisten Menschen in einer persönlichen Krise eher auf das hören würden, was ihr Leben ihnen sagt, oder dass sie es eher so machen wie du und ihr Leben auf der Suche nach geografischem Glück von einem Ort zum anderen schleifen?«

»Was soll der Scheiß denn jetzt heißen? *Geografisches Glück?*«

»Die meisten Leute suchen Glück und Erfüllung in ihrem Innern, aber du fährst in ein anderes County und glaubst, das hilft.«

»Diese Frau, die sich durch drei Kontinente gegessen, geliebt und gebetet hat, ist auch glücklich geworden«, blaffte ich. Aber dann beruhigte ich mich etwas und seufzte. »Ich will doch nur, dass du siehst, was ich an ihm liebe.«

»Oh, ich hab genau gesehen, was du an ihm liebst – das war unter dem engen Gurt ja deutlich sichtbar.«

»Bitte sei doch mal ernst.«

»Ich meine es ernst. Ich hab gesehen, was du an ihm liebst, und ich gehe mit Don einen trinken.«

Einmal wollte ich es noch versuchen. »Ich hab das Gefühl, dass es ein Problem zwischen euch gibt, das ich nicht ganz verstehe. Er hat dir wehgetan, das verstehe ich, er hat dich verletzt, und jetzt versuchst du, dich zu schützen. Aber gib ihm doch wenigstens eine Chance! Wenn du das nicht tust, dann wirst du dich immer fragen, ob er nicht doch derjenige war, der mir und dadurch auch *dir* ewiges Glück bringen sollte.«

»Ich glaube nicht an ewiges Glück, nur an kleine Spritzer hier und dort.« Aber er klang schon etwas weicher.

»Ich weiß, dass du Don nicht im Stich lassen willst, aber da geht es doch nur um ein paar Bier. Er ist erwachsen, er wird das verstehen.« Mein Leben sah schon fast überzeugt aus, aber ich wollte auf Nummer sicher gehen und fuhr mein Totschlagargument auf. »Außerdem liegt Sebastian in einem Graben, und nur Gott weiß, wie lange es dauern wird, ihn zu reparieren, also sitzen wir hier sowieso noch eine Weile fest.«

»Na gut«, sagte er resigniert. »Dann bleibe ich eben. Ich rufe Don an, aber dann ist unsere Freundschaft wahrscheinlich gestorben. Er weiß, wo ich bin, und wird denken, dass ich Blake lieber mag als ihn.«

Ich tätschelte ihn mitleidig.

So lagen wir da und starrten beide durchs Dachfenster zu den vorbeiziehenden Wolken am knallblauen Himmel hinauf. Dann wurde die Tür aufgerissen, Declan erschien vor dem Auto und führte seine Körperteile vor, um die es bei der Wette gegangen war – tatsächlich anständig rasiert.

Die Bodhrán ist eine mit Ziegenfell bespannte irische Rahmentrommel. Der Spieler hält sie mit der einen Hand von unten fest, sodass er an das Fell greifen und durch unterschiedlichen Druck Tonhöhe und Klangfarbe variieren kann, während die andere Hand mit dem Cipín, einem Holzschlägel, auf die Trommel schlägt. In unserem Fall jedoch war das *Bodhrán* ein fünf Minuten von unserem B & B entfernter Pub, der um 7 Uhr abends schon aus allen Nähten platzte, weil ein Livekonzert mit irischer Musik stattfand. Wir trudelten etwas zu spät ein, weil Declan in den unteren Körperregionen einen unschönen Ausschlag entwickelt hatte, der so juckte, dass wir einen zwanzigminütigen Umweg zur nächsten Apotheke machen mussten, um eine Lotion und eine Packung Talkumpuder zu kaufen. Letzteren hatte er von oben in die Hose gekippt und dann die Hüften in alle Richtungen geschwungen, um alle betroffenen Regionen zu erreichen.

Harry, der Gewinner der Wette, hätte sich eigentlich über die frisch geschorenen Probleme seines Freundes freuen sollen, war aber stattdessen ziemlich gereizt, weil er sich im Pub mit dem Mädchen verabredet hatte, das Babys von Blake wollte, und wegen unserer Verspätung nun Angst hatte, jemand könnte ihm zuvorkommen. Ich lachte, dass er wegen lächerlicher zwanzig Minuten eine solche Ungeduld entwickelte, aber dann dachte ich an Jenna und schloss mich dem allgemeinen Genörgel an, dass Declan gefälligst aufs Gas treten und ganz Wexford zeigen sollte, woraus das Wohnmobil seiner Mutter gemacht war. Doch kaum hatte ich mich von Harrys Gereiztheit anstecken lassen, übertrug sich das auch schon auf mein Leben, und er war sowieso schon angefressen, weil er Don hatte absagen müssen. Sein Ausschlag war zurückgekehrt, und er und Declan wechselten sich mit dem Puder ab, während Annie und ich den Cider herumreichten. Josh lag hinten im Wohnmobil, rauchte Hasch und blies Rauchringe in die Luft. Ich hatte keinen Cider mehr getrunken, seit ich im Alter dieser jungen Leute gewesen war, aber ich fand es sehr anregend, mit ihnen zusammen zu sein, auch wenn mein Leben davon Ausschlag bekam. So beschwingt hatte ich mich lange nicht gefühlt, und ich brauchte mir auch keine Sorgen zu machen, dass ich über irgendeine Lüge stolperte, denn sie wussten nichts über mich, es war ihnen egal, ich konnte einfach ich selbst sein. Und ich war schon sehr lange nicht mehr ich selbst gewesen.

Als wir im Pub ankamen, war der Sommerabend noch immer wunderschön, und die Holztische und Bänke im Freien waren voll besetzt. Ich hielt Ausschau nach Blake, Harry hielt Ausschau nach dem Mädchen, das Babys von Blake haben wollte, und wir kamen beide zu dem Schluss, dass sie wohl drinnen sein mussten. Er ging als Erster hinein, ich folgte, und im Handumdrehen stellte sich heraus, dass seine Sorgen umsonst gewesen waren: Das Mädchen hatte den Platz neben sich frei gehalten. Als ihre Freundin uns entdeckte, schlug sie dem Mädchen auf den Oberschenkel, aber trotz des daraus resultierenden blauen Flecks wurde Harry freudig angestrahlt. Ich schaute mich an den Tischen nach Blake um. Die Band sang gerade *I'll Tell My Ma*, alles grölte und klatschte, während ich mir einen Weg durch die Menge bahnte. Am Tisch neben Harry und seiner Angebeteten sah ich Jenna sitzen, und der Platz neben ihr war frei. Mein Herz begann zu pochen, und ich hoffte, dass er nicht für Blake war – obwohl ich wusste, dass sie keine Beziehung hatten. Die Macht der Gewohnheit. Schließlich entdeckte ich ihn inmitten einer Gruppe von Männern, wo er, wie üblich im Zentrum der Aufmerksamkeit, einen Witz erzählte. Textsicher und wortgewandt hatte er sie in seinen Bann geschlagen. Ich beobachtete ihn, mein Leben beobachtete ihn, dann kam die Pointe, und alles brach in lautes Gelächter aus. Ich auch. Mein Leben ebenfalls. Am liebsten hätte ich »siehst du« gerufen.

In diesem Moment entdeckte Blake mich, entschuldigte sich bei der Gruppe und eilte zu mir. Jenna beobachtete uns.

»Hey, du bist wirklich gekommen«, sagte er, schloss mich in die Arme und küsste mich wieder auf den Kopf.

»Na klar«, strahlte ich und hoffte, dass Jenna alles mitgekriegt hatte, traute mich aber nicht, hinzusehen. »Du erinnerst dich sicher noch an mein Leben?«, sagte ich und trat zur Seite, damit sich die beiden gegenüberstanden.

»Ja, selbstverständlich«, sagte Blake.

»Hey«, begrüßte mein Leben ihn locker. »Ich kann mir vorstellen, dass das sehr seltsam für dich ist«, meinte er, und ich war überrascht, wie ruhig und erwachsen er sich anhörte, »und ich würde dir gerne einen Drink ausgeben.«

Blake musterte ihn argwöhnisch, dann sah er zu mir und wieder zurück zu meinem Leben.

»Um das Eis zu brechen«, fügte mein Leben hinzu.

Blake ließ sich Zeit mit seiner Antwort, was mich ärgerte, weil ich überhaupt nicht verstehen konnte, was er für ein Problem hatte. Don hatte splitternackt im Bett mit mir und meinem Leben gefrühstückt, mein Leben hatte ihm sogar seine Unterhose gebracht, mit der Mr Pan interessanterweise sein Körbchen ausgelegt hatte, und während ich unter der Dusche war, hatte Don für mein Leben Omelett gemacht. Nun wollte ich Don ja nicht mit Blake vergleichen – und das tat ich ja auch nicht wirklich –, ich stellte nur ihre Reaktionen einander gegenüber. Zu Blakes Verteidigung und weil ich sein Verhalten irgendwie rechtfertigen musste, sagte ich mir, dass er und mein Leben ja auch eine gemeinsame Vergangenheit hatten, dass es zwischen ihnen viel mehr Gefühle gab, wir hatten fünf Jahre eine Beziehung gehabt, was die Sache natürlich wesentlich komplexer machte als bei einem einfachen One-Night-Stand – kein Wunder, wenn er sich da unbehaglich fühlte. Oder? Hätte es nicht eigentlich andersherum sein müssen?

»Na gut«, kapitulierte Blake schließlich in dem Kampf, den er anscheinend mit sich ausgefochten hatte. »Gehen wir doch hier rüber.« Er führte mein Leben und mich von der Gruppe weg zu einem ruhigeren Teil der Bar, hinter einer Wand aus Buntglas.

»Ach, wie nett«, sagte ich nervös und sah mein Leben an. Kein Zweifel, er war beleidigt und wurde schon wieder unruhig. »Wenigstens können wir uns hier ungestört unterhalten.«

»Was möchtest du?«, erkundigte sich mein Leben bei Blake.

»Guinness.«

Kein »Bitte«, nichts. Ich schaute vom einen zum anderen. Irgendetwas entging mir hier, ganz eindeutig.

»Blake, du weißt aber, dass er mein Leben ist, oder?«, fragte ich leise, als mein Leben die Getränke holte und abgelenkt war.

»Ja, das weiß ich«, antwortete Blake abwehrend.

»Er ist nicht mein Freund, auch nicht mein Ex-Freund oder sonst jemand, von dem man sich bedroht fühlen müsste.«

»Bedroht? Ich fühle mich nicht bedroht.«

»Gut, aber du benimmst dich so.« Ich seufzte. »Was ist los?«

»Wie reagieren andere Leute denn darauf?«

»Mit Interesse«, antwortete ich spontan. »Normalerweise interessieren sich die Leute, denen ich wichtig bin, für mein Leben. Sie freuen sich, sie finden es spannend, ihn zu treffen.

Meistens ignorieren sie mich eine Weile, um mit ihm zu sprechen. Verstehst du? Na ja, alle außer meinem Vater.«

Blakes Gesicht hellte sich auf. »Hey, wie geht es denn deinem Vater?«

Schon wieder ein abrupter Themenwechsel, aber ich entschloss mich, mitzumachen. »Vater und ich sprechen nicht miteinander.«

»Warum denn nicht? Was ist passiert? Ihr wart euch doch so nah.«

So viel hatte sich verändert. »Wir waren uns nie wirklich nah. Was passiert ist? Ich habe mich verändert, und das gefällt ihm nicht. Er hat sich nicht verändert, und das gefällt mir nicht.«

»Hast du dich wirklich verändert?«, fragte Blake und musterte mich.

Ich schluckte. Sein Gesicht war sehr nah an meinem. Unsinnigerweise hing meine Antwort zum Teil davon ab, ob er wollte, dass ich mich verändert hatte, aber hauptsächlich wusste ich es selbst nicht. Natürlich hatte ich mich verändert, seit ich meinem Leben begegnet war. Aber hatte mein Leben mir geholfen, wieder die Person zu werden, die ich war, bevor ich Blake kennengelernt hatte? Oder hatte ich mich weiterentwickelt zu einer ganz neuen Person, die nicht mehr in dem Trott feststeckte, in den sie nach der Trennung geraten war? Das war verwirrend, und ich spürte kurz den Impuls, aufzustehen und mit meinem Leben darüber zu reden. Aber das konnte ich nicht, weil es erstens seltsam gewesen wäre und weil zweitens Blakes Lippen meine fast berührten und ich nicht wollte, dass sie sich jemals wieder entfernten.

»Denn es fühlt sich genau an wie früher«, sagte er. »Alles fühlt sich so richtig an.« Jetzt waren unsere Lippen sich so nah, dass sie sich fast streiften. Mein ganzer Körper kribbelte.

Aber dann spürte ich auf einmal etwas Kaltes an den Rippen, und als ich hinschielte, sah ich ein Pint Guinness, fest in der Hand meines Lebens.

»Dein Bier, Blake«, sagte mein Leben. »Lass es dir schmecken.«

Unser Moment war dahin, mein Leben hatte ihn gestohlen.

»Also«, begann er, reichte mir ein Glas Weißwein und behielt sein eigenes Bier in der Hand.

Da keiner ins Gespräch einstieg, versuchte er es noch einmal.

»Das war echt toll heute«, sagte er fast euphorisch. Er bemühte sich ehrlich. »So etwas hab ich noch nie erlebt. Empfindet man bei jedem Absprung diesen Rausch?«

»Ja, kann schon sein«, nickte Blake.

»Auch wenn du wie heute mehrmals springen musst?«

»Dreimal. Es waren drei Gruppen.«

»Wow! Ich würde es unheimlich gern noch mal machen«, sagte mein Leben. »Und ich kann nur jedem empfehlen, es mal zu versuchen.«

»Großartig! Danke. Dann geb ich dir am besten das hier mit« – Blake fummelte in seiner Gesäßtasche herum –, »für den Fall, dass du *uns* empfehlen möchtest.« Er drückte meinem Leben seine Karte in die Hand. Auf der Karte war sein Konterfei, und während mein Leben es betrachtete, erschien ein Grinsen auf seinen Lippen. Ich hoffte, dass er keine gehässige Bemerkung machte, doch stattdessen sah er mich an und lächelte. Blake bemerkte es natürlich. Die Situation war kaum auszuhalten, doch sosehr ich mir das Hirn zermarterte, es fiel mir nichts ein, womit ich sie auflockern konnte. Eigentlich absurd, da ich doch den ganzen Tag nachgedacht hatte. So viele Gedanken, und jetzt, da ich sie brauchte, waren keine mehr da. Schweigend standen wir im Dreieck, und keinem fiel etwas ein. Nichts. Wir hatten einander einfach nichts zu sagen.

»Soll ich dich ein paar Leuten vorstellen?«, fragte Blake schließlich mein Leben.

»Nein, danke, ich kenne ja schon welche von heute Nachmittag«, erwiderte mein Leben und ergriff die Chance, sich davonzumachen. »Lucy, wenn du mich brauchst, ich bin da drüben.«

»Okay«, sagte ich, obwohl ich mich ärgerte. Und mich allein auch nicht wohlfühlte.

Dann wurde die Musik noch einen Tick lauter, die Band begann mit *Whiskey in the Jar*, das Publikum war begeistert, und der Lärm machte jede Form der Konversation unmöglich.

»Komm«, sagte Blake, nahm meine Hand und führte mich durch die Menge. Das Letzte, was ich von Jenna sah, war ein Blick, der so verloren wirkte, dass ein winziger Teil von mir Schuldgefühle entwickelte. Ansatzweise. Als wir uns zu dem Teil des Tresens durchgedrängelt hatten, wo die alten Männer hockten und die Neuankömmlinge beäugten, wurde das Gedränge etwas weniger dicht. Wir kamen an den stinkenden Toiletten vorbei, durchquerten den hinteren Teil der Bar, wo die rotschwarzen Bodenfliesen verblichen waren und klebrig von verschüttetem Bier, zu einem Notausgang, der von einem Bierfass offen gehalten wurde. Ich folgte Blake, und als wir draußen waren, sah ich mich nach dem Biergarten um. »Hey, das ist aber nicht …«, begann ich, konnte den Satz aber nicht beenden, weil seine Lippen sich auf meine pressten. Gleichzeitig nahm er mir mein Glas aus der Hand, und dann waren seine Hände wieder auf meinen Hüften, meiner Taille, wanderten über meine Brust und meinen Hals und durch meine Haare. Sofort waren auch meine Hände auf seinem Brustkorb, kamen ganz selbstverständlich auf der glatten, enthaarten Haut zur Ruhe, die unter dem aufgeknöpften Hemd leicht erreichbar war. Alles war perfekt, genau so, wie ich es mir ausgemalt hatte, wenn ich samstags und sonntags bis 1 Uhr mittags zum Träumen im Bett geblieben war. Ich schmeckte das Bier auf seiner Zunge, roch sein Duschgel und erinnerte mich an alles, was an unserer Beziehung jemals gut gewesen war. Dann trennten wir uns endlich, um Luft zu schöpfen.

»Mmm«, sagte er.

»Hab ich's noch drauf?«

»*Wir* haben's noch drauf«, murmelte er und küsste mich erneut. »Warum waren wir eigentlich so lange Zeit auseinander?« Er küsste mich auf den Nacken, und ich erstarrte.

So lange Zeit … Ich wollte etwas sagen, aber jeder Satz, der mir durch den Kopf ging, klang bitter und verärgert, also hielt ich den Mund und wartete, dass meine Wut sich legte. Er unterbrach seine Küsse, führte mich zu einer kleinen Wiese im Sonnenschein, und wir setzten uns, lachten über nichts Bestimmtes, nur weil wir hier waren, nach so langer Zeit wieder zusammen.

»Warum bist du hergekommen?«, fragte Blake, strich mir eine Haarsträhne aus dem Gesicht und klemmte sie hinter mein Ohr.

»Weil ich dich sehen wollte.«

»Ich bin froh, dass du da bist.«

»Ich auch.«

Dann küssten wir uns wieder, allerdings ohne den Kuss-Marathon-Rekord zu brechen, den ich mit Don aufgestellt hatte. Ich hatte den Gedanken noch nicht zu Ende gedacht, da haute ich mir schon innerlich auf die Finger, weil ich die beiden schon wieder miteinander verglich.

»Heute Nachmittag sind wir unterbrochen worden, oder

nicht?«, sagte er nachdenklich. Offenbar war ihm die Situation in der Flugzeughalle eingefallen.

Endlich war der Augenblick gekommen, der Augenblick, in dem wir über alles sprechen konnten. Ich trank einen Schluck von meinem Wein und machte mich bereit.

»Ja«, fuhr er fort, »wir waren gerade bei meiner marokkanischen Pastete. Beim *Blake-Geschmack.*«

Erst dachte ich, er meinte das als Witz, aber ich irrte mich gewaltig, denn er begann, mir das traditionelle Rezept samt seinen eigenen Veränderungen daran zu erklären. Ich war so schockiert, dass ich weder verstand, was er sagte, noch einen klaren Gedanken fassen konnte. Mindestens fünf Minuten lang brachte ich kein Wort heraus. Inzwischen war er schon beim nächsten Rezept angelangt und beschrieb in allen Einzelheiten, wie er marinierte, würzte und das Ergebnis dann vierzig Tage und vierzig Nächte lang köcheln ließ – zumindest klang es so. »Und dann nimmt man etwas Kumin und …«

»Warum hast du mich verlassen?«

Er war so in seine kleine Welt vertieft, dass ihn meine Frage völlig unvorbereitet traf.

»Ach komm, Lucy«, wehrte er ab. »Warum willst du denn darüber reden?«

»Weil ich es angebracht finde«, antwortete ich und versuchte, das Zittern in meiner Stimme zu unterdrücken – ein aussichtsloses Unterfangen. »Es ist fast drei Jahre her.« Er schüttelte den Kopf und tat so, als wäre er erstaunt, dass schon so viel Zeit vergangen war. »Ich habe nichts von dir gehört, und jetzt ist es auf einmal wieder wie früher, aber es kommt mir vor, als stünde ein riesiger Elefant mitten im Zimmer. Ich denke, wir sollten darüber reden. Ich muss darüber reden.«

Er schaute sich um, ob jemand mithören konnte.

»Okay. Was möchtest du wissen?«

»Warum du mich verlassen hast. Das verstehe ich immer noch nicht. Ich weiß nicht, was ich falsch gemacht habe.«

»Du hast nichts falsch gemacht, Lucy. Es lag an mir. Klar, das klingt abgedroschen, aber ich musste mal eine Weile mein eigenes Ding machen.«

»Was für ein Ding?«

»Na, du weißt schon … mein eigenes Ding eben. Reisen und neue Dinge kennenlernen und …«

»… mit anderen Frauen schlafen?«

»Was? Nein, deshalb hab ich dich nicht verlassen.«

»Aber ich bin mit dir gereist, überallhin, wir haben dauernd neue Dinge kennengelernt. Ich hab dir nie gesagt, du sollst nicht das tun, was du willst, oder nicht so sein, wie du wolltest. Nicht ein einziges Mal.« Ich strengte mich an, ruhig zu bleiben, denn ich wusste, wenn ich emotional wurde, konnte ich dieses Gespräch nicht führen.

»Nein, darum ging es nicht«, erwiderte er. »Es war nur … Ich musste etwas alleine tun, weißt du? Du und ich, wir waren noch so jung und haben uns gleich so festgelegt, es war alles so ernst. Wir hatten die Wohnung, unsere – na ja, fünf Jahre zusammen«, stammelte er, was bestimmt für keinen Menschen einen Sinn ergab – außer für mich.

»Du wolltest also allein sein«, sagte ich.

»Ja.«

»Da war keine andere.«

»Nein, Mensch, nein. Lucy …«

»Und jetzt?«, fragte ich, und mir graute vor der Antwort. »Musst du immer noch allein sein?«

»Ach Lucy.« Er sah weg. »Mein Leben ist kompliziert, weißt du? Nicht für mich, für mich ist es ganz einfach, aber für andere Leute ist es …«

In meinem Kopf schrillten die Alarmglocken. Ich fühlte, wie ich körperlich von ihm abrückte, nicht so weit, dass er es bemerkte, aber so weit, dass ich es fühlte. Ich entfernte mich von ihm, und das nicht nur in einer Hinsicht.

»… spontan und aufregend und voller Abenteuer, und ich bleibe gern in Bewegung und erforsche neue Dinge. Weißt du«, fuhr er fort und begann wieder zu strahlen, »in dieser Woche, die ich in Papua-Neuguinea war …«

Zehn Minuten hörte ich ihm zu, wie er von seinem Leben erzählte, und als sich die Episode dem Ende näherte, wusste ich, warum ich hier war. Ich saß neben ihm im Gras, hörte diesem Mann zu, den ich so gut kannte, wie einem Wildfremden, und in wenigen Minuten änderte sich mein Gefühl für ihn vollkommen. Ich sah ihn anders, weniger als Gott, mehr als Freund, als albernen kleinen Freund, der die Orientierung verloren hatte und jetzt berauscht war von seinem Leben, einzig und allein von seinem Leben, von keinem anderen und ganz sicher nicht meinem, denn mein Leben war drinnen im Pub, trank Bier und lauschte irischer Musik, ganz allein, und das nur, weil ich ihn hierhergeschleppt hatte. Auf einmal wollte ich möglichst schnell weg von Blake und zurück zu meinem Leben. Aber ich konnte nicht, ich hatte noch etwas zu erledigen – das, weshalb ich hergekommen war.

Als Blakes Geschichte fertig war, lächelte ich ihn an, ruhig und freundlich, vielleicht ein bisschen traurig, aber endlich in Einklang mit mir selbst. »Ich freue mich wirklich für dich, Blake«, sagte ich. »Ich freue mich, dass du glücklich bist mit deinem Leben, und ich bin stolz auf das, was du erreicht hast.«

Ein bisschen verwirrt, aber erfreut sah er mich an. »Musst du jetzt gehen oder was?«

»Warum fragst du?«

»Das klang gerade so nach Abschied.«

Ich lächelte wieder. »Ja, vielleicht.«

»Nein«, stöhnte er. »Es lief doch so gut.« Wieder beugte er sich zu mir und versuchte, mich zu küssen.

»Nein, es funktioniert nicht, Blake.«

»Ach Lucy, sag das nicht.«

»Nein, nein, hör zu. Keiner von uns ist schuld daran. Auch ich nicht. Ich habe nichts falsch gemacht, das weiß ich jetzt, es ist so, wie es ist. Manchmal klappt es einfach nicht. Du und ich, das hat eine Zeit lang gut funktioniert, aber irgendwann war Schluss damit. Wir können die Zeit nicht zurückdrehen, und offen gestanden sehe ich für uns keine Perspektive. Ich habe mich verändert.«

»Ist er dafür verantwortlich?«, fragte er mit einem Blick zum Pub.

»Nein. Du. Als du mich verlassen hast.«

»Aber jetzt bin ich doch wieder da, und wir passen so gut zusammen«, sagte er und streckte die Hand nach mir aus.

»Stimmt«, lachte ich. »Wir passen gut zusammen, wenn wir nicht über das reden, was zählt. Aber mein Leben zählt, Blake, mein Leben ist wichtig für mich.«

»Das weiß ich doch.«

»Wirklich? Mein Leben ist da drin und trinkt allein sein Pint, und ich glaube nicht, dass du auch nur das kleinste bisschen an ihm interessiert bist. Seit wir uns wiedergesehen haben, hast du kein einziges Mal gefragt, wie es mir geht, was ich mache, du hast mir keine einzige persönliche Frage gestellt.«

Stirnrunzelnd dachte er nach.

»Vielleicht ist das für andere okay, und es war auch für mich eine Weile okay, aber jetzt nicht mehr.«

»Dann verlässt du mich also?«

»Nein, nein«, lachte ich und sah ihn dann ernst an. »Versuch nicht diesen Trick. Niemand verlässt hier irgendwen, wir fangen nur nichts Neues miteinander an.« Einen Moment herrschte Schweigen, aber bevor er aufstehen und ein für alle Mal in einer Welt verloren gehen konnte, zu der ich keinen Zugang hatte, fuhr ich rasch fort: »Aber ich bin froh, dass du es angesprochen hast, denn deshalb bin ich hier.«

»Warum bist du denn hier?«

Ich holte tief Atem. »Du musst unseren Freunden sagen, dass du mich verlassen hast.«

Kapitel 26

Entschuldige – *was* muss ich tun?«

An der Art, wie er mich ansah, erkannte ich, dass er genau gehört hatte, was ich von ihm wollte. Ich sollte es nicht wiederholen, damit er es hörte, sondern damit mir klar wurde, dass er um nichts in der Welt bereit war, mir diesen Wunsch zu erfüllen. In diesem Augenblick wurden unsere freundliche Trennung und unsere Nicht-Wiedervereinigung etwas weniger freundlich.

»Ich möchte, dass die anderen wissen, dass nicht ich es war, die dich verlassen hat«, sagte ich ruhig und versuchte, meinen Ton freundlich, aber bestimmt klingen zu lassen, damit das hier so unstrittig wie möglich ablief.

»Dann willst du also, dass ich alle anrufe und ihnen sage, hi, übrigens …« Er vollendete den Satz nur in Gedanken und spielte die Szene nur im Kopf durch. »Keine Chance«, sagte er dann und konnte plötzlich nicht mehr still sitzen.

»Du brauchst keine große Sache daraus zu machen, Blake, und wenn ich es mir richtig überlege, musst du eigentlich gar nichts tun, denn ich werde es ihnen erzählen. In zwei Tagen werde ich dreißig, da treffen wir uns abends zum Essen, das ist eine gute Gelegenheit, um reinen Tisch zu machen, ohne Drama, ohne Feuerwerk, einfach nur als Richtigstellung. Und wenn sie mir nicht glauben, was vermutlich der Fall sein wird, dann werden sie dich sicher anrufen, und ich bitte dich, dass du die Wahrheit dann wenigstens bestätigst.«

»Nein«, protestierte er sofort und starrte vor sich hin. »Das ist Jahre her, das ist Vergangenheit, dabei sollten wir es belassen. Glaub mir, es kümmert sowieso keinen, und ich weiß gar nicht, warum du alles unbedingt wieder aufwärmen willst.«

»Weil es wichtig für mich ist. Für mich. Blake, unsere Freunde denken, dass ich dich betrogen habe, sie ...«

»Dann sage ich ihnen, dass du mich nie betrogen hast. Das ist doch lächerlich«, rief er, als wollte er mich beschützen. »Wer hat das denn behauptet?«

»Alle außer Jamie, aber das ist nicht der Punkt.«

Mit zusammengebissenen Zähnen dachte er nach. »Du hast mich nicht betrogen, oder?«

»Was? Nein, natürlich nicht! Blake, hör mir zu, sie glauben, dass ich die Böse bin, dass ich dir das Herz gebrochen und dein Leben ruiniert habe und ...«

»Deshalb möchtest du jetzt mich stattdessen zum Buhmann machen«, fiel er mir ärgerlich ins Wort.

»Nein, natürlich nicht, ich möchte nur, dass sie die Wahrheit kennen. Jetzt ist es, als würden sie mir die Schuld an allem geben, was sich seit unserer Trennung verändert hat. Na ja, nicht alle, es ist hauptsächlich Adam ...«

»Ach, vergiss Adam«, sagte Blake und beruhigte sich etwas. »Er ist mein bester Freund, der loyalste Mensch der Welt, aber du kennst ihn ja, er ist schnell mal anstrengend. Ich sage ihm, er soll dich in Ruhe lassen.«

»Er stichelt ständig. Zwischen ihm und Mary und mir ist die Atmosphäre immer gespannt, obwohl mir das eigentlich nicht so viel ausmacht. Aber er macht mir wirklich das Leben schwer, und wenn er wüsste, dass es eigentlich ganz anders war, dann würde er bestimmt damit aufhören. Womöglich würde er sich sogar entschuldigen.«

»Du willst eine Entschuldigung? Darum geht es dir also. Na gut, ich rede mit ihm, ich sage ihm, er soll sich beruhigen, ich erkläre ihm, dass wir uns einfach langsam auseinanderentwickelt haben und dass du die Stärkere warst, die es irgendwann zur Sprache gebracht hat, dass ich gut damit zurechtkomme, dass ...«

»Nein, nein, nein«, unterbrach ich ihn, denn ich wollte nicht in eine neue Geschichte hineingezogen werden. »Nein, ich will, dass sie alle die Wahrheit erfahren. Wir brauchen nicht in die Details zu gehen, wer was zu wem gesagt hat und so, das ist unsere Privatangelegenheit. Aber ich möchte, dass sie Bescheid wissen. Verstehst du?«

»Nein«, antwortete er bestimmt, stand auf und klopfte sich das Gras von der Jeans. »Ich weiß nicht, worauf ihr es abgesehen habt, du und dein Leben. Wahrscheinlich wollt ihr mich bei unseren Freunden zum Buhmann machen. Aber darauf falle ich nicht rein. Ich tu das nicht. Die Vergangenheit ist vorbei, du hast recht, es gibt kein Zurück.«

Ich stand ebenfalls auf. »Warte, Blake. Was immer du jetzt denkst, du irrst dich. Das ist kein Sabotageakt gegen dich, im Gegenteil. Ich möchte die Dinge in Ordnung bringen, genauer gesagt, mein Leben. Ich dachte, das würde bedeuten, dass ich dich wiederfinde, und in gewisser Hinsicht hat das gestimmt, aber ganz anders, als ich dachte. Schau« – ich holte tief Luft –, »es ist ganz einfach. Vor ein paar Jahren haben wir eine Lüge erzählt. Wir dachten, es wäre nur eine kleine Lüge, aber das stimmt nicht. Für dich ist es okay, denn du bist dauernd weg, du reist um die Welt und begegnest dieser Lüge kaum einmal. Aber ich muss jeden Tag mit ihr leben, jeden einzelnen

Tag. Dauernd werde ich gefragt, warum ich eine Beziehung zerstört habe, die doch perfekt war. Aber ich habe dich nicht verlassen. In Wirklichkeit ist mir etwas weggenommen worden, was ich für perfekt gehalten habe, und deshalb wollte ich nie mehr etwas Perfektes haben. Ich wollte Durchschnitt, ich wollte dafür sorgen, dass mir nie mehr etwas so wichtig wird, denn ich wollte nie mehr in die Situation kommen, etwas zu verlieren, was ich wirklich liebe. Aber ich kann nicht mehr mit der Lüge leben. Es geht nicht. Ich muss die Vergangenheit hinter mir lassen, aber um das zu können, musst du mir bitte in dieser einen Sache helfen. Ich kann es unseren Freunden alleine sagen, aber du musst hinter mir stehen. Bitte, Blake, ich brauche deine Hilfe.«

Wieder dachte er nach, starrte mit angespanntem Kiefer und konzentriertem Blick auf einen Stapel Fässer. Dann bückte er sich, hob sein Bierglas vom Boden auf und sah mich an, aber nur eine Sekunde. »Tut mir echt leid, Lucy, ich kann das nicht. Ich möchte, dass wir alles so lassen, wie es ist, okay?« Damit drehte er sich um und verschwand in der Dunkelheit des Pubs, verschluckt von Musik und Begeisterung.

Erschöpft ließ ich mich wieder aufs Gras sinken, auf dem wir noch vor wenigen Augenblicken nebeneinandergesessen hatten. Immer wieder ging ich unser Gespräch in Gedanken durch, aber ich entdeckte nichts, was ich hätte anders machen wollen. Inzwischen war die Dämmerung hereingebrochen, das Halbdunkel eines Sommerabends, in dem sich in den Schatten bedrohlichere Dinge zu verbergen schienen. Ich fröstelte. Dann hörte ich aus Richtung des lauten Biergartens Schritte, und kurz darauf kam mein Leben um die Ecke. Als er sah, dass ich allein war, blieb er stehen, ein Stück von mir entfernt, und lehnte sich an die Mauer.

Ich sah ihn niedergeschlagen an.

»Wenn du möchtest, haben wir in fünf Minuten eine Mitfahrgelegenheit zu unserem B & B.«

»Was – wir bleiben nicht bis zum Schluss? Hast du mir denn nichts beigebracht?«

Ein kleines Lächeln erschien auf seinem Gesicht, sozusagen als Anerkennung für meine Bemühungen. »Jenna fährt zurück zu ihrem Cottage. Sie überlegt auszuziehen.«

»Aus dem Cottage? Schön für sie.«

»Nein, weg aus Irland. Sie geht wieder nach Hause. Nach Australien.«

»Warum?«

»Ich glaube, es läuft hier nicht alles so, wie sie es sich erhofft hat.« Er sah mich vielsagend an.

»Gut. Ich bin in fünf Minuten startbereit.«

Nun kam er doch zu mir, ließ sich ächzend wie ein alter Mann auf dem Gras nieder und prostete mir zu. »Sláinte«, sagte er und hob den Kopf zu den Sternen. Einen Moment war alles still, nur in meinem Kopf hallten noch immer Blakes Worte wider. Es war sinnlos, ihm in den Pub zu folgen und eine zweite Gesprächsrunde einzuläuten, denn ich wusste, dass er seine Meinung nicht ändern würde. Ich sah mein Leben an. Er hatte ein Lächeln auf dem Gesicht und betrachtete die Sterne.

»Was?«

»Nichts.« Sein Grinsen wurde noch breiter.

»Los, sag schon.«

»Nein. Es ist nichts.« Er versuchte, sein Lächeln zu unterdrücken.

Ich knuffte ihn in die Rippen.

»Autsch!« Er setzte sich auf. »Nur das eine – er hat tatsächlich ein Bild von sich auf seiner Visitenkarte.« Jetzt kicherte er wie ein kleines Mädchen.

Zuerst ärgerte ich mich, aber je mehr er lachte, desto mehr wollte ich mitlachen, und irgendwann tat ich es.

»Ja«, japste ich. »Das ist ein bisschen arm, was?«

Er schnaubte, ein echtes Schweineschnauben, und wir bekamen den nächsten Lachanfall.

Mein Leben war hinten in den Jeep gesprungen, sodass ich gezwungen war, mich nach vorn neben Jenna zu setzen. Sie machte einen bedrückten Eindruck, und das strahlende Lächeln, mit dem sie uns heute Morgen begrüßt hatte, war verschwunden, aber sie war keineswegs unhöflich – ich bezweifelte, dass sie überhaupt unhöflich sein konnte.

»War ein langer Tag, was?«, brach mein Leben schließlich das Schweigen und traf damit genau die Stimmung.

»Ja«, sagten Jenna und ich gleichzeitig mit müder Stimme, tauschten einen kurzen Blick und sahen wieder weg.

»Hab ich im Pub irgendwas über dich und Jeremy gehört? So ein paar Andeutungen?« Mein Leben brachte etwas Leben in den Jeep.

Jennas Wangen wurden rosig. »Oh, das war bei dieser Party … eigentlich war nichts, na ja, es war schon was, aber es ist nichts daraus geworden. Er ist nicht …« Sie brach ab und schluckte schwer. »Es ist nicht das, was ich mir wünsche … tja.«

Das erklärte ihren veränderten Status auf Facebook. Den Rest der Fahrt verbrachten wir schweigend. Schließlich bog sie zu unserem B & B ein, wir bedankten uns und stiegen aus. Sie wendete, und wir warteten, um ihr nachzuwinken.

Mein Leben sah mich finster an.

»Was?«

»Sprich mit ihr«, verlangte er ungeduldig.

Ich seufzte und sah Jenna an. Eine kleine blonde Frau in einem großen Jeep. Dann fasste ich mir ein Herz, lief hin und klopfte an ihr Fenster. Sie trat sofort auf die Bremse und ließ das Fenster herunter. Sie sah sehr müde aus.

»Ich hab gehört, du willst zurück nach Australien.«

»Ja, stimmt.« Sie sah weg. »Wie du schon gesagt hast, es ist weit weg.«

Ich nickte. »Ich fahre morgen früh nach Hause.«

Sie schaute auf, auf einmal ganz darauf erpicht, mehr zu hören. »Ach ja?«

»Ja.«

»Schade.« Natürlich war sie zu nett und zu höflich, um das wirklich fies zu sagen, aber ihre Freundlichkeit klang auch nicht ganz überzeugend.

»Ich werde …« Ich suchte nach den richtigen Worten. »Ich werde nicht zurückkommen«, sagte ich schließlich schlicht. Sie musterte mich und überlegte, was meine Bemerkung zu bedeuten hatte. Dann dämmerte es ihr. »Ich dachte, das interessiert dich vielleicht.«

»Gut.« Sie lächelte mich an und musste sich ganz offensichtlich anstrengen, dass das Lächeln nicht ihr ganzes Gesicht vereinnahmte. »Danke.« Sie stockte. »Danke, dass du mir Bescheid gesagt hast.«

Ich trat zurück. »Danke fürs Mitnehmen.«

Dann wandte ich mich ab. Als ich die Reifen auf dem Kies knirschen hörte, wandte ich mich noch einmal um, sah, wie das Fenster sich schloss, sah ihr Lächeln, dann fuhr der Jeep die Einfahrt hinunter. An der Straße blieb er stehen und blinkte nach rechts, den Weg zurück, den wir gekommen waren.

Die ganze Zeit hatte ich die Luft angehalten, und als Jennas Auto verschwand, atmete ich endlich aus. Wieder zog sich mein Herz schmerzhaft zusammen, und einen Moment spürte ich Panik in mir aufsteigen. Ich wollte sie zurückholen, ich wollte zu Blake, wollte wieder mit ihm zusammen sein und so leben, wie wir immer gelebt hatten. Aber dann erinnerte ich mich.

Die Macht der Gewohnheit.

Kapitel 27

Als ich aufwachte, saß mein Leben bereits angezogen im Sessel und beobachtete mich, was ziemlich unheimlich war – um es mal vorsichtig auszudrücken. Er machte ein trauriges Gesicht.

»Ich hab schlechte Nachrichten.«

»Wir sind hier zusammengekommen, um den Verlust von Sebastian zu betrauern«, sagte mein Leben, als wir auf dem Schrottplatz standen und auf mein armes Auto starrten, das von den Auto-Sanitätern hierhergebracht worden war.

»Wie lange weißt du es schon?«

»Seit gestern, aber da wollte ich es dir nicht sagen. Irgendwie erschien es mir nicht richtig.«

»Müssen wir ihn denn wirklich gehen lassen? Können wir ihn nicht noch ein Weilchen behalten?«

»Ich fürchte, nein. Nicht mal ein ganzes Mechanikerteam konnte ihn wieder zum Leben erwecken. Außerdem wärst du besser dran, wenn du dir von dem ganzen Geld, das du für seine Reparaturen ausgibst, ein neues Auto kaufen würdest.«

»Ich bin aber loyal.«

»Ich weiß.«

Wir schwiegen einen Augenblick, dann tätschelte ich Sebastians Dach. »Danke, dass du mich an all die Orte gebracht hast, wo ich hinwollte, und wieder zurück nach Hause. Lebe wohl, Sebastian, du hast mir treu gedient.«

Mein Leben gab mir eine Handvoll Erde.

Ich nahm sie und warf sie auf Sebastians Dach. Dann traten wir einen Schritt zurück, der Greifarm senkte sich herab, und Sebastian wurde hochgehoben, dem Himmel entgegen.

Und dann unverzüglich abgesetzt und zerdrückt.

Eine Hupe unterbrach meine Gedanken, und als wir uns umschauten, sahen wir Harry, der sich aus dem Fenster des Campers lehnte. »Der Kerl mit den Paranüssen will unbedingt losfahren. Seine Mum hat einen Wutanfall und braucht den Wagen unbedingt für irgendein irisches Tanzfestival.«

Auf dem Heimweg war ich sehr still, genau wie Harry. Er saß neben mir, schrieb eine SMS nach der anderen, und in den Intervallen, wenn er auf eine Antwort wartete, las er die vorhergehenden.

»Harry ist verliebt«, neckte ihn Annie.

»Glückwunsch.«

Er wurde ein bisschen rot, lächelte aber. »Und was ist mit deinem Freund?«

»Oh. Nichts.«

»Ich hab dir ja gesagt – in drei Jahren können Leute sich gewaltig verändern.«

Aber ich wollte mich nicht von einem College-Pimpf belehren lassen, es konnte ja nicht angehen, dass er sich einbildete, mehr über die menschliche Rasse zu wissen als ich, deshalb lächelte ich ihn an und erwiderte ziemlich herablassend: »Aber er hat sich nicht verändert. Er ist genau der Gleiche geblieben.«

Harry rümpfte die Nase. Anscheinend gefiel es ihm nicht, dass Blakes kleine Einführungsvorstellung gestern ganz normal für ihn war und nicht etwa die Folge davon, dass ihm irgendwann in den letzten drei Jahren jemand einen Schlag auf den Schädel verpasst hatte. »Dann hast *du* dich wohl verändert«, meinte er nüchtern und wandte sich dann wieder seinem Handy zu, um dem Mädchen, mit dem er Babys haben wollte, die nächste SMS zu schreiben.

Nach diesem Gespräch wurde ich noch stiller, denn ich hatte eine Menge nachzudenken. Mein Leben hatte offensichtlich Lust zu quatschen, aber nach einigen verzögerten und recht einsilbigen Antworten meinerseits merkte er schließlich, dass ich kein Interesse hatte, und ließ mich in Frieden. Ich hatte auf dieser Reise viel verloren: Nicht nur die Liebe, an die ich geglaubt hatte, und mein Auto, an dem ich so hing, sondern auch die Hoffnung, mich aus dem Netz meiner Lügen befreien zu können, schien auf einmal unrealistisch oder zumindest weit problematischer, als ich es erwartet hatte. Und nun? Ich hatte keinen Job, kein Auto, keine Liebe, kaputte oder zumindest angeschlagene Beziehungen zu meiner Familie, zu meinen Freunden und vor allem zu meiner besten Freundin, was mir am meisten Sorgen machte. Alles, was ich hatte, war eine gemietete Einzimmerwohnung, eine Nachbarin, die wahrscheinlich kein Wort mehr mit mir wechseln würde, und ein Kater, den ich zwei Nächte allein gelassen hatte.

Dann warf ich einen Blick auf meine andere Seite. Aber ich hatte mein Leben!

Als wir die Innenstadt erreichten, beugte sich mein Leben nach vorn. »Könnt ihr uns bitte hier rauslassen?«

»Warum hier?«

Wir stiegen in der Bond Street aus, im Herzen der Liberties, einer der historischen Gegenden von Dublin, wo die meisten Straßen – auch die, auf der wir uns befanden – noch Kopfsteinpflaster hatten. Hinter den schwarzen Toren der nahe gelegenen Guinness-Brauerei stieg Dampf auf, ein Zeichen, dass dort von den Männern in den weißen Labormänteln fleißig Irlands wichtigster Exportartikel fabriziert wurde.

»Komm mit«, sagte mein Leben mit einem stolzen Lächeln. Ich folgte ihm über die Kopfsteinpflasterstraße, entlang der alten Mauern, hinter denen sich funktionierende Fabriken neben verfallenen Gebäuden mit verrammelten Fenstern verbargen. Gerade als ich zu vermuten begann, dass mir eine Lektion über die Probleme der Menschen in früheren Zeiten bevorstand, vielleicht der Menschen, die in dieser Straße gelebt hatten, und wie sie damit klargekommen waren – womöglich, indem sie im Zuge einer Massenselbstheilung ihre Fenster zugemauert hatten –, und hoffte, dass ich mich danach besser fühlen würde, holte mein Leben einen Schlüsselbund heraus und ging zielbewusst auf eine Tür in einem Gebäude voller zugemauerter Fenster zu.

»Was machst du denn da? Was willst du da drin?« Ich schaute mich um und wartete, dass jemand uns aufhalten würde.

»Ich will dir etwas zeigen. Was glaubst du, was ich die ganze Zeit gemacht habe, wenn ich mich von dir weggeschlichen hatte?«

Ich runzelte die Stirn, denn vor meinem inneren Auge erschien das Bild von meinem Leben, wie er mich mit einer jüngeren, hübscheren Version meiner selbst betrog, wie er sich als deren Leben ausgab, um sich an sie ranzumachen, und mit ihr am sonntäglichen Familientisch saß, wo er sich, da er ja so tun musste, als würde er sie schon immer kennen, unter den wachsamen Augen ihres vereinnahmenden Vaters die Anekdoten über ihr Heranwachsen zu merken versuchte. Währenddessen kämpfte er mit seinem schlechten Gewissen, zum einen, weil diese ausgeglichene junge Person sich jetzt fragte, ob sie vielleicht ihr Leben von Grund auf verändern musste, zum anderen natürlich, weil er mich im Stich ließ. Eine Doppellüge, die ihm gewaltig zusetzte.

Mein Leben sah mich an. »Du siehst total sauer aus. Woran denkst du denn?«

Ich zuckte die Achseln. »Ach, an gar nichts. Was ist das hier denn?«

Wir betraten das Gebäude, ein umgebautes Lagerhaus, weiträumig, mit hohen Decken und frei liegendem Mauerwerk, staubig von den Renovierungen. Wir stiegen in einen Aufzug, und ich erwartete halb, dass wir gleich durchs Dach katapultiert würden und über den Häusern in den Himmel segelten, wo mein Willy-Wonka-Leben mir dann all das zeigte, was mir gehörte. Aber nichts dergleichen geschah. Stattdessen führte mein Leben mich den Gang hinunter in einen lichtdurchfluteten quadratischen Raum, in dem jede Menge Kisten auf dem Boden standen. Aus den Fenstern überblickte man die ganze Stadt: In der Nähe bestimmten Mehrfamilien- und Reihenhäuser das Bild, in der Ferne waren die grünen Kupferdächer der St Patrick's Cathedral beziehungsweise der Kuppel auf den Four Courts zu erkennen, dahinter die Dublin Bay, wo Baukräne neben den über zweihundert Meter hohen rot-weiß gestreiften Zwillingsschornsteinen von Poolbeg in den Himmel ragten. Erneut erwartete ich meine Lektion. Aber sie kam immer noch nicht.

»Willkommen in meinem neuen Büro«, strahlte mein Leben. Er sah so glücklich aus, so anders als der Mann, den ich vor zwei Wochen kennengelernt hatte – man konnte kaum glauben, dass er derselbe war.

Ich betrachtete die Kisten auf dem Boden. Die meisten waren noch zugeklebt, aber ein paar waren schon halb ausgepackt, und man konnte die Akten darin sehen, mit schwarzem Marker beschriftet: »Lügen 1981–2011«, »Wahrheiten 1981–2011«, »Freunde 1989–2011«, »Familienbande Silchester«, »Familienbande Stewart«. Es gab eine Kiste für »Lucys Freunde«, unterteilt in »Schule«, »Studium«, »Sonstiges«, und jeweils einen Ordner für alle meine bisherigen Jobs – nicht, dass ich dort viele Freunde gefunden oder behalten hätte. Dann gab es noch eine Schachtel mit der Aufschrift »Urlaub« mit getrennten Fächern für jede meiner Reisen samt Datum. Ich ließ den Blick über die Kisten schweifen, Daten und zufällige Momente sprangen mich förmlich an und brachten Erinnerungen in Gang, die ich längst vergessen geglaubt hatte. Diese Kisten enthielten mein ganzes Leben – auf Papier –, meine Beziehungen zu allen Leuten, mit denen ich jemals etwas zu tun gehabt hatte. Mein Leben hatte über sie Buch geführt, hatte sie analysiert und studiert, um herauszufinden, ob das Mobbing auf dem Schulhof etwas mit der gescheiterten Beziehung zwanzig Jahre später zu tun hatte und ob es einen Zusammenhang gab zwischen einer unbezahlten Rechnung auf Korfu und dem Drink, der in einem Dubliner Club in meinem Gesicht gelandet war. Letzteres erwähne ich nur deshalb, weil die beiden Dinge wirklich hundertprozentig in Zusammenhang standen, wie sich später herausstellte. Auf einmal sah ich mein Leben als eine Art Wissenschaftler und sein Büro als sein Labor, in dem er seine Tage verbracht hatte, bevor wir uns kennengelernt hatten, und wo er auch den Rest seiner Tage damit verbringen würde, mich zu analysieren, mit Philosophien und Theorien zu experimentieren und zu erforschen, warum ich so geworden war, wie ich war, warum ich welche Fehler gemacht und gelegentlich auch gute Entscheidungen getroffen hatte, warum ich erfolgreich gewesen und wo ich ins Schleudern geraten war. Das Lebenswerk meines Lebens.

»Mrs Morgan meint, ich soll das alles entsorgen und lieber auf diesen kleinen USB-Sticks speichern, aber ich weiß nicht, ich bin altmodisch. Ich mag meine geschriebenen Berichte lieber, die haben Charakter.«

»Mrs Morgan?«, fragte ich etwas benommen.

»Du erinnerst dich doch bestimmt an die Amerikanerin, der du damals den Schokoriegel geschenkt hast? Sie hat angeboten, mir zu helfen, alles in den Computer einzugeben, aber die Agentur will dafür kein Geld lockermachen, also werde ich es wohl irgendwann selbst in Angriff nehmen. Ich hab ja sonst nichts zu tun.« Er lächelte. »Wie du sicher von unserem ersten Treffen noch weißt, habe ich schon eine Menge wichtiges Zeug im Computer. Oh, und du wirst dich bestimmt freuen zu hören, dass ich mir einen neuen zugelegt habe«, fügte er hinzu und klopfte auf den nagelneuen PC auf seinem Schreibtisch.

»Aber ... aber ... aber ...«

»Guter Punkt, Lucy, den habe ich selbst schon unzählige Male vorgebracht.« Wieder lächelte er sanft. »Kommt dir das alles jetzt ein bisschen seltsam vor?«

»Ich glaube, ich fange gerade erst an zu begreifen, dass ich wirklich dein *Job* bin. Nur ich?«

»Du meinst, ob ich nebenbei noch schwarz am Leben anderer Leute arbeite?«, lachte er. »Nein, Lucy, ich bin dein Seelenpartner, deine andere Hälfte, wenn du so willst. Du kennst doch sicher die altmodische Theorie, dass es irgendwo von jedem Menschen noch einen anderen Teil gibt ... ich bin deiner.« Er winkte mir unbeholfen zu. »Hi.«

Keine Ahnung, warum mir alles plötzlich so sonderbar

erschien. Schließlich hatte ich doch das Interview mit der Frau gelesen, die ihr Leben getroffen hatte, und sie hatte nicht nur ihren neuen Ernährungs- und Fitnessplan vorgestellt – der Übersichtlichkeit halber in einem Extrakasten, mit Bildchen von Porridge, Blaubeeren, Lachs und Brokkoli als Beispiel für die Nahrungsmittelgruppen, falls jemand damit nicht vertraut war –, sondern auch noch bis in die kleinsten Einzelheiten erklärt, wie das ganze »Lebens«-System funktionierte. Also wusste ich Bescheid und hatte keinen Grund, überrascht zu sein. Aber als ich das Ganze in diesem Büro vor mir sah, schien es mir plötzlich so normal und alltäglich, dass die ganze Magie verschwunden war. Nicht etwa, dass ich an Magie glaubte – was ich zumindest teilweise meinem Onkel Harold zu verdanken habe, der stets mit solch übertriebenem Nachdruck behauptete, er hätte mir meine fünfjährige Nase gestohlen, obwohl doch zwischen seinen Fingern unverkennbar sein eigener fetter gelber Daumen steckte, der meiner Nase kein bisschen ähnelte, denn die hatte keinen schmutzigen Fingernagel und stank auch nicht nach Zigarettenrauch.

»Woher weißt du, dass ich die Richtige für dich bin?«, fragte ich. »Was, wenn in diesem Moment ein deprimierter Mann namens Bob auf einer Couch sitzt, Nutellasandwiches verdrückt und sich fragt, wo in aller Welt denn bloß sein Leben ist, und das bist du, aber stattdessen bist du hier, und es ist alles nur ein Riesenfehler und …?«

»Ich weiß es eben«, unterbrach er mich schlicht. »Hast du nicht das gleiche Gefühl?«

Ich sah ihn an, sah ihm direkt in die Augen und war sofort überzeugt und beschwichtigt. Ja, ich wusste es auch. Wie ich es fünf Jahre lang jeden Tag gewusst hatte, wenn ich Blake in die Augen geschaut hatte. Es gab eine Verbindung zwischen uns. Jedes Mal, wenn ich in einem überfüllten Raum, wo nichts und niemand mir einen Sinn zu ergeben schien, mein Leben ansah, wusste ich, dass er genau das Gleiche dachte wie ich. Ich wusste es. Ich wusste es einfach.

»Und was ist mit deinem eigenen Leben?«

»Das wird immer besser, seit wir uns kennengelernt haben.«

»Wirklich?«

»Meine Freunde können gar nicht glauben, wie sehr ich mich verändert habe. Sie meinen schon, wir sollten heiraten, obwohl ich ihnen immer wieder erkläre, dass das nicht so funktioniert.« Er lachte, und auf einmal fühlte ich mich grässlich, was zugegebenermaßen sehr sonderbar war, aber es kam mir vor, als wäre ich soeben abserviert worden.

Ich schaute schnell weg, weil ich nicht wollte, dass mein Leben meine konfusen Gefühle mitkriegte, aber das führte nur dazu, dass mir schwindelig wurde, weil wieder ein Stück von meinem Leben direkt vor meinen Augen aufblitzte. »Lucy und Samuel 1986–1996«, ein ziemlich dünner Ordner. Damals hatten mein Vater und ich noch eine relativ normale Beziehung gehabt – sofern man es normal finden möchte, dass ich ihn an einem Sonntag im Monat zu sehen bekam, wenn ich aus dem Internat nach Hause kam. Die Ordner der folgenden Jahre wurden eine Zeit lang Stück für Stück dicker – mit etwa fünfzehn war mein Dickkopf etwa genauso groß wie der meines Vaters, und wir kriegten uns regelmäßig in die Wolle –, und dann, mit Anfang zwanzig, wurden sie wieder dünner, denn nun studierte ich – was er gut fand – und war oft weg. Aber der Ordner für die letzten drei Jahre war dicker als alle anderen. Natürlich gab es auch Ordner für die anderen Mitglieder meiner Familie, aber ich hatte nicht das geringste Interesse an ihnen. Ich hatte diese Beziehungen gelebt, ich wusste, was passiert war, ich wollte sie lieber so in Erinnerung behalten, wie ich sie in meinem jetzigen Entwicklungsstand sah, auch wenn das sicher die eine oder andere Fehlinterpretation enthielt. Unterdessen sprach mein Leben ganz normal weiter, noch immer aufgeregt und stolz auf seine Leistung. Von meinem Unbehagen merkte er nichts.

»Aber ich werde all diese Papiere aufheben, auch nachdem ich die Daten in den Computer eingegeben habe. Irgendwie bin ich da sentimental. Also, wie findest du es?« Strahlend sah er sich in seinem Büro um.

»Ich freue mich sehr für dich«, lächelte ich, obwohl ich traurig war. »Ich freue mich, dass alles so gut für dich läuft.«

Nun spürte er meine Stimmung anscheinend doch, denn sein Lächeln wurde blasser, aber ich wollte seinen besonderen Augenblick nicht dadurch schmälern, dass ich mich in den Vordergrund drängte.

»Ach Lucy.«

»Nein, lass nur. Das ist okay. Alles in Ordnung«, sagte ich so munter, wie ich konnte, und setzte ein gezwungenes Lächeln auf. Ich wusste, dass es gekünstelt wirkte, und ich wusste, dass meine Stimme einen falschen Klang hatte, aber das war besser als die Wahrheit. »Ich freue mich wirklich für dich, du hast dich so angestrengt, aber wenn es dir nichts ausmacht, möchte ich jetzt gehen. Ich habe ... ähm ... eine Verabredung mit dieser Frau. Wir haben uns im Fitnessstudio kennengelernt und ...« Seufzend brach ich ab. Ich konnte nicht mehr lügen. »Nein, ich hab keine Verabredung, aber ich muss trotzdem gehen. Ich muss einfach gehen.«

Er nickte, und seine Begeisterung war deutlich gedämpft. »Das verstehe ich.«

Auf einmal hatte ich ein blödes Gefühl.

»Vielleicht kannst du dich heute Abend mit Don treffen

oder so?«, fragte ich, hoffnungsvoller, als ich es beabsichtigt hatte, aber mein Leben machte ein langes Gesicht.

»Nein, ich glaube, das wäre keine gute Idee.«

»Warum?«

»Nicht nach gestern.«

»Du hast nur ein Bier verpasst, das ist doch keine große Sache.«

»War es aber für ihn«, erwiderte er ernst. »Du hast dich für Blake entschieden, Lucy. Das weiß er. Es war nicht nur ein Pint. Es war eine Entscheidung, die du getroffen hast. Das weißt du.«

Ich schluckte. »So hab ich das aber gar nicht gesehen.«

Mein Leben zuckte die Achseln. »Das spielt keine Rolle. Er sieht es so.«

»Aber das heißt doch nicht, dass du nicht mit ihm befreundet sein kannst.«

»Nein? Warum in aller Welt sollte er Zeit mit mir verbringen, wenn er mit dir zusammen sein will? Bei Blake war es das Gegenteil – er wollte dich, aber nicht dein Leben. Und Don kann nur dein Leben haben, aber nicht dich. Das ist doch paradox, oder nicht?«

»Ja.« Ich lächelte schwach. »Dann geh ich jetzt mal. Herzlichen Glückwunsch, wirklich, ich freue mich sehr für dich.« Aber ich konnte die Traurigkeit nicht verbergen, und meine Worte klangen hohl. Also ging ich.

Im Laden an der Ecke kaufte ich eine Dose Katzenfutter und einen Mikrowellen-Cottage-Pie. Als ich aus dem Aufzug kam, erstarrte ich und wäre am liebsten sofort umgekehrt. Denn an meiner Tür lehnte meine Mum. Sie wandte mir den Rücken zu und sah aus, als wäre sie schon sehr lange hier. Wie gesagt –

meine spontane Reaktion wäre gewesen, wieder im Aufzug zu verschwinden, aber darauf folgte augenblicklich die Befürchtung, dass etwas Schlimmes passiert war. Ich rannte zu ihr.

»Mum!« Sie blickte auf, und als ich ihr Gesicht sah, wurde mir ganz übel. »Mum, was ist los?«

Ihr Gesicht verzerrte sich noch mehr, und sie streckte die Arme nach mir aus. Ich drückte sie an mich und streichelte ihr beruhigend über den Rücken, denn vielleicht brauchte sie ja nur ein bisschen Zuwendung, aber dann hörte ich ein leises Schnaufen, ein Wimmern und ein Schluchzen, und mir wurde klar, dass sie weinte.

»Es ist Vater, stimmt's?«

Sie weinte noch heftiger.

»Er ist tot. Ist er tot?«, fragte ich panisch.

»Tot?« Sie unterbrach ihr Weinen für einen Moment und sah mich entsetzt an. »Hast du was von ihm gehört?«

»Gehört? Nein, nichts. Das war nur geraten. Weil du weinst. Sonst weinst du nie.«

»O nein, er ist nicht tot.« Sie fummelte in ihrem Ärmel herum und zog ein schon ziemlich feuchtes Taschentuch heraus. »Aber es ist vorbei. Alles ist vorbei.«

Schockiert legte ich ihr den Arm um die Schultern, wühlte mit der anderen Hand nach meinem Schlüssel und führte sie in meine Wohnung. Es roch nach dem gereinigten Teppich, und ich war dankbar, dass er sauber war und ich auch noch die Glühbirne ersetzt hatte. Mr Pan, der unsere Stimmen offensichtlich schon vor der Tür gehört und auf uns gewartet hatte, strich mir aufgeregt um die Beine und konnte sich gar nicht beruhigen.

»Er ist absolut unerträglich«, klagte Mum, und erst jetzt, da sie in der Wohnung war, merkte ich, dass sie eine ziemlich große Tasche in der Hand hielt. Ohne sich umzusehen, setzte sie sich an die Frühstückstheke und stützte den Kopf in die Hände. Mr Pan hüpfte auf die Couch, von dort auf die Theke und schlich auf sie zu. Gedankenverloren streckte sie die Hand aus und fing an, ihn zu kraulen.

»Dann ist eure Ehe zu Ende?«, fragte ich sie, während ich versuchte, das Alien zu begreifen, das den Körper meiner Mutter in Besitz genommen hatte.

»Nein, nein«, winkte meine Mutter ab. »Die *Feier* ist abgesagt.«

»Aber ihr seid noch verheiratet?«

»Natürlich«, antwortete sie, offensichtlich verwundert, wie ich auf so eine Idee kommen konnte.

»Okay, damit ich das richtig verstehe – er ist so unerträglich, dass du dein Ehegelübde nicht erneuern, aber trotzdem mit ihm verheiratet bleiben willst?« Ich setzte mich neben sie.

»Diesen Mann einmal zu heiraten war in Ordnung, aber zweimal geht nicht«, erklärte sie mit fester Stimme, aber dann stöhnte sie plötzlich und sank an der Theke in sich zusammen. Nach einer Weile hob sie den Kopf wieder. »Lucy, du hast eine Katze.«

»Ja. Das ist Mr Pan.«

»Mr Pan«, lächelte sie. »Hallo, mein Hübscher.« Er war im siebten Himmel. »Wie lange hast du ihn schon?«

»Zwei Jahre.«

»Zwei Jahre? Warum hast du uns das nie erzählt?«

Ich zuckte die Achseln, rieb mir die Augen und murmelte: »Damals kam mir das sinnvoll vor.«

»Ach Liebes, komm, ich koch uns einen Tee«, sagte sie, denn sie ahnte ein Problem.

»Nein, setz dich. Ich erledige das. Mach du es dir auf der Couch gemütlich.«

Sie betrachtete mein Sofa, dieses große, L-förmige Ding, das den ganzen Raum in Anspruch nahm.

»Ich erinnere mich an diese Couch«, sagte sie und sah sich dann weiter im Zimmer um, als wäre ihr plötzlich klar geworden, dass sie noch nie hier gewesen war. Ich machte mich auf einen Vortrag gefasst, aber sie wandte sich zu mir um und lächelte. »Wie gemütlich. Du hast vollkommen recht. Dein Vater und ich, wir verlaufen uns ja in unserem großen Haus.«

»Danke.« Ich füllte den Wasserkocher. In diesem Moment begann Mums Handy zu klingeln, und sie schloss ihre Handtasche noch fester, um den Ton zu dämpfen.

»Weiß er, wo du bist?« Ich versuchte, mir nicht anmerken zu lassen, dass ich die Situation durchaus amüsant fand.

»Nein, er weiß es nicht, und komm bitte nicht auf die Idee, es ihm zu sagen.«

Sie ging zum Fenster und suchte einen Weg um die Couch herum, aber als sie sah, dass sie bis zum Fenstersims reichte, trat sie den Rückzug an, um es auf der anderen Seite zu versuchen.

»Mum, was in aller Welt ist denn nun eigentlich passiert?«

Als sie am anderen Ende der Couch ankam, stellte sie fest, dass ihr hier die Küchentheke den Weg versperrte. Also tat sie das, was jede normale Person außer meiner Mutter schon längst getan hätte, hob das Bein und kletterte über die Rückenlehne.

»Ich habe ein egoistisches Untier geheiratet, das ist passiert. Und du kannst ruhig lachen, ich weiß, du denkst, wir gehören zum alten Eisen, aber ich sage dir, in diesem Eisen steckt noch eine ganze Menge Leben.« Nach dieser Erklärung machte sie es sich auf der Couch bequem, kickte ihre schwarzen Lackpumps von sich und zog die Füße unter den Hintern.

»Ich hab leider keine Milch da«, sagte ich schuldbewusst. Normalerweise servierte Mum den Tee auf einem Silbertablett in ihrem feinsten Porzellan. Was ich zu bieten hatte, war bestimmt nicht angemessen.

»Schwarz ist auch gut«, antwortete sie jedoch munter und griff nach einem Becher.

Ich kletterte auf den ihr gegenüberliegenden Teil des Ls und legte die Füße auf den Couchtisch. So gemütlich hatten wir noch nie zusammengesessen.

»Dann erzähl doch mal – was ist passiert?«

Sie seufzte und blies auf ihren Tee. »Eine Menge ist passiert, aber sein Verhalten dir gegenüber war der Tropfen, der das Fass zum Überlaufen gebracht hat«, erklärte sie beherzt. »Wie kann er es wagen, so mit meiner Tochter zu sprechen? Wie kann er es wagen, so mit deinem Gast umzuspringen? Und genau das hab ich ihm dann auch gesagt.«

»Aber Mum, so redet er doch immer mit mir.«

»Nein, so nicht.« Sie sah mir in die Augen. »Bis zu diesem Moment war er fies und grob wie immer« – mir klappte die Kinnlade herunter –, »und damit kann ich umgehen, aber dann hat er eine Grenze überschritten. Es ist dieser verfluchte Hochzeitstag. Ich wollte ihn organisieren, damit wir uns näherkommen. Ich wollte, dass er ein bisschen über die letzten fünfunddreißig Jahre unserer Ehe nachdenkt und mir hilft, sie zu feiern. Stattdessen ist ein Riesentrara daraus geworden, mit lauter Leuten, die ich ehrlich gesagt nicht mal leiden kann.«

Ich schnappte erneut nach Luft. Eine Offenbarung jagte die andere, und mich faszinierten die Ansichten und das Verhalten meiner Mutter weit mehr als der Zustand ihrer Ehe, der mich nicht sonderlich interessierte. Meine Eltern waren erwachsen, und es war albern, anzunehmen, die letzten fünfunddreißig Jahre wären nur eitel Sonnenschein gewesen.

»Und seine Mutter.« Zur Veranschaulichung tat sie so, als würde sie sich die Haare raufen. »Diese Frau ist noch schlimmer als vor fünfunddreißig Jahren. Zu allem gibt sie ihren Senf dazu, und der kümmert mich, offen gestanden, einen Scheiß.«

Einen *Scheiß*?

»Ehrlich, Lucy, sie ist so unhöflich, und du bist immer so witzig mit ihr.« Sie beugte sich vor und legte die Hand auf mein Knie. »Ich wollte, mir würden auch mal solche schlagfertigen Antworten einfallen.« Sie kicherte leise. »Wie war das mit dem Stillen? Meine Güte, das war echt der Knüller, ich dachte, ihr fällt das Gebiss aus dem Mund.« Dann wurde sie wieder ernst. »Nach meiner Hochzeit wollte ich nie wieder so etwas organisieren – deine Großmutter hat ihre Nase in alles gesteckt an diesem Tag, und meine eigene Mutter hat mitgemacht. Aber den fünfunddreißigsten Hochzeitstag wollte ich für mich haben, für mich ganz allein. Als schöne Erinnerung, die ich mit meinen Kindern teilen kann.« Zärtlich sah sie mich an und griff nach meiner Hand. »Meine wundervolle Tochter. Ach Lucy, es tut mir leid, dass ich das alles bei dir ablade.«

»Kein Problem. Mach ruhig weiter, ich freue mich.«

Überrascht sah sie mich an.

»Ich meine, ich hab nicht erwartet, dass du so was sagst. Normalerweise machst du immer so einen beherrschten Eindruck.«

»Ich weiß.« Sie biss sich auf die Lippen und sah schuldbewusst aus. »Ich weiß«, flüsterte sie noch einmal, fast ängstlich und legte den Kopf in die Hände. Dann richtete sie sich plötzlich kerzengerade auf und sagte mit fester Stimme: »Ich weiß. Und genau das muss sich in Zukunft ändern. Ich muss anders werden, anders als bisher. Ich war mein ganzes Leben so, aber ich wünsche mir, ich wäre mehr wie du, Lucy.«

»Wie bitte?«

»Du bist so entschlossen, so konfliktbereit.« Sie stieß mit der Faust in die Luft. »Du weißt, was du willst, und es ist dir egal, was andere Leute sagen oder denken. So warst du schon immer, schon als Kind, und ich will auch so werden. Verstehst du, ich wusste nie, was ich will – ich weiß es immer noch nicht. Ich wusste nur, man erwartet von mir, dass ich heirate und Kinder kriege, genau wie meine Mutter und meine Schwestern. Und das *wollte* ich auch. Ich hab deinen Vater kennengelernt, und wir haben geheiratet. Da war ich eine Ehefrau. Dann hab ich Kinder bekommen.« Wieder streckte sie die Hand nach mir aus, vermutlich wollte sie mich bitten, ihr das, was sie sagte, nicht übel zu nehmen. »Und war eine Mutter. Ich war Ehefrau und Mutter, aber ich weiß nicht, ob ich jemals wirklich irgendetwas richtig gut konnte – oder kann. Du und die Jungs, ihr seid erwachsen … und was bin ich jetzt?«

»Ich werde dich immer brauchen«, protestierte ich.

»Lieb von dir, das zu sagen.« Sie streichelte liebevoll meine Wange und fügte hinzu: »Aber es stimmt nicht.«

»Und jetzt bist du außerdem auch noch eine tolle Großmutter.«

Sie verdrehte die Augen, machte dann aber wieder ein schuldbewusstes Gesicht. »Ja, natürlich, und das ist alles auch schön und gut, glaub mir. Aber ich tue und bin wieder irgendwas für andere. Ich bin Jacksons und Lukes und Jemimas Großmutter, ich bin deine und Rileys und Philips Mutter, ich bin Samuels Frau, aber wer bin ich für mich? Manche Leute kennen ihre Fähigkeiten ganz genau. Meine Freundin Ann zum Beispiel wusste schon immer, dass sie Lehrerin werden will, und das ist sie auch geworden. Sie ist nach Spanien gezogen, hat einen Mann kennengelernt, und jetzt trinken sie

Wein und essen feine Fleischgerichte und schauen sich den Sonnenuntergang an und sind jeden Tag Lehrer.« Sie seufzte. »Ich hab nie gewusst, was ich will, was ich kann. Und ich weiß es immer noch nicht.«

»Sag doch nicht so was. Du bist eine wunderbare Mutter.«

Sie lächelte mich traurig an. »Nichts für ungut, aber ich möchte mehr sein.« Sie nickte, als hätte sie gerade etwas Wichtiges begriffen.

»Momentan bist du vor allem wütend«, sagte ich beschwichtigend. »Das ist verständlich. Ich könnte keine drei Minuten mit Vater zusammenleben, von fünfunddreißig Jahren ganz zu schweigen. Aber wenn du dich beruhigt hast, kriegst du vielleicht wieder Lust auf das Fest.«

»Nein«, entgegnete sie bestimmt. »Das Fest ist abgeblasen. Das ist mein Ernst.«

»Aber es ist nur noch ein Monat Zeit. Die Einladungen sind verschickt. Alles ist gebucht.«

»Und das kann alles wieder abgesagt werden. Dafür ist reichlich Zeit. Vielleicht muss ich für manches eine kleine Gebühr bezahlen – aber die hübschen Kleider kann man auch zu anderen Gelegenheiten tragen, und die Jungs können immer einen eleganten Anzug brauchen. Das ist mir gleich. Zur Not schreibe ich einen Brief an sämtliche Gäste und teile ihnen persönlich mit, dass die Feier nicht stattfindet. Ich hab deinen Vater einmal geheiratet, ich heirate ihn nicht zum zweiten Mal. Einmal ist genug. Mein Leben lang habe ich immer das getan, was die anderen von mir wollten. Bei jedem Anlass habe ich mich verantwortungsvoll und pflichtbewusst und angemessen verhalten. Aber wenn ich mein *Leben* feiere – fünfunddreißig Jahre Ehe und drei wunderbare Kinder –, will ich kein Event im Rathaus mit Hinz und Kunz aus der Gerichtswelt. Das passt nicht. Es ist kein Symbol für das, was ich in meinem Leben geleistet habe, sondern nur für das, was mein Mann in seinem Beruf erreicht hat.«

»Wie stellst du dir die Feier denn vor?«

Erstaunt sah sie mich an, antwortete aber nicht.

»Weißt du es nicht?«

»O doch. Nur hat mich das noch nie jemand gefragt.«

»Es tut mir leid, dass ich dich nicht besser unterstützt habe. Ich war egoistisch.«

»Überhaupt nicht. Du hattest ein aufregendes Abenteuer mit deinem Leben. Das ist wichtig, glaub mir«, sagte sie wehmütig. »Wie läuft es überhaupt mit ihm?«

»Ach«, seufzte ich, »ich weiß nicht.«

Sie sah mich an und wartete darauf, dass ich weitersprach, und nach allem, was sie vorhin über ihre Mutterrolle gesagt hatte, konnte ich mich nicht zurückhalten.

»Ich hab meinen Job verloren, mein Auto ist Schrott, ich hab einem tollen Mann wehgetan, mit dem ich eine wundervolle Nacht verbracht habe, Melanie spricht nicht mehr mit mir, und meine anderen Freunde meiden mich auch, meine Nachbarin findet mich gemein, ich bin nach Wexford gefahren, um Blake zu sagen, dass ich ihn liebe und zu ihm zurück möchte, habe aber, als ich dort war, festgestellt, dass das nicht stimmt, und jetzt macht mein Leben ohne mich weiter. So, das ist in Kurzform so ungefähr alles.«

Mum drückte ihre schlanken Finger auf die Lippen, ihre Mundwinkel zuckten, und sie stieß ein piepsiges »Oh« aus. Aber dann fing sie laut an zu lachen. »Ach du liebe Zeit, Lucy.«

»Schön, dass mein Leben dich amüsiert«, grinste ich, während ich zusah, wie sie auf die Couch plumpste und sich den Bauch hielt vor Lachen.

Mum bestand darauf, die Nacht bei mir zu verbringen, zum einen, weil mein Geburtstag bevorstand, aber vor allem, weil sie Riley und seinen Freund nicht stören wollte – ganz gleich, wie oft ich ihr auch versicherte, dass er nicht schwul war. Während sie duschte, packte ich Mr Pan in eine große Tasche und ging mit ihm über die Straße in den Park gegenüber. Frische Luft war ja angeblich in allen Lebenslagen die richtige Medizin, und ich hoffte, dass der Wind so richtig auflebte und mir die Gedanken aus dem Kopf fegte. Auf einer Bank am Spielplatz saß Claire, meine Nachbarin, neben sich den Buggy.

»Stört es dich, wenn ich mich zu dir setze?«

Sie schüttelte den Kopf, ich setzte mich neben sie und nahm Mr Pan auf die Knie. Claire sah zu ihm herunter.

»Tut mir leid, ich dachte, du …«

»Ich weiß«, unterbrach ich sie. »Schon in Ordnung.«

Als Mr Pan auf meinem Schoß unruhig wurde, ließ ich ihn laufen.

Schweigend saßen wir nebeneinander.

»Er schaukelt so gern«, sagte Claire schließlich und sah hinüber. »Ich höre ihn nie so viel lachen, wie wenn er schaukelt.«

»Ich hab auch immer gern geschaukelt«, sagte ich, und wir schwiegen wieder.

»Wie geht es ihm?«

»Wie bitte?« Sie erwachte aus ihrer Trance.

»Conor? Du hast gestern gesagt, er fühlt sich nicht wohl. Wie geht es ihm jetzt?«

»Es wird einfach nicht besser«, antwortete sie wie von fern.

»Warst du mit ihm beim Arzt?«

»Nein.«

»Vielleicht solltest du.«

»Meinst du?«

»Wenn es einfach nicht besser wird.«

»Es ist nur … ich hasse Ärzte. Krankenhäuser hasse ich noch mehr. Jetzt, wo meine Mum so krank ist, muss ich ja hin, aber ich war nicht mehr im Krankenhaus, seit …« Sie ließ den Satz unvollendet und sah auf einmal ganz verwirrt aus. Wieder vergingen ein paar Minuten, bevor sie sagte: »Meiner Mum geht es besser.«

»Oh, das freut mich.«

»Ja.« Sie lächelte. »Schon komisch, sie muss das alles durchmachen, damit wir wieder zueinanderfinden.«

»War das dein Mann neulich, vor meiner Wohnung?«

Sie nickte. »Wir sind nicht zusammen, aber …«

»Man kann nie wissen«, brachte ich den Satz zu Ende.

Sie nickte. »Er ist nicht richtig krank.«

»Dein Mann?«

»Nein, Conor. Er ist nicht krank, nur anders.«

»In welcher Hinsicht?«

»Stiller.« Sie wandte sich mir zu. Ihre Augen waren groß, ängstlich und voller Tränen. »Viel stiller. Ich höre ihn kaum noch.«

Langsam wanderten unsere Blicke wieder zu den Schaukeln, die sich nicht bewegten. Ich dachte an Blake und daran, dass der Klang unserer Erinnerungen immer leiser wurde und dass die Gefühle, die ich für ihn gehabt hatte, sich mehr und mehr von meinem Herzen entfernten.

»Vielleicht ist das gar nicht so schlecht, Claire.«

»Er hat so gern geschaukelt«, sagte sie wieder.

»Ja«, antwortete ich und nahm zur Kenntnis, dass sie die Vergangenheitsform benutzte. »Ich fand Schaukeln auch toll.«

Kapitel 28

M um, bist du wach?«
Es war Mitternacht, Mum lag in meinem Bett, ich war
auf der Couch – und hellwach.

»Ja, Schatz«, antwortete sie sofort und knipste die Nacht-
tischlampe an. Offenbar hatte sie auch nicht geschlafen. Wir
setzten uns beide auf.

»Willst du nicht einfach eine Party in eurem Garten
machen? Dann kannst du enge Freunde und Familie einladen,
dann musst du weder die Blumen noch den Partyservice
abbestellen, den du schon gebucht hast.«

Einen Moment dachte Mum nach, dann fing sie an zu
strahlen und klatschte in die Hände. »Lucy, das ist eine wunderbare Idee!« Aber gleich darauf verblasste ihr Lächeln wieder. »Das Problem ist nur, dass ich deinen Vater dann noch
mal heiraten muss.«

»Guter Punkt. Tja, damit kann ich dir leider nicht helfen.«

Sie machte das Licht wieder aus. Eine Weile lagen wir schweigend da und grübelten. Ich holte mein Handy vom Couchtisch
und starrte auf das von Dons Augen beherrschte Display. Ich
konnte einfach nicht aufhören, an ihn zu denken, ich wollte
mit ihm Kontakt aufnehmen, ich wollte mich entschuldigen.
Aber ich wusste nicht, wie. Ich war so respektlos gewesen, hatte

Blake so klar den Vorzug gegeben und mich dann auch noch feige aus der Affäre gezogen und es meinem Leben überlassen, es Don zu sagen. Schließlich legte ich das Handy zurück auf den Tisch, aber als hätte sie meine Gedanken gelesen, fragte Mum: »Was ist eigentlich mit deinem Freund?«

»Blake?«

»Nein, nicht Blake. Mit dem jungen Mann, der am Montag zum Essen bei uns war.«

»Oh, Don. Er war nicht wirklich mein Freund.«

»Nein? Aber zwischen euch hat es doch so geknistert. Und es hat mir total gut gefallen, wie er dich vor deinem Vater verteidigt hat. Sehr beeindruckend.«

»Ja«, sagte ich leise und konnte mir nicht verkneifen zu fragen: »Wie meinst du das mit dem Knistern?«

»Eure Gesichter waren wie verzaubert, wenn ihr euch angeschaut habt.«

Mein Herz machte einen Sprung.

»Früher war das bei deinem Vater und mir auch so – jedenfalls haben das die Leute behauptet. Weißt du, wir haben uns bei einer von Daddys Partys kennengelernt. Ich ging noch zur Schule, und dein Vater hat ein Praktikum bei meinem Daddy gemacht.«

»Ich weiß, das hast du mir erzählt.«

»Ja, aber ich hab dir nie erzählt, wie er mich angebaggert hat.«

»Vater hat dich *angebaggert*?«

»Na klar. Ich hatte eine Freundin mitgebracht, aber als sie auf der Toilette war, stand ich alleine rum, und da ist dieser herbe, ernste junge Mann mit dem Schnurrbart auf mich zugekommen. Er hatte ein Glas Wasser in der Hand und hat zu mir gesagt: ›Du siehst aus, als wärst du einsam, darf ich dir Gesellschaft leisten?‹«

»Das war seine Anmache?«

»Ja«, kicherte sie. »Aber es hat funktioniert, denn sobald er neben mir saß, war ich nie mehr einsam.«

Ich schluckte, und meine Augen füllten sich mit Tränen. Schnell drehte ich mich weg, nahm wieder mein Telefon in die Hand, um Dons Augen anzusehen, und plötzlich wusste ich, was ich zu tun hatte. Es war Zeit, ein paar Wahrheiten in Umlauf zu bringen.

Am nächsten Tag traf mein Leben später als üblich ein. Erst um die Mittagszeit hörte ich seinen Schlüssel im Schloss, dann tauchte er auf, kaum sichtbar hinter einem Bündel bunter Luftballons mit der Aufschrift »Happy Birthday!«. »Was in aller Welt ist los in diesem Haus, es riecht hier wie … o mein Gott!« Er blieb stehen und sah sich um.

Ich dagegen machte weiter mit dem, was ich gerade tat, nämlich mit Teigausrollen. Zwar waren meine Arme schlapp, und mir stand der Schweiß auf der Stirn, aber noch nie war ich so frei von Zweifeln gewesen. Alles in meinem Leben war kristallklar. Ich wusste, was ich tun musste. Je mehr Teig ich ausrollte, umso deutlicher war ich mir meines Schicksals bewusst.

»Hast du einen Nervenzusammenbruch?«, erkundigte sich mein Leben mit gespielter Besorgnis. »Denn falls ja, muss ich zurück ins Büro und dringend eine Akte anlegen. Dabei war ich grade durch mit deinen Nervenzusammenbrüchen. Typisch«, ereiferte er sich.

»Nein, ich habe keinen Nervenzusammenbruch, ganz im Gegenteil. Ich habe eine Erleuchtung«, sagte ich, immer noch mit meinem Teig beschäftigt.

»Hast du schon wieder Bücher gelesen? Ich hab dir doch

gesagt, du sollst das lassen. Die bringen dich bloß auf dumme Gedanken.«

Ich arbeitete unbeirrt weiter.

»Na, dann herzlichen Glückwunsch zum dreißigsten Geburtstag.« Er küsste mich auf den Kopf. »Ich hab dir die Ballons hier gekauft, aber das eigentliche Geschenk war der Vormittag ohne mich. Einfach unbezahlbar.«

»Danke.« Ich warf einen kurzen Blick auf die Ballons und machte mich dann wieder an die Arbeit.

»Hast du schon mal daran gedacht, eine Pause einzulegen, du verrücktes Huhn?«, fragte er, siedelte einen Teller mit Muffins auf den Boden um und setzte sich an die Theke.

Jetzt hielt ich endlich doch einen Moment inne, sah mich um und stellte fest, dass seine Frage nicht unberechtigt war. Auf jeder horizontalen Fläche meiner Wohnung stand Gebäck. Auf dem Herd blubberte noch Obst in einem Topf, diesmal Rhabarber und Äpfel. Ich hatte Blaubeermuffins gebacken, Apfelkuchen und Pekannuss-Karamell-Ecken. Nachdem ich mir die halbe Nacht mit SMS-Schicken um die Ohren geschlagen hatte, war ich frühmorgens in den Supermarkt gegangen, um für meine Mutter etwas zu essen zu kaufen. Es war ein paar Jahre her, seit ich das letzte Mal in einem Supermarkt gewesen war, einem richtigen Supermarkt, nicht in einem Rundum-Kiosk, wo ich die letzten zwei Jahre meinen Ein-Personen-Appetit gestillt hatte. Aber dann hatte ich die Lebensmittel links liegen lassen, weil es mich unwiderstehlich in die Backabteilung zog, und als ich dort ankam, wurde mein Kopf plötzlich quicklebendig, als hätte es nach einem langen Winterschlaf eine kleine Gedankenexplosion gegeben. Nicht nur Ideen sprudelten hervor, denn die hatte ich immer gehabt, nein, es formten sich Pläne, und es fielen Entscheidungen. Als Erstes beschloss ich, einen Schokoladengeburtstagskuchen für mich zu backen, aber nachdem ich damit angefangen hatte, konnte ich nicht mehr aufhören, und als wäre das Backen die beste Therapie für mich, wurde in meinem Kopf alles immer klarer.

»Je mehr ich backe, desto mehr kriege ich gebacken«, erklärte ich meinem Leben. »Aber erst kriege ich das Backen gebacken«, kicherte ich.

Mein Leben sah mich amüsiert an.

»Aber vor allem muss ich mit meinen Freunden reden. Und mit Don. Ich muss mir einen Job suchen, einen richtigen Job, einen Job, den ich irgendwie mag, einen Job, für den ich qualifiziert bin. Ich muss die Vergangenheit endlich hinter mir lassen.«

Ich schob ihm einen Brombeer-Apfel-Crumble hin und checkte mein Handy. Alle anderen hatten auf meine Nachricht geantwortet, nur Don noch nicht.

»Wow! Erleuchtung ist echt untertrieben. Du bist also bereit für Veränderung?«

»Man könnte sagen, Veränderung ist mein zweiter Vorname.« Ich arbeitete weiter an meinem Teig, denn ich hatte eine Mission.

»Eigentlich ist Caroline dein zweiter Vorname, aber ich versteh dich schon.« Er stützte das Kinn in die Hand und beobachtete mich, aber ich konnte erkennen, dass er genauso aufgeregt war wie ich. In mir hatte sich etwas verändert, die Dinge waren endlich in Bewegung geraten. »Ich hab deine SMS um Mitternacht bekommen.«

»Gut«, sagte ich, hob den Teig von der Theke, legte ihn auf einen Teller und zupfte ihn vorsichtig in Form.

»Gehe ich recht in der Annahme, dass du an all deine Freunde eine ähnliche Botschaft geschickt hast?«

»Japp.«

»Wussten die überhaupt, dass du heute Geburtstag hast? Warum haben sie nichts für dich geplant?«

»Vor einem Monat ungefähr wollten sie etwas planen, und ich hab ihnen gesagt, sie sollen es lassen. Ich hab ihnen erzählt, ich fahre mit meiner Mum nach Paris.«

»Kommen denn alle zu diesem überraschenden Geburtstagsessen?«

»Japp.« Alle außer Don bisher.

»Und erzählst du mir, was in deiner kleinen Rede vorkommen wird?«

»Nein.«

Es schien ihm nichts auszumachen.

»Und was hast du mit dem ganzen Kuchen vor?«

»Den kann ich an die Nachbarn verteilen.«

Er schwieg. Dann meinte er: »Du hast letzte Nacht den Film gesehen, stimmt's?«

»Welchen Film?« Ich tat, als wäre ich verwirrt.

»Lucy«, sagte er warnend und stand auf. »Was hast du vor? Willst du eine Bäckerei aufmachen wie die Frau in dem Film?«

Ich wurde rot. »Warum nicht? Bei ihr hat es funktioniert.«

»Weil das ein Film ist, Lucy, da werden lebensverändernde Entscheidungen in Zwanzig-Sekunden-Montagen getroffen. Aber das hier ist dein Leben. Du hast keine Ahnung, wie man ein Geschäft aufmacht, du hast kein Geld, keine unternehmerischen Fähigkeiten, keine Bank würde dir einen Startkredit geben – es gefällt dir einfach nur, mit rosa Zuckerguss rumzumachen.«

»Du hast rummachen gesagt«, schnaubte ich und kicherte kindisch.

Er verdrehte die Augen.

»Na ja, vielleicht verkauf ich den Kuchen heute auf dem

Markt am Kanal«, sagte ich, als wäre das eine ganz neue Idee, obwohl ich außer der Klarheit, die mich vorwärtstrieb, durchaus auch im Hinterkopf hatte, wie aufregend es sein würde, das Zeug auf dem Markt feilzubieten. Ich fühlte mich dynamisch, ich erschuf mir selbst eine sinnvolle Arbeit, obwohl ich keinen regulären Job mehr hatte. Und das war doch das, was man heutzutage überall eingetrichtert bekam. Bestimmt war mein Leben stolz auf mich.

»Großartige Idee.« Er strahlte, aber ich hörte seinen sarkastischen Unterton. »Hast du schon einen Gewerbeschein? Hast du dich als Nahrungsmittelbetrieb registrieren lassen und dich mit den Hygienebestimmungen vertraut gemacht?« Er sah sich in der Wohnung um. »Hm. Hast du schon einen Stand? Und einen Platz gebucht, wo du deine Ware anbieten kannst?«

Er öffnete seine Tasche und warf eine Zeitung auf die Theke. »Wach auf und lies das hier.« Die Seite mit den Stellenanzeigen war aufgeschlagen, aber ich konnte mich nur auf die Tatsache konzentrieren, dass eine Ecke in der Sahne gelandet war. Mein Leben tunkte den Finger in die Schüssel mit dem Zuckerguss und leckte ihn ab. Seine Augen leuchteten. »Mmm. Vielleicht könntest du doch eine Bäckerei aufmachen.«

»Wirklich?«, fragte ich hoffnungsvoll.

»Nein«, antwortete er mit bösem Gesicht. »Aber das nehme ich mit.« Er nahm einen Teller mit Cupcakes und trug ihn zur Couch.

Ich lächelte. »Oh, was ich noch fragen wollte – hat Don bei dir angerufen?«

»Nein, tut mir leid«, antwortete mein Leben leise.

»Okay, ist ja nicht deine Schuld.« Ich machte mich wieder an die Arbeit.

Mein Leben verputzte Cupcakes und sah sich mit lauten Zwischenrufen die *Jeremy Kyle Show* an, als es klopfte. Ich öffnete die Tür – und knallte sie sofort wieder zu. Mein Leben stellte den Fernseher auf Pause und sah mich erschrocken an.

»Was ist?«

Panisch versuchte ich, ihm mit einer Pantomime zu erklären, dass mein Vermieter vor der Tür stand. Aber er kapierte es nicht. Während sich das Klopfen allmählich zu einem Hämmern steigerte, rannte ich durch die Wohnung und versuchte, Mr Pan einzufangen, der das natürlich für ein Spiel hielt. Schließlich erwischte ich ihn, schleppte ihn ins Bad und verriegelte die Tür. Mein Leben starrte mich verständnislos an, und vor lauter Staunen war seine Hand mit dem Cupcake direkt vor seinem offenen Mund in der Luft erstarrt.

»Bin ich der Nächste? Wenn du eine Weile allein sein willst, musst du es nur sagen.«

»Nein«, zischte ich und öffnete meinem Vermieter die Tür. Vor Wut, dass ich ihn so lange hatte warten lassen, war er knallrot im Gesicht.

»Charlie«, lächelte ich. »Tut mir leid, dass es einen Moment gedauert hat, ich musste schnell ein paar Sachen wegräumen. Persönliche Frauendinge privater Natur.«

Mit argwöhnisch zusammengekniffenen Augen musterte er mich. »Kann ich reinkommen?«

»Warum?«

»Die Wohnung gehört mir.«

»Ja, aber Sie können nicht einfach unangemeldet hier reinstürmen. Ich wohne hier. Ich habe auch Rechte.«

»Ich habe gehört, Sie hätten eine Katze.«

»Eine Katze? Ich? Niemals! Ich bin total allergisch gegen Katzen, ich kriege Ausschlag auf den Armen und hasse sie.

Die Katzen natürlich, nicht meine Arme – die Arme trainiere ich schon seit Jahren.« Ich zeigte ihm meine Muskeln.

»Lucy«, sagte er warnend.

»Was?«

»Lassen Sie mich rein, damit ich mich umschauen kann.« Ich zögerte und machte dann widerwillig die Tür ein Stückchen weiter auf. »Okay, aber ins Bad können Sie nicht.«

»Warum nicht?« Er trat ein und sah aus wie ein gemeiner Kinderfänger.

»Ihre Mutter hat Durchfall«, schaltete sich mein Leben ein und kniete sich auf die Couch. »Sie wäre nicht begeistert, wenn Sie einbrechen.«

»Ich habe nicht vor, irgendwo einzubrechen. Ich bin der Vermieter. Und wer sind Sie?«

»Jedenfalls keine Katze. Ich bin Lucys Leben.«

Charlie beäugte ihn misstrauisch.

Zum Glück hatte das Backen den größten Teil des Katzengeruchs vertrieben, den ich nie bemerkte, weil ich so an ihn gewöhnt war, aber dieser Katzenfänger hätte ihn sicher in null Komma nichts erschnuppert.

Dann fielen mir plötzlich Mr Pans Körbchen und das Katzenklo ein.

»Was geht hier vor?«, fragte Charlie und betrachtete die unzähligen Teller mit Backwaren, die überall herumstanden.

»Oh, das? Ich hab nur gerade gebacken. Wollen Sie was davon kosten?« Ich führte ihn in die entfernteste Zimmerecke, wo er mir den Rücken zuwenden musste, und drückte ihm eine Kuchengabel in die Hand. Dann rannte ich schnell um die Ecke und kickte Mr Pans Körbchen unter mein Bett. Im gleichen Moment, als es verschwunden war, drehte der Vermieter sich um, musterte mich argwöhnisch und deutete mit seiner Gabel auf mich.

»Führen Sie etwas im Schilde?«

»Was denn?«

»Haben Sie eine Lizenz?«

»Wozu brauche ich eine Lizenz? Ich backe doch nur.«

»Hier drin ist eine Unmenge Kuchen. Wer soll denn den essen?«

»Sie will einen Cupcake-Laden aufmachen«, erklärte mein Leben.

Erneut wurden Charlies Augen schmal. »So wie in dem Film gestern Abend, was? Aber das war in New York, hier würde so was nicht funktionieren. Und wenn der Typ sie wirklich zurückhaben wollte, dann hätte er es tun sollen, bevor sie so erfolgreich geworden ist, statt vor der ganzen Kundschaft in den Laden zu stürmen. Ich bin mir gar nicht sicher, ob seine Motive ehrenwert waren.«

»Wirklich?« Ich setzte mich auf die Rückenlehne der Couch, froh, dass er diese Debatte vom Zaun gebrochen hatte. »Ich fand die beiden perfekt füreinander, und die Tatsache, dass auch ihre Freundin mit seinem Freund zusammengekommen ist, hat doch gezeigt, dass ...«

Mr Pan miaute im Bad. Dann kam meine Mutter zur Wohnungstür hereingestürzt, und ich wusste, dass die Sache gelaufen war.

»Was duftet denn hier so köstlich? Oh, Lucy, wie wunderbar! Falls ich doch beschließe, deinen verfluchten Vater noch einmal zu heiraten, würdest du dann bitte die Hochzeitstorte backen? Das wäre toll!« Dann bemerkte sie Charlie, und weil sie dachte, ich wollte ihr meine Geheimnisse offenbaren und meine Freunde vorführen, streckte sie ihm die Hand hin. »Oh, hallo, ich bin Lucys Mutter, freut mich, Sie kennenzulernen.«

Charlie sah mich neugierig an. »Und wer ist dann da drin?«

Wie von der Tarantel gestochen, zog Mum die Hand zurück.

»Wo drin?«

»Im Badezimmer.«

»Oh, das ist …« Aber ich konnte nicht direkt vor der Nase meines Lebens lügen. Er war schon drei Wahrheiten schuldig geblieben. Aber ich musste mich auch gar nicht weiter anstrengen, denn Mr Pan miaute wieder, laut und deutlich und unverkennbar.

»Also, das ist doch Mr Pan!«, rief meine Mutter erstaunt. »Wie ist er denn da reingekommen?«

»Er ist ein Freund der Familie«, erklärte mein Leben beiläufig und biss in einen Cupcake.

»Schau, was ich heute für ihn gekauft habe.« Mum wühlte in den Einkaufstüten und zog einen rosa Tutu heraus. »Aus irgendeinem Grund kommt er mir eher wie ein femininer Typ vor, er sitzt immer so gern in deinen Schuhen.«

»Ein sehr kleiner Freund der Familie«, ergänzte mein Leben.

»Dann haben Sie also wirklich eine Katze«, stellte Charlie zufrieden fest und machte sich über das nächste Stück Kuchen her.

»Oh«, sagte Mum, als ihr endlich klar wurde, was sie getan hatte.

Ich kapitulierte.

»Er muss verschwinden, Lucy«, sagte Charlie. »In diesem Gebäude dürfen keine Haustiere gehalten werden, das wissen Sie doch. Man hat sich deswegen schon bei mir beschwert.«

»Ich kann ihn aber nicht weggeben«, jammerte ich. »Er ist mein Freund.«

»Es ist mir gleich, wofür Sie ihn halten, er ist trotzdem eine Katze. Sie können ihn entweder weggeben oder mit ihm ausziehen. War nett, Sie kennenzulernen, Mrs Silchester, und auch …« – er sah erst mich, dann mein Leben fragend an –, »… Sie.« Mit einem letzten warnenden Blick in meine Richtung fügte er hinzu: »Ich komme wieder und schaue nach, ob er weg ist.« Dann verschwand er endlich.

»Tja, herzlichen Glückwunsch zu meinem Geburtstag«, sagte ich finster.

Mum warf mir einen zerknirschten Blick zu. Ich öffnete die Badezimmertür und ließ Mr Pan frei. Er starrte von einem zum anderen und wusste offensichtlich, dass etwas Schlimmes passiert war.

»Kein Job, kein Mann, keine Freunde, keine Wohnung. Du hast wirklich Wunder bewirkt«, sagte ich zu meinem Leben.

»Ich dachte, ein bisschen Entrümpeln kann nie schaden«, erwiderte er und setzte sich wieder vor *Jeremy Kyle*. »Er redet mit denen, als wären sie doof. Ich sollte mir Notizen machen.«

»Du brauchst deine hübsche Wohnung nicht aufzugeben«, sagte Mum. »Ich kann Mr Pan nehmen, das tu ich gern. Denk doch nur, wie viel Platz er zu Hause hätte.«

»Aber ich würde ihn vermissen.« Ich nahm den Kater auf den Arm und knuddelte ihn. Genervt von so viel Liebe suchte er das Weite.

»Dann hast du umso mehr Grund, mich zu besuchen«, sagte Mum fröhlich.

»So leicht können Sie Lucy nicht überzeugen, Sheila«, meldete sich mein Leben zu Wort. »Und wie könnte sie das hier auch jemals zurücklassen?«

»Ich liebe meine Wohnung«, schnaubte ich. »Zwei Jahre und sieben Monate hab ich es geschafft, dich geheim zu halten, Mr Pan.«

Mum sah aus, als hätte sie ein noch schlechteres Gewissen.

»Heute ist offensichtlich der Tag, an dem alle Geheimnisse

gelüftet werden«, stellte mein Leben fest, und ausnahmsweise meinte er das ernst.

Aufgeregt klatschte Mum in die Hände. »Machen wir uns fertig!«

Aus Anstandsgründen zog Mum sich im Badezimmer um, während ich mich vor meinem Leben entblätterte.

»Was ziehst du an?«, fragte er.

Nachdenklich betrachtete ich die Vorhangstange.

»Das hier?«

Er rümpfte die Nase.

»Das Rosarote?«

Er schüttelte den Kopf.

»Das Schwarze?«

Er zuckte die Achseln. »Probier es mal an.«

In Unterwäsche kletterte ich aufs Fensterbrett und angelte nach dem Kleid.

»Wie fühlst du dich denn jetzt, wo du die dreißig erreicht hast?«

»Genau gleich wie gestern mit neunundzwanzig.«

»Das ist nicht wahr.«

»Nein, das ist nicht wahr«, gab ich zu. »Letzte Nacht hatte ich eine Offenbarung, und heute Morgen im Supermarkt hat sie sich noch ausgeweitet. Ich sollte da wirklich öfter hingehen, weißt du? Als ich die Rosinen gesehen habe, wusste ich plötzlich genau, was ich zu tun habe. Aber das hatte nichts damit zu tun, dass ich dreißig geworden bin.«

»Nein, das hatte natürlich nur mit dem magischen Supermarkt zu tun.«

»Ja, vielleicht liegt es daran, wie er angelegt ist. Er ist so strukturiert. So klar, so nüchtern, so Obst hier und Gemüse dort, und so hallo Eiscreme, du bist kalt, also gehörst du nach da drüben in die Gefriertruhe, zusammen mit dem anderen kalten ...«

»Lucy«, unterbrach er mich.

»Ja.«

»Das Kleid macht dick.«

»Oh.« Ich zog es wieder über den Kopf.

Mein Leben lag in einem eleganten Sommeranzug auf dem Bett, hatte sich meine Kissen in den Rücken gestopft und die Arme hinter dem Kopf verschränkt.

Ich probierte das nächste Kleid an.

»Deine Mum scheint sich ja richtig auf heute Abend zu freuen.«

»Ja.« Ich runzelte die Stirn. »Wahrscheinlich denkt sie, ich werde bekannt geben, dass ich eine olympische Medaille gewonnen habe oder so. Ich glaube, sie kapiert nicht wirklich, worum es mir geht.«

»Was hast du ihr denn gesagt?«

»Das Gleiche wie den anderen.«

»Dass du uns zu einer ›Feier der Wahrheit‹ einladen möchtest«, sagte er großartig, sah auf sein Handy, wo er meine SMS aufgerufen hatte, und las vor: »PS: Falls ihr mir was schenken wollt, dann bitte Geld. Alles Liebe, Lucy.« Er hob eine Augenbraue. »Sehr charmant.«

»Na ja, es ist doch sinnlos, um den heißen Brei herumzureden, oder? Ich brauche Geld.«

»Du bist echt eine ganze neue Lucy. Ich kann deine Nippel sehen«, stellte er fest.

»Ob du es glaubst oder nicht – manche Männer wollen gern meine Nippel sehen«, grollte ich, zog das Kleid aber trotzdem wieder aus.

»Ich gehöre nicht dazu.«

»Du musst schwul sein«, sagte ich, und wir lachten.

»Da wir schon mal beim Thema sind – was glaubst du, was Blake von dieser kleinen Versammlung hält?«

»Ich glaube, wenn er davon erfährt, wird er ziemlich sauer sein«, antwortete ich frustriert, weil ich mich total in meinem nächsten Kleid verheddert hatte. Mein Kopf steckte darunter fest, und erst als ich es schaffte, den Reißverschluss am Rücken ganz zu öffnen, rutschte es endlich an Ort und Stelle. Allerdings waren meine Haare jetzt statisch aufgeladen, standen wild vom Kopf ab, und um den Reißverschluss zu erreichen, hätte ich mir die Schultergelenke auskugeln müssen.

»Lass mich dir helfen«, sagte mein Leben, bewegte sich endlich doch vom Bett herunter und zog den Reißverschluss für mich hoch. Dann strich er mir die Haare glatt, zupfte das Oberteil zurecht und musterte mich prüfend von oben bis unten. Hätte nur noch gefehlt, dass er mir vorschlug, es mal mit Philips Schönheitschirurgie zu probieren.

»Sehr schön«, sagte er dann aber, und ich freute mich. »Komm.« Er gab mir einen Klaps auf den Hintern. »Die Wahrheit wird dich frei machen.«

Zum ersten Mal seit zwei Jahren, elf Monaten und dreiundzwanzig Tagen war ich die Erste an unserem Tisch im *Wine Bistro*. Mein Leben saß neben mir, auf meiner anderen Seite wollte ich den Platz leer lassen, weil ich immer noch Hoffnung hatte. Ich hoffte einfach weiter. Mum setzte sich auf den Stuhl daneben.

Als Nächster kam Riley an, mit einem Blumenstrauß, einer Fußmatte, einem Drei-Bohnen-Salat und einem Briefumschlag. Ich lachte und griff sofort nach dem Umschlag. Ohne die Karte zu lesen, schüttete ich ihn aus und zählte zweihundert Euro in vier Fünfzigeuroscheinen. Ich jubelte. Mein Leben verdrehte die Augen.

»Du bist so durchschaubar.«

»Na und? Ich bin pleite, ich hab keinen Stolz.«

Riley begrüßte mein Leben mit einer Verneigung und einem Handkuss. »Mum, ich wusste gar nicht, dass du kommst«, sagte er dann, begrüßte sie als Nächste und ging auf den leeren Stuhl neben mir zu.

»Ich erwarte jemanden«, sagte ich schnell und stellte den Drei-Bohnen-Salat auf den Stuhl.

»Ich wohne bei Lucy«, verkündete Mum fröhlich und zog für Riley den Stuhl auf ihrer anderen Seite heraus.

»Soso«, lachte Riley, der dachte, das wäre ein Witz.

»Dein Vater ist ein Mistkerl«, sagte Mum und saugte an dem Strohhalm in ihrem Wodka-Lime.

Riley sah sie entgeistert an, dann warf er mir einen vorwurfsvollen Blick zu. »Hast du sie einer Gehirnwäsche unterzogen?«

Ich schüttelte den Kopf.

»Dann kommt er also nicht?«

Mum schnaubte.

»Und Philip?«

»Er macht eine Notoperation bei einem kleinen Jungen, der einen Unfall hatte«, antwortete ich monoton.

»Ach bitte«, sagte Mum und wedelte mit der Hand durch die Luft. »Tun wir doch nicht so, als wüssten wir nicht, dass Philip Busenvergrößerungen macht.«

Mein Leben lachte und amüsierte sich offenbar köstlich, während wir sie überrascht anstarrten.

»Wer sind Sie, und was haben Sie mit meiner Mutter gemacht?«, fragte Riley.

»Deine Mutter macht eine wohlverdiente Pause. Dafür ist

Sheila zurückgekehrt«, verkündete sie mit Nachdruck und lehnte sich zu mir. »Hat dir das gefallen?«

»Großartig, Mum.«

Als Nächste kamen Jamie und Melanie, und ich stand auf, um sie zu begrüßen. Da Melanie ein bisschen zurückblieb, umarmte ich Jamie zuerst.

»Herzlichen Glückwunsch.« Er drückte mich und zerquetschte mir fast die Rippen. »Melanie hat unser Geschenk für dich – es lief nicht so gut, deshalb haben wir fusioniert.«

»Du hast es vergessen, oder?«

»Völlig.«

»Entschuldige, dass ich dich letzte Woche nicht zurückgerufen habe.«

»Hey, kein Problem, ich wollte nur hören, ob bei dir alles in Ordnung ist. Und ist der Typ wirklich dein Leben, wie Melanie behauptet?«, erkundigte er sich mit großen Augen. »Echt abgefahren. Ich hab mal in einer Zeitschrift was darüber gelesen. Warte nur, bis Adam das erfährt. Deshalb sind wir hier, richtig?« Aber er wartete meine Antwort nicht ab, sondern ging gleich zum Tisch. »Wo sitze ich denn? Neben Ihnen, Mrs Silchester?«

Ich hörte Mum hinter mir kichern.

Melanie sperrte die Augen auf. »Deine Mum ist hier?«

»Ja. Seit wir uns das letzte Mal gesehen haben, ist eine Menge passiert.«

»Entschuldige, dass ich mich nicht gemeldet habe.«

»Nein, ich hab's verdient. Das ist in Ordnung. Melanie, es tut mir wirklich leid.«

Sie nickte nur, aber es war klar, dass sie mir verziehen hatte. »Es tut mir auch leid, dass ich Jamie erzählt habe, dass er dein Leben ist. Du weißt ja, wie das mit mir und Geheimnissen ist. O mein Gott, apropos – Jamie hat mir grade erzählt, dass er immer noch in Lisa verliebt ist. Mist, da hab ich es schon wieder gemacht.« Sie schlug sich die Hand vor den Mund.

Mir blieb keine Zeit, die Information zu verdauen, denn jetzt trafen Lisa und David ein, Lisa im hochschwangeren Watschelgang. Die anderen Gäste mussten mit ihren Stühlen näher an den Tisch rücken, damit sie sich einen Weg durch das enge Restaurant bahnen konnte, und ihr dicker Bauch stieß trotzdem ein paarmal gegen einen Hinterkopf, denn sie versuchte, sich seitlich durchzumanövrieren, obwohl sie nach vorn schmaler gewesen wäre. Wegen unseres letzten Treffens waren beide ein wenig gehemmt, aber ich umarmte Lisa herzlich und freute mich, als sie mir einen versiegelten Umschlag überreichte, der sehr vielversprechend aussah.

David setzte sich neben Jamie. Jamie stand auf. »Wow, Lisa, du siehst toll aus.« David funkelte ihn an, Melanie tat, als hätte sie sich verschluckt, und alle wandten sich ihr zu und klopften ihr auf den Rücken. Aber sie hörte erst auf zu husten, als ich vorschlug, den Heimlich-Handgriff anzuwenden. Dann erschien Chantelle mit einem Unbekannten im Schlepptau.

»Hallo, Geburtstagskind.« Sie küsste mich und gab mir auch einen Umschlag. An unsere letzte Begegnung erinnerte sie sich wahrscheinlich schon gar nicht mehr. »Hört mal alle her«, rief sie so laut, dass das ganze Restaurant aufhorchte. »Das ist Andrew. Andrew, das sind meine Freunde.«

Andrews Gesicht wurde genauso rot wie seine Haare, und er winkte verlegen in die Runde. Mit ihrer typischen lauten, ichbezogenen Stimme brüllte Chantelle ihm, als wäre er schwerhörig, einen Namen nach dem anderen ins Ohr – die er sich nie im Leben alle hätte merken können, selbst wenn er nicht sowieso schon von den ganzen neuen Gesichtern überfordert gewesen wäre. Zum Schluss kamen Adam und Mary; Mary düster und schwarz gekleidet wie immer, Adam mit einem Gesicht, als wäre er sicher, dass jeder Vorwurf, den er mir jemals an den Kopf geworfen hatte, heute offiziell bestätigt würde. Ich konnte es kaum erwarten, endlich die Wahrheit auszusprechen, auch wenn es nicht sonderlich schmeichelhaft für mich war, zugeben zu müssen, wie viel ich die letzten Jahre gelogen hatte. Die beiden überreichten mir einen Umschlag und eine Topfpflanze, und ich tat nicht einmal so, als würde ich mich freuen, denn ich vermutete, dass der Umschlag nur höfliche Glückwünsche und keinen einzigen Geldschein enthielt.

Dann fiel mir der Geburtstagskuchen wieder ein, den ich mitgebracht hatte, und ich trug ihn eilig zu dem falschen französischen Kellner.

»Hi«, sagte ich und lächelte ihn an.

Er würdigte mich kaum eines Blickes.

»Ich habe heute Geburtstag.«

»Mm-hmm.«

»Und ich hab einen Kuchen mitgebracht. Sogar selbst gebacken.« Keine Reaktion. Ich räusperte mich. »Wären Sie so nett, ihn in die Küche zu bringen und ihn später zum Nachtisch zu servieren? Bitte?« Er gab einen missbilligenden Laut von sich, nahm den Kuchen aber an sich und wandte sich zum Gehen. »Es tut mir leid«, rief ich ihm nach. Er blieb stehen und wandte sich mir zu. »Es tut mir leid, dass ich Sie immer so blöd auf Französisch angelabert habe. Es war übrigens nie etwas Schlimmes, einfach nur willkürliches Zeug, weil ich wusste, dass Sie es nicht verstehen.«

»Ich bin Franzose«, sagte er drohend, für den Fall, dass uns jemand zuhörte.

»Keine Sorge, ich verrate es niemandem. Ich bin nicht perfekt, ich hab selbst jede Menge Lügen in die Welt gesetzt. Aber heute Abend sage ich die Wahrheit.«

Er sah zu meinen Freunden am Tisch und wieder zu mir. Dann sagte er leise und mit irischem Akzent: »In der Stellenanzeige stand, Voraussetzung für den Job ist, dass man Französisch spricht.«

»Verstehe.«

»Und ich hab dringend einen Job gebraucht.«

»Das verstehe ich vollkommen. Ich brauche auch einen Job, und ich kann Französisch – ist vielleicht noch was frei?«

»Wollen Sie mir jetzt auch noch meinen Job wegnehmen?« Entrüstet sah er mich an.

»Nein, nein, nein, auf gar keinen Fall! Ich meinte, ich würde höchstens *mit* Ihnen arbeiten wollen.«

Aber er sah mich an, als würde er lieber sterben.

Als ich zum Tisch zurückkam, verstummte das Geplauder abrupt. Noch immer war der Platz neben meinem leer, und ich sah auf die Uhr. Noch hatte er Zeit. Ich nahm am Kopfende des Tischs Platz, und alle starrten mich gespannt an. Verständlicherweise, denn ich hatte sie mit einer dramatischen SMS hierherbestellt, eine Feier der Wahrheit versprochen und alles mit einer Bitte um Geld gekrönt. Nun war der Zeitpunkt gekommen, um zu handeln, und prompt kam der Kellner an den Tisch und begann, Wasser einzuschenken. Ich wollte warten, bis er weg war, aber er bewegte sich wie in Zeitlupe, und mir wurde klar, dass er nicht freiwillig verschwinden würde, bevor er gehört hatte, was ich sagen wollte.

»Okay, ich danke euch allen, dass ihr gekommen seid. Was ich euch zu sagen habe, ist eigentlich keine große Sache – nur für mich. Es ist etwas passiert, was mein Leben verändert hat, und dann ist noch etwas passiert, und jetzt läuft alles anders.« Chantelle sah mich verwirrt an, Andrew, der mich nicht kannte, machte ein unbehagliches Gesicht, als wäre er lieber woanders, aber Mary nickte mir zu, als hätte sie meinen komplizierten Satz genau verstanden. »Und damit ich die Vergangenheit endlich hinter mir lassen kann, muss ich es euch erzählen.« Ich holte tief Luft. »Also ...«

In diesem Moment öffnete sich die Restauranttür, mein Herz machte einen Sprung, und ich hoffte, hoffte, hoffte ... aber es war Blake, der hereinkam.

Kapitel 29

Blake.« Meine Stimme war kaum mehr als ein Flüstern, aber alle hörten mich und drehten sich zu ihm um. Blake sah sich um, dann entdeckte er unseren Tisch und mich am Kopfende. Unsere Blicke trafen sich – seiner wütend, meiner um Verständnis flehend.

»Ach, deshalb hast du den Platz frei gehalten!«, rief Melanie. »Seid ihr wieder zusammen?«

Überraschtes Gemurmel erhob sich, neugierig und aufgeregt, aber dann öffnete sich die Tür ein zweites Mal, und Jenna trat ins Restaurant. Jetzt sahen mich alle verwirrt an. Ich funkelte Adam an, weil ich annahm, dass er Blake heimlich eingeladen hatte, aber Adams Gesicht war genauso schockiert wie alle anderen. Anscheinend hatte sein bester Freund auch ihn überrumpelt. Einer nach dem anderen stand auf und begrüßte Blake, den Helden.

»Du hast mir gar nicht gesagt, dass du kommst«, sagte Adam etwas pikiert, als er Blake die Hand schüttelte.

»Ich bin nur heute Abend hier. Adam, das ist Jenna«, erwiderte Blake, trat beiseite und schob Jenna ins Scheinwerferlicht. Sie wirkte ein bisschen überfordert und zu Recht verlegen, weil sie so in meine Geburtstagsfeier hereinplatzten. Halb entschuldigend, halb triumphierend sah sie mich an, gratulierte mir und entschuldigte sich, dass sie kein Geschenk mitgebracht hatte.

»Tut mir leid«, sagte sie leise. »Ich dachte, er wollte nur kurz jemandem Hallo sagen.«

»Aha.« Ich setzte ein Lächeln auf, obwohl sie mir wirklich leidtat. »So ist er eben.« Als sie die anderen begrüßte, spürte ich plötzlich eine Hand auf meinem Arm.

»Tu's nicht«, sagte Blake leise.

»Blake, du weißt ja nicht mal, was ich vorhabe.«

»O doch, ich weiß, worauf du es abgesehen hast. Du willst ein paar Fans und brauchst dafür einen Buhmann. Hör zu, tu es nicht. Wir finden eine andere Möglichkeit, ihnen die Sache zu erklären.«

»Blake, es geht nicht um sie«, stieß ich zwischen zusammengebissenen Zähnen hervor. »Es geht um mich.«

»Aber was du tun willst, hat auch mit mir zu tun, deshalb finde ich, dass ich auch etwas zu sagen habe.«

Ich seufzte.

»Sieht aus, als brauchen wir noch zwei Stühle«, sagte Riley, ganz der Showmaster, der die Atmosphäre aufrechterhalten wollte.

Ich sah auf den leeren Stuhl neben mir und sah auf meine Uhr. Inzwischen war eine halbe Stunde seit der vereinbarten Zeit vergangen, Don würde nicht mehr kommen. »Nein«, sagte ich traurig, »wir brauchen nur einen Stuhl, er kann den hier haben.« Dann rückten alle einen Platz auf, und nun saß Mum neben mir.

Blake setzte sich mir gegenüber ans untere Tischende, Jenna kauerte an der Tischecke neben ihm, auf der anderen Seite Andrew neben sich, zwei fünfte Räder an unserem Wagen, die miteinander sympathisierten.

»Na, schaut euch das an«, dröhnte Chantelle. »Wie in alten

Zeiten. Außer ihm«, fügte sie mit einem Blick auf Andrew hinzu. »Damals war ich noch mit Derek zusammen.« Sie tat, als müsste sie kotzen. Andrew wurde wieder puterrot.

»Also, was hab ich verpasst?«, fragte Blake in die Runde, sah dabei aber nur mich an.

»Noch gar nichts«, antwortete David.

»Lucy war gerade dabei, uns etwas Wichtiges mitzuteilen«, sagte mein Leben und sah Blake eindringlich an. »Etwas, das ihr sehr viel bedeutet.«

»Nein, das ist schon okay«, sagte ich leise und erschöpft. »Vergesst es einfach.«

»Okay«, hakte Blake sofort ein. »Ich hab selbst auch ein paar wichtige Neuigkeiten.« Sofort wandten sich alle Köpfe zu ihm, wie bei einem Tennismatch. »Ich habe gerade erfahren, dass mein Vertrag für mein neues Kochbuch und die Sendung unter Dach und Fach ist.«

Alle gaben beifällige Laute von sich, vor allem unsere Freunde. Meine Familie und mein Leben schienen nicht so begeistert, verhielten sich aber höflich – das heißt, mein Leben buhte, aber so leise, dass nur ich es hören konnte. Bei genauem Hinhören fand ich auch den Jubel der anderen nicht mehr ganz so enthusiastisch, aber ich war nicht sicher, ob Blake es bemerkte, und falls es ihm auffiel, war er offensichtlich trotzdem nicht gewillt, den Mund zu halten, sondern begann von einem Fischgericht zu erzählen, das er sich ausgedacht hatte, nachdem er in Spanien auf heißen Steinen unter glühender Sonne gebratene Sardinen gegessen hatte. Adam schien etwas irritiert, dass Blake so hereingeplatzt war, was von allen offenbar als störend empfunden wurde. Nur Jenna wirkte völlig hingerissen. Lisa sah aus, als würde sie gleich platzen – ob das an ihrer Schwangerschaft lag oder an Blake, wusste ich allerdings nicht. Jamie klinkte sich nach kürzester Zeit völlig aus und glotzte stattdessen fasziniert auf Lisas Wassermelonenbrüste.

»Also wirklich«, wandte Mum sich leise an mich, »er hat sich überhaupt nicht verändert, oder?« An der Art, wie sie das sagte, erkannte ich, dass sie es nicht positiv meinte, was mich überraschte, denn ich hatte immer gedacht, sie wäre fasziniert von ihm und seinen Geschichten. Vielleicht war sie tatsächlich nur höflich und aufmerksam gewesen? Am Tisch hatten sich kleine Gesprächsgrüppchen gebildet, denn einer nach dem anderen blendete Blakes Geschichten aus, die nahtlos ineinander überzugehen schienen, bis schließlich nur noch Lisa übrig blieb, und mit ihr war nicht zu spaßen.

Auf einmal hob sie die Hand, gähnte ausgiebig und sagte: »Entschuldige, Blake, aber kannst du bitte aufhören?« Schlagartig verstummten die anderen Gespräche, denn jeder wollte hören, was sie zu sagen hatte. »Ich möchte nicht unhöflich sein, aber inzwischen ist mir auch das egal. Ich fühle mich unwohl, und ich fühle mich eklig, ich habe keine Geduld mehr und werde jetzt einfach mal sagen, was ich denke. Ehe du hier reingeplatzt bist, wollte Lucy uns etwas sagen, etwas Wichtiges, und wir haben alle die Ohren gespitzt, weil Lucy uns sonst nie etwas Wichtiges erzählt. Nicht mehr. Nichts für ungut, Lucy, aber das stimmt. Du hast uns nicht mal von diesem Irren in deinem Büro erzählt, der dir eine Pistole an den Kopf gehalten hat, das musste ich von Belinda Zickfresse erfahren, die um die Ecke von mir wohnt, erinnerst du dich an sie? Sie hat inzwischen drei Kinder von drei verschiedenen Vätern und ein Gesicht wie ein schrumpeliger Nippel, und das geschieht ihr auch ganz recht. Bitte schauen Sie mich nicht so an, Mrs Silchester, sie hat es wirklich verdient, ganz ehrlich – wenn Sie wüssten, was sie früher in der Schule mit uns gemacht hat, würden Sie es sofort verstehen. Jedenfalls hat sie mir erzählt, dass dir jemand eine Pistole an den Kopf gehalten hat, und ich hab mich total geschämt, weil ich es nicht wusste, und nicht nur das …« Lisa sah wieder Blake an. »Sie erzählt uns nichts. Überhaupt nichts.«

»Es war bloß eine Wasserpistole«, warf ich ein, um sie zu beschwichtigen, während die anderen schon über mich herfielen, weil ich ihnen nie etwas von mir erzählte, und alles auflisteten, was sie von anderen Leuten über mich erfahren hatten. Sogar Blake hörte zu und war fasziniert.

»Ruhe!«, rief Lisa schließlich, wieder wurde es im Restaurant ganz still, und alle starrten sie an. »Nein, nein, nur die an meinem Tisch«, erklärte sie mit einer ausladenden Handbewegung. »Lasst Lucy reden.«

Der Kellner kam zurück, füllte mein Wasserglas auf und nahm sich das nächste vor. Ich starrte ihn so lange an, bis er endlich kapierte, was ich von ihm wollte, den Krug auf den Tisch stellte und sich davonmachte.

»Okay, gut. Darf ich bitte, Blake?«

»Du musst ihn doch nicht um Erlaubnis fragen«, blaffte Chantelle. »Wir haben für einen Abend jetzt wirklich genug über Sardinen gelernt.«

Jamie grinste.

Blake verschränkte die Arme, und unter der glatten Oberfläche sah man seine Nervosität.

»Ich möchte nur vorweg sagen, dass ich das für mich tue, nicht, um jemanden zum Buhmann zu machen. Blake war an der Sache beteiligt, aber ich übernehme die volle Verantwortung für das, was ich getan habe. Das war ich – nicht er.«

Blake machte ein zufriedenes Gesicht.

»Also fallt jetzt bitte nicht über Blake her«, bat ich. »Ich habe Blake nicht verlassen«, begann ich dann langsam. »Er hat mit mir Schluss gemacht.«

Mit offenem Mund starrten unsere Freunde mich an, sprachlos, schockiert. Dann verwandelte sich der Schock auf manchen Gesichtern in Wut, und diese Gesichter wandten sich Blake zu.

»Hey, hey, es ist nicht seine Schuld, denkt daran!«

Mit zusammengebissenen Zähnen sahen sie wieder zu mir. Alle außer Adam, der Blake fragend anschaute. Als Blake seinem Blick auswich, nahm er das als Eingeständnis, und aus der Frage wurde Wut.

»Ich war sehr glücklich in unserer Beziehung. Ich war sehr verliebt. Ich habe nicht gemerkt, dass wir Probleme hatten, anscheinend hab ich nicht genügend aufgepasst, denn Blake war nicht glücklich. Er hat die Beziehung beendet, aus Gründen, die für ihn wichtig sind«, endete ich im Brustton der Überzeugung und versuchte, den Aufruhr um mich herum zu unterdrücken.

»Warum hast du uns gesagt, dass Lucy dich verlassen hat, Blake?«, fragte Melanie.

»*Wir* haben das zusammen beschlossen, weil ich mich so geschämt habe«, antwortete ich. »Weil ich durcheinander war und mir Sorgen darüber gemacht habe, was die Leute denken würden, und weil ich nicht wusste, wie ich es erklären sollte, und weil ich dachte, wenn ich einfach sage, dass ich nicht glücklich war und deshalb beschlossen habe, ihn zu verlassen, dann wäre alles viel leichter. Blake hat mir geholfen. Er hat versucht, es leichter für mich zu machen.«

Blake hatte immerhin so viel Anstand, verlegen auszusehen.

»Und wessen Idee war das?«, fragte Jamie.

»Weiß ich nicht mehr«, antwortete ich wegwerfend. »Das ist ja auch unwichtig. Der Punkt ist, dass das eine Reihe von Ereignissen in meinem Leben nach sich gezogen hat ...«

»Aber wer hat es als Erster vorgeschlagen?«, unterbrach Mary.

»Das spielt keine Rolle. Jetzt geht es um mich«, erwiderte ich eigensinnig. »Ich hatte das Gefühl, es wäre leichter, damit umzugehen, nur war es das nicht, weil ihr es mir alle übel genommen und gedacht habt, ich hätte Blake betrogen.« Ich sah Adam an. »Ich versichere dir, das stimmt nicht.«

»Und *du*?« Melanie sah Blake wütend an.

»Hey, ich hab euch doch gesagt, ihr sollt ihn in Ruhe lassen, es geht um mich!« Aber keiner hörte auf mich.

»Erinnerst *du* dich vielleicht, wer auf diese Idee gekommen ist?«, wollte Jamie jetzt von Blake wissen.

»Schaut mal«, begann Blake seufzend und beugte sich vor, stützte die Ellbogen auf den Tisch und verschränkte die Hände ineinander, »möglicherweise war es meine Idee, aber ich hab es nicht deswegen vorgeschlagen, weil ich keine Schuld auf mich nehmen wollte, sondern einzig und allein, um es für Lucy leichter zu machen …«

»Und für dich selbst«, fiel ihm meine Mutter ins Wort.

»Mum, bitte«, sagte ich leise, und es war mir sehr peinlich, dass alles sich genau so entwickelte, wie Blake es befürchtet hatte.

»Also war es deine Idee, Blake?«, hakte Riley nach.

Blake seufzte wieder. »Ich denke, schon.«

»Mach weiter, Lucy«, sagte Riley, und damit war dieser Punkt abgehakt.

»Na ja, an dem Tag, als wir uns getrennt haben, haben wir euch erzählt, dass ich ihn verlassen hatte, und ich war total durcheinander. Total traurig und total durcheinander sogar. Ich hatte einen freien Tag, den hatte ich freigenommen, weil – erinnerst du dich, Blake, wir wollten eigentlich mit deiner Nichte Erdbeeren pflücken in …« Ich schaute zu Blake, und er sah ehrlich traurig aus. »Egal«, kehrte ich zum Thema zurück, »jedenfalls habe ich zu Hause was getrunken. Ziemlich viel sogar.«

»Recht so«, rief Lisa und funkelte Blake wütend an.

»Und dann hat meine Firma angerufen und mir gesagt, ich soll einen Klienten vom Flughafen abholen. Und das hab ich dann gemacht.«

Mum machte ein schockiertes Gesicht.

»Vater kennt übrigens die Wahrheit, deshalb haben wir uns gestritten. Und Riley, was immer Gavin dir über diesen Tag erzählt hat, es stimmt. Und – das nur nebenbei – er betrügt seine Frau auch nicht mit einem Mann. Ich bin entlassen worden und hab meinen Führerschein verloren, aber das konnte ich keinem sagen.«

»Warum denn nicht?«, fragte Melanie.

»Weil … na ja, ich hab es mal versucht. Erinnerst du dich, Chantelle?«

Chantelle sah mich an wie ein Reh im Scheinwerferlicht. »Nein, keine Ahnung.«

»Am nächsten Tag hab ich dich angerufen und dir gesagt, dass ich am Tag davor total blau war, und du hast gefragt, warum, und ich hab gesagt, weil ich total durcheinander war, und du hast gesagt, warum zur Hölle bist du denn durcheinander, *du* hast Blake doch verlassen.«

Chantelle schlug sich die Hände vors Gesicht. »Lucy, du weißt doch, dass man nicht zu viel auf mein Geschwätz geben darf! Bin ich jetzt schuld an allem?«

»Nein, nein«, erwiderte ich und schüttelte nachdrücklich den Kopf. »Ganz bestimmt nicht, aber in diesem Moment hab ich begriffen, dass ich in dieser Lüge gefangen war und dass ich dabei bleiben musste. Ich hab das Auto verkauft und angefangen, mit dem Rad zu fahren, und ich brauchte dringend einen Job, weil ich kein Geld hatte, und der einzige Job, den ich gefunden habe, war der bei Mantic, aber dafür war Spanisch eine Voraussetzung, und ich hab einfach behauptet, ich könnte es. Was war denn auch so eine kleine Lüge in der ganzen Reihe von viel größeren Lügen? Aber dann brauchte ich Mariza, um mir zu helfen, sonst hätte ich den Job gleich wieder verloren, aber das konnte ich keinem erzählen, und ich hab das Studioapartment gemietet, das ungefähr so groß ist wie dieser Tisch, und keiner von euch durfte mich besuchen, weil ich mich so schämte, dass ich alles vermasselt hatte und dass mein Leben so beschissen war, während es bei euch anderen so gut lief. Anfangs habe ich mich geschämt, aber dann hab ich dieses Leben irgendwie ganz lieb gewonnen, und ich war ganz allein in diesem Schneckenhaus, in dem nur ich die Wahrheit kannte, aber dann hat mein Leben mit mir Kontakt aufgenommen – dieser Mann hier rechts von mir. Und er hat mir geholfen zu sehen, wie ich mich isoliert hatte und dass ich das nur ändern konnte, wenn ich die Wahrheit sagen würde, weil nämlich alles zusammenhängt – jede kleine Wahrheit hängt mit einer großen Lüge zusammen. Aber um euch eine Wahrheit zu sagen, hätte ich alles erzählen müssen, und das konnte ich nicht, deshalb hab ich es nicht getan und euch entweder gar nichts oder Lügen erzählt, und das tut mir leid. Es tut mir ehrlich leid. Und Blake, ich möchte mich auch dafür entschuldigen, dass ich dich mit reingezogen habe, aber es war leider nicht anders möglich. Es ging nicht um dich, auch nicht darum, dir den Schwarzen Peter zuzuschieben, es ging nur um mich und darum, alles wieder in Ordnung zu bringen.«

Er nickte und sah auf einmal verständnisvoll und auch traurig aus. »Ich hatte ja keine Ahnung, Lucy. Es tut mir echt leid. Ich dachte wirklich, es wäre das Beste.«

»Für dich«, wiederholte Mum.

»Mum«, sagte ich ärgerlich.

»Sonst noch was?«, fragte mein Leben, und ich überlegte.

»Ich mag keinen Ziegenkäse.«

Lisa schnappte hörbar nach Luft.

»Tut mir leid, Lisa.«

»Aber ich hab dich fünfmal gefragt!«, rief sie. Vor zwei Monaten hatte sie uns nämlich alle zum Essen eingeladen und mich darauf angesprochen, dass ich meinen Käse auf dem Teller herumschob. »Warum hast du das nicht einfach gesagt?«

Wahrscheinlich konnte jeder am Tisch nachvollziehen, warum ich in diesem Fall eine höfliche Lüge der Wahrheit vorgezogen hatte – sogar eine Ziege hätte den Käse gefressen, und Lisa hätte mich gefressen, wenn ich ihn nicht gegessen hätte. Trotzdem erklärte das natürlich noch lange nicht, warum ich danach ständig Ziegenkäse bestellt hatte, wenn wir essen gegangen waren, nur um ihre Theorie zu widerlegen, dass ich ihn nicht mochte. Und am Ende hatte ich den Käse noch mehr gehasst.

»Noch was?«, fragte mein Leben noch einmal.

Ich überlegte. »Dass ich auf das unsichtbare Baby von meiner Nachbarin aufgepasst habe, meinst du das? Nein? Was denn … ach so, und ich habe eine Katze! Einen Kater, genauer gesagt, seit zweieinhalb Jahren. Er heißt Mr Pan, aber er mag es lieber, wenn man ihn Julia oder Mary nennt.«

Alle sahen mich schockiert an, und dann schwiegen alle nachdenklich.

»Das war's dann, Leute, mein Leben in Kurzfassung«, brach ich schließlich das Schweigen. »Und was denkt ihr jetzt?« Ich befürchtete noch immer, sie würden gleich aufstehen und davonlaufen oder mir ihr Getränk ins Gesicht schütten.

Aber stattdessen wandte Adam sich an Blake und fragte mit wütender Stimme: »Dann hast du also Lucy verlassen?«

Ich seufzte und schob meinen Salat weg, denn mir war der Appetit vergangen.

»Was ist los?«, fragte Melanie mit großen Augen. »Hast du auch beim Salat gelogen? Magst du ihn nicht?« Dann grinste sie mich an, und wir kicherten beide, während die anderen über Blake herfielen, wie sie es fast drei Jahre lang mit mir gemacht hatten.

»Entschuldigung, aber könntet ihr mal bitte alle still sein?«, rief Jamie schließlich, und tatsächlich verstummten die anderen. »Obwohl ich denke, man müsste es eigentlich nicht erwähnen, sage ich es lieber trotzdem, und ich glaube, ich spreche für alle – na ja, für fast alle«, fügte er mit einem kurzen Blick zu Andrew hinzu, »wenn ich sage: Lucy, ich verstehe überhaupt nicht, wie du auf die Idee gekommen bist, dass du uns das alles nicht erzählen kannst. Es hätte unsere Meinung von dir überhaupt nicht verändert – wir wissen ja längst, dass du eine Katastrophe bist.«

Alle lachten.

»Nein, im Ernst, Lucy, wir sind deine Freunde, egal, was für einen doofen Job du hast oder wo du gerade wohnst. Du kennst uns doch eigentlich besser, als dass du ernsthaft glauben könntest, so was wäre wichtig für uns.« Er machte einen ehrlich gekränkten Eindruck.

»Vermutlich wusste ich das schon, aber die Lüge wurde immer größer, und dann hatte ich Angst, dass ich euch verliere, wenn ihr erfahrt, dass ich eine psychotische Dauerlügnerin bin.«

»Und da ist wiederum was dran«, sagte Jamie düster. »Aber es passiert trotzdem nicht.«

»Ganz meine Meinung«, rief Melanie, und die anderen

stimmten ein, außer Andrew und Jenna und natürlich Blake, der viel zu sehr damit beschäftigt war, damit fertigzuwerden, dass er sich so unbehaglich fühlte wie nie zuvor in seinem Leben. Mein Leben beobachtete alles schweigend und machte sich wahrscheinlich im Kopf schon Notizen für seine nächste Akte. Als unsere Blicke sich trafen, zwinkerte er mir zu, und da entspannte ich mich zum ersten Mal seit zwei Jahren, elf Monaten und dreiundzwanzig Tagen.

»Jetzt aber mal zu den wichtigen Dingen«, sagte Riley. »Hat niemand außer mir das gehört? Lucy, hast du gesagt, dass du auf ein *unsichtbares* Baby aufgepasst hast? Ist das vielleicht …«

»Ach, unwichtig«, fiel Lisa ihm ins Wort. »Sie hasst *Ziegenkäse*!«

Alle fingen an zu lachen, bereit, dafür Lisas Zorn auf sich zu ziehen, aber nach einer halben Ewigkeit stimmte sogar Lisa in die Heiterkeit mit ein.

Riley fuhr Mum nach Glendalough. Sie hatte zu viel getrunken, war sentimental geworden und hatte im Überschwang der Gefühle Vater angerufen. Er bestürmte sie natürlich, sofort nach Hause zu kommen – sicher auch, weil er sie vermisste, aber vor allem, weil es ihm peinlich war, dass sie sich betrunken in der Öffentlichkeit zeigte und obendrein noch in meiner Gesellschaft. Die anderen drängten mich, mit ihnen in Melanies Club zu gehen, um meinen Geburtstag und die Wahrheit zu feiern, aber ich war so erschöpft von meinen Offenbarungen, dass ich nur noch nach Hause und den Abend mit meinem Leben und meinem Kater verbringen wollte. Als ich den anderen das sagte, platzte Melanie heraus: »Ach, du kannst nicht mal bis zum Ende deiner eigenen Geburtstagsparty bleiben!«, was mir zeigte, dass sie offensichtlich immer noch Probleme mit meinem Aschenputtel-Timing hatte. Blake war schon vor dem Nachtisch verschwunden und hatte Jenna mitgenommen, die offensichtlich froh darüber war, und so fiel es nun meinem Leben zu, das Geburtstagskind nach Hause zu begleiten.

Eigentlich ging ich fest davon aus, wir würden uns die Nacht um die Ohren schlagen, um meine Enthüllungen zu analysieren und durchzudiskutieren. So lange hatte sich dieses Ereignis vorbereitet, und nun war es auf einmal vorbei, erledigt. Ich wusste gar nicht, was ich mit der leeren Stelle in meinem Kopf anfangen sollte, wo vorher der ganze Stress gewesen war. Als ich aus meinen Grübeleien erwachte, merkte ich, dass ich alleine vor mich hin schlenderte, während mein Leben unter der Laterne vor meinem Wohnblock stehen geblieben war. Ich wandte mich zu ihm um und spürte, wie die leere Stelle in meinem Kopf sich blitzschnell mit neuen Sorgen füllte. Mein Leben stopfte die Hände in die Taschen. Irgendetwas an seinem Verhalten schien mir darauf hinzudeuten, dass er sich verabschieden wollte, und mein Herz begann zu pochen. Ich hatte überhaupt nicht daran gedacht, dass ich womöglich nicht mehr mit ihm zusammen sein würde, wenn ich das ganze Chaos in Ordnung gebracht hatte, und zwar nicht nur, weil ich nicht daran geglaubt hatte, es zu schaffen, sondern hauptsächlich deshalb, weil ich den Gedanken nicht ertrug, auch nur einen einzigen Tag ohne ihn zu verbringen.

»Kommst du nicht mit rein?«, fragte ich und versuchte, den panisch schrillen Ton aus meiner Stimme zu verbannen.

»Nein«, lächelte er, »ich gönn dir eine Pause.«

»Ich brauche aber keine Pause, ehrlich nicht. Komm rein, ich hab ungefähr noch zwanzig Kuchen, die gegessen werden müssen.«

»Du brauchst mich nicht, Lucy«, lächelte er weiter.

»Natürlich brauche ich dich, du kannst unmöglich von mir erwarten, dass ich das ganze Zeug alleine aufesse«, entgegnete ich und verstand ihn absichtlich falsch.

»Das hab ich nicht gemeint«, erwiderte er sanft und sah mich mit diesem Blick an, diesem Blick, der bedeutete: *Leb wohl, mein bester Freund, ich bin sehr traurig, aber lass uns so tun, als wären wir glücklich.*

Ich spürte, wie der Kloß in meinem Hals zu monströser Größe anschwoll, aber ich unterdrückte meine Tränen. Selbst wenn meine Mum die Silchester-Regeln gebrochen hatte, wollte ich ihrem Beispiel lieber nicht folgen, denn sonst gab es womöglich einen Dominoeffekt, und dabei brauchte die Welt doch Menschen mit Selbstbeherrschung, das war für unseren Lebenszyklus unabdingbar. »Aber ich brauche dich, mehr als alle anderen Menschen.«

Anscheinend merkte mein Leben, wie verzweifelt ich war, und wandte sich rücksichtsvoll ab, während ich die Fassung wiederzugewinnen versuchte. Er sah zum Himmel hinauf, atmete tief ein und langsam wieder aus. »Eine wunderschöne Nacht, nicht wahr?«

Mir war das noch gar nicht aufgefallen, und ich hätte ihm auch geglaubt, wenn er mir gesagt hätte, es wäre Tag. Ich musterte ihn, und auf einmal wurde mir bewusst, wie schön er war, wie gut, stark und gesund er aussah, wie viel Zuversicht und Sicherheit er mir gab und dass er immer für mich da war, komme, was da wolle. Ich spürte einen überwältigenden Drang, ihn zu küssen, reckte das Kinn und trat zu ihm.

»Nicht«, sagte er und legte mir den Finger auf die Lippen.

»Ich hatte doch gar nichts vor«, ruderte ich verlegen zurück.

Wir schwiegen.

»Ich meine, okay, ich hatte schon was vor, aber – du siehst so gut aus, und du warst immer so nett zu mir und …« Ich holte tief Luft. »Und ich liebe dich wirklich.«

Er lächelte und bekam Grübchen in beiden Wangen. »Erinnerst du dich an den Tag, als wir uns zum ersten Mal gesehen haben?«

Ich verzog das Gesicht und nickte.

»Damals konntest du mich überhaupt nicht leiden, stimmt's?«

»Ich hab dich gehasst. Du warst richtig abstoßend.«

»Aber jetzt hab ich dich auf meine Seite gebracht, Mission erfüllt. Du hast es kaum ausgehalten, dich im gleichen Raum aufzuhalten wie dein Leben, und inzwischen *magst* du mich sogar.«

»Ich hab gesagt, ich liebe dich.«

»Und ich liebe dich auch«, sagte er, und mein Herz machte einen Satz.

»Aber jetzt bin ich dabei, dich zu verlieren.«

»Du hast mich gerade gefunden.«

Ich wusste, dass er recht hatte, ich wusste, es gab nichts Romantisches, nichts Körperliches zwischen uns, sosehr ich in diesem Moment auch das Gefühl hatte, dass er mein Ein und Alles war. Es war schlicht unmöglich, sonst wäre auch das Zeitungsinterview völlig anders verlaufen. »Werde ich dich jemals wiedersehen?«

»Ja, klar, wenn du das nächste Mal Mist baust. So wie du gestrickt bist, wird das ja nicht lange dauern.«

»Hey!«

»War bloß ein Witz. Wenn es dich nicht stört, schau ich gelegentlich nach dir.«

Ich schüttelte den Kopf, brachte aber kein Wort heraus.

»Und du weißt ja auch, wo mein Büro ist, also kannst du mich besuchen, wann immer du möchtest.«

Ich nickte wieder, presste die Lippen zusammen und spürte, wie mir fast die Tränen kamen. Fast.

»Ich war hier, um dir zu helfen, und ich hab dir geholfen. Wenn ich jetzt noch bleibe, bin ich nur im Weg.«

»Du wärst mir nie im Weg«, krächzte ich.

»O doch«, widersprach er leise. »In der Wohnung ist nur Platz für dich und deine Couch.«

Ich wollte lachen, aber es ging nicht.

»Danke, Lucy. Du hast mir auch geholfen, weißt du?«

Ich nickte, aber ich konnte ihn nicht ansehen. Denn sonst hätte ich geweint, und Weinen war schlecht. Also konzentrierte ich mich stattdessen auf seine Schuhe. Seine neuen, glänzenden Schuhe, die überhaupt nicht zu dem Mann gepasst hätten, den ich damals kennengelernt hatte.

»Okay, dann kann ich wenigstens Auf Wiedersehen sagen. Es ist kein Abschied für immer.«

Er küsste mich auf den Kopf, den einzigen Teil, den er von mir sehen konnte. Es war ein langer Kuss, und dann lehnte ich meinen Kopf an seine Brust und merkte, dass sein Herz genauso raste wie meines.

»Ich warte noch, bis du sicher im Haus bist.«

Langsam wandte ich mich ab und ging, und jeder meiner Schritte hallte laut durch die stille Nacht. Nicht einmal an der Tür konnte ich innehalten und zurückschauen, ich musste nach vorn blicken, denn sonst kamen die Tränen, ja, sonst kamen die Tränen.

Mr Pan sah schlaftrunken aus seinem Körbchen zu mir auf, nahm mich zur Kenntnis und schlief dann weiter. Auf einmal begriff ich, dass dies das Ende unseres Zusammenlebens in meinem Schneckenhaus war. Entweder musste er umziehen oder wir beide. Auch das machte mich traurig, aber Mr Pan war ein Kater, und ich würde bestimmt nicht um einen Kater weinen, also riss ich mich zusammen und war stolz, dass ich die Tränen besiegt hatte, ich war stärker als sie, Tränen bedeuteten Selbstmitleid, und ich bemitleidete mich nicht. Ich wollte mich nur unter meiner Bettdecke verkriechen und an nichts von dem denken, was an diesem Abend passiert war. Doch mein Plan scheiterte am Reißverschluss meines Kleides. Als ich heute Nachmittag nicht mit ihm fertiggeworden war, hatte mein Leben mir geholfen. Aber allein bekam ich ihn einfach nicht zu fassen, ganz gleich, aus welchem Winkel ich es versuchte. Ich verrenkte mich in alle Richtungen, es nutzte nichts. Ich schwitzte und keuchte und wollte nicht glauben, dass ich mich nicht aus eigener Kraft aus diesem dummen Kleid befreien konnte. Verzweifelt sah ich mich in meiner Wohnung nach Hilfe um, konnte aber nichts und niemanden entdecken. In diesem Augenblick begriff ich, dass ich wirklich und wahrhaftig allein war.

So stieg ich schließlich mit meinem Kleid ins Bett. Und weinte.

Kapitel 30

Eine Woche lang lag ich im Bett – jedenfalls fühlte es sich so an. Wahrscheinlich waren es in Wirklichkeit nicht mehr als vier Tage, was immer noch eine Leistung ist. Am Morgen nach meinem Geburtstag hatte ich gewartet, bis ich Geräusche aus Claires Wohnung hörte, um zu klopfen und sie zu bitten, mir mit meinem Kleid zu helfen. Aber nicht sie kam an die Tür, sondern ihr Mann, in Boxershorts und mit zerzausten Haaren, was mir genug sagte. Anscheinend hatte auch sie sich von einer Illusion gelöst, und nun konnte Conors Andenken begangen werden.

Ich wurde nicht dadurch gestört, dass mein Leben ohne Vorwarnung zu den unmöglichsten Zeiten hereinplatzte, keine Umschläge landeten auf meinem frisch gereinigten Teppich. Meine Freunde schickten SMS, wollten mit mir ausgehen, sich mit mir treffen, sie entschuldigten sich, versuchten, die verlorene Zeit wettzumachen und von meiner neuen Wahrheitsliebe zu profitieren, und ich ignorierte sie nicht, ich log sie nicht an, verabredete mich aber auch nicht mit ihnen. Ich sagte ihnen, dass ich allein sein wollte und musste, um das Leben in meinem Schneckenhaus noch ein bisschen zu genießen, und zum ersten Mal in meinem Leben war das keine Lüge. Mum hatte Mr Pan nach Glendalough geholt, und obwohl ich ihn vermisste, wusste ich, dass er es dort viel besser hatte – es war nicht fair, ihn einzusperren, und wenn er nicht zu Mum gezogen wäre, hätte er mit mir in einem Pappkarton unter der Brücke hausen müssen, obwohl ich bezweifelte, dass die braune Wildledercouch zusammen mit unseren ganzen Habseligkeiten in einen Einkaufswagen passen würde. Letztlich war es also keine sehr schwierige Entscheidung. In Gedanken verglich ich es mit einem Frühjahrsputz: Sobald ich mit dem Aussortieren angefangen hatte, fiel der überschüssige Ballast wie von selbst ab.

Einmal in meinem viertägigen Winterschlaf besuchte ich sogar den Supermarkt und kaufte richtige Lebensmittel, die zubereitet und gekocht werden mussten. Allerdings war ich völlig aus der Übung und musste mir immer wieder ins Gedächtnis rufen, dass richtiges Essen Organisation brauchte und zubereitet werden musste, bevor der Hunger zu groß wurde. Aber so wurde ich nicht nur den drei Jahre alten Dreck von meinen Gummistiefeln los, sondern hatte dazu noch die Chance, einen Teppich geschenkt zu bekommen, ich brauchte nur genügend Rabattmarken zu sammeln. Zwar würde ich dann ein ganzes Jahr lang regelmäßig richtiges Essen einkaufen müssen, aber es war zweifellos ein Anreiz. Ich hatte Zitronen und Limetten gekauft und sie sozusagen als Gruß an meine Freundin aus der Zeitschrift in einer kleinen Schale drapiert. Zwar hätte ich am liebsten gar nicht mehr arbeiten wollen und hatte noch für keinen Beruf eine Leidenschaft in mir entdeckt – dieses nervige Wort, mit dem die Leute mir ständig in den Ohren lagen –, aber obwohl ich nicht wusste, was ich mit meinem Leben anfangen wollte – mal abgesehen von dem unrealistischen Traum mit der Cupcake-Bäckerei –, kam ich doch langsam auf die richtige Gedankenschiene. Ich wollte mir etwas suchen, was mir zumindest ansatzweise interessant erschien und mit dem ich die Rechnungen bezahlen konnte. Das war ein Fortschritt. Aber mein Geburtstagsgeld würde nicht ewig reichen, nicht mal mehr für die nächste Miete, also musste ich möglichst schnell eine Möglichkeit finden, Geld zu verdienen. Also duschte ich, zog mich an, machte mir eine frische Tasse Kaffee und setzte mich an die Frühstückstheke. Dann nahm ich mir die Zeitung vor, die mein Leben an meinem Geburtstag hier hinterlassen hatte. Bisher hatte ich sie ignoriert – der Sahneklecks von meinem Biskuitkuchen lenkte mich zu sehr ab –, aber als ich zu lesen begann, war ich sofort fasziniert. Denn es war keineswegs die Seite mit den Stellenanzeigen, und was mein Leben rot eingekringelt hatte, war auch keineswegs, wie ich angenommen hatte, ein Job, den er mir ans Herz legen wollte, sondern es war eine Anzeige im Wohnungsmarkt, in der ein Mitbewohner gesucht wurde. Ich ärgerte mich, dass mein Leben mir nahelegte, mein Apartment aufzugeben, das ich mehr als die meisten anderen Dinge auf der Welt liebte, und wollte die Zeitung schon zusammenknüllen und wegwerfen, aber dann ging mir endlich ein Licht auf: Er wollte mir gar nicht vorschlagen auszuziehen! Ich las die Anzeige noch einmal. Und noch einmal. Und als mir klar wurde, was mein Leben von mir wollte, begann ich zu lächeln und hätte ihm am liebsten einen dicken Kuss gegeben. Ich riss die Seite heraus und sprang von meinem Hocker.

Beschwingt stieg ich aus dem Bus, musste meinen Schwung aber gleich wieder bremsen, denn einen Moment war ich völlig desorientiert. Aber dann entdeckte ich, als wäre es Dons Signalfeuer, den leuchtend roten Teppich auf dem Magic-Carpet-Cleaner-Van und war wieder im Bilde. Das Superheldenauto. Ich lächelte. Rasch zog ich meinen Taschenspiegel aus der Tasche und machte mich ans Werk. Als ich fertig war, drückte ich auf die Klingel.

»Ja?«, antwortete Dons atemlose Stimme.

»Hallo«, sagte ich mit verstellter Stimme. »Ich wollte mich vorstellen.«

»Vorstellen?«

»Ja, als Mitbewohnerin für die Wohnung.«

»Äh, Moment mal ... ich ... mit wem spreche ich überhaupt?«

»Wir haben telefoniert.«

»Wann denn?«

Ich hörte Papier rascheln.

»Letzte Woche.«

»Vielleicht mit Tom. Haben Sie mit einem Kerl namens Tom geredet?« Ich musste mir das Lachen verkneifen, denn ich konnte richtig hören, wie er Tom im Stillen verfluchte.

»Ist er der Typ, der mit seiner Freundin zusammenzieht?«

»Ja«, bestätigte er verärgert. »Wie war noch mal Ihr Name?«

Ich grinste. »Gertrude.«

Schweigen.

»Und weiter?«

»Guinness.«

»Gertrude Guinness«, wiederholte er. »Ich kann Sie auf dem Display gar nicht richtig sehen.«

»Nein? Ich schau aber direkt in die Kamera«, entgegnete ich und hielt die Hände vor die Linse über der Sprechanlage.

Er zögerte. »Na gut, nehmen Sie den Aufzug in den dritten Stock.« Dann ein Summen, und die Haustür ging auf.

Im Aufzugsspiegel rückte ich meine Augenklappe zurecht und vergewisserte mich, dass alle meine Zähne außer den Schneidezähnen geschwärzt waren. Dann holte ich tief Luft.

Jetzt oder nie. Der Aufzug öffnete sich, und da stand Don in der offenen Tür, mit verschränkten Armen an den Türrahmen gelehnt. Als er mich sah, wusste ich, dass er gerne wütend geworden wäre, aber er konnte sich das Grinsen nicht verkneifen, und dann legte er den Kopf in den Nacken und lachte laut.

»Hallo, Gertrude«, sagte er.

»Hallo, Don.«

»Du bist bestimmt die hässliche zahnlose Frau mit der Augenklappe und den zehn Kindern, mit der ich am Telefon gesprochen habe.«

»Ja, deine falsche Verbindung.«

»Du bist verrückt«, sagte er leise.

»Ja, nach dir«, sagte ich, und er lächelte über meine kitschige Antwort. Aber dann wurde sein Gesicht ernst.

»Ich hab gehört, dass du wieder mit Blake zusammen bist. Stimmt das?«

Ich schüttelte den Kopf. »Hast du meine Nachricht mit der Einladung letzte Woche nicht gekriegt? Ich wollte mit dir reden.«

»Doch. Aber ...« Er schluckte. »Ich hab dir gesagt, dass ich nicht die zweite Wahl sein will, Lucy. Wenn er dich nicht mehr haben wollte, dann ...«

»Er wollte mich haben«, unterbrach ich ihn. »Aber mir ist klar geworden, dass ich das nicht wollte. Dass ich ihn nicht wollte.«

»Ist das wahr?«

»Ich lüge nicht. Nicht mehr. Um einen der schönsten Sätze zu zitieren, die je ein Mensch zu mir gesagt hat: ›Ich liebe dich nicht.‹«

Er lächelte, was mir Mut machte fortzufahren. »Aber ich glaube, dass ich es wahrscheinlich sehr bald tun werde.

Obwohl ich nichts versprechen kann. Es könnte auch alles mit Tränen enden.«

»Das ist so romantisch.«

Wir lachten.

»Es tut mir leid, dass ich solche Spielchen mit dir gespielt habe, Don. Es war das erste und wird wahrscheinlich das letzte Mal sein, dass ich so etwas tue.«

»Wahrscheinlich?«

»Das Leben ist vertrackt.«

»Du bist also wirklich wegen der Anzeige hier?« Er machte ein unbehagliches Gesicht.

»Ja«, antwortete ich düster. »Wir sind uns inzwischen dreimal begegnet und haben einmal miteinander geschlafen. Ich glaube, wir sollten das Wagnis eingehen und zusammenziehen.«

Er wurde blass.

»Hallo-ho, Quatsch, nein, Don! Ich liebe meine kleine Höhle, und da will ich vorerst bleiben. Außerdem fühle ich mich emotional nicht mal ansatzweise stabil genug, um mit einem anderen menschlichen Wesen zusammenzuwohnen.«

Er sah mich erleichtert an.

»Ich bin deinetwegen hier.«

Einen Moment tat er so, als müsste er darüber nachdenken – oder jedenfalls hoffte ich, dass er nur so tat.

»Komm her, du.« Er packte mich an den Händen, zog mich an sich und gab mir einen langen Kuss. Danach klebte mindestens so viel von dem Eyeliner, mit dem ich meine Zähne geschwärzt hatte, an seinem Mund wie an meinem. Aber ich beschloss, mir den Spaß zu erlauben und ihm nichts davon zu verraten. »Weißt du, genau genommen haben wir zweimal miteinander geschlafen«, korrigierte er mich. »Was eine echt blöde Zahl ist.« Verächtlich rümpfte er die Nase. »*Zwei.*«

»Igitt«, pflichtete ich ihm bei.

»Aber drei«, fuhr er fort und fing an zu strahlen, »drei ist eine Zahl, die ich echt mag. Und vier – also, vier ist toll.«

Ich lachte, und er versuchte, mich von meiner Augenklappe zu befreien.

»Nein, ich mag sie, ich möchte sie anbehalten.«

»Du bist irre«, stellte er liebevoll fest und küsste mich wieder. »Gut. Unter einer Bedingung.«

»Die wäre?«

»Alles kommt weg, außer der Augenklappe.«

»Einverstanden.«

Wir küssten uns wieder. Dann zog er mich in die Wohnung und kickte die Tür zu.

Epilog

Samstag, der 6. August war, genau wie die Meteorologen es vorhergesagt hatten, ein herrlicher Tag in Glendalough. Auf dem Rasen hinter dem Haus meiner Eltern tummelten sich einhundert Gäste, ausschließlich Familie und enge Freunde, nippten an ihren Champagnergläsern, genossen die Sonne, plauderten und warteten, dass die Feierlichkeiten begannen. Der Rasen war für die Erneuerung des Ehegelübdes festlich verwandelt worden: Hundert Stühle flankierten zu beiden Seiten einen weiß ausgelegten Zwischengang, der zu einem mit weißen Hortensien geschmückten Hochzeitsbogen führte. Ein Stück entfernt stand ein großes Festzelt mit zehn Tischen für jeweils zehn Gäste, dahinter schimmerten die Hügel in allen erdenklichen Grünschattierungen. Jeder Tisch war mit einer einzelnen weißen Rose in einer großen Vase geschmückt, und an der Stirnseite des Zelts hing ein vergrößertes Foto, das an dem Tag gemacht worden war, als das Hochzeitspaar sein Gelübde zum ersten Mal abgelegt hatte – vor fünfunddreißig Jahren, bevor Riley, Philip und ich das Licht dieser Welt erblickt hatten.

Als ich um das Zelt herumging, entdeckte ich meinen Vater, der sich, gekleidet in einen sommerlichen weißen Leinenanzug, mit Philip unterhielt. Schnell versteckte ich mich hinter einem Busch mit blauen und rosa Hortensien, um zu lauschen. Einen Moment lang dachte ich, Vater und Sohn hätten eine intensive Begegnung, aber dann rief ich mir ins Gedächtnis, dass wir uns im wirklichen Leben befanden, nicht in dem Film, in dem sich das Mädchen aus der Cupcake-Bäckerei auch noch mit ihrem Vater versöhnte. Tatsächlich wandte Philip sich im gleichen Moment, als mir das einfiel, von meinem Vater ab und stürmte mit knallrotem, wütendem Gesicht in Richtung meines Buschs davon. Vater schaute ihm nicht einmal nach, sondern nippte an seinem Glas Weißwein, das er elegant zwischen Zeigefinger und Daumen am Stiel festhielt, und ließ den Blick in die Ferne schweifen. Als Philip an meinem Busch vorbeikam, packte ich ihn am Arm und zog ihn zu mir ins Unterholz.

»Au! Mensch, Lucy, was machst du denn da?«, fragte er ärgerlich, beruhigte sich aber rasch wieder und fing an zu lachen. »Warum versteckst du dich im Gebüsch?«

»Ich wollte einen intimen Moment zwischen Vater und Sohn beobachten.«

Philip schnaubte. »Ich bin gerade darüber informiert worden, dass ich Schande über die Familie gebracht habe.«

»Was, du auch?«

Ungläubig schüttelte er den Kopf, doch dann konnte er wieder darüber lachen.

»Ist es wegen der Titten?«

Wieder lachte er. »Ja, es ist wegen der Titten.«

»Ich fürchte, in dem Kleid heute hat Majella deine wahre Profession verraten.«

Philip lachte und klaubte mir vorsichtig ein Blatt aus den Haaren. »Ja, aber es hat sich gelohnt.«

»Ein Geschenk, von dem man lange etwas hat, was?«, sagte ich, und er lachte laut. Ich knuffte ihn in den Arm, und er hielt sich schnell die Hand vor den Mund. Auf einmal fühlte ich mich, als wären wir wieder Kinder, die sich vor einem bevorstehenden Familienfest oder einem Museumsbesuch oder einem Besuch bei Freunden der Eltern versteckten, wo wir ignoriert werden würden, brav neben den Erwachsenen sitzen mussten und zwar gesehen, aber nicht gehört werden durften. Wir sahen hinüber zu unserem Vater, der immer noch in die Ferne blickte, weit weg von den Menschen, die seinetwegen gekommen waren.

»Er meint es nicht so, weißt du?«, sagte ich in dem Versuch, Philip zu trösten.

»O doch, er meint es so. Er meint jedes Wort genau so, und das weißt du auch. Es liegt anscheinend in seiner Natur, unglücklich zu sein und über alle Menschen ein hartes Urteil zu fällen – außer über sich selbst.«

Überrascht sah ich ihn an. »Ich dachte, diese Rolle wäre für mich reserviert.«

»Ach nimm dich nicht so wichtig, Lucy. Ich bin vor dir geboren, ich hab ihn schon ein paar Jahre länger enttäuscht als du.«

Doch sosehr ich mich zu erinnern versuchte, wann ich einmal miterlebt hatte, dass Vater Philip beschimpfte, es wollte mir nichts einfallen.

»Solange du tust, was er will, ist alles gut, aber wenn du das kleinste bisschen davon abweichst ...« Er seufzte, und es klang zutiefst resigniert. »Er möchte das Beste für uns, er hat nur keine Ahnung, dass das, was in seinen Augen das Beste für uns ist, nicht unbedingt wirklich das Beste für uns ist.«

»Dann ist also immer noch Riley der Goldjunge«, sagte ich etwas genervt. »Das werden wir ihm heimzahlen müssen.«

»Schon erledigt. Ich hab Vater gesagt, dass er schwul ist.«

»Was habt ihr denn immer, du und Mum? Riley ist überhaupt nicht schwul!«

»Das weiß ich doch«, lachte er. »Aber es wird bestimmt lustig zuzuschauen, wie Riley sich aus der Affäre zieht.«

»Ich hab schon eine Wette mit ihm laufen, dass er es nicht schafft, die Wortkombination ›übersinnlicher Elefant‹ in seiner Rede unterzubringen. Da hat er heute wohl einen schweren Tag.«

Wir lachten.

»Er kriegt das hin, wie immer«, meinte Philip gutmütig, drängte sich aus der Hecke und zurück auf den Weg. »Musst du nicht langsam zu Mum?« Er warf einen Blick auf seine Uhr.

Ich schaute wieder zu Vater. »Doch, gleich.«

»Viel Glück«, sagte er zweifelnd, weil er mein Vorhaben ahnte.

Ich näherte mich meinem Vater absichtlich geräuschvoll, damit er keinen Schreck bekam.

»Ich hab dich schon im Gebüsch gesehen«, sagte er, ohne sich zu mir umzudrehen.

»Oh.«

»Obwohl ich lieber nicht fragen will, was du da getrieben hast. Jedenfalls wirst du im Gebüsch weiß Gott keinen Beruf finden.«

»Ja, was das angeht …«, begann ich und spürte die Wut in meinem ganzen Körper. Aber ich versuchte, sie in Schach zu halten, und kam gleich zur Sache. »Es tut mir leid, dass ich dich wegen meiner Kündigung angelogen habe.«

»Du meinst wegen der Sache mit deinem Rausschmiss?« Durch seine Brille, die auf der Nasenspitze saß, blickte er verächtlich auf mich herunter.

»Ja.« Ich biss die Zähne zusammen. »Ich habe mich geschämt.«

»Das ist durchaus angemessen. Dein Verhalten war verabscheuungswürdig. Du hättest im Gefängnis landen können. Und es wäre dir recht geschehen, weißt du?« Nach jedem Satz machte er eine Pause, als ginge es um einen ganz neuen Gedanken, der mit dem vorhergehenden nichts zu tun hatte. »Und ich hätte dir nicht helfen können.«

Ich nickte, zählte bis fünf und schluckte meinen Ärger hinunter.

»Aber eigentlich geht es gar nicht darum, dass ich betrunken Auto gefahren bin, oder?«, sagte ich schließlich. »Sondern um mich. Du hast ein Problem mit mir.«

»Ein Problem? Was denn für ein Problem?«, nuschelte er irritiert, weil ich eine scheinbare Schwäche in ihm angesprochen hatte. »Ich habe kein *Problem*, Lucy. Ich möchte nur, dass du dich der Herausforderung stellst, dass du endlich Verantwortung übernimmst und etwas aus dir machst. Statt diese ... diese Trägheit zu pflegen ... dieses Nichts, das du so gern sein möchtest.«

»Ich möchte nicht nichts sein.«

»Tja, aber du schaffst es trotzdem ganz gut.«

»Vater, ist dir eigentlich klar, dass du niemals glücklich sein wirst, ganz egal, was ich mache? Weil du nämlich willst, dass ich so werde, wie du mich haben möchtest, und nicht so, wie es für mich richtig ist.« Ich schluckte.

»Was in aller Welt redest du denn da? Ich möchte, dass ein anständiger Mensch aus dir wird«, fauchte er.

»Ich bin ein anständiger Mensch«, erwiderte ich ruhig.

»Ich möchte, dass du ein Mensch bist, der der Gesellschaft etwas zu bieten hat«, fuhr er fort, als hätte er mich nicht gehört, und stürzte sich in eine endlose Tirade über Verantwortung und Pflicht, in der jeder Satz mit »Ein Mensch, der ...« anfing.

Wieder zählte ich leise in meinem Kopf, diesmal bis zehn, und es funktionierte. Meine Wut und mein Schmerz ließen langsam nach, und an diesem besonderen Tag, nach dem Gespräch mit Philip, war ich nicht ganz so verbittert über seine mangelnde Anerkennung wie sonst so oft. Obwohl ich daran glaubte, dass jeder Mensch sich weiterentwickeln musste, wusste ich, dass ich seine Meinung von mir niemals würde ändern können, und da ich nicht versuchen wollte, ihm zu gefallen, hatten wir eine endlose Reihe von Konfrontationen vor uns. Aber ich hatte auch nicht mehr vor, ihm zu missfallen, zumindest nicht absichtlich – auch wenn man natürlich niemals genau vorhersagen kann, wie das Unterbewusste arbeitet. Plötzlich fühlte ich mich ganz leicht, denn ich hatte mich auch von der letzten Lüge befreit: Vater und ich würden niemals Freunde werden.

Ich klinkte mich wieder in Vaters Vortrag ein. »… dem ist nichts mehr hinzuzufügen, und wir sollten dieses Gespräch augenblicklich beenden.«

»Ja, ich habe nichts mehr hinzuzufügen«, grinste ich.

Er wanderte davon, zu Onkel Harold, den er verachtete und der den Blick nicht von Majellas Busen abwenden konnte.

Mum war im Schlafzimmer und machte sich fertig. Als ich hereinkam, wandte sie sich von ihrem Spiegel ab.

»Wow, Mum, du siehst toll aus.«

»Oh, Lucy, ich bin so albern, so nervös«, lachte sie, und gleichzeitig füllten sich ihre Augen mit Tränen. »Ich meine, worüber muss ich mir denn Sorgen machen? Es ist ja nicht so, als könnte er mich versetzen!«

Wir lachten beide.

»Du siehst wunderschön aus«, sagte sie.

»Danke«, lächelte ich. »Ich liebe dieses Kleid. Es ist perfekt.«

»Oh, du sagst das bestimmt nur, damit sich die pingelige alte Braut freut.« Sie setzte sich an ihren Frisiertisch.

Ich nahm ein Kosmetiktuch und tupfte vorsichtig die Tränen aus ihren Augenwinkeln, wo sie das Make-up zu verschmieren drohten. »Glaub mir, Mum, ich lüge nicht mehr.«

»Ist Don hier?«

»Er redet draußen mit Onkel Marvin, der mich vor Vater gefragt hat, ob er mich in einem Werbespot für die Magic Carpet Cleaners gesehen haben könnte. Vater wäre fast tot umgefallen.«

»Es war deine beste Arbeit«, sagte Mum mit gespieltem Stolz.

»Es war meine einzige Arbeit«, erwiderte ich etwas bekümmert.

»Du wirst schon etwas finden.«

Ich zögerte. »Don hat mich gefragt, ob ich vielleicht mit ihm arbeiten will.«

»Teppiche reinigen?«

»Sein Dad hat Rückenprobleme. Die letzten zwei Wochen musste Don die ganze Arbeit allein erledigen, und er braucht Hilfe.«

Zuerst machte Mum ein besorgtes Gesicht, weil ihr natürlich als Erstes die alte Silchester-Definition eines respektablen Jobs in den Sinn kam, aber dann erinnerte sie sich an ihre neu gewonnenen Erkenntnisse, und sie lächelte. »Aber das wäre doch eigentlich sehr praktisch, oder nicht? Eine Tochter, die zur Abwechslung mal sauber macht, statt Chaos anzurichten. Und – nimmst du das Angebot an?«

»Vater wird bestimmt nicht glücklich darüber sein.«

»Wann hast du jemals etwas gemacht, um ihm zu gefallen?«

Mum sah aus dem Fenster.

»Schau ihn dir an. Ich sollte ihn aus seinem Elend erlösen und runtergehen.«

»Nein, lass ihn noch zehn Minuten schwitzen.«

»Ach, ihr zwei ...«, sagte Mum kopfschüttelnd. Dann stand sie auf.

Ich holte tief Luft. »Bevor du zu ihm gehst, möchte ich dir ein Geschenk geben, diesmal ein richtiges Geschenk. Erinnerst du dich, dass du mal gesagt hast, du hättest nie das Gefühl gehabt, bei irgendwas richtig gut zu sein? Und nie gewusst, was du tun solltest?«

Verlegen sah Mum mich an, stellte sich dann aber den Tatsachen. »Ja, ich erinnere mich.«

»Ich hab viel darüber nachgedacht. Abgesehen davon, dass du die beste Mutter der Welt bist und das beste Brot backst, ist mir eingefallen, dass du früher immer Bilder zum Ausmalen für uns gezeichnet hast. Weißt du das noch?«

Mums Gesicht hellte sich auf. »Daran erinnerst du dich?«

»Na klar! Deinetwegen hatten wir immer neue Malbücher, ganz gleich, wo wir waren. Und die waren echt gut. Und deshalb ...« Ich hielt inne, rannte auf den Flur und kam zurück mit einer Staffelei samt Zubehör, geschmückt mit einer roten Schleife. »... deshalb hab ich das hier für dich gekauft. Du tust viel für andere Leute, Mum, aber als ich klein war, habe ich immer gedacht, du bist Malerin. Also solltest du malen.«

Sofort bekam Mum wieder nasse Augen.

»Nicht weinen, du ruinierst dein Make-up. Es wäre mir wirklich lieber, du würdest nicht weinen«, rief ich, schnappte mir das nächste Kosmetiktuch und begann wieder zu tupfen.

»Danke, Lucy«, sagte sie mit einem leisen Schluchzen.

In diesem Augenblick klopfte Riley an die Tür. »Sind die Damen bereit?«

»Bereit für die nächsten fünfunddreißig Jahre«, lächelte Mum. »Gehen wir.«

Ein großes Glücksgefühl durchströmte mich, als ich hinter meiner Mutter, die von Riley geführt wurde, durch den Gang auf den Hochzeitsbogen zuschritt, wo Philip und mein Vater uns erwarteten. Noch nie hatte ich Vater so stolz gesehen, und auf einmal erkannte ich den jungen linkischen Praktikanten, der meiner Mum versprochen hatte, sie nie allein zu lassen, in dem älteren Mann, der sein Versprechen niemals gebrochen hatte.

Melanie zwinkerte mir zu, und Don, der neben ihr saß, zog eine Grimasse, um mich zum Lachen zu bringen. Doch als ich weiter nach vorn blickte, entdeckte ich in der ersten Reihe, neben meiner Großmutter, die meine Mum prüfend von oben bis unten musterte, zu meiner unendlichen Freude und Überraschung mein Leben, gesund, gepflegt und gut aussehend, aber vor allem unverkennbar glücklich. Voller Stolz lächelte er mir zu, und ich war hingerissen und gerührt, ihn zu sehen. Gerade mal einen Monat war es her, dass wir – jedenfalls für diesen Lebensabschnitt – voneinander Abschied genommen hatten, und obwohl Don mir jetzt oft Gesellschaft leistete, hatte ich ihn jeden Tag vermisst. Während das Ehegelübde gesprochen wurde, konnte ich nicht anders, ich musste mein Leben anschauen und in Gedanken das Gelübde mit ihm sprechen: In guten wie in schlechten Tagen, in Gesundheit und Krankheit, bis dass der Tod uns scheidet.

Solange du auf dieser Welt bist, ist dein Leben auch da. Und genau wie wir unsere Partner und Partnerinnen, unsere Eltern, Kinder und Freunde mit Liebe und Zuwendung überschütten, müssen wir es auch mit unserem Leben tun, denn es gehört uns, jedem von uns. Du *bist* dieses Leben, es ist immer bei dir, um dich zu unterstützen, es spornt dich an, es jubelt dir zu, selbst wenn du denkst, du kannst nicht mehr. Eine Weile habe ich mein Leben aufgegeben, aber daraus habe ich gelernt, dass das Leben, selbst wenn so etwas passiert, ja, *vor allem*, wenn so etwas passiert, dich niemals aufgibt. Mein Leben hat mich nicht aufgegeben. Wir werden füreinander da sein bis zum letzten Augenblick, und dann werden wir uns ansehen und sagen: »Danke, dass du bis zum Schluss bei mir geblieben bist.«

Und das ist die Wahrheit.

Danksagung

Danke, David, denn ohne deine bedingungslose Unterstützung und deinen unerschütterlichen Glauben an mich hätte ich dieses Buch nicht mit so viel Freude und Liebe schreiben können. Robin, du bist so süß und toll, ich liebe dich von ganzem Herzen. In dieses Buch darfst du hineinkritzeln, aber es ist und bleibt das einzige, also genieße es. Mimmie, Terry, Dad, Georgina, Nicky, Rocco und Jay, ich danke euch für eure beständige Liebe und Unterstützung.

Danke an meine Agentin Marianne Gunn O'Connor, für deinen Rat und deine Ermutigung; du bist zumindest teilweise schuld daran, dass mein Leben so spannend ist. Danke an meine Lektorin Lynne Drew; durch deinen Rat wird jede Geschichte besser. Danke an HarperCollins, diese große Maschinerie mit so fantastischen, hart arbeitenden Menschen. Es ist eine Ehre, mit euch zu arbeiten. Einen Riesendank an Pat Lynch, Vicki Satlow – und Aslan, dass ich den Text von *Down on Me* benutzen durfte.

Außerdem möchte ich meinen Freundinnen danken. Im Interesse des Weltfriedens nenne ich keine Namen, aber ich danke euch für eure Freundschaft und noch mehr dafür, dass ihr eure privaten Geschichten bis spät in die Nacht und in die frühen Morgenstunden hinein mit mir geteilt habt – sie waren eine unerschöpfliche Quelle der Inspiration für dieses Buch. Entspannt euch, das war nur Spaß ... ich hör euch sowieso nie zu.

Und zum Schluss danke ich meinem Leben. Es war wirklich schön, dich kennenzulernen, bitte bleib in der Nähe.